À PROPOS DE L'AUTRICE

Carmen Korn, fille du compositeur Heinz Korn, est née en 1952 à Düsseldorf. Après une formation en journalisme dans la prestigieuse école Henri-Nannen-Schule, elle rejoint l'équipe du magazine *Stern*. Elle vit à Hambourg avec son mari et ses deux enfants. Sa saga *Filles d'un temps nouveau* a été un véritable phénomène en Allemagne : restant presque deux ans en tête de liste des meilleures ventes du *Spiegel*, elle s'est vendue à plus de 1,5 million d'exemplaires. Traduite en sept langues, elle a également été couronnée de succès dans toute l'Europe.

Filles d’un temps nouveau

CARMEN KORN

Filles d'un temps nouveau

roman

Traduit de l'allemand par
BARBARA FONTAINE

Harper Collins
POCHE

Titre original :
TÖCHTER EINER NEUEN ZEIT

HARPERCOLLINS FRANCE

83-85, boulevard Vincent-Auriol, 75646 PARIS CEDEX 13
Tél. : 01 42 16 63 63

www.harpercollins.fr

ISBN 979-1-0339-1483-9

Mars 1919

Henny leva la tête et tendit l'oreille. Un bruit montait de la cour jusqu'au deuxième étage où elle se trouvait, un son aussi nostalgique que le tintement des cloches et le chant du merle. Les samedis de son enfance lui revinrent en mémoire. Les samedis d'été. Le scintillement de l'eau dans la citerne. Les groseilles blanches qu'elle avait le droit de cueillir sur les arbustes plantés contre le mur arrière de la cour. L'odeur du gâteau que sa mère enfournait pour le dimanche. Son père qui était revenu du bureau et sifflait doucement tout en dénouant sa cravate et en déboutonnant le col de sa chemise.

Henny alla ouvrir la fenêtre pour écouter ce bruit qui ressuscitait toutes ces images en elle : c'était le grincement de la vieille balançoire.

L'été était encore loin. Le petit garçon assis sur la balançoire portait des guêtres en tricot grossier et un manteau court, le ciel était gris, les groseilliers étaient encore nus. Seul le saule exhibait ses premiers chatons, les nivéoles de printemps poussaient au bord de la pelouse, et la lumière aussi semblait plus prometteuse que les jours d'avant. Les sombres mois d'hiver étaient finis, et avec eux les sombres années de la guerre.

— Tu es encore en chemise, mon enfant, et en plein courant d'air.

Henny se retourna vers sa mère, qui était entrée dans la cuisine et la rejoignit près de la fenêtre.

— Il n'est pas encore 8 heures et la mère Lüder envoie déjà le petit dans la cour, dit Else Godhusen en secouant la tête. Et toi, mets-toi en train. J'ai encore de l'eau chaude dans la chaudière, je te la verse dans la bassine.

Le garçon descendit de la balançoire et disparut du champ de vision de Henny. Il était sans doute entré dans l'immeuble par la cave. La balançoire continua à osciller un moment. Henny se dirigea vers l'évier, ajouta de l'eau froide dans la bassine en émail et tira l'épais rideau de coton blanc dont la broderie anglaise se déversait pratiquement sur le linoléum au sol. Les anneaux du rideau glissèrent le long de la tringle et le coton blanc se referma au milieu de la cuisine pour former un petit cabinet.

C'était son père qui avait installé la tringle, peu après le douzième anniversaire de Henny. « La môme se développe, avait dit Heinrich Godhusen. Ce n'est plus possible qu'on la regarde se laver comme ça, debout devant l'évier. » Henny avait eu dix-neuf ans la veille, et son père était mort quelques années plus tôt. Tombé pendant la Grande Guerre.

Henny retira sa chemise et prit le savon à la violette dans la coupelle. Rien à voir avec ces savons de guerre rugueux qui ne contenaient presque aucune graisse et dans lesquels on mettait à peu près tout ce qu'on trouvait, y compris de l'argile. Elle plongea un instant le précieux savon dans l'eau et le fit pieusement glisser d'une main à l'autre jusqu'à ce qu'une petite mousse se forme. Puis elle commença à se laver de la tête aux pieds.

— Ça embaume dans toute la cuisine, dit sa mère avec la fierté de celle qui avait offert le savon.

Henny avait trouvé le savon à la violette parmi ses cadeaux sur la table, à côté d'une trousse de sage-femme achetée d'occasion, mais en bon état. Else Godhusen avait sacrifié un peu de margarine pour en faire briller le cuir sombre. « Pour la future sage-femme, avait-elle dit. C'est encore mieux qu'infirmière. Comme ton père serait fier. »

Mère et fille avaient voulu l'empêcher, à trente-huit ans, de s'engager volontairement et avant l'heure dans la guerre. « Ne joue pas les héros », avait dit Else. Mais Heinrich Godhusen était déjà emporté par l'ivresse patriotique d'août 1914. Il avait agité son chapeau, un léger chapeau de paille si facile à agiter. *Vive l'Allemagne. Vive l'Empereur.* La fanfare jouait, des fleurs dépassaient du canon des fusils.

Parti à la guerre, mort, enterré en Mazurie. Le deuxième bataillon du régiment de Landwehr avait été envoyé sur le front de l'Est dès septembre. « La guerre est un enfer », avait écrit Heinrich à Else. Henny n'en savait rien.

— Käthe m'a semblé un peu jalouse de ta trousse hier, dit Else Godhusen. Je me demande bien avec quelle besace elle va se présenter à la maternité de Finkenau. Quand je pense qu'ils ont pris Käthe, elle qui est souvent si négligée. J'ai remarqué que ses ongles n'étaient pas très propres.

— Maman, arrête, dit Henny derrière son rideau.

Sa grande amie d'enfance avait hésité à postuler aussi pour une place d'apprentie. Sage-femme à Finkenau, qui était considérée depuis cinq ans comme l'une des meilleures maternités de tout le pays, cela semblait trop ambitieux à Käthe, employée dans une institution de bienfaisance.

— Tu connais Käthe depuis qu'elle a six ans, mais parfois j'ai l'impression que tu ne peux pas la souffrir, dit Henny en attrapant la chemise qu'elle avait suspendue à la tringle.

— Tu peux bien sortir toute nue. Tu ne vas quand même pas te gêner devant ta mère, et la cuisine est bien chaude.

Henny écarta le rideau et apparut dans sa chemise.

— Tu as entendu ce que j'ai dit ?

— Est-ce que je ne suis pas allée prendre la dernière bouteille de vin du Rhin de ton père à la cave pour la boire avec toi et Käthe ?

— Donc tu l'apprécies ?

La mère de Henny se laissa le temps de répondre.

— J'aime bien Käthe, dit-elle enfin, mais tu es la plus raffinée des deux.

*

« Ta mère ne se prend pas pour n'importe qui, avait glissé Käthe la veille au soir sur le pas de la porte, au moment de dire au revoir à Henny. Et je ne parle même pas de son obstination politique. »

La soirée avait commencé comme une joyeuse fête d'anniversaire. Elles avaient vidé la bouteille d'Oppenheimer Krötenbrunnen 1912, un vin déjà trop vieux et assombri par le dépôt. Elles avaient porté un toast à Henny et à son père pour qu'il repose en paix, puis trinqué à l'avenir et aux sages-femmes. Elles l'avaient accompagné de tartines d'oignons hachés et de cornichons au vinaigre qu'Else avait retrouvés au milieu des bocaux vides.

— Un jour, Heinrich et moi avons commandé du bouillon avec de véritables paillettes d'or, s'était-elle rappelé. Chez Cölln*. Mais ton père n'aimait pas les huîtres, ça avait trop goût de poisson pour lui.

* Tous les mots ou expressions suivis d'un astérisque sont à retrouver dans le glossaire en fin d'ouvrage.

— De l’or dans la soupe, avait commenté Käthe en secouant la tête. À l’hôtel Reichshof il y a des petits gâteaux français avec un glaçage rose et des pralines dessus. Ils brillent aussi. Mais on ne peut pas les acheter avec des tickets.

— Tu as toujours raffolé des gâteaux, répliqua la mère de Henny, vexée parce qu’elle se serait bien attardée sur le faste d’avant-guerre. Comment peut-il y avoir déjà des petits-fours alors qu’on était encore en guerre contre la France il y a quelques mois ! Comment se fait-il d’ailleurs que tu ailles au Reichshof, Käthe ?

— Il y a du gâteau marbré pour le dessert, était vite intervenue Henny pour orienter la conversation hors de la zone dangereuse.

— Juste un petit gâteau. Les ingrédients n’étaient pas suffisants pour le grand moule. Käthe ne va en faire qu’une bouchée.

— Alors il ne vaut mieux pas y toucher, avait dit Käthe. Pauvre petit gâteau, ce serait dommage pour lui.

Peut-être qu’Else Godhusen avait mal supporté le vin. En tout cas, Henny imputa à l’alcool le fait que sa mère ait entonné cette chanson :

Ils ne l’auront pas, le Rhin libre allemand
Même s’ils hurlent comme des corbeaux avides[1].

— Cette guerre a été un crime ! avait lancé Käthe au milieu du deuxième vers. Au détriment de tous les peuples. Et le Kaiser est une crapule.

— Beaucoup ont surtout fait preuve d’un grand courage. Tu ne tiens pas de discours communiste dans ma cuisine, Käthe.

C’était le moment où la soirée avait basculé.

1. Chanson rhénane patriotique et nationaliste créée en 1840 et dirigée contre les Français (note de la traductrice).

Tandis que Käthe faisait les quelques pas qui la séparaient de l'appartement de la Humboldtstraße où elle vivait seule avec ses parents depuis que ses petits frères étaient morts, Henny avait caressé un instant le rêve d'avoir sa propre chambre. Une pièce sans l'omniprésence de sa mère.

Käthe et Henny avaient grandi à portée de vue l'une de l'autre. Les parents de Henny avaient emménagé dans l'immeuble à quatre étages de ce quartier d'Uhlenhorst Est peu avant l'entrée de Henny à l'école. Dès le premier jour, elle avait repéré sur le chemin la fillette aux nattes noires et à la blouse de travers. Käthe tenait sa pochette surprise* à la main, tout comme Henny. De leurs cartables pendaient des torchons servant à essuyer les ardoises. Les torchons flottaient au vent. Les nattes flottaient au vent. Des nattes noires. Des nattes blondes. Un jour de tempête.

« Regarde comme sa blouse est mal attachée », avait dit Else Godhusen, qui avait déjà son regard acéré et le jugement facile.

Avant d'aller se coucher, la veille, sa mère avait encore chanté à voix haute trois longues strophes de cette maudite chanson, en dépit de Henny, que le dernier vers avait encore poursuivie dans son sommeil : *Jusqu'à ce que les ossements du dernier homme soient ensevelis dans ses vagues.* Il avait retenti en elle sans pitié et n'avait été définitivement évacué que par le grincement de la balançoire.

Henny enfila le tailleur gris clair en laine peignée qu'Else lui avait taillé à partir d'un costume de son père, son chemisier blanc plissé et ses bottines à boutons.

— Tu t'habilles pour la ville, dit Else. Alors profite bien de ta liberté. Mais tu reviens pour midi.

Henny donna un petit baiser sur la joue à sa mère et ferma la porte derrière elle. Elle s'arrêta dans la rue et leva les yeux vers le deuxième étage, fit signe à Else, qui était à la fenêtre, comme toujours. Puis elle se baissa pour relacer l'une de ses bottines noires.

Elle avait vu des escarpins dans la vitrine de Salamander. En daim souple. Peut-être se les offrirait-elle pour commencer son apprentissage à la maternité. Pour entrer d'un pied léger dans une nouvelle vie. Loin d'Else.

« C'est parti pour une nouvelle vie », avait dit Käthe la veille en brandissant le poing tandis que Henny, à la porte, la regardait partir.

Enfants, il leur fallait six à huit sauts pour se rendre de l'immeuble de Henny à celui de Käthe, situé juste en face. Les sauts de Käthe étaient toujours les plus débridés.

Une chambre à elle. Une porte qui se ferme. Henny aurait pu financer cela avec son salaire d'infirmière. Mais Else n'avait pas voulu la laisser partir, et même son déménagement de la chambre des parents, où elle passait la nuit à la place de son père depuis le début de la guerre, au lieu de dormir dans le lit pliant de son enfance, était devenu une épreuve de force.

Henny s'était approprié le petit salon, dont le crépi blanc attendait de grandes occasions, en campant sur la méridienne jusqu'à ce que sa mère l'autorise enfin à descendre le lit pliant du grenier. Cela s'était passé l'hiver dernier, et, depuis, la clef de la porte du salon était introuvable.

Ce matin, alors qu'elle écoutait la balançoire grincer, un autre souvenir lui était revenu. Celui du bourdon mort qu'elle avait trouvé dans la cour un jour. La petite Henny avait été surprise que les bourdons puissent mourir en été. Son père l'avait ramassé, posé dans sa grande main, puis transporté jusqu'au saule et enterré là-bas.

Son père si doux, qui était parti dans la folie de cette guerre. *C'est un rempart que notre Dieu*[1], avait-il chanté

1. Il s'agit du plus connu des cantiques de Martin Luther. (NdT)

en se rasant lors de son dernier matin à la maison. Comme Heinrich Godhusen manquait à sa fille.

*

— T'auras intérêt à bien t'brosser les paluches, si tu veux devenir sage-femme, dit Karl Laboe en regardant le dos de sa fille.

— Je vais y arriver, à avoir des mains propres, dit Käthe.

Elle prit de l'eau dans le creux de ses paumes et s'en aspergea le visage. Elle ferait tout le reste plus tard, quand le vieux serait parti.

— On dirait plutôt une toilette de chat, commenta-t-il.

— Je préfère aller dans les bains publics que de supporter tes regards lubriques.

— Sois pas insolente, Käthe ! Tu mets encore les pieds sous ma table, et y en a pour un bail, vu que tu t'lances dans c'te formation de sage-femme.

Karl Laboe prit appui sur la table de la cuisine pour se relever du canapé. Sa jambe était raide depuis un accident de travail sur le chantier naval, qui l'avait d'ailleurs dispensé de faire la guerre. Quoique la vie ici, sur le front intérieur, n'ait pas été une partie de plaisir non plus. Rien à se mettre sous la dent et les deux femmes sur le poil.

— Ta mère va rentrer tard. Elle s'est trouvé une nouvelle place de soubrette. Des bourgeois dans la Fährstraße. Elle fait le ménage chez eux.

— On sait. Allez, va-t'en !

— Eh, minute papillon ! dit Karl Laboe en saisissant la canne appuyée contre la table.

Käthe respira profondément en entendant la porte d'entrée se refermer enfin. Si elle allait à l'usine, elle pourrait se payer une chambre plus vite. Or cet apprentissage allait durer deux longues années. Tant pis. Henny avait raison. Quand oserait-elle quelque chose si ce n'était pas maintenant, à dix-neuf ans ? Pourquoi son père s'opposait-il à ce que le seul enfant qui lui restait fasse quelque chose de sa vie ?

Elle retira son jupon et recommença à se laver. L'eau était froide depuis longtemps, le savon aussi rêche qu'une pierre ponce.

« C'est bien que tu veuilles faire quelque chose de ta vie », avait dit Rudi, le garçon qu'elle avait rencontré en janvier à la Jeunesse ouvrière. Rudi aux boucles brunes, qui suivait une formation de typographe au *Hamburger Echo*. Il avait six mois de moins qu'elle. Il lui lisait sans arrêt des poèmes. Enfin, pas sans arrêt. Mais durant les deux derniers mois il y en avait eu au moins quatre. Ça se pourrait bien qu'il lui en lise un cinquième l'après-midi même, pendant qu'ils mangeraient un petit-four dans le café du Reichshof. Elle ne lui avait pas encore demandé où il trouvait l'argent pour ces extravagances.

*

Lina prit dans l'armoire le grand drap sur lequel étaient brodées les initiales de sa mère. L'une des rares belles pièces qui n'avaient pas été vendues au marché noir. Pourtant cela n'avait pas suffi à les sauver tous les quatre pendant l'hiver de la famine. Le père était mort deux jours avant Noël 1916, la mère en janvier 1917. Le vieux médecin de famille avait inscrit « insuffisance cardiaque » sur leurs certificats de décès, et c'était un bel euphémisme. Quel fut alors le désespoir de Lud, âgé de quinze ans, en comprenant que ses parents étaient morts de faim pour garantir la survie de leurs enfants.

Les Peters avaient mis du temps à avoir des enfants, tous deux avaient dépassé les quarante ans quand Lina était née, en 1899, puis Lud était arrivé deux ans plus tard. Les parents avaient aimé Karoline et Ludwig plus que tout et ils s'étaient sacrifiés pour eux. Cette pensée était difficilement soutenable. Lud en souffrait beaucoup plus qu'elle encore.

Lina se secoua comme pour chasser ces pensées et ouvrit la porte du cagibi situé derrière la cuisine, où son frère avait installé une douche. Il était habile. Peut-être aurait-il dû faire quelque chose de ses mains au lieu de commencer une formation commerciale. Lud voulait devenir commerçant parce que son père l'avait été. Tous ces efforts pour conserver quelque chose. À quoi bon ? Ce n'étaient que les vestiges d'une époque révolue.

Elle se déshabilla, posa ses vêtements sur le tabouret et se plaça sous la pomme de douche. Au début, il n'y avait que quelques gouttes. Lud s'était raccordé aux canalisations de la cuisine, mur contre mur avec l'ancien garde-manger. Ce n'était pas idéal, mais bien mieux que de faire sa toilette devant l'évier, et de toute façon il n'y avait plus rien à mettre au garde-manger. Le peu de nourriture qu'ils avaient en réserve tenait dans le placard de la cuisine et sur le rebord de la fenêtre.

Le savon grattait, mais au moins l'eau coulait, maintenant. Lina frotta sa chair de poule et la sécha à se faire rougir la peau. Son regard tomba sur ses vêtements. C'était stupide de porter un corset quand on pouvait compter chacune de ses côtes. La ceinture suffisait largement pour cintrer la robe.

Durant le deuxième été de la guerre, son professeur de dessin avait invité ses élèves à ne plus se laisser comprimer dans des robes étroites qui entravaient chaque pas. Il prononçait « fanon de baleine » comme un gros mot. C'était un admirateur d'Alfred Lichtwark* et un adepte de l'éducation nouvelle, et à seize ans Lina avait été éperdument amoureuse de son jeune professeur. Elle apprit plus tard qu'il était tombé en France, le pays où il voulait vivre.

Elle en avait gardé l'intuition de ce qu'est l'amour d'un homme, et aussi le projet de suivre le séminaire préparant au diplôme d'enseignante, pour pouvoir changer quelque chose aux écoles de ce pays. Était-ce présomptueux de penser que la pédagogie ancienne avait aussi sa part de responsabilité dans cette guerre atroce ? C'était une armée d'hommes soumis qui avait été mise à contribution.

Pendant les derniers jours de la guerre, elle avait encore craint que Lud ne soit mobilisé. Mais l'apprenti commercial de Nagel und Kaemp, un fabricant de grues de port et de navires, avait été épargné et n'avait pas été envoyé dans la bataille. Lina avait promis à sa mère de veiller sur le garçon. Et ça, au moins, c'était réussi.

Elle enfila ses vêtements et emporta le corset dans la cuisine. Même si le couteau tranchant n'avait rien eu à couper depuis longtemps, il s'enfonça dans le corset comme dans du beurre. Lina en éprouva presque du plaisir. En souvenir de son professeur de dessin.

*

Ida appelait Mia. Elle-même discernait de l'agacement dans sa propre intonation et recommença d'une voix encore plus crissante. Est-ce que Mia allait enfin se décider ? Cette nouvelle bonne était une tête de mule. L'eau sortait désormais chaude des robinets et on n'avait plus besoin d'envoyer les domestiques à la cave pour remonter du charbon et allumer les poêles, pourtant on la laissait plantée là, à attendre l'eau de son bain pendant des heures.

Elle considérait les orteils roses qui dépassaient de son long peignoir de bain et dont les ongles scintillaient. Tout en elle était rose, et elle avait dix-sept ans.

La guerre avait été terrible. On ne pouvait pas manger de tout, et on avait vite cessé de recevoir les magnifiques étoffes de Paris et de Londres. Elle connaissait aussi des gens dont les fils étaient tombés. Mais cela mis à part, ils avaient à peine souffert, pas même de la faim. Les Bunge avaient d'excellentes relations.

Ce Friedrich Campmann, qui s'était formé comme banquier chez Berenberg, était sorti indemne de la guerre. Son père verrait d'un bon œil qu'elle réponde avec bienveillance aux avances de Campmann. Lui importait-il ? Ida écarta cette idée d'un petit mouvement de la tête, même si personne ne pouvait le voir. Si. La Tête de mule entrait justement et la regardait.

— J'attends l'eau de mon bain, dit Ida. Bien chaude. Et mets beaucoup d'huile de sapin dedans.

— Vous ne pouvez pas le faire vous-même ? J'ai beaucoup de travail.

Ida Bunge en eut le souffle coupé. Elles étaient toutes effrontées depuis ces journées révolutionnaires. Quelle racaille ! Elle n'avait qu'à lever le petit doigt pour que sa mère renvoie cette fille. La Tête de mule sembla avoir la même pensée. Elle fit une brève révérence, s'affaira avec empressement sur les robinets et se pencha sur l'eau fumante qui coulait dans la baignoire.

— Laisse, dit Ida. Fais le reste de ton travail. Tu as déjà la tête rouge écarlate. Comment ça se fait, d'ailleurs, que tu sois aussi robuste ? Vous avez tant que ça à manger ?

Mia sembla très gênée. Elle s'inclina une fois encore et se retira. Quel âge pouvait-elle avoir ? Sûrement pas plus qu'Ida elle-même.

Ida referma le robinet d'eau chaude et ajouta de l'eau froide. L'eau chaude faisait vieillir la peau plus vite, avait expliqué Maman. Ida attrapa le flacon d'huile de sapin et en versa généreusement dans la baignoire. Elle ferma la porte avant d'ôter son peignoir et de s'octroyer un long regard dans le miroir. Ce qu'elle voyait était bien trop dommage pour ce passe-lacet de Campmann, même si son père lui prédisait un bel avenir. Mlle Bunge s'arracha à sa propre contemplation et entra dans l'eau vert foncé qui embaumait comme deux hectares de forêt de sapins.

Elle se prélassa un moment dans la baignoire, à se demander comment ce serait de prendre elle-même les choses en main. Sans doute un plaisir, et cela dissiperait son épouvantable ennui.

*

Henny resta longtemps sous l'auvent de Salamander, sur le Jungfernstieg, à regarder la vitrine. Les chaussures dont elle rêvait depuis plusieurs semaines n'étaient plus à l'étalage, et les autres sans doute toutes plus chères les unes que les autres. Elle hésitait à entrer dans le magasin pour demander s'ils avaient encore les escarpins en daim bordeaux. Elle ferait peut-être mieux de garder son argent pour s'offrir quelques petites libertés.

Le printemps était à peine là et elle se réjouissait déjà de l'été à venir. Il y avait beaucoup de plaisirs payants quand on vivait si près de l'Alster*. Louer un canoë avec Käthe. Nager dans la piscine en plein air de Schwanenwik. Le dernier été joyeux remontait à leurs treize ans. Le suivant avait déjà eu une odeur de guerre.

À peine avait-elle fini son apprentissage à l'hôpital de Lohmühlen qu'on lui avait donné du travail dans l'hôpital militaire, installé dans le bâtiment de l'école pour aveugles, au 42 Finkenaustraße.

Henny se rappelait le jour où les infirmières avaient accompagné dehors les soldats blessés capables de marcher, afin de les placer pour une photo de groupe. Ils étaient très peu à avoir mis leur uniforme, la plupart portaient la blouse blanche de l'hôpital militaire avec leur calot de simples soldats. Elle était restée derrière le photographe et avait regardé, au-delà du groupe, vers la maternité située de l'autre côté de la rue, d'où elle avait vu une femme sortir avec un petit paquet humain dans les bras. À cet instant, elle avait su que sa place était là-bas. Elle ne voulait pas être infirmière, mais sage-femme. Elle portait en elle un grand désir de nouvelle vie, c'était trop de misère et de souffrance qu'elle voyait tous les jours à l'hôpital.

Enfin, en novembre dernier, la guerre s'était terminée et elle avait postulé pour un apprentissage à la maternité de Finkenau. Else soutenait son projet, même si le salaire de Henny manquerait désormais à leur ménage.

Henny dut laisser passer plusieurs calèches, fiacres automobiles et deux carrioles avant de pouvoir traverser le Jungfernstieg pour atteindre l'Alster. Les petits arbres qui bordaient ce côté de la rue montraient leurs premiers bourgeons, le ciel gris s'était fissuré et ajoutait une touche de bleu tandis que les moineaux jacassaient dans les arbres.

Faire une promenade. Manger la potée d'Else. Puis aller chez Käthe pour voir à quoi elle consacrait l'un de ses derniers jours de liberté. Mais Käthe n'avait-elle pas dit qu'elle avait rendez-vous avec Rudi pendant sa pause déjeuner ?

Henny brûlait de le rencontrer. Il semblait beaucoup plaire à Käthe, ce garçon qu'elle connaissait depuis le mois de janvier. Mais elle prenait son temps pour présenter son prince. Tomber amoureuse, voilà un autre vœu de Henny.

*

Des perles d'argent décoraient le petit-four blanc que choisit Käthe ; elle aurait bien pris aussi le vert tilleul avec les petites violettes en sucre dessus. Mais Rudi semblait s'impatienter, peut-être qu'il n'avait pas assez d'argent en poche.

Ils s'assirent sous un des grands lustres qui donnaient toute sa splendeur au café du Reichshof. Comme c'était bon d'être du côté lumineux de la vie, avec une fourchette à gâteau dans la main. Käthe la reposa encore une fois, cueillit une petite perle d'argent sur le glaçage et la mit sur sa langue. Prolonger le plaisir.

Rudi but une gorgée de thé et glissa la main dans la poche de son gilet. Le poème assorti au gâteau. Käthe essaya de prendre un air intéressé, mais les vers lui glissaient dessus, ses pensées dérivèrent vers sa mère, qui avait commencé ce jour-là comme femme de ménage chez des gens de la haute société. Anna n'était-elle pas celle qui nourrissait la famille, encore plus maintenant que l'argent de Käthe allait manquer ? Son père avait trente-quatre ans au moment de son accident sur le chantier naval, sa pension d'invalide était maigre.

Et elle, elle se gobergeait sous des lustres avec Rudi. Deux jeunes gens dont le cœur battait à gauche et qui pourtant aimaient le faste. Était-ce une contradiction ?

Il faut dire que Rudi appréciait encore plus la poésie que le faste. Comme il se penchait sur sa feuille, une boucle lui tomba sur le visage et il l'écarta. Il avait de fines et longues mains. Rudi était le plus beau garçon qu'elle ait jamais rencontré. Elle l'aurait bien embrassé tout de suite, avec le goût sucré de la perle sur sa langue.

Ces pensées firent oublier à Käthe de savourer son gâteau avec toute la lenteur requise. Fini. Le poème aussi. Rudi plia sa feuille et la remit dans sa poche. Il regarda l'assiette vide de Käthe en regrettant de ne pas pouvoir lui offrir un second gâteau. Alors il lui prit la main, y déposa une dernière perle de sucre qui était tombée de l'assiette, puis embrassa et la paume, et la perle.

*

Dans la pénombre de son bureau, le père d'Ida s'inquiétait pour ses affaires, et notamment pour le caoutchouc d'Amazonie.

Aucun caoutchouc sur le marché. Même les pneus des bicyclettes avaient été confisqués pendant la guerre pour couvrir les besoins de l'armée, puisque le caoutchouc synthétique ne valait pas grand-chose. Maintenant il y avait pénurie de pneus de bicyclette, et il n'arrivait toujours pas à mettre la main sur son bon caoutchouc brésilien.

Le blocage des ports allemands n'était pas encore levé, et l'internationalisation qui avait enrichi les marchands allemands compromise. Qu'était devenue l'Allemagne ! Rien que la perte de Ballin. Le Kaiser abdique et Albert Ballin prend du poison le jour même parce que l'œuvre de sa vie est détruite. Pourtant, tous n'avaient été pour le Kaiser que de petits épiciers. Aucun n'était à la hauteur en termes de majesté, pas même Ballin. Qu'est-ce qu'il avait dit dès le début, ce grand armateur qui avait fait de sa HAPAG la plus grande compagnie maritime au monde et qui les avait tous fait naviguer dans des pays lointains ? « La guerre est une bêtise qui explose. »

Bunge ne pouvait pas confier le fond de sa pensée à Netty. Elle déplorait le départ du Kaiser. Pas lui. Il ne regrettait que le bon vieux temps. L'époque où l'argent avait été si facile à gagner dans le monde.

Et voilà que Netty avait embauché une seconde bonne et une femme de chambre, parce que les deux bécasses étaient soi-disant tellement surchargées par l'entretien des bricoles qu'elles ne pouvaient pas transporter des seaux d'eau. Carl Christian Bunge secoua la tête. Une cuisinière. Deux bonnes. Une femme de ménage. Et le jardinier. Le chauffeur ne comptait pas. Il était indispensable. Bunge n'allait quand même pas conduire l'Adler* lui-même.

Il fallait qu'Ida se fiance avec Campmann. Il promettait succès et argent, Bunge avait du nez pour ça. Son exigeante fille serait ainsi pourvue, et il n'aurait plus que Netty à coucher sur un lit de roses. Netty était une épouse charmante, mais elle avait l'intelligence d'un écureuil. C'était mignon aussi, un écureuil.

Sa fille, c'était autre chose. Ida avait de l'intelligence, une intelligence très vive. Mais depuis qu'elle avait terminé ses études dans l'institution de Mlle Steenbock, elle ne faisait plus rien. Elle était complètement désœuvrée et trop gâtée. Beaucoup trop gâtée. Mais il avait aussi sa responsabilité là-dedans.

Peut-être devrait-il se créer une autre source de revenus. Kiep faisait désormais dans les spiritueux. On pouvait y réfléchir. Tôt ou tard, les Français allaient aussi s'y remettre. Il devrait dîner avec Kiep, un de ces jours. La dernière fois remontait déjà à un certain temps, ils avaient pris un repas à l'hôtel Atlantic* avec une bouteille de Feist-Feldgrau, bien qu'en réalité il n'appréciât guère le vin mousseux. Des patriotes juifs, ces Feist du Rheingau. Comme l'était ce Hambourgeois de Ballin. Dommage.

L'Écureuil, prénommée Antoinette, était en train de guider la nouvelle femme de ménage. Est-ce qu'elle ferait l'affaire, cette Anna ? Cela faisait deux fois déjà qu'elle laissait des taches sur le sol, cette fois sur le granito du jardin d'hiver.

Netty Bunge lui montra un des endroits où le carrelage granito noir et blanc s'agrémentait d'ornements en couleurs. On distinguait au pied d'un palmier en pot une tache qui faisait penser à de la confiture de cerises.

— J'attends plus de soin, dit-elle d'un ton de reproche et l'index levé. Si vous bâclez votre travail, ça ne passera pas avec moi.

Anna Laboe aurait juré qu'il n'y avait pas de tache à cet endroit lorsqu'elle était sortie du jardin d'hiver un quart d'heure plus tôt. Mais elle n'avait pas été prise au service des Bunge pour les contredire. Elle ne s'autorisa à soupirer qu'après le départ de madame. Il suffisait de travailler une journée dans la maison Bunge pour partager les opinions de Käthe, même si sa fille était désormais trop à gauche, même pour Karl. Lui croyait toujours à ses sociaux-démocrates, bien qu'ils aient très vite cédé face au Kaiser et à la patrie.

Comment les sociaux-démocrates allaient-ils s'en sortir lors des élections ? Käthe enrageait de ne pas encore avoir le droit de faire sa croix, alors que pour la première fois les femmes pouvaient participer. Anna Laboe, en tout cas, ne se priverait pas d'aller dans le bureau de vote avec Karl et d'accomplir son devoir. Avec sa moitié au bras, il aurait ensuite moins de mal à trouver le chemin de la maison.

Elle s'agenouilla sur le granito et enleva la tache rouge ; elle n'avait aucune explication pour cette matière collante qu'elle aurait certainement remarquée. Ce n'était pas de la confiture de cerises.

*

Quelques heures plus tard, Anna Laboe était assise à la table de sa cuisine, sans avoir retiré son manteau ni son petit chapeau plat. Devant elle étaient posés deux sacs en papier d'où se déversaient de maigres pommes de terre et des oignons rabougris qu'elle regardait d'un air fatigué, comme si elle ne savait pas du tout quoi en faire. Or l'heure du dîner approchait.

— Le bureau de monsieur est tellement vert que tu as l'impression que tu vas te noyer dans un lac forestier, dit-elle sans se tourner vers Käthe.

Celle-ci était entrée dans la cuisine et augmenta l'éclairage de la lampe à gaz.

— Du jute vert foncé sur les murs, on dirait de la vase. Et toutes sortes de pots remplis de fougères, posés sur des colonnes. Mia dit que c'est très chic. C'est une des bonnes, elle est nouvelle aussi. Elle fait la poussière et cire les meubles. Ils ne me laissent pas y toucher. Je ne suis allée dans le bureau que parce qu'un vase s'était renversé. Tout était mouillé. C'est pour ça que je suis là, pour les sols, les cabinets et la baignoire dans laquelle mademoiselle reste des heures.

Käthe regarda la pendule de la cuisine. 18 heures. Où était passé son père ? Même en plein jour, il se débrouillait pour traîner dans les bistrots.

— Tu es restée dix heures chez eux ? demanda-t-elle.

— Je suis aussi passée chez Heilbuth* pour m'acheter une nouvelle blouse. La mienne me paraissait trop miteuse. Puis chez Grünhöker pour les pommes de terre.

— Un lac forestier, répéta Käthe tout en pensant à la baignoire dans laquelle la demoiselle se ramollissait. Est-ce que toutes les pièces sont pareilles ? Avec de la vase et des fougères ?

— Seulement le bureau de monsieur. La cuisinière dit qu'avant la guerre il s'est fait de l'argent avec le caoutchouc d'Amérique du Sud. Peut-être que c'est là qu'il s'est pris de passion pour la verdure. Mais où est ton père ?

— Je ne l'ai pas revu depuis ce matin. Mais je viens à peine de rentrer.

— Pourvu qu'il n'ait pas bu ! Il n'arrive toujours pas à surmonter la mort des garçons. Et puis sa jambe, en plus.

— Et toi, comment tu surmontes ça ?

Anna Laboe eut un geste vague de la main :

— Je suis contente pour ta formation à la maternité. Il faut que tu le saches, Käthe. Même si ça implique que tu devras continuer à vivre à l'étroit ici.

— Est-ce que tu as vu la demoiselle dans son bain ?

— J'ai juste jeté un œil. Mais elle était couverte de batiste blanche du cou aux chevilles. Elle s'appelle Ida.

— Et qu'est-ce qu'on fait de ses journées, sinon, quand on est une demoiselle ?

Sa mère haussa les épaules.

— Tu étais où toute la journée ? Tu avais rendez-vous avec ce garçon ? Est-ce qu'il n'est pas trop jeune pour toi ?

— On est nés la même année. Moi en janvier et lui en juillet.

— Le plus important, c'est que ce soit un bon garçon, dit Anna Laboe.

Käthe s'assit sur une chaise et se mit à caresser les mains de sa mère, qui avait complètement oublié d'enlever son manteau.

— Mais qu'est-ce qui se passe ici ? demanda Karl Laboe. Vous êtes là dans vos frusques à broyer du noir, et l'frichti il est pas encore sur la table.

— Tu sens le schnaps, fit remarquer Käthe.

— Ça t'regarde pas.

— Ne vous chamaillez pas, intervint la mère en se levant.

Elle alla prendre deux couteaux dans le tiroir et en posa un devant Käthe.

— Enlevez donc vos manteaux, dit Karl Laboe en s'affalant sur une des chaises de la cuisine. À moins que tu sortes avec la cruche pour aller chercher de la bière, Käthe ? Faut fêter ça, maintenant que ta mère a des patrons tellement chics.

— Tu as déjà assez trinqué comme ça pour aujourd'hui, dit Käthe en retirant le manteau de sa mère pour aller le suspendre dans l'entrée.

— Alors comment que c'était chez les bourgeois, ma p'tite Annsche ? entendit-elle son père demander.

Annsche. Ça faisait longtemps qu'elle ne l'avait pas entendu l'appeler ainsi. Le deuxième miracle l'attendait quand elle revint dans la cuisine. Karl Laboe s'était emparé de l'un des couteaux et avait commencé à éplucher les pommes de terre.

— Sinon on n'est pas près de les manger, ces patates sautées, dit-il.

*

La négligence que la mère de Henny blâmait chez Käthe, Rudi Odefey l'appelait lascivité, et cela lui plaisait énormément. Si quelque chose devait le gêner chez Käthe, c'était qu'elle ne partage pas son amour des mots. Il lui avait lu un poème d'Anna Akhmatova : *En une heure de temps, nous avons vieilli de cent ans. L'été cède les champs à l'automne. La terre fume, percée par les charrues.*

À aucun moment Käthe n'avait montré d'émotion, elle s'était seulement régalée du petit-four recouvert de perles de sucre argentées, qui avait à nouveau coûté une fortune à Rudi. « Le poème s'intitule *1er août 1914*, avait-il précisé. Mais il n'a été écrit qu'en 1916. La poétesse est de Saint-Pétersbourg. »

Käthe avait hoché la tête en se léchant les babines dans l'espoir d'avoir une autre petite douceur. Pourtant il aimait Käthe plus que quiconque, hormis peut-être sa mère, qui malheureusement ne partageait pas non plus son amour de la poésie.

Rudi secoua ses boucles sombres qui étaient beaucoup trop longues pour plaire au vieux Hansen, qui lui apprenait le métier de typographe. Mais la plupart du temps Hansen évacuait ce qui lui déplaisait d'un rire retentissant. On riait beaucoup dans l'imprimerie.

Le *Hamburger Echo* avait été l'un des premiers organes des travailleurs locaux, même s'il s'était considérablement infléchi au début de la guerre et était devenu très complaisant vis-à-vis du Kaiser et de la patrie. Mais Rudi n'aurait pas pu trouver une meilleure place pour apprendre. Il était si près des mots.

De qui tenait-il donc cette passion ? Certainement pas de sa mère. Peut-être de l'homme dont il s'apprêtait à mettre en gage l'épingle de cravate plaquée or, pour avoir un peu d'argent. Il avait déjà mis la chaîne de montre en gage. Il espérait pouvoir récupérer un jour ces objets que sa mère lui avait transmis pour sa confirmation.

Son père avait disparu avant même sa naissance. Une seule et unique photo montrait un homme assez jeune avec chapeau et canne, posant devant un panorama alpestre dans un studio de photo.

Dès son enfance, Rudi avait découvert sa naissance illégitime, puisqu'il fouillait souvent dans le tiroir où sa mère conservait tous les documents, et lisait ce qui lui tombait sous la main. Il n'y avait pas grand-chose d'autre à lire. Le seul livre présent dans la maison était un roman de Rudolf Herzog*, que Rudi connaissait déjà par cœur à dix ans.

« Finalement le mariage n'a pas eu lieu », avait dit sa mère en lui remettant la chaîne de montre, l'épingle de cravate et la photographie, sans préciser si son fiancé était mort. Elle lui avait semblé si embarrassée qu'il eût été cruel de vouloir lui extorquer la vérité. On en était resté là. Ils n'avaient plus jamais abordé ce sujet.

Rudi monta les marches usées de l'escalier en bois, s'arrêta au premier étage devant une porte pourvue d'une vitre gravée et prit le sachet en feutrine qui était dans la poche de son gilet. Il n'y avait pas beaucoup d'or sur l'épingle. Il fondait son espoir sur la grande perle, mais sans doute était-elle en cire.

Rudi faisait confiance au vieux prêteur sur gages. Pour la chaîne de montre il avait obtenu plus qu'il n'espérait. Non seulement il finançait ainsi les gâteaux de Käthe, mais il avait aussi acheté un foulard en coton véritable pour sa mère, et pour lui-même un recueil de poèmes de Heinrich Heine.

Derrière son comptoir, le vieil homme cala la loupe contre son œil et examina l'héritage de ce père inconnu.

— Une épingle en doublé ornée d'une perle d'Orient, dit-il. C'est étonnant de marier ces matériaux. D'où tenez-vous cet objet ?

— Un héritage, expliqua Rudi, comme la chaîne de montre que je vous ai apportée.

Il avait peut-être intérêt à lui rappeler qu'ils entretenaient une excellente relation commerciale.

— Avant la guerre, il y avait à Hambourg quelques receleurs qui n'hésitaient pas à transformer les objets volés.

Le sang de Rudi ne fit qu'un tour. Son père, un receleur ?

— Cela fait dix-neuf ans que ma mère est entrée en possession de ce bijou, dit-il avec raideur.

— Je ne vous soupçonne pas, jeune homme, répondit le vieux. Ce qui est absolument nécessaire dans ma profession, c'est d'avoir une connaissance précise des objets précieux *et* des hommes.

Rudi regarda le reçu de vingt Reichsmarks que le vieil homme avait posé sur le comptoir. Cette fois non plus, il n'en avait pas espéré autant. Peut-être arriverait-il à éloigner Käthe du Reichshof pour l'attirer dans la boulangerie Mordhorst, qui proposait des *franzbrötchen** clandestinement et sans tickets. Quand il pensait au nombre de *franzbrötchen* que Käthe pourrait avaler au lieu d'un seul petit-four !

Et pourtant, elle était si mince. Les pensées de Rudi se perdirent un moment dans le souvenir des petits seins que Käthe lui avait laissé toucher. Elle n'était pas bégueule.

— Alors, vous les voulez ces vingt marks ?

Rudi rougit à nouveau. Il hocha la tête et tendit la main vers le billet. Tous les trésors de la maison Odefey étaient maintenant partis.

*

Il y avait ce souvenir de sa mère lui donnant du foie de morue à la cuiller. Ça avait un goût épouvantable. En même temps, il croyait se rappeler un sentiment de bien-être, et la cuillerée d'huile était devenue pour lui un symbole d'amour et de sécurité.

Lud Peters aspirait à avoir à nouveau une famille. Le père, la mère, les enfants. Comme c'était deux ans plus tôt. Sa sœur Lina ne fonderait pas de famille si elle terminait le séminaire des enseignantes. Cela lui était interdit, comme si elle entrait au couvent. On n'autorisait pas les enseignantes à se marier. Si elles s'y opposaient, elles perdaient le droit d'avoir un poste et une pension de retraite. Rien qu'en y pensant, Lud était indigné.

C'était donc à lui qu'il revenait de renforcer la famille Peters. La seule parente proche encore vivante était une sœur très âgée de son père, qui finissait ses vieux jours dans une institution religieuse à Lübeck. Où trouver une femme à aimer et qui serait prête à fonder une famille avec lui ? Lina ne l'avait pas pris au sérieux quand il avait exposé ce souci, elle l'avait renvoyé à ses dix-sept ans. Mais leurs parents n'avaient-ils pas commencé beaucoup trop tard et n'étaient-ils pas arrivés à épuisement trop tôt ?

Lud contempla le canal Osterbeck, dans l'eau duquel s'engouffraient les derniers rayons du soleil vespéral. Il y avait du printemps dans l'air. Enfin. De l'autre côté du canal se trouvait l'usine de Nagel und Kaemp, où il avait encore gaspillé une journée de sa vie. Peut-être que Lina avait raison et que le commerce ne lui convenait pas. Mais s'il voulait femme et enfants, il fallait bien qu'il tienne le coup et pose des bases solides.

Il passa devant l'usine à gaz et s'enfonça un peu plus dans Barmbeck, il ne voulait pas encore rentrer à la maison, même si Lina l'attendait peut-être avec le dîner. Elle lui tapait sur le système, elle se moquait de ses désirs, voulait le libérer de sa culpabilité. Mais comment avait-il pu manger ce que son père et sa mère mettaient tous les jours sur la table sans se rendre compte qu'eux ne mangeaient rien, qu'ils mouraient de faim pour lui et Lina ?

Il alla jusqu'à la rue Beim Alten Schützenhof et songea au soir où, enfant, il avait marché dans ce coin en donnant la main à son père et vu un gardien de la paix se faire tabasser devant le bistrot. Un de ses tout premiers souvenirs : la sécurité avec sa main dans celle de son père et le ridicule du gardien de la paix.

Il croisa un jeune couple sur le Winterhuder Weg. La fille mangeait un gâteau, ce qui ne l'empêchait pas d'embrasser le garçon, qui passa la langue autour de ses propres lèvres. Voulait-il goûter au baiser, ou seulement à la douceur collante du *franzbrötchen* ? Un *franzbrötchen.* Où en trouvait-on ? Lina les aimait bien, en tout cas avant la guerre. Il faillit surmonter sa timidité pour demander au couple la provenance du gâteau. Mais il eut soudain un frisson et fit de grands pas pour fuir le froid et la solitude. Il courut jusqu'à l'immeuble de la Canalstraße où il vivait avec Lina.

*

La trousse de sage-femme que sa mère avait offerte à Henny pour son anniversaire ne contenait qu'un flacon d'alcool, un bock à lavement et des cuvettes en émail fixées au fond par des lanières en cuir. D'ailleurs, cela l'aurait gênée de commencer sa formation avec un équipement complet, mais sans connaissances dignes de ce nom. Le lendemain était le 1er avril, c'était le début d'une nouvelle vie. Käthe était un peu plus excitée chaque jour, même si elle obtenait désormais assez de sucre pour calmer ses nerfs.

Henny aimait bien Rudi. Elle avait enfin fait sa connaissance la veille. Il les avait invitées, Käthe et elle, au café Vaterland, boire un chocolat chaud qui n'en était pas un, mais plutôt une boisson marron sucrée. Heureusement, les poèmes de Heine que Rudi avait lus étaient tout à fait à son goût. Elle avait même su réciter les derniers vers de sa *Chanson de printemps*, ce qui avait fait sourire Rudi, mais froncer les sourcils de Käthe :

Quand tu regardes une rose
Dis-lui bonjour de ma part.

Avant la guerre, elle était allée avec son père au café Amsterdam, qui s'appelait encore Belvédère. Au début du conflit, le patron avait été très pressé de procéder à la défrancisation, le patriotisme allait bon train. Mais les Hambourgeois ne s'étaient pas complètement laissé faire, même Else continuait à dire « *trottoir* » et n'employait pas le mot allemand, *gehsteig*.

Elle ne devait surtout pas s'enticher de Rudi, c'était une question d'honneur. Aucun autre n'avait jamais plu à Henny, sauf une fois un garçon à l'hôpital, qui après sa guérison avait été renvoyé au front et dont elle ignorait tout du destin.

Un homme qui lisait des poèmes. Même son père n'avait pas fait ça. Henny craignait d'avoir déjà pensé trop longtemps à l'ami de Käthe tandis qu'elle traversait la maternité, très lentement, comme pour bien repérer le trajet.

*

— Tu veux emporter ce ballot demain ? demanda Karl Laboe. On n'a rien de mieux que c'te vieillerie ?

Käthe souleva le sac en tissu de sa mère pour l'examiner.

— Il est complètement déformé par tous les navets et les choux que ta mère a rapportés dedans, continua-t-il.

Käthe était surprise. S'inquiétait-il de l'image que sa fille allait donner le premier jour à la maternité ?

— Au moins il a un fermoir, dit-elle.

— J'vais voir si j'te trouve pas mieux.

Karl Laboe se leva et sortit de la cuisine en boitant. Käthe l'entendit ouvrir des tiroirs dans la chambre. Il revint en tenant sa vieille sacoche devant la poitrine comme un bouclier.

— Tous les matins je partais au chantier avec elle, expliqua-t-il d'une voix rauque.

— Je sais, Papa.

Käthe considéra son père avec affection. Il n'avait guère transporté que des tartines dans cette sacoche en cuir grenu. Quelque chose pourtant la touchait beaucoup.

— Elle est un peu râpée. Mais j'vais arranger ça. Y suffit de cracher un peu de cirage dessus, il m'en reste justement.

Sa mère lui avait-elle parlé ? Demandé de l'encourager ? Rappelé que la seule de leurs enfants qui avait survécu à la diphtérie avait besoin de toute la sollicitude parentale ?

Il commença à fouiller dans sa boîte à chaussures. Sans doute y avait-il trop de sentiment dans l'air pour lui.

Käthe avait été la première des trois enfants à tomber malade. Elle avait dix ans, ses frères six et quatre ans. Ils n'avaient pas été les seuls du quartier à mourir de la diphtérie, mais elle ne s'était jamais débarrassée du sentiment d'être coupable de la mort des deux garçons, parce que c'était elle qui avait ramené la maladie dans la famille. Cette idée lui venait-elle de son père ? Lui en voulait-il d'avoir été la plus robuste ? Karl Laboe pleurait encore ces fils qu'il avait attendus si longtemps, et son deuil s'exprimait souvent avec brusquerie.

— Regarde, Käthe, comme ça donne un beau reflet au cuir.

Il humecta la sacoche en soufflant dessus et la frotta avec un torchon graisseux pris dans sa boîte. Même lorsqu'il l'avait achetée, il y avait bien longtemps, cette sacoche n'était pas un très bel objet, mais Käthe l'accepta comme un trésor. Une déclaration d'amour de son père.

*

Else Godhusen était de mauvaise humeur. Elle avait passé toute la sainte journée de la veille, un dimanche, à faire des lessives dans la buanderie, parce qu'elle s'était rappelé trop tard que Henny ferait bien de porter la tenue de sage-femme pour le premier jour. La lessive avait à nouveau giclé partout quand l'eau avait bouilli dans la cuve et que le linge avait soulevé le couvercle. Elle n'en était pas venue à bout avec sa cuiller en bois et elle avait plein de taches rouges sur les mains là où elle s'était brûlée, et voilà que la gamine refusait de mettre sa tenue fraîchement repassée.

— La blouse blanche au moins, insista Else, et le chemisier. Tu n'es pas obligée de mettre la coiffe.

— J'y vais en civil, rétorqua Henny. Les autres femmes ne seront pas en tenue. J'emporte la blouse dans ma trousse.

Sa mère était d'un autre avis. C'était toujours mieux de se distinguer dès le début. Tant mieux si le professeur et les médecins remarquaient sa fille et se rendaient compte qu'elle était du métier. Henny leva les sourcils en entendant cet argument.

— On dirait ton père, lui reprocha Else.

Henny sourit. Elle voyait son père hausser les sourcils en réagissant avec agacement, mais toujours affectueusement, à la suffisance de sa femme. Idéalisait-elle son père ? Peut-être que l'absent avait de meilleures chances d'être aimé sans conditions. Peut-être aussi qu'elle avait toujours été une fille à papa.

— C'est toi qui passes prendre Käthe demain matin, ou elle vient ici ?

— Je passe la prendre.

— J'aurais bien aimé jeter un œil sur sa tenue. Enfin, espérons qu'elle s'arrange correctement.

Ainsi Else Godhusen eut-elle le sentiment, malgré sa déception, d'avoir le dernier mot.

*

Ida voulait croire à un poisson d'avril prématuré : non seulement son père lui parlait sans arrêt de Campmann, mais il instillait aussi le terme de fiançailles. Elle n'aurait que dix-huit ans au mois d'août, pourquoi était-il si pressant ? Il y aurait bientôt à nouveau des bals qui lui offriraient l'occasion de se montrer. Campmann ne serait plus le seul à prétendre à sa main. Son père se comportait comme s'il fallait la donner d'urgence à cet homme.

Mia la Tête de mule n'avait sûrement pas ce genre de soucis. Immobile et silencieuse en haut du grand escalier, Ida observait la bonne qui était en train de remplir de tulipes les vases du hall. Elle ressemblait à une fille de boucher. Toujours bien irriguée.

Ida se pencha sur la rampe. Ce qui se passait en bas n'avait plus rien à voir avec les tulipes et les vases.

Mia avait désormais une bouteille à la main, Dieu savait où elle l'avait prise. Elle porta le goulot à ses lèvres.

Première impulsion d'Ida : crier. Comme si elle devait avertir Mia d'un danger. Mais elle se tut. Mia buvait, et elle la voyait d'en haut. Que disait toujours Maman ? *Qui sait à quoi ça peut servir.* Ida tira un mouchoir de sa manche en soie. Un mouchoir de première qualité et pourvu de ses initiales. *I. B.* Elle le laissa tomber et le mouchoir atterrit tout doucement en bas, aux pieds de la bonne. Lorsque Mia leva la tête, mademoiselle avait disparu. Mais Mia savait à qui appartenait le mouchoir qu'elle ramassa, et elle interpréta bel et bien son message comme une menace.

*

C'était ça, le bonheur, songea Rudi, cet instant. Main dans la main avec Käthe, le vert timide des arbres, le bleu du ciel. Fixer l'éternité, pensait Rudi. Pourquoi ses parents ne s'étaient pas mariés ? Leur amour n'avait-il été pas assez grand ?

— Veux-tu m'épouser, Käthe ?

Käthe lâcha sa main et s'immobilisa.

— Quelle bêtise, Rudi ! Je commence seulement mon apprentissage. C'est une bêtise. Une bêtise. Et puis même. Je croyais que tu étais un révolutionnaire. On n'a pas besoin du mariage.

— On dirait que le mot « bêtise » te plaît.

— C'est toi qui me plais. Mais oublie cette histoire de mariage.

La question de savoir pourquoi lui brûlait la langue. Mais il ne dit rien. C'était sans doute l'histoire de sa propre famille qui le rendait pressant.

— Et ne t'avise pas de décocher d'autres sourires charmeurs à Henny sous prétexte qu'elle connaît un poème par cœur.

— Tu es jalouse, Käthe. C'est un sentiment révolutionnaire, peut-être ?

Rudi sourit, soulagé que l'instant ait perdu de son caractère solennel. Sans doute était-ce vraiment trop tôt.

— Asseyons-nous sur ce banc, proposa Käthe.

Ce matin, son père avec sa sacoche. Ce soir, une demande en mariage. Et Rudi cueillait maintenant, par-dessus le marché, une petite fleur qui poussait dans une touffe d'herbes près du banc. Il la lui offrit. Aucune idée de ce que c'était.

Août 1919

Les blouses blanches envahirent la salle comme une nuée de sauterelles, elles bondissaient de lit en lit, même si elles étaient un tout petit peu moins rapides que les autres jours. Il faisait très chaud à Hambourg. Henny se tenait devant un lit près de la fenêtre, suffisamment loin du professeur et des médecins, de l'infirmière en chef et de la sage-femme responsable pour avoir une bonne vue sur ce qui se passait dans la salle.

La petite Mme Klünder, dans l'un des premiers lits, levait la main sans réussir à attirer l'attention. Elle avait des contractions intermittentes depuis une semaine et s'inquiétait de porter trop longtemps son enfant.

La troupe blanche était déjà partie. On parlait peu aux femmes alitées qui attendaient anxieusement quelques mots sur leur cas. L'infirmière en chef donnait le ton, elle exposait la situation aux médecins. Un seul osait modifier ce déroulement de temps à autre en incluant les patientes dans la conversation, c'était le jeune Dr Unger. Mais ce jour-là même lui ne dit rien, il était aussi pressé que les autres.

L'une des sages-femmes avait raconté à Henny que c'était très différent dans les chambres de consultation privée. On y prenait son temps. Il arrivait même que le professeur en personne tâte un ventre, écoute le cœur d'un enfant au stéthoscope, s'asseye au bord d'un lit, caresse des mains et prononce des paroles paternelles.

Käthe voyait rouge dès qu'elle entendait le terme de « consultation privée ».

Henny avait eu des débuts plus faciles. Peut-être parce qu'elle était habituée à faire preuve de patience dans la vie quotidienne avec sa mère. Käthe ne supportait presque rien. Le Dr Unger l'appelait « la contradiction ambulante ». Cependant il s'entendait bien avec elle. Les sages-femmes aussi reconnaissaient que Käthe était courageuse, qu'elle n'avait peur de rien, qu'elle n'avait ni vertige ni dégoût face au sang qui coulait ou quand il fallait essuyer d'autres sortes de liquides.

Käthe préférait la pose de cathéters ou les lavements intestinaux au cours de *Pathologie générale* ou d'*Anatomie et physiologie du corps humain, en particulier le corps féminin.* Henny aimait bien la théorie, même si la pathologie était un peu trop facile pour elle, mais il ne lui était pas permis, malgré son diplôme, de s'en dispenser pour se consacrer à d'autres tâches.

— C'est pas correct qu'ils passent aussi vite, les docteurs, dit une des patientes.

Murmure d'approbation. Quelques-unes se tournèrent vers Henny, la seule du personnel médical à être restée dans la salle. Mais Henny n'osait pas partager publiquement l'opinion des femmes. Elle ne le faisait que dans ses conversations avec Käthe. Elle passa donc une main embarrassée sur le matelas, qui était plutôt un tapis de caoutchouc. C'était elle qui avait retiré les draps la veille et le lit n'avait pas encore été refait.

Le silence se fit dans la salle, peut-être parce qu'elle se tenait devant ce lit ; pourtant, Bertha Abicht n'était pas morte dedans, mais en bas, dans la salle d'accouchement. Elle avait eu une hémorragie avant l'expulsion du délivre, en raison de contractions inefficaces. Henny l'avait su par les deux sages-femmes qui avaient essayé avec le médecin de sauver la mère de l'enfant tout juste né. Mais ils n'étaient pas parvenus à provoquer la contraction salvatrice, ni par un massage ni en vidant la poche des eaux. Ça avait été une dramatique illustration de la leçon sur les saignements dans la phase postnatale.

Le nouveau-né était encore sous la surveillance de l'infirmière pédiatrique, mais le mari de Bertha Abicht allait bientôt arriver avec sa fille aînée pour le ramener à la maison. Son huitième enfant.

« Trop d'enfants trop rapprochés, avait dit le Dr Landmann. C'est complètement irresponsable de la part du mari. » Il s'était assis au chevet de Bertha Abicht avant le déclenchement de l'accouchement et l'avait écoutée. Chaque mort affligeait le docteur, mais celle-ci le mettait aussi en colère.

Henny essaya de sourire aux onze femmes en quittant la salle. Elle s'arrêta brièvement devant la petite Mme Klünder.

— Je vais demander au Dr Unger de revenir vous voir, dit-elle.

Henny avait grande confiance en lui, néanmoins elle devinait ce qu'il allait dire. Cette jeune femme qui attendait son premier enfant était complètement sous-alimentée et beaucoup trop menue. Son corps lui-même semblait vouloir lui épargner l'accouchement. Or, si son médecin de famille avait bien calculé, elle s'approchait de la quarante-deuxième semaine de grossesse.

Lorsque Käthe et Henny sortirent de la clinique ce soir-là, Rudi attendait devant la porte d'un air radieux.

— La Maison du passeur* à Uhlenhorst, dit-il. Nous n'allons pas nous priver de cette soirée d'été.

Käthe était-elle enthousiaste ? Elle considérait la Maison du passeur comme un haut lieu de la bourgeoisie de Hambourg. Elle aurait sans doute préféré sortir seule avec Rudi, mais il ne semblait pas s'en rendre compte, voulant seulement saisir l'instant. Rudi Odefey avait un grand appétit de vivre.

— Unger est emballé par toi, dit Käthe alors qu'ils se dirigeaient vers l'Alster.

Autant circonscrire le territoire tout de suite.

— Qui est Unger ? demanda Rudi en entraînant les deux filles en direction de la Maison du passeur.

— Un médecin qui est en train de s'enticher de Henny.

Henny regarda ses chaussures d'un air gêné. Ce n'étaient toujours pas les escarpins en daim souple, mais pas des bottines non plus, heureusement, par cette chaleur ; c'étaient des sandales blanches en tissu que sa mère avait portées durant les étés de paix sur la plage de Timmendorf.

— C'est des bêtises, se défendit-elle en rougissant.

— J'adore cette expression dans ta bouche et dans celle de Käthe, dit Rudi.

Regard réprobateur de Käthe, regard interrogateur de Henny. Personne n'éclaira cette dernière.

Rudi l'ingénu. Il marchait au milieu des deux filles, donnant un bras à chacune, et il esquissa un pas de danse exubérant dès qu'il aperçut les trois tours de la Maison du passeur. On devinait déjà dans le ciel la rougeur du coucher de soleil imminent, la musique retentissait dans le pavillon, des dizaines de canoës et de kayaks étaient amarrés dans la baie, devant la presqu'île. Par temps chaud, la fraîche Hambourg éclatait d'allégresse à la louange de l'été.

— J'aurais dû prévenir à la maison, dit Henny.

— Quelle bêtise ! dit Rudi en riant.

— Il est temps que tu te libères de ta mère, dit Käthe.

Ils trouvèrent de la place dans le jardin de la Maison du passeur, juste devant la rampe qui menait à l'eau et aux bateaux pleins de gens enjoués qui avaient apporté leurs boissons et écoutaient la musique sans avoir à payer. On avait une vue étendue sur l'Alster, avec à l'autre bout le pont Lombardsbrücke et le Jungfernstieg. Rudi commanda du vin. Il lui restait un peu d'argent dans les poches.

— Il paraît que le patron de la Maison du passeur a dû couper sa viande à Guillaume, dit Käthe. Il était maladroit avec son bras paralysé. On a vu ça en cours aujourd'hui. Paralysie du plexus brachial après une naissance par le siège.

— Couper la viande à qui ? demanda Henny.

— Au Kaiser, précisa Rudi. Il est venu ici. Pas en bas avec le peuple. Au premier étage, là où ils donnent les *dîners dansants*[1]. Mais ça fait longtemps.

— Qu'est-ce que tu dis qu'ils donnent ? demanda Käthe.

— Des dîners dansants. Tu t'en mets plein la panse et en même temps tu peux danser, expliqua Rudi.

Il en savait, des choses. Käthe se délectait de son Rudi.

— Tu parles français ? l'interrogea Henny.

Rudi secoua la tête en riant :

— Tu n'imagines pas tout ce qu'on apprend quand on compose un journal.

Il leva son verre de vin du Rhin. Un reste de soleil étincelait dans le pied brun du Roemer. Henny ressentit soudain du bonheur. Elle rit. Regarda Rudi en riant. Il rit en retour. L'ingénu Rudi.

— Ça suffit maintenant, avertit Käthe. Ne fais pas les yeux doux à mon gars.

— Bien sûr que non, dit Henny au bout d'un moment. Pour qui tu me prends ?

— Allez, Käthe, on est là pour s'amuser. Tu sais bien que tu es la chance de ma vie.

1. En français dans le texte.

— Mais la chance peut vite tourner, rétorqua Käthe.

— Quelle bêtise ! dit Rudi pour la deuxième fois de la soirée.

Il replaça une mèche de cheveux de Käthe derrière son oreille. Tendrement. Le soleil couchant plongea dans l'Alster. Il commençait à faire nuit.

*

Campmann ne cessait de parler de grosses poulardes, de sauces à la crème et de raisin de Bruxelles tandis que leurs assiettes ne contenaient que de maigres tranches de viande. La bouteille de Bernkasteler Doctor était placée dans le seau en argent, Friedrich Campmann les resservait avec empressement, comme s'il misait sur l'ivresse d'Ida. Les serveurs étaient débordés par l'affluence de clients sur les terrasses, les vérandas et le jardin de la Maison du passeur.

Il était bien de sa personne, de grande taille, avec des cheveux blonds ondulés, une épaisse moustache ; il venait en outre d'une famille fortunée, et la Dresdner Bank avait l'intention de faire de lui l'un de ses plus jeunes directeurs. Tout parlait donc en sa faveur. Cela semblait avoir beaucoup d'importance aux yeux du père d'Ida, qui n'aurait permis à aucun autre de sortir sa fille de dix-huit ans sans chaperon à ses côtés. Elle se demanda un instant si son père ne connaissait pas des difficultés financières.

Ida s'ennuyait, ce qui n'était pas dû au fait que Campmann avait dix ans de plus qu'elle. La seule chose qui la charmait chez lui, c'était qu'il semblait complètement conquis par elle. Ses éloges étaient plus divertissants que ses souvenirs de la banque privée d'Anvers, où il avait débuté avant la guerre. Ida promenait néanmoins son regard sur la foule au lieu d'être suspendue à ses lèvres.

Ce garçon là-bas, avec ses boucles brunes, il lui plaisait, mais deux femmes soupiraient déjà après lui. Laquelle était avec lui ? La blonde au sage chemisier blanc ou la brune ? Aucune d'entre elles ne portait de chapeau et elles avaient relevé leurs cheveux, mais la brune avait quelques mèches rebelles. Elles semblaient s'amuser follement avec ce garçon. Ida regarda Campmann, vingt-huit ans, pas un vieillard non plus, mais comparé au brun bouclé il paraissait cent ans avec sa raideur suffisante.

C'était la brune qui était avec lui. Ida vit le garçon lui remettre une mèche derrière l'oreille. Elle se sentit envieuse.

— Vous m'écoutez encore, Ida ? dit Campmann.

Sans chapeau, songeait Ida. Maman ne l'autoriserait pas à sortir sans chapeau. À moins qu'elle n'aille à un bal et porte un diadème. Elle arrangea son chapeau de paille orné de cerises artificielles.

— Très élégant, votre chapeau, crut devoir dire Campmann.

La nuit tombait assez tôt, les serveurs couraient dans tous les sens, allumaient les lampions. Il y avait encore quelque luminosité dans le ciel, en dépit des franges rouge foncé. Campmann devait la ramener chez elle avant la nuit, sa mère y tenait, mais la villa familiale n'était pas loin du tout.

Elle crut reconnaître Mia en bas, à l'une des tables installées près de la rampe. Cet établissement s'ouvrait donc à un très large public. Ida haussa les épaules comme par réflexe de défense. Elle adressa un second regard aux tables du bas. Non. Ce n'était pas Mia.

— Vous avez froid ? demanda Campmann.

Ida ignora sa question. Elle était en train de penser que Mia prétendait avoir perdu son livret de service. Elle avait demandé à Maman où il se trouvait après qu'Ida l'avait surprise avec la bouteille et que son père s'était plaint de la forte consommation de vin de Porto dans la maison.

« C'est Mlle Grämlich qui l'a recommandée », avait dit Maman. Cette référence semblait lui suffire. Chacun savait que la vieille demoiselle avait pitié des oubliés de la société et ne reculait pas devant la réhabilitation des malfaiteurs.

« Prends garde de ne pas devenir suffisante, Ida », avait prévenu son père à son anniversaire, qui malheureusement n'avait pas été fêté en grand, on s'était contenté d'un repas en petit comité chez Pfordte*, à l'hôtel Atlantic. Et il y avait eu cette remontrance déguisée en conseil. Était-ce une allusion à Campmann ? Ou à son habitude de parler des domestiques avec dédain ?

Depuis ce jour de mars, elle n'avait rien révélé de ses observations à propos de Mia. À quoi celle-ci pouvait-elle bien lui être utile en dehors de son travail domestique ? La préparation de son bain et les tâches de femme de chambre ne faisaient plus partie de ses attributions.

Ida avait retrouvé son mouchoir brodé de ses initiales lavé, repassé et bien plié sur sa coiffeuse. À côté, un petit vase contenant les premières pensées, blanches et violettes. Un salut de Mia accompagné d'une prière implicite. Quelle autre interprétation donner à ce geste ?

— Vous voulez certainement savoir quelles fonctions m'attendent à la Dresdner Bank, dit Campmann. C'est en effet extraordinaire que l'on me confie ce poste si jeune.

Ida le regarda d'un air surpris. Son père comprendrait pourquoi ça n'allait pas, entre elle et Friedrich Campmann. Le récit de cette soirée devrait suffire.

— Nous devrions peut-être songer à partir bientôt, avant qu'il ne fasse nuit, suggéra-t-elle en se disant qu'elle adoptait un langage aussi affecté que Campmann. Vous ne voulez sûrement pas contrarier *Maman*[1].

— *Maman* ? répéta-t-il.

Si lui évoquait avec enthousiasme les grosses poulardes et le raisin de Bruxelles, on pouvait bien se permettre de parler un peu français. C'était simplement plus chic. Ida sourit en regardant au-delà de Campmann.

*

— Tu es devenu un grand promeneur, dit Lina. Tu arrives en retard pour le dîner et tu me racontes que tu t'es baladé dans le quartier.

Lud et elle passaient cette soirée d'été sur leur petit balcon du premier étage, dans la Canalstraße, à boire du sirop de framboise. Ils en avaient trouvé un reste dans un bocal de confiture au fin fond du placard de la cuisine.

Lud tournait son verre entre ses mains, le regard plongé dans la rue obscure.

— Je cherche des traces. De tous les lieux où nous avons été heureux.

— Tu es masochiste, Lud.

— Tu ne comprends pas. Tu es tellement efficace, Lina, y compris avec tes sentiments. Tout bien organisé.

— Je sais ce que je veux, dit-elle à voix basse.

— Devenir une enseignante célibataire. Ou même mademoiselle le professeur. Tu laisses passer ta vie.

Pourquoi ne lui disait-elle pas que les sociaux-démocrates voulaient supprimer le célibat des enseignantes ? On ne parlait plus que de ça au séminaire. La Constitution de Weimar n'était pas encore en vigueur.

— Tu m'as l'air perdu, mon frère.

1. En français dans le texte.

— Mais je t'ai, toi, Lina, dit-il avec un sourire grimaçant. Imagine qu'on reste seuls tous les deux. Un couple de frère et sœur vieillissants.

Lina prit une grande gorgée de sirop de framboise en regrettant que ce ne soit pas du schnaps. Lud n'avait pas la moindre idée de ses envies occasionnelles de fuir la réalité, de s'étourdir avant d'être rattrapée par la triste vérité.

— C'est ridicule, Lud, le reprit-elle. J'ai vingt ans et tu en auras dix-huit en novembre. On est encore à des années-lumière de la vieillesse.

À des années-lumière : pourvu qu'elle dise vrai. En réalité, elle n'avait été vraiment jeune que pendant un bref été de guerre.

— J'espère, dit Lud, morose, le regard dirigé sur la rambarde en fer et les jardinières vides. Maman avait toujours des fuchsias. D'un rouge lumineux.

— Je vais peut-être dégoter quelques chrysanthèmes, annonça-t-elle avec un soupir. On en profiterait encore un peu à l'automne.

— Les chrysanthèmes, c'est pour les tombes.

Un léger bruit à peine étouffé se fit entendre. Lud leva la tête et regarda sa sœur. Lina pleurait.

*

Le mari de Bertha Abicht était un homme austère, qui rapportait l'argent nécessaire à la maison, le gérait avec économie, lisait la Bible le soir et le week-end, et engendrait des enfants. Il ne doutait absolument pas que telle fût la volonté de Dieu. La mère de ses huit enfants était morte dans l'accomplissement de son devoir. Cela aussi était la volonté de Dieu.

Quand le médecin qui avait tout essayé pour sauver la jeune femme vit cet homme vêtu de noir entrer avec sa fille, il l'aurait bien frappé pour son infatuation. Mais le Dr Kurt Landmann se contenta de regarder l'infirmière déposer le nourrisson dans le landau auquel s'agrippait la fillette affublée d'un brassard de deuil.

Devait-il ajouter quelques mots ? Ou plutôt les hurler ? À la face blême de cet homme aux sourcils relevés ? Il le laissa partir avec sa fille aînée et sa benjamine.

Le Dr Landmann se retourna et marcha à grands pas dans le couloir jusqu'à ce qu'il tombe sur un confrère.

— Vous étiez aussi sur le champ de bataille, Unger, dit-il. Le désespoir face à un tel carnage ne nous accablait-il pas dans les hôpitaux militaires ? N'avons-nous pas espéré en un monde meilleur avec plus de raison, une fois que ce massacre insensé serait enfin fini ?

Theo Unger le considéra d'un air surpris. Peut-être trouvait-il un frère d'esprit là où il ne l'avait pas soupçonné. Les médecins qu'il croisait à la cantine pour le déjeuner semblaient surtout être de vieux militaires qui croyaient aux bienfaits de la violence et regrettaient l'Empire.

— Pourquoi cette pensée maintenant ? demanda Unger.

— Le cas Abicht, dit le Dr Landmann. Cet homme a tué sa femme à force de la mettre enceinte et, si je ne m'abuse, il croit encore avoir accompli l'œuvre de Dieu et non celle du diable.

— Peut-être devrions-nous boire un verre ensemble, un jour ?

— Vous avez déjà une bouteille qui dépasse de votre sac. Avez-vous pillé la cave à vin de votre père ?

— Ce sac contient aussi une pleine boîte d'œufs frais. Du poulailler de ma mère.

— Que mijotez-vous, cher confrère ?

— Vin rouge avec un œuf et du sucre. Ma mère ne jure que par ce fortifiant. Il ne manque plus que le sucre.

— Et qui voulez-vous fortifier ?

— La petite Klünder. Très en retard pour son accouchement.

— En tout cas, le vin va détendre la jeune femme. Peut-être s'abandonnera-t-elle aux contractions et n'essaiera-t-elle plus de garder le contrôle.

— Elle est sous-alimentée, dit Unger.

— Je vais vous prendre du sucre dans la cuisine du secteur privé, proposa Landmann en hochant la tête. Et nous ne dirons rien au chef.

— Césarienne, si ça ne marche pas ?

— Dans ce cas je vous assisterai, dit Landmann.

*

— Il ne te plaît donc pas du tout ?

— N'essaie pas de jouer les entremetteuses, Käthe. Je ne m'approche pas trop près de ton Rudi. Tu as vraiment une si piètre estime de moi ?

— Il est au laboratoire en train de mélanger du vin rouge avec du jaune d'œuf et du sucre. Unger est vraiment quelqu'un de raffiné.

Henny rangea la dernière pince dans le tiroir et le ferma.

— Le Dr Unger mélange du vin rouge avec un œuf et du sucre ? Au laboratoire ? Mais pourquoi ça ?

— Il veut le faire ingurgiter à la petite Klünder. Pour la fortifier et l'aider à permettre l'accouchement.

— C'est ce qu'il a dit ?

— Pas tout à fait, mais presque. Je suis désolée d'être aussi jalouse, Henny. J'aime tellement Rudi et j'ai une peur bleue de le perdre. Toi, tu connais des poèmes et tu as de bonnes manières.

Henny masqua son embarras en triturant son chignon, dont pourtant chaque pince était bien en place.

— Et ton Rudi est le roi de Béotie ? demanda-t-elle.

— Oui.

— Je croyais qu'il était communiste.

— Il a le cœur à gauche. Mais il n'est pas encore au parti.

— Tu ne crois quand même pas qu'il te regarde de haut ? Tu n'as pas raconté qu'il était de condition modeste, que sa mère était célibataire et qu'il ne connaissait pas son père ?

— Qu'est-ce que ça change ? dit Käthe en écumant à nouveau de colère. Quand tu parles comme ça je croirais entendre Else Godhusen.

— Tu es encore plus irritable que d'habitude. Si je n'étais pas sûre du contraire, je dirais que tu es enceinte.

— Tu es donc sûre du contraire ?

Henny se laissa tomber sur un des petits tabourets placés devant les armoires d'instruments médicaux.

— Nom de Dieu, Käthe ! Et qu'est-ce que tu vas faire ?

— Je t'ai fait une sacrée peur, hein. Ne t'inquiète pas, Rudi fait attention. Il a ces Fromms*.

— Vous avez déjà couché ensemble ?

— Tu crois qu'il a une mauvaise opinion de moi ? Qu'il me prend pour une fille facile ?

— Je suis surprise par tous tes doutes. Rudi t'adore littéralement, même si tu ne connais pas de poèmes.

— J'en connais ! Je suis en train d'en apprendre un par cœur. De Goethe. C'est un des plus grands.

— Vas-y, récite-le.

— *Sur toutes les cimes la paix*, commença Käthe, *au faîte des arbres tu saisiras un souffle à peine*.

— Un souffle à peine tu saisiras, la corrigea Henny, qui eut aussitôt honte de sa mesquinerie.

— Bien sûr, dit Käthe, il faut que ça rime avec « reposeras ».

Elle sortit de la salle en claquant la porte.

*

Le petit Klünder vint au monde au bout de la nuit et ne fut pas seulement acclamé par son père, qui avait attendu sur un banc inconfortable devant la salle d'accouchement, mais aussi par les deux messieurs qui l'avaient fait naître. La mère dormait, épuisée.

Unger et Landmann se tapotèrent mutuellement sur l'épaule tandis que la sage-femme s'occupait du nouveau-né.

— Nous recourrons plus souvent au vin et à l'œuf, dit Landmann, qui n'avait pas renoncé à prêter assistance, même s'il n'y avait pas eu de césarienne. Ça détend énormément.

— Nous devrions aussi révéler cette solution aux étudiants, suggéra Unger, dont l'humeur laissait à penser qu'il avait lui-même pris du vin rouge et des œufs pendant les douze dernières heures. J'ai hâte d'entendre ce que le chef dira à ce sujet.

— Silence, dit Landmann, je vous invite à vous taire. Nous n'allons pas abattre notre jeu devant lui. D'ailleurs je ne suis pas sûr qu'il réagirait de manière positive. Il peut manquer d'humour. Si le jour n'approchait pas déjà, je vous aurais bien invité à boire quelque chose dans ma salle de consultation. J'y garde une bouteille d'armagnac.

Theo Unger déclina :

— Je suis suffisamment enivré, cher confrère. J'ai plutôt besoin de sommeil. Il faut que j'assure le service des urgences dans quelques heures.

— Ah oui, il faut absolument que vous ayez assez dormi avant.

— Étiez-vous sur le front de l'Ouest pendant la guerre ?

— En Lorraine à la fin. Anéantis par les Américains.

Theo Unger hocha la tête.

— Vous pourriez apporter votre bouteille chez moi, un jour. J'ai un petit appartement non loin d'ici. Les poules de ma mère fourniront sûrement des œufs pour une omelette.

— Avez-vous grandi à la campagne ?

— Dans les Walddörfer*. Mon père est médecin là-bas. Un patient reconnaissant lui a offert deux poules et un coq. C'était juste avant la guerre. Pour notre plus grand bonheur, ma mère a renoncé à son jardin d'agrément pour se consacrer à l'élevage de volailles.

— Faites-moi signe quand cela vous convient, Unger, et j'apporterai l'armagnac chez vous, dit le Dr Landmann alors qu'ils passaient tous deux le porche.

Le soleil était en train de se lever au-delà du canal Eilbeck. Un dimanche méridional s'annonçait. Le dernier jour d'août.

*

Ida était allongée sur l'une des chaises longues en osier de la terrasse et elle écoutait les vociférations de sa mère, qui croyait encore qu'une dame devait avoir le teint pâle et ne supportait pas le moindre hâle. Maman était affreusement vieux jeu dans certains domaines. Ida se releva à ce moment-là, non par obéissance filiale, mais parce qu'elle avait soif. Les deux bonnes avaient congé le dimanche après-midi. Personne pour lui apporter une limonade dans le jardin.

Ida entra dans la cuisine bien fraîche et fut surprise d'y trouver Mia, qu'elle surprit à engloutir une part de quatre-quarts fourré. Elle était là dans sa toilette du dimanche, prête à sortir, mais visiblement affamée. Mia s'étrangla et se mit à tousser lorsqu'elle prit conscience de la gravité du moment.

Ida avait longuement réfléchi à la manière dont elle pouvait user de son pouvoir sur Mia, un pouvoir que lui donnait la connaissance de ces larcins. Le porto des réserves de son père. Les friandises du cellier. Mia rosissait et s'arrondissait à mesure.

Ida était contrariée par quelque chose qui faisait très bizarre avec le chemisier blanc au col haut de Mia : un petit foulard de soie, d'aspect exotique, que la bonne avait noué autour du cou.

— Qu'est-ce que c'est ? demanda-t-elle.

— Du quatre-quarts, répondit Mia en toussotant.

— Non, cette chose rouge et or autour de ton cou.

— Un petit foulard chinois. C'est Ling qui me l'a offert.

— Qui est Ling ?

— Mon amie. Elle travaille dans une cuisine de rue.

— Et qu'est-ce qu'une cuisine de rue ?

— Une échoppe de cuisine chinoise.

— Ling est chinoise ?

Mia hocha la tête en se demandant bien où la mènerait cette conversation. Sans doute à un renvoi immédiat.

— La cuisine appartient au père de Ling. Dans la Schmuckstraße.

— Connais pas. C'est où ?

— À Sankt Pauli. Près de la Reeperbahn.

Mademoiselle devait quand même avoir entendu parler de cette célèbre avenue du quartier des plaisirs.

— Tu connais donc des Chinois qui ont une échoppe près de la Reeperbahn, répéta Ida. Et c'est là que tu passes tes jours de congé ?

— Pas toujours. Parfois on se promène aussi le long du port ou on fait un tour en barcasse à vapeur.

— Tu ne rends pas visite à ta famille ?

— Si. Aussi. À ma sœur. Mais il faut que je prenne le chemin de fer jusqu'à Glückstadt et ensuite encore le bac.

— Écoute, Mia. Tu te rends bien compte que je t'ai prise en flagrant délit de vol, et que ce n'est pas la première fois. Si je le raconte à ma mère, tu seras renvoyée.

Mia hocha à nouveau la tête et baissa le menton sur son petit foulard.

— Mais j'ai une autre idée, poursuivit Ida.

Mia releva la tête.

— Tu m'emmènes dans tes sorties. Pas aujourd'hui. Il faut se préparer. Je ne peux pas clamer dans le jardin que j'accompagne notre bonne à Sankt Pauli. Il me faut un prétexte.

Mia était maligne. Elle comprenait qu'elle était sauvée et ce qu'Ida voulait d'elle.

— Vous voulez vivre une aventure, dit-elle.

— Concluons un marché qui repose sur notre silence à toutes les deux. Toi, tu me montres les Chinois, le port et tout le reste.

— Qu'allez-vous dire à monsieur et madame, que vous allez où ? Si on apprend que c'est moi qui vous entraîne, là je suis sûre d'être renvoyée.

Que disait parfois Carl Christian Bunge ? *Nous devons établir un plan de bataille qui plairait aussi au vieux Blücher.*

— Ce qui est important, c'est que tu tiennes ta langue, Mia. Laisse-moi m'occuper du reste. Je trouverai bien une idée. Et maintenant, va voir ta Ling.

Mia enleva la dernière miette de quatre-quarts de sa bouche et disparut. Ida prit la carafe de limonade, remplit un des verres qui étaient disposés sur le plateau et attendit que la lourde porte d'entrée se referme.

Alors seulement elle retourna dans le jardin pour s'asseoir à l'ombre et forger des plans qui auraient plu, eux aussi, au vieux feld-maréchal Blücher.

Janvier 1921

Bunge se tenait à la fenêtre de son bureau et regardait le jardin hivernal. Les poiriers en espalier semblaient prêts à s'effondrer sous le poids des stalactites. Leur bois était devenu cassant, il faudrait absolument faire quelque chose au printemps. Tout se détériorait dans et autour de cette maison. Il fallait dire qu'elle aurait pas moins de cinquante ans l'an prochain.

Quel climat ahurissant ! Quelques jours auparavant, le mois de janvier faisait encore des caprices, avec des températures élevées, et du jour au lendemain la ville se trouvait couverte de neige. L'Adler n'avait pas démarré et il n'y avait pas moyen d'obtenir un fiacre automobile. Il avait décommandé Kiep und Lange, on n'attendrait quand même pas de lui qu'il se rende à pied, par les rues glissantes, jusqu'à la station de métro. Ça l'arrangeait bien, d'ailleurs, cette annulation. Les affaires florissantes des deux hommes le mettaient de mauvaise humeur.

Il aurait dû se mettre au commerce des spiritueux. Il avait été trop optimiste durant l'été 1919 ; lorsque le blocage maritime avait été levé, il avait misé sur une nouvelle ère pour le caoutchouc, mais malheureusement les prix fluctuaient toujours. Tandis que le monde entier buvait. Champagne, cognac et liqueurs. En dansant le fox-trot. C'était fou.

Et Ida qui lui avait arraché la promesse de ne pas devoir épouser Campmann avant son vingtième anniversaire.

Ça ne facilitait pas les choses. Bon. Le mois d'août allait quand même venir, donc son anniversaire, et on irait illico presto à l'autel.

Devoir épouser Campmann ! Quand il y pensait. Campmann manquait peut-être un peu d'étincelles et de passion. Mais c'était quand même un gendre nanti et pas le ténor d'une opérette viennoise. Cette Ida, vraiment.

Sa fille était devenue insaisissable. Claire Müller, cette professeure de piano prétendument géniale à laquelle Ida donnait son argent depuis le mois de novembre, sans que les oreilles de Burge perçoivent une amélioration grandiose dans le jeu d'Ida, lui paraissait un peu suspecte. Netty, elle, prétendait que les études sonnaient comme des perles et que l'interprétation par Ida du *Jour de noces à Troldhaugen* de Grieg était brillante. Elle se voyait déjà assise au premier rang de la Laeiszhalle en tant que mère d'une artiste virtuose. Lui n'y croyait pas.

Il n'avait aperçu Claire Müller qu'une seule fois, lors d'un récital de Noël dans le salon de la demoiselle. Pourquoi ne venait-elle pas chez eux pour jouer sur leur excellent piano à queue ? Pourquoi Ida allait-elle au moins deux fois par semaine aux Colonnaden* pour rendre visite à la demoiselle ? En même temps, par rapport à tous les lieux que l'on pouvait fréquenter dans cette ville remplie de bouges, il n'y avait pas grand-chose à dire contre l'appartement d'une demoiselle pianiste.

Jour de noces à Troldhaugen. Les seules noces qui l'intéressaient étaient celles qui auraient lieu à Sainte-Gertrude et seraient suivies d'un banquet dans la Maison du passeur. Il ne mégoterait pas, et Campmann aussi apporterait sûrement une belle somme.

Carl Christian Bunge se retourna lorsque la porte de son bureau s'ouvrit.

— Qu'y a-t-il, Netty ? demanda-t-il.

Le charmant Écureuil avait minci, alors que désormais on mangeait tout à fait bien. Mais cela lui seyait bien, ses mouvements avaient retrouvé la légèreté de la jeunesse.

— Regarde ce que j'ai trouvé dans la chambre d'Ida.

Bunge reconnut deux baguettes vernies richement décorées.

— Qu'en dis-tu ? dit Netty.

— Des baguettes chinoises pour manger.

— Et que fait Ida avec ça ? N'avons-nous pas assez de couverts en argent à la maison ?

— Elle va sans doute nous raconter que Claire Müller a des racines chinoises et bat la mesure avec des baguettes.

— Sois sérieux, Carl Christian.

— Il est grand temps qu'elle devienne Mme Campmann.

— Allons-nous rénover la maison avant le mariage ?

— Non, non. Cérémonie à l'église et réception dans la salle des banquets de la Maison du passeur. Campmann doit bientôt s'occuper de trouver un bel appartement au premier étage, son appartement de la Büschstraße est trop petit. Le mieux serait près d'ici.

— Vas-tu parler de ces baguettes à Ida ?

— Oui, je vais le faire, dit Bunge en soupirant.

*

La rue était tellement glissante que Henny tomba littéralement dans les bras de Theo Unger. Il en rit, et Henny essaya de se dégager rapidement. Käthe leva d'abord un pied, puis l'autre pour montrer les chaussettes en gros tricot qu'elle avait enfilées par-dessus ses bottes.

— Ça ne risque pas de m'arriver, dit-elle. Dommage !

— Si l'étang de Kuhmühlen est gelé, nous irons patiner, proposa Unger, et ensuite boire un punch.

— Qui est « nous » ? demanda Käthe.

— Vous et l'ami qui vient toujours vous chercher, et Henny et moi.

— Ah bon, dit Käthe en jetant un œil à Henny.

Plus tard, quand elles seraient en train de se changer pour la salle d'accouchement, elle glisserait à Henny :

— Tu vas le laisser mariner pendant combien de temps encore ?

— Je ne le laisse pas mariner, protesta Henny. Il est très gentil mais je n'ai pas l'intention de me lancer dans une aventure avec l'un de nos médecins. La cheffe nous a mises en garde contre ça.

— Ça fait au moins un an et demi qu'il brûle d'amour pour toi.

— C'est seulement dans ta tête que ça se passe, Käthe.

— Tu auras vingt et un ans en mars.

— Et toi après-demain. Il est donc grand temps que tu épouses Rudi. Ça fait quand même deux ans que vous êtes ensemble.

— Oui, c'est ce qu'il veut.

— Et pas toi ?

— C'est trop bourgeois pour moi, décréta Käthe.

Sa mère se serait effondrée en entendant cette réponse, pensa Henny. Et si Else soupçonnait qu'un médecin faisait la cour à sa fille, elle ne la laisserait plus tranquille une minute. Au prochain anniversaire, elle aurait droit à un autel pliable afin de ne pas perdre trop de temps après la demande en mariage.

— Il paraît que ça va fondre dans les prochains jours, dit Käthe. Ce sera râpé pour le patin à glace.

Henny avait déjà changé de sujet. Un autre lui tenait plus à cœur.

— Tu as déjà réfléchi à ce que tu feras quand nous aurons passé les examens ? demanda-t-elle.

— J'espère qu'ils vont nous prendre.

— Comme ça on aurait un revenu. Tu ne veux pas dormir éternellement sur le canapé de la cuisine.

— Rudi et moi envisageons de prendre une chambre avec cuisine.

— Je croyais que tu ne voulais pas te marier.

— Ce que tu peux être petite-bourgeoise ! s'écria Käthe.

— Et qui est-ce qui veut m'accoupler avec le Dr Unger ?

— Il n'est pas question de mariage. Juste de coucher avec lui, précisa Käthe au moment où s'ouvrait la porte des sanitaires.

— Vous feriez mieux d'aller travailler au lieu de parler de coucheries, dit la sage-femme en chef. Il y a mille choses à faire dans la salle d'accouchement. Les sentiments du printemps, ça donne des enfants en janvier. Si ces dames veulent bien aller dans les salles pour aider les collègues.

Coucher avec Unger. Quelle idée saugrenue ! Henny adressa un regard inquiet à Käthe avant que celle-ci ne disparaisse dans la première salle d'accouchement. La veille, Else l'avait traitée de vieille fille parce que Henny n'avait pas envie d'aller danser au Lübscher Baum* dimanche. Surtout pas en compagnie de sa mère. *Tu passes ton temps dans les livres, tu vas finir vieille fille.*

Et elle était déjà extrêmement vieille. Vingt et un ans. Petite-bourgeoise ! Elle devait montrer à Else et à Käthe ce dont elle était capable. Plonger dans une vie dissolue. Tu connais les préservatifs de Fromms, ma chère mère ?

Henny avait l'air farouchement déterminée en entrant dans la grande salle d'accouchement. Le Dr Unger était penché sur l'une des parturientes et lui tenait la main. Mince alors. Il lui plaisait. Non seulement c'était un bel homme, mais quelqu'un de raffiné. Käthe avait raison. Son cœur battait-il à tout rompre ? Elle secoua la tête au point que son chignon se défit un peu sous sa coiffe. Peut-être qu'Unger aurait envie d'aller au Lübscher Baum.

*

Le ciel gris et lourd annonçait de la neige. Lud la préférait à la glace, enfant déjà il aimait mieux marcher dans la neige plutôt que de patiner sur des surfaces glissantes. « Ce garçon est un froussard », avait dit son père le jour où ils étaient rentrés à la maison en traversant l'Alster gelé et où il s'était agrippé tout le long au manteau paternel.

Lina, elle, avait toujours pris plaisir à glisser sur les pistes gelées, à prendre de l'élan avant de patiner, et elle continuait à le faire. C'est pourquoi elle était maintenant obligée de préparer son diplôme avec une lèvre enflée. Elle était tombée la tête la première. Lud avait honte de s'en amuser.

Il avait offert à Lina pour son anniversaire un pince-nez qu'il avait dégoté dans le magasin de Jaffe. Quel plaisir, ça aussi. Les verres n'étaient pas puissants, mais parfaits pour le nez d'une enseignante. Une trouvaille fortuite, ce pince-nez. Il était entré dans le magasin de Jaffe pour acheter l'améthyste violette qui était en vitrine et qui irait très bien dans le médaillon en bois de tilleul qu'il avait sculpté pour elle. Elle le portait attaché à un étroit ruban de velours autour du cou, et Lud était content que l'améthyste soit assortie aux yeux de Lina.

Une affiche de théâtre pendouillait sur la colonne Morris. *La Ronde* de Schnitzler. La première était passée depuis longtemps. Plusieurs couches d'affiches s'écaillaient, peut-être que le gel détachait la colle. Les couleurs de l'affiche pour la fête costumée du Lübscher Baum, le dimanche suivant, étaient déjà passées et le texte était à peine lisible.

Lors des représentations de *La Ronde*, l'an passé, il y avait eu des émeutes devant le bâtiment du Besenbinderhof. Le vigile d'un bar de marins avait été engagé pour empêcher la foule de perturber la représentation. Lud aimerait bien aller au théâtre un jour, et dans l'un des bars de marins de Sankt Pauli, peut-être aussi participer à une émeute. Oser. Il avait dix-neuf ans depuis le mois de novembre.

Ça faisait quatre ans qu'ils étaient morts. Le jour de la mort de leur mère tombait début janvier, juste avant l'anniversaire de Lina, et celui de leur père le 22 décembre. Ces funestes anniversaires l'avaient bouleversé, et pourtant le deuil était devenu plus supportable. S'il devait quelque chose à ses parents, c'était de fonder une famille en leur mémoire. Ses promenades n'étaient plus une recherche du bonheur perdu. Devenu un promeneur plein d'espoir, mais aussi de pensées graves, il marchait distrait sur les rues verglacées.

Ainsi glissa-t-il et se ressaisit-il in extremis, mais son petit paquet contenant la cravate qu'il avait achetée chez Preussner, le magasin de prêt-à-porter masculin de la Hamburger Straße, tomba par terre. Son père déjà avait été client chez Preussner. Motif écossais, la cravate. Le bleu marine dominait, ce n'était pas très osé, mais c'était sa première cravate à lui. Elle irait bien avec le costume sombre qui avait été retouché pour lui. Lud se pencha vers le paquet, et lorsqu'il releva les yeux il se trouva face à face avec une jeune femme qui tirait sur ses cheveux blonds et courts.

— Vous êtes le premier à le voir, et cela vous effraie au point que vous faites tout tomber ! dit-elle.

Lud aurait donné cher pour être moins gêné. Surtout, il ne comprenait pas du tout de quoi elle parlait. Il resta donc coi, l'air surpris.

— Je viens de me faire couper les cheveux court.

— Vous devriez mettre un bonnet.

— C'est si grave que ça ?

Enfin, il esquissa un sourire.

— À cause du froid, précisa-t-il.

— Alors il vaut mieux repartir. À cause du froid.

Lud saisit le bord de son homburg et le leva en guise de salut. Quelques instants plus tard, il se traita d'idiot. Il aurait dû se présenter, peut-être lui aurait-elle donné son nom. Lud se retourna et parcourut le Winterhuder Weg des yeux, mais la jeune femme aux cheveux courts avait disparu.

*

C'était une jolie anguille que lui avait vendue Hein. Celui-ci était encore en rapport avec les pêcheurs qui fumaient eux-mêmes les anguilles là-bas, à Finkenwerder, et les apportaient ensuite sur l'autre rive de l'Elbe, à Övelgönne.

Hein avait grandi dans une des cabanes des bords de l'Elbe ; c'était un bon collègue, même si tous deux ne travaillaient plus sur le chantier naval depuis longtemps.

Karl Laboe déposa l'anguille enveloppée dans du papier journal sur le rebord extérieur de la fenêtre et sécurisa le petit paquet oblong avec un bout de ficelle qu'il attacha au crochet du fil à linge. Käthe allait être contente, elle aimait certes surtout les gâteaux, mais l'anguille aussi était à son goût.

Anna entra dans la cuisine avec son sac plein de courses. Il y avait à nouveau plus de choses à acheter.

— Qu'est-ce qu'il y a sur le rebord, dehors ? demanda-t-elle.

Elle avait de bons yeux.

— Ben, une anguille pour Käthe. Pour son anniversaire. Ça lui fait vingt et un ans.

— Alors comme ça tu t'invites à un repas d'anguilles.

— C'est une belle bête. Y en aura pour nous trois.

— Notre futur gendre vient aussi, annonça Anna Laboe. Pour le café de l'après-midi. Je vais faire un gâteau.

— Si seulement ça pouvait enfin donner quèqu'chose, tous les deux. Toi et moi on s'connaissait à peine qu'on passait déjà devant le maire.

— Oui, mais j'étais déjà enceinte, dit Anna Laboe en souriant. Tu la tiens d'où, cette anguille ? De Hein ? Avec ta jambe t'es allé jusqu'à Övelgönne par les routes glissantes ?

— Il était dans le coin. Et toi, t'as eu ton congé pour demain ?

— Pour l'après-midi, oui. C'est gentil de la part de Hein.

— Tu crois qu'ils vont s'marier, Käthe et Rudi ?

— Si c'est lui qui décide, sûrement.

— C'est toujours Käthe qui décide, soupira Karl. C'était pas pareil autrefois, les bonnes femmes couraient après le mariage.

— Notre Käthe est spéciale.

— J'l'aime bien, moi, c'garçon.

— Il y a encore du lait dans le garde-manger ?

— J'crois pas, dit Laboe en regardant les achats de sa femme étalés sur la table de la cuisine. Deux œufs seulement ?

— Il ne m'en faut qu'un pour la pâte brisée. Tarte aux cerises, la cuisinière m'a donné un bocal de griottes.

— Ben dis donc, c'est l'grand amour entre vous.

— Les griottes n'étaient plus assez rouges au goût de madame. Elle les aime très rouges.

— Ah bon, dit Karl Laboe en hochant la tête. Très rouges. Et comment que tu vas faire sans lait ?

— Je vais mettre une cuillerée de vinaigre à la place.

Anna Laboe avait mis la grande planche en bois sur la toile cirée de la table, et elle y avait déposé un petit tas de farine avec un creux au milieu. Du beurre en petits dés, le jaune d'œuf, le sucre, la cuiller de vinaigre. En un rien de temps elle avait formé une pâte bien lisse.

— Tes doigts sont encore agiles, Annsche.

— Faut que je la mette sur le rebord avec ton anguille.

— Ça va être la cohue dehors.

Anna avait déjà emballé la pâte dans un torchon et elle ouvrit la fenêtre.

— Le rebord de la chambre est trop étroit, dit-elle en casant le petit paquet sur le coin gauche.

— Tu ferais mieux d'mettre un couvercle dessus. Faudrait pas qu'elle tombe aux pieds d'un garnement, ta belle pâte.

— Le couvercle en fonte va écraser le garnement et on aura la visite du gardien de la paix, dit Anna Laboe. Une demi-heure ça suffit, ensuite je continue.

— Mais y a pas de place pour une bougie d'anniversaire sur une tarte aux cerises.

Il fouilla dans l'un des tiroirs du placard de la cuisine et en sortit une courte bougie blanche.

— J'l'ai eue chez l'marchand de savons.

— Tu deviens une crème sur tes vieux jours, toi, dit Anna en reposant le torchon avec lequel elle venait d'essuyer la table. Viens là.

Elle se tourna vers Karl, l'embrassa et retourna au nettoyage de la toile cirée.

*

— Comment peux-tu me faire ça, mon enfant !

— Calme-toi, enfin. Ce ne sont que des cheveux.

— Quel est le criminel qui a ça sur la conscience ? Ton beau chignon.

— C'est une coupe à la garçonne, et elle est bien faite.

— Tes cheveux dorés, se lamenta Else Godhusen, au bord des larmes. Plus aucun homme ne voudra de toi avec cette coiffure. Et moi qui ai réservé des places pour la fête costumée au Lübscher Baum.

Si sa mère n'avait pas déjà été dans tous ses états, Henny aurait rué dans les brancards. Réserver dans son dos ! Qui était censé aller danser ? Else et elle ?

— Tu as réservé pour qui ?

— J'ai bien compris que tu ne pensais pas à ta vieille mère. Et pourtant, un cavalier pourrait aussi me faire du bien.

Else avait-elle deviné l'existence d'Unger ?

— C'est pour toi et Käthe, poursuivit Else. C'est bien demain, son anniversaire ?

— Et Rudi ? Käthe n'ira pas danser sans lui.

— Mais je ne le connais pas.

Si. Else le connaissait. Käthe l'avait déjà amené chez elles. Il s'était bien conduit et avait été aimable avec la mère de Henny. Dieu savait quels préjugés elle avait contre lui. Peut-être parce qu'il travaillait au *Hamburger Echo*, un canard social-démocrate qu'Else prenait pour un organe militant de gauche. Chez elles, on lisait les *Hamburger Nachrichten*, un journal nationaliste.

— C'est bien qu'il fasse froid. Comme ça tu peux mettre un bonnet, et au travail tu as la coiffe. Mais que feras-tu à la fête costumée ?

— Je pourrais y aller en Dame Holle*, elle aussi elle a une coiffe.

Else Godhusen hocha la tête jusqu'au moment où elle vit le visage de Henny.

— Tu ne prends pas ça au sérieux. Je pensais à une couronne que tu mettrais sur tes cheveux relevés. Je l'ai achetée alors que tu n'étais pas encore au monde et je n'ai pu la porter qu'une fois.

— En fait, tu veux une princesse en guise de fille.

— Oui, dit Else, et être moi-même la reine. Or je suis une veuve, ma fille est coiffée à la garçonne et je serai bientôt toute seule. Je trouve que je n'ai pas mérité ça.

Elle avait prononcé ces phrases avec une grande sincérité et beaucoup d'anxiété.

— Je suis désolée, Maman.

— Heureusement, ils vont repousser, tes cheveux.

— Je ne parle pas des cheveux, mais du fait que tu aies espéré une autre vie et que Papa soit mort. Mais tu ne seras pas seule, Maman, tu m'as, moi.

— Il en viendra bien un que tu vas épouser.

— Je croyais que plus personne ne voudrait de moi, dit Henny avec un sourire un peu forcé. En tout cas, si je me marie, la famille va s'agrandir au lieu de se réduire.

— Et tu veux sûrement en avoir, des enfants, approuva sa mère en hochant la tête.

Henny devait-elle dire que ce n'était pas sa priorité ? Elle aimait beaucoup mettre les enfants des autres au monde. Mais elle n'avait pas l'intention de s'imposer une grossesse et un accouchement ni d'élever des enfants. Devenir sage-femme en chef lui semblait beaucoup plus attirant. Elle ne dit rien. Else avait déjà été assez choquée comme ça pour la journée.

— Rudi, c'est celui qui a des boucles ?

— Tu te souviens donc de lui.

— Allez-y tous les trois. Il y aura bien de la place pour ce Rudi à votre table.

— Peut-être aussi pour quatre. Je vais demander à quelqu'un de Finkenau. Au fait, selon le coiffeur mes « cheveux dorés » sont blond cendré clair.

— Alors comme ça, il y a de gentilles collègues chez vous ? dit Else Godhusen, qui n'était pas prête à mettre l'or de sa fille en doute.

*

La rencontre la plus surprenante que fit Ida dans l'échoppe du père de Ling fut celle de Mlle Grämlich. Ida ignorait que la vieille demoiselle ne s'occupait pas uniquement des soubrettes perdues de Hambourg mais qu'elle soutenait aussi les marins chinois qui avaient échoué dans la ville et cherchaient une situation.

Le sourire en coin de Mlle Grämlich lorsqu'elle reconnut dans la vapeur de la cuisine la fille d'Antoinette Bunge, qu'elle ne rencontrait sinon qu'à l'heure du thé dans les villas du bord de l'Alster, gêna Ida pendant longtemps. La demoiselle devina immédiatement que les Bunge ne soupçonnaient rien des sorties de leur fille dans le quartier chinois de Sankt Pauli.

La surprise suivante avait été de constater que Mlle Grämlich était très compréhensive envers la soif d'aventure d'Ida. La demoiselle n'était pas seulement prête à se taire, elle avait aussi introduit en la personne de Claire Müller un parfait alibi dans la vie d'Ida.

Jusqu'à présent, celle-ci n'avait jamais pu s'éloigner de la maison pendant plus de deux heures, inventant des promenades ou un achat au rayon des accessoires de mode du grand magasin Tietz et refusant la compagnie de sa mère ou d'une amie convenable. Or la professeure de piano, éternellement à court d'argent, et aussi protégée de Mlle Grämlich, avait été sa sauveuse.

Ida avait désormais étendu le rayon de ses explorations pour voir des films dans les cinémas proches de la gare et se risquer à entrer dans le bar d'un Gängeviertel*. Mais elle avait toujours été accompagnée, que ce soit chez

Bauke* ou à la Trattoria italiana*. Ida Bunge savait très bien que l'accompagnateur en question aurait plongé ses parents dans une plus grande inquiétude encore que les établissements qu'ils fréquentaient. Mais par chance ils ne soupçonnaient pas l'existence de Tian, le frère de Ling.

Seule Ling connaissait ces aventures, et elle avait juré de se taire devant son amie Mia et les parents de Ling et Tian, qui accueillaient craintivement la présence occasionnelle d'Ida dans leur cuisine. Si Mlle Grämlich n'avait pas intercédé pour cette jeune fille de bonne famille, ils lui auraient demandé de ne jamais revenir dans la Schmuckstraße.

Tian était à peine plus âgé qu'Ida, mais elle se sentait en sécurité à ses côtés. Oh que oui. Elle était amoureuse de ce grand garçon resplendissant qui était aussi curieux de la vie qu'elle.

Mais son destin s'appelait Campmann, et Ida ne se faisait aucune illusion. Carl Christian Bunge ne l'autoriserait jamais à épouser un jeune Chinois dont le père était arrivé à Hambourg comme chauffeur à bord d'un paquebot de la Norddeutscher Lloyd. Il ne le laisserait pas approcher sa précieuse fille d'un pas. Pas même s'il apprenait que Tian terminait sa formation commerciale chez un négociant de café réputé.

Pour les baguettes vernies, c'était Mia qui avait porté le chapeau. Heureusement, le petit crapaud en jade blanc n'était pas tombé entre les mains de Maman. Un cadeau de Tian pour ses dix-neuf ans, qu'Ida préférait mille fois au coupe-papier en argent massif offert par Campmann.

Non. Campmann n'avait décidément aucun succès auprès d'elle.

Ida avait l'intention de savourer chaque journée qu'il lui était donné de passer avec Tian. Dans six mois elle aurait vingt ans, le mariage serait inexorable, et même si elle se permettait des rêves où Tian jouait un rôle dans sa vie en dépit de Campmann, le jeune Chinois ne supporterait jamais de vivre dans la tromperie, il était beaucoup trop droit.

Lorsqu'elle monta dans un fiacre automobile sur le Jungfernstieg et donna la Schmuckstraße comme destination, Ida fut jaugée par le chauffeur. La prenait-il pour une de ces putains qui vendaient leur corps dans les rues de Sankt Pauli ? Mia lui avait parlé de ces filles en les montrant du doigt. Cependant le chauffeur devint plus aimable après l'avoir regardée dans le rétroviseur. Tout en elle trahissait la jeune fille de bonne famille – jusqu'au petit carton qu'elle tenait par un ruban, contenant un savon à la rose de chez Tietz pour la mère de Tian.

Un geste aimable autant qu'une petite tentative de corruption. M. et Mme Yan n'étaient pas ravis que Tian soit tombé amoureux d'une jeune dame distinguée. Ce n'était pas dans les convenances. Ni pour Ida ni pour Tian. Les Yan veillaient à ce que leur fils n'ait aucune occasion de se retrouver seul avec Ida dans la salle attenante à la cuisine. S'ils avaient soupçonné que Ling leur prêtait parfois une chambrette sous les toits pour quelques moments de tendresse, Ida n'aurait plus eu le droit d'entrer.

Tian avait prié Ida de l'accompagner pour un repas dans l'échoppe de ses parents, avant d'aller au théâtre Lessing* pour voir un film du réalisateur dont le nom était dans toutes les bouches : Ernst Lubitsch. Tian aimait beaucoup le cinéma. Mais qu'attendait-il de ce repas ? Que ses parents approuvent leur amitié quand ils connaîtraient mieux Ida ? Et même si c'était le cas, les Bunge ne seraient certainement pas prêts à accueillir Tian à bras ouverts.

Quelques préparatifs avaient été nécessaires dans la Fährstraße pour permettre à Ida de s'absenter de midi jusqu'au soir. Son père l'avait fait conduire aux Colonnaden dans son Adler, en chargeant certainement son chauffeur de bien vérifier qu'elle montait dans l'immeuble de Mlle Müller. Ida avait évoqué *Le Voyage d'hiver* de Schubert pour avoir une bonne raison d'être partie aussi longtemps. « Un recueil de vingt-quatre lieder, ça dure, avait-elle dit. Pour voix chantée et piano. J'accompagne la chanteuse, j'ai besoin de m'entraîner. » Elle espérait seulement que ses parents ne lui demanderaient jamais d'exécuter cette œuvre.

Le fiacre s'était à peine arrêté que Tian se trouvait déjà là. Il tint la porte à Ida et insista pour payer le chauffeur qui les regardait avec curiosité. Tian n'était pas le genre de la Schmuckstraße dans son costume trois-pièces en flanelle qu'il portait aussi au bureau, mais c'était indiscutablement un Chinois.

— S'il te plaît, ne sois pas déçue, dit-il. Ils ont mis le couvert pour nous deux seulement parce que ça n'était pas convenable de s'attabler en famille. Toi et moi sommes installés dans la salle et Ling va nous servir. Mais elle est surtout notre chaperon.

Ida n'était-elle pas soulagée, même si elle faisait la moue ?

— Tu vas quand même goûter le canard croustillant de mon père. Avec des bambous, des haricots et des champignons. C'est ce qu'il y a de meilleur sur la carte.

— Alors nous allons avoir du temps pour nous. Nous n'avons pas besoin de jouer la comédie devant Ling.

— Je suis content que tu voies le bon côté des choses, dit Tian en souriant.

— Ai-je quand même le droit de saluer tes parents ? J'ai un petit cadeau pour ta mère.

— Ça va la gêner.

— Vous êtes compliqués, vous les Chinois, dit Ida.

Elle aurait beaucoup aimé embrasser Tian, mais elle avait déjà le sentiment que tous les yeux étaient braqués sur eux.

*

Lorsque Ida sortit du théâtre Lessing quelques heures plus tard et arriva sur la place Gänsemarkt, elle vivait encore dans le monde de Mme DuBarry* que Lubitsch avait porté à l'écran. N'était-elle pas la chapelière Jeanne qui aimait l'étudiant Armand mais se faisait courtiser par le vieux don Diego ?

Tian et Ida se tenaient par la main lorsque don Diego surgit devant eux. Campmann fut d'abord sidéré, puis son regard devint glacial. Ida se mit à avoir très chaud. Pas une once de culpabilité en elle lorsque Campmann se retourna pour se diriger d'un pas énergique vers la Büschstraße ; elle espérait seulement qu'il romprait sa promesse de mariage.

*

Bunge laissa retomber le combiné du téléphone. Le deuxième appareil était dans le salon de Netty, elle aurait pu écouter elle aussi, mais sa couturière venait d'entrer, elle avait donc autre chose en tête que d'épier. Elle était pourtant d'une curiosité légendaire, sans quoi elle n'aurait pas fouiné dans la chambre d'Ida et trouvé les baguettes. Quelle chance qu'elle n'ait pas écouté la conversation ! Netty se serait mise dans tous ses états et aurait encore eu une de ces quintes de toux qui se multipliaient et inquiétaient son mari. Il devait faire venir le médecin car l'Écureuil, par principe, ne fréquentait aucun cabinet médical. Mais qu'est-ce qui ne lui causait pas de soucis en ce moment ?

S'il avait bien compris Campmann, Ida était sortie d'une fumerie d'opium en compagnie d'un Chinois. Ou était-ce du théâtre Lessing ? Qu'importe. Elle lui devait une explication. D'une façon ou d'une autre. *Le Voyage d'hiver.* Schubert. Bunge, furieux, secoua la tête en pensant à ces bobards.

Il arpentait son bureau. Tout à coup le vert foncé des murs et le relief des tapisseries l'oppressèrent. Peut-être parce qu'il y avait cette histoire de fumerie d'opium dans l'air. Peut-être aussi parce que seuls Campmann et lui savaient que le banquier avait prêté une grosse somme d'argent à son futur beau-père.

Qui que soit ce Chinois, on avait besoin de Campmann, on ne pouvait absolument pas prendre en compte les sentiments d'Ida. Si ces dames savaient combien ses affaires marchaient mal, elles connaîtraient leurs obligations. L'obligation d'économiser. L'obligation de se marier.

Bunge alla à la fenêtre et considéra le jardin avec sa grande terrasse, son parterre de roses, ses arbres antiques. On ne pouvait pas perdre tout ça. Pas même les poiriers en espalier délabrés.

Il avait bien senti sur Ida, récemment, l'odeur du gingembre et d'autres épices exotiques, mais il avait pensé que c'était un parfum particulier. En réalité, l'odeur qui collait au corps de sa fille était celle d'un bazar chinois ! *Attends voir, mademoiselle,* songea-t-il. Mais il manquait quelque chose. Bunge réalisa ce que c'était en s'asseyant à son bureau. Il manquait la colère.

*

Henny avait posé la couronne sur ses cheveux et enroulé un petit col en hermine autour de son cou. Ce col qui avait appartenu à sa grand-mère paternelle sentait la naphtaline, mais Else Godhusen trouvait ces deux accessoires dignes d'une princesse, et la robe en taffetas mi-longue de Henny trop simple sans ces insignes. Else Godhusen était une adepte des étoles, des rubans et des traînes.

Henny retira son hermine et la glissa dans la poche de son manteau dès qu'Else eut reculé de la fenêtre d'où elle lui faisait signe. Elle ôta aussi les gants en dentelle blanche démodée, avec des boutons de nacre, que sa mère l'avait obligée à mettre dans l'entrée.

Käthe et Rudi l'attendaient devant l'immeuble de la Humboldtstraße, et Henny cessa de se sentir sous-déguisée lorsqu'elle les vit. Rudi était habillé en Rudi, et Käthe portait de grandes boucles d'oreilles en plaqué or, du rouge à lèvres, et elle avait enlevé toutes les pinces qui retenaient ses cheveux. On reconnaissait sous son manteau mi-long la robe de confirmation qui contredisait son allure de bohémienne.

— Retrouvons-nous Unger au Lübscher Baum ? demanda Käthe.

Rudi regarda Henny en lui donnant l'impression qu'il lisait dans les pensées.

— Oui, dit Henny, il y va directement.

Il lui en avait coûté de demander au médecin s'il avait envie de l'accompagner dans une sauterie enfumée au lieu de faire du patin à glace au grand air. Comme si cette proposition la menait tout droit dans le lit d'Unger.

Ils parcoururent les rues de Hambourg d'un pas vif et traversèrent le lycée Lerchenfeld pour arriver dans la Lübeckerstraße. Ils marchaient bras dessus bras dessous, alors que les rues n'étaient plus verglacées. Käthe ne s'était même pas moquée de la couronne.

La plupart des petites tables rondes étaient déjà occupées dans la salle du Lübscher Baum, qui avait été à l'origine un poste de douane à la porte de Lübeck et était devenu depuis longtemps l'un des dancings les plus populaires de la ville, fabriquant des mariages depuis des générations.

L'orchestre était en train de se mettre en place sur la scène, mais l'air vibrait déjà sans musique et le niveau sonore était élevé. Ils trouvèrent enfin leur table, les serveurs tournaient trop vite pour entendre les questions, a fortiori pour y répondre.

Au bout d'une heure, Unger n'était toujours pas là, et Henny se retrouva dans les bras d'un jeune hussard qu'elle connaissait vaguement, à danser la valse, à s'abandonner au rythme de la musique, appuyée contre le velours rouge de sa veste, horriblement vexée que le Dr Theo Unger ne soit pas venu. Elle avait eu vite fait de retirer sa couronne.

L'orchestre jouait un air d'opérette : *Puisses-tu être l'empereur de mon âme.*

— Il y aura eu une urgence à la clinique, avait dit Käthe après une demi-heure.

Mais Unger n'avait-il pas annoncé qu'il ne travaillait pas ce dimanche et qu'il contournerait la clinique pour ne pas se faire mettre le grappin dessus ?

Le hussard la conduisit au comptoir, ils burent du vin mousseux et trinquèrent à la santé l'un de l'autre. Henny était déjà un peu éméchée par le vin et par le brandy Bols dont Rudi avait offert une tournée alors qu'on attendait Unger.

— La dame qui est à votre table ne sera pas contente si nous continuons à danser, glissa Henny.

Le jeune hussard devint aussi rouge que sa veste en velours.

— Oh si, dit-il, je vous assure qu'elle en sera ravie.

Henny reposa son verre de mousseux et le regarda. Un garçon à aimer, songea-t-elle.

— C'est vous qui m'avez conseillé le bonnet alors que je venais de me faire couper les cheveux. Et votre paquet était tombé par terre. Je vois d'ailleurs que vous avez renoncé à votre cravate aujourd'hui.

Henny passa la main sur un galon doré qui décorait la veste du hussard.

Heureusement, pensa Lud en souriant. Cette veste de hussard dénichée dans une vieille armoire du grenier lui avait donné le courage nécessaire pour s'incliner devant la jolie jeune femme qui paraissait si pure, si rose et si bonne, et pour l'inviter à danser. Le destin la lui avait offerte une seconde fois après l'occasion qu'il avait laissée passer sur le Winterhuder Weg.

— Cette dame est ma sœur. Puis-je vous présenter ?

Était-ce l'humiliation d'avoir été oubliée qui rendait Henny si docile et l'attachait à ce garçon qui était sans doute plus jeune qu'elle ? Cela dit, Rudi aussi était plus jeune que Käthe.

Ils dansèrent encore sur la *Chanson de Vilya*. Et passèrent devant Käthe et Rudi qui lui firent un clin d'œil. Ou Henny se trompait-elle ?

Vilya, ô Vilya, ô mon cher tourment, écoute la voix de ton pauvre amant.

Quel texte stupide, se dit Henny, qui s'étonnait que le chanteur arrive à le prononcer avec sérieux. Puis ils rejoignirent la table d'angle, et Lud Peters présenta Henny Godhusen à sa sœur Lina.

*

Theo Unger était allongé sur le canapé de Landmann et essayait de rassembler ses souvenirs de la veille. La matinée du dimanche avait commencé par des éternuements et une migraine, ce qui ne l'avait pas empêché d'aller chercher à la gare une vieille amie de sa mère qu'il devait accompagner jusqu'à Duvenstedt. Mais il avait raté la dame, ou peut-être n'était-elle pas dans le train. Ensuite il était allé à la Nagel Bodega*, avait demandé un verre d'eau pour prendre une aspirine, et aussi téléphoné à Duvenstedt.

Landmann s'y trouvait installé, devant une grande bière et une escalope. Unger n'avait pas mangé d'escalope mais bu une grande bière ainsi que plusieurs kummels, que Landmann considérait comme une thérapie recommandable contre la grippe.

Et voilà qu'il se réveillait maintenant dans cet appartement dont il se rappelait qu'il se trouvait dans la Bremer Reihe. Tout près de la gare centrale et non loin de la Nagel Bodega. Le canapé de Landmann. Unger avait affreusement mal à la tête et, à vrai dire, il aurait dû être à la maternité à cette heure-là, et la veille au Lübscher Baum.

— Nom d'une pipe, nom d'une pipe, nom d'une pipe ! dit-il tout haut.

Mais personne ne l'entendit : il était seul dans l'appartement. Landmann était déjà dans la salle d'opération de Finkenau. Il avait excusé son confrère Unger. Une méchante grippe. Landmann remarqua que la future sage-femme Henny Godhusen l'avait regardé avec insistance pendant qu'il expliquait l'absence de son collègue. Unger avait donc ses chances ; car Landmann avait observé depuis longtemps que la petite Godhusen lui plaisait.

— Nom d'une pipe ! répéta Theo Unger à voix basse, sur le canapé.

Il avait tout gâché. Tous ces regards qu'il avait adressés à Henny. Des regards bienveillants. Admiratifs. Même tendres parfois. Une maternité n'était malheureusement pas un labyrinthe de buis et ne se prêtait que modérément à la cour amoureuse. Peut-être qu'une salle d'accouchement était même l'endroit le moins approprié au monde.

Il aurait dû inviter Henny dans le jardin de ses parents durant l'été brûlant de l'année passée, lui montrer les poules, les lapins, les pommiers, un monde idéal. Lui prouver son sérieux. Que Landmann et lui partageaient certes leur temps libre mais non pas la légèreté des mœurs.

— Ne t'acoquine surtout pas avec un médecin, avait-il entendu dire une des jeunes sages-femmes, ils badinent avec toi et ensuite ils épousent la fille du chef.

Savait-il d'ailleurs s'il voulait plus que seulement badiner avec Henny Godhusen ? Il lui fallait enfin une occasion pour clarifier cette question. Il espérait qu'elle n'était pas du genre rancunier.

Unger se leva précautionneusement. Un jour maussade derrière la fenêtre. Maussade, c'était vraiment le terme. Il pourrait tout expliquer. Peut-être aurait-il une seconde chance.

Il trouva un papier sur la table de la cuisine : « Soigne-toi bien. Je vais rayer le kummel de Helbing de la liste des médicaments. »

Theo Unger écrivit un petit mot d'adieu, ferma la porte derrière lui et alla à la gare centrale pour prendre un train en direction des Walddörfer, où il espérait manger des œufs sur le plat et comprendre pourquoi la vieille dame qui avait causé cette série d'événements funestes ne s'était pas trouvée dans le train la veille.

Novembre 1921

Netty se retournerait dans sa tombe. Carl Christian Bunge se trouvait à l'embarcadère de Schwanenwik, il suivait ses pensées en attendant le bateau qui devait lui faire traverser l'Alster jusqu'à l'Alte Rabenstraße. Était-ce bizarre d'avoir pensé à l'instant que Netty se retournerait dans sa tombe ? Il n'était pas du genre à refouler.

Tout était allé beaucoup trop vite depuis le mois de janvier. Il aurait dû faire venir le médecin plus tôt. Il avait cru à une bronchite tenace, et au pire peut-être à la tuberculose, envisageant un séjour dans un sanatorium de Davos. Mais la bête qui guettait Netty était encore plus vorace et l'avait emportée.

Il vit le vapeur *Neptune* en provenance de l'hôtel Atlantic s'approcher, et il monta sur le ponton. C'était une claire journée, et même pas froide malgré l'absence de couverture nuageuse.

Il n'aurait pas dû obliger Ida à épouser Campmann. Elle souffrait dans leur appartement du Hofweg-Palais*. Il venait de lui rendre visite, et son cœur s'était à peine allégé pendant le trajet. Qu'était devenue sa petite fille insouciante, certes parfois capricieuse mais surtout curieuse et heureuse de vivre ? Une jeune femme sérieuse dont le plus cher désir était d'avoir un enfant. Pourquoi voulait-elle si vite un enfant de cet homme qu'elle n'aimait pas ? Pour être moins seule ?

Ils avaient célébré le mariage en mai. Quelles avaient été les raisons d'une telle hâte ? Éloigner le Chinois ? Contracter un crédit encore plus élevé auprès de Campmann ? Le rapide déclin de Netty, qui aurait pourtant voulu être une mère de mariée resplendissante ?

Bunge monta sur le bateau, resta debout à la proue, le regard plongé dans l'écume et dans l'eau grise de l'Alster. Le vent s'était refroidi et aurait pu lui éclaircir les idées, cependant il était hanté par cette pensée confuse : Netty se retournerait dans sa tombe si elle savait qu'aujourd'hui il avait fait visiter la villa de la Fährstraße à un agent immobilier.

Aucune des offrandes n'avait su attirer la clémence des dieux, c'était en vain qu'il avait déposé le cœur d'Ida devant leur piédestal.

Et si Ida savait qu'il était en train de donner à nouveau son cœur, trois mois après la mort de Netty… C'est qu'il n'arrivait pas à être seul. Cette maison vide. Mia qui avait suivi Ida, la cuisinière partie, la deuxième bonne, le jardinier, le chauffeur. Tous partis.

Cela lui fendait le cœur, il avait quand même été très attaché à son Écureuil. Quelle chance qu'il ait rencontré Guste. Il avait trouvé un nouveau foyer dans sa pension de la Johnsallee. Il se sentait tellement seul dans la villa sans Ida, sans l'Écureuil, sans le personnel. Quelle différence entre le début et la fin d'une année ! Dix ridicules petits mois – la fin d'un monde.

Kiep und Lange aussi appartenait au passé. Ne surtout pas regretter les spiritueux, il misait maintenant sur la gomme-laque. Il y avait dans la pension de Guste un Hollandais qui voyageait pour les maisons de disques. Il proposait des appareils pour passer des disques de dix et douze pouces. Des opérettes entières étaient comprimées dessus. Des orchestres entiers. Et Caruso qui chantait. Toute la journée, il chantait par le Gramophone dans la pension de Guste. Les *arie* de Rodolfo. Caruso était mort en août, avant même Netty. « *Comme cette petite main est glaciale* », fredonnait Bunge alors que le bateau s'approchait de l'autre rive de l'Alster.

D'ailleurs, la gomme-laque s'accordait bien avec le caoutchouc. S'il parvenait à redevenir riche, il pourrait délivrer Ida. Quoique. Elle devait s'arranger avec Campmann. Cette histoire avec le Chinois aurait mal fini ; trop étrangère, la culture. Un vieux Chinois descendait parfois chez Guste. Il faisait le commerce de porcelaine. Il ne semblait pas faire beaucoup d'affaires car il avait l'air misérable et était souvent en retard pour payer le loyer de sa chambre. Cette Guste Kimrath avait vraiment un grand cœur.

Qui pouvait savoir ce que la vie lui apporterait et lui prendrait encore. Elle avait été vorace cette année. Aussi vorace que le cancer de Netty. Mais tant qu'il était dans le jeu, se dit Carl Christian Bunge en parcourant l'Alte Rabenstraße en direction de la Johnsallee, il jouait pour gagner.

*

Henny monta les marches de la station Emilienstraße et n'eut plus que quelques pas à faire jusqu'à l'adresse qui figurait sur son papier. Une plaque en émail sur la maison. Maladies gynécologiques et vénériennes. Elle entra dans le cabinet en descendant deux marches, comme si c'était un bazar, et s'étonna de voir à quel point son équipement était loin du luxe de la clinique. Mais n'était-ce pas justement ce qu'elle avait voulu : s'éloigner de sa vie réelle ?

Elle déclina son identité et fut conduite dans une salle d'attente qui semblait être la plus petite des deux pièces. De l'autre parvenaient des voix sonores, tandis qu'elle était seule ici. Des dessins colorés décoraient les murs, tous intitulés « Les miracles de la maternité ».

Depuis six mois elle pouvait se déclarer sage-femme diplômée d'État, et la voilà dans cette salle d'attente. Elle était folle. Mais à qui aurait-elle pu se confier ? Même Käthe ne savait rien. Lud considérait comme évident le fait qu'elle voulait une grande famille. Pourquoi n'avait-elle pas clarifié les choses dès le début ? Pourquoi avait-elle succombé au charme de ce garçon ? À cause de sa douceur ?

On appela Mme Godhusen dans la salle de consultation. Mariée avec M. Godhusen. Ah, Papa, se dit Henny, peut-être qu'à toi je me serais confiée. Mais aurais-tu compris pourquoi je n'aspire pas au bonheur maternel ? Pourquoi je préfère faire carrière ? Sinon comme médecin, du moins comme sage-femme en chef.

Else lui avait souvent donné le sentiment d'avoir beaucoup sacrifié pour sa fille.

Deux années de formation de sage-femme et même pas capable d'éviter une grossesse ! Henny s'installa sur la chaise gynécologique et aurait pu réciter par cœur au vieux monsieur en blouse blanche qui regardait sévèrement par-dessus ses lunettes le chapitre sur la position de lithotomie qu'elle était en train de prendre.

— Aucun doute, confirma-t-il. Fin du deuxième mois.

Son regard tomba sur la main droite de Henny. Elle avait tourné vers l'intérieur la bague d'Else ornée d'une pierre de lune ; on ne voyait que l'or, pas la pierre.

— Alors je vous félicite, dit-il en hésitant.

Dans le quartier où il pratiquait, une grossesse était souvent une tuile.

Henny paya douze marks et sortit du cabinet, descendit les marches de la station Emilienstraße et prit place dans le métro. Elle voulait guetter Lud au moment où il allait sortir par le portail de Nagel und Kaemp, même si elle avait peur de la joie qui serait la sienne.

Finalement, au lieu d'aller chez Nagel und Kaemp, Henny descendit à la gare centrale et prit le Steindamm, sans aucun regard pour les boutiques ni pour le tramway qui pétaradait. Ce fut Rudi qui arrêta sa course et l'empêcha de se jeter sous les roues. Rudi, qui venait de chez le prêteur sur gages, où il avait récupéré une épingle de cravate ornée d'une perle d'Orient.

Henny se laissa étreindre par Rudi et fondit en larmes. Il l'amena vers les restaurants de la gare parce qu'elle ne voulait pas aller dans la Nagel Bodega. Il commanda un véritable chocolat chaud à la crème pour la consoler et écouta son chagrin. S'il était surpris que Henny n'ait pas pris ses précautions, en tout cas il n'en dit rien. Mais il exprima le vif regret que Käthe maîtrise parfaitement la contraception.

— Lud ne demande qu'à se marier avec toi, dit-il, tu ne l'aimes donc pas ?

— Si, répondit Henny, le nez dans sa tasse.

— Alors je ne comprends pas tout cet émoi. As-tu peur de la vertueuse Else ? Qu'elle maudisse la loterie des rapports prénuptiaux ?

— Je ne veux pas d'enfant, déclara Henny.

Leurs voisins se montrèrent contrariés lorsque le jeune homme secoua vivement ses boucles brunes. Cela se faisait-il, devant des tables dressées ?

— Et tu flirtes quand même avec Lud, qui raconte à tout le monde qu'il veut des enfants par dizaines ?

Henny haussa les épaules.

— Tu as essayé de te tromper toi-même, expliqua Rudi.

— Tu es en train de me dire qu'au plus profond de moi-même j'aspire à avoir des enfants ?

— Un peu, oui. J'ai du mal à imaginer que cela puisse t'arriver tout seul. Tu n'es pas du genre négligent.

— Non, dit Henny, ce n'est pas vrai.

— J'ai un nouvel emploi. Chez Friedländer. Les affiches. C'est plus que de l'impression. C'est de la lithographie.

— Oh, Rudi, alors vous pouvez vous marier.

Songea-t-elle un instant à un double mariage dans l'église Sainte-Gertrude ?

— Tu connais la position de Käthe au sujet du mariage. Mais si toi, tu vas à l'autel, ça lui fera peut-être envie.

Henny le regarda. Il semblait la dévorer des yeux. À moins que la sensiblerie propre aux femmes enceintes ne l'ait déjà atteinte ? Dès le premier instant elle avait eu un faible pour Rudi.

— Tu ne penses quand même pas à avorter ?

— Non, dit Henny, c'est contraire à l'éthique des sages-femmes.

N'avait-elle pas été tentée, la veille, de fabriquer une sorte de lessive chaude avec du savon de crésol ? Elle avait vu à la clinique des femmes qui avaient réussi à provoquer ainsi une expulsion prématurée de l'embryon.

Rudi hocha la tête d'un air soulagé.

— Tu devrais en parler à Lud le plus tôt possible.

Il faillit ajouter que Lud serait fou de bonheur, mais il vit que le visage de Henny s'assombrissait.

— Je te ramène chez toi, dit-il.

— Ne t'inquiète pas. Je ne vais pas me jeter dans l'Elbe.

— Tu nages trop bien pour ça.

— Est-ce que Käthe t'a parlé du club de sport nautique des travailleurs ? demanda Henny le visage enfin plus détendu. Frei Nass, il s'appelle.

— Je sais que tu es la championne du club.

— C'est des bêtises.

— On dirait Käthe.

— Pourquoi est-ce que Käthe ne veut pas se marier, au fait ?

— Tu la connais depuis plus longtemps que moi, dit Rudi.

*

Ils prirent joyeusement le tramway pour rentrer à la maison. Mais lorsque Henny, depuis la Humboldtstraße, vit la lumière au deuxième étage de l'immeuble qui faisait l'angle avec la Schubertstraße, le courage de parler à sa mère l'abandonna et elle décida d'aller d'abord chez Lud. Elle voulait voir des visages joyeux, or Else ne lui réserverait que reproche et déception.

C'est Lina qui lui ouvrit la porte, Lud n'était pas rentré. Lina la conduisit dans le salon, que Henny trouvait beaucoup plus chaleureux que le séjour astiqué des Godhusen, devant lequel Else aurait bien aimé tendre un cordon rouge pour en interdire l'entrée. Ici, au contraire, on se sentait bienvenu. Le canapé arrondi, la bibliothèque bien remplie dont les portes restaient ouvertes, la lumière chaude de la lampe placée derrière le fauteuil. Cette atmosphère expliquait-elle pourquoi sa phrase lui vint si facilement ?

— J'attends un enfant de Lud.

Lina répondit sans la moindre hésitation dans la voix, comme si c'était tout à fait normal que Lud soit père à vingt ans :

— Je suis contente que la vie continue et qu'il n'y ait pas que des morts à pleurer. Je suis heureuse pour Lud, qui aspire à fonder une famille. Mais je suppose que toi, tu avais d'autres projets, Henny ?

— Oui, progresser dans mon métier. C'était ça, le projet.

Lina s'assit à côté d'elle sur le canapé.

— C'est quand même faisable. Nous allons tous t'aider. Lud sera un père passionné et moi une tante tout aussi passionnée. Et ta mère te soutiendra.

— Oh oui, dit Henny, ça lui plaira d'être sans arrêt sur mon dos.

Son désir de ne pas avoir d'enfant semblait avoir un rapport avec Else. Elle l'avait compris ce jour-là. Lina souriait. Elle aussi avait du mal avec la possessive Else, qui était impitoyable dans sa bonté.

— Je connais une femme médecin qui va avoir son deuxième enfant, dit-elle, et qui continue pourtant à travailler à l'hôpital. Je dis aussi à mes élèves qu'elles ne doivent pas renoncer à leur métier à cause des enfants. Les femmes ne devraient pas avoir à choisir entre les deux.

Elles levèrent la tête ensemble en entendant la clé dans la serrure. C'était Lud qui rentrait. Il fut d'abord inquiet de voir Lina se lever précipitamment et mettre son manteau, tandis que Henny restait sur le canapé à se tordre les mains.

— J'ai envie de faire une petite promenade, dit Lina en fermant la porte derrière elle.

— Henny, il s'est passé quelque chose de grave ?

La vie avait déjà appris à Lud qu'elle pouvait prendre soudain une mauvaise tournure, alors qu'on se croyait sur la bonne voie. Il retira son manteau et son chapeau et, au lieu de s'asseoir sur le canapé à côté de Henny, s'accroupit devant elle en lui caressant les mains :

— Je suppose que j'ai l'air d'avoir été passée à la moulinette, dit Henny.

Car c'était comme ça qu'elle se sentait : brûlante, humide, raplapla.

— Tu as l'air un peu fébrile. Tu as de la fièvre ? dit Lud en mettant une main froide sur son front.

— Toi et moi, Lud, nous allons avoir un enfant.

Lud perdit l'équilibre et bascula sur le petit tapis d'Orient qui était posé devant le canapé. Lorsqu'il se releva, c'était lui qui avait l'air brûlant et raplapla. Il avait les larmes aux yeux.

— Tu es enceinte ?

Henny acquiesça. Non. Elle n'aurait pas cru Lud, si discret, capable d'exprimer une telle jubilation. Mais son euphorie s'interrompit brusquement, et cette fois-ci il s'agenouilla devant elle.

— Je te demande ta main, dit-il en la tenant déjà avec fermeté. Henny, ma chère amie, épouse-moi.

— Je n'ai pas très envie non plus d'être une mère célibataire, dit-elle en souriant. Else n'oserait presque plus se montrer dans les rues.

— Est-ce que tu m'aimes aussi ?

— Tu le sais bien. Viens donc sur le canapé, mon cher Lud. Ce n'est pas très pratique pour s'embrasser si tu restes à genoux.

— Et Else ? Que dit-elle ?

— Elle n'en sait encore rien.

— Alors allons le lui annoncer ensemble.

Else apprécierait-elle ? Henny cependant ne voulait pas entamer davantage le grand bonheur de Lud.

*

Landmann était toujours désolé d'avoir arraché la tendre plante de l'amour. Il eut longtemps l'impression qu'Unger ne pouvait pas oublier qu'il lui avait fait boire tous ces kummels dans la Nagel Bodega. Unger avait évoqué les malheurs de cette journée pour se faire pardonner par Henny Godhusen, mais il n'y avait pas eu de deuxième rendez-vous.

Landmann sifflotait en parcourant le couloir qui le menait aux consultations privées. La jeune femme serait tombée amoureuse, avait-il entendu ce jour-là. Le Dr Kurt Landmann se piquait de voir à l'œil nu quand une femme attendait un heureux événement. Il se pourrait bien qu'Unger ait besoin d'être consolé, les bavardages de la salle des infirmières l'ayant certainement atteint.

Il trouva Theo Unger là où il l'imaginait, au chevet de Mlle Liebreiz. *Nomen est Omen*. Peut-être qu'Unger était déjà en train de se consoler. Landmann connaissait la famille Liebreiz, des Juifs libéraux qui n'accordaient aucune valeur à l'appartenance religieuse et qui accepteraient un goy comme gendre.

Unger pouvait bien faire l'affaire.

Il y avait eu un soupçon d'appendicite chez Elisabeth Liebreiz, mais depuis que le côté gauche du ventre avait aussi commencé à la serrer, on pensait plutôt à une inflammation des ovaires. Toute la famille craignait que cela n'entraîne sa stérilité.

Landmann hocha furtivement la tête dans leur direction et ferma la porte. Il ne s'agissait pas d'arracher d'autres petites plantes naissantes.

Henny serait-elle restée aussi mal disposée à son égard si elle avait vraiment tenu à Unger ? Son amie Käthe, qui venait à sa rencontre dans l'escalier, était sans aucun doute la plus sensuelle des deux. Et elle était consciente de l'effet qu'elle produisait, il en était certain. Mais elle aussi devait déjà être promise.

On avait passé ses jeunes années sur les champs de bataille, après quoi beaucoup de choses étaient terminées. L'amour et les occasions. Oda. Il se permit de penser à elle une seconde.

Unger avait dix ans de moins que lui. Il convolerait peut-être encore en justes noces, se dit Landmann en repensant à lui au chevet d'Elisabeth Liebreiz.

Landmann fit un clin d'œil à Mlle Laboe et lui sourit lorsqu'elle lui rendit son clin d'œil. *Tu n'étais même pas un clin d'œil dans les yeux de ton père*. Qui avait dit ça ? Unc petite amourette. Cela lui ferait du bien. Peut-être pouvait-il tenter sa chance. À sa connaissance, Mlle Laboe n'était pas encore fiancée. Mais bon. Il devait rester fidèle à ses principes. Käthe Laboe restait taboue pour lui.

Son vieux professeur leur aurait carrément interdit le mariage, s'il avait pu. *Les infirmières et les sages-femmes célibataires, ce sont les plus fidèles auxiliaires du médecin.* Cette phrase, il l'avait prononcée aussi souvent que le vieux Caton ses mots sur la destruction de Carthage.

Landmann leva à nouveau les yeux lorsqu'il fut arrivé au pied de l'escalier. Que faisait-elle à cette heure-là dans l'aile des consultations privées ? Il n'y avait en ce moment ni parturiente ni femme en couches à soigner. Mais Käthe avait déjà disparu de son champ de vision. Dommage. Il aurait été d'humeur à batifoler.

Cela le fit penser au lied de Schumann *Der fröhliche Landmann* : « Le gai laboureur. » On lui avait rebattu les oreilles avec Schumann, croyant cela original. Mais il ne pouvait pas tout évacuer par le rire. Landmann se sentait seul.

C'était la première fois qu'elle le faisait. Voler une pleine boîte de pépites de chocolat. Quand il manquait une boîte dans la cuisine, on prenait la suivante sur l'étagère. Les femmes étaient bien traitées en consultation privée. Elles ne souffraient pas de privations.

Des riches aux pauvres, se dit Käthe Laboe en cachant la boîte sous sa blouse blanche. Une douceur pour les nerfs, les femmes en salle en avaient aussi besoin. Un kilo de pépites, cela devait faire plusieurs tasses de chocolat pour chacune dans le dortoir de seize.

Deux ans plus tôt, pendant l'été, Unger avait préparé au laboratoire du vin rouge avec un œuf et du sucre pour fortifier une patiente. Or il y avait aussi un réchaud à gaz à deux flammes dans le laboratoire. Il ne manquait plus que le lait, il faudrait qu'elle l'allonge avec de l'eau.

Cet après-midi, elle entrerait dans la salle avec la table roulante et distribuerait les tasses. Sainte Käthe.

Elle ouvrit son armoire, déposa la boîte de pépites de cacao dans son casier et sursauta en entendant la porte.

— Qu'est-ce que tu fais encore là ?

— Et toi ? demanda Käthe en se retournant vers Henny.

— J'ai échangé pour travailler cette nuit. Lud veut aller voir le pasteur de l'église Sainte-Gertrude demain matin.

— Vous ne perdez pas votre temps.

— Le mariage n'est pas pour tout de suite, mais je n'ai pas envie non plus d'aller à l'autel avec mon gros ventre. Et toi et Rudi, vous en êtes où ? Ça ne peut quand même pas être que ta veine révolutionnaire.

Käthe referma bruyamment le battant de son armoire, comme si c'était la porte aux sept serrures.

— Il m'aime, dit-elle.

— Cela ne m'a pas échappé.

— Moi aussi je l'aime. Mais quelque chose me fait peur.

— Quoi donc ?

— Je ne sais pas. Un mauvais pressentiment.

— C'est de la superstition, Käthe.

— Non, dit Käthe.

Puis elles tombèrent dans les bras l'une de l'autre en pleurant un peu. On ne pouvait pas lire l'avenir, personne ne savait ce qui les attendait.

— Arrêtons de chialer, déclara Käthe en relâchant l'étreinte. Je vais sans doute avoir mes règles.

Pour les Laboe, il ne fallait pas qu'il y ait trop de sentiments. Henny connaissait ça. Elle alla au lavabo pour se passer de l'eau sur le visage, le sécha et resserra les pinces de sa coiffe. Il était grand temps de prendre son service dans la salle d'accouchement.

— Aujourd'hui, je n'ai eu que des filles, dit Käthe. Je suis curieuse de savoir ce que tu couves, toi.

Henny n'avait aucune envie d'approfondir ce sujet. C'était trop. La jubilation de Lud. Les soupirs d'Else. À l'entendre, on aurait cru que l'héritier du trône anglais en personne avait demandé la main de Henny et qu'un jeune marchand de Nagel und Kaemp, âgé d'à peine vingt ans, venait lui voler sa fille. La seule personne sur laquelle Henny pouvait s'appuyer était Lina, sa future belle-sœur.

Elle s'essuya le nez, fit un signe de tête à Käthe et ferma la porte derrière elle.

Käthe se tenait toujours devant son armoire. Dans son manteau d'hiver. Sa sacoche à la main. En deux temps trois mouvements, elle ouvrit l'armoire, prit la boîte et la mit dans son sac. Le cuir se renfla sous le poids du kilo de chocolat.

Personne d'autre ne pensait à leurs nerfs. Elles aussi avaient absolument besoin de sucre, bien plus que d'une auréole. Si seulement Rudi et elle pouvaient enfin avoir un petit logement. Ces sales propriétaires, qui se faisaient passer pour les apôtres de la vertu et leur reprochaient leur comportement immoral. Ça voulait dire quoi, immoral ?

Elle en avait assez de dormir sur le canapé dans la cuisine de ses parents, et même les quelques moments de tendresse volés dans l'appartement de la mère de Rudi lui pesaient. Combien de fois déjà s'étaient-ils levés en sursaut pour enfiler leurs vêtements en entendant la clé dans la serrure ? Grit Odefey les regardait alors comme si ce n'était pas le bonheur amoureux qu'on essayait de lui cacher, mais le début d'une tragédie.

Rudi n'avait vraiment rien de sa mère. Pas la moindre ressemblance. Mais l'homme qui figurait sur la photographie devant le panorama alpestre n'avait pas plus l'air d'être son père. « Tu es tombé du ciel, disait Käthe, pour atterrir dans ces deux pièces avec les toilettes sur le palier. » Elle trouvait bizarre qu'il n'existe aucune autre trace de son père ni du passé de Grit Odefey. Chez les Laboe aussi, tout le monde était mort ; Anna, Karl et elle étaient les seuls survivants. Mais les morts avaient laissé des photos et des histoires. En vieillissant, ses parents lui en racontaient de plus en plus souvent. « Je me souviens », commençait son père avant de passer au patois. Rudi, lui qui aimait les mots, avait grandi sans histoires. Il n'avait pas osé poser de questions, disait-il, car Grit était toujours gênée.

De marbre, pensait Käthe, le visage de Grit pouvait être de marbre.

Son regard tomba sur l'armoire, devant laquelle elle se tenait toujours. Elle suivait ses pensées au lieu de prendre la fuite. Et elle ne pensait qu'à une chose : se faire pardonner pour le vol des pépites de chocolat.

Parce que la vie était dure et qu'elle en bavait.

*

Cette pensée aurait reçu l'approbation d'Ida Campmann, née Bunge, si elle était parvenue jusqu'à ses oreilles, mais Käthe Laboe ne l'avait rencontrée qu'une fois. La fille de la femme de chambre s'était présentée pour excuser sa mère qui était grippée. C'était encore au temps de la Fährstraße.

Y avait-il vraiment eu une époque où cette maison lui était apparue comme une cage dorée dans laquelle elle s'ennuyait ? Il lui semblait aujourd'hui que c'était un paradis perdu dont Netty avait été la gardienne.

Quand elle pensait à sa mère, Ida ne l'appelait plus que « Netty » et jamais « Maman », comme si en utilisant ce surnom affectueux elle pouvait caresser Antoinette Bunge après coup. Son père, lui, ne parlait plus que de son Écureuil, et cela n'avait jamais plu à Ida. À aucun moment de leur mariage, il n'avait pris Netty au sérieux.

Cela avait été une mort douce, avait dit le médecin. L'urémie l'avait plongée dans un état de somnolence, ce qui était une bénédiction en cas de cancer. Son père y trouvait-il une consolation ? Ida, elle, n'en trouvait aucune.

La vie était dure, et elle en bavait.

Ida parcourut les huit pièces de son appartement. Son père qualifiait le bâtiment d'immeuble-villa. C'était grandiloquent et typique de lui. Il exagérait volontiers. Le Hofweg-Palais était effectivement somptueux, avec une entrée pour les automobiles et une petite fontaine devant la porte. Un stuc magnifique. Des décorations dans le style Art nouveau. Mais le jardin de la Fährstraße manquait à Ida. La grande terrasse. Les poiriers en espalier.

Il manquait surtout la vie. Campmann était absent toute la journée et rarement présent le soir. Elle ne le croisait que la nuit, dans leur lit.

Aucun personnel en dehors de Mia. Une cuisinière serait la bienvenue. D'ailleurs, ça sentait le brûlé dans la cuisine. Mia essayait de préparer des escalopes panées, à la demande du maître de maison, qui ce soir leur faisait l'honneur de sa présence. Ida entra dans la vaste cuisine dans laquelle elle n'avait jamais déplacé une casserole, mais seulement touché aux couvercles pour vérifier ce que produisait Mia. Que faisaient ces torchons encroûtés sur le plateau en argent ?

— Monsieur n'est pas encore rentré. Les escalopes doivent être panées à la minute, Mia.

— Je pensais que si je les avais déjà finies je pourrais m'occuper des pommes de terre.

— Alors tu n'as qu'à manger les escalopes froides et en faire d'autres quand mon mari sera là. Il y aura assez de viande de veau, n'est-ce pas ?

Elle prenait au moins plaisir à ça : garder un œil sur les réserves, secouer les fournisseurs, se faire livrer à la maison les meilleurs produits de Michelsen* ou Heimerdinger.

Ida n'était pas encore sortie de la cuisine que Mia engloutissait déjà l'escalope froide. Ida secoua la tête face à une telle voracité. Qui aurait cru qu'elle puisse déployer autant de patience pour cette Tête de mule, même si cela ne s'expliquait que par l'amitié de Mia avec Ling, qui créait une passerelle vers Tian ? Une passerelle qu'Ida n'osait pas franchir, mais le seul fait d'entendre parler de Tian lui faisait du bien.

Claire Müller restait à sa disposition, avait fait savoir Mia. Elle continuerait volontiers à se faire payer des leçons de piano qu'elle ne donnait pas. Campmann allouait assez d'argent de poche à Ida pour qu'elle puisse les financer facilement, mais aucune occasion de chercher un alibi ne se présentait. Hélas. Peut-être devait-elle quand même contacter Mlle Müller.

Ou Campmann était-il indifférent à la manière dont elle passait ses journées ?

Ida se rendit dans la salle à manger, où le couvert était déjà mis au bout de la longue table en acajou. Porcelaine de la manufacture royale qui provenait du trousseau de Netty. Verres en cristal. Argenterie.

Un couple seul avec la bonne.

Franchir la passerelle au bout de laquelle se trouvait Tian.

Ida entendit Campmann arriver, et elle alla dans la cuisine donner le signal pour les escalopes panées.

*

Le soleil bas de novembre qui plongeait l'appartement dans une douce lumière suffisait-il à expliquer l'enthousiasme de Käthe pour ces deux pièces avec cuisine et un petit balcon au sud-ouest ? Elle se tourna vers Rudi, qui était planté devant un poêle en faïence blanc. S'il savait lire sur son visage, il saurait que Käthe était prête à faire beaucoup pour cet appartement.

— Vous avez l'air ravie, jeune femme, remarqua le vieux monsieur aimable à qui appartenait cet immeuble de la Bartholomäusstraße. Je suppose qu'il y a un mariage dans l'air, ou êtes-vous déjà mariés ?

Rudi se détourna du poêle pour regarder Käthe. Celle-ci fit encore une fois le tour de ces pièces lumineuses avant de renoncer à l'idée d'en faire un chez-soi.

— Il y a une aire de jeux là-bas, dit Rudi, qui s'était approché de la fenêtre.

— Et les établissements de bain, dit le propriétaire.

— Nous ne sommes pas mariés, dit Käthe.

— Mais j'ai bien compris que vous vouliez emménager ici tous les deux ? Je ne peux pas vous donner l'appartement sans certificat de mariage. C'est un immeuble honorable. Pour les couples mariés et les familles.

La voix du vieil homme était encore douce, ils n'avaient pas perdu sa sympathie, mais Käthe comprit que c'était fichu.

— Même si nous allions à la mairie maintenant, vous ne nous réserveriez pas cet appartement, se lamenta Käthe.

— Nous feriez-vous confiance si nous vous apportions une confirmation des bans ? demanda Rudi en retenant son souffle et s'attendant à ce que Käthe le contredise.

Elle n'en fit rien. Songeait-elle à la banquette de la cuisine ? Au visage de marbre de Grit, quand Käthe sortait de la chambre de Rudi sans bas et avec son chemisier à moitié déboutonné ?

— Alors allez faire publier les bans tout de suite. L'agent d'état civil n'a qu'à mettre le papier carbone et faire une copie.

— Vous nous faites confiance ? reprit Rudi.

— Vous ne donnerez pas l'appartement à d'autres personnes ? insista Käthe.

— J'ai toujours beaucoup apprécié les affiches de Friedländer, répondit le vieil homme. Surtout celles pour Hagenbeck. Et les sages-femmes rendent d'immenses services à notre société. On ne les honore jamais assez. Allez-y !

Posté devant la fenêtre, il vit les deux jeunes gens s'étreindre devant l'immeuble. Il n'était pas pressé pour cet appartement, ses quatre immeubles à Barmbeck lui apportant des revenus confortables. Et ces jeunes gens lui plaisaient. Il fallait les aider, à une époque pareille.

— Tu es sérieuse ? s'inquiéta Rudi une fois dans la rue. Tu ne feras pas machine arrière quand la copie de nos bans sera chez lui ?

— Tu crois qu'on pourrait garder ça pour nous ? dit Käthe. Notre mariage.

— Mais pourquoi donc ?

— De quoi j'aurais l'air ? Devant Henny. Ce serait la meilleure, que je sois mariée avant elle. Et tous les autres. Que penseront-ils ?

— Mais quelle idée, ils seront tous heureux pour nous.

— Là-haut, dans l'appartement, j'ai pensé que le bonheur pouvait peut-être quand même nous sourire.

Rudi regarda sa Käthe sans comprendre de quoi elle parlait. Il ne connaissait rien aux angoisses ni aux mauvais pressentiments. Des cris d'enfants parvenaient de l'aire de jeux. Il fut tenté de dire que leurs enfants aussi pourraient jouer là-bas, mais il eut peur d'aller un peu trop loin.

*

La proposition venait de Lina. Lud et Henny avaient d'abord été contre, mais il semblait que c'était une bonne solution. Lina voulait déménager de l'appartement de la Canalstraße, qui offrait suffisamment de place pour la future famille de son frère.

Nouveaux horizons. Quand Lina s'écoutait, elle prenait conscience de son attirance pour les nouveaux horizons. Pour l'instant, il semblait que seul le canal Eilbeck l'en éloignait. Une camarade de classe lui avait parlé de cette dame, dans la rue Eilenau, qui louait une mansarde dans sa villa à des personnes célibataires.

Lina remerciait Dieu d'avoir fait tomber Henny du ciel du Lübscher Baum. La pragmatique Henny était la femme idéale pour ce rêveur de Lud. Mais Lina ne s'était pas attendue à ce qu'un enfant s'annonce aussi vite ; Henny, en tant que sage-femme, devait savoir s'y prendre, n'est-ce pas ? Cela dit, Lina elle-même avait donné sa bénédiction pour qu'ils se retrouvent tous les deux dans la chambre de Lud. Aurait-elle dû ouvrir régulièrement la porte et les menacer du doigt ?

Henny elle-même avait été surprise par cette grossesse précoce. Elle avait de l'ambition. Des projets. Cette constellation surprenait Lina. Peut-être que Henny avait en elle de grandes qualités maternelles qu'elle ne soupçonnait pas, et que son cœur était prêt à accueillir Lud, qui désirait tellement être aimé.

L'attirance physique entre Lud et Henny était presque palpable dans l'air. Elle voyait les centaines de petits effleurements quand ils étaient sur le canapé, avant de se précipiter au lit. Elle devait arrêter de considérer Lud comme son petit frère.

Lina, elle, ne partageait son lit avec personne. Que ce soit son lit de l'ancien appartement ou celui de la rue Eilenau. Elle prit son élan et marcha dans un tas de feuillages sur le pont, faisant tourbillonner les feuilles colorées. Une *personne célibataire*. Lud n'avait jamais mentionné le fait que l'interdiction de se marier pour les enseignantes avait été levée. Ne le savait-il pas ?

Depuis septembre, elle enseignait dans l'école de la Telemannstraße, considérée comme une école expérimentale. Une atmosphère optimiste, beaucoup de jeunes collègues, mais même les plus anciens étaient issus du courant hambourgeois de la pédagogie réformatrice.

Lina s'arrêta devant la maison à deux étages de la rue Eilenau. Des briques claires. Un stuc blanc. L'année 1900 inscrite au-dessus de la porte. Pratiquement son année de naissance. Dans le toit, une fenêtre à trois battants d'où on avait vue sur le canal, jusqu'à la clinique de Finkenau et même au-delà. Cette maison lui était foncièrement sympathique. Elle monta les marches du perron, inquiète de ne pas plaire. Peut-être que la dame avait une tout autre représentation d'une personne célibataire.

Lorsqu'elle ressortit, les arbres dépouillés étaient déjà plongés dans l'obscurité et la hauteur des feuilles mortes difficile à appréhender. C'était à peine si l'on distinguait les bords des trottoirs. On devinait seulement où on mettait le pied. Néanmoins, Lina sautillait comme une enfant.

La chute des feuilles. N'était-ce pas un signe de chance quand on était touché par une feuille morte ? Mme Frahm et Lina avaient bu deux, trois, quatre tasses de thé. La mansarde était pour elle. Elle bondissait de joie en direction de la Canalstraße.

Tout était nouveau.

Lud avait déjà commencé à fabriquer un berceau en bois. Assez solide pour qu'on puisse y bercer de nombreux enfants.

Un jour, il avait simplement passé la sombre porte cochère et était entré dans la cour lumineuse, il s'était arrêté devant l'atelier de menuiserie et avait respiré le parfum du bois. La première fois, il n'avait acheté qu'un petit morceau de bois de tilleul pour y tailler un médaillon pour Lina. Puis il rapporta à la maison deux lattes de sapin pour améliorer la cabine de la douche. Mais choisir le bois pour un berceau, se décider pour un cerisier précieux de la région, cela avait procuré à Lud une euphorie qui le porta pendant les sombres journées de novembre.

Ce serait le plein été quand son enfant viendrait au monde.

La seule personne qui entravait encore un peu son bonheur, c'était Else Godhusen. « Tu es trop jeune, Lud », avait-elle dit, mais il soupçonnait que, s'il n'était pas le gendre de ses rêves, c'était aussi pour d'autres raisons. Else avait toujours eu des rêves de grandeur, lui avait confié Käthe.

« Il n'a pas de sang bleu », avait même dit Henny avec un rictus, sans préciser qu'Else le trouvait très pâle. Elle-même avait eu d'autres projets, mais maintenant c'était comme ça, son amour pour Lud était assez grand pour qu'il en sorte quelque chose de bien. Elle ne voulait pas regretter toute la vie d'avoir laissé passer sa chance, comme le faisait Else.

Lud ignorait que sa fiancée avait de telles pensées. Il sciait, collait et respirait l'odeur du bois. Il ne se sentait pas trop jeune. Il pensait plutôt qu'il devait se dépêcher.

Ainsi le berceau fut-il prêt beaucoup trop tôt, Lud aurait volontiers continué à y travailler.

Il considéra le bois de cerisier qui restait et se dit que cela suffisait pour en faire une petite boîte. Un coffret à bijoux pour Henny.

*

— Je ne veux pas que Maman fasse le ménage à la clinique, vous ne comprenez pas ?

Non. Karl Laboe ne comprenait pas. Ce n'était quand même pas déshonorant de traîner des seaux d'eau et d'agiter le chiffon à poussière. Sans parler du fait que son foyer avait urgemment besoin de cet argent. Sa pension d'invalidité était modeste, Käthe donnait aussi sa part, mais il avait le pressentiment qu'elle était sur le départ. Et à une époque où le Reichsmark mourait à petit feu et où les économies partaient en fumée, il n'était pas facile d'obtenir une place de femme de ménage. Même les bourgeois devaient se battre, et son Annsche n'était plus de la première jeunesse.

Si. Anna Laboe, elle, comprenait Käthe. Elle-même avait été effrayée lorsque sa fille avait tout à coup surgi devant elle dans le long couloir qu'elle était en train de nettoyer. La fille dans sa tenue de sage-femme fraîchement amidonnée, la mère à genoux dans la lessive. Elle n'avait pas osé parler à Käthe de ses jours d'essai à Finkenau, espérant que la maternité était assez grande pour qu'elle ne doive pas nettoyer les salles d'accouchement et qu'elle ne croise ni Käthe ni Henny.

— Si tu veux pas qu'elle le fasse, faut qu'tu mettes plus de sous dans la caisse, décréta Karl Laboe. Sinon on s'en sortira pas.

Était-ce l'heure de vérité ?

Ils avaient fait publier les bans la veille. On pourrait encore tout annuler, s'était dit Käthe. Mais elle ne le ferait pas, c'était trop tentant de mener leur propre vie, avec des tapisseries qui leur plaisaient et dans un lit dont ils n'étaient pas obligés de bondir parce qu'ils entendaient la clé de la mère de Rudi dans la serrure.

— J'vois ça à ton nez, dit Karl Laboe.

— Tu vois quoi ? demanda Käthe.

Son père n'était pas spécialement doué de voyance. Avait-elle l'air si coupable ?

— Que tu feras plus longtemps honneur à tes vieux parents.

— Où veux-tu donc aller ? s'enquit la mère de Käthe.

Bon. D'accord. C'était peut-être le moment. Käthe prit une inspiration :

— À quelques rues d'ici, Maman, Bartholomäusstraße.

— Mais pas toute seule ?

— Non. Rudi et moi.

— Et vous avez trouvé un propriétaire qui vous prend, avec vot'vie de patachon ? demanda Karl Laboe.

— Vous vous mariez ! dit Anna, clairvoyante à son tour.

— Je vous supplie de n'en parler à personne, s'il vous plaît. Henny ne doit pas le savoir, ni personne d'autre.

— Mais pourquoi ça ? dit Karl Laboe, comme son futur gendre quelques jours plus tôt.

— Parce que je ne voulais pas me marier.

— T'es une vraie révolutionnaire ! dit son père.

Anna Laboe se leva et prit sa fille dans ses bras en la berçant comme si elle était toute petite.

— Alors ta paye ira dans la nouvelle piaule, fit remarquer Karl Laboe. Ça va être rude pour ta mère et moi.

— On va se débrouiller, Karl. Je ferai quand même le ménage à la clinique.

— T'étais mieux payée chez les bourges de la Fährstraße. Mais madame a cassé sa pipe et la maison est perdue.

— Qu'est-ce que la demoiselle est devenue, au fait ? demanda Käthe en lâchant sa mère. Elle n'a pas fait un beau mariage ?

— Elle habite dans le Hofweg-Palais avec son mari, et elle a emmené Mia.

— C'est Mia qui fait tout le ménage ?

Anna Laboe n'en savait rien.

— Je vais y aller pour demander s'ils ont besoin de toi, proposa Käthe.

Cela, elle pouvait faire.

Ida venait tout juste de découvrir du sang sur le coton blanc de sa culotte lorsque Mia frappa à la porte de la salle de bains et annonça… Mlle Laboe. Le sang voulait dire pas d'enfant. Mais que signifiait la visite de Käthe Laboe ? Ida n'en avait aucune idée.

Elle demanda à Mia de conduire la visiteuse dans le petit salon et changea de linge. Elle était tellement curieuse qu'elle en oublia la déception causée par l'arrivée de ses règles. Leur retard lui avait donné de grands espoirs. Un enfant lui permettrait de donner du sens à tout cela. Peut-être pourrait-elle alors pardonner à Campmann d'être Campmann.

Ce n'était pas faute de rapports sexuels que l'enfant ne venait pas ; Campmann était un amant ennuyeux, mais il n'en avait jamais assez. Le pire, c'était l'inutilité du sacrifice d'Ida, puisque son père avait quand même fait faillite. Si Netty n'était pas tombée mortellement malade du jour au lendemain, elle se serait défendue beaucoup plus énergiquement contre le mariage. Mais dans ces conditions, Ida avait subi une double pression : elle devait non seulement sauver la maison de la Fährstraße, mais aussi exaucer le dernier vœu de Netty en épousant Campmann.

Et voilà maintenant Käthe, la fille de leur ancienne femme de chambre. Ida entra dans le petit salon qu'elle appelait le salon soleil. Comme le soleil entrait rarement par les fenêtres du bel étage, Ida avait choisi un jaune soutenu pour les rideaux et la soie des fauteuils et du canapé. Campmann ne regardait guère à la dépense et lui laissait la main. Il appelait ça son espace de jeux, et préférait parler de « boudoir poussin » pour le petit salon.

Käthe Laboe se tenait devant un des fauteuils, comme si elle avait peur de le salir si elle s'y asseyait. Mia lui avait retiré son manteau mi-long, par obligation mais avec désapprobation, et sa jupe grise était humide à cause de la pluie.

Cet intérieur beaucoup trop luxueux ne plaisait pas du tout à Käthe. Bien que la vaste villa de la Fährstraße n'ait logé que trois personnes, servies par six domestiques, ce bel étage lui semblait plus intimidant. Était-ce dû au fait que, malgré tout le mobilier, il paraissait singulièrement vide ?

— Vous cherchez du travail ? demanda Ida d'une voix condescendante.

La suffisance dont Tian avait essayé de la déshabituer n'avait pas disparu.

— Pas pour moi, répondit Käthe. Quoique. Quand vous mettrez votre premier enfant au monde, je me mettrai volontiers à votre service comme sage-femme.

À croire que Käthe Laboe savait appuyer là où ça faisait mal.

— Pour qui donc, alors ?

— Ma mère cherche une nouvelle place, expliqua Käthe avec gêne. Elle a fait le ménage chez vos parents pendant plus de deux ans. Et elle s'entendait bien avec Mia, alors j'ai pensé que celle-ci avait peut-être besoin de soutien.

— Vous avez pensé, dit Ida d'une voix traînante.

Tiens, ce n'était pas une mauvaise idée de mettre d'autres frais sur le dos de Campmann, songea-t-elle.

— C'est un grand appartement que vous avez là.

Ida hocha la tête. Mia aurait ainsi plus de temps pour aller dans la Schmuckstraße et tisser des fils jusqu'au Hofweg, de sorte qu'il en résulte un solide filet. Depuis son mariage, en mai, elle n'avait vu Tian qu'une seule fois et il s'était malheureusement conduit comme un honnête homme.

— Dans un si grand appartement, les autres tâches d'une bonne sont peu compatibles avec le ménage, ajouta Käthe.

Mia, qui écoutait à la porte, faillit approuver à voix haute. Cela ne lui déplairait pas de refiler à nouveau le travail le plus dur à la mère Laboe.

— Des demi-journées, dit Ida, quatre par semaine.

— Aux mêmes conditions ?

Ida haussa les épaules. Elle n'avait aucune idée de ce qu'avaient été les anciennes conditions. Mais elle n'aurait pas dû réagir ainsi. Käthe nota son embarras.

— Quatre-vingts pfennigs de l'heure.

Mia, derrière la porte, n'en croyait pas ses oreilles. Ida trouvait ça cher, mais elle fut d'accord. Campmann n'avait qu'à payer. Faible consolation, mais consolation tout de même.

Ida se leva. Son père n'avait-il pas toujours scellé ses affaires d'une poignée de main, la fameuse poignée de main « hanséatique » ? Aussi bien qu'un contrat écrit. Elle hésitait encore à tendre la main à Käthe, qui s'était également levée.

— Vous avez du courage, n'est-ce pas ? demanda Ida.

— Il le faut bien.

— Et où travaillez-vous comme sage-femme ?

— À la maternité de Finkenau.

— Une bonne adresse. Certaines de mes amies ont accouché là-bas.

Käthe sourit. Ida Campmann avait enfin adopté un ton moins hautain.

— Vous êtes la bienvenue, dit Käthe.

— J'aimerais bien, dit Ida en tendant la main.

*

L'opération avait été confiée à Landmann, et comme le Dr Unger n'avait pas voulu l'assister on avait demandé à Geerts, un jeune médecin qui était déjà un chirurgien compétent. L'anesthésiste avait posé le masque d'éther, Landmann pratiqué la première incision dans la chair blanche et Geerts préparé les écarteurs. Landmann soupira. Sa crainte s'était confirmée, le chef avait hésité trop longtemps. Double annexite. Non seulement les ovaires étaient touchés, mais les trompes aussi étaient enflammées et purulentes. « Merde », dit le Dr Landmann. Geerts le regarda et Landmann hocha la tête. Ablation des ovaires. Rien à faire. Il pourrait s'estimer heureux s'il arrivait à mettre la jeune femme hors de danger.

Avait-il jamais parlé d'enfants avec Unger ? Il ne s'en souvenait pas. Le sujet n'avait rien d'évident, et son amourette avec Elisabeth Liebreiz était non seulement trop nouvelle, mais faussée par son statut de patiente, même si Unger n'était plus son médecin traitant.

Theo serait-il capable de dire à Elisabeth et aux parents Liebreiz qu'il n'y aurait jamais d'enfants ? En ajoutant peut-être qu'il aimerait Elisabeth même sans bébé ? Landmann secoua légèrement la tête, faisant glisser sa charlotte de chirurgien encore plus bas sur son front. Les champs de bataille l'avaient rendu cynique, et il semblait l'être resté.

Non. Il ne pouvait pas se décharger sur Theo, c'était à lui, le chirurgien, d'annoncer la dure vérité.

Geerts se chargea de tout refermer le mieux possible. Landmann alla se laver et se changer dans les lavabos. La porte s'ouvrit et il fut soulagé de voir que ce n'était pas Theo qui entrait.

Les infirmières soigneraient parfaitement Elisabeth Liebreiz quand elle reviendrait de la salle de réveil et retournerait dans son service. Il s'agissait maintenant avant toute chose d'écarter les dangers secondaires. Il fallait absolument éviter la thrombose. À l'hôpital militaire, ils buvaient du mousseux après avoir amputé. Peut-être devait-il aller chercher une bouteille de Feist avant de se mettre à la recherche de Theo. Ou même deux bouteilles.

Pourquoi couvraient-ils toutes les mauvaises décisions et restaient-ils fidèles aux vieilles hiérarchies comme si elles étaient divines ? On avait traversé une guerre d'une horreur inconcevable, mais on n'avait toujours pas le courage de contredire.

Landmann alla dans sa salle de consultation, laissa tomber sa blouse blanche sur la chaise des patients, prit son manteau gris à carreaux dans l'armoire, mit son chapeau et quitta la clinique deux minutes plus tard.

*

Le lendemain du 1er dimanche de l'Avent, Ida franchit enfin la passerelle au bout de laquelle l'attendait Tian : elle monta dans son automobile. Une Adler comme son père en avait eu autrefois, mais un modèle plus récent. La maison de négoce en possédait deux.

Tian, au volant, dégageait la fierté et l'insouciance d'un des rares jeunes hommes à avoir un permis de conduire. Pourtant il n'était pas spécialement insouciant, puisqu'il était en train d'ébranler ses principes. Il s'était juré de ne pas commencer de relation secrète avec Ida, or il était en route pour Wohldorf, où il s'apprêtait à commettre un adultère.

Une amie de Claire Müller possédait là-bas, au nord de Hambourg, une petite cabane d'été. La demoiselle avait vite compris qu'on lui demandait beaucoup plus qu'un alibi lorsque Ida avait repris contact après si longtemps. Elle avait flairé une belle somme d'argent et proposé cette cabane.

— Il n'y a pas de poêle, avait-elle prévenu, mais vous trouverez certainement une autre manière de vous réchauffer.

Tian avait apporté des couvertures pour chevaux provenant de la remise de Kollmorgen. Il faisait froid en ce jour de novembre brumeux.

— Ta demoiselle saura-t-elle garder le secret ? demanda-t-il.

— Tu t'inquiètes déjà ? répondit Ida. Savourons l'instant présent.

L'enjeu était encore plus important pour elle. Mais elle se sentait vivante, un sentiment qu'elle croyait avoir perdu. « Il faut bien avoir du courage », avait dit la fille Laboe.

— Tu as assez chaud dans ta fourrure ?

— J'ai encore un plaid en laine avec moi.

— Et moi deux couvertures pour chevaux.

— Elles ne puent pas ?

Les couvertures sentaient moins mauvais que la cabane. Ils ouvrirent la fenêtre pour aérer et aussi pour y voir quelque chose, enfin ils aperçurent la lampe à pétrole et l'allumèrent.

Un lit en fer avec un matelas, une table, deux chaises. Une bassine en émail sur une petite commode. D'où venait l'eau pour la remplir ? Il y avait des toilettes rudimentaires dans le jardin.

Ils tremblèrent en se déshabillant mutuellement. D'abord de froid, puis de désir. Tian fut surpris de voir, en caressant ses seins et la peau duveteuse de son ventre, à quel point Ida était facile à enflammer. Ils se réchauffèrent. Merveilleusement. Ils restèrent couchés l'un contre l'autre jusqu'à ce que l'obscurité eût englouti la cabane.

Il était 20 heures passées lorsque Tian la déposa près du Hofweg-Palais. Ida prit le sac dans lequel se trouvait, en dessous, le plaid en laine, et dessus les *Chants de Noël* et les *Pièces pour piano* de Beethoven.

Toutes les fenêtres de son bel étage étaient éclairées, y compris dans le bureau de Campmann. La croirait-il quand elle raconterait qu'elle venait de chez Mlle Müller ? Devrait-elle lui jouer un chant de l'Avent ? *Une rose a poussé* ? Ou la *Lettre à Élise* ? Et si elle faisait une fausse note, elle pourrait toujours dire : « Je dois intensifier mon travail avec Claire Müller. »

*

Lud se pencha sur le coffret terminé et inspira une nouvelle fois le parfum du bois de cerisier. Puis il ouvrit le couvercle, tira sur les rubans en reps pour retirer les petits casiers, considéra son œuvre et fut satisfait. La gomme-laque avait foncé le bois et renforcé sa teinte rouge. Henny ne possédait que des boucles d'oreilles pour enfant, des petits cœurs en corail, sa croix de confirmation et un collier de perles d'élevage. Il espérait pouvoir lui remplir son coffret à bijoux au cours de leur vie commune. Bientôt s'y ajouterait une bague en or, sauf qu'elle la porterait tout le temps au doigt.

Le mariage aurait lieu en janvier. Il se mettrait volontiers à genoux une fois encore, pour remercier le bon Dieu.

Juillet 1923

Tian était allé au port avec Ida, jusqu'à la passerelle Überseebrücke, d'où il prendrait la mer le lendemain seulement. Le navire postal de la ligne Hamburg-Amerika, le *Teutonia*, n'était pas encore amarré au pont. Mais, le lendemain, ses parents et sa sœur Ling l'accompagneraient au port pour lui dire adieu, et même Hinnerk Kollmorgen, le négociant de café, s'était annoncé. Guillermo, son neveu, qui dirigeait la succursale à Puerto Limón et était en visite à Hambourg, embarquerait en même temps que Tian.

— Tu sais que c'est mieux, dit Tian.

La brise qui soufflait dans ses cheveux éclipsa brièvement la chaleur du soleil.

— Tu l'as déjà dit cent fois, et ça ne rend pas les choses plus faciles.

— Je ne supporte plus ces cachotteries, déclara Tian.

— Je pourrais divorcer.

— Tu l'as déjà dit cent fois et tu ne le feras pas. Je ne peux pas t'offrir la vie à laquelle tu es habituée.

— Tu es tout de même devenu un commerçant qui voyage en cabine de première classe, observa Ida en souriant.

— Ce sera moins confortable au Costa Rica.

— Si seulement ce n'était pas pour trois ans.

— Pas tout à fait trois, dit Tian. Je serai de retour en mars.

— 1926 me paraît très loin. Comme le Costa Rica.

Ida cligna les yeux dans la lumière du soleil et regarda l'Elbe. Les océans commençaient derrière le port. Son père avait longtemps fait des affaires en Amazonie, il y avait aussi entrepris quelques voyages, dont un avec Netty. Mais savoir Tian sur un autre continent, cela faisait mal.

— Tu vas rencontrer une fille du pays et tu vas m'oublier.

— Tu vas avoir un enfant de ton mari et tu vas m'oublier.

— En deux ans, je n'ai pas réussi à tomber enceinte de lui. Et, contrairement à toi, Campmann n'utilise pas de préservatif.

Il y avait eu des jours où cela ne l'aurait pas dérangée de mettre au monde un enfant de Tian. Elle aurait mieux supporté le scandale que la vie aux côtés de Campmann.

— Peut-être que je reviendrai en homme riche parce que j'aurai trouvé un filon d'or.

— Il y a de l'or au Costa Rica ?

— Je ne connais que les plantations de café, dit Tian en riant.

— Le partenaire commercial de mon père a gagné une fortune avec les diamants, dit Ida. En Afrique du Sud.

— Alors je ne suis pas sur le bon navire.

— Allons nous mettre à l'ombre, j'ai déjà des étourdissements.

Tian la regarda avec inquiétude.

— Viens, entrons quelque part, asseyons-nous sous un auvent.

— Emmène-moi à la maison, dit Ida en secouant la tête. Campmann est occupé à Berlin, seule Mia est là.

— Et s'il rentrait plus tôt ?

— Il passe la nuit dans la capitale.

— Je ne veux pas le tromper dans sa propre maison.

— C'est trop tard pour trouver une autre solution, dit Ida.

— Je t'accompagne chez toi, mais je n'entrerai pas.

— Alors prenons un fiacre, suggéra Ida. Je ne veux pas m'attarder ici. Demain tes proches seront sur le pont pour te faire signe, et après tu seras parti.

Ils montèrent dans un fiacre et s'assirent à l'arrière en se tenant par la main. Ils captèrent le regard du chauffeur, qui les dévisageait dans le rétroviseur comme les rares exemplaires d'une espèce inconnue. Il les conduisit à Uhlenhorst et s'engagea dans l'entrée du Hofweg-Palais. Tian paya et descendit pour ouvrir la porte à Ida. Le chauffeur les suivit du regard jusqu'à ce qu'ils soient entrés dans le bâtiment.

*

Else Godhusen était réconciliée avec la coupe à la garçonne de sa fille depuis que celle-ci portait ses cheveux un peu plus longs et qu'elle les ondulait légèrement avec le fer à friser. Elle l'avait fait une première fois pour son mariage, cela faisait déjà plus d'un an et demi. Et la petite fêterait son premier anniversaire le lendemain. Le temps passait beaucoup trop vite.

Else était en route pour le magasin Schrader de la Herderstraße, qui avait de magnifiques poupées en vitrine. Elles étaient en Celluloïd, donc pas encore adaptées à Marike, mais elle trouverait sûrement un beau cadeau pour l'enfant chez ce marchand de jouets.

Lud était un gentil garçon. Il n'était pas promis à un grand avenir, certes, il était trop rêveur pour ça, mais leur petite Marike était magnifique, très vive et avec des boucles d'or, même sans fer à friser.

Else s'arrêta devant la vitrine. C'était encore un peu tôt pour une maison de poupées, et en plus Lud préférerait certainement la construire lui-même. Il avait fabriqué pour Marike un joli canard en bois qu'elle pourrait tirer par une ficelle dès qu'elle tiendrait sur ses petites jambes. Peut-être un jeu de construction ?

Finalement, elle ressortit du magasin avec une toupie ronflante et un album intitulé *Les Aventures de Peter au pays des myrtilles*. Elle était contente d'elle, même si la liasse de billets qu'elle avait laissée pesait plus lourd que les cadeaux eux-mêmes. Jusqu'où irait l'inflation ? Monsieur le chancelier du Reich devait absolument faire quelque chose.

Elle devait se dépêcher de déposer le cadeau à la maison puis aller dans la Canalstraße pour récupérer l'enfant. Le service de Henny à la maternité commençait à 13 heures et il fallait déjeuner avant. Ce serait à nouveau la course.

À vrai dire, elle s'en sortait plutôt bien. Il y avait à nouveau une famille, et elle, Else, en son centre. Lina aussi était un amour, adorable avec Marike. En novembre, Else avait craint que ce ne soit bien pire. Tout était venu beaucoup trop tôt. Beaucoup trop vite.

Le garçon de la mère Lüder était assis sur les marches devant l'immeuble de la Schubertstraße. Le gamin avait déjà neuf ans. N'allait-il pas à l'école, ou était-elle déjà finie ? Aucune discipline dans ces familles. Elle se retourna pour regarder en direction de la Humboldtstraße, les fenêtres des Laboe étaient grandes ouvertes. Quelle chaleur !

Käthe n'avait pas encore d'enfant, mais ils avaient l'air d'aller bien, elle et ce Rudi.

« Allez, écarte-toi », dit-elle à Gustav Lüder en sortant sa clé. *Ah, la vie*, songea-t-elle en montant au deuxième étage. *Si on savait tout à l'avance… Heinrich, tu as une petite-fille, une adorable gamine, et demain elle aura déjà un an. Pourquoi donc es-tu parti à la guerre, ah, tu n'aurais pas dû. Cette guerre n'a été qu'un outrage pour la patrie, et tu as raté ta petite-fille. Quand je pense que tu n'aurais que quarante-sept ans !*

Pour le déjeuner, il y avait un gâteau de semoule avec une compote de cerises. Exactement ce qu'il fallait par une aussi chaude journée. Elle devait seulement se dépêcher un peu. Mais lorsqu'elle posa son saç sur la table, elle eut un éblouissement et tomba sur le sol de la cuisine.

*

Ida n'avait pas lâché son petit crapaud de jade blanc depuis que Tian était sorti de chez elle, comme si ce crapaud avait des facultés télépathiques et pouvait maintenir la liaison avec lui. Le silence régnait dans l'appartement, Mia s'était retirée dans l'aile des domestiques, située sur le Hofweg. Ida se sentait terriblement seule.

Elle avait convaincu Tian de coucher avec elle sans préservatif, même s'il semblait avoir pris ses précautions au dernier moment. Cette fois, Ida désirait ardemment qu'il en résulte un enfant, elle avait comme une folle envie de présenter à Campmann un petit être aux traits asiatiques.

Sans mettre de robe, elle alla en jupon sur la loggia, où elle se laissa tomber dans un des fauteuils en osier blanc. Le dernier étage offrait la vue sur l'Alster, mais d'ici on ne voyait que de la verdure. Campmann avait voulu limiter la dépense, et les appartements du haut étaient plus chers. La vue lui était bien égale, à lui, il n'était pas là de la journée et à vrai dire vivait plutôt à la banque, sur le Jungfernstieg.

Elle aurait vingt-deux ans au mois d'août, mais elle se sentait vieille quand elle pensait à la vie qui l'attendait. Peut-être tomberait-elle malade de dégoût, comme Netty. Mais sa mère, au moins, avait savouré le statut d'épouse et le fait de fréquenter les cercles les plus distingués, sans autre obligation que d'instruire le personnel, recevoir la couturière et organiser une vente de charité de temps à autre. Sans oublier que Paps était nettement plus drôle que Campmann.

Paps. C'était ainsi qu'elle l'appelait autrefois. Comme si, en recourant à ce diminutif affectueux, elle essayait d'assurer sa mainmise sur Carl Christian Bunge depuis qu'il était entre les mains de Guste. Il n'habitait plus dans sa pension, puisque le commerce des disques marchait bien et qu'il avait fondé une société avec son associé. Mais Guste Kimrath fréquentait beaucoup son appartement de la Rothenbaumchaussee, qui se trouvait à deux pas de sa pension.

Ida remonta ses pieds nus sur le fauteuil. Des orteils roses, des ongles comme de la nacre. Tout était encore neuf chez elle. Mais quand Tian reviendrait, elle aurait déjà vingt-cinq ans et se serait flétrie aux côtés de Campmann. Peut-être devait-elle tout raconter à Paps, toute la vérité. Qu'elle n'avait jamais renoncé à Tian, qu'elle l'aimait et qu'elle voulait quitter Campmann. Les dettes que Paps avait contractées auprès de lui finiraient bien par être payées un jour, puisque ses affaires étaient florissantes malgré l'inflation. La compagnie de gramophones Diamant misait sur le dollar.

Son père n'avait jamais été un esprit étriqué et, maintenant qu'il avait souvent affaire à des artistes, il considérerait sûrement un gendre chinois avec d'autres yeux qu'à l'époque de Netty.

En fait, Ida avait envie d'un brandy julep, celui qu'elle avait bu une fois avec Tian, mais elle doutait que Mia fût capable de le préparer, et de toute façon on n'aurait pas de menthe fraîche à la maison. Elle se leva pour aller jusqu'à la bibliothèque où se trouvait le chariot de bar. Rien que des cognacs. Un armagnac. Une liqueur de miel et une eau dorée de Dantzig que Campmann lui proposait parfois, alors qu'elle n'aimait pas les liqueurs. Elle prit un verre sur le chariot et se servit un vermouth blanc.

Ida retourna sur la loggia et leva son verre à la mémoire de Tian. Si elle avait conçu un enfant aujourd'hui, ce serait facile de se faire quitter par Campmann. Il n'accepterait pas une telle humiliation et elle pourrait réserver une cabine sur un bateau à destination du Costa Rica.

Le petit crapaud en jade était encore posé sur la table en osier, elle ne devait pas oublier de le cacher. Sa vue risquerait d'irriter le maître de maison, et il était encore trop tôt pour s'attirer de tels ennuis.

*

L'horloge de la cuisine faisait tic-tac et Henny essayait de se concentrer sur le gâteau qu'elle venait de retirer du four, au lieu de regarder l'heure une fois de plus. Beaucoup trop tôt pour le renverser, elle pourrait le faire plus tard quand le moule aurait refroidi.

Sa mère. Où était-elle ? Cela faisait une demi-heure qu'elle aurait dû être là, il était presque midi. Elles auraient à peine le temps de déjeuner. Else y attachait pourtant tellement d'importance.

Henny jeta un œil sur Marike, qui était assise par terre dans le couloir et jouait avec son canard en bois.

— Mamie, dit l'enfant.

— Mamie arrive, dit Henny en souhaitant que ce soit le cas.

Que faisait-elle ? Else était habituellement d'une ponctualité exemplaire. À midi dix, Henny prit la petite dans les bras, attrapa les clés, ferma la porte derrière elle et descendit. Elle installa Marike dans le landau qui était rangé derrière l'escalier et rejoignit rapidement la pâtisserie de Harry Trüller pour utiliser son téléphone et prévenir la clinique de son retard. Elle sentait les battements de son cœur.

Puis elle poussa le landau à vive allure dans la Heinrich-Hertz-Straße, c'était le chemin que prenait toujours Else, peut-être qu'elles tomberaient l'une sur l'autre. « Mamie », disait l'enfant, ce qui rendait Henny encore plus nerveuse. Arrivée dans la Schubertstraße, elle leva les yeux vers les fenêtres ouvertes des Laboe. Si la mère de Käthe y était, Henny pourrait au besoin lui déposer l'enfant. Au besoin.

Elle ouvrit la porte cochère avec la deuxième clé d'Else, monta avec Marike, appuya sur la sonnette, tenant toujours l'enfant dans l'autre bras. Non. Elle n'entendait que cette sonnerie stridente. Elle frappa à la porte. « Maman, tu es là ? » Mettre la clé dans la serrure. Ouvrir la porte. Qu'est-ce qui la paralysait ? La peur de ce qu'elles allaient trouver ?

Une fois dans l'entrée obscure, elle appela à nouveau « Maman ? ». Marike commença à pleurer. Henny poussa la porte de la cuisine. Sa mère était assise par terre. Dieu merci. Elle était assise.

— Des éblouissements, murmurait Else. Des vertiges.

— Maman, qu'est-ce qui s'est passé ?

— Je me suis tout à coup sentie très faible. C'est peut-être la chaleur.

Henny ouvrit la fenêtre de la cuisine, alors qu'il ne faisait pas plus frais dehors, et elle vit le fils Lüder dans la cour. Elle se pencha par la fenêtre : « Connais-tu le Dr Kluthe ? » Le garçon hocha la tête. « Va le chercher, Gustav. Vite, vite. Une urgence chez les Godhusen. Dis-lui ça. » Elle espérait que le médecin restait à midi dans son cabinet situé à l'angle de la Beethovenstraße.

Lorsque Kluthe arriva, Else était allongée sur le divan, les jambes surélevées sur deux gros coussins et une compresse humide sur le front. Marike, par terre à côté du divan, était occupée avec les franges du tapis persan.

— C'est mon quatrième patient de la journée qui a des problèmes de circulation sanguine, dit Kluthe en remplissant une seringue de chlorure de sodium.

— Doit-elle aller à l'hôpital ?

— Surtout pas, dit Else, d'une voix nettement raffermie.

— Je crois que ce ne sera pas nécessaire, estima Kluthe. Mais je voudrais quand même vous voir dans mon cabinet demain, madame Godhusen. Une simple auscultation ne suffit pas.

— Ma petite-fille fête son premier anniversaire, demain.

— Sinon, je peux faire venir l'ambulance maintenant.

— Je voudrais juste ne pas attendre trop longtemps, dit Else Godhusen.

— Qu'est-ce que vous avez bu aujourd'hui ?

Else allait se mettre en colère, mais Henny l'arrêta.

— Il veut savoir combien d'eau tu as bu, Maman ! Le Dr Kluthe craint que tu ne sois déshydratée par cette chaleur.

— Le mieux est que vous restiez encore un moment allongée, recommanda Kluthe en souriant. Votre fille a tout bien fait. Des linges frais sur le front et les jambes surélevées. Et boire beaucoup d'eau. De préférence de la Kranenberger.

— Il faut dire qu'elle est du métier, dit Else.

Kluthe hocha la tête. Else Godhusen ne venait jamais le consulter sans évoquer les compétences médicales de sa fille.

— Mais je ne peux pas rester allongée, quelqu'un doit s'occuper de la petite. Tu devrais être à la clinique depuis longtemps, Henny.

— J'ai téléphoné. De chez Trüller.

— En tant que sage-femme, vous devriez avoir une ligne de téléphone.

Else hocha si vivement la tête qu'elle en eut à nouveau des étourdissements.

— Mon mari a fait la demande, dit Henny.

— Et que faisons-nous avec la petite ?

Kluthe s'accroupit devant Marike, qui l'observait attentivement et s'apprêtait à lui retirer ses lunettes.

— Je pourrais appeler la maternité depuis mon cabinet et vous excuser. Ils comprendront certainement, en apprenant que votre mère a eu un malaise.

— Pas question, protesta Else en s'asseyant. Marike et moi restons ici, je vais lui lire des histoires et je pourrai m'allonger de temps à autre. Comme ça je lui donne son cadeau aujourd'hui. Je lui ai acheté *Les Aventures de Peter au pays des myrtilles*. Tu l'avais aussi quand tu étais enfant. Où est passé ton livre, d'ailleurs ?

— Elle est beaucoup trop petite pour ça, dit Henny.

— Pas pour regarder les images.

Kluthe avait rangé son instrument et était en train de dire au revoir à ces dames. Else Godhusen semblait à nouveau très alerte.

— Alors demain à 8 heures et demie dans mon cabinet.

— Qu'en pensez-vous, docteur ? Puis-je aller travailler ?

— Si la grand-mère et la petite restent bien sagement sur le divan et boivent assez d'eau, vous pouvez y aller.

Marike leva les yeux vers sa grand-mère.

— Nous le promettons, dit celle-ci.

*

Kurt Landmann prit le tableau qui était dans l'armoire de sa salle de consultation. C'était devenu difficile de placer de l'argent dans l'art, plus personne ne voulait se séparer de ses biens. Ce tableau de Paul Bollmann représentant le Süllberg lui avait été vendu par une vieille dame proche de la famille Liebreiz. « Je n'ai plus besoin d'argent, surtout un argent qui ne vaut rien. Je veux savoir ce tableau entre de bonnes mains », avait-elle dit six jours avant de mourir.

Cependant, il n'essayait pas seulement de sauver la petite fortune qu'il possédait. Cette nouvelle peinture lui plaisait. Cela avait commencé deux ans plus tôt avec la *Nature morte à la statuette nègre* d'Emil Maetzel, qui était accrochée au-dessus du divan de son appartement. Maetzel était une des têtes de file de la Sécession hambourgeoise*. Landmann devait proposer à Unger d'aller à la Kunsthalle. D'autant plus qu'il y faisait agréablement frais.

Son cher confrère avait le blues. Il ne semblait pas avoir de chance avec les femmes. Bon. Lui aussi était célibataire, mais son annulaire lui plaisait bien sans alliance, alors que Theo, lui, rêvait de mariage.

Landmann étala une feuille de papier d'emballage sur le divan où il examinait ses patientes et commença à empaqueter le tableau de Bollmann. Un petit format, il pouvait le coincer sous le bras et l'apporter enfin chez lui. C'était l'avocat de la vieille dame qui lui avait déposé le tableau à la maternité, dans une housse de coussin abîmée, que cet homme avait ensuite pliée en un petit rectangle qui gonflait la poche intérieure de son gilet comme un gros portefeuille.

Landmann avait cru que les choses allaient bien entre Mlle Liebreiz et Unger. Mais Elisabeth se retirait, alors qu'il avait déjà été question de fiançailles. Le vieux Liebreiz soupçonnait une « attitude à la Tellheim* » chez sa fille, parce qu'elle ne se sentait plus complète en tant que femme. Theo ne pensait pas du tout selon ces catégories, il lui avait même confié qu'il ne désirait pas spécialement avoir d'enfant, son frère cadet ayant déjà donné trois petits-enfants à leurs parents ; il n'y avait aucune pression de ce côté-là.

Il n'y avait plus qu'à mettre une ficelle autour du tableau. Faire un bon nœud. Selon la technique des chirurgiens. L'expérience, il n'y avait que ça de vrai. Peut-être devrait-il tout de même parler encore une fois à Elisabeth. En tant qu'ami de la famille. Ne la connaissait-il pas depuis qu'elle était enfant ? Pour des raisons qu'il ne s'expliquait pas lui-même, il tenait beaucoup à ce qu'Unger et Elisabeth forment un couple.

*

Le grenier était une véritable fournaise, ce qui n'empêchait pas Lud de travailler à un landau de poupée. L'une des roues en bois ne glissait pas encore très bien. Le petit atelier qu'il avait aménagé sous le toit n'était qu'un appentis où il transpirait en été et grelottait en hiver. Peut-être pourraient-ils louer une remise dans l'arrière-cour quand la folie de l'inflation serait enfin terminée.

Lud posa le petit landau par terre et le fit un peu rouler. Impeccable. Marike pourrait y promener son nounours tout en s'entraînant à marcher. Il y avait aussi un cadeau pour Henny, quelque chose pour le coffret à bijoux. C'était une bague qu'elle ne porterait pas tous les jours, elle était trop voyante. De l'argent avec des grenats polis, un bijou ancien qu'il avait acheté chez Jaffe, comme autrefois l'améthyste pour Lina.

Il aimait bien ce magasin et Moritz Jaffe. Celui-ci s'était battu pour le Kaiser pendant la guerre et il semblait encore avoir des sympathies pour le Reich. Lud lui-même était proche des sociaux-démocrates, Ebert lui plaisait, mais il n'avait pas encore eu le droit de voter, ni pour le président du Reich ni pour le chancelier. On avait déjà usé cinq chanceliers, et il était peu probable que Wilhelm

Cuno tienne encore longtemps. Aucune des coalitions ne fonctionnait.

Lud sourit. Il n'avait pas encore le droit de vote, mais il avait déjà femme et enfant. C'était absurde, et en même temps un bon résultat. Échapper à la solitude dont il avait eu tellement peur. Quelle chance d'avoir Marike et Henny ! Dans l'appartement, en bas, sa belle-mère gardait l'enfant, elle allait déjà beaucoup mieux depuis son malaise.

Henny allait rentrer de la maternité. Ils allaient s'installer sur le balcon où elle avait planté, à sa demande, des fuchsias d'un pourpre flamboyant, et boire une bouteille de vin suffisamment rafraîchie dans l'eau froide du seau en zinc. L'un de ses collègues avait acheté un réfrigérateur américain. Cela n'était possible que si on avait un oncle riche en Amérique qui vous le faisait envoyer par paquebot. La pensée d'un réfrigérateur le fit transpirer encore plus. Allez, stop, le balcon attendait. Il enveloppa le landau dans une fine couverture et prit l'escalier.

La petite ne comprenait pas encore vraiment que c'était son anniversaire, mais Lud se réjouissait déjà de toutes les fêtes qui se présenteraient jusqu'à ce qu'il conduise sa fille devant l'autel. Leur mariage à eux avait eu lieu sans père, Lina étant sa seule et unique famille.

Mais tout était différent aujourd'hui. Quand Marike aurait un petit frère ou une petite sœur, son rêve d'une grande famille serait accompli. Lud descendit en se disant qu'il était un homme heureux.

*

— C'est gentil de venir voir tes vieux, t'as trop chaud là-haut, au quatrième ? dit Karl Laboe en faisant entrer Käthe. Mais t'es toute rouge. C'est la chaleur, ou t'as d'bonnes nouvelles ?

Käthe souffla pour écarter une mèche de cheveux qui collait à son front.

— Rudi entre au parti communiste, dit-elle.

— C'est pas à ça que j'pensais comme bonne nouvelle.

— Mais tu vois bien aussi que ça ne peut plus durer avec Cuno et consorts et tout le SPD.

— Je vois rien du tout et j'trouve que c'est pas un temps à avoir des discussions brûlantes. Quand c'est que vous allez nous pondre un petit, Rudi et toi ?

— Ah, Papa !

— C'est pas une question si bête que ça. Prends donc un rafraîchissement dans la carafe. Ta mère a fait une limonade à la framboise. Ça reste bien frais dans c'te cruche en pierre.

Käthe prit la cruche qui était enveloppée dans un tissu humide, et elle remplit un verre.

— Tu en veux aussi ? demanda-t-elle.

— J'ai déjà le ventre qui gargouille.

— Je veux attendre un peu, dit Käthe.

— Pour gargouiller ?

— Pour l'enfant.

— Henny t'a montré l'exemple.

— C'était plutôt un accident.

— Mais ça a donné un joli résultat. Elle est gentille, c'te gamine. Je l'ai vue par la fenêtre. Elle était chez Mme Godhusen.

— Elle a eu un malaise aujourd'hui. Henny est arrivée en retard à la clinique à cause de ça.

— Ah bon, dit Karl Laboe, c'est une vraie épidémie. Et ton Rudi, qu'est-ce qu'il va faire chez les communistes ?

— C'est un collègue qui l'a recruté. Tout fout le camp dans ce pays.

— Et les communistes, ils savent mieux s'y prendre ?

— Ça vaut le coup d'essayer, Papa. Maman est encore chez les Campmann ?

— Oui. Mia aussi a eu un malaise, alors ta mère file un coup de main.

Käthe se resservit un verre de limonade.

— Vous pourriez aussi aller chercher des pains de glace à la brasserie, dit-elle.

— Faut marcher trop loin. On n'est plus assez rapides. La glace aura déjà fondu quand on sera arrivés.

— Rudi va vous en apporter, si ça tient avec la chaleur.

— J'sais pas si c'est bien cette histoire de communiste, reprit son père. C'est un gentil gars, ton Rudi.

— Eh ben justement, dit Käthe, parce que c'est un philanthrope.

— Tu rêves, si tu crois qu'il est à sa place là-bas.

— En fait, je voulais juste voir comment vous alliez.

— T'es bien gentille, Käthe. Mais t'as droit à mon opinion en prime.

Karl Laboe leva la tête en entendant la porte. La mère de Käthe entra dans la cuisine et posa un panier sur la table.

— Il y a un demi-poulet cuit là-dedans, dit-elle. Pour me remercier de mon aide.

Elle hocha la tête à l'attention de Käthe, un salut laconique à la manière des Laboe.

— Tu peux en manger avec nous, Käthe.

— Je vais y aller, je voulais juste vous voir un moment. J'ai rendez-vous dans le parc avec Rudi.

— Dommage, dit Anna Laboe en commençant à déballer ses affaires.

Un petit plat de salade de pommes de terre et un sachet de cerises.

— Vous allez à la brasserie ? demanda Karl Laboe avec envie.

— Nous avons un poulet froid, Karl.

— Et une limonade à la framboise, dit-il.

— Et Mia, qu'est-ce qu'elle avait ? s'enquit Käthe.

— Elle avait la nausée. Ça fait un moment déjà. Si tu veux mon avis, elle est enceinte.

— Ben tu vas en avoir, des coups de main à donner, commenta Karl. Notre Käthe, en tout cas, elle veut pas de môme tout de suite, qu'elle a dit. Te figure pas que tu vas être bientôt grand-mère.

*

— Je mange le gâteau de semoule de ce midi avec Marike, dit Else. Vous n'avez qu'à sortir tous les deux par ce beau temps, faites-vous plaisir.

Cela lui fit du bien de voir à quel point Henny était stupéfaite par cette généreuse proposition. Lud et elle se dépêchèrent de sortir, comme s'ils avaient peur qu'elle ne change d'avis.

— Je pourrais inviter la mère de ma fille à la Maison du passeur, dit Lud alors qu'ils étaient arrivés au niveau du Hofweg.

— Allons plutôt ailleurs, dans un endroit plus calme.

— On n'a qu'à aller dans la cave, à ce moment-là, aujourd'hui tout le monde est dehors, dit-il avec un petit sourire.

Arrivés au bout de la Schillerstraße, ils ne tournèrent pas à gauche pour aller vers la Maison du passeur, mais à droite en direction de l'embarcadère. Le *Galatea* entrait justement dans la baie de Mühlenkamp, beaucoup de monde à bord, mais la plupart des passagers descendirent. Lud prit la main de Henny et ils montèrent sur le bateau.

La plateforme ouverte, à la proue, avec son banc en demi-cercle, était vide, les vieilles dames qui étaient encore à bord du *Galatea* craignant la brise sur leur nuque grise dès que le navire prendrait de la vitesse.

Un aller et retour au Jungfernstieg. Lud remit un paquet de billets au contrôleur, on s'habituait vite à ces chiffons de papier aux chiffres horriblement élevés. Les voilà seuls dans le soleil couchant, et les joyeux convives de la Maison du passeur, les pavillons de jardin blancs des villas des alentours, les promeneurs, les chiens lâchés, tout cela défilait devant eux comme les images d'un kaléidoscope.

— Tu es le bonheur de ma vie, dit Lud.

Henny le regarda amoureusement. Lud était-il le bonheur de sa vie ? Il y avait des choses qu'il valait mieux ne pas remettre en question.

Le *Galatea* s'arrêta devant la Maison du passeur et la Rabenstraße. Un jeune homme qui était sorti sur la plateforme arrière sembla presque gêné en les voyant. Que dégageaient-ils ? Une trop grande intimité ? Il s'assit à l'autre bout du banc et tendit son visage au vent, ne jetant que de temps à autre un regard à ce tendre couple.

Un badaud de l'amour, Lud aussi l'avait été autrefois, se dit-il, et il se rappela le baiser au *franzbrötchen* qu'il avait observé un jour sur le Winterhuder Weg. Deux ans plus tard, Käthe et Rudi étaient entrés dans sa vie, mais à l'époque il ne connaissait pas ces deux jeunes gens qui s'embrassaient, et leur amour lui avait laissé un tel sentiment de solitude qu'il avait eu très froid.

— C'est bien qu'on ait commencé aussi jeunes, dit-il.

— Pourquoi c'est bien ?

— Parce qu'on a encore tellement de vie devant nous, chantonna Lud.

— Tu es un vrai romantique, dit Henny.

Lorsque le *Galatea* accosta à nouveau au ponton du Mühlenkamper Brücke, il faisait presque nuit, le ciel était beau et clair, les étoiles au-dessus de leur tête. Le son d'un accordéon leur parvenait d'ils ne savaient où. La vieille chanson espagnole de la colombe. *La Paloma*. Ils marchèrent dans le calme de la Schillerstraße, passèrent devant le grand bâtiment sombre de l'école, puis prirent le Winterhuder Weg, nettement plus animé, pour arriver jusqu'à la Canalstraße, où ils proposèrent à Else de rester dormir. Ils terminèrent la soirée sur le balcon à côté des fuchsias.

*

Fallait-il en rire ou en pleurer ? Ida n'en revenait pas. Ce n'était pas vrai ! Depuis deux ans, elle espérait tomber enceinte de l'un ou de l'autre homme, même si elle donnait largement la préférence à l'autre. Mia, elle, faisait ça en passant et elle avait non moins de quatre pères potentiels. C'était ce que lui avait avoué la Tête de mule. Cette traînée couchait à droite et à gauche. Il y avait même un Chinois dans le lot, et cette pensée ne plaisait pas du tout à Ida.

Il était à craindre que Campmann ne la mette à la porte. Pourtant ce serait un avantage que l'enfant vive ici, un petit ne pouvant qu'égayer l'ambiance mortelle qui régnait dans cette maison. Elle s'opposerait en tout cas au renvoi de Mia. Qui eût cru que la Tête de mule lui importerait un jour ?

Ida alla dans la cuisine, où Anna Laboe avait mis pour elle une salade de pommes de terre dans la glacière. On commençait à manquer de pains de glace, elle devait téléphoner le lendemain pour en commander de nouveaux.

Campmann allait aujourd'hui au restaurant Ehmke, prétendument pour dîner avec quelques directeurs. Ça lui était bien égal, à Ida, de savoir avec qui il mangeait du caviar sous les plafonds sculptés en bois. Il appréciait le caviar, lui qui par ailleurs n'était pas très enclin au gaspillage.

La Tête de mule avait passé beaucoup de temps dans le quartier chinois, il y avait là pas mal de garçons qui se fichaient complètement de la morale. Bon, Ida était mal placée pour prêcher la morale, c'était elle qui avait convaincu Tian de reprendre leur relation érotique alors qu'elle était une femme mariée.

Elle s'installa sur la loggia et prit une pleine fourchette, la salade était raffinée, meilleure que celle de Mia. Peut-être devait-elle promouvoir Anna à la cuisine. Cette femme avait été sous-estimée trop longtemps.

De la loggia des voisins lui parvenaient des éclats de rire et des bruits de verre. Quelle vie ! Passer seule ici une merveilleuse soirée d'été. Elle vieillissait dans son coin. Campmann arriverait plus tard, plein de l'aquavit qu'il buvait volontiers avec le caviar, et s'attendant à trouver une épouse à sa disposition. Peut-être devait-elle aller chercher le vin de Moselle dans la glacière, les avances de Campmann étant plus faciles à supporter en état de légère ébriété. Il fallait qu'elle ait bientôt une conversation sérieuse avec Paps.

Mia était de sortie, elle voulait rencontrer le premier des quatre pères potentiels. Espérons qu'elle ne se trahirait pas et saurait se taire à propos de l'existence des autres candidats. Peut-être que l'un des quatre proposerait le mariage à Mia, peut-être les quatre, et la Tête de mule aurait alors le choix. Mais ça n'était pas du tout dans l'intérêt d'Ida. Mia était sa seule alliée ici.

Campmann se laissa convaincre d'aller dans l'établissement d'Hélène Parmentier, une reine du demi-monde hambourgeois. Probablement s'appelait-elle en réalité Helene Puvogel, ou quelque chose de ce genre. Peu importait.

Il choisit Carla, qui était sombre et menue, contrairement à son épouse au teint clair. Incontestablement, Carla savait le contenter. Il réalisa au moment de l'orgasme tout ce dont il était privé aux côtés d'Ida. Elle le tolérait, sans plus. Alors qu'elle avait sans doute fait sa diablesse avec le Chinois. Friedrich Campmann songea qu'il n'avait pas mérité d'être aussi peu désiré.

Le jour se levait lorsqu'il rentra à la maison. Il s'allongea à côté de son épouse endormie et resta longtemps éveillé.

*

L'aube était vraiment la partie la plus poétique de la journée. En été, son travail dans l'atelier de lithographie commençait à 7 heures, le soleil était déjà levé. Mais ce jour-là, Käthe travaillait de nuit après avoir eu trois soirées libres, et il avait à peine trouvé le sommeil, seul dans le lit, sans le corps chaud de Käthe à côté de lui.

Il était 4 h 20 lorsque Rudi, sur le pont du Hofwegkanal, se tourna vers le jour qui allait déjà poindre à l'est. Pendant toute la nuit, il avait eu en tête un vers de Hofmannsthal, peut-être était-ce ce qui l'avait empêché de dormir. *Sur la fugacité*, s'appelait le poème, et le vers qui le hantait parlait des ancêtres :

Sont un avec moi comme mes propres cheveux.

Il était allé chez Grit l'avant-veille, parce qu'il était obnubilé par ce que Käthe lui avait dit dans le parc, et ce n'était pas la première fois : elle trouvait qu'il n'avait aucune ressemblance avec ses parents. Ni physiquement, ni de caractère, ni par ses talents. Mais que savait-il du caractère et des talents de son père ? Il n'avait que cette photographie devant un panorama alpestre.

Et mes ancêtres, dans leur linceul,

Me sont aussi liés que mes propres cheveux.

Cette fois, Grit ne s'était pas tue, mais elle s'était mise dans une colère qui l'avait effrayé. N'était-ce pas son bon droit de vouloir savoir qui était son père, et s'il était encore en vie ? Sa mère était d'un autre avis. Lorsque, dans un accès de désespoir, il lui avait raconté son adhésion au parti communiste, elle avait seulement ri et parlé de l'épingle de cravate ornée de la perle d'Orient qui constituait l'héritage de son père. Des phrases sibyllines, que Grit se refusait à expliquer. Devenait-elle folle ?

Rudi prit le Hofweg, longea la maison où la mère de Käthe faisait le ménage et tourna dans le Uhlenhorster Weg. C'était quoi, cette histoire d'épingle de cravate ? Sa mère faisait comme si elle avait appartenu au dernier tsar. Rudi arriva au bord de l'Alster, qui scintillait merveilleusement dans le soleil estival. On se sentait privilégié d'être là, d'être autorisé à marcher dans ce décor.

Si seulement Grit pouvait lui révéler son secret. Il y avait bien droit. Rudi savait qu'il pouvait revendiquer une place en ce monde en tant que fils d'un homme qui lui avait transmis quelque chose, bien plus qu'un bijou. La faculté d'aimer ? L'amour des mots ? L'empathie qui avait fait de lui un homme de gauche ? Il était déconcerté par le lien qu'avait suggéré sa mère entre le parti communiste et l'épingle de cravate. Mais si son père avait été riche, cette épingle ne serait pas simplement en plaqué or, elle comporterait vingt-quatre carats. La seule valeur de cette épingle était la perle.

La cloche d'une église située à proximité sonna 5 heures. Peut-être Sainte-Gertrude, où s'était mariée Henny. Peut-être Notre-Dame, dans la Danziger Straße. Le service de Käthe dans la salle d'accouchement se terminait à 6 heures. Mais il n'avait pas le temps de passer la prendre pour boire un café avec elle.

Rudi décida d'aller à pied chez Friedländer, ce serait une longue promenade, de l'Alster à Sankt Pauli en passant par le pont Lombardsbrücke. Cette matinée de juillet s'y prêtait bien.

*

Käthe venait de passer ses pires heures en salle d'accouchement. Au moment de la plus extrême tension, Kurt Landmann avait hurlé qu'il allait la réduire en miettes, pourtant Käthe n'avait rien fait de mal. Personne n'avait fait d'erreur. Ce qui s'était passé pendant ces quatre heures, c'était ce qu'on appelait le destin. « Implorons l'aide miséricordieuse de Dieu », s'était écriée l'infirmière. Mais Dieu n'avait pas aidé, les jumeaux étaient morts. C'était quasi un miracle si la jeune femme, qui avait été hospitalisée en urgence juste avant le début de son accouchement, était encore en vie. De cela, ils devaient être reconnaissants.

Le premier jumeau s'était présenté par le siège. Landmann commença à hurler lorsqu'il se rendit compte que l'enfant s'était accroché au second en levant les bras. Sa petite tête était restée coincée, et même une césarienne d'urgence n'aurait pas pu sauver les deux garçons, qui s'étaient étouffés entre leurs mains.

Le Dr Unger était entré à 5 h 45 dans la salle d'accouchement pour prendre le relais et soigner la mère des enfants. Käthe, le Dr Landmann et le Dr Geerts en sortirent dans un état d'épuisement absolu.

— Je vous présente mes excuses, dit Kurt Landmann. S'il vous plaît, acceptez mes excuses. Je n'avais plus vécu une telle stupeur depuis la guerre.

— Nous ne devrions pas nous séparer maintenant, dit le Dr Geerts. Ou voulez-vous rentrer tout de suite chez vous, madame Odefey ?

Käthe fit signe que non.

— Je propose que nous allions nous faire faire un café bien fort là-haut, dans le service, dit Geerts. Pas un ersatz. Et ensuite nous irons faire quelques pas le long du canal pour nous aérer.

— Tout à fait d'accord, cher confrère.

Landmann adressa un regard à Käthe, qui hocha la tête, toujours incapable de parler.

— Il faut prévenir le mari, dit Geerts. Il garde leur petite fille à la maison. Il a laissé un numéro de téléphone dans le voisinage.

— Je m'en charge, offrit Landmann. Nous avons du moins réussi à sauver la mère.

Les canards barbotaient dans le canal, les oiseaux chantaient dans les arbres. Comment une journée dont les premières heures avaient apporté tant de souffrance pouvait-elle être aussi belle ?

— Elle ne pourra plus avoir d'enfant, déclara Geerts.

— Je doute que, de toute façon, elle aurait été prête à vivre une nouvelle grossesse, dit Landmann.

Käthe se couvrit le visage de ses mains et se mit à sangloter. Kurt Landmann la prit dans ses bras pour la consoler.

Décembre 1923

Bunge ne se rendit pas compte qu'il était passé devant quelqu'un pour monter dans le fiacre. L'autre monsieur resta planté devant la gare avec ses valises et lui adressa un regard furieux, que Carl Christian Bunge ne sut interpréter. Mais le chauffeur tournait déjà dans le Dammtordamm et, de là, dans le Gorch-Fock-Wall en direction d'Altona. Quelle circulation sur ce carrefour ! L'activité repartait, on le sentait dans la grande ville.

Gustav Stresemann avait réussi à stopper l'hyperinflation et à introduire le rentenmark. Mais cela ne lui avait servi à rien, il était déjà parti, seul son costume restait : veston noir, veste grise, pantalon à rayures. Bunge aussi avait un « stresemann » dans son armoire. Il faillit le clamer à voix haute, mais le chauffeur n'en aurait rien eu à faire, ni du fait que Bunge était en train de reprendre du poil de la bête.

Désormais, c'était Wilhelm Marx qui tentait sa chance avec les coalitions. Rien ne marchait, peu importait que les chanceliers soient sociaux-démocrates, conservateurs comme Stresemann ou centristes catholiques comme Marx. C'était à peine mieux que dans l'immédiat après-guerre : à droite il y avait la réaction, à gauche les bolcheviks.

Cette tentative de putsch devant la Feldherrnhalle à Munich, début novembre, c'était affligeant ! Ces Bavarois excités, avec leur chef, un Autrichien, disait-on.

Ils passèrent devant la Große Freiheit*. Il devrait y retourner, dans ce quartier. À l'hippodrome. Et aussi au restaurant de Heckel, où il avait déjà été client jeune homme.

Quatre cent soixante-dix milliards de marks pour une miche de pain ! Heureusement que cette époque était terminée. Même si lui-même avait pu s'offrir plus que du pain. Dix dollars permettaient de passer le mois, cent dollars étaient un luxe.

Il en avait profité, avec Guste. La gentille Guste. Un grand cœur, il l'avait toujours dit. Et cette plante haute sur pattes prénommée Margot était aussi particulièrement gentille. Il avait fait sa connaissance huit jours plus tôt, dans le train pour Berlin, il l'avait aussitôt invitée dans le wagon-restaurant, lui offrant du champagne tandis que lui buvait sa bière, et ils avaient échangé leurs adresses. Margot habitait à Altona, elle partageait un appartement avec une amie, toutes deux étaient comédiennes. Elle était en route pour passer une audition et avait été enthousiaste à l'idée qu'il soit dans les disques.

Ce commerce était beaucoup plus séduisant que celui du caoutchouc. Tous ces gens que l'on était amené à rencontrer. Ce jour-là, il avait eu des rendez-vous dans la Vox Haus*, où on faisait de la radio depuis le 29 octobre. Il avait encore les poils de la nuque qui se dressaient de respect quand il repensait à l'allocution d'ouverture qu'avait prononcée Knöpfe durant cette soirée d'octobre.

Attention, attention ! Ici la station de radiodiffusion de Berlin à la Vox Haus, à quatre cents mètres de vous. Mesdames et messieurs, nous vous informons qu'en ce jour le département de divertissement radiophonique inaugure la diffusion de musique par transmission sans fil.

Le divertissement au milieu du chaos. Réparations, séparatisme, révoltes, et un dollar coté à plus de quatre billions de marks-papier. Quelle chance que ce soit fini et qu'on puisse à nouveau gagner de l'argent.

Il avait malheureusement été obligé de décevoir Ida. L'argent était placé dans l'entreprise, il ne pouvait pas encore le déposer aux pieds de Campmann pour payer ses dettes anciennes, il n'en avait remboursé qu'une petite partie. Sa fille le mettrait dans un embarras extrême en quittant Campmann. Bunge était sûr que le banquier oublierait aussitôt l'obligeance du gendre et exigerait toute la somme d'un coup. Peut-être que Bunge accéderait bientôt à une plus grande richesse si la compagnie de gramophones Diamant, comme la SA Lindström, étendait ses explorations outre-Atlantique. L'Amérique du Sud, c'était un terrain familier.

Le Chinois d'Ida était installé au Costa Rica, très bien, sinon sa fille aurait fait encore plus pression. On verrait bien quand il reviendrait. Bunge n'avait rien contre les personnages exotiques. L'Écureuil s'en serait émue, elle, mais heureusement elle reposait en paix.

Le Hohenzollernring. Une rue prestigieuse. Avec des arbres au milieu. « Stop, dit Carl Christian Bunge, voilà le numéro 74, vous avez failli le dépasser. »

Le chauffeur du fiacre s'arrêta, Bunge paya en donnant un gros pourboire, comme il l'avait fait toute sa vie. Une grosse baraque, cet immeuble. Six étages avec deux pignons pointus. C'était du solide.

Margot habitait au quatrième étage à gauche. Il se dépêcha pour retenir la porte par laquelle quelqu'un venait de passer. Il put donc monter les marches en toute tranquillité et souffler avant d'appuyer sur la sonnette. Margot ne devait pas penser qu'il était en mauvaise condition physique.

Margot Budnikat se tenait derrière le rideau et l'avait vu depuis longtemps, ce drôle de vieux monsieur rencontré dans le train. Elle avait parlé de lui à Anita et immédiatement flairé le parfum des truffes. Peut-être que la compagnie Diamant n'était pas aussi importante que Lindström ou Odeon, mais elle était sans doute plus avidement à la recherche de nouveaux talents. Anita et elle pouvaient parfaitement chanter quelques petites chansons satiriques, on en ferait bien quelque chose. La question était : qu'attendait Bunge en échange ?

« Montrer un bout de sein et peut-être un peu la culotte », avait proposé Anita. Est-ce que ça suffirait ? En tout cas, il fallait avant tout le pousser à enregistrer un disque avec elles. Ensuite, Anita et elle gagneraient leur argent toutes seules sans devoir montrer leur linge ou passer carrément à la casserole.

Margot contemplait ses ongles limés ; il lui en fallait du temps, au petit gros, pour reprendre son souffle. Il faudrait qu'elle apprenne la patience avec lui, et si elle s'y prenait bien elles n'auraient pas besoin d'une troisième colocataire. Elles pourraient rassembler le loyer à elles deux. La *Chanson de Vilya* lui vint à l'esprit. « Touche-moi et laisse-moi être ta poule aux œufs d'or », fredonna-t-elle. Enfin on sonna à la porte.

*

— Compatriote, cita Rudi.

On aurait dit qu'il avait craché le mot. Lud leva les yeux du journal pour regarder Rudi.

— « Ne peuvent être compatriotes que ceux qui ont du sang allemand », lut Rudi.

— C'est bien ton cas, dit Lud.

Rudi leva les yeux au ciel.

— Lud, tu te prétends bien social-démocrate. Ça ne te désespère pas, les bêtises que débite le Parti ouvrier allemand ?

— Il n'existe même plus.

— Nan. Ils s'appellent maintenant le Parti national-socialiste des travailleurs allemands et ils ont tenté un putsch. Ils ont marché sur la Feldherrnhalle. Tu as dû en entendre parler en novembre ?

— Ah, ceux-là, dit Lud Peters.

Le poêle en faïence blanc ronflait, un froid mois de décembre sévissait derrière les fenêtres. La seule ressemblance entre ces deux hommes qui lisaient le journal dans l'appartement de Rudi et Käthe, c'était leur foncière gentillesse ; ils voulaient tous les deux le bien. Quand l'un présentait l'autre, il disait : « Le mari de la meilleure amie de ma femme. » À quoi pensaient-ils en disant cela ? Mon ami Lud, malheureusement très naïf. Mon ami Rudi, un romantique de gauche, la pauvre âme.

Ce dimanche, Käthe et Henny travaillaient toutes les deux de nuit. Ce n'était pas pour rien que le peuple appelait la maternité de Finkenau « une usine à bébés ». Nulle part ailleurs, à Hambourg, il ne naissait autant d'enfants.

— Je dois aller récupérer Marike qui est gardée par la mère de Henny, annonça Lud en reposant le journal.

— Dommage. Je pensais qu'on allait boire une bière ensemble. Dans un bistrot. Ça fait longtemps qu'on ne l'a pas fait.

— Obligation paternelle, dit Lud sans regret.

— Eh oui, déplora Rudi.

— Et vous ?

— Käthe est championne pour éviter les grossesses.

— Henny n'est pas pressée non plus pour le deuxième enfant.

— Qui sait si c'est une bonne chose, par les temps qui courent.

— Non, l'époque n'est pas favorable aux enfants. Mais à ce compte-là, il y a longtemps que l'espèce humaine se serait éteinte.

— Tu as raison. Bois donc encore un schnaps avec moi avant de sortir dans le froid. J'ai un kummel danois.

— D'accord, dit Lud en se rasseyant confortablement. Mais un seul.

— Et Noël ? demanda Rudi.

— Lina et Else seront chez nous le 24 décembre, et Else les jours suivants. Elle nous aide beaucoup, mais elle est comme le hérisson du conte de Grimm : elle est tout le temps là.

— Chez nous il y aura Anna et Karl, dit Rudi en riant.

— Tu as de la chance avec tes beaux-parents. Ils ne sont pas obsédés par l'idée que tu deviennes quelqu'un.

— Else Godhusen est ambitieuse, convint Rudi. Elle finira bien par faire de toi un prince. On boit encore un verre ?

— Il est bon, ton kummel, mais il faut vraiment que j'y aille.

Ils se levèrent. Après avoir salué Lud, Rudi resta à la porte jusqu'à ce qu'il soit hors de sa vue. Puis il retourna à son fauteuil pour poursuivre la lecture du journal.

Si ce Hitler mettait en pratique ne serait-ce qu'une partie de ce qu'il avait annoncé dans la Bürgerbräukeller* à Munich, tout le monde avait de quoi trembler. Pas seulement les Juifs, comme les Friedländer. Au moins, on pourrait alors traduire en justice Hitler et sa troupe de choc, ils pouvaient même tomber sous le coup de la peine de mort pour haute trahison. Rudi n'était pas partisan de la peine capitale, mais l'idée d'envoyer le chef des fascistes au diable lui plaisait.

Il laissa retomber son journal et songea qu'il devait inviter Grit pour le réveillon de Noël, même si cela le mettait mal à l'aise, car Grit se crispait beaucoup en présence de Käthe, et celle-ci n'exultait pas non plus quand elle voyait sa belle-mère. « Grit a peur que je lui extorque le secret familial, avait dit Käthe. C'est pour ça qu'elle serre constamment les dents. »

Rudi soupira en reprenant le journal. Finalement, les soucis du monde étaient préférables aux soucis personnels.

*

Lorsqu'ils firent le tour de l'étang de Kuhmühlen à 16 heures passées, la nuit tombait déjà et ils exhalaient un nuage de vapeur blanche. Ils auraient voulu partir deux heures plus tôt, alors que le soleil était encore dans le ciel pour les chauffer, mais ils avaient tous deux été retenus à la clinique.

— Tu fréquentes à nouveau Elisabeth ? avait demandé Landmann.

Theo Unger s'était contenté de répondre par un hochement de tête un peu cassant.

— C'est le vieux Liebreiz qui me l'a dit. Cette relation lui tient à cœur.

— Je sais. Il est de mon côté.

— Ça a fait deux ans au mois de novembre. Elle n'a pas encore surmonté ce traumatisme ?

— Elle porte l'expression « ablation totale » en étendard.

— Tu lui as dit que tu pouvais tout à fait envisager une vie sans enfants ? insista Kurt Landmann.

— Oui, dès le début. Mais peut-être que l'horizon s'éclaircit. Elisabeth a commencé à écrire des articles pour *Die Dame*. Ça lui change les idées.

— Le magazine de mode ? Ne sont-ils pas à Berlin, chez Ullstein ?

— Disons qu'elle est leur correspondante à Hambourg.

— Et alors ? Elle écrit bien ?

— Ça a l'air de plaire aux Berlinois, répondit Unger en souriant.

— Eh bien c'est la solution, conclut Landmann. Un médecin qui travaille dur et une journaliste à succès. Les enfants ne seraient qu'une gêne. Et tes parents, ils n'auraient rien contre une belle-fille juive ?

— Tu vas toujours un peu trop vite en besogne, Kurt, nous n'en sommes vraiment pas encore là. Que penses-tu de ce Hitler ?

— J'espère que les Munichois vont lui régler son compte et le mettre au cachot pour un moment.

Theo Unger acquiesça.

— Allons nous mettre au chaud. Je suis transi de froid.

— Nous n'avons qu'à prendre le métro à Mundsburg et nous serons chez moi en quelques stations. Je ne t'ai pas encore montré le tableau, ma dernière acquisition.

— Et qui est le peintre ?

— Willy Davidson.

— J'ai entendu parler de lui.

Ils montèrent dans le métro aérien et roulèrent jusqu'à la gare centrale, d'où ils parcoururent à pied les quelques mètres jusqu'à la Bremer Reihe, le col de leur manteau remonté et les poings serrés dans les poches.

Unger s'arrêta longuement devant le tableau de Davidson, qui était accroché en face de la *Nature morte à la statuette nègre* d'Emil Maetzel. Le contraste pouvait difficilement être plus grand : ici le tableau sensuel de Maetzel, là les sillons bruns des *Champs* de Willy Davidson. Il était surpris que son ami confronte ces deux tableaux, et il retrouvait davantage Kurt dans les couleurs lumineuses de Maetzel.

— Tu as l'air surpris, observa Landmann.

— Je ne m'y connais pas assez, dit Theo d'une voix hésitante. C'est un peu aride, pour ne pas dire sinistre. J'espère que cela ne correspond pas à ton humeur.

Kurt Landmann servit du cognac dans deux grands verres et en tendit un à son confrère.

— L'époque en tout cas ne devient pas aride, quand je pense aux magnifiques parades qui nous attendent. Ils se sont encore entraînés devant la Feldherrnhalle. Par contre, l'époque devient *brune*.

— Tu parles de la racaille qui gravite autour de Hitler ? Ce n'est pas encore fini depuis le putsch de la Bürgerbräukeller ?

— Je crains que non, dit Landmann en avalant une gorgée de cognac.

*

Lina fit la connaissance de Kurt Landmann à la clinique en venant y chercher Henny. Elles avaient rendez-vous pour visiter un atelier dans une des arrière-cours de la Canalstraße, plutôt une remise qui avait abrité autrefois une calèche. Si elle convenait, c'est-à-dire si elle était lumineuse et sèche, ni trop chaude ni trop froide, ce serait leur cadeau de Noël pour Lud : elles lui offriraient deux mois de loyer pour cet atelier de menuiserie.

Landmann souriait à la grande Lina ; leurs yeux étaient à la même hauteur et elle n'arrivait pas à se détacher de son regard. Elle était rarement réceptive aux signaux d'un homme. C'était arrivé autrefois avec son jeune professeur, mais plus depuis.

Peut-être s'était-elle trop longtemps réfugiée dans le rôle de la grande sœur d'un frère infantile. Les hommes adultes intimidaient Lina, et ce Kurt Landmann, sûr de lui, avec ses larges épaules et ses épais cheveux sombres, était incontestablement un homme adulte.

Henny les présenta et ils se plurent. Qu'était-ce ? Un désir des deux côtés, presque un besoin ?

Cette rencontre, le jour de la Saint-Nicolas 1923, fut le début d'une histoire d'amour compliquée qui allait prendre une tournure particulière.

*

Mia était grosse comme si elle était sur le point d'accoucher, alors qu'elle avait encore deux mois à attendre. Cela dit, elle avait toujours été ronde et rose, même durant les jours de disette qui avaient suivi la guerre. Une fille de boucher.

Installée dans son boudoir poussin, Ida songeait que l'époque où elle avait eu Mia dans le collimateur était bien lointaine. La bonne venait de lui apporter une lettre portant l'adresse d'un jeune cuisinier chinois, lui aussi un père potentiel de l'enfant. Si ce n'était pas lui, la paternité resterait incertaine, car d'après Mia les trois autres candidats étaient blonds ou roux, et plutôt robustes.

Ce cuisinier de la Schmuckstraße recevait les lettres de Tian adressées à Ida. Il lui avait fallu attendre huit longues semaines avant de recevoir un signe de vie. Le *Teutonia* avait fait escale dans de nombreux ports avant que Tian ne mette pied à terre à Puerto Limón. Son bateau postal était un vrai lambin, avait écrit Tian dans sa première lettre.

Campmann avait conclu un marché avec Ida : il tolérait que Mia, enceinte, reste à leur service à condition qu'Ida cesse enfin de se languir pour ce Chinois. Sinon, Mia devrait quitter la maison sur-le-champ. Une menace qui avait encore resserré les liens entre la maîtresse et sa bonne.

Ces affaires de cœur étaient parvenues aux oreilles de la mère Laboe. C'était la seule, dans la maison, à avoir un peu de sympathie pour Campmann. Il avait le sens de la dérision, c'était un refuge pour lui, car que faire d'autre quand son épouse lui faisait grise mine et que même la bonne lui manquait de respect ? La dérision élégante plaisait à Anna, dont le mari maniait plutôt la grossière plaisanterie.

D'ailleurs, Anna s'épanouissait. Elle n'était plus seulement la femme de ménage, même si elle passait encore du temps à genoux à traiter le parquet avec du sable de dune et une brosse dure. Contrairement à ce qui se passait dans la Fährstraße, il n'y avait pas de cuisinière chez les Campmann, Ida n'y connaissait rien et n'avait pas l'ambition de composer les repas, donc c'était autour du fourneau d'Anna qu'elles se réunissaient.

Ida n'aurait jamais cru qu'il était aussi agréable de s'asseoir à la table de la cuisine avec le personnel pour boire du café et dire du mal des hommes. Cela permettait de supporter l'hiver en ces temps difficiles. Netty avait-elle su à quel point ces conversations entre femmes rendaient la vie plus légère ? Mais les temps avaient changé ; avant la guerre il convenait dans la bonne société de lever les sourcils d'un air méprisant. Ida n'avait-elle pas entretenu elle-même cette arrogance ?

Vas-tu divorcer ? avait écrit Tian.

Oui.

Quand ?

Elle lui devait cette réponse. La lettre qu'Ida avait entre les mains portait le tampon du 29 octobre 1923.

Il te reste vingt-huit mois pour prendre notre amour au sérieux et demander le divorce.

Ida cacha la lettre là où elle avait dissimulé les trois premières, dans l'album en carton noir qui renfermait les photographies de ses parents et grands-parents. Campmann n'aurait guère l'idée de le feuilleter.

Vingt-huit mois. Une éternité. Trois hivers. Deux étés. Cette période devrait suffire à son père pour régler ses affaires avec Campmann. Paps gémissait comme un enfant dès qu'elle parlait de divorce, il n'avait plus rien du commerçant hanséatique à la tête froide et aux pieds sur terre. Mais peut-être qu'ils s'étaient tous laissé tromper et que Carl Christian Bunge n'était en réalité qu'un aventurier qui avait réussi pendant un moment à gagner beaucoup d'argent.

Tian la menaçait d'en tirer des conséquences. Oh oui. Ida l'avait compris. Mais il restait encore du temps pour mettre les choses en ordre. Trois hivers. Deux étés. Elle comprit soudain que son père avait fait exactement pareil quand ses affaires allaient mal et que ses dettes s'alourdissaient. Il avait attendu. Trop longtemps.

— Le café est prêt.

Ida se leva du canapé pour aller dans la cuisine. Campmann ferait la grimace s'il savait ce qu'il s'y passait en son absence. Les femmes avaient-elles plus de talent que les hommes pour la démocratie ?

*

Épais nuages de fumée dans l'arrière-salle du bistrot. Trop de gens rassemblés. Trop de fumeurs qui tenaient leur cigarette entre leurs doigts jaunis. Rudi n'avait jamais fumé. En se frayant un chemin dans l'assemblée, il eut aussitôt les yeux qui piquèrent.

— Voilà le prince des poètes.

Quand cette expression était-elle tombée la première fois dans une assemblée ? Rudi n'essaya même pas d'expliquer qu'il n'écrivait pas de poésie mais lisait seulement les poèmes des autres. Mais Hans Fahnenstich, l'auteur de cette moquerie, était un type sympathique qui ne disait pas ça méchamment.

D'autres camarades avaient adopté un ton plus dur en attaquant Rudi, estimant que l'époque nécessitait plus qu'une petite révolution dans le cœur. La révolution d'octobre qui avait été programmée à Hambourg six ans après la révolution russe était devenue une défaite d'octobre ; la révolte armée n'avait pas seulement été matée à Hambourg mais dans tout le pays, et le parti communiste acculé à l'illégalité. Même si ça n'allait pas durer, l'atmosphère était survoltée, et le romantisme de gauche n'était pas à l'ordre du jour.

— J'espère que tu vas parler franchement aujourd'hui, s'exclama Alfred à l'adresse de Rudi.

— Je n'ai pas l'intention de prendre la parole, dit Rudi.

— Tu es pourtant sur la liste des orateurs.

— C'est une erreur.

Il pensa à Erich Mühsam. *Il était une fois un révolutionnaire, nettoyeur de lampes de son métier. Il accompagnait les révolutionnaires au pas de révolutionnaire.* Était-ce son cas ? Clamait-il « *je révolutionne* » en mettant sa casquette de révolutionnaire sur l'oreille gauche et en se croyant téméraire ?

Que voulait Rudi ? Son petit bonheur avec Käthe ? Lire le journal devant le poêle en faïence ? Le grand bonheur de l'humanité ? Il s'essayait à la politique, mais il manquait d'agressivité et peut-être aussi d'ambition. Rudi n'aspirait à aucune fonction, pas même à celle de secrétaire de la section Wasserkante*, bien qu'on eût brièvement songé à lui à cause de son rapport privilégié avec les mots.

Il avait vingt-trois ans. C'était un homme marié, sans enfants. Lithographe chez Friedländer, dont les affiches avaient acquis une notoriété au-delà de Hambourg. Il ne savait pas encore jusqu'où il voulait s'engager pour le parti qu'il jugeait le plus important politiquement.

— Nous ne voulons pas de couilles molles, dit Alfred avant de disparaître dans le nuage de fumée.

— Y a de l'orage dans l'air, marmonna Hans qui s'était frayé un chemin jusqu'à lui. Il s'en prend aussi à d'autres. Alfred veut un tribunal.

Pouvait-on employer des méthodes plus prussiennes ? Rudi en aurait presque ri.

— Alfred dit que votre faiblesse fait le lit des fascistes.

Les habitants du quartier Barmbeck Sud étaient sociaux-démocrates ou communistes, il était inimaginable que les fascistes s'y implantent un jour. Mais dans le parti, c'était les agitateurs qui avaient la parole, et les ouvriers d'usine et de chantier ne les suivaient plus depuis que la situation s'était un peu calmée, grâce à l'introduction du rentenmark en novembre.

L'émeute réprimée avait fait des morts parmi les émeutiers et parmi les policiers, mais c'était parmi les civils qu'elle en avait fait le plus. N'était-ce pas une raison suffisante pour douter ? Rudi doutait.

— Tu t'trompes, mon gars, avait dit le père de Käthe. Tous ces diables sont commandés depuis Moscou. Ils ont même pas le droit d'avoir une idée à eux dans la caboche.

Karl Laboe croyait toujours à ses socialos, qui avaient la majorité à Hambourg, mais qui, tout comme la jeune et faible République, étaient encore perçus comme des brins d'herbe vacillant dans le vent. « Ils sont trop mous, les sociaux-démocrates, avait dit Käthe. Ce qui ne les a pas empêchés de taper sur les communistes. »

Käthe était plus dure que lui. Si elle n'était pas encore entrée au parti, c'était à cause de son extrême pragmatisme. Il y avait eu un changement à la direction de la maternité pendant l'été, le premier directeur, qui était là depuis le début, était parti à la retraite, et Käthe ne voulait pas se faire remarquer trop tôt par son successeur, à peine moins conservateur. Ainsi chantait-elle *Celui qui laisse*

Dieu régner sur sa vie dans le chœur des infirmières, au lieu d'entonner des chants révolutionnaires. Rudi faisait rarement des reproches à Käthe, mais il trouvait cela hypocrite.

Et d'où venaient les boîtes de pépites de chocolat et les petites plaques de beurre qui s'accumulaient dans leur cuisine ? Rien n'indiquait que cela appartenait à la maternité de Finkenau, mais Rudi croyait le voir écrit en rouge. Käthe parlerait sans doute de « bien collectif ».

— Et quand les camarades de Berlin considèrent qu'à Hambourg nous sommes des activistes parce que nous avons osé l'émeute…, clama Alfred devant lui.

— C'est des chiffes molles ! s'écria quelqu'un.

— … nous pouvons en être fiers, conclut Alfred.

Fiers de cent victimes au moins. Rudi regarda Hans Fahnenstich, qui se mit à applaudir. Ne doutait-il pas du tout ?

— Thälmann ! Thälmann ! scandaient plusieurs voix devant.

Pourtant, Ernst Thälmann, l'un des chefs de l'émeute ratée, avait disparu de la circulation après les journées d'octobre.

Rudi s'éclipsa de l'arrière-salle. Les hommes qui étaient au comptoir du bistrot le regardèrent avec curiosité. Il hocha la tête à leur attention et remonta le col de son veston. Trop froid sans manteau. Heureusement, il n'avait pas beaucoup de chemin à faire jusqu'à la Bartholomäusstraße.

*

— L'homme doit toujours plus aimer la femme que la femme ne l'aime, dit Else Godhusen. C'était aussi le cas entre ton père et moi.

Else était en train d'appuyer le fer à repasser sur les fils de laine verte qui figuraient les branches de sapin. Henny n'avait pas l'intention de commenter les propos de sa mère.

— Tu vas brûler les broderies, dit-elle.

La nappe de Noël avait été fabriquée à la main par la mère de Lud, bien avant la guerre. Lud y tenait, comme à tous les précieux souvenirs de son enfance.

— Ce n'est pas toi qui vas m'apprendre à repasser, rétorqua Else.

— Mais il ne faut pas que tu appuies aussi fort avec le fer.

— Tu pourrais être contente que je repasse tout le contenu de ton panier, dit Else en soupirant. Ça vaut aussi pour Lud et toi.

— Qu'est-ce qui vaut aussi pour nous ? demanda Henny, qui n'avait aucune envie d'aborder ce sujet avec sa mère.

— Le fait qu'il t'aime plus que tu ne l'aimes.

Else fit une pause avant de reprendre :

— Eh bien, te voilà silencieuse.

— Nous sommes heureux ensemble.

— Il veut d'autres enfants, ton Lud.

— Nous avons déjà Marike.

— Lui-même est encore un enfant.

Henny faillit lui dire de se mêler de ses affaires. Mais elle n'avait pas envie de supporter une Else blessée.

— Mais que fait Lina avec la petite ?

— Elles voulaient aller voir les vitrines de Heilbuth. Ils les ont bien décorées. Avec des scènes de contes.

— La petite est trop jeune pour en profiter.

— Tu l'emmènes bien chez Schrader pour regarder les poupées, toi.

— Ce n'est pas pareil, dit Else Godhusen en reposant le fer. Rien ne rappelle l'Avent ici.

Henny regarda la couronne de l'Avent, dont la première des quatre grosses bougies était allumée. Elle contempla aussi la grande étoile dorée sur la fenêtre, qu'elle avait fabriquée en papier glacé avec Lina et Marike. Et les biscuits à la cannelle disposés sur l'assiette. La nappe aux motifs de Noël que sa mère était en train de repasser.

— Qu'est-ce qui t'arrive, Maman ?

— Je suis si seule, dit Else en reniflant.

— Mais nous sommes là.

— Je vais rentrer chez moi et lire jusqu'à ce que mes yeux pleurent, puis j'irai me coucher et je serai seule au lit. Est-ce que tout est fini pour moi, à quarante-six ans ?

— Où est-ce qu'on pourrait te trouver un mari ?

— Au Lübscher Baum je suis une vieille. Je ne peux quand même pas me jeter au cou d'un jeune homme.

— Tu n'as qu'à aller au thé dansant du Boccaccio. C'est plus classique.

— Je n'oserai jamais y aller. Sûrement pas toute seule.

— Nous irons à trois. Toi, Lina et moi.

— Et je n'aurai plus qu'à garder vos sacs à main pendant qu'on vous invitera à danser.

— On va y aller avant Noël, dit Henny, qui commençait à trouver l'idée plaisante.

— Tu crois vraiment ? demanda Else. Je ne veux pas d'un homme avec trois poils sur le caillou.

— Lud pourra garder Marike, continua Henny, qui ne se laissait pas décourager.

— En fait elle est belle, cette nappe de Noël, dit Else en caressant la laine verte des sapins avec un sourire.

*

« Tes parents n'auraient rien contre une belle-fille juive ? » Theo Unger se souvenait encore de sa réponse :

« Tu vas toujours un peu trop vite en besogne, Kurt, nous n'en sommes vraiment pas encore là. »

Se trouvait-il réellement, en ce samedi, dans le salon des Liebreiz, devant la scène des bergers de leur grande tapisserie des Gobelins, à regarder la maîtresse de maison allumer une nouvelle lumière sur la hanoukkia ?

Landmann était également invité et ne cessait de sourire. Leur promenade autour de l'étang de Kuhmühlen datait d'à peine une semaine, c'était sans doute son ami et confrère qui avait tout manigancé.

Elisabeth s'approcha de lui avec deux verres de vin et lui en tendit un.

— Trinquons-nous à l'avenir ? demanda-t-elle, les joues rougies par l'embarras.

Le père d'Elisabeth se tenait près de Kurt Landmann, tous deux levèrent leurs verres. Tout le monde en savait-il plus que lui ?

— À ton avenir de journaliste ? suggéra Theo Unger.

— Exactement, dit Elisabeth, à mon avenir de critique théâtrale pour *Die Dame*. Alfred Kerr aura de la concurrence et le *Berliner Tageblatt* tremble déjà. (Elle rit.) Là-bas dans le coin, c'est là qu'on mettra le sapin. Quatre mètres de haut. Mon père n'en veut pas de plus bas. Dans ma famille, nous fêtons Hanoukka et Noël. Hanouël. Même si nous ne croyons pas que le Fils de Dieu soit venu au monde.

— Trinquons-nous aussi à un avenir pour toi et moi ? dit Unger.

Ils étaient seuls au milieu du salon, qui s'apparentait plutôt à une salle. Les autres restaient à distance, comme si l'on s'apprêtait à lancer un bouquet de mariée. Cette villa am Klosterstern était la plus grande maison privée que connaissait Unger. Un petit médecin hospitalier, qui plus est goy, était-il réellement le gendre rêvé ?

— Tu ne veux vraiment pas d'enfants ? demanda Elisabeth.

Elle n'avait jamais abordé le sujet aussi concrètement. Elle le regardait dans les yeux, comme si elle s'attendait à ce qu'un frémissement des paupières le trahisse.

— Il m'importe plus de vivre avec toi, dit Unger. Nous avons failli franchir le pas une fois, Elisabeth. Pourrions-nous reprendre l'idée des fiançailles ?

— La tradition familiale veut que les fiançailles aient lieu à Hanoukka.

Theo Unger n'avait pas besoin de se retourner pour percevoir les regards de Landmann et Liebreiz. Ils lui brûlaient le dos.

— Ça a toujours porté bonheur aux couples, dit Elisabeth.

— Alors ça nous portera aussi bonheur.

— Est-ce une demande en mariage ?

— C'est la deuxième. Tu n'as pas répondu à la première et tu t'es tenue à distance.

— J'avais besoin de ce temps, Theo.

Étaient-ce les chaussures vernies de Landmann qui grattaient le parquet comme les sabots d'un cheval impatient ? L'atmosphère semblait avoir changé dans le salon. Était-elle plus nerveuse ? Liebreiz venait de faire signe au domestique.

— Je veux bien devenir ta femme.

— Un baiser ! réclama Landmann à voix haute.

Les écoutait-il au stéthoscope ? Theo Unger reposa son verre, mit doucement les mains sur les épaules d'Elisabeth et l'embrassa. Le domestique apporta un plateau d'argent sur lequel se dressaient de hautes flûtes en cristal remplies d'un champagne qui semblait rose dans la lumière tamisée des lustres. Le domestique leur apporta le plateau d'abord à eux, puis tous les convives eurent finalement une flûte à la main. Fiançailles à Hanoukka.

Unger était persuadé que ses parents n'auraient rien contre une belle-fille juive. Le lendemain, il serait à Duvenstedt pour découper le *christstollen** et il pourrait leur dévoiler son projet. Il aurait dû le faire beaucoup plus tôt.

*

Une bande d'enfants étaient rassemblés devant le théâtre de la Kirchenallee et gigotaient à la main des adultes en attendant que les portes s'ouvrent pour le spectacle de contes de Noël. Else, Lina et Henny descendirent du tramway, et Henny songea qu'elle aurait préféré voir *Le Voyage de Petit Pierre vers la lune.*

Il était à peine 16 heures et il faisait presque nuit, on ne voyait plus du soleil couchant qu'une dernière bande rouge dans le ciel. « L'enfant Jésus fait des gâteaux », disait autrefois Else à Henny quand le ciel de décembre s'embrasait. Maintenant, elle le répétait à Marike.

Else Godhusen avait de l'allure dans le costume gris en gabardine qu'elle avait taillé elle-même et trouvait pourtant trop simple. Ni rubans ni étoles, les nouvelles coupes n'étaient plus à son goût. On n'avait pu la dissuader de porter son col en hermine, et *Tosca*, son parfum, couvrait à peine l'odeur de naphtaline. Une petite épingle en strass était plantée dans son chapeau. Et elle avait un soupçon de rouge sur les lèvres.

Le thé dansant du Boccaccio, non loin du théâtre, commençait à 16 heures. C'était un peu gênant d'arriver aussi tôt, mais elles n'étaient pas les premières à s'asseoir dans les fauteuils en peluche moelleux, le regard impatient, rivé sur l'orchestre.

Henny était touchée par l'excitation de sa mère. « L'époque où ton père me faisait les yeux doux remonte à loin, quand même », avait-elle dit. Elle regardait autour d'elle avec la même surprise que les enfants, quelques maisons plus loin, quand le rideau se leva sur *Le Voyage de Petit Pierre vers la lune*. L'orchestre commença par *Salomé*. Le chanteur entonna « *La plus belle fleur de l'Orient* », les premiers messieurs se levèrent, les regards de Henny et Lina se croisèrent. Elles contribuaient toutes deux à faire baisser la moyenne d'âge.

Lina fut invitée à danser la première, puis Henny, puis encore Henny et Lina. « Je l'avais bien dit », dit Else d'une voix tremblante. L'homme qui s'approcha alors de leur table et s'inclina avait une moustache bien entretenue, une belle chevelure ondulée et un sourire engageant. Il l'offrit à Else.

Henny et Lina poussèrent un soupir de soulagement et levèrent leur tasse de thé lorsque leurs aînés se dirigèrent vers la salle de danse.

— Ça ne te manque pas, de ne pas avoir un homme à tes côtés ? demanda Henny tout en observant Else sur la piste.

— J'ai déjà dansé deux fois.

— Tu sais très bien ce que je veux dire.

Henny pensait-elle à Landmann, qui lui avait demandé des nouvelles de sa belle-sœur la veille ?

Else et son cavalier tournoyaient sur les mélodies de la *Princesse Czardas*. L'opérette d'Emmerich Kálmán ne manquait pas de mélodies dansantes. Les couples n'arrêtaient pas de tourner. « *Imitons les hirondelles* », gémissait le violon.

— Peut-être que, pendant ces années où je vivais seule avec Lud, je me suis confinée dans un rôle dont je n'arrive plus à sortir, le rôle de la mère attentionnée, dit Lina. Je ne saurais pas du tout comment démarrer une histoire d'amour.

Henny s'apprêtait à répondre lorsque Else vint leur annoncer qu'elle et M. Gotha voulaient boire un verre de mousseux au bar. Elle avait retiré son hermine et ôtait maintenant sa veste, tandis que son corsage blanc au col en dentelle était légèrement déboutonné.

— Un mousseux au bar avec M. Gotha, répéta Henny une fois qu'Else fut partie. Ça ne va pas un peu vite ?

— Elle est longtemps restée en jachère, dit Lina. Ça repart comme chez une jouvencelle.

— En jachère, reprit Henny.

— N'emploie pas cette expression à mon propos, s'il te plaît, dit Lina en riant.

— Quand je t'ai présenté Landmann, vous avez échangé un long regard.

— Il aurait préféré que je baisse les yeux.

— Détrompe-toi, il est libéral. Ce n'est pas un pacha. Il a une image progressiste de la femme.

Lina fit signe au serveur.

— Je nous commande un vermouth. Je pense que ta mère en a encore pour un moment.

Puis elle regarda sa belle-sœur avant d'ajouter :

— J'ai l'impression que Landmann te plaît, à toi. Il a tout ce qui manque encore à Lud.

— Oh oui. Il est différent de Lud. Il a beaucoup vécu pendant les vingt années qu'il a de plus que nous. Lud sera aussi quelqu'un d'autre à quarante ans.

— Tu es heureuse avec mon frère ?

— Oui, dit Henny. Je suis heureuse. Nous nous aimons bien et allons volontiers au lit ensemble.

Elles prirent leurs verres de vermouth dès qu'ils furent sur la table. Puis elles changèrent de sujet et refusèrent de nombreuses danses.

— Payons et allons voir au bar, proposa Henny au bout d'un moment.

Else et M. Gotha resurgirent avant qu'elles aient pu demander l'addition au serveur.

— Je vous demande pardon de vous avoir enlevé Mme Godhusen. Il faut malheureusement que j'attrape mon train pour Munich.

— M. Gotha est commis voyageur, expliqua Else.

— Spécialisé dans la Bavière, mais je suis domicilié à Hambourg, précisa Gotha en prenant la main d'Else, qu'il garda un moment. Je serai content de vous revoir.

Else rougit-elle ? Oui. Elle rougit.

— Bon, mais je file à la gare, dit Gotha.

Il fit un signe de tête à Lina et Henny, se hâta vers le vestiaire et disparut de leur vue.

— Tu vas avoir des choses à nous raconter, dit Henny sur le ton d'une institutrice de maternelle.

— Un monsieur distingué, dit Else Godhusen. Ferdinand Gotha. Et il a de beaux cheveux si épais. Nous avons échangé nos adresses. Mais sinon il n'y a encore rien à dire.

*

C'était un *stollen* aux amandes que sa mère faisait tous les ans pendant l'Avent, car aucun d'entre eux n'aimait les raisins de Smyrne. Cela tombait bien que le frère de Theo arrive plus tard avec sa femme et ses enfants ; Theo avait une annonce à faire, et Claas avait toujours été sévère vis-à-vis de son grand frère. Il condamnerait le long silence de Theo à propos des atermoiements de sa relation avec Elisabeth.

Il y avait des cristaux de glace aux fenêtres, et le sombre paysage n'était éclairé que par le scintillement du gel. Tous trois étaient gênés.

— C'est soudain, dit le père d'Unger.

Sa mère rassemblait en un petit tas les épines de sapin tombées de la couronne de l'Avent.

— On aurait bien aimé faire la connaissance de notre nouvelle belle-fille avant, dit-elle.

— Ah, mes chers, dit Theo Unger. Moi-même, j'ignorais jusqu'à hier que j'allais me fiancer, même si je le souhaitais depuis deux ans. Vous avez entendu ce qui est arrivé à Elisabeth.

— Une ovariectomie, dit son père, également médecin. Pas d'enfants. C'est dur pour la jeune femme.

— Heureusement que nous avons déjà des petits-enfants, dit Lotte Unger. Et les Liebreiz sont des gens très riches ?

— Commerce de céréales, expliqua son mari.

Theo Unger regarda les flammes des deux bougies qui brûlaient sur la couronne.

— Ça vous chiffonne, qu'Elisabeth soit juive ?

— Non, mon garçon. Ce n'est pas ça qui nous chiffonne, dit son père. As-tu déjà eu l'impression que nous étions antisémites ?

— On veut seulement que nos enfants aient une vie facile, dit Lotte. Ça a toujours été difficile pour les Juifs.

— Quand est-ce que tu nous l'amènes, ta fiancée ?

— J'ai à nouveau congé le dernier dimanche de l'Avent, dit Theo.

— Nous serons contents de recevoir ton Elisabeth, dit le père.

— Quand vous viendrez, je ferai rôtir deux poulets. Avec des croquettes de pommes de terre. J'ai aussi un bocal de compote d'airelles à la cave.

Passé le premier choc, Lotte commençait à planifier. Cela lui faisait toujours du bien, cela l'occupait quand elle se faisait du souci.

— Aujourd'hui il n'y a que du rôti de viande hachée, dit le père d'Unger. Tu vois que ta mère sait honorer le nouveau membre de la famille, puisqu'elle est prête à sacrifier ses précieux poulets.

Theo Unger était soulagé. La réserve qui avait d'abord régné dans la pièce semblait évaporée. Par les fissures des vieilles fenêtres. Cependant il sursauta lorsque la cloche de la porte d'entrée sonna. Comment son frère prendrait-il la nouvelle ? Claas était têtu et conservateur. Il l'avait toujours été.

*

La deuxième rencontre avec Kurt Landmann eut lieu en fin de soirée, le dimanche où Lina avait passé plusieurs heures au Boccaccio pour trouver un homme à Else. Une rencontre fortuite. Lina rentrait de chez Henny et Lud, et tout à coup elle se retrouva nez à nez avec Landmann, qui venait de vivre de pénibles heures à la clinique. Mais il ne semblait pas encore fatigué.

— Saisissons donc l'occasion que nous donne le destin, dit-il. Voudriez-vous boire un verre de vin avec moi ?

— J'ai déjà bu du vermouth et j'ai la sensation d'avoir vidé toute une bouteille de mousseux, dit Lina. Je préférerais avoir les idées claires pour faire plus ample connaissance avec vous.

— Dommage. Si vous étiez un peu ivre, j'aurais peut-être une chance de vous montrer ma collection de tableaux.

— On ne montre pas plutôt sa collection de timbres ? demanda Lina.

— Votre belle-sœur m'a appris que vous étiez une adepte de la pédagogie réformiste et que vous enseigniez à l'école Telemann. Alors je suppose que vous n'êtes pas seulement proche de Lichtwark, mais aussi de l'art. J'ai des tableaux de la Sécession hambourgeoise qui pourraient vous plaire. En particulier un d'Emil Maetzel, et aussi un Bollmann.

Il s'était donc renseigné sur elle auprès de Henny. Celle-ci n'en avait pourtant rien dit quand elles avaient parlé de Landmann au Boccaccio.

— J'habite là-bas, dans la rue Eilenau, et je vous propose plutôt de venir boire une infusion chez moi.

Lina s'étonna de ses propres paroles.

— Votre logeuse n'aura rien contre la visite d'un monsieur ?

— Non, ma propriétaire est très ouverte.

À quoi jouait-elle ? À la mondaine qui faisait régulièrement monter un homme chez elle ?

— Pardonnez-moi, c'était une remarque idiote, dit Landmann. Il m'arrive encore de retomber dans de vieux réflexes d'avant-guerre. Je suis une andouille.

— Henny vous a dépeint au contraire comme un homme libéral. Tout le contraire d'une andouille.

— Henny Peters est donc une sorte de médium pour vous et moi, dit-il en souriant.

— Nous ne sommes pas encore des esprits.

— Non. Nous ne voulons pas être aussi pessimistes.

L'immeuble de la rue Eilenau était engageant avec les fenêtres illuminées du rez-de-chaussée et du premier étage. Comme un calendrier de l'Avent, songea Lina. Seules ses propres fenêtres, sous le toit, étaient encore sombres. Ils montèrent par l'escalier en bois, et Lina ouvrit sa porte d'entrée peinte en blanc. Quelle satisfaction. Landmann avait décrété que ce n'était toujours pas évident pour les femmes d'avoir leur propre foyer. Jusqu'à présent, aucun homme hormis Lud n'avait franchi le seuil de cet appartement.

— C'est le plus beau divan que j'aie jamais vu, dit Landmann après que Lina eut allumé la lumière.

— Expliquez-vous.

— Pas de volants, pas de brocart, simple, mais d'un magnifique rouge corail. Toutes ces fanfreluches d'un style dépassé sont très lourdes. Même les franges sont une folie.

Songeait-il aux salles fastueuses de la villa am Klosterstern où il s'était trouvé la veille ?

— Vous appréciez Gropius et le Bauhaus ?

— Je suis surtout très gêné. Je raconte déjà toutes sortes de bêtises.

— Oh, je ne qualifierais ni Walter Gropius ni le Bauhaus de bêtises. Asseyez-vous donc sur ce magnifique rouge corail tandis que je nous prépare une infusion.

— Non, dit Landmann, bien sûr que non. Pas des bêtises. Et pour l'infusion, je ne dis pas non. Puis-je vous suivre dans la cuisine ?

C'était très rare qu'une femme le trouble.

Lina, elle, aurait préféré aller seule dans la cuisine, afin de rassembler des forces pour sa prochaine scène de maîtresse de maison. Elle prépara une infusion de Frise orientale avec les mains tremblantes. Kurt Landmann la regardait faire et reprit le dessus.

— Quel âge avez-vous, Lina ? Ou cette question est-elle un peu prématurée et qui plus est impertinente ?

Elle faillit renverser l'eau bouillante sur ses doigts.

— Les deux, dit-elle.

— Pardonnez-moi mes maladresses.

— J'aurai vingt-cinq ans en janvier.

— Le célibat est-il toujours imposé aux enseignantes ?

— Il vient d'être réintroduit. Depuis octobre. Pourquoi posez-vous cette question ?

Pourquoi ? Cette jeune femme avait le don de le déconcerter. Il ne savait pas encore pourquoi exactement.

Lina réussit à apporter dans la pièce voisine un plateau en osier supportant une théière, deux tasses et un sucrier, et à le déposer à peu près sans trembler sur la petite table. Elle s'assit sur le canapé et le laissa servir l'infusion.

— Parce que je me demande combien de prétendants vous avez déjà repoussés.

Pourquoi tolérait-elle qu'il franchisse ainsi les limites ? Et pourquoi cela ne la dérangeait-il même pas ? Elle lui prit des mains la tasse au liseré doré qu'elle avait héritée de sa tante de Lübeck. Fürstenberg. Six tasses à thé. Une théière. Un sucrier. Il manquait deux sous-tasses. Elle plongea le regard dans son infusion, qui était trop claire. Voulait-elle savoir comment c'était avec un homme ? Commençait-elle à trouver pesant d'être considérée comme une vieille fille ou d'être en passe de le devenir ?

Landmann remua longuement la cuiller dans sa tasse, bien qu'il n'eût pas pris de sucre. Il comprit soudain que cette jeune femme n'avait encore approché aucun homme.

— Je ne suis pas la princesse hautaine et arrogante que vous imaginez, dit Lina.

Kurt Landmann sourit.

— Je suppose que votre idée d'une vie de femme réussie est moderne et aussi peu prétentieuse que votre ameublement.

Cette comparaison lui parut aussitôt inappropriée, mais elle semblait plaire à Lina.

— J'aimerais bien voir vos tableaux, dit-elle. Qu'avez-vous de Maetzel ?

— La *Nature morte à la statuette nègre*. Et je peux aussi vous montrer un beau Willy Davidson, même s'il est assez sombre. Comment connaissez-vous les expressionnistes ?

— Par mon professeur de dessin au lycée de jeunes filles.

— Ici, à Lerchenfeld ?

— Oui, j'y suis entrée juste après son ouverture, à onze ans, et cinq ans plus tard j'étais désespérément amoureuse de Robert Bonnet. Il était issu d'une famille de huguenots et rêvait de vivre en France. Comme peintre à Montmartre. (Lina rit discrètement.) Puis il est tombé dans l'une des batailles de la Somme, un an après m'avoir initiée à l'expressionnisme.

Les mots semblaient lui venir tout seuls, alors qu'elle n'en avait jamais parlé à personne ; Kurt Landmann déclenchait chez elle quelque chose qui dépassait largement l'effet du mousseux.

— Et Robert Bonnet s'y trouve toujours ? Dans votre cœur ?

Lina secoua la tête, légèrement.

— Le béguin d'une très jeune fille, dit-elle.

— Mais vous en savez plus sur lui qu'on en sait d'habitude sur son professeur.

— Nous avons fait une fois une longue promenade, le long du canal et autour de l'étang de Kuhmühlen. C'est là qu'il m'a parlé de lui.

— Je suppose qu'il était encore très jeune ?

— C'était son premier poste de professeur de dessin. Il avait vingt-quatre ans.

Kurt Landmann soupira. Tous ces jeunes hommes qu'il avait vus mourir sur les champs de bataille.

— Moi aussi, j'étais à la bataille de la Somme, entre autres, dit-il.

Peut-être que ce Robert avait perdu son sang entre ses mains.

— Plus jamais la guerre, dit Lina.

Elle se leva pour aller chercher dans la cuisine le reste du rhum utilisé pour ses pâtisseries de Noël. Lud adorait les biscuits à la noix et au rhum, comme leur mère les confectionnait avant la guerre. Elle le servit dans deux verres à vin de dessert, sans demander à Landmann, et elle lui en tendit un.

— Après je vais partir, dit-il en espérant une protestation.

Lina sourit.

— Vous devez vous lever à la première heure demain, ajouta-t-il.

— Et vous ? N'êtes-vous pas attendu à la clinique ?

— J'ai congé demain. Et si vous me le permettez, j'aimerais bien venir vous chercher dans la Telemannstraße pour vous montrer mes tableaux.

— J'ai cours jusqu'à 16 heures, dit Lina.

Et, pour la dernière fois de cette soirée, elle s'étonna de lui permettre cela aussi.

*

Une surprise pour Anna, qui avait toujours rêvé d'avoir un buffet dans sa cuisine. Karl Laboe l'avait déniché chez un brocanteur. En bois de sapin ordinaire, il allait bien avec l'atmosphère de Noël, même s'il était peint en blanc. Rudi était allé le chercher et l'avait monté chez eux, au premier étage, avec l'aide d'un camarade. À cause de cela, il était arrivé plus tard chez Friedländer, ce gentil garçon. Son copain Hans n'avait pas eu besoin de prendre de congé puisqu'il était au chômage.

Karl était content de surprendre son Annsche, même si son cadeau trônait dans la cuisine avec huit jours d'avance. Il songea à le couvrir d'un grand drap et à le dévoiler solennellement le soir de Noël, mais il abandonna l'idée. Annsche aurait sûrement plaisir à installer et mettre le buffet en service avant Noël. Par ailleurs, c'était clair que ce qui l'attendait sous le drap n'était pas un monument aux morts.

Les fils qu'il avait perdus en 1910 lui vinrent à l'esprit. Il ne pensait plus si souvent à eux, mais là il se dit qu'ils auraient sûrement transporté le buffet. Ils auraient eu dix-sept et dix-neuf ans aujourd'hui, ils auraient sans doute été de robustes gaillards. Karl Laboe ne savait pas pourquoi il imaginait ses fils costauds, alors que lui-même ne l'avait jamais été. « Qu'est-ce tu nous ramènes là comme gringalet ? » avait dit le père d'Anna, un grand gaillard, presque trop lourd même pour un gabarier. C'était peut-être pour ça qu'il avait coulé avec sa gabare. L'embarcation était trop légère pour lui.

Tous ces morts, songea Karl Laboe. Ce n'était quand même pas possible que ce buffet le rende triste et réveille ainsi les fantômes. C'était sans doute Noël qui lui donnait du vague à l'âme.

C'était vrai qu'il n'était pas devenu grand-chose, son beau-père ne s'était pas trompé. Cette jambe raide qu'il avait gardée après l'accident sur le chantier, Karl n'y pouvait rien. Mais ça ne l'avait pas non plus arraché à une brillante carrière, il fallait bien en convenir. À croire que ce buffet vous rendait vraiment sage et intelligent.

Karl Laboe boita jusqu'au canapé et s'y installa. Garder la porte de la cuisine en vue pour ne pas rater la surprise sur le visage d'Annsche. Il n'avait pas pu beaucoup la gâter au cours de leur vie commune. En juin de l'année prochaine, ils fêteraient leurs noces d'argent. Ils s'étaient mariés dès qu'Anna était tombée enceinte. Elle attendait Käthe. Ils avaient tous les deux vingt et un ans. Käthe, elle, aurait vingt-quatre ans le mois suivant et toujours pas d'enfant. Rudi en souffrait, Karl et Annsche en étaient persuadés.

Käthe avait ses idées bien à elle, et elle était tenace. Elle était la seule des trois enfants à avoir survécu à la diphtérie. Mais il n'avait jamais entendu dire que la diphtérie pouvait rendre stérile.

Comme il faisait déjà sombre à 4 heures de l'après-midi ! Annsche rentrerait de chez les Campmann dans un quart d'heure. C'était idiot de rester ainsi dans le noir, mais la surprise serait plus grande si elle ne voyait le buffet qu'en allumant la lumière.

Il avait quarante-cinq ans. En dehors de sa jambe raide, de tiraillements dans le bassin et parfois dans le cœur, il allait bien. Et il voulait durer encore longtemps, surtout maintenant que le buffet était là.

Quelles pensées stupides ! Karl chercha à tâtons sur la table le cendrier en verre et le mégot de cigare qui était encore posé à côté des allumettes. Le cendrier était un souvenir. Annsche et lui avaient trouvé amusant, un dimanche peu après leur mariage, de prendre le bateau jusqu'au fjord de Kiel pour aller dans une station balnéaire nommée Laboe. Il n'avait pas de famille là-bas. Tous les Laboe qu'il connaissait avaient vécu à Barmbeck, à part un frère de son père qui habitait à Hammerbrook.

Il alluma le mégot et prit quelques bouffées en attendant Anna et son enthousiasme devant un buffet en sapin. Ce qu'il n'avait pas prévu, c'était qu'en entrant dans la cuisine obscure et en ne voyant que le bout incandescent du mégot de cigare sur le canapé, elle serait terrifiée. Mais dès qu'elle alluma la lumière et découvrit le buffet, tout rentra dans l'ordre.

*

— Celui-là, dit Margot.

Et elle se fit aussitôt mettre le lourd collier en or autour du cou. Le sourire du bijoutier ne plaisait pas à Bunge.

— Il va te faire mal au cou, dit-il.

— Vingt-quatre carats, précisa le bijoutier, c'est le maximum.

— Justement, dit Carl Christian Bunge.

Ils se connaissaient depuis quatre semaines à peine, l'investissement lui semblait énorme.

— N'avez-vous rien de plus fin ? demanda-t-il.

— Bien sûr que si, monsieur.

Le bijoutier posa sur le tapis de velours noir un petit collier qui était aussi fin que celui qu'il avait offert à Ida pour sa confirmation, avec une croix en or.

— Je ne suis plus une enfant, protesta Margot.

Cette belle plante haute sur pattes commençait à lui taper sur les nerfs. Il n'était quand même pas si benêt.

— Nous allons nous consulter, prétexta Bunge en poussant Margot, vexée, hors du magasin.

Ils se retrouvèrent sur le Jungfernstieg glacial qui scintillait de tous les feux de Noël. Le Pavillon de l'Alster* ressemblait à une exposition-vente d'ampoules, songea Bunge. Il y avait certainement à proximité d'autres bijoutiers qui vendaient des colliers en or raffinés et pas trop lourds, mais Margot n'était plus d'humeur, et lui non plus.

— Pense à la prise d'essai, dit-il.

Il avait réussi à organiser pour la nouvelle année un rendez-vous pour graver sur la gomme-laque les chansons de Margot et Anita accompagnées au piano. Des chansons comme celles que chantait Blandine Ebinger* à Berlin, écrites par Friedrich Hollaender. Bunge doutait que Margot et Anita fussent du niveau de Blandine, mais cet enregistrement lui revenait moins cher qu'un lourd collier en or de vingt-quatre carats.

Margot se dérida et lui caressa le bras, l'épaisseur du manteau en poils de chameau empêchant néanmoins tout frisson érotique. D'ailleurs on ne lui avait pas encore accordé grand-chose. Bunge pensait à Guste et à son érotisme – une « cuisine bourgeoise » à ne pas mépriser et qu'il pouvait se faire servir tous les jours, s'il le souhaitait. Il devait lui offrir quelque chose de beau, à elle, peut-être un ballot de soie, Guste était bonne couturière. Plus une grande boîte de chocolats belges comme en proposait Michelsen.

— Si nous allions chez Schümann ? suggéra Margot. Manger quelques huîtres dans un salon particulier.

Il connaissait la chanson. Elle était capable d'en avaler deux douzaines. Sans risquer le choc protéique. Bon d'accord. Il pouvait lui accorder ça. C'était bientôt Noël. Margot se dirigeait déjà vers la maison de Heine, ils entrèrent donc dans la cave à huîtres de Schümann, qui n'était plus une cave, étant désormais située au rez-de-chaussée. Il s'offrirait en tout cas une *rote grütze**, le dessert qui avait valu sa réputation à Schümann.

On les installa dans l'un des cabinets d'artistes, où Margot put admirer les photos dédicacées. Bunge ne pensait pas que son portrait à elle y figurerait un jour, ou tout au plus en tant que célèbre amatrice d'huîtres. Il fut pris soudain d'une profonde nostalgie pour Guste et sa cuisine dans la Johnsallee. Du foie à la berlinoise, c'était de ça qu'il avait envie.

— Tu en as déjà l'eau à la bouche, mon gros.

Bunge eut un air fâché et songea qu'il n'avait pas encore de cadeau pour Ida. Pas de bijou. Campmann pouvait lui en payer. Plutôt une lampe avec un abat-jour jaune et un pied en porcelaine blanche où un berger jouait du pipeau. Il en avait vu une dans une boutique des Colonnaden. Elle irait bien dans son boudoir.

On apporta le pain sur la table. Du beurre.

— Fourre-toi déjà ça dans la bouche, dit Carl Christian Bunge.

Il n'était pas sûr que leur relation dure jusqu'à la prise d'essai. Et ce serait Margot qui se retrouverait le bec dans l'eau. Joie secrète de Bunge. Il eut un petit sourire en coin.

*

— Un ruban rouge autour de la clef, dit Henny. Ou tu as une autre idée ?

Lina et elle avaient d'abord pensé à bander les yeux de Lud pour l'emmener jusqu'à son futur atelier, mais le trajet jusqu'au bout de la Canalstraße était un peu long pour jouer à colin-maillard.

— La visite de l'atelier aura lieu le 25 décembre, dit Lina.

Elle s'appuya sur le balai et regarda la pièce claire et sèche dont elle venait de balayer à nouveau le sol en pierre. Les murs avaient été fraîchement passés à la chaux, les fenêtres astiquées, leur cadre en fonte peint en noir. Lud n'aurait plus qu'à installer son établi et accrocher ses outils aux murs.

— Il va être content, dit Lina.

— Oh oui, c'est sûr, approuva Henny. Il a des joies tellement enfantines. Je me dis souvent qu'il pourrait être le grand frère de Marike.

Lina hocha la tête. Elle savait parfaitement ce qu'entendait Henny par là, et depuis qu'elle connaissait Kurt Landmann elle était plus consciente que jamais de la puérilité de son frère. À croire que Lud avait décidé de rester l'adolescent de quinze ans que leurs parents avaient laissé en ce fameux hiver de guerre. Et pourtant il aimait énormément sa petite famille et en souhaitait une plus grande. Lina fronça les sourcils.

— Ne t'inquiète pas, Lina, je l'aime beaucoup comme il est.

C'était le sentiment que Lud suscitait chez les femmes : on l'aimait beaucoup et on voulait veiller sur lui. Lina songeait qu'elle avait promis à sa mère de toujours protéger Lud. Elles étaient désormais deux à le faire.

Kurt Landmann lui avait montré ses tableaux. Il l'avait embrassée. Avec précaution. Elle avait néanmoins été effrayée. « De quoi as-tu peur ? » avait demandé Landmann.

Henny ne se doutait de rien. Lina aurait été horriblement gênée de lui en parler.

— Tu en es où avec Landmann ? demanda Henny au moment où elles refermaient la porte de l'atelier.

Elles passèrent le porche, et Lina regarda sa belle-sœur. Lisait-elle dans les pensées ?

— Il ne m'a rien raconté, dit Henny. Mais peut-être que toi, tu vas le faire.

— J'ai peur des hommes.

Ce n'était pas ce que Lina avait eu l'intention de dire. C'était sorti sans sa permission, en quelque sorte.

— Lud a peur des femmes, lui. Sauf des mères. C'est pour ça qu'il veut que je sois mère plusieurs fois.

— Nous sommes de drôles de frère et sœur, dit Lina en hochant la tête.

— Est-ce que tu m'accompagnes à la maison ?

— Allons plutôt à l'Alster, voir s'il est déjà gelé. J'aimerais bien y faire du patin à nouveau. Ou dois-tu libérer ta mère qui garde Marike ?

— Elles font des gâteaux. Il y en a pour un moment. Tes biscuits aux noix et mes étoiles à la cannelle ne suffisent pas encore pour Noël.

— Est-ce qu'Else a eu des nouvelles de son galant ?

— Une carte de Noël. Des branches de sapin avec des pommes de pin enrobées de sucre argenté, sur du papier à la cuve.

— Et alors ? Ça lui a fait plaisir ?

— Je crois qu'elle est déçue. Elle attendait plutôt une boîte de mouchoirs et un rendez-vous pour Noël. Gotha écrit qu'il ne reviendra pas à Hambourg avant la nouvelle année et qu'il lui fera signe.

— Peut-être qu'il a une famille en Bavière.

— Il n'est sûrement pas devenu bigame, dit Henny en riant. L'essentiel, c'est qu'il fasse valser Else pendant quelque temps tout en gardant ses beaux cheveux.

La jeune femme en manteau de fourrure qui venait à leur rencontre à hauteur du Hofweg-Palais leur adressa un signe de tête.

— Joyeux Noël, dit-elle. Mais vous avez déjà l'air toutes joyeuses.

Sidérées, Lina et Henny la regardèrent s'engouffrer dans une des entrées de la résidence.

— Joyeux Noël, s'écrièrent-elles avant que la porte ne se referme.

— C'est là que travaille la mère de Käthe, dit Henny. Elle a été promue au rang de cuisinière.

— Peut-être qu'on a vraiment l'air toutes joyeuses. Sans véritable raison.

— Ne dis pas ça, se récria Henny. Nous allons bien.

Ida monta à son bel étage en songeant qu'il lui manquait des amies de son âge. Après la perte de la fortune paternelle et son mariage avec Campmann, beaucoup de ses contacts avaient été rompus. Mia, qui se transformait peu à peu en morse, pouvait difficilement donner ce dont Ida avait besoin. Quant à la mère Laboe, plus intelligente, elle avait vingt ans de plus et d'autres soucis.

Peut-être devrait-elle aller voir Mlle Grämlich et lui demander de lui céder quelques-unes de ses missions, les bonnes perdues ou les marins échoués. Non. Pas eux. C'était trop proche des Chinois.

Elle avait donné une réponse vague à la lettre de Tian datée de fin octobre. Pourquoi était-ce si difficile de quitter Campmann ? Parce qu'elle avait peur de renoncer à la prospérité ?

Une odeur de rôti embaumait tout l'appartement. La mère Laboe cuisinait à l'avance et empilait les casseroles sur les balcons pour que Campmann et Ida ne manquent de rien en cette soirée de Noël à deux. Paps préférait festoyer avec Guste et ne viendrait que le 25 décembre.

Des vingt-huit mois que Tian lui avait donnés, deux étaient presque passés. Il en restait vingt-six. Il fallait qu'elle se décide, mais ce n'était pas la peine de précipiter le divorce. Si seulement elle avait un conseiller avisé, ou mieux encore une conseillère. Ces deux jeunes femmes lui avaient plu. Comment c'était, d'avoir des amies auxquelles on pouvait se confier ?

Ida retira ses gants et fit glisser sa zibeline sur les épaules, sachant que Mia allait la rattraper.

— Dis à Anna que je veux un chocolat chaud, ordonna-t-elle.

Mais elle se ravisa et se rendit elle-même dans la cuisine. Elle s'installa ensuite dans son boudoir pour boire le chocolat. Elle avait en tête des phrases étranges, qu'elle reconnut finalement comme des vers de Rilke : *La solitude est comme une pluie. Elle monte de la mer à la rencontre des soirs... Et quand les êtres qui se haïssent sont obligés de dormir dans un même et seul lit, la solitude s'en va dans les fleuves.*

Elle ne se rappelait que les premiers et les derniers vers, les autres s'étaient perdus entre l'établissement scolaire de Mlle Steenbock et le présent, et elle avec.

Ida agita ses orteils, qui étaient encore froids, et les plia comme le faisaient les tout petits enfants. Tian, songea-t-elle. Qu'allait-il se passer ? « Oh, crotte de bique ! », dit-elle. Comment cette phrase lui était-elle venue ?

*

— Nous serions vraiment très contents que tu fêtes Noël avec nous, dit Rudi.

Grit Odefey regarda son fils.

— Oublie, Rudi. Le courant ne passe pas vraiment entre Käthe et moi.

Rudi le savait. Mais il avait essayé. Il posa le paquet sur la table ainsi que le poème, un petit rouleau de papier fermé par un ruban rouge.

— Qu'est-ce que c'est ? Eichendorff ?

— Non, tu verras, lis-le demain en buvant un verre de vin, conseilla Rudi en déposant une bouteille de vin enveloppée dans du papier de soie.

— Tu es un bon fils, dit Grit.

*

Le rôti mijotait sur le fourneau, les boulettes de pommes de terre étaient déjà prêtes ainsi que la salade de haricots verts. Un bœuf braisé, comme la mère de Lina et Lud l'avait toujours préparé pour le jour de Noël. Else s'y était résolue. Si ça avait été une carpe, elle s'y serait opposée.

— Il y a beaucoup trop d'arêtes dedans, expliqua-t-elle à Marike, installée dans sa chaise haute, qui jouait avec deux petites plaques en bois du loto en images, l'une montrant un ballon, l'autre un canard tiré par une ficelle.

— C'est joli, dis donc, ce que t'a apporté l'Enfant Jésus, dit Else.

Marike riait en jetant les petites plaques à travers la cuisine, où elles rejoignirent celles qui étaient déjà par terre. Else se leva pour les ramasser et elle alla à la fenêtre. Il neigeait.

— *Petit flocon de neige, jupette blanche*, chantonna-t-elle en hissant sa petite-fille afin qu'elle puisse admirer les épais flocons.

Marike tendit les mains pour attraper les flocons. Mais la fenêtre restait fermée. Beaucoup trop froid et beaucoup trop dangereux. Il ne s'agissait pas que la petite se dégage de ses bras et saute.

Devait-elle déjà allumer le feu sous la casserole ? Henny, Lud et Lina risquaient de ne pas rentrer tout de suite de leur visite de l'atelier.

— Viens, on va encore admirer un peu le sapin et les autres cadeaux, dit-elle en portant Marike jusqu'au salon.

Des anges et des trompettes argentés ornaient le sapin. Des bougies de cire blanche. Une fine étoile argentée au sommet de l'arbre. Trop dépouillé à son goût mais, ici, c'était Henny la maîtresse de maison.

Chez eux, dans la Schubertstraße, le sapin était couronné par un carillon d'anges. Quatre anges qui faisaient tinter trois cloches autour de la cime. Ça, c'était sublime.

— Tu sens l'odeur, Marike ? demanda-t-elle à l'enfant. Inspire profondément, comme ta mamie. C'est le parfum de Noël, une des meilleures odeurs qui soient.

*

Lud avait-il deviné quelque chose en découvrant la clef cachée au milieu des copeaux de bois dans le petit carton rouge ? C'était l'idée de Lina. Elle n'avait eu qu'à monter au grenier pour prendre des copeaux dans l'appentis de Lud.

Quoi que Lud ait pu deviner, la réalité dépassa toutes ses espérances lorsqu'il franchit le porche. Ils y étaient allés tous les trois bras dessus bras dessous en passant par la Canalstraße, Lud, au milieu, tenait le grand parapluie.

— Allez-y d'abord tous les deux, dit Lina en s'arrêtant sous le porche.

Un grand ruban rouge pendait à la poignée de la porte bien astiquée de la remise, au fond de la cour. Il dut tirer dessus pour pouvoir mettre la clef dans la serrure.

— Vous m'offrez un atelier ! s'exclama-t-il une fois la porte ouverte.

— Dis-nous depuis quand tu le savais.

Lud secoua la tête en riant. Une clef parmi des copeaux. Il n'était pas si mauvais en déductions.

Le petit poêle cylindrique en fonte ne ronflait pas, puisque personne ne l'avait allumé. Lud pourrait y faire bouillir la colle. Malgré le poêle éteint, il faisait bon dans l'atelier.

— Allons chercher Lina, dit Henny.

— Je veux d'abord t'embrasser.

— Tu n'oses pas le faire quand ta sœur est là ?

— Je veux toutes vous embrasser, déclara Lud. Mais laisse-moi d'abord te dire quelque chose, Henny. C'est plus qu'un atelier, c'est aussi un refuge pour toi et moi.

— Avons-nous besoin d'un refuge ?

— Ce n'est pas contre Else, ajouta Lud, un peu gêné.

— Tu as raison. Nous nous cacherons ici de temps en temps. Allons chercher Lina, maintenant.

Lud prit Henny dans ses bras et l'embrassa. Puis il appela sa sœur dans la cour.

Mars 1926

Tian revint par le même navire de la HAPAG qui l'avait conduit de Hambourg à Puerto Limón en 1923. Debout à côté du capitaine sur la passerelle de manœuvre du *Teutonia*, il contemplait la silhouette familière de la ville. Sainte-Catherine. Saint-Michel. L'observatoire maritime au-dessus de la Maison du passeur de Sankt Pauli. *Mon pays*, se dit-il tout en s'y sentant étranger. L'officier de service terminait à côté d'eux les manœuvres d'accostage, les remorqueurs s'éloignaient. Seules les mouettes, qui avaient accouru à l'arrivée du navire, criaient encore.

Le regard de Tian se déplaça vers la troupe de gens qui attendaient sur le quai l'arrivée du bateau postal. Il reconnut Ling. Sa sœur semblait avoir à peine changé durant ces années de séparation. Il ne voyait pas ses parents, son cœur se serra d'angoisse ; il pouvait leur être arrivé quelque chose depuis le dernier courrier. Mais non. Ils avaient sûrement trop à faire. On était en pleine semaine ; des navires chinois avaient peut-être débarqué ces derniers jours, amenant dans la ville des centaines de marins affamés qui désiraient tous manger dans la meilleure échoppe de Sankt Pauli.

Il n'osa chercher Ida dans la foule, sur le ponton, qu'au dernier moment, juste avant de quitter le pont pour jeter un œil sur ses bagages. Il grelottait parce que le début du printemps était plus frais à Hambourg qu'à Anvers, leur première étape en Europe. Et aussi parce qu'il pensait à sa dernière correspondance avec Ida, qui remontait à plus d'un an. Elle vivait alors encore avec son mari, et Tian ne doutait pas que ce fût toujours le cas.

Ling lui fit signe de la main. Elle ne s'attendait pas à le voir sur le pont de manœuvre et venait seulement de l'apercevoir. Peut-être avait-elle des nouvelles d'Ida. L'amitié de Ling et Mia s'était distendue depuis la naissance d'un gros garçon aux cheveux roux, mais elle existait néanmoins toujours. Tian estimait probable qu'Ida avait cessé d'encourager cette relation.

La longue traversée lui avait largement laissé l'occasion, à côté des conversations et parties d'échecs, de dominos et de dames, de se demander s'il y avait un avenir pour Ida et lui. Il l'aimait toujours. Mais il n'avait plus envie de mendier comme un chien. Il avait vingt-quatre ans. Un commerçant promis à un bel avenir. Il avait pris conscience d'une chose pendant ce voyage entre le Costa Rica et Hambourg : il y avait des décisions à prendre, et il ne voulait pas perdre sa dignité de vue.

Ling s'était frayé un chemin dans la foule et se trouvait au premier rang lorsque Tian mit pied à terre. Elle lui sauta au cou et fondit en larmes. S'était-il vraiment passé quelque chose de grave ?

— Je suis tellement contente que tu sois de retour, dit-elle.

Deux ans et huit mois plus tôt, elle lui aurait parlé en cantonais. Depuis, elle avait décidé de s'ancrer pleinement dans son nouveau pays. Mais elle ne recevait pas beaucoup de soutien de ses parents, qui avaient créé leur petite Chine dans la Schmuckstraße.

Ling et lui quittèrent les débarcadères main dans la main. Un porteur poussait vers la station de fiacres la charrette où étaient entreposés ses bagages. Tian fit signe au chauffeur, comme il l'avait fait jadis, en cette journée de juillet, pour aller au Hofweg-Palais.

Il ne vit pas la jeune dame en tailleur léger qui observait la scène. Elle avait bien enfoncé son chapeau au bord étroit sur ses cheveux clairs, qu'elle portait désormais courts. Tian ne remarqua pas davantage, tout occupé qu'il était à surveiller le chargement de ses bagages, que sa sœur regardait de tous les côtés avant de monter dans le fiacre. Ling, en revanche, avait aperçu Ida, mais elle se garderait bien de dire à son frère que Mia l'avait harcelée jusqu'à ce qu'elle lui révèle le jour de l'arrivée de Tian. Non. Elle ne mettrait plus de chambre à sa disposition pour lui permettre de voir cette cruche lunatique. Ida ne faisait pas de bien à Tian.

Ida attendis, pour s'approcher des fiacres, que la voiture qui transportait Tian et Ling soit déjà en route pour la Schmuckstraße. Mais elle ne se fit pas conduire à la maison, où Campmann travaillait dans son bureau à la préparation d'un voyage d'affaires à Dresde. Il y avait sans doute un nouvel avancement dans l'air. Elle demanda au chauffeur de faire le tour de l'Außenalster* et descendit au pont Krugkoppelbrücke. Pourquoi avait-elle été trop faible, en deux ans et huit mois, pour prendre des décisions ? Parce qu'elle était l'enfant gâtée de Paps et Netty et qu'elle s'intéressait essentiellement à son propre confort ?

Il y avait du vent sur le pont. Quelle bêtise d'avoir mis ce tailleur, mieux adapté à la douceur du mois de mai. Tian ne l'avait même pas vue dedans. Ida prit dans la poche gauche de sa longue veste le petit crapaud de jade blanc. Elle fut tentée un instant de le jeter dans l'Alster, mais le rempocha finalement. Plus tard, elle ne saurait dire si elle avait réfléchi avant de retirer son alliance et de la jeter, à la place du crapaud de jade, dans l'eau grise qui ne reflétait que le ciel.

*

Henny fit à la hâte le trajet de son appartement à l'atelier. Lud voulait lui présenter son cadeau d'anniversaire, une haute armoire à deux portes qu'elle avait trouvée le matin en miniature parmi ses cadeaux. La pause déjeuner de Nagel und Kaemp durait une demi-heure et pas une minute de plus. La négligence de Lud envers les horaires lui aurait certainement valu des ennuis si son supérieur ne s'était pas entiché de lui.

Les talons des nouvelles chaussures de Henny claquaient sur les vieux pavés de la cour, Lud l'avait entendue et l'attendait à la porte, radieux. Il avait acheté pour l'armoire du bois de cerisier local, le même qu'il avait utilisé autrefois pour le berceau, qui, remisé au grenier, attendait en vain des frères et sœurs pour Marike.

Henny fit le tour de l'armoire posée au milieu de l'atelier et elle inspira le parfum de la cire d'abeille.

— Elle est magnifique, dit-elle. Heureusement que tu n'as pas pris de la gomme-laque.

On ne trouvait plus un seul meuble sans vernis à la gomme-laque, mais Lud s'était décidé contre la mode ; il avait dilué de la cire d'abeille dans l'essence de térébenthine et l'avait passée avec un grand pinceau. Henny vit qu'il était en train de découper des chiffons à polir et elle comprit qu'il était là depuis un moment. Il remarqua son regard.

— C'est pour l'éclat ultime, expliqua-t-il.

Henny ne fit aucun commentaire sur la longueur de sa pause, elle ouvrit les portes de l'armoire et compta les étagères où elle pourrait ranger les draps de son trousseau. Elle se rappela alors une des histoires d'Else. Une année, pendant la nuit de la Saint-Sylvestre, Else était montée au grenier peu avant minuit, par l'échelle vacillante, pour retirer les draps blancs qui séchaient, afin que la malédiction ne s'y accroche pas pendant la nuit et ne les transforme pas en suaires. Cela aurait très bien pu arriver si Else avait trébuché dans le noir, la tête et le ventre remplis d'alcool, la corbeille à linge dans les mains. On avait vite fait de se rompre le cou. Pourquoi cette histoire les avait-elle toujours fait rire ?

— Dans la famille d'Else, on buvait de la *kalte ente* pour la Saint-Sylvestre, dit-elle. Je vais peut-être en préparer une pour célébrer cette journée.

— Bien sûr, pour célébrer la journée, dit Lud en hochant la tête. L'armoire sera dans l'appartement dimanche. J'ai déjà demandé à Rudi. On pourra la transporter et la monter à deux.

— Elle ne tiendra pas sur une charrette à bras.

— Je vais en louer une plus grande et m'attellerai moi-même devant. J'en ai parlé au concierge de l'usine. Elle te plaît vraiment, cette armoire ?

— Elle me plaît énormément, Lud. Ton chef-d'œuvre. Peut-être que tu devrais renoncer au commerce et devenir ébéniste.

— Il faudrait attendre un moment avant que je puisse nourrir ma famille avec ce métier.

— Nous avons aussi mon salaire.

— Toi, tu dois avoir les enfants.

Henny se tut. Elle savait ce que souhaitait Lud en l'honneur de cette journée. Engendrer un héritier ou une deuxième fille. Comme il en espérait six, il pouvait bien y avoir d'abord quelques filles.

Ce qui inquiétait Henny, c'était qu'il remarque le corps étranger pendant les rapports sexuels. Lud était peut-être trop naïf, ou trop confiant pour soupçonner que Henny pratiquait la contraception.

À la clinique, on avait posé des pessaires et des anneaux de Gräfenberg* à certaines patientes. Mais Henny avait à nouveau de bonnes raisons de fréquenter le cabinet de l'Emilienstraße. Peu importait au gynécologue qu'elle s'appelle Mme Godhusen ou Mme Peters. C'était une femme mariée qui ne voulait pas d'autre enfant et le payait en liquide. Elle trompait Lud, elle en avait bien conscience, et par moments mauvaise conscience.

— Qu'est-ce que tu mets dans la *kalte ente* ?

— Du vin de Moselle, du mousseux, l'écorce d'un citron, dit Henny. Et du sucre vanillé. On en a à la maison.

— Je n'ai rien contre une petite griserie ce soir.

Il se réjouissait à l'avance. Elle en était touchée. C'était quoi, le grand amour ? Le sentiment de sécurité affective ne comptait-il pas plus ? Faire corps et affronter ensemble les tempêtes de la vie. Peut-être auraient-ils un deuxième enfant, l'anneau contraceptif n'était pas censé rester éternellement en place.

« Le résultat des rapports sexuels est généralement l'enfant. » Une phrase de sa formation de sage-femme. Avait-elle vu plus de joie ou plus d'effroi dans la salle d'accouchement ? L'avant-veille, elle avait vu naître un enfant atteint de mongolisme. La sage-femme en chef avait hésité à le mettre dans les bras de la mère. Mais celle-ci avait longuement regardé le petit, puis elle l'avait serré contre elle avec amour.

Elle l'avait appelé Gerhard. Celui qui a une lance. Il en aurait bien besoin dans la vie.

Et parfois on mettait au monde des enfants magnifiques et en parfaite santé, et les mères tournaient la tête comme si elles ne savaient pas quoi faire du bébé et allaient sombrer dans la mélancolie.

— Je vais acheter deux bouteilles de vin de Moselle, annonça Lud. Et deux de Matheus Müller. Ta mère boira avec nous.

Else avait une bonne descente ces derniers temps. « Elle boit par solitude », avait dit Käthe quand Henny s'était épanchée auprès d'elle. Sa relation avec Gotha vacillait.

Il l'emmenait danser de temps à autre, mais il n'était presque jamais à Hambourg. Henny avait vu traîner sa carte de vœux chez Else : le ramoneur brandissait une croix gammée au lieu d'un fer à cheval. Ferdinand Gotha, commis voyageur en papeterie de qualité, vendait ce genre d'articles et n'hésitait pas à en gratifier Else.

— Ta pause déjeuner n'est pas finie depuis longtemps ?

— Je partirai plus tôt ce soir en contrepartie, plaisanta Lud. C'est quand même l'anniversaire de ma femme.

Une petite fête. À quatre, avec Else et Marike. Käthe travaillait ce soir, elle viendrait dimanche avec Rudi et ils pourraient porter un toast à Henny et à l'armoire.

Gotha était sans doute un nazi. Ils étaient très populaires chez les Bavarois. Else resterait-elle seule ? Elle aurait cinquante ans l'an prochain.

Ils entrèrent dans la cour, et Lud ferma l'atelier à clef.

— Pourquoi cet air sombre ? demanda Lud.

— Je pensais juste à Else.

— Au fait qu'elle boit trop ?

Lui aussi l'avait donc remarqué.

— Et moi qui l'encourage en préparant une *bowle**.

— Mieux vaut ça que de boire en cachette dans sa chambre.

— Nous devons plus nous occuper d'elle, dit Henny.

— Elle vient déjà chez nous tous les jours.

— Parce qu'elle garde Marike.

« Je suis aussi à l'honneur aujourd'hui. C'est moi qui t'ai donné la vie » : telles avaient été les paroles d'Else quand Henny était rentrée de la clinique. Celle-ci les avait perçues comme une menace.

— Nous pourrions mettre Marike dans un jardin d'enfants. Elle y trouverait des compagnons de jeu.

Ce n'était pas la première fois que Lud faisait cette suggestion.

— Ce ne sera pas compatible avec mes horaires de travail.

Cette phrase aussi, Henny l'avait souvent répétée. Ils disaient leur texte comme si c'était une partie de ping-pong. La vérité, c'était que Henny n'osait pas retirer cette mission à sa mère. Else risquerait de tomber encore plus bas.

— Bon, il faut que je retourne au bureau, dit Lud en l'embrassant sur la bouche. Nous reparlerons du jardin d'enfants. Et je m'occupe des boissons.

Else était chargée d'apporter le récipient pour la *bowle*. La lourde cruche en verre dotée d'un couvercle et d'une anse en argent se trouvait dans le buffet de la Schubertstraße. La dernière *bowle* qu'on y avait faite remontait à la confirmation de Henny. En avril 1914. Le dernier printemps de paix, où le père, encore jeune, semblait immortel.

Chère mère, va prendre la carafe, astique longuement l'argent et laisse ta fille toute seule un moment. Elle chantait cet étrange vers plus qu'elle ne le disait au moment où elle arriva devant la porte de son immeuble. Else l'attendait là-haut avec Marike et souhaitait être honorée.

*

Mia avait mis son enfant au monde à la campagne, où il vivait toujours. Fritzchen avait eu deux ans en février. Était-ce pour embêter monsieur que Mia avait appelé le petit bâtard Friedrich ?

Elle avait dû partir en janvier, juste avant l'accouchement, car Campmann ne supportait plus sa vue. Avait-il entendu dire que c'était peut-être un petit Chinois qui poussait en elle ? Son sens de l'esthétique était-il gêné de voir Mia se traîner dans l'appartement en transpirant au milieu de l'hiver ?

Elle ne put revenir travailler que plusieurs mois plus tard, une fois l'enfant sevré. Elle chassa fermement la bonne qui l'avait remplacée et reprit les vieilles habitudes : dès que Campmann était à son bureau du Jungfernstieg, elle s'installait dans la cuisine avec Ida et la mère Laboe pour boire du café et échanger les derniers cancans.

Fritzchen ne manquait pas tellement à Mia. Il était bien traité chez sa sœur à Wischhafen an der Elbe, où il avait deux cousins comme compagnons de jeu et passait son temps avec eux dans la saleté du poulailler. Mia avait gardé cette image en tête depuis qu'elle avait rendu visite à Fritzchen pour son anniversaire. Avant de repartir, elle s'était disputée avec sa sœur et avait fini par obtenir que Fritzchen soit plongé dans une bassine d'eau chaude. La propreté laissait un peu à désirer dans la maison de sa sœur. Mia supposait que Fritzchen s'était déjà sali avant qu'elle ait atteint le bac qui devait l'emmener jusqu'à Glückstadt, où elle prenait le chemin de fer jusqu'à Altona.

C'était évidemment préférable, à Wischhafen an der Elbe, que Fritzchen n'ait pas un Chinois pour père. Mais il s'avéra impossible de faire endosser la paternité à l'un des amants et d'obtenir une pension alimentaire. L'enfant était le portrait craché des trois candidats restants.

Mia envoyait à sa sœur huit des vingt marks qu'elle touchait par mois, en plus du gîte et du couvert. De temps à autre, elle fauchait une pièce en argent dans une coupe posée sur la commode de la chambre de Campmann. Outre les pièces de monnaie, la coupe contenait des cartes de visite, des boutons de manchettes et parfois une note de restaurant que Mia lisait longuement pour s'émerveiller des gueuletons de monsieur.

Une semblable coupe était posée sur la coiffeuse de madame, même si elle n'était pas en argent mais en cristal rosé, et c'était le réceptacle de tous ses petits bijoux. Mia avait fouillé dedans plus d'une fois, elle avait aussi cherché ailleurs, mais son alliance n'y était pas. Cela faisait plusieurs jours qu'elle manquait sur l'annulaire d'Ida.

Campmann ne s'en était pas rendu compte. Ces jours de mars sortaient de la routine et il avait beaucoup à gérer. Il avait compris à Dresde que, sa banque étant l'établissement juif parmi les grandes banques, il était difficile pour un non-Juif d'en gravir tous les échelons. Son espoir d'être nommé au conseil d'administration ne s'était pas réalisé, mais ça ne devrait plus tarder, son actuelle position de directeur étant généralement un bon point de départ pour y entrer. Il y avait cependant quelques divergences et désagréments.

Dès avant son voyage à Dresde, il avait eu l'impression que son épouse changeait d'humeur. Elle n'était plus seulement dédaigneuse à son égard, mais renfermée d'une manière qui lui faisait craindre une affection mélancolique. Comme les femmes étaient différentes chez Hélène, même si la charmante Carla avait quitté l'établissement.

Du moins Ida avait-elle cessé de pleurer qu'elle voulait un enfant, sans quoi il aurait dû s'expliquer. Le médecin de famille des Campmann ne s'était pas trompé dans son diagnostic : les oreillons qu'il avait contractés enfant expliquaient sans doute qu'il n'ait pas encore réussi à mettre Ida enceinte. Campmann haussa les épaules à cette pensée. Il n'aurait pas dû le lui cacher, mais maintenant c'était comme ça.

Il se leva de son bureau, regarda l'Alster par une des hautes fenêtres, arpenta son vaste cabinet de travail et lança un regard sévère à la secrétaire qui lisait un illustré. « Je reviens à 14 heures », dit-il en prenant manteau et chapeau au vestiaire. Puis il descendit en ascenseur les quatre étages qui le séparaient du hall d'entrée. Pour rencontrer son beau-père dans le Pavillon de l'Alster, au milieu des palmiers.

C'était le vieux qui avait demandé le rendez-vous, sans doute pour obtenir une nouvelle prolongation du crédit. Avait-il jamais cru que Carl Christian Bunge savait gérer l'argent ? S'il reportait le remboursement à la saint-glinglin, Ida serait obligée de tenir bon.

Malgré toutes les déceptions que lui réservait leur mariage, il tenait à Ida, cette créature renfrognée qui lui faisait subir depuis des années un manque total de respect. Il avait fait une promenade à Dresde après une longue réunion, et en regardant le ciel nocturne il avait qualifié d'amour ce qu'il ressentait pour elle. Personne ne devait jamais savoir qu'il avait eu les larmes aux yeux. Un Campmann qui pleurait. Peut-être était-ce dû aussi à la fatigue de la journée.

*

— Un illustre cercle de narcissiques, dit Elisabeth. Ils sont comme ça, les feuilletonistes, et au théâtre c'est à peu près pareil.

Theo Unger lui tendit un gin-fizz, prit le sien et posa une coupelle d'amandes sur la table ronde en verre qui était près du fauteuil en cuir où était installée Elisabeth. Lui-même s'assit sur le nouveau canapé, dont son beau-père trouvait qu'il semblait avoir été monté dans un garage automobile. Le vieux Liebreiz n'était pas un adepte du Bauhaus.

Unger adorait les histoires d'Elisabeth sur la bouillonnante Berlin. Difficile d'imaginer un plus grand contraste avec son quotidien de médecin à la maternité, et ça lui faisait du bien. Elle lui semblait être au-dessus de la vanité qui régnait dans sa branche, ce qui n'empêchait pas sa plume de devenir de plus en plus souple. Unger était fier de sa femme.

— Il se passe de grandes choses, dit-elle. Erwin Piscator est un homme de théâtre génial. Et puis il y a un jeune dramaturge de Bavière. Bertolt Brecht.

— Il y a donc aussi de bonnes choses, en Bavière.

— Tu ne peux pas imaginer à quel point ce Karl Valentin est génial, un comique munichois. Kerr l'a qualifié d'acrobate de la langue.

— Ton enthousiasme me fait plaisir, dit Unger.

— Et si nous accueillions un enfant sans famille ? dit tout à coup Elisabeth.

Theo Unger s'ébroua sous le coup de la surprise.

— Tu as un désir d'enfant ? demanda-t-il.

— Pas toi ?

— Non, dit-il, nous sommes très bien ensemble.

Il était tellement contrarié qu'il but son gin-fizz d'un seul trait.

— Je pensais qu'il y avait peut-être dans ta clinique des enfants dont personne ne veut.

— Ça arrive, dit Unger après un temps d'hésitation.

— Et que deviennent ces enfants ?

— C'est le bureau d'aide sociale qui s'en occupe.

— S'il y avait un enfant…, dit Elisabeth en laissant sa phrase en suspens.

— Tu as une carrière fantastique. Qui s'occuperait de lui ?

Unger le devinait : le père d'Elisabeth enverrait une armée de bonnes d'enfants. De même qu'il avait acheté pour eux cette maison dans le quartier huppé de Winterhude. Rien à voir avec la villa am Klosterstern. Néanmoins, Unger n'aurait jamais pu financer un tel logement. « Tu ne crois pas que Theo est triste de ne pas pouvoir t'acheter tout ça ? » avait dit son beau-père. Elisabeth lui avait transmis la remarque sans réfléchir, elle aurait mieux fait de s'en abstenir.

— Carl Zuckmayer, dit Elisabeth pour changer de sujet. *Le Joyeux Vignoble*. Une pièce épatante. Elle a été créée en décembre. Au théâtre am Schiffbauerdamm.

Ah, Berlin ! Hambourg était vraiment la province, par comparaison.

— Elisabeth, je t'en prie, renonçons à un enfant.

— Pourquoi ? demanda-t-elle. L'enfant sera bien, chez nous.

*

Landmann estimait Louise Stein. C'était la fille d'une amie colonaise de sa mère, qui avait, aux quatre coins du pays, des amies avec des filles à marier, et des filleuls partout.

Louise était conseillère dramatique et prenait son premier poste au Thalia Theater, à Hambourg. Le père de Louise, un libre-penseur non juif, enseignait la philosophie à l'université de Cologne.

Comme il appréciait cette famille, Landmann voulait bien faire à sa mère le plaisir de veiller sur Louise. Elle venait d'arriver dans la ville. Il la rencontra un dimanche après-midi, avec l'intention de lui présenter la femme avec laquelle il avait passé une nuit d'amour en deux ans. Une nuit d'une qualité particulière. Il ne comprenait toujours pas pourquoi Lina écartait en souriant toute tentative de la répéter.

Landmann n'avait pas vu Louise depuis longtemps ; la dernière fois, c'était encore presque une enfant. Il alla la chercher dans la pension de la Johnsallee où elle vivait provisoirement, et fut impressionné par cette jeune femme qui portait la frange et pas de chapeau, mais un pantalon et une longue veste décontractée.

Veiller sur Louise. Il comprit instantanément que c'était une idée ridicule. Louise Stein dégageait l'assurance de quelqu'un qui avait déjà vécu deux vies.

— Ne vous en faites pas, Kurt, dit-elle. Nos mères ne cesseront jamais de nous protéger et de se mêler de notre destin.

Lisait-elle en lui comme dans un livre ouvert ?

— Comme Dieu ne pouvait pas tout faire tout seul, il créa la mère, répondit-il.

Louise éclata de rire.

— Nous allons passer un bon moment ensemble. Vous avez parlé d'une amie. La femme de votre cœur ?

— Oui et non. Je l'ai dans mon cœur, mais elle ne veut pas y être. Ah, c'est absurde. Vous verrez, Louise. À vrai dire, Lina n'est pas très différente de vous. Sauf qu'elle ne sait pas encore ce qu'elle vaut.

— Vous pouvez me dire « tu », Kurt. Comme avant.

— Mais tu n'es plus la petite Louise qui rencontre oncle Kurt.

— Alors je te tutoie aussi, dit-elle en faisant signe au chauffeur de fiacre qui approchait. Tu n'as pas d'auto ?

— Le jour où j'aurai envie de parties de campagne, je m'en achèterai une.

— Tu es plutôt du genre citadin ? Moi aussi.

Elle le laissa lui ouvrir la portière, mais cela n'aurait pas surpris Landmann que l'inverse se produise. Il donna au chauffeur l'adresse de la rue Eilenau, et Louise regarda par la fenêtre en poussant des cris de joie. Le ciel bleu parsemé de nuages blancs, l'Alster où sortaient les premiers voiliers, les promeneurs qui flânaient sur les berges en lançant des bâtons à leurs chiens : Hambourg sous son jour le plus engageant, même si les arbres commençaient tout juste à verdir.

— J'aime cette ville, dit Louise.

— As-tu déjà un logement en vue ?

— À vrai dire je me sens très bien chez Guste Kimrath, pour l'instant. Elle a quelques pensionnaires permanents. Dont de drôles de types. Guste est d'ailleurs assez spéciale aussi. Elle me plaît. Que fait donc ton amie Lina ?

— Elle enseigne dans une école réformiste. C'est une adepte de Lichtwark. Une femme très versée dans l'art.

Pourquoi vantait-il les mérites de Lina ?

— Et tu es toujours médecin à la clinique gynécologique ?

— Je n'ai rien trouvé de mieux.

— La maternité de Finkenau a une bonne réputation, jusqu'à Cologne même.

— J'en serai peut-être le chef un jour, dit-il en riant.

Ils roulaient désormais dans la Körnerstraße, où Unger et Elisabeth habitaient une petite villa. Le trajet aurait été plus court en passant par le pont Lombardsbrücke, mais il pouvait ainsi montrer la vue à Louise et ne voulut donc pas tancer le chauffeur. Cela faisait longtemps qu'il ne s'était pas senti aussi détendu. Pourvu que cela se passe bien entre les deux femmes, songea-t-il.

— On dirait qu'il n'y a que de beaux immeubles à Hambourg. Et des gens prospères dedans.

— L'impression est malheureusement trompeuse, dit Landmann en pensant aux maisons restantes du Gängeviertel* et aux sombres appartements des cages à lapins, que l'on appelait « terrasses » par euphémisme.

Le fiacre s'arrêta devant la maison de ville en brique claire et stuc blanc où se trouvait la mansarde de Lina, et Louise fut à nouveau conquise. La porte blanche de l'appartement, au bout de l'escalier, était ouverte. Lina leur souhaita la bienvenue.

Landmann n'avait encore jamais été touché par la foudre. L'amour et la passion s'étaient plutôt approchés de lui à pas de loup, mais ce jour-là il fut témoin d'un coup de foudre. Ne l'avait-il pas compris ? Lina elle-même le savait-elle ? Louise semblait le savoir et elle regarda longuement Lina. Deux femmes.

*

4 heures et demie du matin, ils étaient tout seuls dans la salle d'accouchement. Henny attendait le placenta depuis une demi-heure, mais lorsqu'il tomba enfin dans le haricot elle se rendit compte qu'il manquait les chorions sur le bord et que le placenta n'était pas complet.

C'était le Dr Geerts qui avait accompagné l'accouchement, puis le Dr Unger avait pris le relais, mais Dieu sait où il était, pas dans la salle en tout cas. Henny jeta un regard à la femme souffrante qui avait mis un enfant au monde et qu'elle invitait depuis une demi-heure à continuer à pousser pour expulser le placenta. Non. En aucun cas elle ne voulait la laisser seule pour aller chercher Unger.

Henny avait déjà été tendue toute la soirée, pourtant elle avait suffisamment dormi la nuit précédente ; Käthe et Rudi ne s'étaient pas trop attardés, bien qu'ils aient trinqué à l'armoire en cerisier et que la soirée ait été très joyeuse.

Henny regarda le visage de sa patiente, qui avait fermé les yeux et semblait dormir, la tête enfoncée dans l'oreiller. Cet accouchement allait bien se terminer. Malgré les bouts de placenta manquants. L'enfant avait tout surmonté, il s'agissait maintenant de mettre la mère en sûreté. Henny suppliait presque. Un placenta qui ne se détachait pas, dont il restait des parties dans le ventre, pouvait causer des saignements et des infections, et dans le pire des cas la mort de la mère.

Elle commença à masser le fond de l'utérus. Elle avait posé un cathéter, mais pas une pleine poche, qui aurait empêché le placenta de tomber. Elle tâta une fois de plus, examina doucement l'utérus et eut la conviction que le col s'était trop rétracté pour pouvoir lâcher les restes du placenta.

— Il y a un problème ? demanda Unger, à la porte.

Henny se retourna vers lui. Qu'est-ce qui la contrariait ? Elle lui fit un rapport et le regarda attentivement examiner la patiente. Il n'avait pas bu. Ses mains étaient calmes, il était très concentré.

— Il faut opérer, dit-il.

— Peut-être que ça va quand même sortir tout seul.

— Non. Vous avez raison. Le col de l'utérus s'est refermé.

Il fit lui-même l'anesthésie par l'éther. Même un simple curetage, il ne voulait pas l'infliger à la mère consciente.

— Qu'est-ce que vous avez ? questionna Henny.

Tout à coup, les sentiments qu'elle avait eus autrefois pour Unger resurgirent. Tous deux semblaient avoir réussi à les étouffer dans le quotidien de la clinique.

— La petite Kurth dans la deuxième salle, dit-il. Il y a une assistante qui vient demain. Elle ne veut pas de l'enfant. J'ai vainement essayé de la convaincre du contraire.

— C'est regrettable, dit Henny.

— Ma femme veut accueillir un enfant. Elle ne me le pardonnerait jamais si elle savait que je le lui cache.

Unger paraissait regretter de s'être épanché.

— Et moi, je me suis fait poser un anneau de Gräfenberg bien que mon mari veuille d'autres enfants.

Confidence pour confidence. Mais peut-être était-elle seulement épuisée et très retournée, pour faire cet aveu.

— Je garderai votre secret, Henny, dit Unger en souriant. Et vous le mien.

Puis il prit la curette sur la table des instruments. Ils travaillèrent d'une main sûre, de sorte que l'infirmière qui les avait rejoints ne perçut aucun écho des petits séismes qui venaient de les ébranler.

Peu après, alors qu'ils étaient ensemble dans les lavabos et retiraient leurs gants, leur blouse, ils gardèrent le silence, et lorsque Unger regarda Henny et s'apprêta à dire quelque chose, elle se contenta de secouer légèrement la tête.

Henny fut réveillée par Käthe, qui avait trouvé son amie endormie dans la salle des infirmières, dans sa tenue de sage-femme. Käthe n'était pas la première à y entrer ce mardi matin, mais toutes les autres avaient laissé Henny dormir. La rumeur avait circulé que la fin de la nuit avait été dure dans la salle d'accouchement pour Henny.

Elle se redressa et regarda l'heure.

— Mon Dieu, il est presque 10 heures ! dit-elle.

Lud partait de la maison à 7 h 40, elle aurait dû être rentrée depuis longtemps pour s'occuper de Marike. Son service se terminait à 6 heures.

— Va d'abord boire un café. Ils viennent d'en faire dans la cuisine du service 2. D'ailleurs, Unger veut te parler.

— Lui aussi, il est encore là ?

— Tout va bien pour la mère. Elle est dans le service des accouchées.

Henny se rappela la confession qu'elle avait faite dans la salle d'accouchement.

— Lud a téléphoné à 7 heures puisque tu n'étais pas rentrée. Il a déposé Marike chez ta mère, et elle viendra chez vous avec la petite. Tout est en ordre.

Henny se leva et défit les pinces de sa coiffe écrasée par la position allongée.

— Où est Unger ? Dans sa salle de consultation ?

Que voulait-il ? Faire un second aveu ? Henny se passa les mains dans ses cheveux ondulés.

— Tu étais vraiment amoureuse de lui autrefois ?

— Je suppose que tu parles d'Unger ?

— Il a parfois une façon de te regarder, dit Käthe en hochant la tête. Comme s'il ne te considérait pas seulement comme une bonne sage-femme.

— Et toi, c'est Landmann qui te regarde comme ça.

— Aucun de nous n'est disponible, dit Käthe.

— Sauf Landmann.

— Et ta belle-sœur ?

— On peut difficilement dire qu'elle n'est pas disponible. La seule constante, c'est qu'ils vont au musée ensemble. Mais je ne sais pas tout non plus. Lina est très secrète.

Henny détacha sa blouse et alla prendre une veste en laine dans son armoire. Elle avait froid, la nuit lui glaçait encore les os.

— À plus tard, Käthe, dit-elle en sortant.

Le Dr Theo Unger n'était pas dans sa salle de consultation. Henny en fut soulagée.

*

« Faisons la ronde, pour plaire à tout le monde… Du beurre pour le déjeuner, du saindoux pour le dîner, nous allons jeûner demain, abattre un agneau après-demain, et le pauvre dira : Bêê. »

Lorsqu'elle ouvrit la porte de chez elle, Henny entendit la voix de sa mère qui chantait cette vieille comptine à voix haute. Mais elle entendit aussi autre chose : Marike pleurait. Else se tourna vers elle lorsque Henny entra dans la pièce et elle dit sur un ton de reproche :

— Ta fille ne veut pas abattre d'agneau ni manger sa tartine de saindoux.

— Mais qu'est-ce que tu lui chantes comme horrible chanson ?

— Horrible chanson ? Cette enfant a toujours mangé à sa faim. Sinon elle serait heureuse d'abattre un agneau.

— Maman, j'espère que tu plaisantes.

Était-ce la même femme qui lui montrait autrefois le ciel rouge dans lequel l'Enfant Jésus faisait de la pâtisserie ?

— Il ne faut pas trop choyer les enfants, dit Else.

Henny se mit à crier, peut-être aussi à cause de sa longue nuit dans la salle d'accouchement. Marike, effrayée, sanglota violemment. Elle n'était pas habituée à voir sa mère crier, encore moins sur Mamie. Else baissa les yeux sur l'assiette qui contenait les tartines de saindoux et se mordit les lèvres. Henny s'affaissa sur une des chaises de la cuisine avec un sentiment d'épuisement extrême.

— Je suis désolée, Maman.

Else renifla et baissa encore un peu plus la tête.

— Non, tu n'es pas désolée. Je sens bien que tu m'es hostile depuis un moment.

— N'importe quoi !

— Dès que j'ose dire la vérité, tu trouves que c'est n'importe quoi.

Henny saisit une des tartines au saindoux, non pas tant parce qu'elle avait faim que par esprit de réconciliation. Pourtant, elle n'avait rien mangé depuis une éternité. Elle aurait au moins dû boire un café à l'hôpital, mais en fait elle espérait prendre un bon petit déjeuner à la maison.

— Je peux partir, dit Else en repoussant sa chaise.

— Nous avons encore besoin de toi, Maman.

Henny sentait de la réticence dans sa propre voix. C'était peut-être le moment de mettre Marike dans un jardin d'enfants, comme le voulait Lud. Ça ferait sûrement du bien à la petite, qui ne rencontrait des enfants de son âge que dans l'aire de jeux, et pas souvent. Else trouvait pénible de rester assise sur un banc, voire dans le sable, avec des femmes beaucoup plus jeunes.

— Sans moi vous êtes fichus, dit-elle, manifestement décidée à ignorer ce que trahissait la voix de Henny.

Henny ne fit pas de commentaire. Elle hissa l'enfant qui était en train de grimper sur elle et qui avait cessé de sangloter depuis que les voix s'étaient calmées dans la cuisine. Elle était prête maintenant à manger une tartine au saindoux.

— L'agneau doit vivre, dit Marike.

— Mais oui, il va vivre, dit Henny tout en voyant sa mère secouer la tête.

Voulait-elle vraiment qu'Else éduque sa fille selon ses principes vieillots ? Elle décida de reparler avec Lud de toutes les bonnes raisons de mettre Marike au jardin d'enfants, mais elle savait qu'elle n'avait qu'à prêcher un converti.

— Bon, aujourd'hui je ne reste pas plus longtemps, dit Else. Ça vaut mieux. Tu as le reste de ta journée. (Elle se leva.) Je vous ai fait une soupe de petits pois, la casserole est sur le balcon. J'y ai mis aussi deux saucisses de Francfort, Marike aime bien ça.

— Merci, Maman.

Else alla dans l'entrée pour mettre son manteau et son chapeau, puis elle passa la tête par la porte avant de partir :

— Marike, il y a du porc dans les saucisses de Francfort, dit-elle. Lui aussi, on l'abat.

Marike recommença aussitôt à sangloter. Henny avait bien envie de lancer un juron à sa mère, mais elle compta finalement jusqu'à dix et s'efforça de ne pas fondre en larmes elle aussi. Marike était assez perturbée comme ça.

*

Étranges, ces journées où ils étaient libres tous les deux. Même le dimanche ça n'arrivait pas souvent. Depuis une semaine il faisait un temps radieux, « à pondre des œufs », comme disait Karl Laboe, et ça tombait bien car Pâques était tôt cette année.

Il y avait déjà des lapins en chocolat et des œufs colorés en sucre dans la petite pâtisserie Löwenstein de la Humboldtstraße, mais Rudi fit ses achats dans une confiserie de la place Gänsemarkt : des œufs à la nougatine pour Käthe, au praliné pour Grit.

Il était justement dans le quartier, sa seule mission avait été, ce matin, d'apporter des affiches pour la librairie de Felix Jud*, dans les Colonnaden. À partir de midi, l'imprimerie et l'atelier de Friedländer étaient fermés à cause d'un enterrement à Altona, qui ne le concernait pas.

Il voulait déposer les œufs au praliné devant la porte de Grit, pour qu'elle les trouve le soir en rentrant de son travail à l'usine de confection. Elle ne saurait probablement pas les apprécier, il l'entendait déjà dire que ça ne se faisait pas de manger du praliné pendant le Carême. L'Église avait joué un rôle important dans l'enfance de Rudi.

Peut-être cela faisait-il partie de la vertu qu'elle s'imposait en tant que femme célibataire qui avait élevé son enfant seule. Cela expliquait-il aussi qu'elle ne lui jette que des miettes quand il lui demandait des renseignements sur son père ? Grit gardait-elle un secret funeste ?

Rudi monta dans le tramway. Käthe voulait aller chez Henny avant de rentrer à la maison, Bartholomäusstraße. C'était aussi là qu'il se dirigeait. Il voulait proposer à Käthe de se promener autour de l'Alster. La grande liberté en pleine semaine. Sans porter ni col ni chapeau. Le vent dans les cheveux. Le soleil sur le visage. Puis se déshabiller complètement et s'aimer devant le poêle en faïence au milieu de la journée.

— J'ai acheté des gâteaux, dit Käthe à son arrivée, je pensais qu'on pouvait prendre un peu de bon temps.

Ses mains étaient pleines de terre, elle avait planté des pensées sur le balcon et se lavait sous le robinet de la cuisine.

Bon, d'accord pour commencer par manger les gâteaux. Sans doute à la crème au beurre. C'était ce que Käthe préférait et ça la mettrait dans de bonnes dispositions pour la suite.

— Regarde. Je n'ai pris que des blanches et des violettes.

Rudi regarda mais contempla surtout sa Käthe, qui était si belle aujourd'hui.

— C'est les pensées que tu dois regarder, sur le balcon, dit Käthe.

Il se rappela les œufs à la nougatine et alla chercher le sachet, puis il regarda les pensées par la porte du balcon. Il voulait encore passer chez Grit. Cette journée ne devait pas cesser d'être une journée de liberté.

— Elles te plaisent ?

— Beaucoup, dit Rudi en lui tendant le sachet.

— Oh, mon péché mignon ! s'écria Käthe.

Il aimait la voir se lécher les babines, puis faire tourner l'œuf dans sa bouche. Peut-être commencer par la partie de jambes en l'air, songea Rudi. Sinon ils seraient trop fatigués par la promenade autour de l'Alster.

— Henny s'est disputée avec sa mère, dit Käthe. À cause de l'éducation de Marike.

— Ah bon.

— Henny préférerait qu'on l'éveille un peu plus. Je lui ai conseillé le jardin d'enfants de la Schleidenplatz.

— Je ne suis pas sûr que Henny et Lud veuillent confier l'éducation de leur fille aux communistes.

— Tu crois qu'ils préfèrent Else Godhusen ?

— Elle est encore trop petite pour aller chez les Nestfalken.

— Odefey ! Quel drôle de communiste tu fais. Les Nestfalken ne sont pas des nôtres, ils sont socialistes.

La journée prenait une mauvaise tournure. Rudi soupira. Käthe retira sa blouse et prit un deuxième œuf.

— Ô mon péché mignon, tenta Rudi.

— En même temps, j'imagine que dans la crèche de la Schleidenplatz ils abattent aussi les agneaux, dit Käthe.

Plutôt que de demander des explications à Käthe, il préféra baisser les bretelles de sa chemisette.

— Else, en plus, n'a pas pu s'empêcher d'ajouter qu'il y avait du porc dans les saucisses de Francfort et qu'il fallait bien l'abattre aussi. Elle l'a dit à la petite.

— Tu m'expliqueras plus tard, dit Rudi.

S'il ne parvenait pas à ses fins, il ne resterait de cette journée que la crème au beurre et la visite à Grit pour lui déposer les œufs.

Käthe ouvrit la bouche pour montrer sa langue, qui était encore pleine de chocolat.

— Viens là, dit-elle. Laisse-toi embrasser.

— Ô ma Käthe mignonne.

Le soleil entrait dans la cuisine par le balcon. Peut-être qu'il valait mieux laisser complètement tomber l'Alster. Le soleil était bon dans le dos aussi, pas seulement sur le visage.

— Il faudrait qu'on ait une peau d'ours polaire, dit Käthe alors qu'ils étaient allongés devant le poêle, à même le plancher.

— Je croyais que tu ne voulais pas abattre les agneaux.

— Peut-être qu'un tapis de couloir irait aussi. J'en ai vu un chez Heilbuth.

— Je vais chercher la couverture de notre lit, dit Rudi.

Cela aurait d'ailleurs été plus confortable sur le lit, mais une journée de liberté appelait certains endroits.

*

Il venait de déposer le sachet d'œufs de Pâques sur le paillasson de sa mère, au quatrième étage, dans la Herderstraße, quand il entendit des pas dans l'escalier. Deuxième étage. Troisième étage. C'était Grit. Rudi ne voulait pas la croiser, mais il était arrivé tard après avoir fait l'amour, mangé les gâteaux et sorti les chaises sur le balcon pour profiter du soleil de mars.

— Qu'est-ce que tu fais là ? dit sa mère, qui s'était arrêtée à mi-étage et montait maintenant les dernières marches.

— Je t'ai acheté des œufs au praliné, ceux que tu aimes bien.

— Tu espérais que j'arrive plus tard ?

Il lui tendit le sachet.

— Tu me laisses entrer ?

Grit chercha sa clef. À l'époque où lui et Käthe avaient encore des rendez-vous galants dans ce deux-pièces, elle semblait toujours avoir sa clef à portée de main pour les surprendre et leur laissait à peine le temps de se rhabiller. Comme ils étaient bien, dans leur appartement à eux.

— Bon, allez, entre, dit-elle.

Rudi se demanda si elle parlait à la clef, qu'elle tenait enfin dans la main, ou à lui. Il la regarda quand la lumière s'alluma dans l'entrée ; plusieurs mèches de cheveux s'étaient défaites de son chignon, cette négligence était nouvelle. Ils s'assirent à la table de la cuisine, et Grit proposa un de ses œufs au praliné à Rudi. Il déclina.

— C'est que pour toi, dit-il.

— Je n'en mange pas souvent, des friandises.

— Tu t'en sors ? demanda-t-il.

Depuis qu'il avait le poste chez Friedländer, il donnait vingt marks à sa mère.

— Ce serait mieux avec vingt-cinq, dit Grit. Mais laisse tomber. Vous êtes encore en train de monter votre ménage.

— Tu ne parles pas du tout du Carême ?

— J'ai arrêté avec ça, dit-elle. Je ne peux pas renoncer à tout.

— Il y a quelque chose que j'ignore ?

— Personne ne te dit que tes cheveux sont trop longs ?

Rudi pensa aux mains de Käthe qui écartaient les boucles de son front, comme elle l'avait fait cet après-midi même. Sa mère connaissait-elle ces moments de tendresse ? Pour autant qu'il sache, il n'y avait plus jamais eu d'homme dans sa vie depuis que le grand inconnu avait pris le large. S'aimaient-ils quand ils l'avaient conçu ?

— Peu après la guerre, dit-il, j'ai apporté l'épingle de cravate à un prêteur sur gages.

— Bien, elle aussi est partie alors, dit Grit avec un rire aigre. Je m'étonnais en effet de ne plus la voir sur toi.

De fait, il la portait rarement, et encore moins quand il rendait visite à sa mère.

— Mais ensuite j'ai pu la récupérer.

— Incroyable que tu aies pu en tirer de l'argent. Ce n'est que du plaqué or.

— Tu le savais ?

— C'est moi qui l'ai fait mettre.

L'heure de vérité. Même son héritage paternel n'était qu'une illusion. Après cette merveilleuse journée de liberté, il avait envie de pleurer.

— Elle n'appartenait donc même pas à mon père ?

Grit pinça les lèvres avec l'air de ne plus vouloir lâcher un seul mot. Il connaissait ça.

— Je ne partirai pas d'ici avant que tu m'aies dit la vérité sur cette épingle.

Elle se leva et se dirigea vers le garde-manger.

— Je crois que tu as besoin d'une Bill Bräu. Mais elle n'est pas froide.

— Je ne veux pas de bière, sers-moi seulement la vérité, dit-il avec une brusquerie qui effraya sa mère.

Elle revint vers la table et se mit à pétrir les articulations de ses doigts.

— C'est à ta confirmation que j'ai décidé de te donner ces objets.

— La boîte à cigares qui contenait l'épingle de cravate, la chaîne de montre et la photo, dit Rudi.

— Mais de l'épingle il ne restait plus que la perle en cire.

Elle croyait que la précieuse perle était en cire. Rudi se tut.

— Quand tu étais tout petit on a failli devoir aller dans un asile pour les pauvres, toi et moi. J'ai donc vendu tout ce qui avait de la valeur, y compris l'or de l'épingle. C'était le meilleur or qui soit.

Vingt-quatre carats, songea Rudi.

— La perle en a été retirée, le marchand n'en voulait pas, il n'achetait que de l'or.

Quel idiot, pensa Rudi.

— J'ai fait mettre le plaqué or et la perle pour pouvoir te donner cette épingle. C'est tout.

— Et la chaîne de montre ? Tu n'as pas voulu la vendre ?

— Elle était déjà au mont-de-piété. Je n'ai pu la retirer que beaucoup plus tard. Sinon elle ne serait plus là.

Qui sait à quel marchand crapuleux s'était confiée sa mère dans le désespoir. Elle lui faisait à nouveau de la peine.

— Parle-moi de mon père, dit Rudi à voix basse.

— Non. Ça suffit pour aujourd'hui. Prends un œuf au praliné et pars.

Rudi se leva. Il savait que ce n'était plus la peine d'insister. Il regarda la petite femme aux fins cheveux blonds qui penchait la tête en fixant la table. D'où tenait-il ses boucles brunes ? Son père aussi était blond sur la photographie.

— Bon, alors j'y vais, et à partir d'avril tu auras vingt-cinq marks.

— Tu es un bon fils, déclara Grit.

C'était toujours ce qu'elle disait dans ces moments-là. Mais cette fois elle l'avait dit si doucement qu'il aurait dû déchiffrer la phrase sur ses lèvres s'il ne la connaissait pas par cœur.

Il faisait nuit lorsqu'il arriva dans la Bartholomäusstraße. Il y avait de la lumière chez eux, Käthe avait sûrement préparé des tartines. Peut-être devait-il ouvrir le pomerol que lui avait offert Max Friedländer. Le premier bordeaux de sa vie ; Rudi allait le traiter avec recueillement. C'était le jour idéal pour le boire avec Käthe.

*

— L'idée, c'est quand même d'éduquer les garçons et les filles ensemble, à la fois par des hommes et par des femmes, dit Lina. Coéducation, y compris dans les meilleurs lycées.

Louise sourit. Elle aimait le visage échauffé de Lina quand elle défendait son idée avec ferveur. Ses yeux brillaient et son cou, orné du médaillon à l'améthyste qui allait si bien avec ses yeux, rougissait.

— Tu as les yeux violets, avait dit Louise la première nuit.

Lina lui avait parlé de Lud, de l'époque où elle vivait seule avec lui, après la mort de leurs parents. De son émotion le jour où Lud lui avait offert, pour son vingt-deuxième anniversaire, ce médaillon en bois de tilleul fabriqué par ses soins. Et de la promesse qu'elle avait faite à sa mère, à la dernière heure de celle-ci, de veiller sur le garçon, mission qu'elle partageait désormais avec Henny, la femme de Lud.

— Tu as dit que ton frère avait vingt-quatre ans.

— Et c'est le plus adorable rêveur du monde, ajouta Lina.

— Mais adulte quand même, dit Louise, qui n'avait que quelques jours de plus que Lud.

— Grande sœur, on le reste pour toujours. Surtout quand les parents meurent de faim pour sauver leurs enfants.

Louise rejoignit Lina sur le canapé rouge corail et passa le bras autour de ses épaules.

— C'est une histoire terrible. À Cologne aussi on mourait de faim, mais je ne me souviens pas, personnellement, de ne pas avoir eu assez à manger. Tout était entre les mains de ma mère, qui est un génie de l'organisation. Mon père est plutôt le genre professeur éloigné des réalités.

— Alors tu tiens de ta mère.

— J'ai pris le meilleur de chacun. Et maintenant, je prends de toi en plus. J'espère que Kurt va bien réagir.

— Il ne m'a jamais eue, et il le savait très bien.

— Et cette nuit dont tu m'as parlé ?

— C'était une tentative, qui a même réussi, dit Lina en secouant la tête. Mais en fait je me regardais jouer. C'est un jeu qui s'appelle « Femme passionnée aime homme », je l'ai trouvé dans la littérature.

— Je veux bien lire ce genre de livres, dit Louise en riant. Fontane nous fait-il assister aux aventures sexuelles d'Effi Briest ? Je ne me souviens pas. Et Madame Bovary ? Est-ce qu'on apprend des jeux érotiques en étant à son chevet ? Il n'y a rien non plus dans *Henri le Vert*.

— Tu ne me prends pas au sérieux.

— Mais si, au contraire, dit Louise en retirant son bras et en se levant. J'ai envie d'un gibson. Et toi ?

Elle s'étira.

— Je ne sais pas ce que c'est.

— Un cocktail. J'adore les cocktails.

— Tu ne crois quand même pas que j'ai un seul des ingrédients ici ?

— Du gin, du vermouth et des oignons grelots.

Lina fit non de la tête.

— Il faut que ça change, dit Louise. Où achète-t-on des boissons chics à Hambourg ?

— Je fais mes courses à l'épicerie, dit Lina.

Autrefois, elle allait chez Peers, dans la Zimmerstraße. Henny y allait toujours.

— Kurt s'y connaît sûrement, dit Louise, je vais lui demander. C'est la boucle de qui, que tu as dans ton médaillon ? Ou est-ce une photo ?

Le cou de Lina rougit à nouveau.

— Laisse-moi quelques secrets, Louise, dit-elle.

*

Bunge avait marché de la Sloman Haus aux débarcadères, il aimait le port, sentir le vent sur son visage, la sensation du large et de la mer. Le monde commençait derrière le port. Il avait eu rendez-vous avec Kiep, qui faisait toujours dans les spiritueux. Le schnaps de Kiep ne s'accordait-il pas parfaitement avec les chansons légères dont Bunge produisait les disques ? Des soirées de gala. Les artistes sur la scène, les boissons alcoolisées sur les tables, en bas. Et dans le foyer, de jeunes dames coiffées de jolies casquettes à l'effigie de la compagnie Diamant. Les disques s'arracheraient comme des petits pains.

Carl Christian Bunge s'engouffra dans l'une des petites rues du Baumwall. L'établissement devant lequel il s'arrêta avait l'air d'avoir subi plusieurs faillites. Il regarda les vitrines : des femmes nues et une artiste encore vêtue, tenant un fume-cigarette. Bunge mit un certain temps à reconnaître Margot. C'était elle. Sans Anita. Combien de temps s'était-il écoulé depuis qu'ils s'étaient séparés en mauvais termes ? Deux bonnes années. Les auditions n'avaient rien donné, le producteur de Berlin n'avait pas été satisfait de ces deux dames qui se prenaient pour Blandine Ebinger.

L'arrogance précède la chute, songea Bunge. Margot avait donc atterri dans ce bouge. Il avait bien envie d'y jeter un œil. Mais ce n'était pas encore ouvert. Bunge consulta sa montre à gousset. *A. Lange & Söhne. Glashütte i/Sa.* Il l'avait héritée de son père. Regarder ce cadran avait souvent été une consolation pour lui. Beaucoup trop tôt pour un boui-boui pareil. Il faudrait attendre des heures qu'ils ouvrent le grillage à ciseaux. En plus, il avait faim.

Dans un quart d'heure, Guste servirait le dîner de ses pensionnaires. Il pouvait se joindre à eux quand il voulait. Mais il n'avait pas envie de la cuisine de Guste à ce moment-là. Le port semblait bruisser d'aventures. Une folle idée lui vint alors à l'esprit. En arrivant tout à l'heure à la station de fiacres, il l'avait déjà repoussée plusieurs fois. « Schmuckstraße », dit-il cependant au chauffeur, puis il s'enfonça dans son siège et regarda défiler la Helgoländer Allee, la statue massive de Bismarck, puis la Reeperbahn, la Talstraße et la Schmuckstraße. Le conducteur ne semblait pas content, le trajet était trop court.

— Encore un numéro, monsieur ? Le 18 peut-être ? Tout le monde va bâfrer là-dedans.

Bunge secoua la tête tout en lui faisant signe de s'arrêter et donna un gros pourboire. Le visage du chauffeur se dérida.

Parcourir la rue dans un sens et dans l'autre, flairer de nouvelles odeurs. Bunge ne connaissait pas le nom de famille du Chinois d'Ida. Les entrées étaient surmontées d'inscriptions étrangères, peut-être cachaient-elles des fumeries d'opium. Il passa la tête derrière un rideau et vit des Chinois aux fourneaux. L'un d'entre eux fronça les sourcils en l'apercevant.

C'était quand même un peu inquiétant, cet endroit, et toutes ces silhouettes étrangères qui traînaient dans les coins avec leurs chapeaux trop grands et leurs larges pantalons qui avaient le feu au plancher. Qu'avaient-ils dans leurs poches ?

Il finit par entrer dans l'une des échoppes, celle qui lui parut la moins exotique, commanda un wan-tan à la cantonaise après avoir compris que c'étaient des espèces de raviolis, regarda par la vitre épaisse et vit passer Mia. Que faisait la bonne d'Ida ici ? Faisait-elle le *postillon d'amour*[1] ? Bunge se hâta de payer, mais lorsqu'il sortit, Mia avait déjà pris le large. Ida n'avait-elle pas dit que c'était fini avec son Chinois ? Allez comprendre sa fille.

Il marcha jusqu'à la Reeperbahn et y prit une autre voiture pour se faire conduire dans la Johnsallee. On arrêtait les folies, peut-être que la cuisine familiale était plus son genre, finalement. En tout cas, il n'était plus d'humeur à aller voir Margot en femme fatale. La Lorelei sur son rocher maîtrisait certainement mieux le chant des sirènes.

*

1. En français dans le texte.

Tian ne lut aucune des lettres que lui apportait Mia et que Ling n'acceptait que par amitié, et de mauvaise grâce. Dans les premiers jours suivant son retour, il avait demandé à Ling de se faire décrire par Mia la situation domestique au Hofweg-Palais ; il avait appris que Campmann était omniprésent et que, même si les maîtres ne se comportaient pas comme de jeunes tourtereaux, Ida accompagnait son époux dans toutes ses obligations sociales.

La gloire et l'éclat importaient davantage à Ida que l'amour de sa vie. À supposer qu'il ait vraiment été l'amour de sa vie et non pas un charmant intermède dans l'existence d'une jeune femme gâtée.

Hinnerk Kollmorgen voulait se retirer et lui avait généreusement offert de reprendre les rênes du négoce, puisque Guillermo, son neveu, refusait de confier la filiale du Costa Rica à un de ses collaborateurs pour venir à Hambourg.

— Tu seras le premier négociant de café à préférer boire du thé, avait dit Kollmorgen en lui tapotant l'épaule.

Tian avait du mal à s'habituer à cette manie de se taper sur l'épaule.

Tout à l'heure, quand il avait vu à travers le rideau ce vieux monsieur qui passait dans la Schmuckstraße, il avait su que c'était le père d'Ida. Autrefois, au début de leur amour, il était allé dans la villa de la Fährstraße pour se présenter et déclarer ses nobles intentions. Mais au moment où il se demandait comment entrer dans cette propriété, le portail s'était ouvert et une limousine était passée devant lui. Bref échange de regards avec Bunge, installé au fond de la voiture. Puis ce dernier avait détourné le visage.

Que venait faire le père d'Ida ici ? Le cherchait-il ? Pour lui dire quelque chose ? *Prenez la main de ma fille.* Il y avait longtemps que les mains de Tian n'avaient plus touché Ida.

Tian avait quitté son poste derrière les rideaux et était allé dans la petite pièce qu'on avait à nouveau dégagée pour lui. Ling et Mia chuchotaient dans le salon. Dès que le nouveau contrat avec Hinnerk Kollmorgen serait enfin conclu, il se mettrait en quête d'un logement.

Quel malheur, d'aimer Ida.

Il entendit du bruit dans l'échoppe de ses parents, à côté. Il y avait sans arrêt des ennuis avec Zuko, le nouveau cuisinier. « Il ne s'intègre pas », avait dit le père de Tian. S'intégrer était la devise familiale.

Tian se leva en entendant un fracas de porcelaine. Zuko était mieux placé que les enfants de Yan Chang pour clarifier sa position. Le père n'osait plus s'approcher de Tian, mais il menait la vie dure à Ling.

Une coupe bleue et blanche l'effleura quand il entra dans la cuisine, et se fracassa contre l'encadrement de la porte. Le jeune Zuko dénoua son tablier, le jeta par terre et sortit en courant. Tian se tourna vers son père, qui hurlait des jurons. Non. Chang pouvait s'ôter cela de la tête. Ling ne remplacerait pas le cuisinier qui venait de s'enfuir. Yan Tian, le futur chef junior, voulait proposer à Ling de le rejoindre chez Kollmorgen.

*

Lud prolongeait à nouveau sa pause déjeuner, tant la tiédeur de l'air le caressait agréablement. Il avait toujours succombé au printemps. Il errait le long du canal Osterbeck en mangeant tranquillement le sandwich à l'édam et au concombre que lui avait préparé Henny. Il se comportait comme un enfant en vacances, et pas du tout comme quelqu'un qui devait reprendre son travail une demi-heure plus tard. Il prit la Gertigstraße du Mühlenkamp au Hofweg et s'arrêta devant chaque pont pour regarder l'eau scintillante. La vie serait belle s'il n'y avait pas toutes les contraintes.

Si seulement il pouvait préserver Marike de ces contraintes. L'enfant avait fait des cauchemars ces nuits dernières, elle s'était réveillée en larmes. Elle avait rêvé d'agneaux et de petits cochons condamnés à mourir et qu'elle essayait en vain de sauver.

Else n'était pas une belle-mère facile. Lud s'en était arrangé, mais il ne lui pardonnait pas de perturber sa fille. Après Pâques, Marike irait au jardin d'enfants recommandé par Lina, qui était dirigé dans l'esprit de Fröbel, un élève de Pestalozzi.

Henny avait parlé à Else la veille, et celle-ci prenait mal qu'on lui retire Marike les trois quarts du temps, d'autant plus mal qu'elle ne croyait pas du tout aux nouvelles idées pédagogiques qui importaient à Lina.

La racine du mal, songea Lud, c'était qu'Else était impossible à raisonner. Peut-être qu'elle refuserait d'aller chercher la petite l'après-midi, dans ce cas il s'en chargerait quand Henny serait de service ; il avait toute confiance dans la générosité de son supérieur.

Il était désormais arrivé dans la Papenhuderstraße, il était temps de faire demi-tour, peut-être avait-il même intérêt à monter dans un tramway au niveau du pont pour quelques stations.

L'Alster était séduisant, avec tous ses voiliers. Quels étaient les heureux qui faisaient de la voile un mardi ? Lud se tourna vers eux et faillit leur faire signe. Il avança sur le pont sans voir l'Opel qui arrivait.

Deux heures plus tard elle était là, devant le pont. Il n'y avait plus aucune trace de ce qui était arrivé à Lud ce mardi. Pas de sang sur la route. Pas de sable pour l'absorber. Henny bougeait comme le petit singe en fer-blanc de Marike quand il était remonté. Lud avait-il l'air paisible sur son lit de mort, à l'hôpital de Lohmühlen ? Pourrait-elle dire à Lina que son frère avait l'air paisible ? Henny n'avait pas réussi à joindre Lina, c'était un jour de randonnée à l'école Telemann.

Lud avait été renversé par une voiture. Tout bêtement. Elle se le répétait à elle-même pour comprendre ce qui s'était passé. L'inconcevable.

On lui tendit un mouchoir. Pleurait-elle donc ? Henny regarda le visage de la dame qui se tenait devant elle et eut le vague souvenir de l'avoir déjà vue. Ida raconterait plus tard que Henny avait éclaté en sanglots. Henny n'en savait rien. À croire qu'elle-même n'avait pas vécu cette journée.

Elle se souvenait seulement d'avoir souhaité un délai. Ne pas rentrer tout de suite à la maison pour se retrouver face à Else et Marike. S'en remettre à l'étrangère qui s'était soudain trouvée face à elle. Ce qu'elle redoutait par-dessus tout, c'était de le dire à Lina, qui avait promis de toujours veiller sur son frère.

Lud. Ébéniste et utopiste.

La douleur commençait tout juste à se faire sentir.

Septembre 1926

Henny avait pris sa bague sertie de grenats dans le coffret à bijoux fabriqué par Lud et elle ne la retirait que pour se désinfecter les mains, à la clinique, avant de soigner les patientes.

« Elle ne te dérange pas, cette bague ? avait demandé Else. Ce n'est pas un bijou pour tous les jours. »

Peut-être qu'elle la dérangeait, davantage d'ailleurs que la fine alliance qu'elle avait rangée avec celle de Lud dans une pochette de velours noir. Mais le fait de porter ces petits grenats était pour elle comme une promesse à Lud, celle de le garder dans son cœur.

Henny accomplissait ainsi de multiples petits actes de commémoration. Caresser l'armoire en bois de cerisier quand elle y prenait une nappe ou un drap. Choyer les fuchsias qu'elle avait plantés dans les jardinières du balcon. Des fuchsias d'un rouge brillant, qui fleurissaient aussi sur la tombe de Lud, jusqu'à l'arrivée des colchiques en octobre, puis des roses de Noël.

« Est-ce que Papa est parti pour longtemps ? » avait demandé Marike.

Lina passait beaucoup de temps avec elle.

« Nous pleurons sur la balançoire et dans le bac à sable, disait Lina, et en même temps nous rions aussi. »

Lina et Louise faisaient l'avion avec l'enfant, qui voulait monter toujours plus haut pour aller chercher Lud dans le ciel.

« À quoi bon », avait dit Else. Elle estimait qu'il fallait accepter le destin tel que la vie vous le servait. En temps de paix comme en temps de guerre. La guerre tuait en masse et mettait les destins à rude épreuve.

On annula le jardin d'enfants, Else Godhusen n'étant pas prête à monter jusqu'à Winterhude pour que la petite soit éduquée selon de nouvelles idées scandaleuses. Or Else était la seule qui aurait pu assurer tous les trajets jusqu'au jardin d'enfants. Un triste triomphe : Henny était désormais dépendante de son bon vouloir.

Le mois de septembre fut beau, comme l'avaient été le printemps et l'été. Les saisons ne portent pas le deuil, et Henny en voulait au soleil de se dépenser autant, de scintiller dans l'Alster et dans les canaux alors que Lud n'était plus là.

Le soleil s'accrocha aussi aux grenats de sa bague lorsque Henny leva la main pour faire signe à Ida, qui était devant le Hofweg-Palais et regardait la Canalstraße. Leur amitié s'était nouée à la mort de Lud.

« Dieu dispose », avait dit le pasteur devant la tombe avant de bénir le cercueil. La dernière action religieuse à laquelle Henny serait prête.

Comme Ida était belle dans cette robe d'été en soie de l'Atlas, blanche avec des coquelicots. Henny décida de ne plus s'habiller en noir. Lud n'aurait pas aimé qu'elle le fasse.

— Allons à la Maison du passeur, dit Ida. Je t'invite.

Elles s'installèrent à une table proche de l'eau, et Henny se rappela cette soirée d'été où Käthe avait été jalouse. Ida parla de Campmann, qui l'avait ennuyée dès le premier rendez-vous avec ses histoires de banque et de poulardes de Bruxelles. Même les nombreux verres de riesling n'avaient pas suffi à le rendre supportable.

Cependant, ni Henny Peters ni Ida Campmann ne savaient qu'elles parlaient de la même soirée d'août 1919.

— Je vais me faire examiner chez vous, dit Ida tandis qu'elle buvait un autre moka à la crème. J'aimerais enfin savoir pourquoi je ne tombe pas enceinte.

Couchait-elle donc avec son mari ? Aussi récente leur amitié fût-elle, Henny avait déjà beaucoup entendu parler de leur désert conjugal.

— Connais-tu le Dr Unger ? J'ai rendez-vous avec lui.

— C'est un bon médecin.

— Tu crois qu'il me plaira ?

— Mais tu cherches un amant ou un médecin ? s'étonna Henny.

Que penser d'Ida ? Lina qualifiait sa nouvelle amie de caméléon. Mais Ida avait été là pour recueillir Henny le jour où elle avait été en chute libre. Elles s'étaient assises sur le canapé jaune, et Ida l'avait bercée comme on berce un enfant dont le chagrin est inconsolable. Ensuite, Henny était rentrée chez elle pour annoncer la nouvelle à Else et à la petite. Ida l'avait accompagnée jusqu'à sa porte.

« Tu n'es qu'un nouveau passe-temps pour elle, maintenant que le Chinois n'est plus là », avait dit Käthe.

Le Chinois ? Henny n'en savait rien.

— Est-ce qu'on prend des gâteaux ? demanda Ida avant de se retourner pour faire signe au garçon.

Pourquoi était-ce moins douloureux de passer du temps avec Ida qu'avec Käthe ? Parce que Käthe avait son Rudi alors que Henny était veuve ?

— Tiens, voilà Mlle Grämlich, dit Ida, on dirait un reptile.

Cette phrase tira Henny de ses pensées. Elle vit Ida se diriger vers une petite vieille dame qui s'appuyait sur une canne au pommeau en argent. Ida l'amena à leur table.

— Laissez-moi reprendre mon souffle auprès de vous un instant, dit la vieille demoiselle. Est-ce que je connais votre amie, Ida ?

Ida présenta Henny, et Mlle Grämlich lui adressa un signe de tête.

— Un décès dans votre famille. Cherchez-vous à vous changer les idées avec une activité caritative ?

Henny faillit éclater de rire. La première chose qu'elle ferait à la maison serait de retirer ses vêtements noirs pour ne jamais les remettre. Peu importait ce qu'Else jugeait décent en cette année de deuil.

— Mme Peters est sage-femme à Finkenau et elle est déjà bien occupée.

Mlle Grämlich s'adressa à Ida :

— J'ai entendu dire que vous aviez gardé Mia durant sa période difficile. On continue malheureusement à renvoyer les bonnes quand elles sont enceintes.

Ida regretta d'avoir attiré l'attention de la vieille dame sur elle.

— Et votre Chinois ? J'ai appris qu'il était revenu à Hambourg ?

Elle aurait mieux fait de se cacher sous la table ou de sauter dans l'Alster quand la vieille était apparue sur la terrasse. Ida regarda Henny, qui essayait de prendre une expression sérieuse.

— Il n'y a pas de Chinois dans ma vie, répondit Ida d'une voix tendue.

— Vous formiez pourtant un si joli couple, le jeune M. Yan et vous. Mais je suppose que les deux familles y voyaient une mésalliance.

Mlle Grämlich avait dit cela en souriant. Un aimable serpent.

— Je vous remercie en tout cas pour votre discrétion d'autrefois. Comment va Claire Müller ?

— Elle n'est plus des nôtres, malheureusement, annonça Mlle Grämlich en se relevant péniblement.

— Je le regrette, dit Ida.

Qu'était donc devenue sa cabane à Wohldorf ? Ida bondit de sa chaise pour aider Mlle Grämlich à se relever. Il ne fallait surtout pas qu'elle retombe sur son siège et commence d'autres phrases par « J'ai entendu dire ».

— Comme je suis contente de vous avoir revue, chère Ida. Je vous rendrai visite un jour pour vous gagner à la cause de la bienfaisance.

Sur ces mots, Mlle Grämlich agita sa canne d'un air presque menaçant. Henny vit que le pommeau d'argent représentait effectivement un serpent.

— Vous en aurez certainement le temps. J'ai entendu dire que votre union avec le banquier Campmann n'avait pas encore donné d'enfants.

Mlle Grämlich adressa un signe de tête aux deux jeunes femmes et s'éloigna en rampant. Ida regarda la carte de visite que la demoiselle avait laissée.

— Je suppose que tu veux tout savoir sur le Chinois, dit-elle.

*

Rudi regrettait beaucoup son ami. La douceur de Lud l'avait souvent surpris et parfois irrité, mais désormais elle lui manquait. Les paroles bruyantes l'effrayaient, tout semblait tonitruant, les réunions de camarades, le bruit des rues.

N'avait-il pas remarqué, avant que Lud ne périsse sous les roues d'une Opel, à quel point la ville s'était transformée ? La sonnerie autoritaire du tramway. Le Klaxon des automobiles. Les trains qui traversaient la ville sur ses ponts. La densité de la circulation, à la fois sous la terre et sur la terre.

Même les poèmes étaient devenus plus bruyants.

Et Käthe. Elle aussi. Elle était mécontente qu'il ne prenne pas plus au sérieux son travail au parti. Il représentait d'après elle un communisme trop modéré. Doux, pensait Rudi. Son communisme était doux.

— Tu ne peux pas te le permettre, par les temps qui courent, avait dit Käthe. Regarde un peu ce Hitler.

En 1925, après son incarcération dans la citadelle de Landsberg, Hitler avait refondé le Parti national-socialiste des travailleurs allemands, en même temps il avait écrit un livre et même trouvé le temps de recevoir quelques admiratrices. Käthe avait raison. Hitler était dangereux. Toutes les couches du peuple lui rendaient hommage. Il attirait les gens comme la lumière attire les mites, et ses vociférations ne gênaient presque personne. Du nationalisme au populisme racial, il n'y avait qu'un pas.

Rudi posa son recueil de poèmes sur le bord de la fenêtre. Les poèmes d'Ernst Toller le fascinaient et le dérangeaient à la fois. Mais le pire, c'était qu'ils le rendaient extrêmement malheureux.

Je vous ai étreints avec des mains enflammées
Les mots deviennent des lances battues par les sangs.

La première fois qu'il s'était penché à cette fenêtre, il avait imaginé une autre vie. Des enfants qui joueraient en bas et qu'il emmènerait dans l'établissement de bains, plus loin, pour leur apprendre à nager.

Lud avait eu Marike et espéré d'autres filles et fils. Rudi avait appris par Käthe, après la mort de Lud, que Henny pratiquait la contraception en secret. « Toi aussi, tu fais ça ? » avait-il demandé. Käthe avait secoué la tête et répondu : « Non, chez moi ça ne vient pas. » Le croyait-il ?

Nous le savons, nous sommes des gens de passage ;

Et qui nous suivra ? Rien qui vaille qu'on le nomme.

Bertolt Brecht. Dérangeant, lui aussi. Mais peut-être était-ce la mort de Lud qui le rendait si sensible.

Les mots avaient été les compagnons de son enfance, alors même qu'il n'y en avait pas beaucoup dans l'appartement de Grit. Elle conservait dans un tiroir les rares écrits qu'elle possédait, comme le livre de Rudolf Herzog, qui resta toujours le seul.

Petit garçon déjà, il sortait pour capturer les mots, il les collectait sur les colonnes Morris, sur les panneaux publicitaires des épiceries, dans les vieux journaux qu'il trouvait sur les bancs des parcs.

L'obscurité s'abaissait sur la place qui était en face de la Bartholomäusstraße. Käthe ne rentrerait pas de la clinique avant 22 heures. Henny et elle avaient les mêmes horaires ce jour-là. Autrefois, dans un cas pareil, il passait chez Lud avec une bouteille de vin sous le bras.

Quel silence dans l'appartement.

Käthe désirait avoir une radio. Les voisins en avaient déjà une, de temps à autre la *Norag-Marsch**, l'indicatif de la radio du Nord, retentissait chez eux. Mais la redevance annuelle était élevée, c'était ce qui les avait retenus. Peut-être devaient-ils commencer à se faire plaisir avant qu'il ne soit trop tard. Lud, lui, avait économisé pour pouvoir acheter un piano à Marike.

Rudi s'installa au petit secrétaire qu'il s'était offert lorsqu'ils avaient emménagé. Un endroit pour écrire. Pour collecter les mots. Il ouvrit le tiroir de droite, dans lequel il conservait les documents. Un mince classeur en carton gris, qui renfermait notamment son acte de naissance. Grit le lui avait remis lorsque Käthe et lui avaient publié les bans.

Bureau d'état civil de Hamburg-Neustadt

Prénom et nom : Rudolf Odefey

Né (en toutes lettres) : le vingt juillet mille neuf cent

Prénom, nom et profession du père : inconnus

Prénom et nom de naissance de la mère : Margarethe Odefey

Käthe l'avait encore répété la veille pendant qu'ils dînaient dans la cuisine, sous la lampe : « Tu n'as pas la moindre ressemblance avec Grit. »

Rudi se leva pour ouvrir une des deux bouteilles de vin du Rhin qui étaient dans le garde-manger. Il s'en servit un verre. Käthe en boirait volontiers un aussi quand elle rentrerait de la clinique. Ils menaient une vie bourgeoise. Käthe en avait-elle conscience ? Rudi sourit. Hans le qualifiait de romantique de gauche. Hans Fahnenstich était un communiste pur et dur. Il avait enfin trouvé du travail, chez Heidenreich & Harbeck.

Pourquoi sa mère avait-elle fait mettre « inconnu » au lieu d'inscrire le nom de son père ? Il existait une photographie de lui, et une précieuse épingle de cravate. Elle connaissait donc forcément son nom. Qui avait-elle voulu protéger ?

Rudi ouvrit un autre tiroir. Il chercha parmi les photos celle du jeune homme devant le panorama alpestre. Il alla dans la cuisine pour lui braquer la lampe sur le visage et l'examina pour la centième fois. Non. Ce n'était pas son père. Grit lui mentait depuis vingt-six ans. Rudi ne savait pas d'où lui venait soudain cette certitude. Peut-être que son père était mort depuis longtemps et qu'il resterait à jamais inconnu de son fils. Rudi se remémora la tombe de Lud. Il était allé à Ohlsdorf dimanche. Seul. Sans Käthe.

Les fuchsias avaient cessé de briller. Ils seraient bientôt fanés sur la tombe de Lud. Henny n'avait pas voulu de cette double tombe, mais sa mère avait insisté, peut-être qu'elle se coucherait à côté. Son mari reposait loin, en Mazurie.

« Le monsieur repose toujours à droite », avait dit le fossoyeur quand ils avaient choisi la tombe. Henny l'avait raconté à Käthe, qui avait fait ce commentaire : « Tant mieux, je n'aurai pas besoin de changer mes habitudes quand je serai un cadavre, je dors déjà à gauche. »

Rudi se servit un deuxième verre de riesling du Rheingau, qu'il avait acheté chez Gröhl, dans la Hagedornstraße. Hans traitait volontiers Rudi de communiste de salon, mais il accompagnait ses propos d'un clin d'œil. Il n'était jamais blessant.

Peut-être devrait-il quitter le parti. Effectivement il n'y était pas avec le cœur. Mais cela causerait un sérieux conflit avec Käthe, et ce serait difficilement supportable.

Communiste de salon. Romantique de gauche. Prince des poètes. À son troisième verre de riesling, Rudi se mit à rire. Pourquoi riait-il ? De joie ou de tristesse ? Rudi Odefey avait imaginé beaucoup de choses autrement. N'était-ce pas le cas de la plupart des gens ?

*

Si Lina n'avait pas eu Louise, elle serait morte dans les jours suivant la disparition de Lud. Louise avait parlé de « fracture cardiaque » et elle avait tout fait pour guérir son cœur. Pouvait-on y appliquer des fleurs de tilleul, de camomille ?

Lina avait failli. Elle n'avait pas assez veillé sur le garçon. Maman, pardon. Que d'instants, d'heures, de jours, et de nuits tourmentés.

Louise écoutait son désespoir et préparait des cocktails. Ce n'était pas une femme superficielle, mais elle voulait initier Lina au monde des futilités bienfaisantes. Kurt Landmann lui avait recommandé L.W.C. Michelsen comme épicerie fine, elle y achetait de bonnes choses, faisait la cuisine, mixait des cocktails. Il n'y avait pas que les prières qui soulageaient l'âme.

Lud n'avait pas eu le temps de connaître Louise. Aurait-il approuvé leur relation ? Un amour lesbien ? Lina posa la question à Henny. Elle avait moins de mal qu'avant à formuler ce genre de questions. N'avait-elle pas toujours été contre les conventions ? Les décès permettaient de voir certaines choses sous un autre jour, ils donnaient une plus grande liberté pour nommer la vérité par son nom.

Henny fut heureuse de savoir quoi répondre. Lud aurait approuvé tout ce qui pouvait sortir Lina de la solitude. Son célibat d'enseignante avait été un cauchemar pour lui. Il ne voyait pas de bonheur dans le célibat. Il voulait savoir Lina portée par un amour.

Lina ne savait pas grand-chose de ce qui se passait dans la tête de son frère. De celui qui lui avait sculpté un médaillon après avoir trouvé une mèche noire dans une nouvelle de Stefan Zweig posée sur la table de nuit de sa sœur.

Lud était le genre d'homme à donner un étui à des boucles.

Lina, Louise, Henny. Elles étaient toutes trois assises devant la triple fenêtre grande ouverte pour laisser passer l'air encore tiède. Elles levèrent leur verre en souvenir de Lud et regardèrent le canal Eilbeck, qui était aussi sombre que le ciel.

— Qu'est-ce que nous buvons ? demanda Henny.

— Un gibson, dirent Lina et Louise d'une seule voix.

*

On avait aménagé une des pièces au premier étage de la Körnerstraße. Avec des tapisseries à petites fleurs. Ni rose ni bleu. Le sexe de l'enfant lui était complètement égal, avait dit Elisabeth.

Rares étaient les nouveau-nés, à Finkenau, qui étaient confiés à l'assistance publique. Unger semblait toujours arriver trop tard, l'enfant avait déjà été remis entre d'autres mains.

Elisabeth écrivait des articles et des critiques qui suscitaient de l'intérêt, y compris en dehors du magazine *Die Dame*. Mais cette gloire fugace ne lui suffisait pas. Un berceau et une table à langer attendaient dans la chambre fleurie.

Theo Unger suçotait des bâtonnets de gingembre enrobés de chocolat noir qu'Elisabeth avait achetés chez Erich Haman, dans la Leipziger Straße, et il se languissait de sa femme, qui vivait essentiellement dans la capitale tant qu'il n'y avait pas d'enfant à la maison.

— Puis-je vous offrir un bâtonnet au gingembre ? dit-il en tendant le petit carton à Henny. Ma femme les a rapportés de Berlin.

Henny Peters. Née Godhusen. Veuve.

Elle prit un bâtonnet mais refusa son invitation à dîner. Pourquoi reprendre tout ça ? Unger était un homme marié.

— L'enfant de la petite Brinkmann va naître dans les heures qui viennent, dit Henny. Êtes-vous de service ?

— Pourquoi, craint-on des complications ?

— Elle a un bassin étroit.

— Rachitique ? Alors nous devrions faire une césarienne.

— Elle ne veut pas, dit Henny. Elle a peur de l'opération.

— L'a-t-on informée de toutes les complications possibles ?

— Oui. Elle dit qu'elle a appris à marcher à un an et demi. Et sa colonne vertébrale est droite. Ça nc doit pas être du rachitisme.

— Je vais l'examiner. Veut-elle garder son enfant ? Il n'y a pas de père qui en assume la responsabilité, n'est-ce pas ?

Henny eut d'abord l'air très surprise. Puis elle se rappela la confession d'Unger.

Un vermisseau. L'enfant que mit au monde la petite Brinkmann était un vermisseau. Quelle chance pour elle que la minuscule tête, le minuscule corps du bébé aient pu passer par son étroit bassin. L'enfant et la mère avaient été lavés par Henny et couchés dans du linge propre. Unger vint voir comment Mlle Brinkmann tenait le nourrisson dans ses bras et fut soulagé qu'elle ne veuille pas l'abandonner.

Elisabeth n'était-elle pas plus à sa place chez Lutter und Wegner, à Berlin, où elle pouvait discuter des premières devant des mets raffinés, qu'à la maison avec un vermisseau qui avait déjà l'air pauvre au moment de sa naissance ? Unger était injuste. Il le regretta aussitôt. Et il se rappela le rendez-vous raté au Lübscher Baum, le lapin qu'il avait posé à Henny et tous les kummels qu'il avait bus à la Nagel Bodega pour lutter contre la grippe. Dieu sait comment les choses auraient évolué s'il n'avait pas raté ce rendez-vous.

Il aimait Elisabeth. Si seulement elle pouvait être plus souvent là.

— Comment allez-vous, Henny ? Depuis la mort de votre mari.

Elle haussa les épaules. Comment pouvait-elle aller.

Unger se demanda si elle regrettait d'avoir pratiqué la contraception en secret. Mais il n'avait aucune envie de lui rappeler leurs confessions respectives.

*

S'appuyant sur sa canne, Karl Laboe se tenait à l'angle des rues Humboldt et Hamburger et regardait par la porte ouverte de la pharmacie. La belle-mère de Käthe causait avec l'apothicaire Paulsen, qui lui préparait toujours sa pommade pour le dos.

Laboe avait du mal avec Grit, elle était trop nerveuse pour lui et trop chétive. Comment avait-elle pu donner naissance à un grand et beau garçon comme Rudi ? Le père avait dû être un robuste gaillard. Peut-être que les relations seraient plus simples si on avait des petits-enfants communs. Mais ils pouvaient faire une croix dessus.

Mieux valait s'écarter pour que la mère Odefey ne le voie pas, il n'avait même pas de casquette à tirer devant elle. Il avança devant la vitrine, regarda la réclame d'un sirop pour la toux et eut encore une meilleure vue. Paulsen versait des pilules blanches dans un sachet. Il faudrait qu'il demande à Rudi ce que prenait sa mère. Si ça se trouve, Käthe était au courant, il allait pouvoir la cuisiner quand ils mangeraient leurs gâteaux tout à l'heure.

Laboe fit encore un pas vers la gauche en voyant que la mère Odefey payait et allait sortir. Il faillit trébucher en bougeant si brusquement. Même pas cinquante ans et aussi vacillant qu'un vieillard. Cette foutue jambe.

Une chance qu'elle soit trop pressée pour l'apercevoir. Karl Laboe sortit sa montre. Presque 15 heures. L'heure de retrouver Käthe.

— Tu aurais quand même pu entrer, dit Käthe en arrivant tout essoufflée devant le café Mundsburg.

Elle avait laissé passer l'heure en bavardant dans l'escalier avec Landmann. Le médecin avait sur la politique un regard plus lucide que son cher Rudi.

— J'viens d'voir ta belle-mère à la pharmacie.

— Et alors ? Vous aviez des choses à vous dire ?

— Elle s'est pas rendu compte que j'étais là. Et je faisais que reluquer la vitrine.

Käthe secoua la tête et entraîna son père dans le café.

— Je te préviens, c'est moi qui invite, dit-elle. C'est assez rare qu'on passe un moment ensemble, seuls tous les deux.

Karl Laboe hocha la tête d'un air content. Il ne raffolait pas du café et des gâteaux, il aurait préféré quelque chose de plus consistant et une ou deux bières. Mais le *malakoff** était particulièrement bon, dit Käthe.

Käthe chercha une table près d'une des grandes fenêtres cintrées et veilla à ce qu'il puisse discrètement caser sa jambe raide.

— Donc un *malakoff* pour toi ? demanda-t-elle en se dirigeant déjà vers le buffet.

— Tu gagnes bien ta vie, dit-il en voyant arriver les grosses parts de gâteau. Vous vous en sortiriez aussi à trois.

Käthe laissa sa fourchette en suspens au lieu de la plonger dans la crème au beurre.

— Non, Papa, ne recommence pas.

— Je m'disais juste qu'on s'entendrait mieux avec Mme Odefey. Elle aussi, elle aimerait sûrement bien avoir un rejeton.

— Cette vieille cachottière. Elle est plutôt contente qu'il n'y ait pas d'autres membres de la famille pour poser des questions désagréables.

— Elle est malade ? Paulsen lui a donné un sachet de pilules.

— Le *frankfurter kranz** est très bon aussi, dit Käthe. Aucune idée. Je peux demander à Rudi, si ça t'intéresse.

— Toi et moi, on s'comprend beaucoup mieux depuis que Rudi est là, dit Karl Laboe. T'as vraiment eu la main heureuse avec ce gars.

Käthe hocha la tête et avala sa dernière bouchée de gâteau.

— C'est aussi que tu deviens plus souple en vieillissant, dit-elle.

— Vous êtes heureux, hein ?

— Ce n'est pas ton terrain, ça. C'est Maman qui pose ce genre de questions.

Karl Laboe se tut en considérant la demi-part de gâteau qui restait dans son assiette. Sacrée portion. Et Käthe qui avalait ça en un éclair.

— C'est quand même dommage que le garçon connaisse pas son père, dit-il. J'ai toujours pensé que c'était quelqu'un de distingué.

Pourtant, Karl Laboe ne connaissait pas l'histoire de l'épingle de cravate. Elle le regarda d'un air songeur.

— Est-ce qu'un cognac pourrait t'aider à digérer le gâteau ?

Il acquiesça avec enthousiasme.

— T'as qu'à prendre la seconde moitié de mon *malakoff* pendant que j'bois un cognac, dit-il. Tu vas travailler ce soir ?

— Je passe prendre Rudi chez Friedländer pour aller à une réunion. Il est vraiment temps que la gauche s'organise.

— Les nazis, ils lèvent le bras maintenant. Salut allemand. Ça va pas s'améliorer, et toi et Rudi, vous serez leurs ennemis. (Il prit la main de Käthe.) Ça me fout la trouille.

*

Avant d'aller dans la pharmacie Victoria, Grit avait tenté sa chance dans la Vieille Pharmacie anglaise de Roth et chez Eilbecker. Son butin était posé sur la table de la cuisine et ne suffirait pas, d'autant plus que Paulsen avait évoqué un somnifère léger.

De même qu'elle lui cachait tout le reste, elle n'avait pas raconté à Rudi qu'elle avait perdu son travail à l'usine de confection. Elle n'avait pas dit non plus à la caisse des allocations de chômage que Rudi lui donnait vingt-cinq marks tous les mois.

Elle ressentait une fatigue infinie. Autrefois, elle avait promis de prendre l'enfant en charge et de le faire passer pour le sien. C'était fait, l'enfant volait de ses propres ailes depuis longtemps. Il s'agissait maintenant de penser à soi et de trouver la paix.

Auparavant, elle devait encore parler avec Rudi. Il avait été un gentil enfant, bien trop gentil pour ce monde. Mais que cherchait-il chez ces communistes ? Elle était désolée d'avoir réagi avec sarcasme quand il lui avait annoncé son adhésion au parti communiste. Tous deux avaient essayé de se donner de l'amour, mais ils étaient restés étrangers l'un à l'autre.

Grit Odefey rassembla toutes les pilules sur la table de sa cuisine et les y laissa. Elle se leva, prit une bouteille de lait dans le garde-manger et s'en versa une tasse. Le lait avait un goût aigre.

Petit garçon, Rudi avait parfois fouillé dans le tiroir où elle gardait ses papiers. Beaucoup avaient été détruits avant sa naissance, et elle avait inventé une légende pour l'enfant. Seule la chaîne de montre et l'épingle de cravate contenaient une part de vérité.

Grit ouvrit la fenêtre de la cuisine et regarda la Herderstraße. Pas besoin de cachets. Il y avait d'autres moyens. Elle laissa la fenêtre ouverte et l'air tiède de septembre entra. Elle jeta le lait dans l'évier et alla prendre du pain et du saindoux dans le garde-manger. Elle s'en coupa deux tranches et les mangea même avec appétit.

*

Pourquoi ne pas aller à une fête dans la Johnsallee, en cette fin d'été ? Henny était libre ce samedi soir, et Louise l'avait expressément invitée à amener Marike.

— Tu veux vraiment mettre cette robe ? avait demandé Else. Bien que tu sois en deuil ?

Pourtant, cette robe qui lui arrivait aux mollets n'avait pas des couleurs spécialement gaies. Bleu marine à petits pois blancs et avec un col blanc.

Un grand jardin s'étendait derrière la villa à deux étages. Non pas un jardin d'apparat, mais avec des groseilliers et une citerne d'eau de pluie où se reflétait le chèvrefeuille qui grimpait sur la remise. Une balançoire.

Guste Kimrath leur souhaita la bienvenue et leur tendit respectivement un verre de *bowle* et un verre de jus de poire. Tout semblait naturel dans ce jardin : le fait que Lina et Louise se tiennent par la main, que Marike fasse de la balançoire et qu'il y ait toujours un invité pour lui redonner de l'élan. Le fait que la balançoire ne grince pas.

La *bowle*, qui contenait des poires et des baies de sureau, se buvait très facilement. Henny sentait à peine l'alcool. Elle s'assit dans un fauteuil en osier blanc et, pour la première fois depuis le mois de mars, elle ne se sentait plus oppressée au niveau de la poitrine.

— Goûte les toasts au poisson fumé, dit Louise en lui tendant une grande assiette. Sinon la *bowle* va te monter à la tête.

Cela se voyait-il ?

— Tu as le visage un peu rouge, remarqua Louise en souriant. Mais ce n'est rien par rapport à Guste.

L'hôtesse soufflait sur les mèches rousses qui lui tombaient régulièrement sur le visage. Elle avait plus l'air d'une robuste paysanne des Vierlanden* que d'une femme née dans cette villa à Harvestehude. Un monsieur rondouillard qui ne la quittait pas d'une semelle la considérait avec la fierté du propriétaire. Henny n'apprendrait que plus tard que c'était le père d'Ida.

— Dommage que vous n'habitiez pas dans la pension de Guste. Je vous verrais plus souvent, dit à Henny un homme de belle allure.

Lorsqu'elle leva les yeux vers lui, il s'assit dans l'herbe à côté d'elle.

— Prends garde, Henny, c'est notre chanteur d'opéra, dit Louise en riant à leur intention. Jockel est le roi du flirt.

Comme la vie semblait légère, cet après-midi.

— Henny et Jockel. C'est tout ce que nous savons de nous, dit-il.

Devait-elle annoncer qu'elle était veuve et encore en deuil ? Henny leva la main et tritura sa bague ornée de grenats.

— Une jolie bague.

— C'est mon mari qui me l'a offerte. Il est mort en mars.

— Le père de cette adorable fillette qui se balance ?

Henny acquiesça.

— Je suis désolé, dit Jockel.

— Lina, l'amie de Louise, est ma belle-sœur.

Jockel saisit sa main baguée et en baisa le dos.

Plus tard, lorsque la température se rafraîchit et qu'ils rentrèrent dans la maison, dans le grand salon réservé aux pensionnaires, Jockel prit Marike sur les épaules et la promena dans les différentes pièces.

« Timonier ! Le repos est si doux ! »

Le Vaisseau fantôme, comme par hasard.

« Timonier ! Viens à nous ! »

Jockel chantait. L'enfant exultait.

« Hohe ! He ! Hiva ! Hiva ! »

— La petite va bientôt percuter le lustre, dit Louise.

Il était temps de rentrer à la maison, maintenant que l'ambiance était à son apogée. Lina, Louise et Henny prirent un fiacre, Henny et la petite descendirent en premier. En levant la tête, Henny vit qu'il y avait de la lumière au premier étage de la Canalstraße. Else. Voulait-elle vérifier quand elles rentraient ? Elle se draperait dans la sollicitude, c'était sûr. Mais Else se mêlait trop de leur vie à son goût. Comme si la mort de Lud autorisait sa mère à lui dicter à nouveau sa conduite.

La porte s'ouvrit avant même que Henny ait pu mettre la clef dans la serrure.

— On dirait que vous vous êtes bien amusées, dit Else.

— *Hohe ! He ! Hiva ! Hiva !* chantait Marike.

— C'est l'influence de cette Louise, dit Else en secouant la tête. Je dors ici cette nuit. Tu travailles demain.

— Mais seulement à 1 heure de l'après-midi, Maman, dit Henny.

Cependant elle n'avait aucune envie de se disputer. La petite était si joyeuse.

— Tu vas tout de suite te coucher, Marike, tu es surexcitée.

— Maman, dit Marike en tendant les bras vers Henny.

— Une petite fille doit être au lit à cette heure-là.

— C'est une exception, Maman, et en plus il est seulement 8 heures et demie, dit Henny.

Où sa mère voulait-elle dormir ? Elle eut un pressentiment.

— J'ai déjà arrangé le côté de Lud pour moi, dans votre lit.

— On va préparer un lit confortable à Mamie dans le salon, dit Henny comme s'il s'agissait d'un jeu amusant.

Elle alla dans la chambre pour prendre un oreiller et un édredon sur son lit, et choisit un drap propre dans l'armoire en cerisier. Else la regardait en grimaçant. Henny crut qu'elle allait se mettre à pleurer.

Lorsque le divan fut prêt, Marike courut chercher son nounours préféré dans sa chambre.

— Tu peux lui faire des câlins, Mamie.

— Quand j'aurai couché Marike, nous pourrons boire un verre de vin sur le balcon, dit Henny en s'efforçant d'adopter un ton conciliant.

— J'ai trop froid, dit Else.

— Tu n'as qu'à mettre une veste en laine de Lud.

Surtout ne pas céder, sinon elle n'aurait bientôt plus son mot à dire dans sa propre maison. Else se coucha aussitôt sur le divan et éteignit la lumière. À 8 heures et demie, un samedi soir. Henny s'installa toute seule sur le balcon, au milieu des fuchsias. Elle planterait bientôt des asters.

Quelqu'un comme Jockel pourrait-il lui plaire ? Beaucoup trop tôt. *Pardonne-moi, Lud*, songea-t-elle. Ses grenats étaient aussi rouges que le vin dans son verre. Un vin apporté par Rudi. Il commençait à s'y connaître depuis qu'il fréquentait Gröhl, le marchand de vins.

*

Les consultations privées du Dr Unger commençaient en début d'après-midi, une fois les opérations terminées et la *parade* accomplie, ainsi que Landmann appelait la grande visite. Ida Campmann était notée pour le premier rendez-vous, à 14 h 30. Elle l'attendait déjà dans son cabinet quand il arriva.

— Peut-être que Mme Peters vous a parlé de moi ?

Unger eut l'air surpris.

— Henny Peters ? Notre sage-femme ?

— C'est une de mes amies.

— Mme Peters est très discrète, dit-il en secouant la tête.

— Je n'en doute pas un instant. Mais je serais soulagée si vous saviez déjà de quoi il s'agit.

— Dites-moi.

— Je n'arrive pas à avoir d'enfants, et je veux savoir pourquoi.

— Alors nous allons essayer de comprendre.

Il prit des notes pendant qu'elle lui racontait. À l'entendre, Ida Campmann n'était pas démesurément attachée à son époux. Unger tourna délicatement autour du sujet, qui lui semblait important. Avait-elle eu des rapports sexuels avec d'autres hommes ?

Ida hésita.

— Avec un seul, finit-elle par dire. Mais il a toujours pris ses précautions.

Ce n'était pas tout à fait vrai. Une fois, Tian avait été imprudent. La veille de son départ pour le Costa Rica. Elle avait vainement espéré avoir conçu un enfant.

— *Coitus interruptus* ?

— Non. Il utilisait des préservatifs.

— Bon, je vais vous examiner.

Ida détacha ses bas en soie, ôta porte-jarretelles et culotte et retroussa son jupon pour pouvoir monter sur la chaise. C'était son premier examen gynécologique, mais le Dr Unger réussissait à la détendre.

— Quelle est la fréquence de vos rapports sexuels avec votre mari ?

— On fait ça aussi souvent qu'il en a envie.

Unger fut surpris par cette réponse. Ida Campmann ne lui semblait pas être le genre de femme à se soumettre.

— Et en a-t-il souvent envie ?

— Tous les jours, dit Ida.

Elle omettait de préciser que, la plupart du temps, elle repoussait Campmann. Peut-être pour souligner que ses chances de tomber enceinte étaient bonnes.

Unger l'examina aussi précautionneusement que minutieusement, puis il lui demanda de se rhabiller.

— Votre mari a-t-il un médecin de confiance ?

— Vous pensez que cela vient de lui ?

— En tout cas, rien n'indique que cela vient de vous.

— Il n'ira pas chez le médecin. Un Campmann n'a aucune tare.

— Peut-être pouvez-vous demander à un ami de l'influencer ?

— Voudriez-vous vous en charger ?

Unger réfléchit.

— Pourquoi pas, dit-il.

Ida Campmann partie, il décida d'interroger Henny. Bien sûr, il fallait rester discret, mais il voulait savoir si Ida couchait réellement avec M. Campmann.

*

Tian regardait Ling, qui était en train de taper un contrat à la machine. Hinnerk Kollmorgen était content d'elle, et Tian aussi. Un vent de panique avait soufflé dans la cuisine de ses parents quand Yan Chang avait compris que sa fille aussi se soustrayait à l'influence parentale et vivait sa vie.

Ling et Tian se partageaient un appartement depuis le mois de juillet, juste en face de la synagogue, dans la rue Grindelhof. Ils aimaient bien vivre dans le quartier juif, qui abritait aussi l'université. La vie y était plus animée que dans la Schmuckstraße, un peu triste malgré son exotisme.

La rue Grindelhof n'était pas loin de l'Alster ni du Jungfernstieg, et on arrivait également vite à Harvestehude, où les familles fortunées, toutes religions confondues, avaient leurs villas et leurs jardins.

Ling et Tian étaient allés chez leurs parents pour le jour de la Vénération des ancêtres, qui consistait à nettoyer les tombes. Ils avaient eu une pensée pour les morts en déposant des bols de riz devant leurs portraits. Mais leurs grands-parents étaient morts en Chine et on ne pouvait pas se recueillir sur leurs tombes.

Même en dehors de ces occasions, Ling et Tian se rendaient souvent dans la Schmuckstraße, surtout pour leur mère. Leur père avait du mal à comprendre qu'ils ne s'inclinent plus devant son désir de domination.

Ling avait un ami, un jeune Chinois aimable qui travaillait dans un entrepôt de tapis du port. Tian aussi sortait de temps à autre, mais il rentrait toujours sans femme.

Quel malheur, d'aimer Ida. Il avait l'impression qu'une fée l'avait envoûté pour qu'il ne désire aucune autre femme. Était-ce une méchante fée ? Il pensait à Ida au réveil et au coucher.

— Tu te fourvoies, avait dit Ling.

Ling et Mia n'avaient plus de contact. Plus personne, dans la Schmuckstraße, ne donnerait leur adresse. Ida prendrait-elle un jour son courage à deux mains pour aller le voir au bureau ? Ils avaient désormais vingt-cinq ans, Ida et lui. Combien de temps voulaient-ils encore attendre ?

Campmann se mit hors de lui quand Ida lui suggéra d'aller consulter un gynécologue à Finkenau. Qu'avait-elle manigancé là ? Ça avait sûrement un rapport avec cette sage-femme qui dérangeait son univers depuis quelque temps. Les femmes avaient-elles seulement le droit de se soumettre à un examen gynécologique sans l'autorisation de leur mari ?

— Ça ne fait pas six mois que ton père a prolongé le crédit pour une durée indéterminée, dit-il.

Les armes qu'il dégainait étaient bien émoussées.

— Quel est le rapport ? demanda Ida.

— Je pourrais rompre le crédit et te quitter, et tu te retrouverais avec ton père, qui est un vrai panier percé.

— Ah, Campmann.

— À moins que tu ne veuilles prendre les choses en mains et subvenir toi-même à tes besoins ?

Non. Ida n'aurait pas su comment. C'était bien ça le pire : elle n'était pas en mesure de renoncer aux bienfaits du luxe et préférait donc s'accommoder de ce mariage.

Campmann fit la grimace. Il savait ce qui se passait dans sa tête. Quand lui parlerait-il enfin des oreillons ? Lui assénerait-il un coup en annonçant qu'elle n'aurait pas d'enfants de lui ? Ou serait-elle seulement furieuse à cause de toutes ces années de silence ?

— Le Dr Unger semble convaincu que ça vient de toi.

— Je m'en fous complètement, de ton Dr Unger.

— Tu deviens grossier, Campmann. Jusqu'à présent tu restais au moins élégant.

Campmann regarda autour de lui dans le boudoir, et la seule réponse qui lui vint à l'esprit fut la destruction. Peut-être cette lampe avec l'abat-jour jaune et ce pied en porcelaine ridicule ? La jeter contre le mur si Ida continuait à le rabaisser.

— J'ai eu les oreillons quand j'étais enfant, avoua-t-il.

— Et ça veut dire ?

— Que je suis très probablement stérile.

Ida partit d'un rire tonitruant. Campmann prit la lampe et la fracassa contre le mur. Le berger qui jouait du pipeau se brisa en morceaux. Puis Campmann fondit en larmes.

*

Grit s'était mise à rêver comme elle ne l'avait pas fait depuis de nombreuses années, et elle rêvait toujours de la naissance de Rudi. Elle avait deviné que sa mère ne survivrait pas ; dès les jours précédant les premières contractions, Therese avait eu une fièvre de cheval, et il y avait en plus la grosse chaleur du mois de juillet. À cause de la peur du choléra qui avait sévi huit ans plus tôt, Therese n'avait presque pas bu d'eau.

Grit n'était pas sage-femme, elle n'avait pas la moindre connaissance en la matière, et pourtant elle avait été seule avec Therese dans la petite chambre brûlante sous les toits. Sa petite sœur avait eu cet enfant d'un homme qui était sorti de sa vie depuis des mois. « Tu dois promettre qu'il s'appellera comme son père », avait murmuré Therese pendant l'instant où elle avait pu tenir le nouveau-né dans ses bras.

Grit avait peut-être hoché la tête, mais elle n'avait aucune intention de respecter cette vague promesse. Elle n'élèverait pas un Angelo, puisqu'à ses yeux son géniteur n'était pas un ange. Il n'avait laissé à Therese que des bijoux. Une chaîne de montre. Une épingle de cravate ornée d'une perle d'Orient dont la valeur lui semblait douteuse. Aucune photographie. Grit en avait trouvé une chez un brocanteur. Un homme passable, aux cheveux clairs. Elle avait bricolé une légende pour le petit garçon. Mais il avait hérité des boucles brunes d'Angelo. Même avec sa mère il n'avait aucune ressemblance.

Rudolf. Un nom de souverain. *Ruhm* et *Wolf* : la gloire et le loup. Un nom allemand.

Puis l'enfant avait commencé à aimer les mots, les poèmes. Personne n'était comme ça dans la famille. C'était un étranger dans sa vie. Néanmoins elle l'aimait.

Angelo était reparti dans une petite ville dont Grit avait oublié le nom. Il avait parlé d'une propriété rurale dans les environs de Pise. Elle connaissait cette ville, à cause de la tour penchée. S'il y avait eu une adresse un jour, elle était perdue depuis longtemps.

L'obscur souvenir d'avoir enterré Therese quelque part, un enterrement de pauvre dans un cimetière quelconque. Tout cela resurgissait au bout de vingt-six ans.

Tout raconter à Rudi. Elle en avait pris la résolution. Mais elle ne le fit pas. Grit regarda autour d'elle dans la cuisine et prit sa décision. Elle alluma le gaz et mit sa tête dans le four.

La seule circonstance heureuse de cette triste mort : on était en plein jour quand Rudi trouva Grit Odefey. S'il avait fait sombre dans la cuisine, il aurait allumé la lumière et l'immeuble de la Herderstraße aurait explosé.

*

« J'va t'aider », dit Karl Laboe, une fois que Grit fut sous terre.

Ce n'était pas un enterrement de pauvre, Rudi avait absolument voulu le meilleur pour sa mère, ou du moins le meilleur qu'il pût offrir. Il s'agissait maintenant de vider son deux-pièces.

Ce n'était pas la première occasion pour lui de chercher des indices, il avait souvent passé du temps seul dans l'appartement. Et tout ce qui pouvait le mettre sur la piste de son origine était déjà en sa possession. L'acte de naissance. L'épingle de cravate. La photographie qui montrait on ne savait qui. Rudi descendit les biens de sa mère ; Karl en ferait meilleur usage que lui et Käthe, qui ne voulait absolument rien de l'héritage de sa peu aimable belle-mère.

Rudi trouva la carte de chômeuse de Grit. Il trouva aussi une photo de lui en confirmand devant l'église Sainte-Gertrude, en costume sombre avec un pantalon long et du muguet au revers. Grit aussi avait voulu le meilleur, dès son enfance il en avait eu conscience. Oh oui. Il l'avait bien aimée et s'était efforcé d'être un bon fils. Elle l'avait toujours dit, d'ailleurs. « Tu es un bon fils. »

Une photo abîmée de la jeune Grit, bras dessus bras dessous avec une femme encore plus jeune, dans un jardin. Leur cou protégé par de hauts cols. Leurs cheveux étaient tellement tirés en arrière dans leur chignon qu'on avait presque l'impression qu'elles les portaient courts. Rudi n'avait jamais vu cette photo auparavant.

Sa meilleure amie ? Ou Grit avait-elle eu une sœur ? Il n'en avait jamais été question. Il avait grandi sans grands-parents, sans tantes ni oncles. Grit était seule au monde avant sa naissance. Pourtant, ce jardin ne ressemblait pas à la cour d'un orphelinat.

Karl examina la photo et reconnut immédiatement Grit à un trait de son visage qu'elle avait conservé : on voyait qu'elle n'attendait rien de la vie. La plus jeune, en revanche, semblait pleine d'espoir. Ses traits étaient plus doux et son sourire plus large.

Un jour, à la fin du mois de septembre, Rudi alla chez Jaffe, dont Lud avait si souvent fréquenté le magasin. Il posa l'épingle de cravate sur le bout de feutrine qui était étalé sur le comptoir en verre. Moritz Jaffe examina longuement l'épingle à la loupe. Il alla chercher un catalogue derrière, ouvrit une page et hocha la tête.

— C'est du plaqué or, dit-il, mais la perle est extraordinaire. Je n'en ai jamais vu d'aussi grosse. Une perle semblable a rapporté deux mille Reichsmarks lors d'une vente aux enchères à Leipzig.

Jaffe rehaussa ses lunettes, qui commençaient à glisser sur son nez. Il scruta Rudi.

— Vous ne croyez pas qu'une telle perle puisse m'appartenir ?

Le regard de Jaffe effleura le costume modeste de Rudi.

— Si, je n'ai aucun doute là-dessus, dit-il.

— Vous souvenez-vous de Ludwig Peters ?

— Je ne l'ai pas vu depuis longtemps. Il me rendait pourtant régulièrement visite.

— Il est mort. Renversé par une automobile.

— Je suis vraiment désolé, dit Moritz Jaffe.

— Il vous estimait.

— Moi aussi je l'estimais, dit Jaffe. Un jeune homme précautionneux. Dois-je proposer l'épingle pour vous ?

— Non, dit Rudi, je veux la garder tant que c'est possible.

— J'espère pour vous que vous pourrez la garder toute votre vie.

Sur ce, Jaffe passa devant le comptoir pour serrer la main à Rudi. En sortant, celui-ci entendit la porte se refermer très lentement derrière lui en faisant tinter la clochette de l'entrée. Grit avait emporté dans la tombe le secret de son origine. Elle avait été abandonnée par l'homme qui était le père de Rudi et qui avait du moins donné ce précieux bijou.

Quelle tragédie ! Il pensait à l'immense amertume qu'elle avait portée toutes ces années, pour partir maintenant en le privant de sa connaissance.

Février 1930

— Je ne crois pas que l'instituteur veuille voir ta belle écriture à toi, dit Henny en regardant sa mère.

Else pinça les lèvres pendant qu'elle écrivait dans le cahier de Marike. La fillette, assise à côté d'elle, dessinait un homme avec un chapeau.

— Qui est-ce ? demanda Else d'un air méfiant.

Peut-être un ravisseur d'enfants. N'y avait-il pas justement à Düsseldorf un assassin qui étranglait les femmes et les petites filles avant de leur trancher la gorge ?

— Notre instituteur, dit Marike, il est nouveau.

— Laisse-la donc écrire ses phrases toute seule, dit Henny.

— Je veux juste lui montrer comment on fait.

Marike commencerait sa deuxième année d'école en avril, puisqu'elle aurait huit ans en juillet. Une belle enfant aux cheveux blonds et doux, qui ressemblait beaucoup à son père, même si ce n'était pas une rêveuse.

— Ne va pas t'amuser à lui nouer un ruban dans les cheveux, dit Else. Ça ne ferait qu'attirer l'assassin de Düsseldorf. C'était dans le journal.

— Il ne rôde pas à Hambourg, Maman.

— Tu es toujours trop insouciante, Henny.

Non. Elle n'était pas insouciante. Elle vivait la vie d'une veuve sage qui rendait visite à sa belle-sœur et sa compagne, participait de temps à autre à une fête dans la pension de Guste et aurait trente ans dans un mois. Käthe, elle, avait déjà franchi le cap.

— Tu as toujours été comme ça, dit Else Godhusen. Ton père aussi était comme ça. Sinon il ne serait jamais parti à la guerre.

Henny s'abstint de tout commentaire. Ces conversations avec sa mère devenaient de plus en plus pénibles.

— Et maintenant tout se dégrade, continua Else. Je suis sûre que Käthe est au cœur de tout ce tintouin. Qu'est-ce qu'ils disent, à la clinique, de leur sage-femme communiste ?

— Qu'est-ce qu'elle fait, tante Käthe ? demanda Marike en levant les yeux de son cahier.

— De quel tintouin parles-tu ? dit Henny.

Elle plia en un paquet le papier journal contenant les épluchures de pommes de terre, puis le rouvrit pour récupérer le couteau qu'elle y avait laissé.

— Entre les communistes et les nazis. Il y a encore eu une bagarre à Hammerbrook. Il est encore en vie, d'ailleurs, ce Wessel* ? C'est un communiste qui a fait ça.

— Horst Wessel n'est pas vraiment quelqu'un de bien. Il était quand même Sturmführer ; de la SA, et la SA est une vraie bande de brutes.

— Ce n'est pas une raison pour tirer dans la tête de quelqu'un. C'est un jeune homme. Qu'est-ce qu'ils en disent, Käthe et Rudi ? Ils approuvent ?

— On ne va pas discuter de ça maintenant.

Marike commençait à mordiller son crayon en regardant alternativement sa mère et sa grand-mère. Elle ne pouvait pas imaginer que tante Käthe et oncle Rudi fassent partie des méchants. Elle aimait particulièrement Rudi. Il s'accroupissait pour lui parler.

— D'après la mère Lüder, à Altona, c'est à peine si on ose encore aller dans la rue à cause de toutes ces bagarres.

— Je trouve ça exagéré, dit Henny. Montre-moi ton cahier, Marike.

Elle s'assit à côté de Marike à la table de la cuisine et lut l'histoire d'un merle, d'une grive, d'un pinson et d'un sansonnet qui se réjouissaient du printemps. Marike avait dessiné un chaton de saule en plus.

— Son Gustav est aussi pour les nazis.

— Il n'a que quinze ans. Et pourquoi tu dis « aussi » ?

— Tout ce que disent les national-socialistes n'est pas faux, asséna Else.

Henny sentit ses cheveux se dresser sur sa tête. Si seulement Lud avait été là, il aurait parlé du SPD avec sa douceur légendaire et aurait coupé la chique à Else. Mais seule, elle se disputait de plus en plus avec sa mère.

— On ne peut pas parler de politique avec toi, dit Else. Tu n'as qu'à allumer le gaz et mettre les pommes de terre dessus, pour qu'on ait quelque chose à manger. Qu'est-ce qu'il y a d'autre ?

— Du fromage blanc à la ciboulette. J'ai aussi acheté un morceau d'édam.

Else Godhusen fit la grimace.

— J'ai une échine à la carbonade chez moi. Elle attendra donc demain. Comme je l'ai laissée sur le rebord de la fenêtre, c'est assez froid.

Henny pensa qu'il n'y avait aucune raison de faire attendre la carbonade, mais elle s'abstint de tout commentaire.

— En mars, ça fera quatre ans que Lud est mort, déclara sa mère en regardant Marike qui rangeait son cahier dans son cartable. Va jouer dans ta chambre si tu as fini tes devoirs.

— Moi aussi, je veux entendre ce que tu vas dire sur Papa.

— Ce n'est pas pour les jeunes oreilles.

— Maman, s'il te plaît. Ce n'est pas la peine d'inquiéter Marike.

— Qu'est-ce qui l'inquiète ?

— Elle doit penser que tu veux dire du mal de son père. D'abord Käthe et Rudi, et maintenant Lud.

— Je suis franche, c'est tout.

Henny trouvait qu'on surestimait la franchise, mais elle s'assit pourtant après avoir mis la casserole de pommes de terre sur le feu.

— Quitte à scier la branche sur laquelle je suis assise, dit Else dès que Marike fut sortie de la cuisine, je pense que tu devrais aller au Lübscher Baum pour te chercher un homme. Tu commences à être vieille. Tu vois bien pour moi. Plus personne ne veut de moi. Gotha a été une rencontre sans lendemain.

— Tu as eu de ses nouvelles récemment ? demanda Henny, espérant changer de sujet.

— Seulement sa traditionnelle carte de vœux, dit Else avec un geste de mauvaise humeur.

Cette fois, c'était un cochon porte-bonheur chevauché par un type en uniforme brun.

— Il écrit qu'il gravit les échelons du parti.

Tiens, sa mère n'était donc pas si convaincue que ça par les nazis, songea Henny.

— Formidable ! commenta-t-elle en se levant pour hacher la ciboulette et mélanger le fromage blanc.

Heureusement que Ferdinand Gotha avait été une rencontre sans lendemain. Il n'y avait aucun sympathisant nazi dans le cercle de Henny, et il fallait que ça reste ainsi pour le bien des amis et collègues.

Henny lava la ciboulette et la posa sur la planche.

— Mais il me semble qu'on parlait du Lübscher Baum, dit Else.

— Tu ferais mieux d'oublier ça, dit Henny en hachant énergiquement la ciboulette.

*

— Le Juif est paraît-il un élément négatif à éliminer, dit Kurt Landmann.

Il était en train de se laver les mains dans les lavabos, après avoir mis quatre garçons au monde dans la matinée. La population croissait.

— Qui dit ça ? s'enquit Unger.

— Goebbels, ce vieux provocateur.

Landmann saisit une serviette et examina ses ongles coupés bien ras.

— Que dit la famille Liebreiz à ce sujet ?

— Les parents d'Elisabeth considèrent que c'est un cauchemar qui ne va pas durer.

— Peut-être, mais on peut se demander qui aura eu le temps d'être effacé de la surface de la Terre. On ne peut plus minimiser le phénomène.

— Mon beau-père ne passera pas l'année. Il a un cancer de l'estomac à un stade avancé.

— Je suis désolé. Il a toujours été amateur de bonne chère.

— La cuisinière n'a plus le droit de l'importuner avec la crème d'avoine. Il continue à se commander des douceurs chez Michelsen, il les prend dans la bouche et les recrache.

— Et comment réagit Elisabeth ?

— À Hitler ou à son père mourant ? Elle est très inquiète au sujet des deux. Le climat semble changer à Berlin. Goebbels est très habile, et Wessel était aussi un agitateur talentueux. En ce qui concerne son père, elle nous a promis à tous qu'elle serait plus souvent à Hambourg.

Landmann se rappela une soirée de janvier dans la Körnerstraße, où il avait été invité par Unger en l'absence de son épouse, et ils s'étaient bien amusés même sans la précense d'Elisabeth. Theo l'avait emmené au premier étage pour lui montrer la chambre d'enfant entièrement aménagée. Un ours en peluche blanc attendait dans le berceau. Depuis quatre ans déjà.

— Reviens donc me voir dans ma garçonnière, dit Landmann.

Malgré son ascension dans la hiérarchie de la maternité, il habitait toujours dans la Bremer Reihe, parmi les œuvres d'art.

— Avec plaisir, dit Unger.

Pourquoi pensa-t-il alors à Henny Peters ? Parce qu'il avait passé une nuit à cuver sa gueule de bois sur le canapé de Campmann et raté sa chance avec Henny ?

— La devise de Goebbels selon laquelle tout est la faute des Juifs va se révéler un poison lent mais efficace, dit Landmann. J'ai lu le livre de Hitler. Tu devrais partir à l'étranger avec Elisabeth.

— Et toi ? demanda Theo Unger.

— Je suis un franc-tireur, Theo. Responsable de personne. Ma mère n'est plus en vie. Je ne dois plus m'inquiéter pour ça non plus.

— J'ai du mal à croire que ça finisse aussi mal, dit Unger. On devient tous fous avec ce Hitler. Que veux-tu que je fasse à l'étranger ? Ma place est ici, et l'outil de travail d'Elisabeth est la langue allemande.

Kurt Landmann haussa les épaules. Peut-être voyait-il vraiment les choses en noir.

*

Hans Fahnenstich était devenu un bon ami pour Rudi. Ce grand type pataud qui ne voulait de mal à personne croyait que le communisme apporterait le salut. Il enjolivait la langue inadaptée et jargonneuse des instructions, exactement comme il minimisait le fait que tout était piloté par Moscou. Rudi souffrait d'être le seul, dans la section Wasserkante, à voir les choses telles qu'il les voyait.

Käthe aussi se fourvoyait. Plus les nazis triomphaient, moins elle écoutait les arguments de Rudi. Elle ne reconnaissait plus la distance qui se creusait entre eux et les idéologues du parti. Rudi pressentait qu'il était sur la mauvaise voie, mais il n'arrivait pas à faire marche arrière. Il ne voulait pas heurter Käthe ni Hans, et encore moins les perdre.

Il conservait l'épingle de cravate dans un petit tiroir situé à l'arrière du secrétaire. Käthe connaissait sa valeur, mais ça ne semblait pas lui importer. S'il avait eu un fils, il aurait été heureux de lui transmettre cette épingle un jour. Le genre d'objet précieux qui traversait les générations.

Il n'avait pas parlé de cet héritage à Hans Fahnenstich, craignant que cela ne puisse compromettre leur amitié. Rudi se sentait à cheval entre le monde des riches et celui des démunis. Comme quelqu'un qui ne pouvait atteindre aucune des deux rives. Il ne lui restait plus qu'à être emporté par le courant.

Je suis infiniment loin
D'être heureux
Seule une faible lueur
Sur l'autre rive présage le bonheur.

Il aurait bien aimé retourner quelques années en arrière. Récupérer Lud. Et peut-être aussi Grit.

J'ai désappris
À me défendre de la peur
Qui me dissuade
De traverser le fleuve.

C'était la première fois qu'il se servait des mots pour écrire lui-même un poème. Il aurait préféré en écrire un plus gai.

Je crois savoir

Que le pont s'effondre
Et que la faible lueur
Sera perdue
Pour moi
Que le fleuve emportera.

Rudi cacha la feuille sous le sous-main en cuir lorsqu'il entendit sonner à la porte. Longuement, avec insistance. Il regarda la pendule héritée de Grit, l'un des rares objets qui avaient pris le chemin de la Bartholomäusstraße.

Käthe. Il lui arrivait souvent d'oublier sa clef. Mais il était trop tôt pour elle. 22 heures passées.

L'homme qui montait l'escalier lui était inconnu. Il transpirait et semblait à bout de souffle.

— Ah, si tu avais un téléphone j'aurais pas eu besoin de monter, dit-il.

Rudi se tenait sur le seuil et n'était pas encore prêt à ouvrir à cet inconnu qui le tutoyait.

— Hans est en train de débiter des conneries. Il met sa vie en danger. Dans un bistrot du coin. Tu t'appelles bien Odefey ?

— Et vous ? demanda Rudi en hochant la tête.

— Erich. Un collègue de Hans. Vous préférez être vouvoyé, c'est ça ? En attendant, il faut absolument qu'on sorte cet ivrogne de là. J'ai entendu un des nazis téléphoner. Ils vont pas tarder à arriver avec leur bande de brutes.

Fahnenstich était debout sur une table du Sternkeller, la tête toute rouge, et tenait un discours enflammé contre la peste brune.

— La main à l'ami, le poing à l'ennemi ! hurlait-il lorsque Rudi et Erich l'arrachèrent à la table.

— Tu peux l'avoir, mon poing ! dit un des hommes présents.

— Ils vont te réduire en bouillie, scandèrent d'autres types.

Rudi aurait bien répliqué, mais ses forces et celles d'Erich étaient employées à faire sortir Hans du Sternkeller.

— On l'amène chez toi, dit Erich. Il faut disparaître. Les autres arrivent déjà. Tu les entends ?

— *Le drapeau haut ! Les rangs bien serrés !*

Rudi fit tomber sa clef par terre au moment d'ouvrir sa porte cochère. Hans Fahnenstich s'appuyait sur les épaules de ses deux camarades et continuait à bredouiller. La troupe de SA les avait-elle vus ? On les entendait en tout cas chanter le fameux *Horst-Wessel-Lied** :

— *Les rues libres par les bataillons bruns.*

Leurs voix semblaient toutes proches quand Rudi parvint enfin à ouvrir la porte, qui se referma derrière eux. Quatre étages à traîner cet ours. Ils l'assirent sur une chaise, et sa tête tomba sur la table de la cuisine.

— Est-ce qu'il peut rester un peu chez toi ? demanda Erich.

Rudi alla ouvrir la fenêtre. La rue était calme. Le vacarme ne provenait que du bistrot du coin. Sans doute que les SA, par frustration, mettaient tables et chaises en pièces.

— Tu peux y aller, dit Rudi. C'est calme en bas. Mais passe par la Beethovenstraße pour éviter le Sternkeller.

— Je fais ce que je veux, merci ! Je peux aussi te vouvoyer, si tu préfères. Hans disait bien que tu te prenais pour quelqu'un de supérieur.

— C'est des conneries, dit Rudi. Tu veux un autre café ?

— Je préfère filer chez moi tant que les frères bruns sont occupés à démonter le bar.

Rudi le regarda partir par la fenêtre. Erich prit bien par la Beethovenstraße, loin du bar.

Hans s'était endormi sur la table. Il allait lui préparer un couchage sur le canapé. Käthe serait enfin contente de lui en rentrant.

Il retourna au secrétaire, souleva le sous-main, prit la feuille de papier et en fit des confettis sans jeter un œil sur son poème. La chanson écrite par Horst Wessel était bien plus bruyante que ces vers.

*

Elisabeth avait passé du temps chez ses parents, au chevet de son père, elle lui avait tenu la main. Personne n'avait prévu qu'il s'affaiblirait si vite. Theo se trouvait encore à la clinique et la bonne avait congé, Elisabeth était seule à la maison. Un autre jour, elle aurait apprécié.

Un disque tournait sur le gramophone du salon, elle l'avait mis pour couvrir le silence. *Je baise votre main, Madame*, chantait Richard Tauber. Ce disque lui avait été offert à la première du film, et cette chanson était une première étape allemande vers le film, parlant. Elisabeth avait écrit là-dessus dans *Die Dame*, une manière de « rendre » le cadeau. Elle écoutait les dernières mesures de la chanson au moment où elle entra dans la chambre d'enfant.

Elle prit l'ours en peluche dans le berceau, ses ongles vernis de rouge brillaient sur sa fourrure blanche. « Soins de lune », c'est ainsi que la manucure du salon de beauté berlinois avait appelé la forme qu'elle donnait aux ongles en les limant, avant de les enduire d'un vernis américain tout nouveau. Ses mains semblaient étrangères. « On dirait que tu saignes », avait dit son père pendant qu'elle le caressait.

Elle reposa l'ours en peluche dans le berceau, sur les coussins fleuris, sous le dais blanc. Au-dessus de la commode était fixée une boîte à musique qui jouait la berceuse de Johannes Brahms. Mais Elisabeth se garda de tirer sur la ficelle. Elle avait déjà les larmes aux yeux. Non. Elle ne pleurait pas l'enfant qui manquait dans leur vie. Elle pleurait le vieillard mourant dans sa maison, qui avait toujours été son gardien.

Elle avait créé dans cette chambre un cocon sécurisant, comme celui qui lui avait fait du bien dans son enfance. Voulait-elle retrouver cela, ou était-elle une mère qui avait été privée de sa chance ?

Le landau de poupée de son enfance attendait dans un coin, ainsi que son cheval à bascule. Elisabeth s'y installa prudemment. Une selle de dame pour cheval à bascule : sa mère l'avait achetée en Angleterre. Son père voulait qu'elle monte comme un garçon.

Elle sortit un mouchoir de la manche de son chemisier en soie, mais elle le chiffonna dans sa main. Les larmes n'avaient qu'à couler.

— Ah, tu es là, dit Theo Unger en ouvrant grand la porte. Je viens d'avoir ta mère au téléphone.

Elisabeth leva les yeux.

— Il n'est quand même pas…

Elle laissa sa phrase en suspens. Ce n'était pas possible.

— Rien de neuf à propos de ton père. J'ai appelé tes parents parce que je voulais passer te prendre. Mais ta mère m'a dit que tu étais déjà partie.

Il s'approcha d'elle et lui mit une main sur l'épaule.

— Et te voilà en train de pleurer sur ta selle de dame.

— Theo ? dit Elisabeth en se levant. Il y a bien des femmes pauvres qui accouchent dans ta clinique.

Unger sentit sa nuque se raidir.

— Je te demande de leur distribuer ces affaires. Je veux seulement garder le cheval et le landau.

— Et l'enfant que tu voulais adopter ?

— Je ne veux pas d'enfant.

— Tu es sûre ?

— Oui, dit Elisabeth Unger. Descendons et mettons un nouveau disque en buvant le Château Petrus que m'a donné mon père. De 1921. Il paraît que c'est un très bon cru, trop bon pour qu'il le recrache, dit-il. Tu crois qu'il lui reste combien de temps ?

— Il va encore profiter du printemps, dit Theo Unger.

*

Lene avait arraché le papier du carnet de dépenses, où elle avait sans doute écrit avec un crayon sans pointe. Mia arrivait à peine à déchiffrer la liste de sa sœur. Un cartable. Une ardoise. Une paire de ciseaux et un pot de colle. Une boîte de couleurs. Du linge. Des chemises. Des chaussettes. Et suffisamment de chacun pour pouvoir équiper les trois garçons. Fritz allait entrer à l'école en avril en même temps que son plus jeune cousin. Comment Lene s'imaginait-elle que Mia pouvoir payer ça ? Et une casquette de marin en plus. Était-ce vraiment nécessaire pour entrer à l'école de Wischhafen an der Elbe ? Un enfant ne pouvait-il pas y aller nu-tête ? L'essentiel, c'était que Lene veille à ce que les garçons se lavent.

— Pourtant j'ai déjà envoyé un colis pour son anniversaire, dit-elle à Anna Laboe, qui était en train de sortir un gâteau du four.

Elle l'avait garni de pommes d'hiver déjà très farineuses, mais avec la crème sucrée qu'elle mettait par-dessus personne ne s'en rendrait compte.

— Ça coûte cher, un enfant, dit Anna.

Elle pensait à Käthe, qui n'en avait pas, et à ses fils qui n'avaient pas dépassé l'âge de quatre et six ans. Mais elle ne pouvait pas se plaindre, elle, dans son tablier blanc amidonné et dans la cuisine chauffée. Elle était mieux payée qu'elle ne l'avait jamais été et pouvait souvent emporter de la nourriture à la maison. Désormais, une femme de ménage venait en plus chez les Campmann pour les travaux les plus pénibles. Certes, ce n'était pas une maison comme celle de la Fährstraße autrefois, mais Ida se montrait de plus en plus généreuse avec son personnel.

— Je peux avoir une part de gâteau ? demanda Mia.

— Il faut d'abord qu'il refroidisse, et ensuite tu pourras en apporter une à monsieur dans son bureau.

S'il y avait une personne qui se souciait du bien-être de Friedrich Campmann, c'était Anna Laboe.

Ida hésitait à entrer dans le bureau de Campmann. Il était en train de téléphoner. À voix haute et furieuse. Il parlait sans doute à sa secrétaire, à qui il confiait une grande partie des tâches qui le rebutaient. Ce n'était pas le bon moment pour lui demander d'augmenter ses comptes dans les épiceries fines.

Ida n'aimait pas que Campmann travaille à la maison, et elle le lui faisait sentir. Elle appréciait beaucoup ses voyages professionnels, qui le menaient désormais plus souvent à Berlin qu'à Dresde. En fait, sa présence ne causait que des désagréments. Même les pauses café dans la cuisine étaient suspendues quand il était là.

Ida jeta un œil dans son boudoir. Un grand héron en porcelaine blanche portait désormais un nouvel abat-jour jaune. Le héron était en porcelaine de Meißen, et les fers croisés qui étaient sous le pied plaisaient à Ida. Le bris du berger qui jouait du pipeau avait coûté cher à Campmann.

« Je suis surprise de tout ce que supporte ton mariage, avait dit Henny, alors que tu le donnais pour perdu il y a des années. »

L'or et l'argent lui permettaient de tenir aux côtés de Campmann, même si ça ne la rendait pas heureuse. Henny aussi vivait sans homme aimé, mais elle avait des missions. Des missions sérieuses. Un enfant. Un métier.

— Lene écrit qu'il y aura en plus les abécédaires en avril, rouspétait Mia au moment où Ida entra dans la cuisine.

— Anna, vous penserez à commander la soupe à la tortue chez Heimerdinger, ou sinon chez Michelsen.

Quand Anna avait raconté à Karl qu'Ida téléphonait désormais aux meilleures épiceries fines de la ville pour leur commander ce qu'elles avaient de plus cher, il en était resté bouche bée. « T'avise pas de nous rapporter ce genre de soupe ici, avait-il dit. J'mange pas de tortue, moi. »

— Et c'est quoi, le problème des abécédaires ? demanda Ida en regardant Anna et non pas Mia, qui ruminait, assise à table.

— La sœur de Mia a envoyé une liste de courses pour l'entrée à l'école de Fritz en avril.

Difficile de demander ça à Campmann. Dans sa bouche, Fritz était toujours « le mioche de Mia ». Il fallait qu'Ida paie de sa poche.

— Je vais mettre quelque chose, dit-elle.

Mia avança sa lèvre inférieure et prononça « merci » dans sa barbe. Ida soupira. Sa messagère l'énervait depuis qu'il n'y avait plus d'amoureux. Aimait-elle encore Tian ou tissait-elle une légende ? Elle aurait vingt-neuf ans au mois d'août et restait là à gaspiller ses jeunes années entre Campmann et un père de moins en moins responsable.

*

Bunge s'amusait. Les temps étaient au mousseux dans le Pavillon de l'Alster, au bifteck chez Ehmke dès qu'il avait de l'argent dans les poches. Les partisans de la République de Weimar étaient chancelants, la République était fichue, Bunge le voyait venir, mais en attendant on dansait sur le volcan. Continuer à jouer gagnant comme après la mort de l'Écureuil.

Finalement, il n'était pas allé voir Margot se produire dans son bouge, ça ne l'intéressait plus. Il avait cru un moment que Guste ne lui suffisait pas, mais cette femme était une force de la nature, et on avait besoin des forces de la nature. Surtout lui.

Guste se voyait comme le réceptacle des naufragés de l'époque, et il soutenait cela. Ça avait commencé par les Russes après la nuit sanglante à Ekaterinbourg. C'était là qu'elle avait eu l'idée de transformer la maison de ses parents en pension.

Guste œuvrait depuis douze ans au bien de ses pensionnaires, qui étaient loin de tous payer avec ponctualité. Elle l'avait aussi accueilli, lui, à une époque d'extrême précarité. Puis il avait fait rentrer un argent neuf. On menait la grande vie. On passait les soirées au Trocadero.

En octobre de l'année passée, il avait encore laissé pas mal de plumes lors du vendredi noir de la bourse new-yorkaise. Sa compagnie de gramophones aussi. Il ne pouvait plus se permettre de vivre dans la Rothenbaumchaussee, mais Guste mettait une grande chambre à sa disposition. Avec une double porte donnant sur ses propres appartements privés.

Les affaires avec l'Amérique du Sud n'avaient rien donné, notamment parce que son partenaire était devenu frileux. Il restait assis sur ses diamants. Pourtant on pouvait gagner des fortunes avec les disques, Bunge en était toujours persuadé. Pour le remboursement du crédit, Campmann attendrait.

Guste avait vidé la chambre pour lui. Il apporta quelques meubles qui dataient de l'époque de la Fährstraße. On pouvait vendre le reste, ça lui donnerait du liquide pour tous ses petits plaisirs. Il n'était pas sentimental. Le seul objet dont il ne voulait pas se défaire, c'était la montre qui avait appartenu à son grand-père.

Bunge s'arrêta pour déboutonner son manteau et tirer sa montre de la poche de la veste de son costume trois-pièces. Comme toujours, la vue de ce cadran lui faisait du bien. Il allait chez Brahmfeld & Gutruf, la vieille bijouterie du Jungfernstieg, pour voir s'ils avaient des montres de Lange & Söhne en vitrine et combien elles coûtaient.

Venant de l'église Saint-Pierre, il s'approcha du café Vaterland et hésita un instant à y entrer pour prendre un petit déjeuner à la fourchette. Une jeune femme arrivait de l'Alsterdamm en compagnie d'un monsieur plus âgé et prit devant lui le chemin du Jungfernstieg. Elle était emmitouflée dans une épaisse fourrure. Ida portait-elle encore sa zibeline, au fait ? Il ne l'avait pas vue dedans depuis longtemps.

Il était temps de sortir Ida à nouveau. Pourquoi pas au Vaterland ? Quoique ce serait sans doute trop sombre et trop petit-bourgeois pour elle. Il fallait pourtant qu'il tâte le terrain auprès d'elle : il avait entendu dire que son gendre était en contact avec un gauleiter à Berlin.

Il ne manquait plus que ça, que Campmann devienne un nazi. Il ne pouvait pas se le permettre dans sa Dresdner Bank. C'était presque comme chez les Warburg. Tous des Juifs. Lui n'avait pas de problème avec les Juifs. Il y en avait parmi les pensionnaires de Guste, d'ailleurs.

Bunge avait pratiquement atteint la bijouterie lorsqu'il recula d'un pas et tourna la tête sur le côté. Cette femme emmitouflée dans sa fourrure, c'était Margot. Aucun doute.

Carl Christian Bunge eut un petit sourire en la voyant pointer l'index sur la vitrine. Il y avait sûrement quelque chose de coûteux à cet endroit. Autrefois il était allé avec elle chez un autre bijoutier, Brahmfeld & Gutruf étant hors de question pour lui à cause du souvenir de l'Écureuil. Et il avait aussi refusé le collier en or massif.

Il plaignait un peu le monsieur d'un certain âge qui entrait dans la boutique, suivi de l'avide Margot. Comme c'était confortable avec Guste. Elle participait aux frais.

*

— Qu'est-ce qui ne te va pas à Lerchenfeld ? demanda Louise. Le fait que ce soit trop près ? Nous pourrions dormir plus longtemps. Je ne vais au théâtre qu'en fin de matinée… De toute façon c'est inadmissible de faire venir professeurs et élèves aux aurores.

— La tête est encore libre, tôt le matin, dit Lina.

— Quelle est la vraie raison ?

— J'aime bien enseigner dans la Telemannstraße.

— Tu pourrais enseigner l'allemand et l'art. Toi qui as toujours voulu cette combinaison.

Le professeur Schröder, directeur du lycée Lerchenfeld, l'estimait déjà quand elle était élève du tout nouvel établissement et il l'aurait bien vue dans son équipe. Mais il serait à la retraite dans un an. Qui lui succéderait ? La Telemannstraße ne connaissait pas ce genre d'impondérables, et l'éducation nouvelle y avait une meilleure position.

— Tu n'aurais qu'à passer le pont, dit Louise. Tu gagnerais un temps fou.

— J'aime bien les trajets jusqu'à Eimsbüttel.

— Pense à nous, continua Louise.

Louise pouvait être très insistante, même si elle ne parvenait pas toujours à ses fins. L'un des secrets qu'elle s'efforçait encore d'élucider était la boucle dans le médaillon de Lina : à qui appartenait-elle ?

Elle avait renoncé à sa chambre dans la Johnsallee, mais pas à son amitié avec Guste. Celle-ci savait, tout comme le père de Louise à Cologne, qu'elle et Lina formaient un couple. Quant à sa mère, elle préférait voir dans cette vie commune une sorte de pensionnat de jeunes filles.

— Peut-être que ce n'est pas bon de retourner dans l'établissement où on a fait sa propre scolarité, dit Lina.

— Taratata, répliqua Louise. Est-ce que tu as lu la pièce que je t'ai montrée ?

Lina acquiesça.

— Vous voulez la monter ?

— La première a lieu à Leipzig en mars. J'espère que nous la monterons à la saison prochaine.

— J'ai du mal avec Brecht.

— Tu n'aimes pas trop les terrains inconnus.

— Si c'était vrai, je ne serais sûrement pas avec toi ! J'entretiendrais plutôt ma relation avec Landmann.

— J'ai toujours considéré Kurt comme un terrain inconnu, dit Louise. C'est le seul type dont j'ai jamais été amoureuse. Nous avons ça en commun, toutes les deux.

Lina ne dit rien.

— Il y en a eu un autre ? Je sais que tu es une eau profonde. La boucle du médaillon. Viens t'asseoir avec moi sur le canapé et montre-la-moi.

Louise tapota le canapé rouge corail.

— C'est hors de question. J'ai encore des cahiers à corriger.

— Taratata, dit Louise.

C'était sa nouvelle expression. Autrefois, elle précédait chacune de ses phrases de l'exclamation « oy ». Lina s'assit à son bureau et ouvrit sa serviette. Louise se releva brusquement du canapé.

— Alors je vais mixer des cocktails, dit-elle en claquant dans ses mains.

— Si tu crois pouvoir me délier la langue avec de l'alcool, tu te trompes, dit Lina.

Pourquoi hésitait-elle tellement à aller au lycée Lerchenfeld ? À cause du souvenir de Robert ? Il avait été le premier de la série des morts. Elle avait reçu à la fin de l'automne 1916 la nouvelle qu'il était tombé dans l'une des dernières batailles de la Somme. Ensuite son père était mort en décembre, sa mère en janvier.

— J'aime vraiment bien faire le trajet jusqu'à Eimsbüttel, dit-elle alors que Louise déposait un verre sur son bureau.

— C'est normal, tu as toujours vécu au même endroit et tu veux voir le vaste monde, dit Louise.

— C'est quoi le vert, dans le cocktail ?

— La crème de menthe que j'ai ajoutée. Le gibson tout seul est ennuyeux, à la fin.

Lina goûta.

— Un peu dangereux, comme goût.

— C'est juste un mint julep, dit Louise. Normalement on y met des feuilles de menthe, mais nous n'en avons pas.

— Je corrige quand même quelques cahiers encore.

Louise se replia sur le canapé en faisant la moue et se mit à lire *Grandeur et décadence de la ville de Mahagonny* de Brecht.

*

Theo Unger se renfonça dans son siège. Il s'était assis de façon à voir le tableau de Maetzel, la *Nature morte à la statuette nègre*, qui était devenue une de ses œuvres d'art préférées. Les *Champs* de Willy Davidson manquaient. Le tableau qui était accroché à sa place représentait une scène orgiaque dans laquelle des femmes se jetaient dans la mer. Elles portaient toutes de longs costumes de bain sombres, et il semblait pourtant régner une grande liberté sur cette plage.

— Un paysage nordique, dit Landmann. C'est Eduard Hopf, *Baigneuses sur une plage de l'Elbe.* Le Davidson commençait à me déprimer. Trop de marron dedans. Hopf est quelqu'un qui aime les femmes.

— Il me plaît énormément, dit Unger en prenant le verre de cognac que lui tendait Landmann.

— Tu voulais me parler. À propos d'Elisabeth ?

Unger but une gorgée et raconta la scène à laquelle il avait assisté dans la chambre d'enfants.

— Elle a toujours été versatile.

— Changer d'avis tous les quatre ans, ce n'est pas encore très inquiétant, dit Unger. Mais puis-je prendre ce revirement au sérieux ?

— Les événements la tourmentent. Elisabeth ne veut pas prendre un enfant qui pourrait être en danger.

— Je n'y avais pas du tout pensé.

— Si Wessel meurt, Goebbels aura son martyr.

— On dirait que cela te préoccupe beaucoup.

— Un confrère de Berlin m'a appris que monsieur le Sturmführer avait refusé l'aide d'un médecin parce qu'il était juif.

— Il y a des fous partout. Je ne crois toujours pas que ça puisse dégénérer. Heinrich Brüning est un homme plus avisé.

— Mais combien de temps un homme du centre va-t-il encore rester chancelier ?

— Un peuple civilisé ne va pas tomber dans la fureur collective.

Kurt Landmann s'étonnait qu'il y ait tant de refoulement autour de lui. Il avait le don de prendre la vie avec sérénité, parfois avec sarcasme, mais il ne s'était jamais fermé à la vérité. Pourquoi les autres le faisaient-ils ? Il avait l'impression de prêcher dans le désert.

— Comment va ton beau-père ? Il a toujours eu les idées claires, lui.

— C'est toujours le cas. Il diminue seulement physiquement. Mais il est très courageux. Il se lève à nouveau et prend part à la vie.

— Sait-il déjà qu'Elisabeth a renoncé à assouvir son désir d'enfant ? Il tenait tant à avoir des petits-enfants.

— Non. Il ne le sait pas encore. Je crois que c'est le cadet de ses soucis. Et puis un enfant adopté n'est pas comme la chair de sa chair.

— La chair de sa chair, répéta Landmann. On surestime ça.

— Pourquoi n'as-tu pas de famille ?

— Peut-être que j'ai eu trop souvent affaire à des soldats mourants dans les années décisives, et puis les auxiliaires de la Croix-Rouge étaient toutes prises.

— C'est un prétexte, objecta Unger.

— Oui, en convint Landmann.

— Je peux imaginer qu'il y a eu un grand amour.

— Oui, dit Landmann, mais ne t'attends pas à des confessions.

— Nous sommes vraiment tous de pauvres diables, dit Unger en s'asseyant de façon à pouvoir contempler les *Baigneuses sur une plage de l'Elbe* de Hopf.

Un grand amour. Il écouta son for intérieur.

*

Käthe était à peine moins déchirée que Rudi. C'était un moment historique. « *Je me dresse ici car je ne peux pas faire autrement.* » Martin Luther ne l'intéressait pas beaucoup. Elle et Henny avaient fait leur confirmation ensemble en avril 1914, mais à l'époque déjà les doutes de Käthe étaient plus grands que sa foi. Désormais elle ne croyait plus qu'à une chose : il fallait empêcher Hitler d'arriver au pouvoir.

Il représentait un immense danger pour tout ce qui était vivant.

Rudi lui avait dit quelle valeur avait l'épingle de cravate de son père. Sur le coup elle avait été séduite par l'idée de partir avec lui, de commencer une nouvelle vie. Dans un autre pays. Mais Rudi était un gardien. Il n'avait qu'à garder l'épingle dans le petit tiroir du fond. Pour l'éternité.

Käthe n'était pas prête à mener la petite vie de ses parents, mais une grande vie lui aurait pesé sur la conscience. Deux pièces avec cuisine et un balcon orienté au sud-ouest représentaient assez de bonheur pour elle. On n'avait pas besoin de l'argent de l'épingle.

La nuit durant laquelle elle avait trouvé Hans Fahnenstich sur le canapé fut décisive. Elle ne doutait plus de Rudi. Il lutterait avec elle pour la bonne cause. Plus jamais la guerre.

Käthe s'adonnait à ces pensées dans la salle de stérilisation, un plateau d'instruments à la main, lorsque la porte s'ouvrit derrière elle.

— Käthe, c'est vous que je cherche, dit Kurt Landmann.

— Une urgence ?

On n'attendait pas de naissance pour l'après-midi, mais peut-être qu'une ambulance était arrivée.

— On peut le formuler comme ça, répondit Landmann en refermant la porte. Vous avez été dénoncée auprès de la direction.

Käthe posa le plateau parce que ses mains commençaient à trembler. Qu'avait-elle volé ces derniers temps ? Elle ne voyait pas. Il y avait bien longtemps qu'elle n'avait pas touché aux aliments de la cuisine privée.

— Pour activités communistes, dit Landmann.

Käthe respira et chercha un endroit pour s'asseoir. Elle trouva un tabouret devant la fenêtre.

— Le KPD* est un parti légal, dit-elle. Ses députés siègent au Reichstag et dans la municipalité de Hambourg.

— Il paraît que vous et votre mari avez participé à une bagarre et que vous avez lancé des diatribes communistes. Dans un bar. Le Sternkeller.

— J'étais de garde ici à ce moment-là.

— Alors vous êtes au courant de cet incident.

— Mon mari est allé récupérer là-bas un ami ivre qui risquait sa peau en débitant des âneries. Un dénonciateur a téléphoné à la SA. Et la bagarre n'a commencé qu'à l'arrivée de la SA. Rudi et Hans étaient déjà partis.

— Et un autre dénonciateur a monté ça en épingle et l'a raconté à notre directeur.

— Pourquoi ?

— Pour vous nuire. Et ça ne va faire qu'empirer, Käthe. C'est une guerre civile insidieuse entre la gauche et les fascistes. J'en ai souvent parlé avec le Dr Unger. Il en a plein les oreilles de mes prévisions alarmistes.

— Tout le monde ferme les yeux et les oreilles, et ne veut pas y croire, dit Käthe. Qu'allez-vous faire pour mon histoire ?

— Raconter tous les détails au chef. Que vous étiez de garde et que votre mari jouait les bons samaritains.

— Vous me croyez donc ?

— Je sais depuis longtemps que vous fauchez des pépites de chocolat. Néanmoins je vous considère comme une honnête femme, Käthe. Mais soyez plus prudente, y compris avec les pépites de chocolat.

Käthe avait rougi, ce qui était rare.

— Je vous conseille par exemple de chanter plus souvent dans le chœur des infirmières, dit Landmann en souriant. J'ai appris qu'un concert de chansons de Paul Gerhardt était prévu avant Pâques.

Käthe se releva et remercia Landmann.

— L'une des sages-femmes m'a dit récemment que le moment viendrait où les médecins juifs ne pourraient plus mettre d'enfants allemands au monde.

Käthe devint encore plus rouge de colère.

— Qui a dit ça ? demanda-t-elle. Je veux le savoir.

Landmann fit non de la tête.

— Peut-être que la donzelle fréquente le Sternkeller, dit-il. Dites aussi à votre mari d'être plus prudent. L'heure de la dénonciation a sonné.

*

Henny traversa la cour si familière de l'école de la Bachstraße. Käthe et elle avaient joué à la marelle ici, et aux gendarmes et aux voleurs. Elles étaient entrées à l'école en 1906, et Marike commencerait déjà sa deuxième année en avril. Henny n'avait aucune idée de ce que lui voulait l'instituteur. Il avait succédé à la très estimée Mlle Kemper, qui s'était mariée avec un homme du Holstein.

Marike était une bonne élève, il n'y avait jamais eu de problèmes, et l'avant-veille elle avait rapporté un petit mot demandant à Henny de venir voir son maître d'école. Le dessin que Marike avait fait de lui avait-il déplu à l'instituteur ? Peut-être qu'il n'était pas très réussi, puisque Else avait pris le bonhomme dessiné pour un assassin d'enfants.

Une pluie douce était tombée et dégageait une agréable odeur de terre humide. Henny monta les marches de l'école et se retourna encore une fois vers la cour, en souvenir de sa propre enfance.

Lud avait fréquenté l'école de la Schillerstraße, ils n'auraient pas pu se rencontrer plus tôt. Cher Lud, songea-t-elle, et elle tourna sa bague sertie de grenats, comme toujours lorsqu'elle était triste.

Ernst Lühr était beaucoup plus jeune qu'elle ne pensait. Le dessin ne pouvait pas lui avoir plu. Un bel homme à l'abondante chevelure sombre, qui l'invita en souriant à entrer dans la salle où Marike passait ses matinées.

— Elle a fait une bêtise ?

— Marike ? Non, dit-il en riant. Je veux juste rencontrer les parents des enfants qui me sont confiés. J'ai commencé par les enfants à problèmes, aujourd'hui je me fais plaisir en me présentant à la mère de ma meilleure élève. Inge la talonne, certes, mais les fillettes s'entendent bien. Pas de concurrence acharnée.

— Vous savez que Marike grandit sans père ? Mon mari est mort accidentellement il y a quatre ans.

— Le directeur me l'a appris. Même les enfants de l'après-guerre ne sont pas épargnés par ce genre de pertes. Je suis désolé pour vous deux.

— Ma mère m'aide beaucoup. Peut-être l'avez-vous déjà vue. Elle vient encore chercher Marike parfois.

Ernst Lühr fit non de la tête.

— La plupart du temps, je vois Marike partir avec Thies. Elle l'aime beaucoup.

Henny n'avait jamais entendu parler de Thies.

— Ils ont le même trajet. Thies habite aussi dans la Canalstraße. Du côté du Hofweg.

— Quelle petite cachottière ! dit Henny en se levant du banc minuscule.

— Puis-je vous raccompagner sur un bout de chemin ? J'ai fini ma journée. Ou avez-vous d'autres projets ?

— Non, dit Henny, je ne travaille plus aujourd'hui.

— Marike est fière que vous mettiez des bébés au monde.

— Vous savez ça aussi.

Ernst Lühr prit un chapeau derrière son pupitre.

— Avez-vous vu le dessin que Marike a fait de moi ?

— L'homme au chapeau, dit Henny.

— J'ai décidé de dormir davantage, dit Lühr. Cet homme au chapeau a l'air assez vieux.

*

— Une sole, dit Ida. Ou plutôt, non, le tournedos Rossini.

Elle laissa tomber le menu et regarda le Jungfernstieg à travers les palmiers du Pavillon de l'Alster. Il bruinait.

— Je n'ai pas le porte-monnaie de ton époux, dit Bunge.

— Dois-je prendre quelque chose de bon marché, Paps ? Deux sardines à l'huile à soixante pfennigs ?

Quel ton insolent. Mais cela l'irritait que son père soit à nouveau dans l'embarras. Cela faisait des années qu'il bradait son enfant unique à Campmann parce qu'il n'arrivait pas à éponger ses dettes. Ils commandèrent des bouchées à la reine et un verre de sherry chacun.

— Tu renonces à ton appartement de la Rothenbaumchaussee ? Je suppose que tu vas te réinstaller chez Guste.

— C'est déjà fait, dit Bunge.

Il n'aimait pas la tournure que prenait ce déjeuner. Déchaîner sa mauvaise humeur sur son vieux père. Ida lui semblait extrêmement insatisfaite.

— Friedrich et toi partagez-vous encore le lit et les repas ? demanda-t-il.

— Je dépense l'argent de Campmann et il couche avec moi quand il veut. Il a beau être stérile, sa virilité est colossale.

— Il a beau être quoi ?

Comment Ida s'exprimait-elle !

— Tu as très bien entendu, dit Ida. Pendant toutes ces années il m'a laissée attendre un enfant. Il a fallu que je prenne l'initiative de clarifier la situation pour qu'il ait la bonté de m'informer qu'il avait eu les oreillons dans son enfance.

— Tu voudrais un enfant d'un homme que tu n'aimes pas ?

— J'aimerais bien avoir un enfant de mon Chinois, comme tout le monde l'appelle, dit-elle en pensant à Mlle Grämlich.

— C'est lui qui t'a appris ce langage grossier ?

Ida se leva et repoussa si violemment sa chaise qu'elle la fit tomber.

— Tian est la personne la plus raffinée que j'aie jamais rencontrée, asséna-t-elle en sortant du Pavillon.

On servit les deux verres de sherry à son père stupéfait.

Sur l'autre côté du Jungfernstieg, Campmann sortait de sa banque, mais ils ne se virent pas. Il avait enfoncé son chapeau sur le visage, et les pensées d'Ida étaient toutes à la sortie qu'elle venait de faire. Sa réaction avait peut-être été exagérée, quand même. Elle pouvait se mettre en rage comme un vilain enfant, avait dit Henny.

C'était la colère qui la rendait si méchante. Elle était en colère à cause de son incapacité à tirer des traits. Un trait sur son père, à qui elle avait fait confiance. Sur la vie luxueuse qui l'endormait. Et le plus gros trait sur Campmann et sa trahison.

Avait-elle appris dans l'établissement de Mlle Steenbocks quelque chose qui lui permette d'être indépendante ? Non, elle n'avait appris que des futilités qui pouvaient tout au plus nourrir d'aimables bavardages.

Henny lui avait parlé d'Elisabeth Liebreiz, qui était mariée avec un des médecins. Des gens riches comme Crésus, les Liebreiz, Ida les connaissait par ouï-dire. « Aujourd'hui elle est critique littéraire », avait dit Henny. Mais Ida était persuadée de n'avoir aucun talent.

Elle traversa pour aller sur la place de l'hôtel de ville et faillit ne pas voir le taxi qui approchait. Un peu plus et elle rejoignait le mari de Henny au cimetière. Ida leva le bras. Le taxi s'arrêta.

Avait-on le droit de frapper à la porte de Mlle Grämlich ? Ce genre de comportement aurait fait horreur à Netty. Mais Ida ne voulait pas être arrêtée dans son élan. Quand on laissait sa carte de visite sur une table, il fallait s'attendre à des visites. Même des années plus tard. Elle sortit le carton tout crasseux de son élégant portefeuille et donna l'adresse au chauffeur.

Elle avait imaginé le domicile de Mlle Grämlich autrement. Pour quelqu'un qui fréquentait la meilleure société, c'était surprenant. Comment parvenait-elle à monter jusqu'à son appartement sous les toits, à son âge ? Même Ida souffla légèrement en arrivant en haut.

Le chapeau que portait Mlle Grämlich pour ses sorties officielles était peut-être démodé, mais il était quand même bien supérieur, en forme et en qualité, à la charlotte fripée qu'elle avait maintenant sur la tête. Qui portait encore ce genre de coiffe ? Ida eut l'impression d'arriver dans une autre époque.

— Ida Campmann, dit la demoiselle, qui avait du mal à masquer sa surprise. Êtes-vous en quête de purification ?

Purification ? Ida cherchait des contacts. Soit dans un hospice d'incurables, soit auprès des bonnes enceintes. Elle voulait tisser un réseau qui la porterait quand elle quitterait Campmann. Pourquoi ne pas commencer par des œuvres de bienfaisance ? On apprenait toujours dans la vie, quoi qu'on fasse. Netty avait-elle dit ça ? Non. Ce n'était pas son genre.

Mlle Grämlich servit un thé léger. Au fond de la tasse flottaient des particules qui laissaient penser qu'on y avait fait cuire une tortue. Ida avait envie de vomir mais elle réussit à boire une gorgée. Peut-être devait-elle renoncer à commander des boîtes de soupe Lady Curzon* chez Heimerdinger ou Michelsen.

— Je pense à l'hospice spécialisé dans toutes les sortes de déficiences mentales, dit la demoiselle. Il fait partie des établissements d'Alsterdorf. Le pasteur Lensch va en prendre la direction, c'est un homme très correct.

Mlle Grämlich n'avait pas l'intention d'épargner la dureté de la vie à cette enfant gâtée qu'était Mme Campmann, née Bunge. Et le fait qu'Ida la voie dans toute la modestie de sa condition la renforça dans sa résolution.

— Et que devrais-je y faire ? demanda Ida.

— Je peux imaginer que vous allez enchanter les idiots, dit Mlle Grämlich sur un ton très amusé.

*

Guste s'enthousiasma aussitôt pour le projet de Louise et la convivialité qu'elle impulsait. Elle ne se sentait pas en concurrence avec la fête d'artistes qui avait lieu à côté dans la Curio-Haus*, Rothenbaumchaussee. Les gens de théâtre y allaient tous et s'enivraient de vertiges. Leur devise était cette année le *masque de verre*, et Guste n'était pas aussi ambitieuse. Elle avait voulu écrire *helau** sur ses invitations, mais Louise s'emporta et écrivit *alaaf**. Le carnaval opposait en Rhénanie deux fronts bien marqués.

Louise avait l'intention de ne rien rater et de danser sur les tables de la Johnsallee et de la Rothenbaumchaussee.

— Chez nous il y a aussi de bonnes choses à boire et à manger, avait dit Guste à Bunge. Et les filles sont un peu nues.

Elle aurait enthousiasmé un bourreau des cœurs. Dommage que le chanteur d'opéra ait déménagé depuis longtemps pour chanter au Hoftheater de Dessau. Mais avant de perdre à nouveau de l'argent et d'être pendu aux mamelles de Guste, Bunge avait rapporté un gramophone ultramoderne.

— Je vais t'installer des guirlandes, dit-il.

— C'est Louise qui est responsable de la décoration, mais tu peux monter sur l'échelle, si tu veux. Il y a assez à faire. Éplucher les pommes de terre pour la salade et préparer une cuve de *kalte ente*.

Bunge demanda à inviter Ida. Sa sortie du Pavillon de l'Alster lui pesait encore. Silence depuis. Ce Chinois semblait toujours occuper le cœur d'Ida. Il lui aurait bien conseillé de quitter Campmann, mais celui-ci ne cachait pas le fait que la durée du crédit dépendait de la présence d'Ida à ses côtés. Bunge avait les mains liées.

— Dans ce cas, autant inviter aussi le Chinois, dit l'inénarrable Guste.

Bunge ne trouvait pas que c'était une bonne idée. Pas plus que celle, également suggérée par Guste, de se déguiser en spectre de la faillite. Son humour pouvait être acerbe.

Lina n'avait aucune passion pour le carnaval. Se déguiser et faire le singe, ce n'était pas du tout son genre. Et cela n'avait rien à voir avec ses origines hanséatiques, les gens de la Hanse étaient tout à fait capables de se laisser aller. Si Lud avait été là, il aurait raconté que Lina ne se déchaînait que sur des patins à glace.

— Au moins un petit chapeau, supplia Louise, ou des serpentins autour du cou, Lina, s'il te plaît.

Elle-même serait en Colombine, dont elle avait trouvé le costume dans la réserve du Thalia Theater. Elle avait envie d'oublier toute cette détresse. D'ailleurs, elle voulait suggérer à l'intendant de monter *Hoppla, nous sommes vivants !* d'Ernst Toller. Toller avait raison : le monde était un asile d'aliénés.

Perché sur l'échelle, Bunge tendit une ficelle pour les ballons de baudruche et accrocha les guirlandes. Là où les voulait Louise. À un moment il s'étira un peu trop et sentit un déchirement dans la poitrine. Il crut que son cœur allait arrêter de battre. Mais cela passa vite.

La situation d'Ida lui causait de réelles souffrances. Le langage populaire ne parlait-il pas de peines de cœur, de blessures au cœur, d'histoires de cœur ? Peut-être qu'Ida le considérait comme un vieux schnock naïf, c'était en tout cas ce que laissait entendre sa scène de l'autre jour. Mais il souffrait de voir Campmann la prendre en otage. Ah, cet argent, cet argent volatil.

— Un peu plus vers la gauche, dit Louise.

Bunge se pencha vers la gauche et faillit tomber de l'échelle.

— Descends donc, dit Guste.

Elle avait mis la main sur un jeune homme qui s'était présenté à la porte pour se renseigner sur le prix des chambres. Il monta sur l'échelle à la place de Bunge.

— Qu'est-ce que vous cherchez comme chambre ? demanda Guste une fois que tout fut en place et Louise satisfaite.

— Une petite. Je commence une formation de libraire en mars chez Kurt Heymann, à Eppendorf.

Libraire, ça plaisait bien à Guste Kimrath. C'étaient généralement des gens vifs d'esprit, et ce jeune homme semblait aussi habile de ses mains.

— Je vais vous en montrer une, dit-elle. Et nous verrons ce qu'on peut faire.

Momme Siemsen n'en revenait pas de sa chance. La chambre n'était pas si petite que ça, et abordable, et ce dans la grande ville de Hambourg. À Dagebüll, personne n'aurait cru qu'il trouverait une chambre avec le peu d'argent qu'il avait, qui plus est dans un bon quartier. Sa mère avait déjà craint qu'il n'atterrisse à Sankt Pauli. Tout le monde en connaissait la réputation, même si personne, à Dagebüll, ne parlait d'expérience. Il achèterait un plan de la ville et entourerait la Johnsallee pour que les gens de Dagebüll voient qu'il était bien tombé.

— Et demain il y a une soirée de carnaval, dit Guste. Vous pouvez vous installer dès maintenant, jeune homme, et réfléchir à votre déguisement.

Momme Siemsen retourna dans le vestibule, où se trouvait sa valise. Sans doute que les Hambourgeois prendraient pour des déguisements tout ce que sa mère avait mis dans cette vieille valise. Peu importait. Il commençait une nouvelle vie. La grande ville lui plaisait énormément. Momme poussa un soupir de soulagement.

*

Ida se décommanda à la dernière minute. L'agitation du carnaval lui aurait fait du bien après sa première visite à l'hôpital spécialisé dans les déficiences mentales, mais elle ne voulait pas trop faciliter la tâche à son père.

— Pourquoi tu veux tout de suite t'infliger le pire ? lui avait demandé Henny. La mère Grämlich veut te tourmenter. Peu de gens supportent ce qui se passe dans ces institutions.

Mais Ida avait bravement honoré le rendez-vous, elle avait suivi dans les couloirs la garde-malade qui se faisait embêter par une autre dame bienfaisante. Des cris sourds retentissaient derrière les portes. Ceux qu'Ida put voir avaient des visages vides. Désespérance de tous côtés. En entrant dans une salle, Ida sentit soudain un poing dans l'entrejambe. Elle regarda le petit visage d'une vieille femme qui se mit à hurler d'un air triomphant. Elle n'était qu'une provocation pour ces gens.

— Alors à demain matin, avait dit la garde-malade sur un ton dans lequel Ida perçut de l'aversion. Nous commençons à 6 heures.

Ida était assise sur le canapé de son salon soleil, qu'on avait cessé depuis longtemps d'appeler ainsi. Même elle. Elle avait beau n'avoir que du jaune et de la soie autour d'elle, son humeur mit du temps à s'éclairer.

— Que dois-je faire ? demanda-t-elle en regardant Henny. Je ne peux quand même pas me défiler. La vieille Grämlich rirait encore plus gras. Elle prend plaisir à voir tout ce que je rate.

— Est-ce que tu te sens capable d'aller dans les ménages pour aider les jeunes mamans avec leurs bébés ?

— N'est-ce pas ridicule d'aider les autres ménages quand on a soi-même une cuisinière et une bonne à la maison ?

— Tu ne devras pas faire la cuisine ni la poussière.

— Quoi, alors ? Vérifier qu'elles nourrissent leur nouveau-né et qu'elles lui changent bien les couches ? Les habitantes de ces arrière-cours réagiront à ma présence exactement comme l'a fait la garde-malade aujourd'hui.

— Il n'est pas seulement question des arrière-cours. Toutes les mères ont besoin d'être soulagées pendant les premiers jours qu'elles passent avec leur nourrisson.

— Mais je n'ai aucune expérience des nourrissons. J'aurais peur de les abîmer.

— C'est un de nos médecins qui a eu cette idée. Le Dr Landmann. Il a pensé à ça quand une accouchée a quitté la clinique en annonçant qu'elle préférait laisser son petit dans la crasse plutôt que de le noyer dans la bassine.

— C'est une magnifique mission pour une femme qui a l'expérience des nouveau-nés, dit Ida, au bord des larmes.

— Landmann veut organiser des cours. Non pas chez nous à la clinique, mais un médecin que connaît Landmann met son cabinet à disposition. On nous a déjà demandé, à Käthe et à moi, de dispenser ces cours.

— Tu m'en crois capable, Henny ?

— Oui, dit Henny. Je vais te présenter Landmann. Tu connais déjà Unger. Je pense que ça va démarrer avant Pâques.

— Pourquoi tu ne vas pas au carnaval de Guste Kimrath, toi ? demanda Ida.

— Parce que je suis de garde ce soir, dit Henny en se levant. Et je vais tout de suite en parler au Dr Landmann.

*

— Karstadt est plus beau, dit Anna Laboe. Mais je regrette notre vieux Heilbuth. On s'est à peine habitués qu'ils nous l'enlèvent.

— Tu l'as quand même eu pendant vingt-quatre ans, ton Heilbuth, dit Karl. Käthe avait trois ans et t'étais enceinte de not' premier gars. La cruche à bière, elle vient pas de chez eux ? Je m'habitue pas aux bouteilles, moi, la cruche au moins c'est du solide.

— Karstadt est aussi beaucoup plus cher.

— Ah, Annsche, si on commence à pleurer sur ce qu'est plus là, c'est qu'on vieillit.

Le regard d'Anna tomba sur le cendrier qui était dans l'évier. Karl s'était donc accordé un cigare.

— On pourrait retourner à Laboe un de ces jours, dit-elle. J'ai des jours de congé après Pâques. Il y fera déjà chaud. Pâques tombe tard cette année.

— Et tu veux qu'on gambade sur la plage en pensant aux jeunes mariés qu'on était.

— À Karstadt je vais sur les escaliers mécaniques et je m'amuse à monter et à descendre à tous les étages, dit Anna.

— Tu vois. Y a aussi du bon dans le nouveau.

— Peut-être que tout était trop petit dans notre vie.

Était-ce de voir le confort que pouvait apporter une cuisine bien aménagée dans un bel étage qui lui donnait ces pensées ?

— Raconte pas de bêtises ! dit Karl Laboe. Mais y a du vrai. Y a pas eu beaucoup de chance chez nous.

— Mais on a quand même connu le bonheur, dit Anna.

— Est-ce que tu sais combien que je t'aime, Annsche ?

— Oui, dit Anna Laboe, je le sais, Karl.

Comme il était devenu doux. Käthe l'avait dit, elle aussi. N'était-ce pas mauvais signe ? Elle pensa à sa grand-mère qui reposait sous terre depuis une éternité. Elle avait une phrase toute prête : « Il ne vit plus longtemps, celui qui s'est adouci. Les anges le veulent. »

— C'est des bêtises, dit Anna à voix haute.

— C'est ce que j'viens de dire.

*

Cachée derrière le rideau, Henny regardait les enfants qui se tendaient la main sur le trottoir d'en face. Dansaient-ils ? Oui. Le petit garçon et Marike dansaient. D'abord, ils tournaient en se faisant un signe de tête. Ensuite, ils se tapotaient mutuellement avec le doigt. Henny sourit et recula en voyant que Marike regardait vers la fenêtre. Mais bien sûr, ils étaient en train de chanter « Petit frère, viens danser avec moi ». Comment n'y avait-elle pas pensé plus tôt ?

Trois petits coups de sonnette à la porte. Marike sonnait comme ça quand elle savait que Henny était à la maison. La petite monta l'escalier quatre à quatre et sauta au cou de sa mère.

— On a appris une chanson qui vient d'un vrai opéra, dit-elle. Un opéra sur Hänsel et Gretel.

— C'est M. Lühr qui vous l'a apprise ?

— Oui, dit Marike. Je l'aime encore plus que Mlle Kemper. Et Thies aussi je l'aime bien.

— Tu ne m'as jamais parlé de Thies.

— C'est un garçon de ma classe, il habite aussi dans la rue. Est-ce que je peux aller jouer chez lui aujourd'hui ?

— Est-ce qu'il a déjà demandé à sa mère ?

— Il a dit qu'il allait m'appeler. Eux aussi ils ont un téléphone parce que son papa est au journal et qu'il doit parler très vite aux gens quand ils veulent quelque chose.

— Et tes devoirs ?

— Oh ! Il faut juste écrire les paroles de la chanson. J'en ai fait la moitié.

— D'accord, mais je t'accompagne chez Thies, dit Henny. Attendons déjà de voir si sa mère est d'accord.

Le téléphone sonna alors qu'elles venaient de s'installer à table pour manger des brioches à la compote de pomme. Marike se précipita pour répondre et parla la bouche pleine. Thies semblait néanmoins la comprendre.

— À 3 heures et demie, dit Marike.

— Est-ce que tu connais le numéro de son immeuble ? demanda Henny alors qu'elles étaient déjà en chemin.

— Il a dit qu'il nous attendait en bas, expliqua Marike en secouant la tête.

Thies ne les attendait pas devant l'immeuble, mais sous le porche. Il jouait à lancer une balle contre le mur. Henny sentit son cœur s'accélérer en approchant. Marike ne semblait rien reconnaître, alors qu'elle était venue voir son père dans son atelier. Mais elle n'avait que trois ans à la mort de Lud. Elle avait oublié cette cour pavée et l'atelier aux murs blanchis à la chaux, aux fenêtres encadrées de fonte noire.

— Vous habitez là depuis longtemps, Thies ?

— Un an seulement, dit le petit garçon.

Il avait des cheveux bruns qui lui tombaient sur le front, et la manière dont il les écartait plaisait déjà aux petites filles.

— Marike peut rester combien de temps ?

— Avant on habitait à Winterhude, dit une jeune femme qui se présenta sous le nom de Sigrid Utesch.

— Mon mari avait loué autrefois un atelier dans cette cour, dit Henny. L'ébénisterie était sa passion. Malheureusement il n'est plus en vie. Lud est mort dans un accident.

— Je suis désolée. Thies m'a raconté que Marike n'avait plus de papa. C'est maintenant un peintre qui a repris l'atelier, et ça nous étonne parce que ce n'est pas très clair là-dedans. Voulez-vous monter prendre un café ?

— Je vous remercie, mais j'ai une longue liste de choses à faire pendant mon jour de congé. Je suis sage-femme à Finkenau. Est-ce que cela vous convient si je viens chercher Marike à 17 h 30 ?

— Oh, plus longtemps ! s'écrièrent Thies et Marike en chœur.

— Disons à 18 heures ? demanda la mère de Thies.

Les enfants couraient déjà dans la cour en chantant *Petit frère, viens danser avec moi.*

*

Campmann retira son alliance et la mit dans la poche de son veston gris acier. Il ne l'avait jamais fait lors de ses visites dans l'établissement d'Hélène Parmentier. Mais là-bas il était quelqu'un qui payait pour ces services. Et ici, qu'était-il ?

Il balaya des yeux le bar de l'hôtel Adlon. Un public international, l'anglais était manifestement la langue de la soirée. À côté de lui, deux dames à l'accent américain, qui semblaient sortir seules comme si c'était la chose la plus naturelle au monde. Les femmes du Nouveau Monde se comportaient avec une assurance qu'il trouvait presque obscène. En même temps, cette obscénité le fascinait. Étaient-elles là avec l'autorisation de leurs époux ou volaient-elles de leurs propres ailes ? Elles étaient tellement différentes. Campmann songea à Ida, qui était peut-être récalcitrante, mais pas aussi sûre d'elle.

Il avait appris l'anglais au lycée humaniste du Johanneum, mais tard parce qu'on commençait là-bas par le grec et le latin. Sinon, il avait affronté les Anglais dans les tranchées. Il avait aussi pris des cours de langue spécialisés à l'époque où il était chez Berenberg. Se sentait-il suffisamment préparé pour nouer des contacts ici, ou même commencer une amourette ?

Rencontrer à nouveau une femme qui le prendrait au sérieux, reconnaîtrait sa valeur, et dont il ne devrait pas payer les services, ni les mendier. Il avait tout à fait l'impression de mendier les prestations érotiques de sa femme et de la cultiver comme un champ aride. S'il avait soupçonné qu'elle le présentait régulièrement comme un violeur tout-puissant, il en aurait été stupéfait.

Mais en ce moment il écoutait le pianiste qui était en train de jouer *C'est mon gigolo*, et aussi le proche clapotis de la fameuse fontaine aux éléphants. Campmann prit une autre gorgée de son singapore sling. Il n'était guère amateur de cocktails, préférant largement une bière de qualité.

Il avait franchi la porte de Brandebourg en début de soirée et senti la respiration de la grande ville. Pourquoi donc capituler devant ces femmes ? La capitulation ne seyait pas à un homme allemand. Il avait remarqué depuis longtemps qu'Ida ne portait plus son alliance, et ça lui laissait certaines libertés. Campmann but la dernière gorgée de son cocktail et garda le goût du cherry brandy sur sa langue. L'une des deux Américaines, la blonde, s'était levée, sans doute pour aller voir la salle des miroirs. De toute façon la brune lui plaisait plus, peut-être parce que rien en elle ne lui rappelait Ida, pas même la couleur de sa peau.

Il ne comprenait pas ce culte de la blondeur des nouvelles forces. Goebbels, qui le prônait ouvertement, était pourtant très éloigné du type nordique. Il l'avait rencontré le jour même, non pas en tant que représentant de sa banque, mais plutôt en tant que sympathisant influent. Joseph Goebbels avait été obligé de lui témoigner du respect, mais c'était quand même lui qui avait donné le ton.

Friedrich Campmann sourit à l'Américaine brune, tout en trouvant cela un peu osé. Mais elle lui rendit son sourire. Peut-être qu'à force d'être négligé par sa propre épouse il avait perdu la sensation d'être un bel homme. Quand il rentrerait à Hambourg, il demanderait à Ida où était passée son alliance.

La blonde ne semblait pas revenir. Campmann se leva pour aller deux tabourets plus loin et s'inclina en donnant son nom. Puis, dans un anglais passable, il invita l'Américaine à boire un singapore sling.

*

La sage-femme en chef avait conduit la nouvelle collègue dans la salle d'accouchement peu avant le service de l'après-midi. Hildegard Dunkhase venait de la clinique gynécologique de l'hôpital universitaire. Au bout d'un quart d'heure, Käthe avait déjà l'impression qu'elle aurait mieux fait d'y rester.

Käthe arriverait bien à savoir pourquoi Hildegard Dunkhase avait changé de poste. Heynemann était le chef de clinique de l'hôpital universitaire, on le disait extrêmement conservateur, et la nouvelle sage-femme suintait le populisme par toutes les boutonnières de sa blouse bien amidonnée. Ça allait bien ensemble. Que venait-elle faire à Finkenau ?

Elle portait sous son col la broche de l'Association des sages-femmes allemandes*, et Käthe pouvait bien imaginer aussi à cet endroit l'insigne du parti avec la croix gammée. Elle adressa un regard à Henny, mais celle-ci semblait concentrée sur l'exposé de la sage-femme en chef. Ce fut Landmann qui capta son regard et y réagit. Ils se comprenaient et avaient la même inquiétude. Jusqu'à présent, il régnait parmi les collègues un climat plutôt libéral, avec Hildegard Dunkhase ça risquait de changer.

À la fin de son service, Käthe frappa à la porte de Landmann. Elle entendait la radio que le médecin s'était procurée.

— Entrez, Käthe, dit-il.

— Vous voyez à travers les portes ?

Landmann sourit.

— Je pensais bien que vous viendriez. Votre service est terminé, et vous êtes sûrement déjà au courant.

Käthe s'étonna. Elle ne savait pas de quoi il parlait. Elle voulait seulement vider son sac au sujet de la nouvelle sage-femme, avec qui elle avait passé plusieurs heures dans la salle d'accouchement. Il regarda son visage interrogateur et baissa le son du poste de radio. Rudi et elle avaient le même poste à lampes à la maison.

— Horst Wessel est mort, dit Landmann. Sans doute d'une septicémie, en fin de compte. Il aurait dû se faire soigner plus vite en janvier. Sa souffrance s'est étirée sur plusieurs semaines.

— On dirait que vous avez pitié de lui.

— Vous saviez qu'il avait refusé les premiers soins d'un médecin juif ?

— Non. Ça non plus, je ne le savais pas. En fait, je voulais juste m'épancher un peu à propos de Dunkhase.

— Asseyez-vous, Käthe. Vous étiez de service avec elle dès aujourd'hui ?

Käthe s'assit sur la chaise placée devant le bureau de Landmann.

— J'ai réussi à savoir pourquoi elle changeait de poste, dit Käthe. À cause d'une dispute avec un médecin qui propose des consultations sur la contraception. Elle l'a qualifié d'individu déviant qui voulait nuire au peuple allemand et elle a ajouté qu'un Juif n'avait pas intérêt à ce que la population allemande grandisse. Je ne peux pas travailler avec elle.

— Je suis surpris que Theodor Heynemann laisse partir une sympathisante nazie au lieu de se débarrasser du confrère.

— Ce n'est peut-être pas toute la vérité, dit Käthe. Y a-t-il une chance pour qu'elle ne réussisse pas sa période d'essai ?

— C'est une sage-femme expérimentée. Le chef m'a confié qu'elle avait plus de vingt ans de service à son actif.

— Je vais devoir être très prudente dans mes propos. Déjà qu'il m'a dans le collimateur à cause du Sternkeller.

— C'est plutôt le dénonciateur qu'il a dans le collimateur.

— Alors vous savez qui c'était ?

Landmann fit signe que non.

— Et même si je le savais, je ne dirais rien. Il y a assez de bruits de couloir comme ça.

— Merci d'être toujours à l'écoute, dit Käthe en se levant. J'ai beaucoup de plaisir à travailler avec vous.

— Bien que j'aie déjà menacé de vous réduire en miettes ?

— C'était un moment d'extrême tension nerveuse, et vous vous êtes excusé.

— J'espère que nous resterons ensemble, Käthe, dit Kurt Landmann.

*

— Ils n'ont toujours pas arrêté le « vampire de Düsseldorf* », dit Else. Il continue à tuer gaiement. Mais que fait la police ?

Elle reposa le journal et regarda Marike avant de chuchoter à l'oreille de Henny :

— Il boit le sang de ses victimes.

Else Godhusen ne savait pas très bien chuchoter. Marike leva les yeux de son bloc à dessin.

— C'est dégoûtant, dit-elle.

— Bon, alors je vous laisse toutes seules, dit Henny. Tu renonceras peut-être à raconter des histoires d'horreur, Maman.

— Mais tout est dans le journal.

Henny caressa Marike sur la tête. Pas de bisou aujourd'hui, sinon Else en voudrait aussi un. Henny n'était pas vraiment d'humeur.

— Va donc mettre tes enfants au monde, dit froidement Else.

Bien sûr, sans Else elle n'y arriverait pas. L'enfant. Le métier. Plus la maison, la vie de famille. Tout ça sans Lud. Peut-être était-elle injuste envers sa mère, mais elle ne la supportait plus. Est-ce que sa mère ne devenait pas de pire en pire ?

Else avait repris le journal.

— Faudrait tous les enfermer, dit-elle, rien que des criminels.

— L'assassin ? demanda Marike.

Henny l'entendit poser cette question alors qu'elle était en train de mettre son manteau et son chapeau dans l'entrée.

— Toute cette racaille gauchiste ! continua sa mère.

— Maman, s'il te plaît, cria Henny en direction de la cuisine.

— Maman, s'il te plaît, répéta sa mère pour la singer.

Henny referma la porte derrière elle. Dans les années qui avaient suivi la mort de Lud, même en rêve elle n'avait pas imaginé laisser à nouveau un homme entrer dans sa vie. Maintenant, elle y voyait l'occasion de poser des limites à Else. Mais celle-ci était bien capable de continuer à s'asseoir sur le rebord de son lit.

Henny respira profondément quand elle arriva dans la rue. Il y avait déjà un peu de printemps dans l'air. Marike avait apporté une lettre de son instituteur en lui disant « Je n'ai pas fait de bêtise, Maman ». Peut-être que la mère de Marike, en revanche, était en train de faire une bêtise. Ernst Lühr lui faisait des avances.

Il devait bien y avoir une vie en dehors de celle qu'elle vivait. Et en même temps elle avait toujours le sentiment qu'il y avait plus important, par les temps qui couraient, que de considérer sa petite existence. Käthe et Rudi étaient très inquiets. Et elle, avait-elle jamais été politisée ?

Henny n'aimait pas les nazis. Aimait-elle les communistes ? Tous, ils exagéraient. Rudi avait qualifié Lud de social-démocrate modéré, de même qu'il se qualifiait lui-même de communiste modéré.

Mais elle semblait bel et bien révolue, la modération.

Août 1930

Lina n'en crut pas ses yeux lorsqu'elle vit Louise arriver au volant de la Dixi. Cette petite voiture à quatre places avec la capote ouverte, la carrosserie verte et les ailes noires lui semblait un mirage.

— Depuis quand as-tu un permis de conduire ?

— Depuis hier, dit Louise.

— Et l'automobile ?

— C'est Kurt qui me l'a offerte. J'ai promis de le conduire partout quand il sera vieux et fragile. Il espère que l'auto va durer jusque-là.

— Je croyais que tu ne voulais pas d'auto, toi, la grande citadine ?

— La grande citadine pensait à un petit voyage à deux. Le long du Rhin, peut-être. Il faudrait quand même que tu connaisses ma région. Tu as des vacances. Et moi aussi.

— Et nous emmenons Landmann ?

Louise éclata de rire.

— Il n'est pas en vacances, dit-elle. C'est mieux à deux, et en plus ils ont arrêté l'assassin qui s'en prenait aux femmes. Nous pouvons donc voyager le long du Rhin en toute tranquillité. Kürten est en taule.

Même dans le grand Nord, les meurtres de Düsseldorf l'avaient bien préoccupée. Or, en mai, un certain Peter Kürten avait avoué les faits.

— Nous pourrions peut-être emmener Henny et Marike.

— Pas question. Nous prenons la route en amoureuses.

— Tu es une horrible égoïste.

Lina rit à son tour. Cette femme était une lame de fond dans sa vie.

— Et nous partons quand ?

— Demain ?

— Donne-moi encore une journée, plaida Lina.

Lina était de celles qui ont besoin de se préparer. De repasser ses corsages, faire sa valise, dire au revoir à Henny et Marike.

— Rendrons-nous visite à tes parents à Cologne ? demanda-t-elle.

— Bien sûr. Il faut approfondir la relation. Tu ne les as vus qu'une fois, et ça fait déjà trois ans.

Les Stein avaient fait une escale à Hambourg alors qu'ils se rendaient sur l'île de Sylt. Le Hindenburgdamm qui reliait l'île au continent venait d'être inauguré. « J'avais aussi des amies au pensionnat auxquelles j'étais très attachée », avait confié Grete Stein à Lina. Que savait la mère de Louise ? Seulement ce qu'elle voulait savoir.

— Le Rhin, dit Henny alors qu'elle et Lina étaient installées sur le balcon, parmi les fuchsias. Le fleuve du destin allemand.

À quoi pensait-elle ? Aux chansons d'Else à l'occasion d'un lointain anniversaire ? *Ils ne l'auront pas, le Rhin libre allemand.*

— Tu as un admirateur, déclara Lina.

— Qu'est-ce qui te fait dire ça ?

— C'est Marike qui me l'a raconté.

— Est-ce que cela te rend triste ?

— Non, je suis contente. Ta vie continue, comme la mienne.

Marike avait eu huit ans en juillet et elle avait oublié d'être bête. Ce qui se passait entre Henny et Ernst Lühr lui plaisait bien. Else n'en disait rien. Elle avait voulu envoyer sa fille au Lübscher Baum pour trouver un homme, mais maintenant tout allait trop vite.

L'amour n'arrivait jamais doucement dans la vie de Henny, il frappait comme la foudre. Ça avait été le cas avec Lud, et ça en avait tout l'air avec Ernst Lühr aussi. Seul Theo Unger avait échappé à ce schéma. Le grand ballon multicolore d'un amour naissant avait été envoyé à un autre.

— Tu veux me le présenter, ton instituteur ?

— Allons dîner à quatre quand vous serez rentrées.

— Est-il généreux ?

— Oui, dit Henny.

— Dans ses idées aussi ?

Henny hésita.

— Il ne peut pas souffrir Käthe. C'est la seule chose qui me chagrine.

— Une question de sympathie ? Ou parce qu'elle est communiste ?

— Les deux sont liés.

— Il y a toujours quelque chose qui cloche.

— Entre toi et Louise aussi ?

— Louise s'ennuie facilement. Elle aime le changement. (Lina rit.) C'est un miracle qu'elle supporte de rester avec moi depuis quatre ans. C'est aussi Louise qui m'a poussée à aller au lycée Lerchenfeld. Moi, j'étais contente dans la Telemannstraße.

— Tu commences là-bas en septembre ?

— Oui, après les vacances d'été.

Lina se leva et lissa sa jupe en lin.

— Laisse-moi t'embrasser, ma chère belle-sœur.

— Bon voyage, dit Henny. Salue le Rhin de ma part.

*

En cette magnifique journée d'été, son père grelottait. Elisabeth entra dans la maison pour prendre un deuxième plaid en cachemire, de ceux que sa tante Betty envoyait de Bristol. La sœur de sa mère, dont elle portait le prénom, avait épousé un Anglais avant le début du siècle. Cela faisait trente ans que les plaids étaient *her favorites* dans sa liste de cadeaux.

Elisabeth posa délicatement la couverture couleur sable sur son père, qui, allongé sur une chaise longue, admirait le jardin en fleurs. Fritz Liebreiz approchait des quatre-vingts ans, il avait deux décennies de plus que sa femme, mais avant que le cancer ne l'atteigne il avait été un homme robuste qui profitait de la vie. Maintenant, sa fille aurait été capable de le porter. Il était devenu une pauvre petite chose.

— Chaque année, à Hanoukka, lorsque toutes les bougies du lustre étaient allumées, j'adressais une petite prière à Dieu pour qu'il nous rassemble encore à la prochaine fête des Lumières et qu'aucun d'entre nous ne disparaisse.

Il regarda Elisabeth pour s'assurer qu'elle entendait ses paroles murmurées. Elle prit sa main.

— Maintenant c'est moi qui disparais.

— Oui, Papa, admit-elle.

Cela aurait été ridicule de protester. Le vieil homme savait ce qui l'attendait.

— Je sais que tu ne peux pas me promettre d'être heureuse. Mais ne renonce pas à essayer. Theo est un homme bien.

Là non plus, il n'y avait pas de raison de le contredire. Elle caressa sa main.

— Nous avons perdu beaucoup d'argent dans le krach boursier. Mais il en reste assez pour subvenir à vos besoins, à toi et à ta mère.

— J'ai aussi mon métier, Papa.

— Je suis tellement fier de toi, mon enfant, dit-il en hochant la tête. Veille sur ta mère. Peut-être devrait-elle aller chez Betty en Angleterre. Cette maison a toujours été trop grande, même pendant ton enfance, lorsque nous vivions ici à trois. Mais pour elle seule ce serait un vrai labyrinthe.

— Theo et moi allons veiller à tout. Ne te fatigue pas, Papa.

Fritz Liebreiz se tut en regardant les roses anglaises, blanches, orange, rose pâle. Elles s'appelaient *York and Lancaster* ou *Great Maiden's Blush*. Les rosiers aussi étaient un cadeau de sa belle-sœur. Il prit une inspiration et huma leur parfum, un plaisir que son estomac supportait encore.

— Hitler ne va pas arriver au pouvoir. Ceux qui l'affirment sont des pessimistes notoires. Les Allemands ne sont pas si bêtes.

Elisabeth se tut à son tour. Si seulement son père pouvait avoir raison.

— Laisse-moi continuer à être au milieu de vous, même quand je serai mort.

Elisabeth avait du mal à rester assise sur le petit tabouret en osier. Elle aurait préféré courir au fond du jardin pour éclater enfin en sanglots, mais elle tenait la main de son père. Elle attendit qu'il se soit endormi et respire calmement pour le lâcher, se lever et aller vers les chênes, au fond du jardin. Ce n'était pas encore la fin.

*

Ida passa la matinée de son vingt-neuvième anniversaire devant une table à langer, à nouer pour la énième fois une couche autour des fesses propres d'un bébé.

Elle faisait la démonstration à une jeune mère qui semblait un peu dure à la comprenette.

La blouse blanche d'Ida et sa robe d'été, dessous, étaient mouillées depuis qu'elle avait donné le bain à l'enfant, qui avait gigoté dans tous les sens quand elle avait glissé la main sous son petit ventre pour le tenir dans l'eau de la grande bassine en émail.

Ensuite, elle mettrait sur la table la brochure de Henkel & Cie et en recommanderait la lecture à la mère. *Notre tout-petit — Conseils d'entretien.* Ce titre avait beaucoup énervé Käthe pendant les études ; on aurait dit la notice d'entretien d'une automobile. La critique de Käthe était même allée plus loin : ne devenaient-ils pas les hommes de main de l'industrie en distribuant la brochure de Henkel aux gens ? En même temps, toute mère ne trouvait pas le temps de lire un pavé comme le récent *Manuel des femmes en couches* du professeur Birk.

Le fait de bien s'entendre avec Käthe avait été une surprise pour Ida, et sa propre habileté avec les nourrissons avait été une plus grande surprise encore. Peut-être avait-elle des talents cachés, finalement.

C'étaient Mia et Anna qui avaient organisé la matinée de son anniversaire, son époux étant à Berlin, comme souvent ces derniers temps. Cela ne la dérangeait pas, même si elle avait quelques soupçons quant aux activités extraconjugales de Campmann. Il laissait traîner des notes d'hôtel et de restaurant, comme pour la provoquer.

Anna avait préparé un gâteau d'anniversaire sur lequel elle avait dessiné le nombre vingt-neuf avec de la crème Chantilly. Ida se serait bien passée de ces chiffres indiscrets, et aussi de la chanson de Mia. Mais tout cela partait d'une bonne intention.

Paps l'avait invitée à déjeuner à l'Atlantic, où l'on avait célébré autrefois en cercle restreint son dix-huitième anniversaire. Il semblait donc avoir à nouveau de l'argent, elle ne devrait pas se contenter des bouchées à la reine ou des toasts de chez Pfordte ; il serait bien obligé de mettre la main au porte-monnaie si elle mangeait une bisque de homard, et ensuite peut-être un sandre avec des huîtres.

Ida quitta la mère et l'enfant et, à peine dans l'escalier, regarda sa montre, qu'elle avait eu la précaution de mettre dans son sac à main pour ne pas la mouiller. Cette précieuse montre suisse était un ancien cadeau de Campmann. Lui avait manifestement décidé d'ignorer son anniversaire aujourd'hui.

Peut-être que la vérité sur son alliance avait été trop dure pour lui. N'aurait-elle pas pu prétendre qu'elle l'avait perdue, fallait-il avouer qu'elle l'avait volontairement jetée dans l'Alster ? Au moins ne mentionna-t-elle pas le crapaud de jade blanc qu'elle avait épargné.

Ida grimpa quatre à quatre les marches jusqu'à son bel étage. Mia ouvrit tout de suite, à croire qu'elle attendait derrière la porte. Ida avait donné congé à Anna, pour la remercier du gâteau, et aussi parce qu'elle déjeunait dehors.

— Je suis très pressée, Mia. Appelle-moi un taxi, s'il te plaît, il faut que je me change en vitesse. Et appelle Mme Peters pour lui confirmer notre rendez-vous de ce soir.

Le taxi était déjà devant la porte lorsqu'elle sortit de son dressing-room dans une robe de piqué blanc.

— On a déposé quelque chose pour vous, dit Mia.

Ida s'apprêtait à répondre « plus tard », mais Mia lui avait déjà remis le minuscule paquet. Elle fila vers l'hôtel Atlantic.

Son père était installé à une table près de la fontaine, dans la cour intérieure. Il se leva et lui baisa la main.

— Ah, Paps, dit-elle d'un ton gêné.

Elle l'aimait quand même, malgré les déboires financiers dont elle avait le sentiment de faire les frais.

Ida attendit d'être seule devant le grand miroir des toilettes pour dames pour ouvrir son petit colis. Le reflet de son visage montra de la surprise.

— S'est-il passé quelque chose aux toilettes ? demanda son père. J'ai l'impression que tu as subi un changement pendant ces dix minutes.

Ida fit signe que non et commanda des pêches à l'aurore. Les fruits blancs nageaient dans le champagne rose et augmentèrent encore considérablement la note. Mais son père ne cilla pas.

Lorsqu'il proposa de demander au portier d'appeler un taxi, elle refusa. L'Atlantic n'était pas loin du Hofweg-Palais. Une promenade le long de l'Alster lui ferait du bien.

À la maison, elle ouvrit l'un des tiroirs de sa coiffeuse, celui qui était garni de velours gris, et déposa à côté du petit crapaud le minuscule éléphant de jade noir. Aucune lettre ne l'accompagnait, il lui était parvenu sans la moindre ligne. Ida resta un moment dans sa chambre avant de demander à Mia qui avait déposé le paquet.

— Quelqu'un de tout à fait normal, dit Mia. Pas un Chinois.

Ida ne la lâchait pas des yeux.

— Un homme. Il avait une casquette sur la tête comme ceux du port.

— Était-il jeune ? Vieux ?

Ida avait du mal à croire à son imprécision.

— Moyen, dit Mia en haussant les épaules.

Ida soupira. Qu'est-ce que cela pouvait signifier, sinon que Tian voulait reprendre contact ?

*

Cologne. Bonn. Coblence. Boppard. Assmannshausen. Lina avait le Baedeker dans son sac à main, mais Louise connaissait l'itinéraire. Elle se rappelait une enfance pleine d'excursions dominicales. Le vent leur hurlait dans les oreilles malgré le foulard de soie qu'elles portaient. Le ciel était bleu sur la vallée du Rhin, même à travers les lunettes de soleil.

Leur séjour à Cologne avait été chaleureux, et pourtant elles étaient contentes de repartir, de ne plus devoir jouer à ne pas être amantes. Louise avait fait réserver deux chambres à l'hôtel Krone, en souvenir de son enfance. Ah, la vigne qui grimpait autour des terrasses, le luxe des chambres, le Rhin devant et les vignobles derrière...

— J'ai demandé des chambres attenantes, dit Louise. Peut-être qu'ils ne sont pas dupes, mais ça m'est bien égal.

Lina n'était pas aussi décontractée. Pourtant, n'était-ce pas naturel que deux amies aient une telle proximité ? C'était aussi ce que se disait Grete Stein pour se rassurer. Les petits-enfants lui manquaient néanmoins. Le père de Louise enseignait encore à l'université, il prendrait sa retraite dans deux ans, et Louise espérait que l'ennui, alors, ne s'installerait pas dans leur maison du quartier Lindenthal, rendant plus criant le besoin de petits-enfants.

Lors de leur première soirée à l'hôtel Krone, elles firent la connaissance de deux jeunes Anglais qui tenaient une petite maison d'édition à Londres. Un joyeux dîner à quatre sur la terrasse, avec du vin à profusion. Louise était persuadée que les deux hommes avaient à cœur de prouver leur hétérosexualité.

Hugh et Tom avaient l'intention de laisser leur roadster le lendemain pour prendre le bateau jusqu'à la Lorelei. Les femmes décidèrent de rester quelques jours dans cet hôtel pour se promener parmi les vignobles et se baigner dans le Rhin. On prit rendez-vous pour s'arrêter à Königswinter sur le chemin du retour et gravir ensemble le Drachenfels.

En fin de soirée, Louise se faufila dans la chambre de Lina, qui se trouvait deux portes plus loin. Dans le couloir, elle croisa Hugh en pyjama, qui mit un doigt devant la bouche. Louise ne put s'empêcher de sourire.

Le jour de leur excursion au Drachenfels, il faisait tellement chaud qu'ils ne purent y monter à pied. Ils renoncèrent également aux ânes et au chemin de fer à crémaillère, Hugh ayant découvert les calèches dans la vieille ville de Königswinter. Ils parcoururent ainsi la vallée des Rossignols et se montraient tant d'affection que la vieille marchande de souvenirs dut les prendre pour deux couples en voyage de noces.

— C'est bien ce que nous sommes, dit Louise en embrassant Lina sur la bouche.

Tom embrassa Hugh. Pour atténuer l'effroi de l'aimable marchande, ils lui achetèrent quatre verres décorés à l'effigie du château en ruine.

En guise d'adieu, ils s'installèrent à la terrasse d'un restaurant et burent quatre bouteilles d'un riesling Schloß Vollrads de 1927. Chacun alla ensuite se coucher seul dans sa petite chambre. Personne ne se faufila dans le couloir.

*

Henny était installée devant une coupe en argent remplie de tranche napolitaine, et elle y fit glisser sa cuiller dans la longueur pour associer le goût des trois parfums : fraise, vanille et chocolat. Enfant, elle faisait toujours ça, et elle fut surprise de voir Ernst n'entamer le parfum suivant qu'après avoir fait disparaître tout le rose de la vanille, puis tout le blanc du chocolat. Était-il généreux et mesquin à la fois ?

Ils se trouvaient sur le toit-terrasse du nouveau magasin Karstadt, qui avait été inauguré en grande pompe deux ans plus tôt. « Toutes ces vitrines, avait alors dit Else. Je ne peux pas les regarder. Qui va acheter ça ? »

L'orchestre de danse jouait. Ils finirent de manger leur glace. *Auch du wirst mich einmal betrügen*[1]. Ils avaient vu le film *Deux cœurs, une valse* en avril, cela avait été leur première sortie au cinéma. Ernst ne ressemblait-il pas à Willi Forst, d'ailleurs ?

Il s'essuya la bouche avec une petite serviette en papier.

— Puis-je t'inviter à danser ?

— Il est 4 heures de l'après-midi, en pleine semaine. Je suis habillée comme tous les jours.

— Même dans ta blouse tu serais belle.

Ils se balancèrent au gré de la valse. Un deuxième couple les avait rejoints sur la piste de danse, la gêne de Henny diminuait. « Quand le lilas blanc fleurit à nouveau », chantait le chanteur au micro. Au-dessus d'elle le ciel de Hambourg, et vingt-six mètres plus bas les immeubles et les rues dans lesquels elle passait sa vie.

Ernst la reconduisit à la table, et ils commandèrent encore du café et du cognac. Le quotidien semblait loin.

— As-tu vu ton amie Käthe, ces derniers temps ?

— Il y a exactement deux heures, dans la salle d'accouchement.

— Je l'ai rencontrée sur la place Gänsemarkt. Elle y distribuait des tracts avec d'autres communistes.

Henny sentit son cœur se contracter.

— Et alors, tu as pris un tract ?

— Non, dit Ernst en levant son verre.

1. Le titre de la chanson signifie « Toi aussi, tu me tromperas un jour ». (NdT)

Il lui souriait et ne semblait pas remarquer qu'il l'avait énervée.

— C'est pour le rassemblement de dimanche.

— J'en ai entendu parler, dit Henny. Par Käthe.

Ernst Lühr eut l'air inquiet.

— J'espère que tu n'as pas l'intention d'y aller ?

— Non, bien sûr que non.

Henny ne sympathisait pas avec les communistes. Il le savait depuis longtemps.

— Ça va encore finir par une bataille. Je suis même étonné qu'il n'y ait pas plus de morts des deux côtés, depuis le temps.

Ernst s'entendait à merveille avec Else. Cela devait-il lui donner à réfléchir ? Mais non. Elle interprétait les pensées d'Ernst.

— Tu m'as l'air bien songeuse, dit Ernst.

Henny secoua la tête.

— Ils ne veulent pas seulement passer par Barmbeck dimanche, là où ils ont vraiment des sympathisants, ils veulent pousser jusqu'à Eilbeck.

— Et les nazis seront là à les guetter ?

Ernst Lühr tournait sa cuiller dans le café. Il regarda vers l'orchestre, qui avait fait une pause et reprenait avec une chanson du film *L'Ange bleu*. Ils l'avaient vu ensemble au Palasttheater. La clarinette avait un son rauque, ou plutôt lascif. *Ich bin von Kopf bis Fuß auf Liebe eingestellt*[1].

— Parlons de choses agréables, dit Lühr en prenant la main de Henny. Je t'aime et te demande cette main.

*

1. Célèbre chanson interprétée par Marlene Dietrich dans *L'Ange bleu*, dont le titre signifie : « Je suis faite pour aimer de la tête aux pieds ». (NdT)

Les Lucky Strike que Joan s'allumait tous les quarts d'heure le dérangeaient. Il tombait sans arrêt sur des femmes qui fumaient. Au cinéma. Dans la vie. Les baisers de Joan sentaient la cigarette, mais il l'oubliait dès qu'elle enfonçait ses longs ongles rouges dans la peau de son dos en proférant des sons qu'il n'avait jamais entendus, pas même de la part de Carla.

De manière générale, il n'avait jamais connu de femme comme Joan Broadstreet, qui travaillait comme correspondante pour le *Philadelphia Inquirer*. Il y avait des moments où il se languissait de son épouse si dépendante. Joan avait tendance à prendre les choses en main, elle avait l'argent pour ça et n'avait nullement besoin de ses dons charitables. Lorsqu'il émettait une objection parce qu'elle avait encore décidé quelque chose sans lui demander son avis, ne fût-ce que l'organisation de la soirée, elle souriait en s'allumant une Lucky Strike.

— Alors je vais venir te voir à Hambourg, et tu m'emmèneras dans tous les cabarets et les bars de votre quartier chaud, dit-elle lorsqu'il lui annonça ne plus pouvoir se rendre aussi souvent à Berlin.

Joan à Hambourg. Cette pensée ne lui plaisait guère. Dans la capitale il pouvait garder son annulaire nu, mais d'autres règles prévalaient à Hambourg. Il ne pensait même pas à Ida, d'ailleurs, mais plutôt aux messieurs de la Dresdner Bank. Il n'avait pas vraiment besoin de cancans alors qu'il approchait du sommet.

L'allemand de Joan était presque parfait, sauf qu'elle le parlait avec un fort accent. Cela lui plaisait, et il souriait quand il repensait à sa tentative d'approche à l'hôtel Adlon. « Tu étais tellement mignon », disait régulièrement Joan. Une autre femme lui avait-elle jamais dit ça ? Campmann se replongeait avec tendresse dans ses souvenirs en ces temps difficiles. Tout était devenu pénible. La politique se mêlait du travail des banques, exigeait des mesures qui n'auguraient rien de bon. Le chancelier ne les lâchait pas, sans parler du président du Reich. Nordwolle*. Danat*. Tous ces sujets allaient encore leur donner du fil à retordre.

Mais pour l'heure il fallait profiter de la soirée au Horcher, un des restaurants les plus à la mode de Berlin. Puis on irait dans la Kantstraße, dans l'*apartment* de Joan.

Ida. Lui manquait-elle ? Il ne lui avait téléphoné que le soir de son anniversaire et elle n'avait guère été bavarde, elle était en compagnie de cette sage-femme. Elle avait sûrement été blessée de ne pas avoir reçu de cadeau de sa part. *Narcisse et Goldmund*, un roman de Hermann Hesse qui venait de sortir en librairie, était resté dans sa chambre d'hôtel. Il ne savait pas si ça plairait à Ida. Il l'avait habituée à plus de générosité.

Campmann enfila un costume léger et les chaussures bicolores que lui avait imposées Joan. N'avait-il pas l'air d'un gigolo avec ça ? Il sortit de l'hôtel et héla un taxi. Le chauffeur hocha la tête à l'adresse qu'il donna : Lutherstraße 21. Les clients de l'Adlon allaient souvent au Horcher. Campmann laissa défiler sous ses yeux la ville scintillante et bruyante. Un profond soupir lui échappa.

À vrai dire, il voulait seulement une femme gentille.

*

La jeune fille de treize ans qui était allongée devant lui respirait tranquillement sous la légère anesthésie que Landmann lui avait administrée. Il aurait pu pratiquer l'examen sans anesthésie, mais il n'avait pas voulu infliger cela, en plus du reste, à l'enfant.

— Il s'agit clairement d'un viol, dit-il à Käthe. Prévenons la police. Le mieux est d'appeler le commissariat d'Oberaltenallee.

La gamine avait été emmenée à la clinique par sa tante. Celle-ci avait dit : « J'ai peur qu'on ait fait quelque chose à Friedchen », et elle avait malheureusement raison. Elfriede Lüttjen avait été violée.

— Occupons-nous bien de Friedchen et mettons-la dans une chambre individuelle du secteur privé, dit Kurt Landmann. Avec un lit de camp pour sa tante, qui est priée de rester toute la nuit auprès d'elle. Je prends en charge les frais supplémentaires.

Il ne fallait surtout pas mettre cette enfant dans un dortoir de quinze femmes qui auraient toutes des histoires à raconter parmi leur réserve de souvenirs. Les dégâts étaient assez importants comme ça.

— Y a-t-il des soupçons ? demanda Käthe, une fois Friedchen transportée dans sa chambre.

— La tante doit en parler aux policiers, dit Kurt Landmann.

Il alla se laver les mains au lavabo comme s'il pouvait laver les péchés du monde.

— Je vous charge de préparer un bon chocolat chaud avec les pépites de la cuisine privée et de le leur apporter dans la chambre, dit-il en souriant. En toute légalité et avec une autorisation médicale.

Käthe rougit à peine.

— Que devient votre mari, Käthe ? Il va bien ?

— Il sait désormais pour quoi il doit se battre. Dimanche, nous allons participer à la grande manifestation.

— Le rassemblement des gauches ? J'espère que ça va bien se passer, dit Landmann. Ça pourrait se finir en massacre.

*

Guste avait prêté de l'argent à Bunge en souriant gentiment quand il lui avait dit qu'il avait toutes les chances de gagner bientôt une somme importante. Pfordte lui avait coûté cher. Mais cette fois il n'avait pas montré de faiblesse à sa fille.

Or il avait en effet quelque chose sur le feu. Une production de disques de la meilleure qualité. Il était déjà en pourparlers avec un homme de la Norag. La radio était la vitrine de l'industrie phonographique : quand on diffusait une chanson plusieurs fois par jour, les gens accouraient dans les magasins pour acheter le disque.

Momme était suspendu à ses lèvres. Bunge appréciait le garçon et était content de pouvoir l'initier à la vie dans la grande ville. Ils étaient allés au Trocadero, dans les cinémas. Rien de tout cela n'existait à Dagebüll, où il n'y avait que des moutons sur la digue.

Sankt Pauli était encore au programme, car un futur libraire devait avoir certaines connaissances. Comment recommander *Anna Karenine* ou *L'Amant de Lady Chatterley* aux clients si on ne savait rien des plaisirs et des défis de l'existence ?

Assise dans le jardin, Guste avait commencé à équeuter des haricots. C'était le début de la saison pour les fameuses poires au lard et aux haricots. Un plat qu'il adorait. C'était quand même un bonheur d'être là. Lui qui avait résisté si longtemps ! Souvent, il reconnaissait trop tard ce qui était bon pour lui.

La jeune chanteuse qu'il avait en vue chantait les mêmes airs satiriques que Margot et Anita autrefois, mais elle était d'une autre classe, en tout cas l'homme de la Norag était conquis. Peut-être devait-il inviter ici cette charmante Viennoise et son mari pour que Guste ne s'imagine pas qu'il partait à nouveau en goguette.

Les meilleures idées lui étaient souvent venues en regardant par la fenêtre. Il fit signe à Guste, qui avait levé la tête et le regardait. Ah, son cher visage entouré de ces cheveux roux et rebelles. Et toujours sans maquillage.

Bunge se détourna de la fenêtre, résolu à descendre dans le jardin pour rejoindre Guste. Mais il alla d'abord dans la cuisine, ouvrit la porte du formidable réfrigérateur que Guste avait acheté cet été. Elle avait du flair pour tout ce qui était nouveau.

Il en sortit la bouteille de moselle ouverte et prit deux verres dans la vitrine. Que disaient-ils autrefois dans les colonies ? *Pas d'alcool avant le coucher du soleil.* Impossible à respecter en août. Bunge regarda l'heure. 17 heures, c'était bien.

Guste n'avait pas besoin d'alcool pour être gaie. Elle retirait les fils des haricots d'une main légère. Mais Bunge eut ainsi beaucoup moins de mal à vanter son nouveau projet. Guste lui faisait sentir parfois qu'elle ne savait pas apprécier ses talents commerciaux.

*

La tante de Friedchen n'en revenait pas. Qu'on ne puisse pas coucher Friedchen et son cousin dans la même chambre ! Si seulement elle l'avait fait dormir sur le canapé de la cuisine, cette nuit-là.

Les parents de la petite ne pouvaient pas s'occuper d'elle. Le père était tombé dans les dernières semaines de la guerre. La mère avait un poste à la campagne. La tante de Friedchen ne cessait de sangloter. Elle pleurait encore plus sur son propre fils que sur la virginité perdue de Friedchen. Qu'est-ce qu'il allait devenir ? Lui qui avait travaillé sur un chantier à Bremerhaven. Il était maintenant avec le commissaire et il irait sûrement en détention à Holstenglacis.

— Mais rien n'est cassé en elle ? demanda la tante.

— Son âme en aura sûrement été endommagée, dit Landmann.

— Je veux dire en bas.

Le cousin de vingt ans avait été assez brutal avec la gamine, mais ça guérirait. En bas.

La tante de Friedchen était sûrement une femme attentionnée. Mais qu'un jeune homme fruste puisse avoir un désir effréné, ça ne l'avait pas effleurée. Des victimes. Tous autant qu'ils étaient.

Henny prit le nouveau-né dans ses bras et lui mit quelques gouttes de nitrate d'argent dans les yeux. Quel acte atroce pour un petit être dans les premiers instants de sa vie. Mais cela permettait de prévenir une infection par les agents pathogènes de la blennorragie. Mieux valait tressaillir une fois et échapper au moins à ce danger.

La veille, un petit garçon s'était étouffé avec le cordon ombilical.

— Nous ne devons plus tolérer qu'il arrive des choses aussi fatales, avait dit Unger à Henny. La médecine a bien avancé, et pourtant des enfants s'étouffent encore avec le cordon ombilical chez nous, ou des mères ont la fièvre puerpérale. Ce que les étudiants apprennent dans notre nouvel amphithéâtre est bien plus que ce que la génération précédente savait sur la gynécologie. Mais ça ne suffira jamais.

Non. Ça ne suffirait jamais. « Le médecin doit poser le diagnostic avec ses mains et sa tête », avait dit le Dr Landmann dans l'amphithéâtre avant de vanter les rayons X. « Nous allons devoir nous déshabituer de la cause unique en médecine. Trouver une nouvelle multiplicité de facteurs. »

Quand son planning le permettait, Henny suivait les cours dans l'amphithéâtre de Finkenau, qui avait été inauguré deux ans plus tôt. Elle s'étonnait que Kurt Landmann n'ait pas encore été désigné pour succéder au directeur de la clinique.

— Parce qu'il est juif, avait dit Käthe.

— Mais dans toutes les grandes cliniques il y a des Juifs. Et même dans toute la science. Regarde cet Einstein.

Ce samedi, Käthe et elle avaient terminé leur journée ensemble.

— On va boire un café ? suggéra Henny.

— J'ai rendez-vous avec les camarades.

— Käthe, tu veux vraiment aller à ce rassemblement demain ?

— Qu'est-ce que c'est que cette question ! Ton instituteur ne te réussit pas. Qu'est-ce qu'il te raconte ? Que le calme est le premier devoir civique ?

— On ne s'est jamais disputées sur la politique, toi et moi.

— On ne va pas se disputer. Mais rester là à attendre passivement, Henny, ça ne marche plus. Rudi aussi l'a compris.

— Faites bien attention à vous, dit Henny.

Elle étreignit Käthe, qui était pressée de rejoindre les camarades. Elle resta un moment à la fenêtre à regarder son amie partir.

Rudi aurait préféré ne pas y aller. Il détestait les rassemblements, mais Käthe croyait au communiste ressuscité en lui depuis qu'il avait récupéré Hans au Sternkeller. Il n'avait pas le droit de la décevoir. Ni Hans, Erich et tous les autres, qui se rassemblaient à Barmbeck, sur la Schleidenplatz, pour marcher contre les fascistes. Beaucoup de combattants du Front rouge parmi eux, malgré l'interdiction du RFB*, la branche paramilitaire du KPD.

C'était une chaude journée d'août, ce qui risquait d'attiser un peu plus leur révolte à tous. Des bouteilles de bière passèrent dans les rangs, Rudi vit Hans en prendre une. Il était content que la providence ait obligé

Käthe à remplacer une collègue souffrante, même si ses invectives le faisaient encore trembler.

— Mais tu n'as pas de drapeau, camarade ! hurla derrière Rudi un homme en képi. Il ne faut que des porte-drapeaux dans les premiers rangs.

Erich arriva avec le drapeau rouge à la main, suivi de Hans, qui portait sa bouteille dans l'autre main. Rudi fut à nouveau poussé devant et se retrouva un rang derrière Erich et Hans lorsque la masse humaine se mit en mouvement.

Ils passèrent d'abord par la Lohkoppelstraße, devant le pâté de maisons de la Produktion, le projet d'habitat participatif des gauchistes, qui étaient aux fenêtres et leur faisaient signe. Puis le Barmbecker Markt et la Von-Essen-Straße. Tout semblait bien se passer. Même quand ils arrivèrent dans l'Eilbecktal. Rudi s'était donc inquiété pour rien.

— Où est Käthe ? demanda un homme qui s'était frayé un chemin jusqu'à lui.

— En salle d'accouchement, dit-il. En train de mettre au monde une génération plus prometteuse.

Le croyait-il vraiment ?

— Bien, dit l'homme. C'est pour ça qu'on se bat.

L'atmosphère changea peu à peu autour d'eux. Plus d'approbation aux fenêtres. Les habitants d'Eilbeck restaient derrière leurs rideaux. Avaient-ils peur d'assister à une bagarre comme lors de l'insurrection* d'octobre 1923, qui avait fait beaucoup de morts ?

« Battez les fascistes là où vous les rencontrez ! » Ce mot d'ordre se multiplia. On le scandait désormais de toutes parts. Ils arrivèrent dans la Marxstraße, c'est-à-dire plus très loin de la limite avec Wandsbeck.

Les désordres éclatèrent à ce moment-là. Des hordes de gens de la SA déboulèrent d'un bistrot avec matraques et poignards. Rudi lut le nom du bistrot du coin de l'œil :

Adlerhorst. Personne ne savait donc qu'il y avait ici un haut lieu du nazisme, ou l'itinéraire avait-il été choisi exprès ?

Il reçut un coup et tomba, eut du mal à ne pas se faire piétiner. Des policiers partout, qui étaient sans doute restés en retrait pendant toute la marche. Rudi se releva. Il chancelait. Des coups de feu. De qui venaient-ils ? Qui avait des carabines ici ? Était-ce la police qui tirait ? Rudi sentit un goût de fer dans la bouche, il avait dû se mordre la langue en tombant. Il vit l'homme au képi, la tête en sang. Où étaient Hans, Erich ?

Quelque chose se cramponna soudain à ses jambes, essaya de le faire tomber à nouveau, quelque chose qui était fort comme un ours. Rudi mit une fraction de seconde à comprendre ce qui se passait, et il réussit à traîner le corps sanglant devant la porte d'un magasin. L'inscription qui était sur la vitrine lui sauta aux yeux, comme tous les mots dans sa vie : *Bouquets de fleurs et plantes*. Il était donc assis le dos contre la paisible boutique d'un fleuriste, la tête de Hans Fahnenstich sur les genoux, et il appelait les secours en hurlant.

Hans ferma les yeux. Des yeux d'un bleu translucide. Comme ceux du Kaiser. De Hitler. Quelles drôles de pensées ! Le premier stade de la folie.

Les yeux de Hans Fahnenstich étaient figés lorsque les secouristes finirent par arriver pour mettre le mort sur leur brancard. Rudi se leva avec peine et les suivit. Il voulait témoigner, dire qui avait été cet homme. Son meilleur ami depuis la mort de Lud.

*

Karl n'était pas du genre à flairer le danger. Les mauvais pressentiments et les intuitions visionnaires lui glissaient dessus. Mais ce dimanche il se rappela ce qu'il avait dit à Käthe des années plus tôt : « Ça me fout la trouille. »

Il avait peur que les enfants soient pris entre deux feux. Käthe était la première à suivre les communistes. Son gars était plus réservé. Il évitait les émeutes.

Dommage qu'Anna et lui n'aient pas de poste de radio, on y parlait sûrement de la marche. Karl venait d'entendre sous ses fenêtres les voix excitées de gens brandissant des drapeaux rouges déchirés.

Qu'avait dit Anna ? Que Käthe devait finalement travailler ? Qu'elle ne participait pas du tout à la marche ? Ou avait-il mal entendu ? Si seulement Annsche était là. Elle savait toujours quoi faire. En plus, elle avait de bonnes jambes, elle aurait pu courir quelque part pour se renseigner. Mais elle était dans la cuisine de ses bourgeois à préparer un festin.

Karl tressaillit en entendant sonner en bas. Plusieurs coups saccadés, comme un signal convenu. Il alla ouvrir la porte. Entendit quelqu'un qui montait lourdement les premières marches.

— Rudi, mon garçon.

Karl le tira à l'intérieur comme s'il y avait des poursuivants sur le palier. Dieu du ciel ! Le garçon était en sang. L'asseoir d'abord sur la chaise de la cuisine. Faire chauffer de l'eau pour ses blessures. Tout ce sang. Si seulement les deux femmes étaient là.

Lorsque parvinrent à la maternité les premières nouvelles de la bagarre, à savoir qu'il y avait eu trois morts, Käthe venait de terminer son service et de retirer sa tenue de sage-femme. Elle faillit partir en courant dans ses sous-vêtements.

Pas de Rudi dans la Bartholomäusstraße. Le petit local du KPD, dans la Humboldtstraße, était fermé. Sa prochaine étape fut l'appartement de ses parents, à côté.

Elle sonna comme une folle. La porte était entrebâillée, Käthe se précipita dans la cuisine et vit son père qui boitait autour de la table, puis Rudi. Elle l'étreignit si fort qu'en un clin d'œil elle avait presque autant de sang que lui sur elle.

— Attention, dit Karl. Tu lui fais mal.

La bouilloire siffla. Karl était bien content de se rendre utile en mélangeant de l'eau bouillante et de l'eau froide dans une cuvette. Il alla prendre une serviette propre dans la chambre. Käthe tamponna le visage de Rudi avec de l'eau vinaigrée. L'œil gauche enflé, de profondes égratignures sur le front, les lèvres en sang, un hématome sous sa chemise déchirée.

— Qui sont les morts ? demanda Käthe à voix basse.

— Hans en tout cas, répondit-il d'une voix atone. Il est mort dans mes bras.

Karl Laboe dressa l'oreille. Le garçon qui avait monté le buffet avec Rudi. Un type correct. Karl alla farfouiller dans le buffet. Il y avait encore une bouteille de kummel. Le garçon avait besoin d'un schnaps. Pourquoi n'y avait-il pas pensé plus tôt. Il trouva la demi-bouteille de kummel et, sans demander, servit trois petits verres qu'il posa sur la table.

— Buvez, dit-il. C'est pas une solution, mais ça met un peu d'douceur dans l'crâne.

Ils burent. Personne n'osa demander qui avait tiré sur Hans Fahnenstich. Rudi le savait-il seulement ? Les nazis avaient des matraques et des poignards, seule la police avait des armes à feu. N'est-ce pas ?

Hans avait trente-deux ans. C'était un bon gars, avec des idéaux. L'homme au képi était mort aussi. On lui avait fendu le crâne, ce qui était clairement l'œuvre d'un nazi. La troisième victime était un garçon de dix-sept ans, venu de Hammerbrook.

— Une sacrée merde ! pesta Karl, tout en trouvant que c'était encore trop faible pour ce qui s'était passé.

Il servit une autre tournée de kummel. Käthe s'assit sur la chaise à côté de Rudi et mit une main sur son épaule.

— Pleure un coup, dit-elle. Ça t'aidera peut-être.

Mais Rudi restait immobile, les yeux au loin. Il semblait vouloir endosser la responsabilité de ces morts.

Karl s'assit sur le canapé en soupirant et étendit sa jambe raide sous la table. Tout ce qu'il avait enduré. La mort des garçons. Il espérait que Rudi dépasserait le traumatisme, presque tous les gens finissaient par dépasser ce que la vie leur avait infligé. Mais c'était trop tôt pour le dire.

*

Pouvait-elle faire confiance à Mia ? Croire qu'elle n'avait plus de contact avec Ling depuis des années et avait seulement entendu dire que le frère et la sœur n'habitaient plus dans la Schmuckstraße ? La première idée d'Ida avait été d'aller mener son enquête là-bas. La cuisine de rue existait-elle encore ? Elle posa la question à Mia, mais celle-ci secoua la tête en prétendant ne pas savoir. Pourquoi Ida doutait-elle de sa parole ?

Deux semaines s'étaient écoulées depuis son anniversaire. Elle avait feuilleté une fois le livre que Campmann lui avait offert, mais elle ne se passionnait ni pour Narcisse ni pour Goldmund, des types tordus, quel rapport avec elle ? Quant à l'éléphant de jade noir, elle l'avait maintes fois pris entre ses mains. Un accès de sentimentalisme pour l'anniversaire d'une femme jadis aimée ? Une prise de contact ? Dans ce cas, pourquoi ne faisait-il plus signe ?

Tian avait eu vingt-neuf ans quelques semaines avant elle. Était-il donc possible qu'il vive encore seul ? Ida décida d'aller dans une bibliothèque pour consulter l'annuaire de Sankt Pauli et celui du port. *Un homme. Il avait une casquette comme ceux du port.*

Étant donné le nombre de chômeurs qui traînaient dans les rues de Hambourg, il était facile d'en trouver un à qui donner une pièce en échange d'un message à transmettre. Tian avait-il fait cela ? Non. Il avait envoyé un homme de confiance. Ida en était sûre.

Ah, ces Chinois avec leurs cachotteries. Il aurait pu téléphoner, le numéro de Campmann figurait dans le bottin, peut-être même que Tian l'avait encore. Ida avait vainement cherché le nom de Tian. Il n'était pas abonné au téléphone.

Le nom de Kollmorgen lui vint tardivement à l'esprit. Les bureaux se trouvaient jadis dans la Große Reichenstraße. Pourquoi n'y seraient-ils plus ? Hinnerk Kollmorgen était un solide commerçant, tout à fait capable de survivre aux crises économiques.

La mère Grämlich savait sans doute où trouver Tian. Ida entendait encore la salve de « J'ai entendu dire » qu'elle avait lâchée dans la Maison du passeur autrefois. Mais même son cœur inquiet ne l'aurait pas amenée à consulter la vieille. Elle préférait placer tous ses espoirs dans la Große Reichenstraße. Il n'y avait plus qu'à trouver le courage nécessaire.

*

Fritz Liebreiz mourut paisiblement. Sa femme était assise à son chevet dans la chambre de leur villa am Klosterstern. Elisabeth était là, ainsi que Theo et Betty, sa belle-sœur. Il mourut d'une mort que bientôt plus aucune personne de sa confession ne connaîtrait dans ce pays. Une mort luxueuse, dans l'après-midi du dernier jour d'août.

— *He has passed away*, dit Betty. *Good old Fritz. Very adorable.*

Les derniers mots de Liebreiz n'eurent pas trait à sa religion. Ses lèvres n'avaient pas prononcé « *Chema Israël* », comme celles de son père au moment de mourir. Il dit : « Veillez bien les uns sur les autres. » Mais il lui manqua la force de bénir sa famille dans les dernières secondes de son existence terrestre. Pourtant, ils se sentaient tous bénis par cet homme bon, qui leur avait toujours témoigné amour et sollicitude.

Betty proposa de s'attaquer à tout ce qu'il y avait à faire : le laver, l'ensevelir dans le long linceul qu'il possédait depuis longtemps.

— Allez voir les roses, dit-elle, prenez le temps de pleurer. *I know what to do. I did it all for Joseph.*

Joseph, le défunt mari de Betty, avait été un Juif très pieux, tandis que Fritz Liebreiz n'avait sans doute pas besoin de rites religieux, mais personne ne trouva rien à redire à la proposition de Betty. Ils étaient tous contents d'aller dans le jardin pour penser à l'époux et au père qui aurait sûrement aimé les voir rassemblés autour de la table en osier et commander des sandwichs et des boissons à la cuisinière.

Ils avaient eu un an pour prendre congé de lui.

— *L'chaïm*, dit Theo Unger en levant son verre. À la vie.

Il voulait tout faire pour protéger les femmes de Fritz Liebreiz. Lui-même se sentit aussi sans protection plus tard, quand il arriva à la clinique et raconta la mort de son beau-père à Kurt Landmann. Mais que lui manquait-il ? Il avait Elisabeth à ses côtés et ses parents à Duvenstedt. D'ailleurs, son père commençait à manquer de force pour tenir son cabinet et il espérait bien que Theo allait le reprendre. Theo savait qu'il ne voulait pas être un médecin de campagne, mais il n'avait pas encore osé l'avouer à son père.

— Nous sommes tous assis sur les chevaux de bois du manège, à tourner en rond, dit Landmann.

— Et ça nous donne le vertige, dit Unger.

— Quand aura lieu l'enterrement de ton beau-père ?

— Dans deux jours, dit Unger, encore tout surpris.

— Oui, nous sommes rapides, nous autres Juifs.

Avril 1933

Henny souleva la voiture d'enfant pour franchir la haute marche du magasin de textiles. Le SA qu'elle avait aperçu du coin de l'œil avança d'un pas et essaya de lui barrer la route.

— Vous savez que c'est un magasin juif ? demanda-t-il.

Elle regarda son visage de blanc-bec qui lui semblait familier.

— Le Führer a appelé ce jour au boycott des magasins juifs. N'achetez pas chez les Juifs.

La voix du jeune SA tremblait d'importance. Maintenant elle le reconnaissait : le fils de la mère Lüder.

— Laisse-moi passer, Gustav. C'est quoi, ces bêtises ?

Gustav hésita.

— Henny Godhusen, dit-il.

Elle ne s'appelait plus ainsi depuis longtemps. Elle était devenue Mme Lühr. Tous ces noms qu'elle laissait derrière elle. Partis en fumée.

— Ta mère sait-elle que tu es ici ?

Gustav rejeta la tête en arrière, au point que sa casquette faillit tomber.

— Je ne tolérerai pas une telle familiarité !

— Laisse-moi entrer chez Simon. J'ai besoin de taies d'oreiller.

Gustav Lüder regarda autour de lui. Pas d'autre SA dans les parages. Il n'y avait pratiquement pas de magasins juifs dans la Herderstraße. Le plus proche était celui de Moritz Jaffe, à hauteur de la Humboldtstraße. Gustav signala par un mouvement du menton qu'elle devait se dépêcher de disparaître dans le magasin de textiles.

— Tu peux quand même me tenir la porte, dit Henny, pour que je puisse entrer avec le landau.

Il était tellement stupéfait qu'il fit ce qu'elle demandait. Les Simon n'en revenaient pas que le jeune SA tienne la porte à une cliente. Ils avaient envie de se précipiter au-devant de Henny, mais ils n'osèrent pas quitter leur comptoir. Pourtant, Gustav avait déjà disparu, à croire qu'il risquait d'attraper la peste dans cette boutique qu'il connaissait depuis l'enfance.

Mme Simon avait les yeux embués de larmes et reniflait en montant sur l'échelle pour ouvrir le tiroir qui contenait les taies d'oreiller en lin.

— Nous les avons aussi avec des ourlets à jours, proposa-t-elle.

— J'en prends deux simples, dit Henny.

Klaus s'agitait dans son landau. Il venait de se réveiller et se redressa.

— Il sera bientôt trop grand pour cette voiture, remarqua Simon.

Henny acquiesça. L'enfant ne cessait de grandir, or il n'avait pas encore un an et demi. Marike, au même âge, était un petit elfe. Tout allait à nouveau trop vite dans sa vie. Le mariage. La grossesse.

Et maintenant, Hitler qui avait gagné les élections de mars ! Henny avait voté pour le SPD et s'était sentie très nostalgique de Lud. Elle ne voulait pas savoir à qui Ernst avait donné sa voix, elle espérait au DVP, le parti national-libéral.

Mme Simon emballa les taies d'oreiller et Henny paya. M. Simon lui remit un petit paquet d'un air gêné.

— C'est juste un foulard, dit-il, mais en coton de qualité.

— Pourquoi ? demanda Henny.

— Parce que vous avez eu la gentillesse d'entrer dans le magasin aujourd'hui.

Henny sentit son visage devenir brûlant.

— Je ne peux pas l'accepter, dit-elle. C'est tout naturel. J'achète chez vous depuis des années.

— Prenez-le comme un remerciement pour toutes ces années de fidélité.

— Vous êtes bien Mme Peters ? demanda Mme Simon.

— Oui, dit Henny, mais depuis deux ans je m'appelle Lühr. Qu'est-ce qui va se passer pour votre magasin ?

— Ce cauchemar ne peut pas durer longtemps. Mon mari voudrait aller dans sa famille en Hollande, mais si nous nous retrouvons à Maastricht une fois que Hitler aura fiché le camp, nous aurons renoncé à notre magasin pour rien.

— Helene ! la tança sévèrement Simon.

— En tout cas, vous pouvez compter sur moi comme cliente.

Cette fois, ce fut Helene Simon qui lui tint la porte. Gustav s'était volatilisé. Mais en ce 1er avril 1933, ça n'allait pas être aussi simple partout.

La veille de son mariage, Henny avait retiré sa bague sertie de grenats et l'avait déposée dans le coffret en bois de cerisier. Et ce ne serait pas le seul adieu à faire, Ernst ayant déclaré qu'il ne voulait pas vivre dans la Canalstraße, mais fouler une terre inconnue.

Ils la trouvèrent dans l'un des immeubles de cinq étages du Mundsburger Damm. Quatre grandes pièces. Lumineux. Au troisième étage. Avec un balcon devant et un balcon derrière. C'était presque digne de la grande bourgeoisie. Plus près de Lina et de la clinique. Seul Ernst avait un plus long trajet jusqu'à l'école de la Bachstraße.

Henny alla jusqu'au Winterhuder Weg en poussant le landau et devint mélancolique en voyant son ancien appartement. Quand elle pensait à tous les projets qu'elle avait eus à dix-neuf ans.

Le petit essaya de se lever dans sa poussette, heureusement que la ceinture le retenait, sinon il serait tombé dans la rue la tête la première. Avait-elle voulu cet enfant ? Non. Mais elle l'aimait comme elle aimait Marike. Le destin s'était imposé à elle.

Tout s'inversait. Käthe avait peur que Rudi ne soit complètement pris dans le tourbillon du KPD. Mais ne l'avait-elle pas forcé elle-même à l'époque où le fait d'être communiste n'était pas encore mortellement dangereux ?

À l'angle de la Hamburger Straße, Henny entra chez Mordhorst pour acheter un petit pain à Klaus et des *franzbrötchen* pour Ernst et Marike. Le petit tendit les mains vers le sachet. Cet enfant avait tout le temps faim. Pour la plus grande joie d'Else, qui trouvait Marike trop difficile avec la nourriture.

Marike n'allait pas tarder à rentrer du lycée Lerchenfeld. Elle venait d'entrer en sixième, mais comme sa tante enseignait aux niveaux supérieurs, elle ne l'avait pas en cours. Ernst devait déjà être rentré, le samedi il n'avait que quatre heures de cours. Il pourrait donc s'occuper de Klaus quand elle prendrait son service à la clinique. Sinon, c'était Else qui gardait l'enfant, comme elle avait gardé Marike.

Deux enfants. Un époux. Un grand appartement. Un travail familier. Allait-elle bien ? Henny ne le savait pas. Elle avait cru pouvoir tenir sa vie à l'écart de la politique, mais cela ne semblait plus possible. Cette nouvelle époque lui faisait peur.

*

— Vous devriez savoir que cela m'est difficile, cher confrère. Je vous estime beaucoup, ce n'est pas un secret. Mais j'ai les mains liées. La nouvelle loi est entrée en vigueur hier.

— Je vais immédiatement emballer mes affaires, dit Kurt Landmann à son chef.

— Je vous prie de rester jusqu'à la fin du mois d'avril, objecta celui-ci en levant la main. Nous n'allons pas non plus nous presser d'exécuter ce qu'ont inventé ces nouveaux maîtres, et il reste encore un certain nombre de choses à régler ici.

Landmann hésita. Pourquoi traîner sous le couperet ?

— Vous-même m'avez incité en novembre à faire venir deux nouveaux confrères, poursuivit le chef. Le Dr Kolb de Marbourg est également de confession mosaïque et n'entre plus en ligne de compte, malheureusement. Quant au confrère de Bonn, il peut prendre son poste le 1er juin.

Le regard de Kurt Landmann esquiva le directeur pour se diriger vers la grande fenêtre qui donnait sur la maternité. Les arbres fleurissaient dehors, le printemps ne se sentait pas dérangé.

— Peut-être pourrons-nous parler des nouveaux candidats ensemble avant la semaine sainte.

Landmann leva les yeux. Les cinq minutes de tact étaient sans doute passées. Devait-il chercher lui-même son successeur ?

— Avez-vous déjà un plan B ? demanda le chef. Beaucoup de choses étaient déjà prévisibles depuis le 30 janvier.

Landmann fit signe que non. Il craignait le pire depuis des années, mais jamais il n'aurait cru qu'il perdrait son poste de chef de clinique quelques mois seulement après l'arrivée de Hitler au pouvoir. Le directeur se leva. Il était temps d'en faire autant. Kurt Landmann prit la main qu'il lui tendait.

*

Theo Unger était assis sur le granit froid du rebord de la fenêtre. Cela aidait-il de chercher des lieux inhabituels, de prendre de nouvelles places quand il nous arrivait un malheur ? Comme si ce rebord de fenêtre élevé offrait sur les événements une perspective que la chaise placée devant son bureau ne pouvait lui donner. Il se souvint qu'Elisabeth avait passé la moitié de la nuit adossée au chauffage du salon lorsque la nouvelle de la maladie mortelle de son père était tombée.

— « Loi sur la restauration de la fonction publique », dit Landmann comme s'il marmonnait la formule d'un poison.

— Quelle infâme périphrase, ce nom ! s'écria Unger.

— Tu vois que je n'avais même pas imaginé le pire.

— Qu'est-ce que tu vas faire ?

Landmann haussa les épaules. Unger se raidit sur son rebord de fenêtre.

— Cette interdiction professionnelle vaut-elle aussi pour les médecins libéraux ? demanda-t-il.

— Pas encore. Pour l'instant elle ne concerne que les hôpitaux.

— Est-ce que tu pourrais envisager d'être médecin de campagne à Duvenstedt ?

Kurt Landmann le regarda avec surprise.

— Tu sais que mon père commence à décliner. Il aurait bien aimé que je lui succède dans son cabinet. Mais j'ai pris la ferme décision de ne pas le faire.

— Et tu crois que par les temps qui courent ton père prendrait un médecin juif dans son cabinet et le présenterait à ses patients ?

Surtout ne pas hésiter, même si Unger se rappelait qu'il avait déjà été trop confiant à propos de l'enthousiasme de ses parents pour une belle-fille juive. Mais finalement tout s'était arrangé. Ses parents aimaient beaucoup Elisabeth.

— Je parlerai avec lui si tu peux envisager la chose. Mais peut-être que tu préfères partir à l'étranger, à Zurich ou à Vienne ?

— Je vais avoir cinquante et un ans cette année et je commence à être un peu casanier, dit Landmann. Je n'ai plus la même envie de voyager qu'avant.

— Alors je vais parler avec mon paternel, dit Unger.

*

Käthe l'avait prédit : l'insigne du parti avait fini par remplacer la broche de l'Association des sages-femmes allemandes sur la blouse de Hildegard Dunkhase. Le climat ne s'était pas assaini depuis son arrivée, trois ans plus tôt, la plupart n'aimaient guère travailler avec elle, et depuis que Hitler régnait pleinement sur le peuple, elle était en grande forme. Elle n'hésitait pas à distribuer dans la salle des infirmières des tracts pour la Section des sages-femmes allemandes du Reich, qui était la seule organisation depuis la mise au pas des autres associations professionnelles. Elle annonçait aussi des formations sur la recherche génétique et les questions raciales.

Quant au Dr Landmann, Dunkhase l'évitait depuis le jour de l'arrivée des nazis au pouvoir, et la rumeur de son licenciement qui circulait dans les couloirs de la clinique déclenchait ses sarcasmes.

— C'est bien qu'il ne touche plus aux petites filles et aux garçons allemands, dit-elle un jour.

Henny retint in extremis la main de Käthe qui allait frapper. Le triomphe se lisait sur le visage de Dunkhase, et ça n'avait pas échappé à Henny.

— Tu te mets vraiment en danger, Käthe, l'avertit Henny alors qu'elles étaient seules devant leurs armoires. Déjà qu'ils t'ont dans le collimateur. Ils sont déchaînés depuis l'incendie du Reichstag.

— Je n'arrive pas à garder mon calme.

— Dunkhase va te découper en petits morceaux et te manger au petit déjeuner avec du sel et du poivre à la seconde où tu lui en donneras l'occasion.

— Rudi a reçu cette nuit de nouvelles instructions de Moscou. Ils travaillent tous à renverser Hitler. Il n'y en a plus pour longtemps.

Henny mit un index sur ses lèvres, comme si elle craignait que les murs aient des oreilles.

— Est-ce qu'ils vous glissent des mots sous votre porte ? demanda-t-elle à voix basse.

— Il écoute Radio Moscou, chuchota Käthe. Ils font passer des instructions cryptées. Ensuite, on fabrique et on distribue les tracts.

— Il y a déjà eu d'affreuses tortures au Stadthaus*. Les commerçants du Neuer Wall se plaignent des cris.

Henny ne voulait pas savoir d'où Käthe tenait ses informations. Elle aurait préféré que Käthe se taise, pour que l'horreur n'existe pas.

— Viens chez nous un de ces jours, dit Käthe. On pourra parler ouvertement. Chez toi je ne suis plus très bien vue. Quand je pense à nous quatre, comme on était bien. Toi et moi. Rudi et Lud.

On reconnaissait généralement le bonheur trop tard.

— Comment on va faire ici sans Landmann ? demanda Käthe.

Il l'avait toujours protégée. Mais il ne lui manquerait pas seulement pour cette raison. Elle perdait un frère d'esprit.

— Y a-t-il déjà des problèmes chez Friedländer ? demanda Henny. Tu crois qu'ils vont devoir fermer et que Rudi va perdre son poste ?

— Pour l'instant, tout marche. Mais Rudi a été affecté par la fermeture du *Hamburger Echo*. C'est là qu'il a appris le métier.

— Dans quelle époque ai-je fait naître mon Klaus ! Tu as peut-être été sage de ne pas avoir d'enfants, Käthe.

— Je vais te confier un secret, Henny, mais garde-le.

Käthe se retourna pour regarder son amie en face.

— Je ne peux pas avoir d'enfants. Une faiseuse d'anges m'a massacrée.

Elle s'était tue pendant quatorze ans et éprouvait soudain le besoin de parler. Histoire de faire table rase.

— Tu es allée voir une faiseuse d'anges ? Quand ça ?

— Après avoir couché avec Rudi pour la première fois. Dans le feu de l'action on n'avait pas fait attention. Après il a utilisé les Fromms. Il aurait pu s'en dispenser, mais je n'ai appris la triste nouvelle que quand on a voulu avoir un enfant. Rudi n'en sait rien.

— Est-ce que tu t'es fait examiner par Landmann ?

— Je suis allée ailleurs, dit Käthe en secouant la tête.

Henny pensa au cabinet de l'Emilienstraße et au pessaire qu'elle avait caché à Lud. Les femmes avaient un nouveau pouvoir à exercer. Le pouvoir aboutissait-il nécessairement à des abus ?

— Rudi ne me pardonnerait pas d'être allée voir une faiseuse d'anges, dit Käthe. Lui, il aurait voulu qu'on se marie tout de suite quand on s'est connus.

— Tu devrais le lui dire.

Käthe secoua à nouveau la tête.

— Toi non plus, tu n'as pas dit toute la vérité à Lud.

— Oui, et ça me pèse sacrément sur la conscience, avoua Henny.

La porte s'ouvrit, et Hildegard Dunkhase fixa leurs visages tendus.

— Alors affligez-vous comme il faut, aboya-t-elle. Et vous, madame Odefey, on va bien finir par se débarrasser de vous aussi.

*

Louise en eut le souffle coupé.

— Ce n'est quand même pas à cause de moi ? demanda-t-elle quand elle put à nouveau respirer.

— Pourquoi à cause de toi ?

— Parce que je suis une pestiférée.

— Pas du tout. Ça n'a rien à voir avec toi, la rassura Lina.

— Un des machinistes m'a dit récemment que j'avais l'air juive. Alors ne t'imagine pas que je vis incognito ici avec ma fiancée blonde.

— Tu es le portrait craché de ton père.

— Tu vois bien comme tout ça est aberrant. Pourquoi dois-tu partir du lycée ?

Ce fut au tour de Lina de reprendre son souffle.

— La nouvelle loi n'autorise à enseigner au lycée que les professeurs ayant une formation universitaire. Or moi je n'ai suivi que le séminaire des enseignantes. La moitié des collègues sont concernés.

— Ça fera trois ans en septembre que tu travailles dans ce bahut.

— Et maintenant les nazis sont là et promulguent de nouvelles lois.

Louise s'assit sur le canapé rouge corail, croisa les bras et appuya son menton dans une main. Sa pose pour réfléchir.

— Mince alors ! dit-elle.

— Je peux essayer de retourner à la Telemannstraße. Ou à l'école Lichtwark. Mais je ne suis pas la seule. Il n'y a pas que Lerchenfeld qui est touché par cette loi.

— Et si nous allions à Londres ? Peut-être que Tom et Hugh auraient quelque chose pour nous dans leur maison d'édition.

— C'est sûrement plus difficile que tu n'imagines. Et en plus tu te sens bien au Thalia.

— Oui, mais qui sait pour combien de temps. Les artistes émigrent en masse.

Lina fit non de la tête. L'émigration n'était pas pour elle. Tout ce qu'elle avait ici lui importait trop. Henny, Marike et Klaus, qu'elle considérait toujours comme sa famille. Cet appartement abordable avec vue sur le canal. Et Louise n'était pas en danger, officiellement ; elle avait un parent aryen, Lina s'effraya elle-même du naturel avec lequel elle pensait dans ces termes absurdes.

— Je songeais à inviter Kurt pour le jeudi saint, dit Louise. Je me suis dit que ce serait un bon jour pour être ensemble. Jésus se met à table avec ses apôtres…

— Oui, mais la Cène est un repas d'adieu. N'est-ce pas de mauvais augure ?

— Mais non. Je me charge d'acheter de bonnes choses à boire et à manger.

— Est-ce qu'il est très déprimé ?

— Tu connais Kurt. Il esquive avec l'humour.

— Et ta mère, elle va supporter tout ça ?

— J'espère que oui. Elle a mon père.

La voix de Louise était devenue rugueuse. Quel absurde théâtre que tout cela.

*

C'était une sacrée quantité de lapins et d'œufs que Guste voulait cacher dans le jardin pour Pâques. Il avait acheté ces confiseries avec elle dans une boutique am Eppendorfer Baum. Les deux vieilles Juives qui les avaient servis étaient encore perturbées par les SS qui s'étaient plantés devant leur magasin le 1er avril. Faire une telle peur aux gens ! Bunge avait toujours plaidé pour la générosité. Dans tous les domaines. Que restait-il d'autre que de se replier sur la sphère privée ? Dehors, tout avait perdu son charme.

Guste prenait les choses en main. Comme toujours. Il ne s'agissait pas de se faire défavorablement remarquer par les nouveaux messieurs. Comparé à eux, le Kaiser avait été un homme du monde. Tout ce qu'on avait cru dépassé se serait révélé utile à l'époque actuelle.

Dans la chambre sous les toits, la plus petite de la maison, vivait un jeune homme qui s'était fait bêtement remarquer par les maîtres bruns de Berlin. C'était encore presque un enfant. « Guste, avait dit Bunge, il ne faut pas que ça nous retombe dessus comme c'est arrivé au pauvre Marinus. » C'était le jeune Néerlandais qu'on avait rendu responsable de l'incendie du Reichstag, alors qu'ils étaient sûrement bien plus nombreux à s'être sali les mains.

Carl Christian Bunge avait boulotté quelques-uns des œufs en chocolat que Guste entreposait dans le buffet en chêne de la salle à manger ; il pourrait les remplacer, Pâques n'était que dimanche. Ceux qui étaient fourrés au cognac étaient les meilleurs.

Pour Ida, il achèterait chez Hübner un gros œuf en praliné. Sa fille n'était toujours pas ancrée dans la vie. Campmann et elle semblaient faire lit et table à part. Et son cher gendre était sur le point de faire une carrière encore plus brillante. L'Écureuil et lui, en revanche, avaient été bien ancrés.

Ah, comme cet œuf à la nougatine était bon. Dès le lendemain, il retournerait dans le même magasin pour que sa voracité ne soit pas visible pendant le Carême. Il pourrait rendre visite à Momme chez Heymann. Le garçon pouvait bien savoir qu'il le voyait d'un bon œil. De bienfaiteur. De patriarche. Il se sentait bien dans ces rôles, même s'il était plutôt un bienfaiteur désargenté. Guste restait la vraie cheffe. Une matriarche, il n'y avait pas de meilleure façon de la dépeindre.

*

Ida s'imaginait-elle qu'il imprimait les billets lui-même ? Campmann n'en revenait pas de tout l'argent qu'elle dépensait. Peut-être y voyait-elle une compensation parce qu'il avait une maîtresse, de même que certaines femmes réclament des bijoux et des fourrures ? Ida voulait du liquide, et elle appelait ça une rente.

Il avait d'abord cru qu'elle le refilait à ce panier percé de Bunge. Mais son beau-père semblait surtout vivre aux crochets de sa patronne de pension. Le disque qu'il avait produit figurait dans la discothèque d'Ida ; il était passé inaperçu, comme tout ce que son beau-père avait entrepris après la guerre.

Campmann attendait sur le quai numéro 5 de la gare centrale. Il regarda l'heure ; on venait d'annoncer un retard de deux minutes pour son train. Si le Fliegender Hamburger* roulait régulièrement à partir du mois prochain, le trajet ne durerait plus que cent quarante-deux minutes, Joan serait encore plus vite à Hambourg et lui à Berlin.

La veille, Ida l'avait accompagné à un dîner de gala aux Quatre Saisons. Elle le faisait quand l'invitation était adressée à *M. Friedrich Campmann et son épouse*. Ida aimait la grande société, quoi qu'elle dise. Ces brillantes apparitions étaient certainement plus à son goût que ses prestations dans des cuisines misérables, à langer des nourrissons. Mais d'autres épouses de banquiers et de grands industriels avaient aussi des activités caritatives. Ida n'avait qu'à donner le bain à des bébés, après tout, c'était bien vu. Plusieurs messieurs l'avaient déjà interpellé à ce sujet.

On annonça l'arrivée du train en provenance de Berlin. Joan sortit aussitôt du wagon-restaurant. Elle préférait manger là plutôt que dans son compartiment, c'était une de ses marottes. Or ses marottes continuaient à séduire Campmann au bout de trois ans, même si parfois son goût des divertissements, qui visait essentiellement les night-clubs de la Reeperbahn, commençait à le fatiguer. Les nouvelles annonces selon lesquelles la nudité et la prostitution devaient désormais rester secrètes n'étaient que pure hypocrisie.

L'un des armateurs, la veille au soir, lui avait discrètement remis une adresse. Strip-tease de première classe. Rien à voir avec la stupide pêche aux cartes, qui consistait à s'emparer des cartes à jouer aimantées réparties sur le corps de la danseuse jusqu'à ce qu'elle soit complètement nue.

Mais pour commencer il avait réservé un salon particulier chez Cölln, pour déguster des huîtres. Joan adorait les huîtres. Il avait souvent entendu dire que les femmes appréciaient ce fruit de mer. Sans doute qu'un quelconque illustré avait prétendu que leur haute teneur en protéines donnait un teint radieux. Il ne pouvait s'expliquer autrement leur passion pour ces choses gluantes, Campmann, lui, préférait le caviar.

Mais ce soir-là il se réjouissait à l'idée de manger son plat préféré chez Cölln : cœur de filet de bœuf avec des oignons dorés et des pommes de terre sautées. C'était roboratif, et il pouvait en avoir besoin pour les nuits qui l'attendaient à l'hôtel Jacob. Suffisamment loin du Hofweg-Palais et du Jungfernstieg. Joan le déshabillerait en lui susurrant « ma jolie nazi ». Son allemand s'était dégradé depuis que Hitler était au pouvoir. Peut-être voulait-elle se démarquer.

Ah, la voilà ! Elle était ravissante dans son tailleur moulant. Campmann lui fit signe et saisit le rebord de son chapeau mou.

Ida prit les billets de cent marks qu'elle avait négligemment glissés dans la poche de son cardigan l'après-midi même, sous les yeux de Campmann, et elle les déposa dans la cassette en fer qu'elle avait achetée exprès pour y conserver la fortune accumulée, dans le dernier recoin de sa vaste penderie.

Il y avait un billet de plus que d'habitude. Peut-être à cause des compliments qu'il avait ramassés pour elle la veille aux Quatre Saisons. Ou parce que sa traînée d'Américaine venait à Hambourg et qu'il s'absentait deux soirs de suite.

Ida ne songeait pas à quitter Campmann pour laisser le champ libre à l'Américaine. Elle tiendrait bon jusqu'à ce qu'elle ait amassé assez d'argent pour se permettre une vie indépendante confortable.

Depuis le jour de septembre, peu après son vingt-neuvième anniversaire, où elle avait vu Tian dans la Große Reichenstraße avec une autre femme dans les bras, elle était moins pressée. L'idée l'avait même effleurée, alors, que le petit éléphant noir ne venait pas de lui. Mais Campmann n'avait pas assez d'imagination pour lui infliger une douleur aussi infâme. Ling ? Avait-elle envoyé ce petit animal en jade ? Pourquoi aurait-elle fait cela ? La sœur de Tian était sûrement soulagée qu'Ida soit sortie de sa vie.

En entrant dans le couloir, Ida entendit les voix de Mia et d'Anna dans la cuisine. Mia avait passé le dimanche des Rameaux à Wischhafen et était encore tout excitée par l'impression que lui avait faite le *ortsgruppenleiter**, à savoir son beau-frère, le mari de Lene.

— Je n'aurais pas cru qu'Uwe fasse quelque chose de sa vie, disait Mia avec fierté. Fritz a une sacrée chance. Dans un an il pourra aller chez les *Pimpfe** et comme ça il sera des leurs.

Anna Laboe était assez intelligente pour se taire. Ida lui fit un clin d'œil en entrant dans la cuisine.

— Avez-vous déjà entendu parler de mon beau-frère ? demanda aussitôt Mia.

— Suffisamment, dit Ida en s'asseyant à la table.

— Une tranche de rôti ? proposa Anna. Il sort juste du four. J'allais le découper. Je vais aussi faire une rémoulade.

Ida fit non de la tête.

— Pourquoi personne ne m'interroge ? se lamenta Mia.

Ida voulait poser des questions sur Käthe. Mais il ne fallait pas que cela arrive aux oreilles de Mia, qui risquait d'aller le raconter à son *ortsgruppenleiter*. Les deux extrêmes de l'Allemagne se rencontraient dans cette cuisine.

— Monsieur dîne-t-il ici ce soir ? demanda Anna.

— Non, il est en déplacement professionnel.

La méchanceté se lisait sur le visage de Mia. Ida se demandait pourquoi elle la tolérait encore. Sans doute par habitude.

— Y en a plus d'un qui vont avoir la trouille, dit Mia. Ceux qui ont toujours voulu brimer Uwe. Il était assez bon pour nettoyer l'étable, autrefois.

Anna posa une assiette de petits gâteaux au beurre sur la table. Peut-être voulait-elle clouer le bec à Mia.

Celle-ci jeta un coup d'œil à Ida, prit un gâteau et le mâcha bruyamment.

— Les rats montent sur le navire qui sombre, dit Anna Laboe.

Ida eut l'air surpris.

— Mais d'abord il va encore faire une vague d'étrave, poursuivit Anna.

Ida songea que sa cuisinière était plus au courant qu'elle de plein de choses. Cette Laboe était une femme étonnante.

Mia continuait à mâchonner bruyamment. Elle ne comprenait rien.

*

Quitter la grande villa am Klosterstern ne semblait pas avoir posé trop de difficultés à la belle-mère de Theo Unger. Cela l'avait surpris. Mais il jugeait providentielle sa décision de renoncer à tout cela après la mort de Fritz Liebreiz. Une grande partie de la fortune restante avait été mise au nom d'Elisabeth, et d'autre part Ruth avait devancé l'ordonnance sur les devises du président Hindenburg en transférant de l'argent en Angleterre. Le souhait de Liebreiz que Ruth aille vivre chez sa sœur s'était réalisé.

Unger aussi était soulagé. Content pour toute personne qui était tirée d'affaire. La conversation avec son père était imminente. Il s'agissait de caser Landmann.

Finalement, cela se passa mieux que prévu, même si sa mère dit : « Que fais-tu subir à cette maison protestante ? » Il supposa qu'elle ne parlait pas sérieusement. Lotte avait une veine sarcastique. À cet égard, Kurt Landmann ne pouvait que lui plaire.

Ses parents avaient vu Landmann lors du mariage de Theo avec Elisabeth, mais ils ne se souvenaient pas de lui. La villa des Liebreiz était tellement pleine de monde, ce jour-là.

— Amène-le donc, proposa son père. Je reconnaîtrai bien un bon médecin. Tu peux compter sur mon intuition.

Le rendez-vous dans le bureau de son père fut plus que cordial ; Lotte et lui, qui étaient restés dans le vestibule, les entendirent rire. En sortant, les deux hommes se tapaient déjà sur l'épaule comme s'ils avaient fait leurs études ensemble à Heidelberg. Unger reconduisit Landmann en ville dans la Mercedes 170 d'Elisabeth.

— Alors, comment ça s'est passé ? demanda-t-il.

— Nous allons bien nous entendre, dit Landmann. Mais le rêve de ton père, c'était de te savoir *toi* dans son cabinet, avec ta femme et trois enfants dans la maison d'à côté.

— Tout le monde a le droit de rêver.

— Pourquoi ne veux-tu pas le rejoindre ?

— Parce qu'on a besoin de moi à la clinique.

— C'était aussi ce que je pensais pour moi.

— Pardon, dit Theo Unger.

— Avant, je ne savais pas que la clinique était ma vie.

— Tu m'inviterais à boire un cognac ? Avec vue sur la statuette nègre de Maetzel et les baigneuses de Hopf ?

— Absolument.

— La vie continue, dit Unger.

— Absolument, répéta Kurt Landmann.

*

— Ne bouge pas, dit Ernst en tenant l'Agfa Box dirigé sur Henny.

Else tenait Klaus par la main pendant qu'il essayait de faire ses premiers pas. Marike ramassait des pommes de pin. Henny avait mis la robe qu'elle avait portée sept ans plus tôt dans un jardin de la Johnsallee. Bleu marine à pois blancs avec un col blanc.

— Parfait, dit Ernst. Tu es très belle.

Vendredi saint. Ernst et Henny ne travaillaient ni l'un ni l'autre. Pourquoi ne pas anticiper les joies de Pâques ?

— Ensuite nous irons dans la Waldesruh pour manger un rôti d'agneau.

Henny regarda Marike, dont le visage se rembrunit. Elle mangeait encore du porc, même si c'était aussi mignon, comme animal. Mais l'agneau restait tabou.

— On mange du poisson le vendredi saint, dit Else.

L'Agfa Box fit à nouveau clic. Ernst collerait toutes ces photos au bord dentelé dans un album. Créer des souvenirs. Il savourait la nouvelle époque. Enfin la stabilité était revenue. La démocratie n'avait rien apporté à l'Allemagne.

— Est-ce que je peux dormir chez Thies le lundi de Pâques ? demanda Marike.

— Hors de question, dirent Ernst et Else en chœur.

— Et pourquoi pas ? répondit Henny.

L'enfant regarda sa mère avec une lueur d'espoir.

— Autant les coucher tout de suite dans le même lit, décréta Ernst.

— On en reparlera, dit Henny en prenant dans la main de sa fille une pomme de pin particulièrement bien conservée.

— Commençons par célébrer le vendredi saint, dit Ernst en regardant sa belle-mère. C'est parti pour des truites dans la Waldesruh.

Il déposa Klaus, qui pleurnichait, dans son landau en osier.

— Mal jambe, dit Klaus.

— Avons-nous le droit d'entrer dans le restaurant avec l'enfant ? demanda Else.

— J'ai un livre de Pâques pour les enfants, dit Henny.

Ils firent demi-tour et repartirent en direction du moulin. La mousse étouffait leurs pas. Ernst tendit brusquement un bras pour les inviter à s'arrêter.

— Il y a un chevreuil, murmura-t-il.

Nouveau clic de l'Agfa Box. Mais le chevreuil s'était déjà enfui.

*

Tract n° 10. Un tract d'anniversaire. Personne ne voyait le sourire crispé de Rudi. Il arrêta de tourner la manivelle du duplicateur à alcool et tendit l'oreille dans l'appartement. Non. Aucun bruit.

La peur était tout le temps là. Pourquoi s'infligeait-il cela ? Il s'imaginait de temps à autre qu'il l'avait promis à Hans lorsqu'il agonisait, pourtant ils n'avaient échangé aucun mot ce dimanche : le sang était tout ce qui était sorti de la bouche de Fahnenstich.

Cent feuilles. Il avait imprimé cent exemplaires de ce tract n° 10. Beaucoup trop peu, on ne pourrait atteindre qu'un cercle restreint. Si les presses de Friedländer avaient été à sa disposition, il aurait pu les placarder sur toute la ville de Hambourg. Mais cet établissement juif était déjà surveillé par les autorités.

Ambiance de vendredi saint, chez lui, malgré le soleil. Käthe à la clinique. Elle était de garde avec le Dr Landmann. Incroyable qu'il continue à travailleur pour eux, ce médecin.

Rudi enveloppa le duplicateur dans un drap et le déposa dans le panier à linge. Puis il le recouvrit des vieilles couvertures pour chevaux qu'il avait trouvées dans la cave de l'imprimerie et prit la clef du grenier. Heureusement qu'ils habitaient au quatrième étage. Un seul escalier étroit les séparait du grenier. Il venait de mettre un pied dessus lorsque la porte d'à côté s'ouvrit.

Le voisin était un homme agréable qu'ils connaissaient depuis des années. Il partait pour sa promenade quotidienne, canne et chapeau à la main.

— B'jour, monsieur Odefey. On fait de grands rangements ? Ma femme aussi fait le ménage depuis ce matin, comme si le vendredi saint était fait pour ça. Mais le vendredi est son jour de ménage, et basta.

— Ma femme a rangé, et je dois monter ça au grenier.

— Oui, oui, les femmes. Elles ont toujours de petites choses à nous faire faire.

Sur ce, il mit son chapeau et commença à descendre. Avait-il remarqué que le panier à linge cachait sous les couvertures une espèce de grosse boîte ? Mais non. Rudi monta les marches raides de l'escalier, qui valait à peine mieux qu'une échelle de poulailler. Pas facile de garder l'équilibre avec ce panier ultralourd. Et les piétinements qu'il entendait au rez-de-chaussée ne l'aidaient pas.

Si la police d'État enfonçait maintenant sa porte, elle trouverait sa boîte en fer-blanc rouge des *Boyaux et épices Hermann Laue* qui contenait la centaine de tracts. Il n'avait même pas refermé le couvercle. Karl et lui avaient trouvé cette boîte dans l'appartement de Grit. Quand sa mère avait-elle acheté des boyaux aux épices ? La boîte était vide, hormis quelques peignes et nœuds que Rudi avait du mal à imaginer dans les cheveux de la vieille femme.

Éclats de rire en bas. Ouf : la police d'État ne riait pas. Perquisitionner un appartement n'était pas un moment de franche rigolade. Rudi ouvrit la porte du grenier et traîna le panier jusqu'à l'appentis qui leur était attribué au fond.

— Pensez aux souffrances de notre Seigneur, clamait la voix stridente de la concierge lorsqu'il regagna la cage d'escalier. Vous n'avez pas honte, un jour pareil !

Rudi se pencha par-dessus la rampe et aperçut en bas les jumeaux du premier étage en compagnie d'un troisième garçon.

— Allez, sortez et faites pénitence !

Rudi s'éclipsa dans son appartement et se servit un schnaps.

*

Tian, à la fenêtre, regardait les fidèles entrer dans la synagogue comme ils le faisaient toujours le jour du sabbat. Rien ne semblait avoir changé encore, mais l'agitation était plus grande dans ce quartier que dans la Große Reichenstraße ou sur la place Rödingsmarkt, où les négociants connaissaient même un certain essor.

— Prends-tu le petit déjeuner avec moi ? demanda Ling.

Il se tourna vers sa sœur, qui avait mis la table pour deux. La théière sur le réchaud. Une assiette de porcelaine contenant des toasts.

— Tu es rentré tard, dit Ling ensuite.

— Je suis resté longtemps au bureau et j'ai fait le chemin à pied. L'air était si agréable.

Tian s'assit et prit un toast. Ling et lui ne mangeaient plus les repas cantonais canoniques, qui consistaient le matin en raviolis à la vapeur. Ils avaient changé leurs habitudes depuis plusieurs années, en fait depuis qu'ils avaient pris leur propre appartement. Ils continuaient seulement à boire du thé par théières entières, bien que travaillant tous les deux dans le commerce du café.

Ling avait été fiancée et avait rompu ses fiançailles. Ils vivaient désormais comme un vieux couple, lui à bientôt trente-deux ans et elle trente. En Chine, dans le pays de leurs parents et ancêtres, ils auraient été considérés comme du rebut depuis longtemps. Des pots de fleurs desséchées.

— J'espérais que tu avais rendez-vous avec une femme, dit Ling.

— Tu ne devrais plus t'inquiéter, répondit Tian avec un sourire.

Ling aimait sa propre indépendance, mais elle essayait de marier son frère. Elle avait fait une dernière tentative avec Traute, qui travaillait chez Kollmorgen et idolâtrait Tian depuis le premier jour. Tian ne repensait pas volontiers au moment où Traute lui était tombée dans les bras en le suppliant de l'aimer. Cela n'avait pas été facile pour eux, ensuite, de se croiser dans les bureaux. Mais en cette période de chômage il n'avait pas voulu demander à Traute de partir.

— N'essaie surtout pas de manigancer à nouveau quelque chose, avertit-il en étalant de la marmelade d'orange sur son toast.

— Ça fait des années, dit Ling.

— J'aime bien vivre seul avec toi.

— Tu aimes toujours Ida, dit Ling en secouant la tête.

— Non, dit Tian.

— Un peu trop véhément, ce non, répliqua Ling.

Tian posa le toast sur son assiette. Ida l'avait-elle cherché en vain, autrefois, au moment de leur vingt-neuvième anniversaire ? Elle n'aurait eu qu'à aller chez Kollmorgen si elle avait tenu à lui. Il avait cru toucher son cœur avec ce petit éléphant. Était-elle devenue dure, et lui sentimental ?

Ling soupira.

— Finis ton toast. Tu as maigri.

Tian reprit le toast et le tint dans sa main sans le manger. Non. Il n'y aurait pas de nouvelle tentative d'approcher Ida. Il était encore blessé à l'idée que le petit éléphant noir ne l'avait pas fait revenir à lui.

Des périodes de flamme et des périodes de glace. Tian recourait régulièrement à Lao-Tseu, le philosophe de ses ancêtres.

Tout était une question de survie.

Landmann mangeait sa soupe de lentilles à même la casserole. Il n'avait pas envie de mettre la table, de poser une assiette, ni d'aller chercher une serviette à ourlets à jours et une cuiller en argent provenant de l'héritage de sa mère.

C'était la femme de ménage qui lui avait préparé la soupe, elle le faisait le samedi. Elle lui resterait sûrement fidèle. Parce que c'était une bonne âme. Parce qu'il payait un meilleur salaire qu'il n'était d'usage à Hambourg.

Il espérait se sentir encore longtemps en sécurité dans son nouveau logis. Ils étaient convenus avec le père d'Unger qu'il resterait à Duvenstedt pendant la semaine, dans l'ancienne chambre d'enfants de Theo et Claas.

Le tableau d'Okke Hermann était sa toute dernière acquisition. Pas le meilleur de sa collection, mais les contours de la grande dune lui rappelaient *Les Femmes de Nidden* d'Agnes Miegel. Ce volume rouge pâle de ballades que lisait Oda durant les jours qu'ils avaient passés à Westerholz lui était venu à l'esprit quand il avait vu ce tableau, puis les souvenirs l'avaient recouvert comme la dune l'avait fait avec les femmes de Nidden. Oda lui lisant des ballades. Les soirées d'été sur la plage de la mer Baltique. La guerre avait éclaté quatre semaines plus tard, et ils ne s'étaient plus revus. À croire qu'Oda s'était volatilisée.

Une fois, elle était venue dans cet appartement de la Bremer Reihe, en 1912, peu après qu'il y avait emménagé ; il venait de prendre son premier poste à Sankt Georg, dans l'hôpital de Lohmühlen.

Kurt Landmann posa la casserole dans le bac en grès, il ferait la vaisselle plus tard. Ne surtout pas se laisser aller maintenant, après ce brusque changement dans sa vie. Manger à même la casserole devait rester une exception.

Médecin de campagne à Duvenstedt à partir du mois de mai. Il était reconnaissant à Theo et à son père. Mme Unger semblait encore le considérer avec scepticisme, mais leur maison était vaste, on ne serait pas les uns sur les autres, même s'il aurait préféré retourner chez lui le soir. Or le père de Theo tenait beaucoup aux gardes de nuit. Les gens n'hésitaient pas, à la campagne, à frapper à la porte du docteur à 2 heures du matin ou à le sortir du lit en téléphonant.

Toutes ces années, il avait conservé la photo d'Oda dans le journal qu'il avait tenu pendant la guerre. La photo et le journal étaient tous deux très abîmés, puisqu'ils l'avaient suivi sur tous les fronts. Il y avait eu une seconde photo, sur laquelle Oda et lui, installés dans une corbeille de plage, souriaient au photographe qui avait parcouru ce village du fjord de Flensburg avec son appareil.

Landmann regarda l'heure. Le temps lui semblait long. Encore dix heures avant de prendre son service. Il était content de pouvoir remplacer Theo en ce dimanche de Pâques. Plus que deux semaines avant le 1er mai.

— Elle m'a donné tout l'argent qui était dans la cafetière, dit Jacki. C'est sa cachette. Avant elle le mettait simplement dans le placard, derrière le sucre, mais mon père l'a découvert. Et il ne peut pas s'empêcher d'aller le boire au bistrot.

— Garde ton argent, dit Guste Kimrath. Je te laisse la chambrette gratuitement.

Elle considérait ce garçon que sa mère avait réveillé au milieu de la nuit en lui annonçant qu'il devait fuir immédiatement.

— Est-ce que c'est plus sûr ici qu'à Berlin ? demanda Guste. Chez nous aussi la police d'État a vite fait de se pointer.

Jacki avait quinze ans, mais, avec sa minceur et ses cheveux blonds hirsutes, elle l'avait cru encore plus jeune.

— Ici je n'ai pas distribué de tracts, répondit-il.

Jacki s'était présenté chez Guste en annonçant « C'est ma mère qui m'envoie ». Sa réputation de ramasseuse d'épaves était-elle parvenue jusqu'à Berlin ? Sur le moment, elle n'avait pas posé plus de questions.

— Maman travaille dans l'atelier de couture du théâtre Volksbühne. Une collègue lui a parlé de vous. Il paraît que vous ne renvoyez jamais quelqu'un qui est dans le besoin.

Guste hocha la tête. Les gens de théâtre défilaient chez elle.

— Ta mère sait que tu es bien arrivé chez moi ?

— Non. Vous pourriez appeler le théâtre ? dit Jacki en secouant la tête. Je n'ai pas osé. Ils connaissent ma voix.

Guste se releva avec peine du canapé qui meublait la petite mansarde. Il était complètement défoncé. Il faudrait qu'elle le remplace.

— Tu n'as pas le numéro, par hasard ?

Jacki alla prendre le cartable qui constituait son seul bagage. Sûrement son vieux cartable d'écolier. Guste prit le papier où étaient inscrits les quatre chiffres du numéro de téléphone de la Volksbühne.

— Il n'y a sûrement personne à Pâques, dit-elle.

— Nan. Personne dans l'atelier de couture.

— Ah, tu es là ! dit en soufflant Bunge, qui était monté sous les toits. Il y a deux policiers en bas. Momme est en train de les occuper. Mais ils veulent te parler, Guste.

— Et toi, tu montes jusqu'ici pour leur montrer comment trouver Jacki ?

— Je ne crois pas qu'ils soient là pour Jacki. Ce n'est pas la police d'État mais la police locale.

Guste connaissait le plus âgé des policiers. Il avait l'air gêné.

— Désolé, madame Kimrath, on nous a signalé que votre registre n'était pas tenu correctement. Nous devons vérifier.

— Mais je vous en prie, messieurs. Je suppose que le signalement était anonyme. Bon. La concurrence ne chôme pas. Elle aime bien semer des pierres sur notre chemin.

— Si vous me permettez de regarder là-dedans.

Guste prit le registre derrière son comptoir et indiqua un des fauteuils en velours du vestibule.

— Asseyez-vous.

Le policier prit le temps de lire, comme s'il faisait fondre chaque nom sur sa langue.

— Vous avez aussi des Juifs parmi vos pensionnaires ?

— Ce n'est quand même pas interdit.

— Non, ce n'est pas interdit.

Il lui rendit le registre en se levant.

— Sans rancune, madame Kimrath. Bon, on va continuer à se dégourdir les jambes. Le jour de Pâques, on aimerait pouvoir faire autre chose.

La double porte du salon s'ouvrit, et Bunge apparut avec un petit panier à la main. Guste supposa qu'il avait passé tout ce temps derrière la porte.

— Puis-je vous offrir un œuf en chocolat pour adoucir votre travail ?

— J'espère que ce n'est pas de la corruption, dit le plus âgé en tendant déjà la main.

Mais il regarda son collègue et lut la désapprobation sur son visage.

— Désolé, dit-il pour la seconde fois en retirant la main.

— Ne vous mettez pas en tort, madame Kimrath, avertit le plus jeune des policiers. Vous avez la réputation d'héberger toutes sortes de gens.

Puis ils dirent « *Heil Hitler* » en chœur et sortirent de la pension.

Novembre 1933

Ils vinrent à 4 heures du matin. La jugulaire attachée. Le pistolet à la ceinture. Des matraques en caoutchouc à la main. Les gardiens de la paix de Hambourg qui effectuaient le sale boulot de la police d'État.

En entendant sonner en bas avec insistance, Käthe et Rudi avaient bondi hors du lit et cherché leurs vêtements. Käthe était encore en jupon qu'ils fouillaient déjà dans les armoires, renversaient les tiroirs, jetaient des cartons par terre.

Rudi gardait son calme tandis que Käthe criait à en perdre la voix. Que cherchaient-ils ? Que voulaient-ils ? Le duplicateur à alcool, pensait Rudi. Käthe ignorait qu'il était caché dans l'appentis du grenier, elle imaginait l'atelier situé dans la cave de l'imprimerie Friedländer.

Mais ils ne demandèrent pas à voir le grenier.

Käthe ne comprenait pas pourquoi Rudi avait soudain enfilé son manteau. Ni pourquoi on le jetait dehors en cette matinée de novembre pluvieuse, beaucoup trop tôt. Il se tourna vers elle, mais ils n'autorisèrent aucune étreinte, aucun au revoir.

La porte des voisins s'ouvrit. L'homme agréable qui vivait à côté d'eux depuis douze ans hocha la tête en voyant Rudi. Pourquoi hochait-il la tête ? Ce n'était pas un salut. Au début de l'année il y avait eu des marches aux flambeaux. Pourquoi pas de révolte contre ce régime de non-droit ? Ah, ces hommes agréables qui acquiesçaient…

Käthe courut à la fenêtre. Rudi leva la tête, regarda dans sa direction, voulut lui faire signe. Mais l'un des policiers le bouscula si fort qu'il faillit tomber.

Käthe tremblait de tous ses membres en enfilant sa jupe et son pull-over. Elle s'assit au secrétaire, qui semblait éventré, et se mit à pleurer. Où emmenaient-ils Rudi ? Au Stadthaus de sinistre réputation ? Peut-être qu'il rentrerait dès aujourd'hui. Bon, commencer par ranger le secrétaire, le sanctuaire de Rudi.

Ils avaient fouillé avec brutalité, mais pas à fond. Le tiroir de derrière renfermait le petit paquet enveloppé dans une page du *Hamburger Echo*, qui ne paraissait plus depuis le mois de mars. L'épingle de cravate du père inconnu de Rudi.

Partir, songea Käthe. Elle n'y avait jamais pensé à ce point. Peut-être au Danemark ou en Suède. L'épingle leur rapporterait assez d'argent. Quitter ce pays. Laisser Karl et Anna ?

Käthe se mit à ranger le chaos. Encore trois heures avant le début de son service. Si seulement Landmann était encore à la clinique.

*

— *Beaucoup de bonheur et de bénédiction !* entonnèrent Henny, Ernst et Marike.

Klaus, qui fêtait son deuxième anniversaire, n'appréciait pas encore vraiment la chanson. Il reçut des albums, un jeu de construction avec des colonnes et des atlantes, un tambour. Else ne serait sûrement pas enchantée par le tambour ; elle devenait de plus en plus sensible au bruit. Mais elle n'était pas encore là, elle viendrait plus tard dans la matinée.

Henny ne travaillait pas, ce jour-là. C'était un heureux hasard, elle n'avait rien demandé. Beaucoup de choses avaient changé à la clinique, le médecin de Bonn était un supérieur difficile, capable de bienveillance paternaliste à certains moments, puis devenant brusquement inflexible et réprobateur. Ils étaient rares à ne pas regretter le Dr Landmann.

Ernst alla travailler, il rentrerait à temps l'après-midi pour le goûter d'anniversaire. Marike partit pour le lycée. Unger téléphona. Cela ne pouvait pas être bon signe, se dit Henny. Devait-elle aller travailler, finalement ?

— Käthe est avec moi, dit-il. Son mari a été arrêté ce matin.

Henny installa Klaus dans le landau et courut à la clinique, oubliant complètement qu'Else allait arriver avec un kouglof. Rudi, ce cher Rudi. La bruine qui tombait acheva de la déprimer.

Elle passa devant Dunkhase, qui semblait déjà au courant des malheurs de Käthe. Puis elle croisa le Dr Aldenhoven, le médecin de Bonn.

— Vous ne figurez pas sur le planning, madame Lühr, et surtout pas avec une voiture d'enfant, dit-il.

Il n'était pas ravi de la voir aller dans le bureau du Dr Unger. Sans frapper, en plus. Il trouvait douteuse la familiarité de son confrère avec les sages-femmes Lühr et Odefey. Aldenhoven attachait beaucoup de prix à la hiérarchie.

— Veux-tu que je te remplace ? demanda Henny. Comme ça, tu pourrais aller au Stadthaus.

Chercher Rudi. C'était ce que voulait Käthe. Elle accepta la proposition de Henny avec reconnaissance. Il fallait juste attendre que Klaus soit avec sa grand-mère.

— Surtout ne dis rien, avait dit Henny à Else, qui savait parfaitement que Käthe en arriverait là un jour.

Elle le savait depuis l'anniversaire de Henny, peu après la guerre, autrefois.

— Comment elle parlait du Kaiser, dit Else Godhusen, et de la patrie. Elle se met toujours dans de beaux draps. C'est évident que Hitler ne peut pas se laisser marcher sur les pieds par les communistes.

— Il faut que j'y retourne, Maman. Merci de me dépanner à l'improviste.

— Ah, mon pauvre petit Klaus, dit Else. On avait imaginé autre chose pour ton anniversaire, toi et moi. Le gâteau aussi est tout triste.

— Mais vous pourrez manger le gâteau dès qu'Ernst et Marike seront là. Il y a un gratin de pommes de terre pour le déjeuner, il n'y a plus qu'à le mettre au four.

Henny avait déjà la main sur la poignée de la porte.

— C'est une chance que tu aies un mari raisonnable, toi, dit Else.

Mais Henny ne l'entendait plus. Elle descendit l'escalier en courant.

— « *L'homme qui s'obstine court à l'écrasement* », dit Else à son petit-fils en étalant son jeu de construction par terre.

Käthe avait patienté une heure pour apprendre qu'Odefey ne se trouvait pas au poste central de la police d'État, le Stadthaus. La salle de torture semblait lui avoir été épargnée.

— Allez le chercher au Kola-Fu, avait dit un agent, qui ressemblait à un policier tout à fait normal. Vous pouvez lui apporter quelques vêtements. Ce qu'il avait ce matin ne doit plus être bien propre.

L'avaient-ils littéralement traîné dans la boue ? Käthe retourna chez elle pour remplir son sac à provisions de linge. Une veste en laine bien chaude. Du savon. Sa brosse à dents. Quels espoirs avait-elle en tête pour emporter aussi le recueil de poèmes de Marie von Ebner-Eschenbach qui était ouvert sur la table de chevet de Rudi ?

Le Kola-Fu désignait le camp de concentration qui avait été installé entre les murs de l'établissement pénitentiaire de Fuhlsbüttel. Käthe s'approcha du portail, qui avec ses deux tours et ses briques rouges n'était pas spécialement menaçant.

Le SS qui lui prit son sac et en renversa le contenu sur une grande table noire, en revanche, lui fit peur. Il siffla en voyant le recueil de poèmes de Marie von Ebner-Eschenbach, le secoua et fit défiler les pages entre ses doigts comme s'il s'agissait d'un folioscope. Il ne trouva aucun message secret et jeta le livre aux pieds de Käthe.

— Reprenez aussi la veste, dit-il en la jetant également. Ils ne sont pas là pour être gâtés.

— Puis-je parler à mon mari ?

Käthe entendait encore son rire sarcastique quand elle se retrouva dans le métro, avec sur les genoux le sac contenant la veste chaude, les poèmes et le linge qui lui avait finalement été remis après une attente imposée, la chemise et le caleçon long que Rudi avait enfilés à la hâte à 4 heures du matin. Du linge taché de sang.

Käthe se fichait toujours pas mal des poèmes que lisait Rudi. Mais ce jour-là elle s'assit à la table de la cuisine et lut deux couplets. Elle estimait le lui devoir.

Une petite chanson. Comment se fait-il
Qu'on puisse l'aimer autant ?
Dis-moi ce qu'il y a dedans

Il y a un peu de mélodie
Un peu de chant et d'harmonie
Et toute une âme

Il avait cherché un monde idéal, son Rudi. Käthe referma le recueil et laissa couler ses larmes. Elle prenait ce poème comme une déclaration d'amour.

*

— Préparatifs de haute trahison, dit-elle dans la cuisine de ses parents.

— Ils ont trouvé quelque chose chez vous ? demanda Henny.

Henny était là au lieu d'être dans son appartement, où il devait bientôt y avoir un bon repas pour l'anniversaire de Klaus. Elle pensa aux tracts dont Käthe lui avait parlé au printemps. Que savaient les Laboe ?

— Rien, dit Käthe. Ils n'ont rien trouvé.

— On dirait que ça t'étonne, s'inquiéta sa mère. Mon enfant, qu'est-ce qu'ils cherchent chez vous ? Qu'est-ce que vous faites ? Le KPD est interdit depuis l'incendie du Reichstag.

— Annsche, tu préfères pas l'savoir, c'que font les gosses, dit Karl. Et même, t'as pas le droit de l'savoir, sinon ils viendront t'chercher, toi aussi.

Anna Laboe regarda son mari :

— Et tu sais quoi, toi ?

— Ben, j'ai ma p'tite idée. Rudi va pas arrêter ses tracts juste parce que ça brûle à Berlin.

— S'ils n'ont rien trouvé, ils doivent le libérer, dit Henny. Il faut que tu ailles voir un avocat, Käthe. Peut-être qu'Unger peut t'en recommander un. Il y a sûrement des moyens juridiques.

Käthe regarda Henny comme si elle venait d'une autre planète.

— Il n'y a plus que des moyens illégaux, dit-elle.

C'était quoi, cet État auquel Ernst faisait confiance ? Cette situation stable ?

— Je vais rentrer à la maison, dit Henny.

Elle avait fini son service depuis deux heures. Ernst et Else le savaient. Lorsqu'elle alla dans l'entrée pour mettre son manteau, Käthe la suivit. Cela brûlait les lèvres de Henny de dire « Viens chez nous quand tu veux ». À l'époque de Lud, elle aurait prononcé ces mots tout naturellement.

— Je te remercie, dit Käthe, de m'avoir remplacée spontanément ce matin, et pour tout.

— Käthe, je peux passer te voir dès que tu en as envie.

— Tu penses aussi que Rudi va bientôt rentrer ? demanda Käthe en appuyant la tête sur l'épaule de son amie.

— Je le pense, dit Henny en caressant les cheveux de Käthe.

— Je vais mouiller ton manteau avec mes larmes.

— Je t'aime de tout mon cœur.

— Moi aussi, dit Käthe en se dégageant. Va donc voir les enfants et ton Ernst.

Une fois dans la Humboldtstraße, Henny leva les yeux vers les fenêtres obscures du deuxième étage, dans l'immeuble du coin, où elle avait grandi avec ses parents.

Else était en train de préparer des toasts dans la cuisine de Henny. En plus de la charcuterie ordinaire, Henny avait acheté du jambon à l'os de Westphalie, du vrai fromage suisse et un morceau d'anguille pour Ernst. Else couperait les petits cornichons dans la longueur et les disposerait entre les tartines avec les oignons grelots, comme si c'étaient des perles. Elle avait toujours fait ça pour Henny enfant.

Henny était contente d'avoir si peu de trajet à faire jusqu'à son foyer, et elle réussit à mettre le désespoir de la journée entre parenthèses.

— Tu étais où ? voulut savoir Else quand Henny entra chez elle.

— Tu ne finissais pas à 4 heures aujourd'hui ? dit Ernst. Il est presque 6 heures et demie.

Henny ne tint aucun compte des reproches et ne s'excusa pas ; elle prit la petite main toute chaude que Klaus, surexcité, lui tendait pour l'emmener dans le salon, devant la tour de cubes qu'il fit s'écrouler la seconde d'après.

— Ça suffit, Klaus ! s'écria Ernst. Laisse la tour, maintenant.

Mais l'enfant avait visiblement envie de s'amuser.

— Nous allons donc pouvoir manger, dit Else en apportant le plat dans le salon.

Cornichons en éventail. Oignons grelots alignés comme des perles.

— Tu veux bien ouvrir la bière pour ton mari.

— Je vais t'attraper, je vais t'attraper ! s'exclamait Ernst en empoignant son fils pour l'asseoir dans sa chaise haute.

Marike était sagement installée à table. Avait-on évoqué l'arrestation de Rudi ? Devant les enfants ? Marike aimait beaucoup Rudi.

— Je suppose que tu es passée chez Käthe, devina Else.

— Allez, on fête l'anniversaire de Klaus, dit Ernst en versant la bière dans son verre. Aux mères ! Aux enfants !

— Je ne dirais pas non à un verre de vin, en l'honneur de cette journée, dit Else.

— Pardon, j'aurais pu y penser, s'excusa Ernst en reculant sa chaise. Il faut que je descende à la cave.

— Ne t'embête pas, protesta Else.

Mais Ernst fermait déjà la porte derrière lui.

— Alors, quelles nouvelles de Rudi ? demanda Else. On aimerait bien savoir.

Marike s'assit bien droit et regarda Henny.

— On l'a emmené à Fuhlsbüttel.

— Dans la prison centrale ?

— C'est un camp pour les prisonniers politiques qu'ils ont construit là-bas.

— Ils vont lui faire quelque chose ? dit Marike.

— Nous espérons qu'il va bientôt rentrer chez lui.

Else fit claquer sa langue. Était-ce par incrédulité ou parce qu'elle avait entendu la porte ?

— Tu es rapide, dis donc, Ernst. Tous ces escaliers.

Ernst était flatté, mais à bout de souffle. Il déboucha le vin et prit deux verres à pied dans la vitrine.

— Alors à votre santé, dit-il en levant son verre de bière. Un peu de musique, mesdames ?

Il se leva, fier de posséder un nouveau gramophone. *Liebling, mein Herz lässt dich grüssen*[1], chantaient Lilian Harvey et Willy Fritsch. Ernst alla prendre une bière fraîche dans la cuisine.

Une fois couché, il demanda à Henny des nouvelles de Käthe et Rudi. Henny fut soulagée de ne déceler aucune réprobation dans sa voix.

Assise sur le bord de la baignoire, Louise regardait se dissoudre le galet d'épines de pin. L'eau devenait verte.

— Ton bain est bientôt prêt, dit-elle assez fort pour que Lina l'entende.

Lina entra et trempa une main dans l'eau.

— Température parfaite. Tu devrais devenir maîtresse des bains, et moi aussi.

— Être ta maîtresse me suffit amplement.

Lina retira son kimono et entra dans l'eau.

— Nous avons beaucoup trop bu hier, dit-elle. Kurt n'a cessé de nous resservir.

— « *Qui a des soucis a aussi de la liqueur.* »

1. « Chéri, mon cœur te dit bonjour. » (NdT)

— Tu n'as pas l'impression que ça se passe bien à Duvenstedt ?

— Si. Sauf que ce n'est pas chez lui. Est-ce que je nous sers des rollmops ? C'est bon contre la gueule de bois.

— Nous n'avons pas de rollmops, dit Lina en s'enfonçant un peu plus dans l'eau verte. Tu veux dire qu'il n'a jamais voulu être médecin de campagne ?

— Ni avoir à ses côtés un vieux docteur aimable qui regarde tout ce qu'il fait.

— Le vieil Unger a du mal à lâcher.

— J'espère que les nazis ne vont pas passer à l'étape suivante et décréter l'interdiction totale d'exercer pour les médecins juifs.

Lina soupira et recula sa tête jusqu'à sentir l'émail froid derrière la nuque. Qu'allaient-ils tous devenir ? Le pire qui lui était arrivé jusqu'à présent était de ne pas pouvoir poursuivre sa carrière de professeur au lycée. D'autres avaient été plus gravement touchés. En tant que Juive, sa collègue Dorothea Bernstein avait aussi dû quitter le lycée Lerchenfeld et avait été mise en retraite forcée à quarante ans, sans le moindre salaire.

— Tu m'as l'air bien sombre, dit Louise. Veux-tu que je te rejoigne dans la baignoire ?

— Tu crois que c'est un bon remède ? répondit Lina en souriant.

Dehors, les cloches de l'église Sainte-Gertrude sonnaient en ce dimanche, et elle se prélassait dans sa baignoire. Elles menaient joyeuse vie en cette sombre période.

— Dimanche prochain, c'est les élections du Reichstag, dit-elle.

— Je n'irai pas, décréta Louise en retirant sa chemise. Fais-moi de la place.

Elle fit des vagues en grimpant dans la baignoire.

— C'est possible, de ne pas y aller ?

— Ils ne vont pas nous arrêter pour ça. Tu ne peux rien voter de toute façon. Le retrait de la Société des Nations est effectif, et c'est pure hypocrisie de vouloir se le faire confirmer par la voix du peuple. Tu as le choix entre le NSDAP et le NSDAP.

— Peut-être qu'ils vont fouiller les registres à la recherche des non-votants.

— Tu es vraiment froussarde !

Froussard. N'était-ce pas ainsi que son père traitait aussi Lud ? Lud s'en serait bien tiré chez Nagel und Kaemp. Ils étaient purement aryens et n'étaient pas touchés par les représailles.

— Jaune d'œuf avec sauce Worcestershire, sel et poivre, dit Louise.

— Quoi ?

— C'est ce que prend mon père quand il a la gueule de bois. Nous avons des œufs frais et de la sauce Worcestershire aussi. Je l'ai achetée pour les bouchées à la reine.

— Alors on est sauvées, dit Lina.

— Et si on partait quand même en Angleterre ?

— Que veux-tu que je fasse là-bas en tant qu'enseignante allemande ?

— Tu te sens bien dans l'Ahrensburger Straße ?

— Ils suivent aussi les principes de l'éducation nouvelle.

— Ils les suivent pour le moment, tu veux dire.

Louise commençait à s'agiter dans l'eau du bain devenue tiède. Elle sortit de la baignoire et s'enveloppa dans le grand drap en lin aux initiales de la mère de Lina.

— Et moi ? demanda Lina.

— Il est à peine humide.

— Tu es vraiment une enfant unique !

— Femme aux yeux violets, sors de l'eau et viens au lit avec moi.

— D'accord, mais tu nous sers d'abord la potion magique de ton père, dit Lina.

Qui l'eût cru.

Kurt Landmann regardait la Bremer Reihe par la fenêtre. La brume était en train de recouvrir les immeubles d'en face. Peut-être ferait-il mieux d'aller à Duvenstedt dès ce soir ; il devait être présent le lendemain à 7 heures, il ne pouvait pas se permettre d'être empêché par les intempéries.

Les gens l'appelaient « le Juif », mais ils le respectaient, ayant reconnu en lui un bon médecin. Et il s'arrangeait du vieil Unger. Quelle chance, se dit Landmann, il avait eu de la chance.

Quand la salle d'attente s'était vidée, Theodor Unger, l'ancien, se retirait avec le *Fremdenblatt* et le *Reclams Universum*, par beau temps dans le jardin et en hiver dans le salon. Les visites à domicile incombaient à Landmann, qui les faisait à vélo. S'il avait soupçonné que la vie le chasserait un jour de la grande ville, il aurait été plus ouvert à l'acquisition d'un permis de conduire. Cependant il était devenu le roi de la pédale.

« V'là le nouveau docteur qu'arrive sur son vélo bringuebalant », avait dit le vieux Harms, son patient préféré, à qui il faisait tous les jours une piqûre d'insuline.

Landmann s'éloigna de la fenêtre et décida de rester chez lui. Les soirées étaient monotones à Duvenstedt depuis l'automne. Lotte Unger l'invitait bien au salon, mais il ne voulait pas être dans leurs pattes et préférait rester dans l'ancienne chambre des garçons, sous le toit, où étaient encore affichés les diplômes encadrés des tournois d'équitation de Claas, le frère cadet de Theo.

Lotte avait l'esprit pratique, ce qu'il appréciait. En plus des poules et des lapins, elle avait aménagé au printemps un jardin potager, auquel elle avait sacrifié ses derniers parterres de fleurs. « Ça va mal finir avec cet homme », avait-elle confié à Landmann, en parlant de Hitler. Unger l'ancien était nettement plus confiant concernant la paix et la stabilité apportées par le nouveau régime.

Landmann alla dans sa cuisine et prit les verres lavés sur l'égouttoir pour les ranger dans la vitrine Biedermeier, également héritée de sa mère. Ils avaient bien picolé la veille, surtout Louise et lui, Lina s'était davantage contrôlée, comme toujours.

Le tableau d'Okke Hermann était de travers. Il l'avait décroché la veille pour que ces dames puissent mieux le regarder. Sans doute que Landmann ne tenait déjà plus très droit quand il avait remis le tableau à sa place. Louise avait poussé un cri en le retournant :

— Quel titre amusant ! avait-elle dit.

Il ne connaissait pas le titre. Pour lui, c'était *Les Femmes de Nidden* qu'il avait acheté au galeriste. Lina avait lu le titre et secoué la tête.

— Ça ne me plaît pas, Kurt, que tu achètes un tableau intitulé *La Mort*.

Il avait alors pensé au *Cri* d'Edvard Munch. Peut-être que l'artiste avait voulu s'inspirer de son illustre pair.

— Je ne savais même pas qu'il s'intitulait comme ça. Je l'ai acheté à cause d'un souvenir.

— Raconte, avait dit Louise en se blottissant contre lui.

Mais il n'était quand même pas assez ivre pour parler d'Oda aux deux femmes.

*

Elisabeth avait eu vent de la rumeur concernant le comédien Hans Otto*, qui aurait été jeté par la fenêtre du troisième étage de la Voßstraße, où siégeait la direction berlinoise du NSDAP. Elle frissonna en passant par la Voßstraße et en voyant le grand drapeau étendu sur la façade. *Un peuple, un Führer, un oui*. Les nazis avaient réussi à imposer leur liste unique. Était-ce rassurant de savoir qu'elle pouvait à tout moment rejoindre sa mère et sa sœur Betty en Angleterre ? Mais que deviendrait Theo ?

Elle prit un taxi pour aller jusqu'à la gare Lehrter Bahnhof, d'où le Fliegender Hamburger la conduirait chez elle en deux heures et demie. Elle était contente de quitter Berlin pour un certain temps. En janvier, elle avait assisté à la première du *Faust II* au Staatstheater, avec sur scène Hans Otto, Gründgens et Werner Krauß, et maintenant Otto était grièvement blessé et allait sans doute mourir parce qu'il avait eu des activités communistes après son renvoi du théâtre. Il avait trente-trois ans. Autant que le siècle, et deux ans de plus qu'elle-même. Tout partait à vau-l'eau. Comme elle avait bien fait de renoncer à un enfant, autrefois.

Elisabeth n'avait aucune idée de la manière dont évoluerait sa situation professionnelle. *Die Dame* et *Die Vossische Zeitung* prenaient encore volontiers ses articles, mais beaucoup de choses avaient changé dans les deux rédactions, des personnes de confiance avaient été licenciées, et personne ne savait combien de temps Ullstein tiendrait encore. L'épée de Damoclès de l'aryanisation était suspendue au-dessus de cette maison d'édition comme de beaucoup d'autres.

Elle monta dans un compartiment de première classe où était déjà installé un passager qui eut la politesse de se lever lorsqu'elle prit place. Puis il se replongea dans la lecture de son journal. *La Stampa*. Il replia le journal peu après Ludwigsburg et regarda le paysage par la fenêtre. La nuit commençait à tomber.

Elle s'avisa alors que cela n'était pas très malin de présenter ouvertement le livre d'Erich Maria Remarque qu'elle était en train de lire. Mais un Italien savait-il qu'*Après* faisait partie des titres qui avaient été brûlés en mai sur la place de l'Opéra de Berlin, parce que leurs auteurs et leurs contenus étaient condamnés par les nouveaux dirigeants ? En même temps, Mussolini était un allié de Hitler. Peut-être que cet homme séduisant qui lui faisait face était au service de Mussolini.

Sans doute avait-il lu dans ses pensées, car il dit en souriant, dans un allemand impeccable mais avec un fort accent :

— J'ai lu *À l'Ouest rien de nouveau*, mais je ne connais pas celui-là.

— C'est une sorte de suite, dit Elisabeth.

— Remarque n'est plus très bien vu de nos jours. J'ai entendu dire que M. Goebbels avait lâché des souris blanches dans la salle lors de la première du film.

— Vous êtes bien informé.

— Pardonnez-moi, je ne me suis pas présenté. Garuti. Je suis attaché culturel.

Tiens, quand même. Elisabeth se sentit légèrement rougir.

— Mais je ne suis ni un indic ni un dénonciateur.

— Je ne me serais jamais permis de le penser.

Quel âge pouvait-il avoir ? La cinquantaine ? Ses épais cheveux bouclés étaient parsemés de quelques mèches blanches. Donc il était plus probable qu'il ait pris ses fonctions diplomatiques avant Mussolini.

Lorsque le train entra en gare de Hambourg, il lui donna sa carte de visite. *Dott. A. A. Garuti.* Plus tard, une fois sur le quai, alors qu'il avait déjà pris congé et était parti à la hâte, elle réalisa qu'elle ne s'était pas présentée.

— Un petit Allemand digne de ce nom, dit le Dr Aldenhoven en montrant à la mère épuisée le nouveau-né qui gigotait dans les bras de Henny.

— Il a tout ce qu'il faut ?

— Qu'est-ce que vous voulez dire ? répondit Aldenhoven en éclatant de son rire un peu condescendant qui faisait toujours tressaillir Henny. Bon, madame Lühr, vos nerfs ne sont pas en très bon état. Tous les petits doigts sont là, tous les orteils, et un magnifique zizi !

Il ne lève quand même pas encore le bras pour faire le salut hitlérien, se dit Henny. Unger lui avait montré la veille un livre récemment paru. *Manuel pour les infirmières pédiatriques*. Le bébé bien en chair qui était représenté sur la couverture levait le bras droit.

— Comment voulez-vous l'appeler ? demanda Aldenhoven.

— Heiner.

— C'est aussi un nom germanique. Ils ne peuvent pas tous s'appeler Adolf ou Hermann, dit le médecin en partant à nouveau d'un rire tonitruant.

Dans la mesure du possible, Henny laissait à Käthe les gardes en compagnie d'Unger et de Geerts. Depuis que la sage-femme en chef était souffrante et manquait régulièrement, Henny occupait de plus en plus sa position. Käthe traversait un moment difficile à la clinique depuis que Dunkhase avait raconté à tout le monde que son mari était dans le camp de concentration de Fuhlsbüttel.

Aldenhoven était un bon médecin, mais il roulait pour la nouvelle époque, sauf qu'il n'avait pas la bassesse de Dunkhase.

Aucune nouvelle de Rudi. Käthe avait été autorisée deux fois à lui apporter du linge, et celui qu'elle récupérait était toujours taché de sang.

— Ils vont lui faire un procès dans les règles, avait dit Ernst. S'il est innocent, ce sera prouvé.

Il semblait effectivement le croire, contrairement à Henny.

— Réjouis-toi donc de la période de l'Avent, avait dit Else à sa fille. Tu as deux enfants. Tu as des obligations.

Mais pour l'instant c'était encore le dimanche des morts, et Henny alla au cimetière d'Ohlsdorf avec Marike pour mettre des branches de sapin sur la tombe de Lud. Marike y ajouta un dessin, qui était déjà ramolli par la pluie quand elles atteignirent le portail. L'enfant avait dessiné son petit frère, Henny et elle-même.

Le lendemain du dimanche des morts, Henny avait rendez-vous avec Ida. Mais celle-ci avait la tête ailleurs, elle ne compatissait pas aux malheurs de Käthe et ne souffrait pas pour l'Allemagne. Ida était amoureuse.

— Il a des mains magnifiques, dit-elle.

— Et qu'est-ce qu'il en fait ?

Ida adressa à Henny un long regard désapprobateur.

— Il joue du piano aux Quatre Saisons.

Henny associait ce lieu à de la musique mondaine, mais c'était injuste envers le pianiste, qui simplement n'avait pas encore réussi à décrocher des concerts en salle.

« *Da gib's nur ein Mal, das kommt nicht wieder, das ist vielleicht nur Träumerei, das kann das Leben nur einmal geben, vielleicht ist's morgen schon vorbei*[1].»

Le parolier et le compositeur avaient déjà émigré, mais ni Ida ni Henny ne le savaient, ni d'ailleurs personne aux Quatre Saisons.

— Je ne savais pas que tu fréquentais les Quatre Saisons.

— Sans arrêt avec Campmann.

1. Il s'agit d'une chanson composée en 1931 par Werner Richard Heymann, sur des paroles de Robert Gilbert, pour le film *Le congrès s'amuse*. Elle était interprétée par la chanteuse anglo-allemande Lilian Harvey. Les paroles signifient : « Ça n'arrive qu'une fois, ça ne revient pas, ce n'est peut-être qu'une rêverie, la vie n'offre ça qu'une fois, ce sera peut-être fini demain. » (NdT)

— Oui, mais là j'imagine que c'est sans Campmann, ou est-ce qu'il est témoin de ton flirt ?

— Tu es devenue ennuyeuse aux côtés de Lühr.

Henny regarda ses mains et sa grande alliance. Peut-être que c'était vrai.

— Fais-moi profiter du vaste monde, alors, dit-elle.

Ida n'entendit pas l'ironie. Elle parlait avec l'enthousiasme de l'amoureuse clandestine qui a enfin trouvé des oreilles ouvertes.

« *Nur für ein Weilchen fällt auf uns nieder*
Vom Paradies ein goldener Schein[1]. »

— Il a joué son morceau jusqu'à la fin et il est venu à ma table, dit Ida.

— Et ensuite ?

— Il s'est incliné et m'a tendu sa carte de visite. Il n'avait malheureusement pas le droit de s'asseoir à ma table, la direction n'aime pas ça.

— Et tu lui as téléphoné ?

— Tu n'imagines pas à quel point je me languis. Jef est superbe et il m'a facilité les choses en prenant les devants. Il vient de Belgique, au fait.

— Je ne trouve pas ça bien, cette histoire. Qu'en est-il du petit éléphant et de Tian ? Prends enfin une décision concernant Campmann.

— Tu as oublié que Tian avait une autre femme dans les bras ?

— Pardonne-lui. Vous êtes séparés depuis des années. Il ne peut quand même pas se mortifier toute sa vie.

— Tu veux que je lui coure après ?

— As-tu jamais fait quelque chose pour ton grand amour ?

1. « Tombée du paradis, une lueur dorée nous effleure un moment. » (NdT)

Elles avaient haussé le ton. Heureusement que Mia était de sortie et que Campmann était absent. Lorsqu'elles se séparèrent, ce soir-là, elles étaient aussi tristes qu'épuisées.

Henny s'engagea dans le Hofweg, puis dans la PapenhuderStraße avant d'atteindre le Mundsburger Damm. Elle n'avait pas choisi le chemin le plus court pour rentrer. Peut-être qu'elle ne voulait pas voir certaines vérités en face.

— C'est pas juste, c'qu'ils font aux youpins, dit le vieux Harms.

Il rabaissa les manches de son pull-over après que Landmann eut mis un pansement à l'emplacement de la piqûre.

— Non, dit Kurt Landmann, ce n'est pas juste.

— Si vous voulez boire un *lütt un lütt** un d'ces soirs, venez chez moi. Le vieux docteur, il est pas trop porté sur le schnaps.

Landmann repensa au kummel de Helbing avec lequel il avait enivré Unger autrefois. Peut-être que Henny Lühr, anciennement Godhusen, aurait été la femme qu'il fallait à Theo.

— Si c'est une invitation, je ne dis pas non, répondit-il.

— Quand vous voulez, docteur, quand vous voulez. Depuis que ma femme est plus là, les soirées sont solitaires dans le patelin, et la maison trop grande.

— Oui, je connais ça, dit Kurt Landmann, les soirées solitaires.

— On s'comprend, docteur. Même si vous êtes un youpin.

— C'est vrai, nous nous comprenons, dit Landmann d'un ton amusé.

Le vieux lui faisait du bien avec sa franchise. Peut-être que ça allait bien se passer finalement, qu'on le laisserait encore exercer un moment entre les parcs à chevaux et les vieilles fermes. Hambourg, le Stadthaus et Fuhlsbüttel semblaient bien loin. Les poules picoraient dans la cour, les lapins gambadaient dans le clapier, et en été il y avait des haricots que l'on cueillait par la rame, et des têtes de chicorée, plate et frisée.

À son retour, il trouva la Dixi verte de Louise garée devant le cabinet.

— Je voulais juste voir comment tu allais. Lina se fait du souci.

— Et pas toi ? demanda Landmann avec un petit sourire.

— Tu es comme moi, dit Louise. Quelqu'un qui ne renonce pas.

— Et toi, dès le berceau tu étais délurée.

— Qu'est-ce que tu racontes ! Viens, allons faire un tour.

Il regarda l'heure. Une heure avant la reprise de ses consultations. Quelque chose n'allait pas chez Louise.

— Tout va bien chez tes parents ? demanda-t-il une fois dans la voiture.

— Pour autant que je sache, oui.

Ils roulaient sous un rideau de pluie. Heureusement que la Dixi avait un toit.

— Que se passe-t-il ? dit Landmann.

— Au théâtre, on m'a fait comprendre qu'il fallait que je parte.

Ils iraient donc vraiment jusqu'au bout.

— Pense que tu es comme moi, lui cria-t-il alors que la voiture s'éloignait. Quelqu'un qui ne renonce pas.

Puis il alla au cabinet pour ouvrir un furoncle et examiner quelques langues bien chargées.

Le pianiste d'Ida jouait une chanson qui venait d'être chantée pour la première fois dans un club de Harlem : *Stormy Weather*. Il jouait aussi *Smoke Gets in Your Eyes* de Jerome Kern et *Isn't It a Pity* des frères Gershwin. Il allait s'attirer des ennuis puisque les maîtres bruns aussi fréquentaient le salon cheminée, même s'ils étaient rarement en uniforme brun ; ce n'était pas toléré dans cette élégante maison. On pria le pianiste de revenir aux chansons du répertoire allemand.

Lorsque Ida arriva aux Quatre Saisons, il n'était plus là. Du jour au lendemain. « Un engagement à Amsterdam », expliqua avec regret l'homme de la réception, qui appréciait aussi la sonorité de son piano. Le jeune pianiste avait refusé de modifier son répertoire pour se conformer aux désirs des nazis.

« *Das kann das Leben nur ein Mal geben, und was vorbei ist, ist vorbei*[1]. »

Ida s'assit dans le salon cheminée décoré pour Noël et retira ses gants clairs.

— Puis-je mettre votre manteau au vestiaire, madame ?

Elle se laissa retirer son manteau en daim doublé de fourrure et commanda tout de suite une salade de homard et un sherry. D'habitude, elle ne buvait que du thé. Mais aujourd'hui elle avait besoin d'autres stimulants. Au piano, un petit jeune jouait *Adieu, mein kleiner Gardeoffizier*. Son compositeur, Robert Stolz, était toléré.

Ida but son sherry trop vite et ressentit de l'amertume : elle n'arrivait à rien, pas même à garder un amant plus de deux semaines. Campmann, lui, avait sa maîtresse depuis plus de trois ans. D'ailleurs, elle aurait volontiers découpé les vêtements de Joan aux ciseaux si elle avait eu accès à sa garde-robe. La colère d'Ida grandissait face à l'absence de retenue avec laquelle Campmann et son Américaine affichaient leur liaison.

Un dimanche, il s'était présenté à la table du petit déjeuner dans un nouveau peignoir en soie, en expliquant

1. Suite de la chanson interprétée par Lilian Harvey : « La vie n'offre ça qu'une fois, et ce qui est fini est fini. » (NdT)

joyeusement à Ida que c'était un cadeau de Joan, qu'elle l'avait acheté pour lui chez Saks Fifth Avenue, et qu'elle n'avait pas seulement du goût mais de l'argent. Oui. Il savourait sa vengeance après toutes les rebuffades des années passées.

Ida fit signe qu'on lui apporte un deuxième sherry.

Quelle situation humiliante que de continuer à partager sa table mais plus son lit, depuis longtemps, d'avoir au téléphone cette femme qui souhaitait parler à Campmann, de sentir son parfum et de trouver ses cheveux sombres sur les cols de chemise. Mais l'idée que cette Américaine puisse emménager et vivre au bel étage à sa place lui était encore plus insupportable.

Si cette femme qui oscillait entre l'Ancien et le Nouveau Monde se décidait à retourner à Philadelphie ou à New York, ou n'importe où sur le vaste continent américain, Ida demanderait aussitôt le divorce. Mais il fallait attendre le repli de Joan. Il n'y avait pas encore assez d'argent dans la cassette, loin de là, et Campmann était devenu avare de ses rentes depuis qu'il n'avait plus rien à cacher.

Une dame assise à une table voisine lui fit signe. N'était-ce pas l'épouse du type de la chambre de commerce ? Ida n'avait pas d'amies dans son milieu. Il faudrait peut-être changer ça. Sa stratégie avec Campmann nuisait à sa relation avec Henny. Le luxe plutôt que la liberté. Henny avait qualifié cela d'opportunisme et n'avait pas montré la moindre compréhension quand Ida, par-dessus le marché, avait renoncé à prodiguer des soins bénévoles aux nourrissons. Ida avait dit qu'elle ne s'y sentait pas à sa place.

Trop de petits pois pour la princesse, avait répliqué Henny. Ida, en fait, perdait tout espoir. Henny n'était-elle pas sensible à ses soucis ?

Le lendemain du dimanche des morts, Henny avait traité Ida d'égocentrique, et Ida avait qualifié Ernst Lühr d'affreux petit-bourgeois. Depuis lors, c'était silence radio. Il était temps de se réconcilier.

Ida mangea sa salade de homard aussi vite qu'elle avait bu son sherry. Il lui était monté à la tête. Comme Jef lui manquait ! Ses mains. Sur elle aussi, il avait su jouer magnifiquement. Elle avait ressenti un immense besoin d'être désirée. Jeune et fraîche comme une rose. De la tête aux pieds.

*

Rudi rentra le vendredi précédant le 1er dimanche de l'Avent. Il avait le crâne rasé et n'arrivait pas à se réchauffer. Käthe remercia le hasard qui avait voulu qu'elle soit à la maison à ce moment-là. Elle l'enveloppa dans des couvertures et le coucha sur le canapé, celui-là même où Hans Fahnenstich avait été allongé.

Elle remit du bois dans le poêle en faïence et lui servit un thé au miel. Mais il était complètement frigorifié. Landmann vint le soir même et examina les traces de torture. Il leur laissa une pommade, des comprimés contre la douleur physique et psychique, et une bouteille de cognac. Henny apporta une marmite de soupe de poulet. Mais rien de tout cela ne put réchauffer Rudi. Il sentait jusque dans ses os le froid mouillé du mois de novembre, et aussi la cruauté de ses tortionnaires.

Cette nuit-là, Rudi la passa dans les bras de Käthe, dormant à peine, et quand il dormait il se réveillait en sursaut et ses halètements semblaient des cris réprimés. Käthe lui demanda de raconter ses souffrances pour pouvoir s'en libérer, ce qu'il finit par faire.

— On doit quitter l'Allemagne, dit Käthe.

— Et tes parents ? Ils commencent à vieillir.

— Il y a encore l'épingle de cravate.

— On la garde comme une sécurité au cas où ça dégénérerait vraiment.

Jusqu'où cela pouvait-il encore dégénérer ?

Mai 1938

— Une exposition nécessite une longue préparation, dit le *dottore* Garuti en regardant Elisabeth, qui visitait le musée des Arts et Métiers avec son mari. Autrefois, dans le chemin de fer, vous ne m'avez pas révélé votre nom, une occasion magnifique nous est offerte aujourd'hui de réparer cela, *signora*.

Oui, c'était un heureux hasard. Que les discriminations soient supportables pour Elisabeth Unger malgré les lois pour la protection du sang allemand et de l'honneur allemand, qui existaient depuis septembre 1935. Theo Unger la protégeait par leur « mariage mixte ». Comme elle était contente que son père n'ait pas connu ces lois de Nuremberg* et que sa mère vive en Angleterre avec Betty. Elisabeth avait longuement songé à l'émigration et ne s'y était finalement pas résolue. Pour l'heure, elle visitait l'exposition de céramique italienne que l'on inaugurait ce soir-là ; elle contemplait des cruches et des coupes, des carreaux et des reliefs datant de six siècles. Le monsieur du chemin de fer avait les cheveux tout blancs.

L'épouse du directeur de la clinique était commissaire de l'exposition, et sa visite une obligation pour le Dr Unger.

— Je suis heureuse que vous ayez pu venir, dit l'épouse en souriant un peu plus longtemps à Theo qu'à Elisabeth.

Garuti prit des verres sur le plateau qu'on lui tendait.

— Trinquez avec moi en l'honneur de cette nouvelle rencontre. C'est un simple vin des Abruzzes, mais très *abboccato*. Je ne trouve pas le mot allemand pour dire ça.

Il tendit le premier verre à Elisabeth et le second à Unger, avant de se servir lui-même.

— *Salute !* dit-il en regardant Elisabeth avec adoration.

Cela ne dérangeait pas Unger, qui trouvait cet Italien charmant.

— Moelleux, dit Garuti. C'est le mot que je cherchais.

— C'est tout à fait ça, dit Theo Unger. Vous avez donc rencontré ma femme dans le train ?

— Oui, entre Berlin et Hambourg. Mais cela fait des années, même si elles ont glissé sur vous sans laisser de traces, *signora*. Moi, par contre, je suis devenu un vieil homme aux cheveux blancs.

— Êtes-vous souvent à Hambourg ?

— Non, malheureusement. Seulement pour préparer cette exposition. Je suis rattaché à l'ambassade à Berlin.

Unger lui aurait volontiers demandé où il avait appris à parler cet allemand quasi impeccable, mais cela aurait sans doute été impoli. C'était normal pour un attaché culturel en poste à Berlin. Garuti confirma son aptitude à lire dans les pensées, comme autrefois dans le train :

— J'ai fait mes études en Allemagne, dit-il, il y a une éternité. J'aime votre pays et ses femmes.

— J'aimerais bien vous inviter à dîner chez nous, dit Elisabeth.

— Hélas, hélas, je dois rentrer à Berlin demain, se désola Garuti. Mais nous n'allons pas nous perdre de vue, cette fois.

Il avait prononcé cette dernière phrase en regardant Theo Unger. Le *dottore* Garuti avait des manières. Et d'ailleurs, Unger le laissait adorer Elisabeth de bon cœur. Elle avait dû en rabattre dans tant de domaines, ces dernières années. Ullstein avait été aryanisé, *Die*

Dame paraissait désormais au Deutscher Verlag et ne passait plus de commandes à des auteurs non aryens. Le second commanditaire d'Elisabeth, *Die Vossische Zeitung*, s'était lui-même dissous en mars 1934 pour des raisons politiques. « La mission d'un journal dans le style du *Vossische Zeitung* est terminée à nos yeux », avait fait savoir la rédaction à ses lecteurs. Elisabeth écrivait désormais des textes pour les catalogues de la maison de couture Robinsohn. Qui savait combien de temps Robinsohn existerait encore ? Beaucoup de choses étaient devenues pires que ce qu'avait prédit Landmann dans ses plus sombres pronostics.

Kurt et lui se rencontraient les dimanches où ils n'étaient pas de garde. Une petite partie de campagne était prévue prochainement avec la Mercedes, qu'il emprunterait à Elisabeth. « Dans le joli mois de mai, avait dit Landmann, saisissons la balle au vol. »

Le *dottore* Garuti adressa un dernier long regard à Elisabeth au moment de se quitter. Même un Italien chenu pouvait encore avoir des yeux de braise.

— Trinquons à mes quatre-vingts ans, docteur, sans vous j'y serais jamais arrivé.

Le vieux Harms avait posé quatre petits verres devant lui ; il en remplit deux de kummel et deux de bière. Kurt Landmann connaissait déjà la procédure : le verre de bière entre le pouce et le petit doigt, le verre de kummel entre le majeur et l'annulaire. Le schnaps coulait dans la bière, et les deux dans la bouche. À Duvenstedt, Landmann n'avait pas seulement appris à faire du vélo, il avait aussi appris à boire *lütt un lütt* .

Theodor Unger l'ancien s'était retiré du cabinet à soixante-quatorze ans, n'assistant plus que très rarement Landmann, quand la salle d'attente était trop pleine ou que son aide était nécessaire pour une petite opération.

Kurt Landmann lui avait déjà suggéré à plusieurs reprises de se mettre en quête d'un successeur plus jeune. Mais le vieux n'avait rien voulu savoir. « Vous pouvez encore faire ça bien pendant dix ans, répondait-il. Nous ne voulons pas recruter un petit jeune qui va réinventer la médecine. »

— Deux autres, docteur ? demanda Harms.

— Vous voulez surtout me voir tituber encore une fois sur le vélo, dit Landmann en riant.

— Mais vous êtes un solide gaillard, répliqua le vieux, vous encaissez les *lütt* comme un rien.

Lotte Unger avait huit ans de moins que son mari et elle était plus clairvoyante. Que son fils Claas monte son cheval dans l'uniforme noir de la SS et qu'il fasse partie des Reiter-SS la mettait très mal à l'aise. Depuis que Landmann était là, Claas brillait par son absence dans la maison parentale. Il avait déjà eu du mal avec sa belle-sœur. Les enfants de Claas avaient vingt, dix-neuf et dix-sept ans, et seule Nele, la petite dernière, venait encore voir ses grands-parents à Duvenstedt, qui n'était plus complètement rural depuis qu'il faisait partie de Hambourg. « Je vous prive de votre fils », avait dit Landmann. Mais Lotte avait vivement secoué la tête : « Qu'il redevienne d'abord normal. Alors il pourra venir. »

— Il faut que j'y aille, dit Landmann au vieux Harms. Il y a sûrement du monde dans la salle d'attente.

— Alors dites-leur que Harms a quatre-vingts ans aujourd'hui, dit le vieux en riant chaleureusement. Personne y croyait quand j'ai commencé à avoir du diabète. Mais grâce à vous j'va faire encore quelques tours de piste, docteur.

— Et grâce à l'insuline aussi, ajouta Landmann.

*

Au-dessus du canapé du salon figurait une vieille affiche de Friedländer. *Lion sur éléphant*. Rudi l'avait fait encadrer quand tout s'était terminé à l'imprimerie, en 1935. Les fils du fondateur de l'entreprise s'étaient vu accorder deux années de sursis car ils apportaient des devises dans le Reich. Mais c'était définitivement fini, et la dernière page imprimée portait le numéro 9078.

Rudi avait trouvé du travail dans une imprimerie de la Zimmerstraße, qui faisait des cartes de visite, faire-part de naissance, mariage et décès, et du papier à lettres. Il écoutait encore Radio Moscou, mais le duplicateur à alcool n'était plus dans le grenier. Il rouillait dans la cave d'une maison vide dont les habitants avaient réussi à passer la frontière danoise.

Käthe et lui tenaient encore le coup et essayaient de ne pas se faire remarquer. Ils n'avaient rien à se reprocher hormis d'écouter la radio, et ils étaient très prudents quand ils parlaient dans le téléphone nouvellement installé. Rudi savait pourtant que la Gestapo l'avait à l'œil depuis qu'il avait été détenu à Fuhlsbüttel.

Récemment, il avait fait don de deux marks pour soutenir les familles des camarades arrêtés. Comment aurait-il pu soupçonner que la Rote Hilfe*, qui n'existait plus officiellement, tenait une liste régulière de ses donateurs, comme si c'étaient les membres d'un club d'épargne ?

Et comment cette liste était-elle tombée entre les mains de la Gestapo ? Un dimanche matin, elle partit à la recherche de tous les donateurs pour les arrêter. Odefey, le dernier sur la liste, n'était pas chez lui. C'était un heureux hasard : Rudi avait été appelé à la clinique à la première heure pour venir chercher sa Käthe, qui avait eu un malaise pendant son service.

Käthe et lui venaient de tourner dans la rue Schützenhof quand ils virent une Mercedes noire garée devant leur immeuble. Les agents de la Gestapo en sortirent à ce moment-là, en civil. Mais ils n'avaient pas besoin d'uniformes pour être identifiés. Käthe et Rudi firent marche arrière et retournèrent dans la Bachstraße.

— Qu'est-ce qu'ils te veulent ? dit Käthe.

— Je ne sais pas, dit Rudi, qui se mit à transpirer.

Il ne faisait pas encore le rapport avec son don à la Rote Hilfe, mais il comprenait bien qu'ils ne pouvaient pas rentrer chez eux.

— Allons à Duvenstedt, dit Käthe. Landmann va nous aider.

Comment pouvait-elle croire qu'il en avait la possibilité ? Un médecin juif chassé de la clinique aidant un communiste à fuir ?

— Tu te sens capable de faire ce trajet, Käthe ? Comment te sens-tu ?

— Mieux. La peur a fait remonter ma tension.

— Se pourrait-il que tu sois enceinte ?

— Non, dit Käthe.

Puis elle se tut, comme elle l'avait toujours fait.

Ils étaient déjà dans le train en direction des Walddörfer quand Käthe songea qu'on était dimanche et que Kurt était peut-être chez lui, et non à Duvenstedt.

— Dans ce cas, nous ferons une promenade en forêt en réfléchissant à la suite, dit Rudi.

— As-tu fait une plaisanterie à propos de Hitler ? demanda Käthe.

Rudi fit signe que non. Dunkhase ! se dit Käthe. Mais que pouvait-elle mettre sur le dos de Käthe ?

— J'ai donné deux marks pour les familles des camarades arrêtés, dit Rudi.

— Ça doit être ça. Mais comment ils le savent ?

Lorsqu'ils arrivèrent au Mühlenweg, ils virent à nouveau une Mercedes devant la maison. Un modèle 170 de couleur sombre.

— Tout doucement, dit Rudi. Si on fait demi-tour en courant, on se trahit.

Kurt Landmann était en train d'apporter à la voiture un petit panier de pâtisseries et une bouteille Thermos. Ils prendraient cette première collation en roulant dans la campagne du Holstein, et plus tard ils s'arrêteraient dans une maison forestière pour manger la cuisine de Mme Fobrian, et pourraient aussi regarder les cygnes.

Theo Unger était entré dans la maison pour dire bonjour à ses parents. C'était encore le petit matin, mais cette journée de mai s'annonçait magnifique, et les vieux Unger étaient déjà réveillés depuis longtemps.

Landmann fut tellement surpris de voir Käthe et son mari dans la rue qu'il déposa le panier assez brutalement sur le toit de la Mercedes bleu nuit qui appartenait à Elisabeth. Ce n'était pas bon signe, difficile de croire qu'ils venaient simplement faire une excursion dans les Walddörfer.

Käthe avait commencé à courir quand elle reconnut Landmann, elle changea de direction et lui tomba dans les bras. Les quatre mots qu'elle prononça suffirent :

— Gestapo devant notre immeuble.

Unger n'eut besoin d'aucune explication, le regard de Landmann était éloquent. Il présenta Käthe à ses parents, qui étaient sortis jusqu'à la clôture pour leur dire au revoir, en expliquant que c'était une sage-femme de Finkenau et son mari venus rendre visite à des amis. Ils feraient un bout de route avec eux.

Ils allèrent dans la forêt de Wohldorf et dégustèrent les croissants et le café devant le monument à la mémoire des soldats tombés pendant la Grande Guerre.

— Et maintenant ? demanda Unger.

Il n'était pas question de retourner dans la Bartholomäusstraße. La Gestapo ne lâchait rien. Assis sur un tronc d'arbre, Landmann écoutait les oiseaux et pensait à un vieil homme qui vivait seul dans sa grande maison.

— Je vais demander au vieux Harms, dit-il. Pour les premiers jours. Ensuite il faudra trouver une autre solution. Et au besoin entrer dans la clandestinité.

Dans la clandestinité, pensa Rudi. À cause de deux malheureux Reichsmarks pour les familles des détenus. Ne valait-il pas mieux se rendre ? Se laisser torturer dans les caves du Stadthaus ou d'un camp de concentration ? En même temps, ça l'avait presque brisé, la dernière fois.

— Tu vas mettre ce vieil homme en danger, dit Unger.

— J'ai hérité de mon père une épingle de cravate ornée d'une perle d'Orient, dit Rudi. Un semblable bijou a rapporté deux mille marks lors d'une vente aux enchères.

— Partons au Danemark, dit Käthe, ou en Suède.

Pour elle, c'était préférable à la clandestinité.

— Beaucoup de bijoux sont mis en circulation en ce moment, fit remarquer Landmann. Ce ne sera ni facile ni rapide.

Rudi était comme anesthésié. Fuir. Il n'avait jamais voulu ça.

— Je ne veux mettre personne en danger, dit-il.

— Alors venez chez moi dans la Bremer Reihe, dit Landmann. Personne ne peut me mettre en danger. Essayez de vendre cette épingle, Rudi.

Käthe alla trouver Jaffe et tenta de se légitimer en nommant le meilleur ami de son mari. Elle raconta comment il avait trouvé la mort.

— Quel prix a été obtenu pour une épingle similaire ?

— Deux mille Reichsmarks à Leipzig, dit Käthe. C'est la somme qu'ils ont annoncée à mon mari.

— Je crains que cela ne soit plus possible, dit Jaffe en hochant la tête.

— Il y a trop de bijoux sur le marché ?

— C'est surtout que mes relations ne sont plus bonnes. Presque plus personne ne veut faire des affaires avec moi. Je comprendrais que vous confiiez cette vente à quelqu'un d'autre.

— Mais mon mari préfère la savoir entre vos mains.

— Pourquoi ne vient-il pas lui-même ?

— Il fuit la Gestapo.

— Revenez demain soir, dit Moritz Jaffe. Je vais essayer.

— *Quand les drapeaux de couleur flottent*, dit Fritz, tu t'en souviens, Maman. C'est la même mélodie.

Mia hocha la tête.

— *Quand le soleil doré du soir envoya sa dernière lueur, un régiment de Hitler entra dans une petite ville.*

Fritz, à quatorze ans, était aussi grassouillet que sa mère. Il venait de muer et sa voix était très rauque. Vêtu de son uniforme des Jeunesses hitlériennes, il était en train de chanter dans la cuisine des Campmann. Mia regardait son fils avec émotion.

— Que devient oncle Uwe ? demanda-t-elle. Est-il toujours *ortsgruppenleiter* ?

— Il fait une sacrée peur aux gens, dit Fritz. Il claque son fouet partout.

Uwe avait-il un cheval ? Mia ne s'en souvenait pas.

Anna Laboe posa à contrecœur les assiettes de gaufres sur la table. Nourrir cette racaille. Mais Fritz n'y pouvait rien, en tout cas ce n'était pas une lumière. Que pouvait-il devenir de toute façon, en grandissant chez un nazi qui faisait l'important avec son fouet ?

— Et les garçons de Lene, ils sont aussi dans les Jeunesses hitlériennes ?

— Bien sûr, dit Fritz.

Il en était déjà à sa deuxième gaufre, et sa chemise brune était parsemée de sucre glace.

— Il faut que tu viennes nous voir à Wischhafen, Maman. Maintenant on a même un mât pour les drapeaux devant la maison.

— Et ton apprentissage ? demanda Anna Laboe.

— Ça ne commence qu'en août.

— Tes cousins vont aussi chez le paysan ?

— Nan, dit Fritz, qui en avait assez de cet interrogatoire.

— Ils font leur apprentissage à Glückstadt, au Service de la navigation, dit Mia.

— Est-ce que je peux reprendre une gaufre, Maman ?

— « À nos yeux, le jeune allemand doit être mince et élancé, agile comme un lévrier, coriace comme le cuir et dur comme l'acier de Krupp », dit Friedrich Campmann en entrant dans la cuisine. Un verre de lait, s'il vous plaît, madame Laboe.

Il adressa un regard réprobateur à Fritz, qui s'empiffrait à la table de la cuisine.

— Qui a dit cela ? demanda-t-il au garçon.

— Le Führer, répondit Fritz, devant les Jeunesses hitlériennes.

Campmann acquiesça. Le gamin savait au moins ça.

Anna Laboe donna un verre de lait glacé à monsieur, qui l'aimait ainsi.

— Et maintenant tu sors de ma cuisine, Fritz, dit Campmann. Va courir autour de l'Alster comme un lévrier. Ça te fera du bien.

Jaffe conduisit Käthe dans sa petite arrière-boutique. L'épingle de cravate était posée sur la table.

— Je suis désolé, dit-il. Plus personne pour me faire une offre correcte. Je ne pourrais vendre l'épingle que bien au-dessous de sa valeur, et je ne vous le conseille pas.

— Que feriez-vous à ma place ? Vous iriez chez un des grands bijoutiers du Jungfernstieg ?

— Vous pouvez essayer, dit Moritz Jaffe en haussant ses frêles épaules. Ils vont bien se rendre compte que la perle n'est pas à sa place et qu'elle a une grande valeur. Mais le temps presse. Les bijoutiers le sentent bien et vont faire baisser le prix.

— Je vais essayer. Je n'ai pas tellement le choix.

— Votre mari est-il bien caché ? demanda Jaffe en mettant l'épingle dans un petit sachet, qu'il tendit à Käthe.

— Oui, dit-elle, mais il ne peut pas y rester.

Comment savoir d'ailleurs si la Gestapo n'avait pas un œil, depuis longtemps, sur l'appartement d'un médecin juif ?

— Saluez votre mari de ma part.

— Et vous, monsieur Jaffe, quelles sont vos intentions ?

— Je me suis battu pour le Kaiser.

Cela le protégerait-il ? Käthe lisait le doute dans les yeux de Moritz Jaffe.

— Je ne suis pas fortuné et je n'ai aucune famille à l'étranger, dit le petit homme. La seule chose qu'il me reste, c'est de m'accrocher aux illusions. Prenez garde à vous.

— Vous aussi, dit Käthe.

Elle fit tinter la clochette en sortant de la boutique de Jaffe.

Il n'y avait plus que des glaçons dans le verre de Louise. Peut-être devait-elle quand même passer aux *long drinks*. Elle se releva du canapé et apporta son verre dans la cuisine. Elle buvait trop vite. Son père aussi l'avait remarqué quand elle avait rendu visite à ses parents à Cologne et qu'il l'avait emmenée dans la brasserie Unkelbach.

Sa mère ne sortait presque plus. Parce qu'elle était souffreteuse, selon la version officielle. En réalité, elle n'osait plus aller dans la rue, bien que le père de Louise ne sache pas qu'il lui soit arrivé quelque chose de grave. « C'est de l'agoraphobie, disait Joachim Stein. Ça lui est venu avec les nazis. »

Lorsqu'il avait demandé à sa fille de revenir vivre chez eux à Cologne, elle en avait fait tomber sa fourchette et avait terminé d'un trait son verre de portugais bleu.

— Tu serais plus en sécurité chez ton père aryen, avait-il dit en souriant tristement. Lina ne peut pas te protéger, et puis c'est aussi une question financière.

— J'ai encore de l'argent, Papa. Lina a insisté pendant toutes ces années pour payer le loyer toute seule. J'ai donc pu économiser.

Un large sourire avait éclairé le visage de Joachim Stein :

— Ma fille et l'épargne, avait-il dit, ça ne va pas ensemble.

— Je reste avec Lina. Je suis entre de bonnes mains là-bas.

— Et qu'est-ce que tu vas devenir, professionnellement ?

— Je relis des textes pour un éditeur de théâtre. Je vais survivre à l'hiver.

— Survivre à l'hiver. Pourvu qu'on ne soit pas au début d'une nouvelle période glaciaire.

Puis ils avaient bu chacun deux schnaps cul sec.

Non. Elle ne rentrerait pas à Cologne. Sa vie était ici. Louise avança vers la triple fenêtre et regarda les arbres en fleurs qui bordaient le canal Eilbeck. Idyllique. Encore idyllique. Surtout avec un cocktail dans la main. Elle retourna sur le canapé et ouvrit une nouvelle page du *Savoy Cocktail Book* de Harry Craddock que Hugh et Tom leur avaient offert à Noël. Brandy toddy. Elle avait les ingrédients : du cognac, de l'eau, du sucre en morceaux. Aussi simple que ça.

L'avant-veille, à Cologne, elle avait été d'humeur plus optimiste. Ou avait-elle juste fait semblant pour dissiper les soucis de son père ? Il avait demandé des nouvelles de Kurt et évoqué une rumeur selon laquelle les médecins juifs allaient perdre l'autorisation d'exercer. Il ne manquerait plus que ça.

— Pourquoi tu restes dans le noir ? demanda Lina en rentrant à la maison.

— C'est la pénombre, dit Louise, pas le noir. Des âmes plus romantiques l'appellent aussi l'heure bleue. Tu as mangé quelque chose ?

— Des tartines chez Henny et Ernst. Qu'est-ce que tu bois ?

— Un brandy toddy. Il est ennuyeux.

— Et que devient notre bon vieux gibson ?

— On n'a plus de vermouth.

Lina retira ses chaussures et rejoignit Louise sur le canapé.

— Henny s'inquiète beaucoup pour Käthe, dit-elle. Elle me l'a dit quand on a été toutes seules. Käthe n'est malheureusement pas un sujet pour Ernst.

— Et qu'est-ce qui arrive à Käthe ?

— Son mari se cache de la Gestapo. Dans l'appartement de Kurt.

— Ah, mon Dieu. Mais ils ont sans doute déjà Kurt dans le collimateur. Qui est au courant ?

— Juste Henny, Unger, nous deux et les protagonistes.

— Il ne faut surtout pas que Lühr l'apprenne.

Lina connaissait la méfiance de Louise vis-à-vis d'Ernst, et en l'occurrence elle la trouvait exagérée. Ernst

Lühr approuvait peut-être le régime, mais ce n'était pas un dénonciateur pour autant.

— Il faut qu'il parte de là. Sinon c'est Kurt qui finira dans un camp de concentration, dit Louise d'une voix éraillée.

— Käthe essaie de vendre une précieuse épingle de cravate pour leur permettre de s'enfuir au Danemark ou en Suède.

— Je me sens toute petite, dit Louise en soupirant. Pourvu qu'il n'y ait pas de guerre. On risque de tout envahir comme l'Autriche. Quand je pense que les Autrichiens ont même applaudi !

Lina songea à ses parents, qui étaient morts de faim durant la dernière guerre pour permettre à leurs enfants de survivre. Ce siècle était une véritable épreuve.

Louise se remit à feuilleter le livre de Harry Craddock. La plupart des ingrédients leur manquaient. Il était grand temps de faire un tour chez Michelsen, même si elle devait regarder aux dépenses.

— Je recommande un moselle léger, dit-elle. Il nous en reste une bouteille.

— Sortons, plutôt, dit Lina. Il paraît qu'il y a un bistrot agréable dans la Deichstraße, et que l'ambiance y est accueillante.

— Ça fait bien longtemps que je ne suis pas allée dans ce quartier, dit Louise.

— Alors allons-y ! On va flâner dans la vieille ville.

Habituellement, l'organisation des sorties était plutôt du ressort de Louise. Mais Lina avait l'impression que son amie était revenue triste de Cologne.

Käthe avait pris sa matinée pour vendre l'épingle de cravate. Elle tenta sa chance à une dernière adresse, dans la Spitaler Straße. Pourquoi avait-elle honte de proposer cette épingle ? Souvent, elle avait droit à des remarques dédaigneuses sur le plaqué, alors qu'elle n'essayait pas du tout de le faire passer pour de l'or. Elle notait un changement quand les bijoutiers calaient leur loupe contre l'œil et examinaient la grande perle d'Orient. Mais ils feignaient de croire qu'elle l'avait gagnée dans une kermesse et lui proposaient des prix ridiculement bas, sûrs de pouvoir l'arnaquer facilement.

Le bijoutier de la Spitaler Straße offrit deux cents Reichsmarks. Bien au-dessous de sa valeur, mais plus que ce que tous les autres avaient proposé. Combien de temps Rudi pourrait-il survivre avec ça ? Käthe demanda un délai de réflexion, se rendit dans la Bremer Reihe et sortit le double de la clef que lui avait confié Landmann. Quatre coups sur la porte pour Rudi, cinq pour Käthe. Elle vérifia partout autour d'elle et jeta un œil dans la cage d'escalier. Puis elle ouvrit la porte et trouva Rudi à l'intérieur, plaqué contre le mur.

Alors qu'ils étaient installés dans la cuisine en se disant qu'il n'y avait pas d'autre issue que de brader le bijou au dixième de sa valeur estimée, ils entendirent une clef dans la serrure. Kurt Landmann entra avec un grand sac rempli de bonnes choses : saumon fumé, salade d'asperges, fraises. Le dernier repas du condamné ? Landmann avait déjà annoncé qu'il faudrait vider l'appartement samedi, jour où venait sa femme de ménage. Encore deux jours.

— Avez-vous le temps de manger avec nous, Käthe ?

Il avait quelque chose à leur dire, ce qu'il fit seulement après le repas :

— J'ai un acquéreur pour l'épingle de cravate.

— On m'a proposé deux cents aujourd'hui, dit Käthe.

Landmann secoua la tête.

— C'est hors de question. Hans Hansen paie deux mille.

Qui était Hans Hansen ?

— L'un des filleuls de ma mère, raconta Landmann. Hans est un bel esprit qui aime les bijoux. Ma mère lui a légué une de ses bagues, une tourmaline rose entourée de perles. Ça m'est revenu hier et je l'ai aussitôt contacté. Par chance, Hans est encore un homme très prospère.

Sur ce, il prit une fraise et la détacha de sa petite tige verte.

— Me confiez-vous l'épingle, Käthe ? Vous aurez l'argent demain, ensuite c'est parti pour Flensburg, puis Egernsund par le fjord, et Rudi sera au Danemark. Je me suis renseigné. Nous trouverons un pêcheur pour les sept kilomètres de traversée du fjord. Il paraît que c'est un nouveau business là-haut.

Kurt Landmann avait l'impression de jouer aux gendarmes et aux voleurs. Il n'avait plus qu'à convaincre Unger de les conduire jusqu'à Flensburg dans la Mercedes d'Elisabeth. Qui eût cru que le permis de conduire serait un jour un bien tellement utile.

— Je ne rêve pas ? dit Käthe.

— Non, vous ne rêvez pas, chère Käthe. Vous devez juste vous passer de votre mari pendant un moment. Espérons que ce ne sera que pour un moment.

— Il veut acheter la perle sans l'avoir vue ? Pour une somme pareille ? Sait-il que l'épingle elle-même est en plaqué or ?

Rudi n'en revenait pas.

— C'est la perle d'Orient qui l'intéresse. Il me fait entièrement confiance.

Landmann avait l'air content et avala une autre fraise.

— Et si je l'accompagnais au Danemark ? dit Käthe. Ça ne peut pas durer une éternité. Ton délit est quand même une broutille, même la Gestapo va finir par passer l'éponge.

— Vous perdriez votre poste, Käthe.

Rudi prit la main de Käthe.

— Le docteur a raison. Je ne serai pas parti longtemps, je te rejoindrai bientôt. Et pense aussi à Anna et Karl.

Rudi était au bord des larmes, même s'il était reconnaissant à Landmann d'avoir trouvé un acquéreur pour l'épingle. Ne vaudrait-il pas mieux se rendre plutôt que de partir à l'étranger ? Il baissa la tête, ferma les yeux et resta ainsi, sans prononcer un mot.

— Je pense à vos blessures, dit Kurt. En novembre autrefois.

Rudi releva la tête et opina. Il avait aussi visualisé certaines scènes. La cellule. La saleté du seau de toilette. La bile qu'on vomissait parce que l'estomac vide ne rendait plus que ça. *J'en ai déjà fait parler plus d'un.* Les fers qu'on vous mettait aux pieds et aux mains pour vous attacher au mur quand vous ne donniez pas de nom. Les coups de pied. Les cris. *Tais-toi jusqu'à ce que tu crèves, sale communiste.*

— Comment Rudi va aller jusqu'à Flensburg ? demanda Käthe. Par le chemin de fer ?

Landmann alla dans la pièce d'à côté, où se trouvait le téléphone. Ils l'entendirent parler, mais ne distinguèrent pas ce qu'il disait.

— Demain matin à 8 heures, annonça-t-il en revenant dans la cuisine. Unger passe nous prendre.

— Je suis de garde, dit Käthe.

— Il ne faut pas que vous veniez. Cela vous serait trop difficile.

On eût dit que Käthe allait fondre en larmes.

Que dirait-il à Unger l'ancien, comment lui expliquer son absence demain ? Il ne serait pas enchanté de remplacer Landmann au cabinet.

— Vous ne devez pas sortir de grandes valises de votre appartement. Je ne serais pas surpris qu'ils fassent le guet.

— Mais Rudi n'a presque pas de vêtements ici, fit remarquer Käthe.

— Remplissez un sac à provisions et apportez-le ce soir, Käthe. Vous achèterez ce qui manque au Danemark, Rudi. Vous aurez de l'argent.

— Voilà l'épingle de cravate ! dit Käthe en tirant le sachet de sa poche. Vous ne l'avez même pas encore vue.

Landmann posa l'objet dans la paume de sa main.

— Cela vous coûte-t-il de vous en défaire ?

Rudi fit non de la tête.

— Non, mais le père qui me l'a léguée, j'aurais bien aimé le connaître.

Aldenhoven regardait les grenouilles, qui avaient toutes pondu. On leur avait injecté vingt-quatre heures plus tôt l'urine de trois femmes, à qui il pourrait maintenant annoncer qu'elles étaient enceintes. « Elles peuvent retourner barboter à la cave », dit-il en montrant les grenouilles. L'infirmière en formation lui plaisait, elle était rapide.

Deux des femmes avaient indiqué avoir lu le livre de MM. Knaus et Ogino et appliquer leur méthode de contraception. C'était consternant. *Périodes de fécondité et de stérilité chez la femme* semblait plutôt donner des conseils de reproduction que livrer des connaissances fiables sur la contraception. Il espérait ne pas trop les ébranler par cette nouvelle. L'une avait déjà six enfants, quant à la demoiselle elle ne sauterait pas de joie non plus.

Par chance, cela semblait assez calme aujourd'hui. Certes, c'était contrariant que le Dr Unger ait annoncé au dernier moment qu'il ne pouvait prendre son service, mais ce n'était pas le chaos. En tout cas, il n'avait pas organisé de partie de campagne avec ses deux sages-femmes préférées, puisqu'elles travaillaient toutes les deux, même si Käthe Odefey, une fois de plus, lui semblait nerveuse.

Il faudrait qu'il lui dise deux mots et qu'il évoque par la même occasion le climat détestable qui régnait entre elle et Hildegard Dunkhase. Elles n'arrêtaient pas de se provoquer mutuellement, même si elles ne se côtoyaient que dans la salle d'accouchement, où chacune incitait une parturiente à pousser. Dunkhase répandait désormais la rumeur selon laquelle la Gestapo aurait à nouveau le mari d'Odefey à l'œil en raison de son activisme communiste.

Malgré tout, même s'il ne partageait guère les idées politiques d'Odefey, elle lui semblait plus fiable que Dunkhase, qui était une dénonciatrice née. Le regard qu'elle lui avait jeté quand il avait raconté sa petite blague le faisait encore frissonner a posteriori. Pourtant, il avait juste dit qu'il fallait imaginer la race aryenne blonde comme Hitler, mince comme Göring et grande comme Goebbels.

Aldenhoven prit le couloir du premier étage et vit Käthe Odefey au fond, à la fenêtre. Elle était grande ouverte, montrant le ciel bleu porcelaine et laissant entrer l'air du printemps, et néanmoins les épaules de la sage-femme tremblaient.

— Je peux vous aider ? S'agit-il de votre mari ?

Käthe sursauta et secoua énergiquement la tête.

— Prenez votre après-midi, dit le Dr Aldenhoven. C'est très calme aujourd'hui.

Il était content d'être celui qui accordait des faveurs.

Karl Laboe monta péniblement au premier étage en se tenant à la rampe. Sa jambe raide lui semblait lourde comme une pierre, et son palpitant le faisait aussi souffrir. Pourtant il avait tout juste soixante ans, Anna avait exactement le même âge, mais par rapport à lui elle avait l'air d'une jeunette. Il s'arrêta sur l'avant-dernière marche, il y avait quelqu'un sur le palier.

— Papa, c'est moi, avertit la voix de Käthe.

— Y s'est passé quèqu'chose, ma fille ? dit Karl en mettant la main sur son cœur.

Les femmes trouvaient peut-être qu'il manquait d'imagination, mais là les images défilaient dans sa tête. Rudi gisant dans une mare de sang, jeté dans un camion comme un vieux chiffon.

— C'est Rudi ? demanda-t-il.

Comment ce garçon si doux, qui lisait de la poésie, avait-il pu devenir quelqu'un qui se mettait en danger de mort ?

— Il est parti à Flensburg en voiture avec le Dr Landmann et le Dr Unger, dit Käthe. Ensuite, il prendra un chalutier pour traverser le fjord jusqu'au Danemark.

Était-ce une bonne nouvelle ? Karl Laboe ouvrit la porte de son appartement.

— Rentre, c'est pas la peine que les autres entendent.

— Papa, peut-être que je ne le reverrai jamais.

— Il est en sécurité là-haut, va. Mais il a d'quoi payer dans son balluchon ?

Käthe pensa à l'enveloppe contenant les billets. La veille au soir déjà, quand elle avait apporté les affaires de Rudi dans la Bremer Reihe, Landmann lui avait remis l'enveloppe. Vingt billets de mille. Rudi l'avait obligée à en prendre trois.

— Le Dr Landmann a réussi à vendre l'épingle de cravate du père de Rudi.

Ces docteurs, toujours prêts à aider. Il ne pouvait que tirer son chapeau. Autrefois il s'était méfié de ceux qui faisaient des études. Mais ces deux-là avaient bon cœur et étaient toujours prêts à donner un coup de main. Karl Laboe se laissa tomber sur le canapé, il n'allait pas bien aujourd'hui.

— Et comment qu'on saura s'il est bien arrivé chez les Danois, notre Rudi ?

— Il doit téléphoner à Unger.

— Alors ton beau téléphone te sert à rien.

— Non, ils pourraient nous écouter.

Karl Laboe hocha la tête. Cette technique était vraiment diabolique.

— Sers-nous donc un kummel.

— Tu es sûr que ça va te faire du bien, Papa ? Je veux que tu ailles chez le médecin.

— J'y vais tout le temps. Mais les gouttes pour le cœur coûtent la peau des fesses.

— Je vais te les acheter, tes gouttes, dit Käthe.

— D'abord une liqueur.

— Est-ce que je peux dormir chez vous cette nuit ?

— Sur le vieux canapé ?

Käthe opina.

— Il faut juste que j'avertisse Henny que je suis ici. C'est elle qu'Unger va prévenir quand Rudi sera sur le chalutier.

— Vous êtes toujours comme cul et chemise toutes les deux, hein ? Comme autrefois.

— Oui, confirma Käthe Odefey.

Le moteur diesel tournait déjà lorsque Rudi monta à bord. Le *Helge Branstrüp* n'avait qu'un seul mât. Il y avait des filets sur le pont, mais les fugitifs semblaient un commerce plus rentable : deux cents Reichsmarks pour parcourir les sept kilomètres.

Landmann et Unger se tenaient sur le rivage à quelque distance et ne lui firent pas signe. Ce n'était pas un navire de la KdF* qui larguait les amarres.

— Ce n'est pas une option, pour toi ? demanda Unger. De fuir par le fjord. Pour aller en Suède, peut-être ?

— Qu'est-ce que je ferais là-bas ?

— Et Rudi Odefey, qu'est-ce qu'il va faire là-bas ?

— Il est jeune.

— Tu n'es pas vieux.

— Pour l'instant, ça se passe encore bien chez ton père. Il faudrait juste qu'il se cherche un successeur plus jeune. Au cas où.

Le chalutier filait dans le crépuscule. Les pêcheurs ne sortaient-ils pas plutôt à l'aube ? En cela, ils avaient les mêmes horaires que la Gestapo.

— Attendons-nous le retour du *Helge Branstrüp* ? Il sera là dans une heure.

— Tu ne fais pas confiance au pêcheur ?

— Si, assura Landmann. Son affaire a l'air solide.

— Il y a une cabine téléphonique là-bas.

Unger sortit quelques pièces et le papier où était noté le numéro de Henny. « La naissance des jumeaux est avancée à 8 heures demain », telle était la phrase convenue avec elle. Henny décrocha aussitôt.

— Je serai à l'heure, dit-elle.

— Allons manger des épis de maïs et boire de la bière chez Piet Henningsen, proposa Landmann quand Unger revint de la cabine.

— Tu vas à Duvenstedt demain ?

— Ton père me met en retenue samedi et dimanche. Parce qu'il a dû me remplacer au pied levé aujourd'hui. Je ne suis pas libre avant dimanche soir.

— Comment se fait-il que tu connaisses si bien ce coin ?

— Ah ah, dit Kurt Landmann. Il était une fois…

— Et qui est Hans Hansen, Kurt ?

— Un nom comme une aiguille dans une botte de foin.

— C'est bien ce que je pensais, dit Theo Unger en hochant la tête.

*

— Mais où veux-tu encore aller ? demanda Ernst. Il est 21 heures passées.

— Je veux juste passer chez Else. Lui dire de venir plus tôt demain. Le Dr Unger veut avancer un accouchement.

— Il est vraiment temps que ta mère ait le téléphone. Tu ne peux pas passer ton temps à courir chez elle.

— Oui, dit Henny en fermant la porte derrière elle.

Käthe faisait les cent pas devant l'immeuble de la Humboldtstraße.

— Je n'y tenais plus là-haut, dit-elle. Il doit être au Danemark depuis longtemps maintenant.

— Oui, il y est. Tout s'est bien passé.

— Tu crois que je reverrai Rudi un jour ?

— Mais oui, affirma Henny.

— J'aimerais que tu puisses dormir chez moi les nuits prochaines.

— Je le ferais volontiers, mais Klaus est trop petit.

Ce n'était pas vrai. Klaus restait bien avec son père et Marike quand elle travaillait de nuit. À six ans, c'était un garçon intelligent, qui allait à l'école depuis le mois d'avril. Il était dans la classe de son père, ce que Henny désapprouvait. De nouvelles influences auraient été préférables.

Käthe se tut. Henny avait conclu ses deux mariages trop vite. Lud avait été un bon mari, très attaché à Henny, mais soucieux aussi de lui laisser des libertés. Lühr se comportait comme un maître d'école, même en dehors de sa classe.

— Excuse-moi, Käthe. On sait toutes les deux que c'est un prétexte stupide. Klaus serait vexé que je le fasse passer pour un bébé.

— Tu as peur d'Ernst.

— Non. Mais j'en ai assez de ces discussions avec lui.

Käthe se languit tellement de Rudi, soudain, qu'elle sentit son cœur battre fort. Quel esprit généreux, qui avait soutenu son action à elle même quand il ne l'approuvait pas.

Henny la prit dans ses bras.

— Il est en sécurité, dit-elle. Tout ira bien.

Rien n'allait bien. Qui aurait pensé, en 1933, qu'ils en arriveraient là ? Qu'on serait poursuivi par la Gestapo parce qu'on avait fait don de deux marks à des personnes en détresse ?

— Est-ce que tu es de garde demain soir ?

— Non, dit Henny, je travaille le matin.

— Peut-être qu'Ernst nous laissera aller toutes les deux à la brasserie du parc municipal, s'il fait aussi beau qu'aujourd'hui.

Ernst ne serait sûrement pas ravi. Le lendemain était un samedi, qui préfigurait le dimanche, et Ernst voulait voir sa famille réunie.

— À 18 heures à la station de Mundsburg, dit Henny.

Tant pis pour la paix de son ménage.

*

Il avait bel et bien soixante et onze ans. Petite fête dans le jardin avec une *bowle* . La grande fête avait eu lieu l'an passé, organisée par Guste. Jacki était venu de Berlin, c'était désormais un jeune homme de vingt ans, bien coiffé, qui s'était assagi et avait suivi un apprentissage à la banque. Il ne faisait plus de bêtises et n'avait rien contre les nazis.

Bunge pouvait encore s'arranger avec eux. Que ce soit le Kaiser ou Hitler. Il s'en débrouillait. Il avait quand même tiqué le jour où, en passant devant le terrain de sport du Turmweg, il avait vu et entendu le chef des Jeunesses hitlériennes et ses *Pimpfe*.

Que sommes-nous ? Des Pimpfe. Que voulons-nous devenir ? Des soldats.

Ça ne lui avait pas plu. Ces têtes blondes ne comprenaient pas du tout ce que ça impliquait. Cela dit, lui-même n'avait aucune expérience du front, puisqu'il avait eu quarante-sept ans au début de la Grande Guerre et qu'il était resté marchand de caoutchouc. Une industrie utile à l'effort de guerre.

Ce qui était bien dans le fait de vieillir, c'était que plus personne n'attendait qu'on gagne des sommes astronomiques. Même Ida ne se lamentait plus à cause du crédit de Campmann. Elle vivait toujours dans son immeuble-villa du Hofweg. Qui l'eût cru ? Son gendre aurait pourtant pu s'offrir une maison dans l'Elbchaussee. Sans doute que ses ressources passaient dans les opérations financières de Hitler et dans sa maîtresse à Berlin.

— Il reste des toasts au saumon d'hier, dit Guste en apparaissant à la porte avec une assiette.

Mais Bunge déclina. Le pain était déjà mou sous le saumon.

— Je t'invite à manger la première glace de la saison, dit-il.

Une petite promenade leur ferait du bien. Ils allèrent dans le quartier de Grindel, où il y avait un nouveau glacier. La serveuse avait l'œil sur la réception et les clients qui entraient.

Guste portait une nouvelle robe dont le tissu orné de grandes fleurs aurait fait de parfaits rideaux dans la grande salle de l'Atlantic. Mais sur son corps bien en chair c'était peut-être un peu trop.

— Je prends trois boules au chocolat avec de la liqueur d'œuf.

— Le quartier a changé, observa Guste. Il y a une grande nervosité partout. Ce n'est pas étonnant.

— Je ne trouve pas, dit Bunge en se dirigeant vers une des petites tables disposées devant la Gelateria Cadore.

Et s'il choisissait plutôt trois boules de vanille avec des fraises ? C'était toujours ce que prenait Guste. Il était en train de lécher sa gaufre quand un grand Chinois vêtu d'un élégant costume de lin sortit de l'immeuble d'à côté. Ils échangèrent un regard avant qu'il ne s'éloigne rapidement. Bunge était sûr d'avoir reconnu Tian.

Kurt Landmann venait d'arriver dans la Bremer Reihe quand on sonna à la porte. Il crut d'abord discerner un assez jeune homme, mais celui-ci tira une plaque en métal fixée à une chaîne semblable aux chaînes de montre portées par les messieurs. Landmann reconnut la plaque de la Gestapo, avec l'aigle du Reich. Il venait seul un dimanche soir ? Landmann le fit entrer. Avait-il le choix ?

— Vous avez souvent des invités qui passent la nuit ici ?

Landmann faillit demander en quoi ça le regardait.

— Cela arrive quand mes invités ont quelques verres dans le nez.

L'agent de la Gestapo sourit.

— Je pense plutôt à quelqu'un qui aurait séjourné plusieurs jours chez vous.

— Est-ce interdit ?

— Si la personne se cache, oui.

Qui pouvait être au courant pour Rudi et l'avoir dénoncé à la Gestapo ? Kurt Landmann s'efforça de prendre un air las.

— Je reçois parfois des confrères. Et des consœurs. Je suis médecin.

L'homme hocha la tête.

— Et vous avez été congédié en 1933 dans le cadre de la loi sur la restauration de la fonction publique.

Il s'arrêta devant les tableaux d'Emil Maetzel et d'Eduard Hopf. Savait-il aussi pour les Unger à Duvenstedt ? Kurt Landmann était inquiet à l'idée que ces gens aimables puissent avoir des difficultés à cause de lui. Personne, cependant, ne lui avait interdit de pratiquer la médecine dans un cabinet.

— Collectionnez-vous l'art nègre ?

— Il y a en effet une figurine nègre sur le tableau de Maetzel. Vous avez raison.

L'agent sourit à nouveau et se dirigea vers la porte en souhaitant à Landmann, pour sa plus grande surprise, une « bonne soirée ».

Qu'est-ce que c'était ? Un coup de semonce ? Landmann prit le téléphone, puis le reposa et le regarda d'un air méfiant. Était-il sur écoute ?

Et si, par cette douce soirée de mai, il allait rue Eilenau à pied avec l'espoir d'y trouver Lina et Louise ? Pour parler du destin des tableaux. Étaient-ils vraiment en danger sur ses murs ? Il n'organisait pas de vernissages, après tout. La Gestapo faisait-elle le guet devant son immeuble en espérant qu'il la mènerait jusqu'à Rudi ?

C'était bien naïf de leur part. Il songea que l'expression « aux yeux bleus » était d'ailleurs un étrange synonyme pour naïf. C'était leur idéal, les yeux bleus. Bleus comme ceux de Hans Albers. Ses yeux à lui étaient marron. Couleur ambre, avait dit Oda.

Kurt Landmann prit son trousseau de clefs et sortit. Direction la rue Eilenau. Il avait un grand besoin de parler avec des amis.

Il n'y avait que six tables sur la petite terrasse, au bord du Nikolaifleet. Les sons de la trompette de Harry James s'envolaient sur le canal. *Dream a little dream of me*. Mais le saphir fut précipitamment retiré du disque et les voix baissèrent d'un ton. *Ich werde jede Nacht von Ihnen träumen*, chanta ensuite Johannes Heesters.

Seul le patron se tenait à l'intérieur du bistrot lambrissé de bois, aucun des clients ne voulant passer cette soirée de printemps dans l'obscurité, même pas les messieurs qui s'étaient assis à la table la plus proche de celle de Lina et Louise. Avec leurs uniformes de SS, ils détonnaient dans le paysage de l'Alte Spieluhr. Lina rêvait-elle, ou l'un d'eux lui avait-il fait un clin d'œil après avoir examiné la carte des boissons ?

— C'est grâce à tes cheveux blonds, chuchota Louise. Ne sois pas trop dédaigneuse. Tu pourrais te le permettre si tu étais ici sans moi.

Le plus jeune des deux SS semblait clairement avoir le béguin pour Lina, tandis que l'autre, qui avait des cils extrêmement blancs, considéra longuement Louise, mais ses regards étaient moins bienveillants.

Si on avait demandé à Lina si Louise avait l'air juive, elle aurait dit non sans hésiter. Cheveux bruns. Yeux sombres. C'était ça ? Non. Il y avait dans les traits de son visage une originalité, un air du Sud qui la distinguait de l'idéal féminin des nouveaux maîtres. Louise aurait pu être romaine. Mais ne ressemblait-elle pas à son père ? Les Colonais n'avaient-ils pas des gènes romains ?

La conversation languissait, alors que ça aurait été bien de commencer une discussion anodine avant que l'un des messieurs ne s'approche un peu trop. Qui sait si son intention serait amicale ou hostile. Lina et Louise contemplaient le canal en se cramponnant à leurs verres.

— Finis ton vin, dit Lina, et partons.

Le SS aux yeux d'albinos fit signe au serveur :

— Deux Pilsener.

— Tout de suite, dit le serveur.

— Vous laissez des Juifs entrer dans votre établissement ? Ou est-ce que je me trompe, concernant la dame de la table voisine ?

Le serveur devint écarlate. Un silence absolu régnait sur la terrasse. On n'entendait plus que les semelles gratter sous les tables.

Ich wollt, ich wär ein Huhn, entonnèrent Lilian Harvey et Willy Fritsch[1]. Un geste désespéré du patron, qui avait assisté à la scène, et qui n'était pas un héros. Il monta le volume du gramophone.

— Allons-y, dit Lina d'un ton plus insistant, en se levant.

Elle connaissait son amie et craignait que la soirée ne se termine par un interrogatoire au Stadthaus, sinon pire.

— C'est regrettable que vous soyez en telle compagnie, poursuivit le plus jeune SS en regardant Lina.

— Vous avez raison, dit Lina. Ce n'est plus agréable ici, c'est pourquoi nous partons.

— Je ferai vérifier demain que le panneau « Juifs indésirables » est bien affiché à la porte de l'établissement.

Une fois dans la rue, Louise suggéra de finir la soirée en tentant leur chance ailleurs.

— Non, rentrons à la maison, dit Lina. J'ai eu ma dose de sortie pour aujourd'hui.

Lorsque la Dixi arriva à Lerchenfeld, elles crurent voir Kurt Landmann qui sortait de la rue Eilenau et traversait pour retourner vers le centre. Louise klaxonna. Il ne sembla pas les entendre.

— C'était bien Kurt, dit Louise. Fais-moi penser à lui téléphoner en rentrant. Il avait l'air triste.

Lina n'avait pas pu distinguer son expression. Mais elles devaient s'occuper davantage de lui, en tout cas. Ce soir-là, pourtant, elles oublièrent de l'appeler.

1. « J'aimerais bien être une poule » : chanson humoristique des Comedian Harmonists. Ce sextuor allemand, très populaire pendant l'entre-deux-guerres, n'avait plus le droit de se produire en public depuis 1934 parce que trois de ses membres étaient juifs. (NdT)

*

Ernst préférait les géraniums aux fuchsias. Ils poussaient bien sur le balcon orienté au sud, et en juillet et en août, au plus fort de leur floraison, ils descendaient même jusqu'aux voisins du deuxième étage.

Les géraniums rouges dans leurs bacs, la petite nappe blanche aux ourlets à jours sur la table du balcon, les bons verres et les florentins de la pâtisserie dans la coupe en cristal. Les cuillers en argent. Le soleil de l'après-midi.

Henny servit le vin avec une fraise finement découpée dans chaque verre, elle voulait marquer le coup, c'était assez rare qu'Ida soit sur leur balcon. D'habitude, elles se voyaient sur la loggia du Hofweg-Palais, plus vaste et plus élégante.

Leur amitié connaissait des hauts et des bas. Au début, Ida avait su la consoler, le jour de l'accident de Lud. Pendant un temps, elles avaient été mutuellement fascinées par le mode de vie de l'autre, et finalement elles se sentaient étrangères, pour la même raison.

Les récits qu'Anna Laboe rapportait de la cuisine des Campmann avaient permis à leur seul grave désaccord de bien se terminer. Anna dressait à Henny le portrait d'une Ida qui n'était pas seulement avide de luxe et qui comprenait que, si elle détestait Joan, c'était parce que celle-ci avait réussi à désirer Campmann.

Ida but un premier verre de vin et s'en fit servir un second, dans lequel Henny disposa une nouvelle fraise. Son amie semblait chercher du courage dans l'alcool.

— Mon père a vu Tian, dit-elle. Il sortait d'un immeuble de la rue Grindelhof. Ils ont échangé un regard.

— Et alors ? demanda Henny.

— Mon père a regardé sur l'interphone. Il n'y a que les noms de Tian et de Ling.

— Il vit avec sa sœur.

— Tu te souviens que je l'ai vu autrefois dans les bras d'une femme. Devant les bureaux de la Reichenstraße.

— Ça fait presque huit ans, Ida. Je suis étonnée que tu sois encore si sûre de ta passion et de ton amour.

— Il n'y a pas eu d'autre amour dans ma vie. L'histoire avec Jef n'était qu'une amourette.

— Mais peut-être que ton amour pour Tian n'est plus qu'un souvenir sentimental.

Ida fit non de la tête.

— J'aime toujours Tian, dit-elle sur un ton de défi. Je me réveille la nuit, j'invoque son image, et il n'y a plus moyen de dormir parce que mon cœur bat la chamade.

Elle se fit offrir un troisième verre de vin, cette fois sans fraise, car Henny était trop intéressée par la suite de son histoire.

— Et maintenant, qu'est-ce qui va se passer ? demanda Henny.

— Bunge pense que je devrais le contacter.

— Depuis quand appelles-tu ton père « Bunge » ?

— J'ai perdu l'habitude de dire « Paps », je ne sais pas pourquoi.

— Et pourquoi te conseille-t-il de reprendre contact après tout ce temps ?

— Il dit que la vie est trop courte pour renoncer au seul amour qu'on ait rencontré.

— Un philosophe, commenta Henny en contemplant les géraniums.

— Qu'est-ce que je dois faire ?

— Lui écrire.

— Je risque de mâchouiller mon précieux porte-plume pendant des heures.

— Tu n'es pas obligée de t'épancher. Lieu, jour et heure.

Ida écarquilla les yeux.

— Et si je lui donnais rendez-vous chez le glacier ? Il y en a un juste à côté. C'est là qu'étaient Bunge et Guste quand Tian est sorti de l'immeuble voisin.

— Oui, c'est une bonne idée. Fais-le vite.

— Est-ce que Lud a été ton grand amour ?

Henny hésita le temps d'un battement de paupières.

— Oui, dit-elle.

Elle avait précipité beaucoup de choses dans sa vie, mais elle ne doutait pas d'avoir aimé Lud.

— Et comment ça va avec Ernst ?

— Quand je l'ai rencontré, il m'a offert *Comment rendre mon mari heureux* d'Elsa Herzog. J'espère que je le rends heureux.

Henny rit d'elle-même. Drôle de réponse à cette question. Elle regarda Ida pour voir si celle-ci se faisait la même réflexion, mais ses pensées étaient déjà ailleurs.

— Je peux t'emprunter du papier à lettres ? demanda Ida. Le porte-plume est dans mon sac. C'est maintenant ou jamais.

*

Il pleuvait ce jour-là. Une pluie persistante. Ida s'était installée dans le café, à une petite table au plateau en marbre. Elle faisait mine d'admirer les peintures qui étaient au mur, représentant la mer Méditerranée au pied des Alpes italiennes, comme si c'était la chose la plus fascinante qu'elle eût jamais vue.

Et si Tian ne venait pas ? S'il voulait l'humilier ? Ou peut-être qu'ils ne se plairaient plus. Tant d'années s'étaient écoulées, et ils avaient vieilli. Beaucoup vieilli. Ils auraient tous deux trente-sept ans cet été.

Ida serrait les poings, ses articulations étaient toutes blanches, mais personne ne le voyait puisque ses mains étaient cachées dans les poches profondes de sa veste de tailleur caramel. La gauche était agrippée au petit éléphant. Elle attendait, elle avait l'impression d'attendre depuis une éternité, alors que ce n'étaient que quelques minutes. Des minutes durant lesquelles Tian restait sous le porche de l'immeuble d'à côté, à l'abri de la pluie, essayant de trouver le courage de faire les quelques pas jusqu'au glacier Cadore, que le patron, Ugo, avait baptisé d'après une vallée des Dolomites, son pays natal.

La lettre qu'Ida lui avait écrite se trouvait dans la poche de son veston. Il avait pu la cacher à Ling in extremis. Était-ce pour sa sœur qu'il avait renoncé à contacter Ida ? Ou était-ce par peur de subir une nouvelle humiliation ?

Ida entendit ses pas sur le sol de la terrasse. Elle était brûlante et ses oreilles lui semblaient sourdes. Peut-être était-elle malade. Prise d'une fièvre subite. Tian apparut devant elle et la regarda. Puis il prit sa main et la baisa. Il se racla la gorge pour prononcer deux syllabes aussi compliquées que « I-da ».

Cet après-midi-là, aucun des deux ne dit à l'autre qu'il l'aimait encore. Mais ils se prirent les mains, parlèrent longuement, à voix basse, et ne doutaient absolument pas.

Tian trouvait Ida changée. Non pas que les années aient laissé des traces visibles sur son visage. Mais c'était désormais une femme qui connaissait la vie, et il fut tout à coup certain qu'il pouvait se fier à sa parole.

Ida ne voyait que son jeune Tian, qui était toujours superbe, mais différemment de Jef, dont la beauté était plus lisse. Le seul changement qu'elle percevait peut-être, c'était une certaine tristesse dans ses yeux. Mais n'avait-il pas toujours été le plus réfléchi des deux ?

Ida pouvait-elle rire du grand malentendu qui avait eu lieu dans la Große Reichenstraße ce jour de septembre

1930 ? Cette Traute amoureuse qui s'était jetée en vain dans les bras de Tian.

Non. Elle ne rit pas. On avait perdu trop de temps à cause de cette fausse interprétation. Parce qu'elle n'avait pas donné une nouvelle chance à Tian. Elle avait été impitoyable.

Ugo leur apporta deux verres d'une liqueur de citron de son pays. Il avait tout de suite compris que ce couple vivait un moment très particulier.

L'époque où ils s'avouaient enfin leur amour était une époque difficile. Heureusement, il n'était pas encore trop tard.

Novembre 1938

La tradition voulait que l'on commence par regarder les vitrines de Schrader, même si le choix de jouets était beaucoup plus varié chez Karstadt. Autrefois, Marike avait écrasé son petit nez contre la vitre de Schrader, et Klaus faisait pareil aujourd'hui. Il aurait sept ans la semaine suivante, il était temps de compléter sa liste de cadeaux.

Des rails et une locomotive de Märklin figuraient tout en haut de la liste. Il avait en plus demandé à Else un wagon vert et un wagon rouge de deuxième et troisième classe. C'était une idée d'Ernst, quelque chose de raisonnable.

— Dis à Marike que je veux aussi des figurines, dit Klaus en montrant toute une armée de la marque Elastolin.

Henny effleura du regard ces figurines en uniforme de la SA, dont un Hitler avec la main levée.

— Je veux ces deux auxiliaires de la Croix-Rouge ! Et tu crois que Marike aura encore de l'argent pour le cheval ?

Klaus était une bénédiction. Quand Henny se chamaillait avec Ernst, elle se disait que, sans lui, le garçon ne serait pas là. Il leur faisait du bien à tous, détendait aussi la relation entre Ernst et Marike, qui, à seize ans, se rebellait contre son beau-père. En outre, Klaus stimulait Else, qui était facilement de mauvaise humeur quand elle n'avait rien à faire.

— En tout cas je lui en parlerai, promit Henny.

Elle ajouterait le cheval elle-même. Avec son argent de poche, Marike devait aussi financer ses sorties au cinéma avec Thies et son maquillage. Leur amitié d'enfance avait en effet tenu jusqu'à l'adolescence. Henny n'excluait pas qu'il devienne son gendre un jour.

— Est-ce qu'on va voir tante Käthe ? demanda Klaus.

— Tu en as envie ?

Klaus répondit par un « oui » enthousiaste. Il était attaché à Käthe comme Marike à Rudi, qui vivait depuis six mois dans le Jutland, là où se rencontraient la mer Baltique et la mer du Nord.

Käthe était souffrante. Épuisement psychique, avait diagnostiqué Landmann, qui lui rendait visite chez elle et la soignait, bien qu'il n'en eût pas le droit. L'interdiction d'exercer pour les médecins était entrée en vigueur le 30 septembre – un coup dur pour Kurt Landmann, mais aussi pour Unger l'ancien, qui n'avait pas cherché d'autre successeur pour remplacer le tant apprécié Landmann. Le vieux docteur exerçait donc à nouveau, c'était lui qui avait délivré le certificat de maladie pour Käthe.

Kurt Landmann lui injecta un produit qui contenait du fer et des vitamines, et lui recommanda des bains de houblon et une potion magique de la mère d'Unger, qui avait déjà montré son efficacité des années plus tôt : œuf et vin rouge. Il ne lui laissait jamais de somnifères, même s'il ne croyait guère que Käthe risquait de se suicider. Elle voulait retrouver son Rudi.

— Est-ce qu'on apporte des gâteaux à Käthe ? suggéra Henny.

— Ouiiiii ! s'exclama Klaus.

Dommage que la petite pâtisserie des Löwenstein, dans la Humboldtstraße, n'existe plus. Elle aurait été sur le chemin. Le boulanger n'avait pas de crème au beurre. Henny acheta trois pains aux raisins, un petit sablé au sucre pour Klaus et une part de nid d'abeilles spécialement pour Käthe. C'était bon pour les nerfs.

Käthe regarda par l'entrebâillement de la porte, qui était sécurisée par une chaîne. Mais contre la Gestapo, qui lui rendait régulièrement visite, la chaîne ne servait à rien. Sur le secrétaire étaient posées les lettres que Rudi adressait au vieux Harms à Duvenstedt. « C'est mon neveu qu'est au Danemark, avait dit celui-ci au facteur. Il est aux petits soins avec son vieil oncle, tout à coup. P't-être qu'il pense juste à l'héritage. » Le facteur hochait la tête et prenait les lettres à destination de Skagen. Poste restante. Il ne posait pas de questions.

« Qu'est-ce qui peut encore m'arriver, docteur, hein ? avait répondu Harms à Landmann lorsqu'il lui avait demandé ce service. Si en échange vous pouviez me faire à nouveau mes piquouses. Je préfère quand c'est vous. »

À en croire ses lettres, Rudi allait mieux que Käthe. Mais quelle part de vérité contenaient-elles ? Était-ce vrai qu'il était bien logé, qu'il avait trouvé du travail dans une imprimerie qui imprimait des affiches pour le petit musée ? Une fois, il avait glissé une carte postale dans la lettre, un tableau de la peintre Anna Ancher, *Soleil dans la pièce bleue*. Rudi dépeignait une situation idyllique à Käthe.

— Je reprends le travail lundi, annonça Käthe. Kurt pense que c'est mieux que de rester toute seule à la maison.

— Tu l'appelles par son prénom, maintenant ? demanda Henny.

Käthe opina du chef.

— Et comment va-t-il ?

— Il semble toujours fort, répondit Käthe. Mais je ne saurais pas dire comment il va vraiment.

— Est-ce que je peux finir ton nid d'abeilles, tante Käthe ?

— Prends-le, mon Klauseken. Je n'ai plus faim.

Käthe n'allait vraiment pas bien.

Joan envisageait de retourner aux États-Unis, ce qui attristait Campmann.

— Je n'aime plus ton pays, disait-elle à Campmann. Le dernier bon moment, c'étaient les Jeux olympiques.

Les Jeux olympiques de Berlin remontaient déjà à deux ans.

Campmann repoussait encore la pensée de ces adieux, tant il était absorbé par les affaires de la banque. La Dresdner Bank était pratiquement « libre de Juifs » depuis la fin de l'année passée. Qui l'eût cru d'une maison qui passait pour la plus juive des grandes banques ? Les nouvelles conditions n'avaient pas été désavantageuses pour lui, même s'il y avait encore des améliorations possibles.

— Tu n'as qu'à venir à Philadelphie avec moi, disait Joan, qui ne le pensait pas sérieusement.

Qu'aurait-elle fait là-bas avec un banquier qui aidait à financer les nazis ?

Campmann passait désormais plus de temps dans le Hofweg-Palais et, comme Ida ne s'intéressait plus à lui ni au foyer, ils se croisaient à peine. C'était la mère Laboe qui faisait tourner la maison, cette simple femme d'ouvrier se surpassait. Ça lui en imposait. Il aimait bien boire son lait glacé en sa compagnie dans la cuisine, quand Mia n'y était pas. Mia lui faisait de plus en plus l'effet d'une grosse dondon qui tenait des discours primitifs. Personne ne l'empêchait de la mettre à la porte, mais dans ce domaine il était devenu flegmatique.

Cela l'intéressait-il de savoir si Ida avait un amant ? Sans doute passait-elle beaucoup de temps dans la Johnsallee, auprès de Bunge. Ils pouvaient ressasser leur échec ensemble. Ida était aussi incapable que le vieux. Il ne se rendait pas compte qu'elle faisait sortir des meubles de la maison. Cela faisait bien longtemps qu'il n'avait pas mis les pieds dans le boudoir ni dans la chambre d'Ida.

Anna Laboe ne disait rien, et même Mia tenait sa langue. Elle ne pouvait pas souffrir Campmann, pourquoi faire son jeu ?

Ida ne soupçonnait pas que Campmann la prenait pour une incapable. Elle appréciait de prendre enfin les choses en main. La vie. L'amour. Momme l'avait aidée à transporter des meubles du Hofweg à la Johnsallee, dans le camion de livraison du marchand de vin Gröhl, dont Guste était une bonne cliente. Il s'agissait des fauteuils jaunes du boudoir poussin, de la coiffeuse héritée de la Fährstraße. En revanche, Ida avait laissé la lampe au pied en héron, qui avait toujours été un faible ersatz, quoique coûteux, pour le berger qui jouait du pipeau. Elle préférait acheter du neuf pour leur avenir commun. Tian faisait mine de s'inquiéter de l'encombrement de leur pièce. Mais il savourait la réalisation de ses espoirs : ils formaient un couple. Il ne restait plus qu'à surmonter les nazis.

Quel bonheur que d'aimer Ida.

Ling avait pris la nouvelle avec une grande réserve. Ses doutes ne s'estompèrent que lorsqu'elle constata que, le temps passant, Ida était toujours aux côtés de Tian. Ida essayait prudemment de gagner la confiance de Ling. Ainsi, elle ne pénétrait pas dans l'appartement du frère et de la sœur, mais avait demandé à Guste Kimrath de lui céder une chambre, où elle vivait avec Tian aussi souvent que possible. Avoir Guste comme alliée était pour Ida un soulagement qu'elle n'aurait jamais imaginé. Elle commençait à comprendre son père.

Les soirées dans la cuisine de Guste avaient un air de conspiration : ceux qui s'y réunissaient n'étaient pas des sympathisants de Hitler. Bunge craignait parfois qu'une taupe ne s'immisce un jour parmi eux. Guste lui semblait tellement insouciante. Le seul fait qu'Ida et son Chinois partagent une chambre serait considéré par les nazis comme une « honte raciale ». Guste lui avait d'ailleurs ordonné de ne plus parler que de « Tian ». Le reste était dégradant. Tian, donc. Ah, sa Guste. Elle faisait ni plus ni moins que du regroupement familial.

Momme aussi était revenu durablement ; après un intermède à Husum, il avait pris un poste dans la librairie de Kurt Heymann. L'appel de la grande ville avait finalement été plus fort que celui de la mer du Nord.

Un jour, même Ling fut attablée dans la cuisine de la Johnsallee. Guste Kimrath avait demandé à Tian de lui présenter sa sœur. C'était une époque où il fallait se serrer les coudes. On espérait que la Gestapo n'avait pas tout ce petit monde à l'œil.

*

— Je veux bien être pendue si c'est son premier enfant ! clama Dunkhase dans la salle d'accouchement.

Unger la fit sortir de la pièce. Ce n'était pas la peine de crier sur les toits que la mère du nouveau-né avait menti. Ça ne regardait pas la sage-femme. Lui non plus, d'ailleurs, néanmoins il décida d'en parler à la mère. Peut-être ce mensonge cachait-il un malheur.

— J'ai abandonné deux enfants, avoua-t-elle lorsqu'il lui rendit visite dans la grande salle et s'assit à son chevet.

Personne n'écoutait, les lits voisins étaient inoccupés.

— Mon mari ne le sait pas, que j'étais fille mère. De toute façon c'était avant lui.

— Il vous en aurait voulu ?

— Il est sévère.

— Et où sont ces enfants ? Que savez-vous sur eux ?

— Ils ont été adoptés par des gens sans enfant.

Tel avait été jadis le projet d'Elisabeth. Aujourd'hui, elle s'estimait heureuse de ne pas devoir porter en plus, dans cette période terrible, la responsabilité d'un enfant.

— Je suis désolée que la sage-femme ait haussé le ton. Mme Dunkhase s'est sentie abusée. Une sage-femme expérimentée ne s'en laisse pas conter.

— Le plus important, c'est que mon mari ne le sache pas.

— Je vais y veiller, dit le Dr Unger. L'heureux père est-il déjà informé de la naissance ?

— Il va venir après sa journée. Il travaille au Stadthaus.

Unger se leva. Sa journée à lui était terminée en principe, et il se sentait épuisé. Le travail à la clinique, les tâches qu'il assumait à Duvenstedt. Son inquiétude pour Kurt. La pensée qu'un médecin d'une telle envergure n'avait plus le droit d'exercer était cruelle. Et maintenant, ce jeune père allait venir du Stadthaus, où il avait peut-être interrogé et torturé des gens, à moins qu'il ne soit resté derrière sa machine à écrire pour rédiger le procès-verbal de ces atrocités.

Unger alla dans sa salle de consultation, retira sa blouse blanche et songea un instant à prendre le cognac dans l'armoire. Mais il voulait rentrer chez lui en voiture. Elisabeth était peut-être déjà là, après avoir travaillé chez Robinsohn sur les nouveaux catalogues.

La Mercedes était garée non loin de la clinique. Il la conduisait désormais pour faciliter ses trajets jusqu'à Duvenstedt. Elisabeth s'était acheté un petit cabriolet DKW. Il y avait encore assez d'argent, même s'il était désormais le seul à gérer la fortune, qu'Elisabeth n'avait plus que quelques milliers de marks sur son compte et qu'on ne pouvait plus rien transférer à l'étranger.

Theo Unger se gara devant chez lui et regarda la maison éclairée, dans laquelle Elisabeth l'attendait. Un feu dans l'âtre. Un disque sur le gramophone. Ils n'étaient pas à plaindre. Malgré tout. Si seulement ça pouvait durer encore un moment. « Les choses empirent, avait dit Geerts à la clinique le jour même, tout en mettant le nouveau-né dans les bras de l'infirmière. Ce garçon risque de ne pas connaître que des périodes de paix. »

*

C'était la deuxième fois que la Gestapo lui rendait visite. Ces messieurs se présentèrent à sa porte dans leurs longs manteaux. Non pas en cuir, mais plutôt en caoutchouc. Ils étaient mouillés par la pluie, ce mois de novembre était encore trop doux et pluvieux.

Le ton avait changé, il était devenu plus cinglant. Savaient-ils qu'il faisait de temps en temps une piqûre d'insuline au vieux Harms et qu'il approvisionnait Käthe en fer et en vitamines ? Qu'il organisait une correspondance avec Rudi Odefey, un adversaire du régime ? Ils inspectèrent son appartement et s'arrêtèrent devant les tableaux. De l'*art dégénéré* ?

— Avez-vous encore des patients ?

— Non, dit Kurt Landmann, malheureusement non.

— Que vous évoque le nom Odefey ?

— Käthe Odefey était une de mes sages-femmes à Finkenau.

Surveillaient-ils aussi l'immeuble de la Bartholomäusstraße et le voyaient-ils arriver avec ses vitamines et la potion magique de Mme Unger ?

— Vous n'ignorez pas que vous ne pouvez plus exercer votre art qu'en faveur de patients juifs ?

— Non, je ne l'ignore pas.

— Êtes-vous un ancien combattant ?

Landmann le confirma.

— Alors vous pouvez demander une pension.

Quoi ? Ces types venaient ici pour lui assurer un moyen de subsistance ? Le regard qu'ils portaient sur les tableaux l'inquiétait. Landmann avait entendu dire qu'ils confisquaient les œuvres d'art comme les autorisations d'exercer. Les marchands d'art étaient chargés d'obtenir à l'étranger de bons prix pour les œuvres d'*art dégénéré* confisquées.

Mais ces messieurs repartirent sans toucher aux tableaux. Après une nuit d'insomnie, Landmann les retira de ses murs et les enveloppa dans des draps pour les apporter à Lotte Unger.

— Tu aimes ces tableaux, dit Louise lorsqu'il déposa la *Nature morte à la statuette nègre* de Maetzel, les *Baigneuses sur une plage de l'Elbe* de Hopf et *Süllberg* de Bollmann derrière le siège de la petite Dixi.

— C'est bien pour ça que je les protège.

Le matin, il était allé à la gare pour appeler Lina et Louise d'une cabine téléphonique, et Lotte Unger à Duvenstedt. Il avait de bonnes raisons de se méfier de son propre téléphone. La Gestapo en savait beaucoup sur lui.

— Ils vont te manquer affreusement.

Landmann sourit à Louise.

— Tu te souviens ? Quand je t'ai offert la voiture, j'ai dit que tu pourrais me tenir lieu de chauffeur quand je serais vieux et croulant.

— Ce n'est pas du tout le cas.

— Non, mais je suis en difficulté, dit Kurt Landmann.

Il regarda autour de lui dans la Bremer Reihe, comme s'il craignait que la Gestapo ne se cache derrière les colonnes de ces immeubles fin XIXe ou dans les entrées souterraines. Mais il n'y avait que des enfants en train de jouer et l'un des serveurs de l'Artistenklause qui transportait des caisses.

— Je ne t'avais jamais vu avoir peur comme ça, dit Louise.

— En ce moment, c'est idiot de ne pas avoir peur.

Avait-il effectivement peur ? Ou ressentait-il surtout un immense dégoût parce qu'on n'avait pas réussi à sauver le monde après la Grande Guerre ? *Peace for our time*, avait déclaré le Premier ministre Chamberlain en septembre à propos des accords de Munich, d'après lesquels les chefs des gouvernements britannique, français et italien avaient livré en pâture au Reich allemand des parties entières de la Tchécoslovaquie. Une politique d'apaisement qui ne rendait pas service au monde. Landmann avait été radié de l'Ordre des médecins le même jour de septembre.

Il commença à neiger alors qu'ils roulaient en direction de Duvenstedt. La neige ne tenait pas.

— La capote n'est pas étanche, constata Landmann.

— C'est une voiture pour le beau temps.

— Ça marche encore, tes travaux de relecture ? Tu t'en sors, financièrement ?

— À peu près, dit Louise.

Le monde paraissait paisible à Duvenstedt. Le village, les Unger, le vieux Harms lui manquaient. Peut-être que la dernière fois qu'il avait été heureux, c'était quand il avait organisé la fuite de Rudi. Gendarmes et voleurs. Lotte Unger n'avait pas hésité une seconde à conserver les tableaux chez elle.

— Qu'est-ce que tu vas faire, Kurt ? demanda Louise.

— Tester les limites de ce que je peux encore faire comme médecin. Et toi ?

— Survivre à l'hiver. C'est aussi ce que j'ai dit à mon père. Il aimerait bien que je retourne chez eux à Cologne.

— Tu y serais plus protégée en tant que rejeton d'un mariage mixte. Ah, quelle épouvantable folie !

— Je le suis aussi à Hambourg, rejeton d'un mariage mixte.

Lotte Unger ouvrit sa porte en voyant l'automobile s'arrêter.

— Entrez, dit-elle. Je viens de sortir le gâteau du four. Harms aussi va passer. Il a du courrier.

C'était comme une chaude lumière au milieu de cet après-midi. Malgré le ciel gris de novembre. Aucun d'entre eux ne savait encore que ce jour-là, à Paris, un garçon de dix-sept ans avait tiré sur le diplomate Ernst vom Rath*, pour venger sa famille déportée. Personne ne pouvait imaginer ce que cela allait déclencher deux jours plus tard.

*

Käthe sursauta en entendant le Klaxon. Elle alla à la fenêtre et vit le clignotement du gyrophare sur la rue mouillée. Ce n'était pas la police qui venait chez elle, mais une ambulance qui se garait devant son immeuble.

Des pas précipités dans l'escalier. Elle ouvrit la porte et vit deux hommes entrer chez le voisin d'en face avec un brancard. Cinq ans plus tôt, quand ils avaient emmené Rudi, il était sorti sur le pas de sa porte. À 4 heures du matin. Au lieu de refermer tout de suite sa porte, Käthe resta immobile un moment, comme si ça lui faisait du bien. L'homme agréable, leur voisin depuis dix-sept ans, gisait sur le brancard, les yeux fermés, les lèvres bleues.

— Ne vous gênez pas pour regarder, dit sa femme. Il a eu beaucoup d'agitation à cause de vous. Trop pour son cœur. Avec la Gestapo ici tous les quatre matins.

Qu'était devenu ce voisinage ? « Une maison honorable », avait déclaré le propriétaire autrefois, quand ils avaient visité l'appartement. « Des couples. Des familles. » Il leur avait loué l'appartement alors même qu'ils n'étaient pas encore mariés. Un aimable vieux monsieur, mort depuis longtemps. Même avec ses héritiers il n'y avait jamais eu de problème.

Elle retourna dans sa cuisine pour emballer le cadeau de Klaus, une figurine représentant un médecin, qu'elle voulait donner à Henny. Les enfants étaient-ils censés jouer des accidents de chemin de fer ? Avec du personnel médical ?

On sonna à la porte. Il était tard. Henny était de garde. Käthe avait rarement été aussi terrifiée.

Landmann apparut en haut des marches.

— Je t'apporte quelque chose, dit-il en regardant la porte du voisin, qui avait peut-être des oreilles.

— Ils ne sont pas là. On vient de l'emmener à l'hôpital.

— Une lettre du Danemark.

— Tu ne veux pas entrer ? Je vais faire du café.

— Non, dit Landmann. J'en ai déjà bu environ deux cafetières chez Lotte Unger. J'ai envie de rentrer chez moi.

Il espérait que la Gestapo ne passerait pas chez lui ce soir-là. Il ne pourrait plus lui offrir que *Les Femmes de Nidden*, le seul tableau à être resté dans la Bremer Reihe.

— Où as-tu eu ce singe ? demanda Henny qui voulait mettre de l'ordre dans la chambre des enfants avant l'arrivée des nouveaux jouets, le lendemain matin.

— C'est Bert qui me l'a offert, dit Klaus. Il s'appelle Jocko.

— Bert qui est dans ta classe ? Il t'offre un singe Steiff pour ton anniversaire ? C'est un beau cadeau !

— Pas pour mon anniversaire. Je l'ai eu au mois d'octobre, quand lui et ses parents ont dû partir. Il ne pouvait emporter qu'un seul animal en peluche, alors il a pris son ours et m'a offert Jocko.

Henny s'assit sur le lit de Klaus.

— Qu'est-ce que c'est que cette histoire ? demanda-t-elle. Pourquoi Bert et sa famille ont dû partir ?

— Parce qu'ils viennent de Pologne. Ils ont dû retourner là-bas.

— Est-ce que Papa le sait ?

— Ben oui. C'était aussi l'instituteur de Bert. Je n'avais pas le droit de t'en parler parce que tu allais t'énerver. C'est pour ça que j'ai mis Jocko tout au fond de ma caisse à jouets.

Henny prit Jocko sous le bras et alla dans le salon.

— Tu as donc trouvé le singe, dit Ernst.

Il posa son journal sur la table. Else, qui était en train de coudre des volants à la robe de bal de Marike, leva les yeux.

— Oh, quelle belle peluche ! dit-elle.

— Alors ? Je veux l'histoire du singe.

— Je te l'ai déjà racontée, Maman, dit Klaus qui s'était glissé derrière Henny.

— Je voudrais que ton père me la raconte encore une fois.

— Les Krone sont des Juifs d'origine polonaise.

— Mais ça fait des années qu'ils vivent ici, dit Henny. L'enfant est né à Hambourg. Le père a du travail. Ils ont un appartement.

— Fin octobre, le gouvernement polonais a déchu de leur nationalité tous les Polonais vivant à l'étranger depuis plus de cinq ans. Ils ont donc été expulsés à temps.

— Expulsés à temps ? Tu parles comme si tu l'approuvais !

— Bert a beaucoup pleuré, et sa maman aussi, dit Klaus.

— Bon sang ! tonna Ernst.

— Hitler ne le sait pas, dit Else.

Ernst se leva pour allumer l'émetteur du Reich. Tout était bon pour détourner la conversation. Le diplomate Ernst vom Rath avait succombé à ses blessures à Paris, annonçait le speaker.

Henny prit Klaus par la main, retourna dans sa chambre et ferma la porte.

— J'ai quand même le droit de garder Jocko ?

— Mais oui. Je te demande de toujours bien veiller sur lui. Bert sera content de savoir que Jocko se sent bien avec toi.

— Il le sait ?

Henny ne sut que répondre.

Cette nuit-là, ils furent réveillés par la lueur des flambeaux. Ernst alla à la fenêtre du salon et ouvrit les rideaux. Y avait-il le feu ?

Une vive lueur tombait sur la table d'anniversaire joliment décorée, où Klaus découvrirait ses cadeaux quelques heures plus tard. Elle était éclairée par la lune, et non par les flambeaux qui brûlaient trois étages plus bas.

— Qu'est-ce que c'est ? demanda Henny en rejoignant Ernst à la fenêtre.

Des hordes de gens s'agitaient sur le Mundsburger Damm. Plus loin, en direction de la Hamburger Straße, on entendait des bris de verre.

— Je ne sais pas, dit Ernst. Allons nous recoucher.

Moritz Jaffe passait la nuit sur le canapé de son arrière-boutique, ce qui arrivait quand il réparait des bijoux jusque tard dans la soirée. Il se réveilla en sursaut lorsque sa vitrine se brisa, mais il n'alluma pas la lumière et se faufila jusqu'à la porte de derrière pour la verrouiller. Immobile, il retenait son souffle et tendait l'oreille.

— Juif crève ! Juif crève ! Juif crève ! scandaient-ils en hurlant.

Un fracas. D'autres bris de verre. Mais ils n'entrèrent pas dans le magasin. Ils poursuivirent leur route. Peut-être pour aller chez Textil Simon dans le haut de la Herderstraße. L'auraient-ils abattu s'ils avaient su qu'il était là ? Jaffe attendit longtemps avant d'ouvrir la porte et d'entrer dans la salle de devant. Ses pieds nus marchaient sur les éclats de verre. Il repartit mettre des chaussures et balaya la boutique, mit le verre brisé dans un carton solide, ne laissant dans la vitrine que les éclats tombés sur le velours.

Il conservait dans un étui en cuir, dans son arrière-boutique, la croix de fer première classe qu'il avait obtenue après la bataille de Verdun en tant que soldat du Kaiser. Il alla la prendre et la déposa entre les débris qui scintillaient à la lumière d'un réverbère. Sa dernière vitrine. L'ouverture de la chasse avait bel et bien commencé.

*

— Les mannequins des vitrines de Robinsohn et Hirschfeld flottent dans le canal de l'Alster, dit Lina. Tout est saccagé.

— Assieds-toi d'abord, dit Henny en regardant sa belle-sœur d'un air suppliant.

Si elle parlait de ça devant Ernst, elle gâcherait l'anniversaire de Klaus. Henny découpa le gâteau marbré au milieu duquel trônait une bougie blanche ornée de trèfles. Klaus devait la souffler. Cela portait bonheur.

— Il n'y a presque plus aucune vitre intacte au centre-ville.

Klaus examinait la locomotive et les wagons de deuxième et troisième classe.

— Est-ce que les vitres de Schrader sont cassées ? demanda-t-il.

— Non, dit son père, pas chez Schrader.

Klaus voulut déballer le cadeau de Lina avant de manger le gâteau.

— Les livres de Kästner sont interdits, rappela Ernst.

— Mais pas *Emil et les détectives*, répondit Lina. Même notre ministre de la Propagande n'y peut rien.

— Klaus est trop petit pour lire ça, insista Ernst.

— C'est pas vrai ! s'écria Klaus. J'aime bien lire des livres qui n'ont pas beaucoup d'images. Tante Lina me choisit toujours les meilleurs.

Lina sourit. Cela lui plaisait d'initier son neveu à une littérature pour enfants qui n'était pas conforme à la nouvelle idéologie.

— Else et Marike ne sont pas là ? demanda-t-elle.

— Marike prend son cours de danse avec Thies, et Else devrait être là depuis longtemps, dit Ernst.

L'école de danse Bartels, dans le bâtiment de l'Ufa, juste à côté, était assez chère comme ça ; il ne s'agissait pas de sécher un cours. Lina n'attendit pas l'arrivée d'Else. Elle avait plus de mal que d'habitude à supporter Ernst Lühr et avait hâte de rejoindre Louise pour parler avec elle des horreurs qui avaient eu lieu dans le pays pendant cette nuit du 9 au 10 novembre. Ainsi n'eut-elle pas l'occasion de voir à quel point Else Godhusen était perturbée quand elle arriva enfin pour le septième anniversaire de son petit-fils.

— Ils ont traîné Simon hors de son magasin de textiles parce qu'il ne voulait pas les laisser saccager son magasin ! confia-t-elle. C'est la mère Lüder qui me l'a raconté et elle en était toute fière. C'est sans doute son Gustav qui a défoncé les vitrines. Alors j'y suis allée pour apporter quelques asters à Mme Simon.

Henny adressa à sa mère un regard plein d'amour, pour une fois. Else avait du cœur et du courage. Henny allait désormais lui pardonner beaucoup de choses.

Ling se tenait seule à la fenêtre qui donnait sur la rue Grindelhof et voyait brûler la synagogue d'en face, sur la Bornplatz. Elle était trop choquée pour s'inquiéter que l'incendie puisse gagner d'autres immeubles de la rue. La Nuit de cristal. C'était le nom qu'ils avaient donné à la nuit passée. Comme s'il s'agissait d'un spectacle festif et somptueux. Et cela ne semblait pas terminé.

Elle s'inquiétait pour ses parents dans la Schmuckstraße, dont la cuisine était fermée depuis que les autorités procédaient à des contrôles permanents, à seule fin d'humiliation. Elle espérait que ses vieux parents étaient en sécurité chez eux et évitaient la rue.

Or la « colère populaire spontanée » évoquée par Joseph Goebbels semblait ne s'abattre que sur les Juifs, ces jours-ci. Cela la soulageait-il ? Non. Ling avait peur. Notamment pour Tian, que les nazis pourraient bien coincer à cause de sa relation avec Ida.

Et elle-même ? Qu'allait-elle devenir ? Elle s'écarta de la fenêtre et alla dans la petite pièce qui donnait sur la cour. Elle ne voulait plus rien voir brûler.

Kurt Landmann fit tourner son verre de cognac et le but tout en circulant dans les pièces de son appartement, observant chaque objet et retirant divers livres des étagères, comme s'il préparait une vente aux enchères.

Il retourna à son bureau et ficela les paquets au moyen de nœuds chirurgicaux – il savait encore les faire. Il n'y avait plus qu'à aller à la poste pour envoyer les trois paquets. Puis il pourrait se consacrer au véritable programme de la journée.

Qu'était devenue Oda ? Vivait-elle encore ? Il jeta un œil aux *Femmes de Nidden*.

L'aller et retour à la poste lui prit une demi-heure, c'était une période d'affluence. Encore un cognac. Il n'y avait plus grand-chose dans la bouteille.

Le tube. Des comprimés de bonne qualité. C'était quand même un avantage d'être médecin, même sans autorisation d'exercer. Il alla dans la cuisine pour remplir un verre d'eau du robinet.

La dernière goutte de cognac. Puis les comprimés. Oda, songea-t-il, Louise, Lina, Käthe. À la fin il pensa aussi à Lotte Unger, à ses tableaux et au fils de Lotte, Theo. Il regarda *Les Femmes de Nidden*, qui n'était pas le meilleur tableau de sa collection.

Puis il se laissa ensevelir par la dune.

En ouvrant le paquet, Theo devina tout de suite ce que cela signifiait. Il espérait encore se tromper, mais la première chose qui tomba dans ses mains fut l'épingle de cravate ornée de la perle d'Orient. Puis il lut la lettre.

Non, songeait-il en priant. Pourtant il savait que les prières désespérées adressées à un être supérieur ne servaient à rien. Kurt Landmann, son ami depuis tant d'années, était mort.

Un journal de guerre. Glissés entre ses pages, quatre billets de cent marks et la photo d'une jeune femme. *Oda* était inscrit à l'encre verte au dos de la photographie. Tous ces secrets. Unger aussi en avait quelques-uns.

« Vois ce que tu peux obtenir de mon appartement, avait écrit Landmann. Et répartis les objets précieux de ma mère entre Lina, Louise et Käthe. Ne t'embête pas, je ne suis pas religieux et ça ne me dérange pas d'être incinéré. Il y a de l'argent dans mon journal. »

Theo Unger était donc son exécuteur testamentaire.

Lorsque Elisabeth rentra à la maison, elle le trouva en train de pleurer.

Devant Louise, une bague en tourmaline rose et une enveloppe contenant mille marks. « Continue à vivre, ma belle enfant, avait écrit Landmann. Tu es encore assez jeune pour te battre. Moi, je n'avais plus la force. » Louise mit beaucoup de temps à se défaire de l'impression qu'il l'avait laissée tomber.

Käthe se surprit elle-même en se sentant renforcée par la mort de Landmann. Comme si elle avait un devoir envers lui. Elle déballa le volume de poésie rouge pâle qu'elle devait remettre à Rudi, ainsi que vingt-quatre cuillers en argent.

« Qui sait à quoi elles pourront servir », avait écrit Kurt Landmann.

Juillet 1940

Une première grande attaque aérienne avait touché Cologne le 18 juillet. L'ironie du destin voulait que Grete Stein ait quitté ce jour-là son domicile protecteur de Lindenthal. Elle mourut dans un immeuble proche de la Chlodwigplatz ; ni elle, ni ses amies, qui avaient eu tant de mal à la convaincre de reprendre part à la vie extérieure, juste une fois, n'eurent le temps d'atteindre la cave.

Le bombardier avait vingt-deux ans et il avait grandi à Bristol, là où vivaient la mère et la tante d'Elisabeth. Lui et ses camarades allaient être abattus au-dessus de la Rhénanie.

Louise en fut plus ébranlée que jamais, même la mort de Kurt n'avait pas eu le même effet sur elle. Peut-être parce que la mort de sa mère lui semblait beaucoup plus cruelle que celle de Landmann, qui s'était éteint presque paisiblement sur son canapé de la Bremer Reihe.

Lina veillait, gâtait, aimait. Elle pensait à la période qui avait suivi la mort de Lud, pendant laquelle Louise l'avait empêchée de devenir folle.

Joachim Stein essayait d'être courageux. Il invita deux jeunes gens à partager sa maison de Lindenthal. Ils n'avaient pas été autorisés à poursuivre leurs études de philosophie parce que chacun avait un grand-parent juif, et ils travaillaient tous deux dans les bureaux des usines Ford à Niehl. Leurs conversations du soir faisaient du bien à tous les trois.

En cette chaude soirée d'été, Lina et Louise étaient assises devant leur triple fenêtre qui donnait sur le canal. Le ciel avait une teinte bleue veloutée, mais on ne pouvait plus s'y fier. Ni à Cologne ni à Hambourg. Quelques jours plus tôt, un bombardier isolé avait percé la couche nuageuse près de la Fuhlsbütteler Straße et tué des enfants en train de jouer.

Jusqu'au printemps, les Britanniques n'avaient jeté que des tracts sur Hambourg, maintenant suivaient les bombes. Depuis la première attaque contre le port, Sankt Pauli et Altona, en mai, les hurlements des sirènes faisaient partie du quotidien. Mais presque personne n'allait dans les abris antiaériens, et le black-out ordonné depuis le 1er septembre 1939, dès le début de la guerre, n'entraînait pas de grande restriction en été.

Louise but une gorgée de vin et pensa à ce qu'elle essayait de refouler : si c'était son père qui était mort sous les bombes et non sa mère, elle aurait perdu le statut d'enfant d'un mariage mixte privilégié. Grete et elle seraient devenues hors-la-loi pour les nazis. Elle leva sa main et la tint dans l'un des derniers rayons de soleil, qui fit briller la tourmaline rose.

— Tu penses à Kurt, dit Lina.

Henny avait fait exactement pareil avec sa bague sertie de grenats : la faire briller en pensant à Lud.

La Gestapo avait tout de suite mis l'appartement de Kurt Landmann sous scellés. Les objets précieux de sa mère n'étaient parvenus à aucune des trois femmes. Sans doute avaient-ils été vendus aux enchères au bénéfice du peuple, ou distribués au bénéfice de la Gestapo. Unger avait seulement réussi, plus tard, à s'emparer de l'urne et à l'inhumer dans la tombe des parents de Landmann, dans la partie juive du cimetière d'Ohlsdorf.

— Oui, dit Louise, je pense à Kurt. Il pourrait être là et me consoler. Il a bien connu ma mère.

— Grete n’était pas heureuse de ta relation avec moi.

— Ton seul défaut, à ses yeux, était de ne pas être un homme.

— Je pense que jusqu’à la fin elle ne s’est pas avoué que nous formions un couple, dit Lina.

C’était également le cas de leur propriétaire, qui possédait tout l’immeuble du canal Eilbeck. Mme Frahn avait le même âge que Grete Stein et, malgré son ouverture d’esprit, il ne lui serait même pas venu à l’idée que cette forme d’amour existait.

— Tu crois que la guerre va durer encore combien de temps ? Ils ont eu leur campagne de l’Ouest, et ils sont aussi au Danemark et en Norvège. Pourquoi ils n’en ont jamais assez ?

— Tu te souviens de Momme, le jeune de Dagebüll qui habitait chez Guste et qui est devenu libraire ?

— Tu parles comme s’il était mort !

— J’espère que non. Il a occupé le Danemark en avril, en tant que soldat de la marine allemande. Maintenant il est à Aalborg. Et Jacki est en Belgique.

— On dirait que Guste doit fournir tous les soldats.

— J’ai peur que ça dure horriblement longtemps, dit Lina. Lors de la dernière guerre aussi, ils espéraient être rentrés à Noël.

Elle pensait à son professeur de dessin qui était tombé en France. Elle se leva pour aller prendre le médaillon en bois de tilleul qui était sur la coiffeuse de la chambre. Puis elle revint et le posa sur les genoux de Louise.

— Ouvre-le.

— Tu veux que j’évente ton secret ?

— C’est bien ce que tu as toujours voulu.

— Aussi bruns que les miens, constata Louise après avoir ouvert le médaillon. Sauf que j’ai les cheveux lisses.

— Je l’ai aimé, cet homme dont tu vois les boucles.

— Qui était-ce ?

— Mon professeur de dessin. J'avais seize ans et lui vingt-quatre.

— Ça aurait été possible, dit Louise.

— Il est tombé à la bataille de la Somme. Tu veux que je te coupe une mèche de cheveux, ou tu préfères le faire ?

Louise referma le médaillon.

— Je te remercie de m'avoir offert ton secret. Mais je trouve ça mieux que cette boucle y reste. Comment s'appelait-il ?

— Robert.

— En souvenir de Robert, dit Louise. Moi, j'ai la possibilité de vivre avec toi.

*

Il était tard et il faisait sombre dans la maison. Des stores noirs aux fenêtres. Finie, l'époque où la villa de trois étages brillait dans la nuit comme un magnifique bijou.

Elisabeth était à Berlin, chez une amie, jusqu'au lendemain. La prospérité qui l'enveloppait comme un plaid en cachemire de Betty semblait la protéger. Aucun des maîtres bruns ne l'avait encore embêtée. L'aura de la *grande dame* [1] les intimidait. Unger espérait que cela dure.

S'il lui arrivait quelque chose à lui, Elisabeth serait en danger en tant que composante juive de ce mariage. Tous deux avaient été surpris par le déclenchement de la guerre ; ils venaient tout juste de se familiariser avec l'idée qu'Elisabeth parte en Angleterre. Les temps étaient trop violents – une horreur pour les gens qui rêvaient d'un petit bonheur individuel.

Où serait Landmann aujourd'hui ? À l'étranger ? Dans la Bremer Reihe ? Kurt lui manquait dans tous

1. En français dans le texte.

les domaines de sa vie. Cette générosité qu'il avait. À la fois spirituelle et matérielle.

La soirée passée à Flensburg dans le restaurant de poissons de Piet Henningsen, après l'embarquement de Rudi Odefey, faisait partie des plus précieux souvenirs d'Unger. L'épingle de cravate se trouvait toujours dans le petit coffre-fort caché derrière le portrait à l'huile des sœurs Ruth et Betty. Elle appartenait toujours à Rudi, et Unger espérait bien que le destin ne le priverait pas de la chance de la lui restituer.

La dernière lettre de Rudi à Käthe portait la date du 2 avril. La Wehrmacht avait envahi le Danemark une semaine plus tard, et depuis lors le vieux Harms n'avait plus reçu de courrier.

« Je vais rentrer, avait écrit Rudi. Deux années, ça suffit. Je ne veux pas vivre plus longtemps sans toi, Käthe. »

Käthe était allée montrer la lettre à Unger et lui avait demandé s'il y voyait un indice sur le lieu où se trouvait Rudi.

« Il ne faut plus que tu souffres pendant que je suis bien tranquille au Danemark. Ils ne vont pas continuer à me poursuivre à cause d'une broutille, ils ont d'autres soucis. »

Non, Theo Unger ne pouvait pas deviner où était Rudi. Avait-il été arrêté ? Il n'y avait pas encore de camps là-bas, avait raconté un confrère venu de Copenhague.

— Ses lettres sont interceptées, avait-il répondu à Käthe.

Il disait cela pour la consoler, mais c'était tout à fait concevable. D'abord, on envahissait et on occupait, et ensuite on passait aux petites brimades. Or Käthe était inconsolable, elle était devenue une boule de nerfs. Henny avait confié à Theo qu'elle évitait de laisser Käthe seule dans la salle d'accouchement.

Il avait raconté à Käthe que c'était Kurt qui avait acheté l'épingle de cravate et que Hans Hansen n'était qu'un nom inventé. Elle n'avait fait aucun commentaire et lui avait seulement demandé de conserver l'épingle pour Rudi, ainsi que les vingt-quatre cuillers en argent. Käthe considérait que la maison des Unger était un lieu plus sûr que son appartement.

Un bruit derrière la porte le fit sursauter. S'était-il assoupi ? Il regarda l'heure : minuit était passé depuis longtemps. Unger se leva du fauteuil en cuir et se rendit compte qu'il avait froid. Peut-être avait-il même dormi profondément. Des voix dans le couloir. La porte du salon s'ouvrit.

— Elisabeth, dit-il, il s'est passé quelque chose ?

Il vit Garuti derrière elle, tenant la valise d'Elisabeth.

— Je croyais que tu étais à Berlin ?

— Alessandro a eu la gentillesse de m'emmener en voiture. Il a à faire à Hambourg dans les jours qui viennent.

— Mais tu avais un billet de chemin de fer.

Il était tellement surpris qu'il oublia de saluer Garuti.

— Sers-nous quelque chose à boire, s'il te plaît, le trajet en voiture était fatigant.

Elisabeth s'affala dans le fauteuil en cuir d'où il venait de se lever.

— Que veux-tu ? Et pour vous, Alessandro ?

— Quelque chose de fort, dit Elisabeth.

Garuti ne la contredit pas. Theo Unger servit trois verres de cognac.

— Dans les gares de Berlin ils ont fait sortir les gens des trains pour les embarquer, expliqua Alessandro Garuti. D'abord dans l'Anhalter Bahnhof, puis dans la Lehrter.

— Pourquoi ? demanda Unger.

— Ils ont contrôlé les passeports et emmené tous les Juifs. Je l'ai entendu dire dans notre ambassade.

Theo Unger se tourna vers sa femme :

— Mais toi, tu n'as pas de « J » sur ton passeport.

— Tu veux que je reste assise dans le train à regarder tous ceux qu'on arrête ? Tu es insensible.

La voix d'Elisabeth était plus aiguë et plus stridente que d'habitude. Garuti essaya d'apaiser les choses.

— Il y a une énorme tension à Berlin, dit-il. Avec ces panneaux d'interdiction sur les établissements. Tout le monde est aux aguets. Cet après-midi déjà, quand nous avons bu un café sur le Kurfürstendamm, j'ai senti de l'orage dans l'air alors que le ciel était radieux.

— Et je suis censée répondre que je suis la « composante juive d'un mariage mixte » s'ils me contrôlent ?

— Oui, affirma Theo Unger, qui avait déjà vidé son cognac et se leva pour se resservir.

— Bientôt, je n'oserai plus aller dans la rue, dit-elle avec une intonation hystérique.

— Tu es épuisée par ces épreuves et la longue route dans le noir, dit Unger. Je vais te donner un remède léger pour que tu dormes bien.

Elisabeth signifia son refus d'un énergique geste de la main.

— J'ai téléphoné à votre épouse à Grunewald pour lui proposer de l'emmener en voiture.

— Merci pour votre sollicitude, Alessandro, dit Unger.

Une pointe de jalousie se faisait-elle sentir en lui ? Il n'émit aucune objection quand Garuti se leva précipitamment et prit congé. Il était déjà 2 heures et demie.

— J'espère que vous n'aurez pas d'empêchement demain soir, dit Elisabeth. Il est temps que vous dîniez enfin chez nous.

Unger accompagna Garuti à son Alfa Romeo, garée devant leur maison.

— Alors à demain, dit-il.

— Elisabeth est très tendue, elle souffre de cette situation, dit Garuti. Vous devez lui pardonner. Elle ne voulait pas aller dans un café où les Juifs sont indésirables, mais il n'y a plus que ça, ou presque.

Theo Unger le regarda partir, il était rassuré.

*

Il avait fêté ses quatre-vingt-deux ans en mai, sans le docteur. Ça aurait été mieux avec lui. Le vieux Harms avait bu ses *lütt un lütt* tout seul en pensant à Landmann. Il lui manquait horriblement. Personne ne faisait les piqûres comme lui.

Le facteur n'avait apporté ce jour-là qu'un catalogue de vente de plantes d'agrément. Ça marchait mal, avait entendu Harms chez le jardinier, tout le monde voulait des légumes pour son jardin.

— On dirait que votre neveu du Danemark a arrêté de loucher sur votre maison, observa le facteur.

Harms ne comprit pas tout de suite.

— Il vous écrivait tout le temps parce qu'il voulait hériter.

— Nan, il y est plus, au Danemark. Il vadrouille en France avec l'armée victorieuse, dit Harms.

Il s'était raccroché aux branches in extremis, il fallait faire attention en ce moment. Il demanderait au jeune Dr Unger ce qu'était devenu le garçon depuis que la vaillante Wehrmacht s'activait aussi là-haut.

— Nous distribuons aussi le courrier militaire. Bon, ben il doit être distrait par les Françaises. On ne pense plus à son vieil oncle.

Le vieux Harms fut d'accord avec cette explication.

Käthe se rendit dans la Mission maritime danoise, au port, mais personne ne pouvait l'aider. Avaient-ils jamais entendu parler d'exilés allemands internés dans des camps ou des prisons ?

Les gens de la Mission maritime restaient prudents dans leurs propos, de peur de provoquer les autorités allemandes. L'occupation du Danemark se passait plus paisiblement que dans d'autres pays, les Allemands considérant presque les Danois comme un peuple germanique, donc frère. Lorsque Käthe quitta le bureau, une jeune femme la suivit dans l'escalier.

— Tous les documents d'immigration de la police danoise sont tombés entre les mains de la Gestapo, dit-elle. J'ai entendu parler de représailles, certains exilés ont été mis en prison.

Käthe se tint à la rampe de l'escalier.

— Mais beaucoup ont réussi à fuir en Suède en passant par l'Øresund, ajouta la femme. Voulez-vous un verre d'eau ?

Käthe fit signe que non. Les tremblements la prenaient brusquement ces derniers temps, mais ça passait toujours.

— J'espère que votre mari est en vie et que vous aurez bientôt de ses nouvelles.

L'amabilité de cette étrangère lui fit du bien. Käthe alla au débarcadère et monta dans le métro aérien. Elle prenait son service à 13 heures, et elle avait de plus en plus de mal à se concentrer sur son travail. Où était Rudi ? S'il avait fui en Suède, un pays encore plus sûr que le Danemark, elle aurait eu de ses nouvelles. Pouvait-on imaginer que les prisons danoises ne leur permettaient pas de donner une seule nouvelle à l'extérieur ? Même les cachots de la Gestapo n'étaient pas aussi stricts.

— Tu as de mauvaises nouvelles ? lui demanda Henny pendant qu'elle se changeait. Tu es bien pâle pour un mois de juillet.

— Il est mort, dit Käthe.

Henny se retourna brusquement.

— Qu'est-ce que tu dis ?

— Je le sens.

Henny respira profondément.

— Arrête avec ça, Käthe. Tu te fais du mal.

Ses tremblements reprirent. Cette fois, ils durèrent plus longtemps.

— Tu ne peux pas travailler dans cet état, dit Henny. Imagine que tu fasses une erreur. Dunkhase n'attend que ça.

Elle fit allonger Käthe et alla chercher Unger. Mais elle revint avec Aldenhoven, Unger n'étant pas là. Le Dr Aldenhoven examina soigneusement Käthe, avec douceur presque.

— Je vous interdis de prendre votre service, dit-il. Vous n'êtes pas en état de travailler, madame Odefey.

Mais Käthe ne l'entendit pas, elle avait perdu connaissance, et c'était la meilleure chose qui pouvait lui arriver à ce moment-là. Elle se réveilla dans une chambre du secteur privé. Unger était à son chevet ; elle resterait quelques jours, jusqu'à ce que tous les examens aient été faits.

— Je ne peux pas payer, protesta-t-elle.

— Moi, je peux, dit Theo Unger.

Il avait épousé une femme riche, qui recevait le *dottore* Garuti à dîner le soir même. Henny lui avait expliqué qu'il n'y avait personne pour s'occuper de Käthe à part elle-même, qui avait beaucoup à faire. La mère de Käthe gagnait sa vie comme cuisinière, et Karl Laboe ne montait plus les quatre étages de sa fille.

— Si Käthe recevait un signe de vie de Rudi, elle serait vite guérie, dit Henny.

Peut-être devait-il aller à Skagen, songea Unger, et partir à la recherche de Rudi. C'est ce qu'aurait fait Kurt. Pouvait-il laisser Elisabeth toute seule ? Mais d'abord il devait aller à Duvenstedt pour récupérer la poule dont sa mère avait tordu le cou pour leur dîner. Se réjouissait-il de cette soirée ? Alessandro Garuti lui semblait être quelqu'un de tout à fait correct. Unger supposait qu'il n'avait pas de raison d'être jaloux.

— Tout à coup il a surgi devant moi dans son uniforme, avec une tête de mort sur ses écussons, dit Else Godhusen.

— Quand je pense que Gustav fait carrière chez les nazis ! dit Henny.

— Je ne parle pas de Gustav, mais de Gotha.

Else avait croisé le commis voyageur Ferdinand Gotha devant le Karstadt de la Mönckebergstraße, et il s'était montré familier.

— Il est donc dans la SS. Il n'est pas trop vieux pour ça ?

Henny n'avait pas besoin de ce souci supplémentaire. Elle était contente que Gotha soit sorti de la vie de sa mère. Celle-ci avait-elle l'intention de renouer ?

L'effondrement de Käthe, Dunkhase qui lui courait après avec sa fiche de renseignement parce qu'un enfant hydrocéphale était né. Depuis le mois d'août 1939, ils étaient obligés de déclarer les nouveau-nés handicapés. C'était prescrit par la loi sur la prévention des maladies congénitales. Henny se serait bien couchée à côté de Käthe dans le service des consultations privées, cet après-midi ; c'était trop pour elle.

Le balcon aux géraniums était occupé par les deux adolescents, Marike et Thies, qui avaient récemment fêté leurs dix-huit ans et qui se regardaient dans les yeux comme des tourtereaux. Et même si Henny aimait beaucoup Thies, elle espérait que Marike ne répéterait pas la même erreur qu'elle en faisant tout trop vite. Précipitamment, avait dit Käthe autrefois à propos de son mariage avec Lud, et elle avait raison.

Où était Rudi ? Mort ? Elle ne voulait pas le croire, comme Käthe, qui évoquait sa mort pour calmer les mauvais esprits. Quand on imaginait le pire, on était épargné.

— Peut-être que Marike et Thies pourraient libérer un peu le balcon et aller se promener, dit Ernst. J'aimerais bien y passer un moment avec toi, pour profiter de l'été.

— Tu n'as qu'à le leur dire, répondit Henny à Ernst. Elle trouvait à la vérité que c'était autant le balcon de Marike que celui d'Ernst.

*

Sa volonté de vivre faiblissait. S'il avait été déporté ici en automne ou en hiver, le camp l'aurait déjà brisé. Les Allemands étaient arrivés en avril, par les airs et par la mer, pour prendre d'assaut ce petit pays qu'était le Danemark ; ça avait été une campagne réussie. Lui n'avait pas pu fuir par le détroit d'Øresund, contrairement à de nombreux exilés sociaux-démocrates, qui étaient mieux organisés que les communistes et les excluaient sans pitié.

Comment s'était-il trouvé pris dans ces arrestations ? Il ne le savait toujours pas. Quelque presse lui avait-elle à nouveau été fatale, alors que cette fois il ne l'avait pas du tout utilisée pour fabriquer des tracts et autres matériaux de propagande ? Il avait été transporté à Aalborg dans un véhicule de la Wehrmacht, avec quatre compagnons d'infortune. Puis embarqué sur un bateau et emmené bien au-delà de la Suède.

Le paysage qui s'étendait derrière les barbelés lui semblait rebutant, même en cette saison délicieuse. Pourtant, il y en avait dans le camp qui parlaient avec nostalgie de ce Danziger Werder*, un pays traversé par les rivières, proche de la lagune de la Vistule et de la mer Baltique – un paradis qu'ils avaient connu en période de paix.

C'étaient surtout des Polonais, notamment de nombreux civils, qui étaient détenus avec lui dans le « camp forestier » de Stutthof, comme les gardes allemands l'appelaient par euphémisme ; ce n'était en réalité qu'un camp de concentration, conçu pour anéantir les prisonniers.

Dans les premiers jours suivant son arrivée, il avait été autorisé à écrire une carte postale, et il espérait qu'elle était parvenue jusqu'à Käthe. Personne ici n'avait réussi à contacter ses proches, il ne pouvait guère espérer un privilège. Mais n'avoir aucune nouvelle de Käthe pendant ces jours de faim et de châtiments corporels et psychiques, c'était pour lui la pire des tortures.

*

Sans Lotte, un aussi délicieux dîner n'aurait pas été possible. Elle fournit la poule et le romarin. De son jardin provenaient également les fruits d'été pour le dessert, la *rote grütze*[*]. Le jardin potager était la formule magique. Lotte sortit également de son chapeau des pommes de terre et des haricots, et Unger transporta tout de Duvenstedt à la cuisine de la Körnerstraße, où la mère de Käthe prépara le dîner. En remerciement du bien que le docteur faisait à Käthe.

Theo Unger alla dans la cave pour choisir les vins. Il avait envie de faire une démonstration de la culture allemande au *dottore* Garuti, puisqu'il restait quelques précieuses bouteilles héritées de la cave des Liebreiz. Le vin était ce qui permettait le mieux de supporter cette époque et toutes ses intempéries. Il prit donc sur l'étagère en bois deux bouteilles de Château Haut-Brion 1921 et une bouteille de vin liquoreux de la même année, qu'il voulait servir au dessert. La dernière guerre était finie depuis trois ans quand les raisins de ce vin avaient été cueillis, et voilà que l'Allemagne était à nouveau en guerre.

Il y avait bien longtemps que la table de la salle à manger n'avait pas été dressée de manière aussi festive. Theo Unger vivait des journées de grand contraste. Il retira les capsules argentées des bouteilles de vin rouge et les posa sous la fenêtre. Dans le jardin, les roses fleurissaient comme autrefois dans le jardin de ses beaux-parents.

Il espérait beaucoup que Ruth et Betty allaient bien à Bristol, aucune correspondance n'étant possible depuis le début de la guerre, et la communication téléphonique encore moins. Cela aussi mettait sûrement les nerfs d'Elisabeth à rude épreuve, et peut-être que la vénération de Garuti lui faisait tout simplement du bien. Quand il aurait surmonté ce dîner, il planifierait sérieusement un voyage à Skagen. Il devait compter huit heures de route, donc il devrait justifier son absence avec ses confrères sans éveiller leurs soupçons.

— Ta mère est adorable, dit Elisabeth. Toutes ces bonnes choses.

Il se tourna vers elle :

— Tu es magnifique dans cette robe.

Une robe de lin blanc avec des manches mi-longues et une taille cintrée. Elle avait coupé une rose cuivrée dans le jardin et l'avait piquée sur sa robe. Cela allait parfaitement avec ses cheveux blond vénitien.

— Change-toi aussi, dit Elisabeth. Il arrive à 19 heures.

— Très tôt pour un Italien.

— C'est moi qui le lui ai demandé pour que nous puissions encore profiter de la lumière du jour avant le black-out.

— Je vais opter pour du lin, moi aussi.

— Mets ton costume gris argent et la cravate que je t'ai achetée, ça ira bien avec ma rose.

Mon Dieu. Quelles conversations luxueuses. Que pouvait penser la mère de Käthe de cette soirée ?

Garuti arriva à l'heure et tendit à Elisabeth un bouquet de roses orange, à croire qu'il avait deviné la tonalité de la soirée, et au maître de maison une bouteille d'asti cinzano bien fraîche.

Ils burent l'asti en *aperitivo*, comme disait Alessandro Garuti, et sortirent dans le jardin avec leurs verres. L'atmosphère était décontractée et elle le resta quand ils passèrent à table. Garuti ne tarissait pas d'éloges sur la poule au romarin, une recette de son pays, d'après lui. C'était un jardin méridional que cultivait Lotte. On raconta l'histoire du jardin potager, on parla des poulets et des lapins.

— Vous avez une très belle épingle de cravate, Alessandro, dit Elisabeth après le dessert, alors qu'ils buvaient un dernier verre de vin liquoreux. Le diamant paraît gris, presque anthracite.

— Oui, cela irait bien avec le costume de votre époux. L'épingle vient de mon père. Mon frère et moi avons hérité de certains objets.

— Montre donc la perle d'Orient à Alessandro, dit Elisabeth.

Unger alla au salon, décrocha le tableau du mur et ouvrit le coffre-fort. Il revint avec l'épingle de cravate, qu'Alessandro Garuti examina longuement.

— C'est une perle de valeur, dit-il. Je ne veux pas vous offenser, mais ce n'est pas le cas de l'épingle.

— Nous le savons, dit Unger.

— J'avais une perle semblable, sauf que le travail d'orfèvre était plus élaboré.

Il reposa l'épingle dans la paume de main d'Unger.

— Est-ce aussi un bien de famille ?

— Passons au salon, proposa Theo, et buvons un cognac avec le café. Je vais vous raconter l'histoire de cette perle.

— C'est tellement raffiné chez vous. J'apprécie énormément. Les conversations ont changé dans la société berlinoise.

La dernière lumière de jour tombait dans le salon. Ils allaient bientôt devoir tirer les stores noirs et allumer la lumière. On servit le café et le cognac, et Theo Unger raconta l'histoire d'un communiste qui lui avait semblé tellement jeune quand Kurt Landmann et lui l'avaient emmené à Flensburg. Il savait cependant par Käthe que Rudi aurait quarante ans ce mois de juillet.

Que pouvait-il raconter de sa fuite et de sa disparition à l'attaché culturel de l'ambassade d'Italie ? Ce pays était un allié de Hitler. Garuti sentit-il cette hésitation ?

— J'ai confié à Elisabeth, à Berlin, que je ne suis pas un partisan des fascistes, dit-il. J'espère avoir aussi votre confiance, Theo.

— La dernière lettre de Rudi Odefey date du 2 avril. Sa femme n'a plus eu aucune nouvelle depuis. La cuisinière qui nous a régalés ce soir est d'ailleurs sa belle-mère.

— Est-elle encore là ? demanda Garuti d'un ton absent. J'aimerais bien la remercier.

— Elle s'apprête à rentrer chez elle, dit Elisabeth.

— Puis-je vous demander de m'accompagner dans la cuisine ?

Anna Laboe venait de retirer son tablier lorsque le *dottore* se présenta devant elle et loua ses talents culinaires, tant qu'elle en fut gênée. Une fois qu'Elisabeth et Garuti furent retournés au salon, elle resta longtemps stupéfaite dans la cuisine.

— J'aimerais bien vous aider à retrouver Rudi. Peut-être qu'à Berlin je pourrai avoir des informations sur les activités de la Gestapo dans le Danemark occupé. Connaissez-vous l'année de naissance du disparu ?

— 1900, dit Theo Unger.

— Soyez prudent, recommanda Elisabeth. Il ne faudrait pas vous mettre en danger à cause de nous.

Garuti secoua la tête.

— Permettez-moi une question. Je ne suis pas sûr d'avoir bien entendu son nom : Odefey ?

— C'est ça, dit Unger.

— Ce n'est pas un nom très répandu, n'est-ce pas ?

— Il est plutôt rare en effet, dit Elisabeth.

— Je vous remercie infiniment pour votre hospitalité, dit Alessandro Garuti en se levant. J'espère pouvoir vous la rendre bientôt.

Elisabeth et Theo l'accompagnèrent dehors. Pas d'Alfa Romeo. Garuti était venu en taxi et voulait marcher jusqu'à l'autre rive de l'Alster. Une promenade lui ferait du bien.

*

Henny dressa l'oreille quand Momme évoqua le Danemark, la guerre, la Wehrmacht, les vacances au pays, et elle lui parla de Rudi. Momme scrutait le jardin comme s'il y avait des espions dans les arbres. Mais il n'y avait que Henny et Guste, tenant chacune un plat sur les genoux et une fourchette à la main pour détacher de leur tige les groseilles que Momme venait de cueillir. Ida n'était pas là non plus, alors que c'était pour elle que Henny était venue dans la Johnsallee. Elle ne rencontrait presque plus jamais son amie dans le Hofweg-Palais.

— Ils prennent encore des gants avec les Danois, mais les exilés ils ne les épargnent pas, dit Momme. Il paraît que la Gestapo en a transféré quelques-uns de Aalborg à Dantzig.

— Dantzig ?

— Ils les ont ramassés dans tout le pays. Que des communistes. Et transportés vers l'est en bateau. Il y a un camp de concentration près de Dantzig.

Pourquoi Henny avait-elle le sentiment que Rudi en faisait partie ?

— Puis-je téléphoner, Guste ? demanda-t-elle.

— J'espère qu'on n'est pas sur écoute.

Henny prit le risque et appela Unger.

— Un camp de concentration près de Dantzig ? s'étonna Unger.

Il n'en avait jamais entendu parler. Il allait se renseigner.

— Je ne crois pas que Rudi soit encore au Danemark.

Par contre, elle le pensait encore en vie. N'était-ce pas l'essentiel ?

— Devons-nous le dire à Käthe ? demanda Theo Unger.

— Je vais lui parler, dit Henny.

Puis elle retourna dans le jardin, s'assit dans le fauteuil en osier et continua d'égrapper les groseilles.

— Ida va avoir un enfant, annonça Guste. Elle aura trente-neuf ans en août. Mieux vaut tard que jamais.

Henny faillit faire tomber son plat.

— C'est toujours un bonheur d'avoir un enfant, dit Guste. Presque toujours.

« Vous aurez la chambre sur le jardin, avait-elle décrété quand Ida et Tian l'avaient mise dans la confidence. Elle est grande et lumineuse. Bunge et moi irons sous les toits. » Bunge n'était pas ravi à l'idée de monter toutes ces marches. Mais il en allait du bien-être de son petit-enfant. Qui eût cru que cela arriverait encore ?

— Sa grossesse est à quel stade ? demanda Henny.

— Au quatrième mois, d'après Ida.

— Ça se voit déjà ?

Guste fit signe que non.

— Sinon je ne les laisserais plus s'installer ensemble ici. Tian et Ida risquent de se faire arrêter dans la rue pour « honte raciale ».

— Mais il n'est pas juif, objecta Momme.

— Ils ont inventé quelque chose pour les Chinois aussi, dit Guste. Si un Chinois a une relation avec une Allemande et qu'un enfant naît de cette union, il perd le droit de séjour et est expulsé.

— Ils sont quelque part ensemble, en ce moment ? demanda Henny.

Elle ne voulait pas attendre plus longtemps et alla porter son plat dans la cuisine. Mieux valait rejoindre Unger à la clinique, il était de garde ce dimanche. Et parler ensuite avec Käthe.

— Tian est chez Ling, dit Guste. Mais Ida, je ne sais pas.

— Je t'ai cherchée, dit Friedrich Campmann.

— Pourquoi ? demanda Ida en remontant ses lunettes de soleil dans ses cheveux.

— Je voulais te dire au revoir. Je pars pour quelques jours à Berlin.

Il s'assit en face d'elle sur l'une des nouvelles chaises en fer forgé de la terrasse. Il trouvait plus confortables celles d'avant, en osier. Mais Ida avait remeublé la loggia au printemps.

— Est-ce que Joan est de retour ? Ou c'est pour les affaires ?

— Les deux, dit Campmann, surpris de l'entendre prononcer « Joan ».

— Alors je voudrais te parler maintenant, dit Ida. Campmann, tu as l'occasion de me porter un coup fatal. Pire, même, tu peux nous détruire, Tian et moi.

— Qu'est-ce que tu racontes, Ida ? Je sais depuis le début de la guerre que vous êtes amants. Cela fait plusieurs années que nous suivons chacun notre chemin, toi et moi.

— Je suis enceinte de lui.

Campmann resta tranquillement assis sur le petit coussin au motif de roses, sans dire un mot.

— Depuis deux ans, il existe à Berlin un Bureau central pour les Chinois. Dirigé par le chef de la Gestapo en personne. Il y a un décret interdisant la relation entre les Chinois et les Allemandes.

— Je suis au courant, dit Campmann.

— Et tu n'as rien entrepris ?

— Le tragique de notre union, c'est que tu as toujours supposé que je te voulais du mal. Or je t'ai aimée, Ida. Les grands sentiments ont faibli, mais je ne te souhaite toujours aucun mal.

— Cela veut dire que tu ne vas pas nous dénoncer ?

— Oui. Où allez-vous habiter ?

— La sœur de Tian nous a offert son appartement en échange de la chambre de la Johnsallee. Mais Tian ne veut surtout pas priver Ling de son logement. Nous allons rester chez Guste dans un premier temps.

— Le futur grand-père vit aussi là, dit Campmann. Cela ne me dérange pas que tu utilises aussi notre espace de temps à autre, sans ton Chinois bien sûr.

— Est-ce que cela peut nuire à tes affaires que la femme avec laquelle tu es encore marié ait un enfant de lui ?

— Tu veux divorcer ?

— Et toi ? demanda Ida.

— Tu n'as pas le droit d'épouser Tian.

— Je sais.

— Sois discrète, s'il te plaît. Personne, dans nos cercles, ne doit savoir que tu portes le mioche d'un Chinois.

Il savait maintenant pourquoi elle avait dit « Joan » et non pas « ta traînée d'Américaine ».

— Je te pardonne le « mioche », dit Ida. Merci, Friedrich.

*

Installés dans la salle de consultation d'Unger, ils avaient parlé des « circonstances », comme Theo Unger appelait les informations de Momme et la croyance de Henny dans le fait que Rudi était en vie et se trouvait dans la région de Dantzig.

« Peut-être que nous nourrissons de faux espoirs », avait dit Unger.

Henny était allée voir Käthe dans sa chambre du secteur privé. L'essentiel était l'espoir. Le visage blême de Käthe avait repris des couleurs dès les premières phrases. Elle était suspendue aux lèvres de Henny.

— Je suis persuadée qu'il est en vie, Käthe.

— Est-ce qu'on rentre chez soi après un camp de concentration ?

— Oui, dit Henny, ce n'est qu'un petit prisonnier politique.

Et non pas un Juif, pensait-elle. Kurt Landmann avait-il vraiment été condamné au point de préférer mettre fin à ses jours ?

— Est-ce que je peux aller le chercher là-bas ?

— Non, dit Henny.

Pas de gestes désespérés devant la clôture de barbelés, Henny connaissait Käthe depuis assez longtemps. Elle risquait de se retrouver elle aussi derrière la clôture.

— Préviens Unger que je rentre à la maison demain. Je vais veiller sur moi et rassembler des forces pour Rudi.

— Et pour toi, ajouta Henny.

*

Le *dottore* Garuti posa sa carte de visite officielle pourvue du paraphe de l'ambassade d'Italie sur le bois nu du bureau en chêne noir. *Dott. A. A. Garuti.* Il avait réussi à se faire introduire auprès du directeur du bureau d'état civil de Hamburg-Neustadt, qui l'autorisa à jeter un œil sur les données du registre des naissances. Vêtu d'un confortable costume civil, M. Poppenhusen se déclara prêt à aller chercher les in-folio de l'année 1900 pour monsieur l'attaché culturel.

Garuti observa le bureau où il se trouvait. Une bibliothèque faite du même chêne noir que la table. De lourdes sculptures sur bois, des livres reliés de cuir derrière la vitrine, des tasses de collection au liseré d'or avec des paysages pour motifs. Le *dottore* regarda sa montre, il ne semblait pas facile de trouver les in-folio. Puis la porte s'ouvrit.

— Je l'ai, dit Poppenhusen en posant le registre devant Garuti.

Prénom et nom : Rudolf Odefey

Né (en toutes lettres) : le vingt juillet mille neuf cent

Prénom, nom et profession du père : inconnus

Prénom et nom de naissance de la mère : Margarethe Odefey

Alessandro Garuti expira bruyamment. La vertueuse Margarita était tombée enceinte !

— J'ai aussi le registre des décès, dit le directeur. Le même nom de famille. La même date.

Il ouvrit la page pour Garuti.

Therese Odefey. Née le 20 août 1880. Décédée le 20 juillet 1900.

Le jour même de la naissance de Rudolf. *Teresa*, songea le dottore Garuti. *Pardonne-moi. Je ne savais pas.*

Il leva les yeux vers Poppenhusen.

— Je regrette que cela semble être une mauvaise nouvelle, dit celui-ci.

— C'est les deux, dit Garuti. Bon et mauvais. Qu'est-ce que je vous dois pour ces renseignements ?

— Nous rendons volontiers service aux diplomates d'un État allié, répondit-il en secouant la tête.

*

Le cœur de Karl lui semblait trop fragile pour de nouvelles émotions, c'est pourquoi elle s'était d'abord tue. Mais trois jours après le dîner que les Unger avaient donné pour l'aimable Italien qui était venu la voir dans la cuisine, Anna Laboe ne put tenir sa langue plus longtemps.

— Cet invité pour lequel j'ai fait la cuisine samedi, il ressemble à notre Rudi. Rudi avec les cheveux blancs.

En espérant que Rudi ne les avait pas blancs depuis longtemps, ses cheveux, songea Karl. Après tout ce que le garçon avait traversé. Karl réagit beaucoup plus calmement qu'Anna ne l'avait supposé.

— Je l'ai toujours dit, que l'père de Rudi était un type distingué. C'est pas d'Grit que le garçon tient ça.

— Tu crois que ce serait possible qu'il soit le père de Rudi ?

— Faut que Käthe pose la question au toubib et le toubib à ton Italien.

— Pas la peine d'en parler tout de suite à Käthe, je suis contente qu'elle se soit un peu remise depuis qu'elle pense que Rudi est à Dantzig.

Elle songea que ce serait horrible si, maintenant, le père était là, mais plus Rudi. Il pouvait être mort au lieu d'être en Poméranie, chez les Cachoubes. Elle regarda Karl, qui portait la main à son cœur.

— Tu as pris tes gouttes ?

— C'est que j'suis retourné, dit Karl. J'espère que je s'rai encore là pour voir le garçon faire la connaissance de son père. Tu peux pas demander au toubib, toi ? P't-être qu'il sait quèqu'chose.

— Non, je ne le ferai pas, dit Anna d'un air gêné.

Peut-être qu'elle s'était trompée, tout émue qu'elle était des compliments de Garuti.

— C'est quand même pas un comte, cet Italien.

Anna fit non de la tête.

— Dommage, dit Karl Laboe.

En rencontrant Jaffe sur le Winterhuder Weg, Käthe l'avait à peine reconnu tant il s'était consumé. Elle ne l'avait plus revu depuis la nuit du pogrom. Sa petite boutique était vide, seule la vitrine avait été remplacée. Jaffe ne semblait pas y être retourné.

— La perle d'Orient, dit-il, vous avez réussi à la vendre ?

— Oui, mon mari a financé sa fuite avec. Mais la Gestapo l'a arrêté au Danemark et déporté dans un camp à Dantzig.

Moritz Jaffe baissa la tête.

— Vous avez de ses nouvelles ?

Käthe devait-elle répondre qu'elle s'accrochait à un espoir sans aucune preuve ? Sur de simples conjectures ?

— Oui, dit-elle.

C'était ce qu'elle voulait croire.

— Puisse-t-il rester épargné.

— Et vous ?

— Moi, je suis un vieil homme.

Un vieil homme à cinquante-huit ans ? Käthe le regarda s'éloigner après qu'ils se furent dit au revoir. Il ne se retourna pas en descendant le Winterhuder Weg. Elle le suivit et le vit entrer dans le sous-sol d'une des premières maisons de la Schenkendorfstraße. Käthe fit demi-tour et courut chez elle. Il lui restait une seule boîte de pépites de chocolat. Elle n'avait rien volé depuis longtemps.

Elle suspendit à la poignée de la porte de Jaffe un filet à provisions contenant la boîte enveloppée dans du papier journal. Une offrande pour Jaffe et pour les dieux.

Peut-être ce don aiderait-il à sauver Rudi.

Septembre 1940

Quelle chance que les nuits soient encore chaudes. Rudi faisait de l'auto-stop en direction de l'ouest, dans l'espoir qu'une voiture l'emmène sur un bout de chemin, peut-être jusqu'à Pasewalk.

Malgré toutes les blessures de son corps et de son âme, il se sentait presque fort depuis qu'il avait en poche le bulletin de sortie du camp de Stutthof. Sa libération semblait lui être tombée dessus de manière aussi brusque et arbitraire que son arrestation.

Il avait voyagé en train depuis Dantzig, sans billet, et n'avait pas été contrôle avant Stettin. Le contrôleur aurait pu le faire embarquer pour utilisation frauduleuse d'un service des chemins de fer du Reich, mais il s'était contenté de le faire descendre du train. Il fut embarqué par un conducteur de camion qui transportait des sacs de ciment sur sa surface de chargement ouverte. Rudi n'en revint pas de sa chance en apprenant qu'il allait jusqu'à Rostock. Le chauffeur était aussi mutique que lui et s'étonna seulement en voyant Rudi se jeter comme un loup dévorant un mouton sur le morceau de pain qu'il lui tendit.

C'était illusoire de croire qu'on pouvait rejoindre Hambourg par voie maritime depuis le port de Rostock. Pendant deux jours, Rudi chercha en vain une voiture pour l'emmener à Lübeck. Il dormit derrière une remise en se couvrant de journaux qu'il trouvait sur les bancs, de crainte de se faire ramasser. On disait à Stutthof que même les mendiants et les vagabonds étaient enfermés dans les camps de concentration. Tenaillé par la faim, Rudi rôdait dans le port, fouillait dans les poubelles, et s'il avait été plus rapide que les mouettes il leur aurait volé les miettes de pain.

Enfin, il fut pris par un voyageur de commerce qui roulait dans une Ford Eifel au coffre rempli de textiles. Le conducteur donna à Rudi une chemise qui ne pouvait pas servir de modèle parce que ses manches étaient mal montées, et c'est dans cette chemise que Rudi arriva à Hambourg.

L'un des jumeaux du premier étage ouvrit la porte cochère de la Bartholomäusstraße alors qu'il sonnait en vain. Käthe n'était pas là. « On a reçu notre ordre de mobilisation, expliqua le garçon. Mon frère et moi, on a eu dix-huit ans en août. » Rudi crut comprendre qu'il s'en réjouissait. Il s'assit sur la plus haute marche de l'escalier, au quatrième étage. La veuve de l'agréable voisin n'habitait plus là. Personne ne rentra pendant longtemps, puis Käthe monta enfin et le vit assis là.

*

— Bon, alors allons-y, dit l'homme de la Gestapo, qui dégageait curieusement une sorte de bienveillance condescendante.

Guste parcourut la maison avec lui et, lorsqu'ils arrivèrent devant la chambre d'Ida et Tian, elle adressa des prières au ciel. En entrant dans la pièce avec lui, elle décida de croire à nouveau en Dieu : Ida n'avait laissé aucune trace. Seul Tian était là, penché sur un livre, et il se leva en les voyant. L'agent de la Gestapo tira un document de sa poche. Venait-il effectivement pour eux deux ? Et avait-elle parcouru toute la maison avec lui ?

— Chang Tian, vivez-vous seul ici ?

— Oui, dit Tian.

— Vous travaillez pour Kollmorgen dans la Große Reichenstraße ?

— Je suis le gérant.

— Votre adresse officielle est Grindelhof 21.

— J'habite provisoirement ici pendant que j'écris un livre. La vue sur le jardin est plus inspirante que la Bornplatz.

— La synagogue n'est plus là et ne blesse plus les yeux de personne, commenta l'homme en s'approchant pour regarder le livre couvert d'idéogrammes chinois. Pas de machine à écrire ? On ne dirait pas que vous travaillez ici.

— Je suis encore dans la phase de préparation. Mon livre a pour sujet la variété du commerce entre le Reich et la Chine.

— Mais le commerce du café n'en fait pas partie.

— Non, admit Tian. L'écriture est mon plaisir personnel.

Quelqu'un l'avait-il dénoncé auprès de la Gestapo, avait-on révélé sa relation avec Ida ? Le mari d'Ida ? Il n'y croyait pas.

L'homme regarda tout autour de lui dans la chambre. Guste avait fait la même chose et venait d'apercevoir les petits animaux de jade noir et blanc qui appartenaient à Ida. Au-delà de tout soupçon, puisque chinois, tout comme la théière bleue et blanche et les bols posés sur la commode. Mais où étaient les vêtements d'Ida et tout son bric-à-brac ?

— Il s'agit surtout de porcelaine, indiqua Tian en s'approchant de la commode, comme si les objets posés dessus étaient une preuve.

— La société Kollmorgen est entre les mains des Allemands.

— Elle l'a toujours été, confirma Tian. Depuis la mort de son fondateur, Hinnerk Kollmorgen, qui m'a formé, c'est moi qui la gère pour le compte de son héritier Guillermo Kollmorgen, qui vit au Costa Rica.

Mais l'agent de la Gestapo semblait avoir perdu tout intérêt pour le sujet et voulut voir le registre de Guste. La Gestapo l'avait si souvent eu dans les mains qu'il était tout usé.

— Tu devrais vraiment écrire un livre, dit Guste à Tian lorsqu'ils furent seuls. Des idées, tu en as.

— Le héros du jour, c'est le père d'Ida, rectifia Tian en regardant la porte.

Bunge était en train de la franchir en tirant deux gros sacs de jute dans lesquels ils entassaient toujours le feuillage à l'automne. Ils étaient déjà pleins à craquer.

— Les vêtements d'Ida ne seront plus très propres, dit Bunge en vidant les sacs sur le parquet en chêne ciré.

On aurait dit deux tas de vêtements destinés au Secours d'hiver*.

— Je suis allé chercher les sacs dans la remise pendant que tu étais en haut avec cet abruti, et Tian et moi y avons fourré tout le bazar d'Ida avant de les remettre dans la remise.

— Je vais t'ériger un monument, dit Guste.

— Ida sera peut-être moins enthousiaste.

— Et comment qu'elle sera enthousiaste ! L'alternative, ça aurait été que Tian atterrisse dans les caves de la Gestapo.

— Il ne faut plus que ça nous arrive encore une fois, observa Tian.

— Il nous faut un plan d'évacuation rapide, approuva Guste. Où est Ida, au fait ?

— Chez elle, au Hofweg. Son mari est encore à Berlin.

— Pourvu qu'il n'y en ait plus pour longtemps, dit Guste, sans préciser si elle parlait du mariage d'Ida ou des nazis.

*

Käthe aurait pu l'embrasser des pieds à la tête, mais Rudi se défendait avec embarras. Il était sale, sentait mauvais et voulait surtout commencer par se laver. Pendant tout ce temps, il s'était représenté les retrouvailles avec Käthe comme le bonheur suprême, mais voilà qu'il ressentait de la gêne et un épuisement jusqu'aux os. Si seulement Kurt Landmann était là pour le soutenir par son intelligence, et soutenir Käthe aussi, dont la déception était palpable ; elle aurait voulu danser de joie avec lui dans tout l'appartement.

Lorsqu'il fut enfin propre, sa peau le brûlait, tant il l'avait récurée avec la brosse dure, ainsi que ses ongles, sous lesquels la terre du camp semblait rester collée. Il prit ensuite le livre rouge pâle que lui avait laissé Landmann. Les poèmes d'Agnes Miegel. *Les Femmes de Nidden*. Il connaissait les circonstances de la mort de Landmann. Käthe les lui avait rapportées dans une lettre fin novembre 1938.

— Je sais à quel point ça a été dur pour toi. Mais je te demande un peu de temps, Käthe. Je viens d'une autre planète.

Käthe le laissa donc seul et alla voir Karl pour lui apporter la bonne nouvelle, puis Henny, dans l'espoir qu'Ernst Lühr ne soit pas là, et enfin elle alla trouver sa mère dans le Hofweg-Palais. Celle-ci aurait peut-être pour Rudi quelques friandises provenant de la cuisine des Campmann.

Elle rapporta à la maison la joie de presque tout le monde. Des œufs, un morceau d'emmenthal, quatre poires juteuses des réserves d'Anna, et aussi le souvenir du regard que le mari de Henny lui avait jeté par-dessus son journal en lisant à voix haute un article sur la bataille d'Angleterre. Elle téléphona à Unger d'une cabine publique, ayant espéré pouvoir le faire de chez Henny si Ernst Lühr n'avait pas été présent.

Enfin, lorsque Rudi et Käthe furent attablés et que Rudi se mit à manger par petites bouchées l'omelette sur laquelle Käthe avait râpé de l'emmenthal, et les quartiers d'une poire, le bonheur s'installa entre eux, le bonheur d'avoir survécu et d'être ensemble.

À peine Theo Unger eut-il reposé l'écouteur, ravi par le retour de Rudi, que le téléphone sonna à nouveau. Alessandro Garuti lui demandait un entretien. Il viendrait volontiers à la clinique, il devait absolument parler à Theo et il ne restait plus qu'un jour à Hambourg, il avait déjà repoussé cela beaucoup trop longtemps.

Unger n'avait pas la moindre idée des coïncidences qui avaient frappé Garuti. Qu'imagina-t-il ? Que le *dottore* allait se déclarer et avouer son amour pour Elisabeth ?

— J'espère ne pas vous retarder, dit Garuti lorsqu'il se trouva face à Unger dans sa salle de consultation.

— La parade est terminée, et il n'y a pas d'opération prévue.

— La parade ?

— C'est ainsi que mon défunt ami et confrère, le Dr Landmann, appelait la grande visite, dit Unger.

Alessandro Garuti hocha la tête.

— Je vous remercie pour le temps que vous m'accordez. Ce que je veux exposer est compliqué.

Il s'agit donc bien d'Elisabeth, pensa Unger.

— Il y a quarante et un ans, je suis venu dans votre ville pour la première fois. En septembre 1899. J'étais étudiant en littérature. Je maîtrisais déjà bien la langue, puisque ma *bambinaia*, ma nourrice, venait de votre pays.

Garuti hésita, comme s'il cherchait un nouveau souffle pour son récit. Unger se demandait bien où l'Italien voulait en venir.

— Lorsque j'ai été invité à ce délicieux dîner chez vous, en juillet, un nom a été évoqué. Celui de votre ami disparu, Odefey.

Unger voulut l'interrompre pour lui annoncer la nouvelle, mais il s'abstint. Mieux valait écouter d'abord ce que Garuti avait à raconter.

— Je suis tombé amoureux à l'époque, dès les premiers jours. D'une jeune demoiselle, de deux ans ma cadette, alors que j'avais vingt et un ans. Nous avons eu une relation amoureuse, pour le plus grand mécontentement de sa sœur aînée, avec laquelle elle vivait depuis la mort de leurs parents. Lorsque je suis reparti en Italie en décembre pour fêter Noël en famille et poursuivre ensuite mes études à Bologne, je laissais derrière moi de très beaux moments. Et comme Teresa vivait pauvrement, je lui ai donné une chaîne de montre en or et une épingle de cravate ornée d'une perle d'Orient. Je pensais qu'elle pourrait vendre ces bijoux pour se faciliter la vie et s'offrir toutes les belles choses que je lui avais rendues possibles durant ces quelques mois.

Unger, de plus en plus intrigué, commençait à deviner la suite.

— Comment s'appelait votre jeune amie, Alessandro ?

— Therese Odefey, cher Theo.

— Je crois avoir entendu, dit Unger en faisant non de la tête, que la mère de Rudi Odefey s'appelait Grit, sans doute un diminutif de Margarethe.

— Margarita est donc morte, elle aussi ?

— Elle s'est suicidée en 1926.

— Que de tragédies, dit Garuti en soupirant. Je suis allé à l'état civil et j'ai eu la confirmation. La mère de votre ami, Teresa, est morte le jour de sa naissance. Margarethe s'est déclarée comme sa mère. Dieu sait pourquoi.

— Vous êtes donc le père de Rudi ?

— J'en suis persuadé. Les dates correspondent exactement, et Teresa n'était pas une femme légère. Je lui ai dit adieu sans savoir qu'elle était enceinte. Sans doute ne le savait-elle pas elle-même. Mais je l'ai oubliée beaucoup trop vite à partir du moment où elle n'a plus répondu à mes lettres.

— Pardonnez-moi, Alessandro, mais n'aviez-vous pas pensé aux conséquences en couchant avec une aussi jeune femme ?

— *Dottore* Unger, nous étions tous les deux très jeunes. L'amour, la passion et la méthode contraceptive recommandée par mon père.

— *Coitus interruptus* ?

Garuti acquiesça.

— En tout cas, cela a donné quelqu'un de formidable, dit Unger.

— Mais j'ai quand même fait du mal, répliqua Garuti.

— Votre fils a longtemps essayé de trouver son père.

— Et maintenant il a lui-même disparu. L'ironie du destin. J'y ai beaucoup réfléchi, et j'aimerais bien soutenir sa femme financièrement.

— Si nous buvions un cognac ?

— Le cognac fait-il partie de l'équipement d'une salle de consultation ?

— Absolument, dit Unger en croyant entendre Landmann.

Il remplit les verres avant de raconter la nouvelle que lui avait apprise Käthe le jour même.

Garuti maintint son retour à Berlin. Il voulait revenir à Hambourg dans la seconde moitié du mois de septembre pour rencontrer son fils, une fois que celui-ci aurait repris quelques forces après les épreuves de la fuite, de l'émigration et du camp de concentration.

Il demanda cependant à Unger d'informer déjà les Odefey.

— Je ne veux pas jaillir de la boîte comme l'*arlecchino*, dit-il.

Bien évidemment, Garuti avait aussi besoin de temps. Devenu père à soixante-deux ans, il était surpris d'entendre que son fils avait des boucles brunes et aimait la poésie.

Theo Unger passa toute la nuit à se demander où et quand il pourrait parler à Käthe et Rudi, et il décida finalement de le faire dans leur appartement, Bartholomäusstraße. Le plus vite possible. Pas chez lui. Ni dans un établissement bruyant et agité, qui aurait été peu approprié à un moment de grande intimité. Il ne trouva le sommeil que peu avant 4 heures du matin, un sommeil agité, où il rêva que Landmann était à nouveau à Duvenstedt.

Lotte lui apprit le lendemain la mort du vieux Harms.

Peut-être était-il temps de retourner à Ilandkoppel pour mettre des fleurs sur les tombes de Landmann et de Fritz Liebreiz. Les défunts étaient toujours au second rang et regardaient agir les vivants au premier rang.

— Il ne faisait pas confiance au successeur de Landmann, dit Lotte Unger lorsqu'ils allèrent dans la maison de Harms, où sa dépouille était exposée.

— Et toi, tu lui fais confiance ? dit Unger à sa mère.

— Je ne crois pas que ce soit un partisan absolu de notre Führer, mais il fait semblant. Un opportuniste. Comme beaucoup. Cependant c'est un bon médecin. Ton père lui fait confiance.

L'un des voisins les fit entrer et les conduisit dans le salon.

— On commence par un *lütt un lütt*, dit l'homme, qui n'était plus jeune du tout. Ça aurait plu à Harms.

Lotte chercha un vase pour les dahlias rouge sombre, car l'idée de les poser simplement à côté du défunt et de les laisser faner prématurément ne lui plaisait pas. C'étaient des fleurs de son jardin.

— Je pense beaucoup au caractère éphémère des choses et des gens, dit Theo Unger.

— Dois-je m'inquiéter ? demanda Lotte.

— Comment vont les tableaux de Landmann ?

— Ils sont dans la cave, bien emballés. Depuis que le nouveau est là, je n'ose pas les monter. Et comment ça va, vous, Elisabeth et toi ?

— Quand je me suis fiancé, autrefois, je n'aurais jamais cru que j'allais devenir le joker dans la vie d'Elisabeth. Je la protège parce que je suis *aryen*. Cela ne fait pas de bien à notre mariage.

— Et le fait que Claas soit devenu nazi ne fait pas de bien à son mariage.

Unger n'avait pas l'intention de dire quoi que ce soit sur son frère. Ils se voyaient à peine depuis plusieurs années.

— Votre père n'en a plus pour très longtemps, dit Lotte Unger.

— Qu'est-ce que tu racontes ? Il est malade ? Pourquoi je ne suis pas au courant ?

— Il est simplement fatigué de vivre, dit Lotte. Il trouve que soixante-seize ans, ça suffit.

— Mais Papa ne va pas se faire du mal ?

— Non. Juste s'endormir. Il est entêté : s'il s'est mis dans la tête que sa vie était finie, elle est finie.

— Alors tu te retrouverais toute seule ici, à Duvenstedt.

— Il y a un temps pour tout, dit Lotte en regardant son fils avec amour. Ne t'inquiète pas. Je vais encore prendre plaisir à la vie pendant quelque temps.

Pourquoi Unger voulait-il leur parler à tous les deux ? S'il s'agissait du travail de Käthe, il ne viendrait sans doute pas les voir chez eux.

— Tu te fais trop de souci, dit Rudi.

Käthe avait pourtant de bonnes raisons de s'en faire, depuis quelques années. Elle apporta des tartines sur la table. Radis sur tranches de tomates. Elle ne cuisinait pas. Toutes les tentatives d'Anna de lui apprendre l'art culinaire avaient avorté depuis longtemps. Quand il fallait faire la cuisine, Rudi s'en chargeait. Ce soir-là, il avait acheté deux bouteilles de riesling.

Il essayait de se réapproprier son monde, de retrouver de la joie et du plaisir. Il parcourait la ville en métro aérien et regardait autour de lui, comme s'il voulait voir de ses propres yeux que tout était encore là. Il serait bientôt temps de trouver du travail dans une imprimerie. Rudi espérait ne plus jamais tomber dans les filets de la Gestapo.

— Je ne vais pas y aller par quatre chemins, dit Unger avant de tourner quand même un peu autour du pot.

Rudi mit un certain temps à comprendre qu'il avait un père qui était désormais au courant de son existence et qui le reconnaissait. Il se mit à pleurer, et toutes les larmes qu'il n'avait pas versées depuis son retour jaillirent en même temps.

— C'était l'amant de Grit ?

— Non, dit Unger, de Therese. La sœur cadette de Grit. C'est elle, votre mère, Rudi. Elle est morte à votre naissance.

Rudi ne savait rien de Therese, mais il se leva pour prendre une photo. Deux jeunes femmes. Un cliché abîmé de la jeune Grit, bras dessus bras dessous avec une femme encore plus jeune, dans un jardin. En robes blanches à haut col. Les cheveux si strictement tirés en chignon derrière les oreilles que les deux femmes semblent porter les cheveux courts.

— Je l'ai trouvée en débarrassant l'appartement de ma mère.

— Votre mère est Therese, que votre père appelle « Teresa ».

Rudi devait s'habituer à tout cela. Quels tours lui jouait la vie ! De Skagen à Dantzig en passant par Aalborg. De Stettin à Pasewalk et Rostock. De Hambourg à l'ambassade d'Italie à Berlin.

— Le 20 septembre, Alessandro Garuti sera à Hambourg, et il serait content de faire la connaissance de son fils, dit Theo Unger.

Puis il posa la carte de visite de l'attaché culturel devant Rudi et se demanda pour la première fois ce que signifiait le second A de son prénom.

— C'est quand même un comte, finalement, dit Karl en voyant la carte de visite.

En réalité, ce n'était que la signature estampée de l'ambassade à Berlin. *Ambasciata italiana.* Karl se trompait sur ces mots.

Et tout cela avait à voir avec Rudi, son gendre. Une telle noblesse dans la famille.

— T'avais donc raison, Annsche, qu'il ressemble à Rudi.

— Il me ressemble ? demanda Rudi.

— Il te ressemble beaucoup, dit Anna.

Rudi avait du mal à le croire. Il avait peur du 20 septembre.

Père et fils se rencontrèrent dans le hall de l'hôtel Reichshof, où était descendu Garuti. Il garda longuement la main de Rudi en le saluant.

— Allons nous promener au bord de votre bel Alster, dit-il. Je veux te raconter combien ta mère, Teresa, était merveilleuse.

N'importe qui aurait reconnu que ces deux hommes qui flânaient sur les berges de l'Alster, l'un doté d'épais cheveux blancs, l'autre de boucles encore brunes, parsemées des premiers fils blancs, étaient père et fils. Même leur démarche les trahissait. Vingt-deux ans à peine les séparaient.

Ils s'arrêtèrent sur le pont Schwanenwik, entre les deux grands réverbères en fonte, et posèrent leurs mains sur la balustrade. Les mêmes mains longues et fines. Garuti se mit à rire.

— *Mani di pianista*, disait ma mère. Pas du tout faites pour gérer une propriété rurale. Heureusement que mon frère est l'aîné.

— Ma grand-mère, dit Rudi d'un air étonné.

— Et ton oncle. Il vit encore.

Avaient-ils encore le temps de faire connaissance et de combler un gouffre de quarante ans ?

Garuti offrit à Rudi les *Chants* du poète Giacomo Leopardi, qui était mort à Naples en 1837, et Rudi lui remit un de ses plus grands trésors, un recueil de textes d'Erich Mühsam, qui avait été arrêté après l'incendie du Reichstag et n'avait pas survécu longtemps au camp d'Oranienburg. Père et fils aimaient tous deux les mots.

Avant de se quitter, ils tombèrent dans les bras l'un de l'autre.

*

L'ordre de mobilisation arriva le dernier jour de septembre. Un lundi, au lendemain d'un week-end où on s'était presque cru en paix, tant les journées au bord de l'Alster avaient été inondées de soleil. Était-ce donc possible que l'on recrute comme soldat un homme qui venait d'être libéré d'un camp de concentration ?

Une autre forme d'anéantissement.

Était-ce donc possible qu'ils soient à nouveau séparés ? S'il avait eu la force de retomber dans l'illégalité, Rudi aurait déserté. Était-ce vraiment possible ?

Käthe était sidérée. À quoi rimait tout cela s'il n'y avait plus aucune liberté d'action, si on pouvait disposer de quelqu'un comme d'une figurine dans une armée de soldats miniature ?

Juillet 1943

Les géraniums rouges proliféraient dans une telle abondance qu'on eût dit qu'ils voulaient saluer les géraniums de Rottach, au bord du lac Tegern, où Klaus, âgé de onze ans, était en sixième au lycée de la Kinderlandverschickung*. Ils semblaient vouloir proclamer que l'été pouvait aussi être beau, là-haut, dans le Nord. Il y avait longtemps que les Hambourgeois n'en avaient pas vécu de pareil.

Henny et Marike passèrent ces premiers jours de juillet sur le balcon, ne descendant même plus à la cave à chaque alerte ; depuis le 19 juin, il n'y avait pas eu d'attaque importante sur la ville.

Malgré la peur des bombes et l'inquiétude au sujet de Thies et de Rudi, qui étaient en Russie, elles savouraient ces journées à deux dans l'appartement du Mundsburger Damm. Ernst avait été évacué dans le Mecklembourg avec sa classe et ne devait revenir que début août.

Marike ayant des vacances universitaires et Henny quelques jours de congé, elles en profitèrent pour faire des excursions à vélo. La veille, elles étaient revenues de l'Altes Land avec des sacs pleins de cerises. Ernst serait content de trouver la dizaine de bocaux de cerises sur l'étagère supérieure du garde-manger.

Thies était basé dans les pays baltes avec le groupe d'armées Nord. Les dernières nouvelles que Marike avaient reçues de lui dataient de fin juin, et il était inquiet de ce qu'il avait entendu dire sur le bombardement des villes allemandes.

Les balles ne lui sifflaient-elles pas sans arrêt dans les oreilles, sur le front, et n'était-il pas cerné par les obus ? Dans les journaux de Hambourg, les annonces de décès avec la croix de fer remplissaient des pages entières, et tout le monde priait pour la vie de ses êtres chers.

Käthe vint dîner deux fois sur le balcon du grand appartement, qui lui semblait encore plus beau sans Ernst. Elle souffrait moins de la participation de Rudi à de dangereux combats sur le front russe qu'elle n'avait souffert de sa disparition au printemps et à l'été 1940. Cette fois, il y avait un numéro de poste militaire et des lettres, même si elles ne calmaient pas longtemps son angoisse : que pouvait-il lui être arrivé depuis qu'il avait confié sa missive à la poste militaire ?

Käthe posa quatre grosses tomates mûres devant Henny.

— Tu as le bonjour de Theo, dit-elle. Il est allé à Duvenstedt aujourd'hui. J'ai aussi des framboises.

— Tu en as pris aussi pour toi ?

— Je les ai apportées à Karl.

Karl Laboe déclinait de jour en jour, mais il avait bien l'intention de vivre encore la permission de Rudi fin juillet. Käthe était auprès de lui dès que son travail le lui permettait, et Anna aussi avait plus de temps depuis qu'elle ne cuisinait que pour Campmann et faisait le ménage de son appartement.

Mia avait rejoint sa sœur à Wischhafen depuis que les fils de celle-ci étaient tombés, l'un dans les Balkans et l'autre devant Stalingrad. Le cœur de Lene était brisé par tant de souffrance, d'autant qu'Uwe n'avait rien trouvé de mieux à faire que de s'enticher de la paysanne d'un village voisin.

— Heureusement que le ciel est calme, dit Käthe. Karl ne peut plus descendre à la cave.

La folie devenait presque une habitude. Descendre à la cave. Dans le bunker. Dans l'abri antiaérien. Pour se protéger de ce qui tombait du ciel. Les bombes. N'avaient-elles pas tendance à refouler tout ça dès qu'il y avait une journée de calme ?

On mettait ses fils, ses frères, ses pères dans le train en leur donnant des œufs durs, des sandwichs et des radis, des provisions pour le voyage jusqu'au front. Et on espérait qu'ils reviennent. Indemnes, du moins physiquement, si l'âme était touchée. Quelle génération trompée, qui devait subir deux guerres mondiales ! Après la première elle avait voulu mieux faire, mais elle n'avait pas réussi à empêcher la seconde.

— Demain, c'est mon dernier jour de congé, dit Henny. Si tu es libre l'après-midi, on pourrait se promener au bord de l'Außenalster ?

Käthe secoua la tête.

— Je veux avoir deux pleines semaines quand Rudi sera là. Donc je fais des jours supplémentaires maintenant.

— Ah, vous êtes là toutes les deux, dit Marike.

Elle revenait de chez les parents de Thies, qui vivaient désormais dans l'Armgartstraße, dans un plus grand appartement. Elle semblait en nage.

— Une rumeur dit que les Anglais auraient jeté des tracts annonçant la destruction de Hambourg.

« Intoxication », aurait dit Ernst Lühr, s'il avait été là.

Les trois femmes se regardèrent avec angoisse et essayèrent de refouler ces pensées le temps de la soirée. Mieux valait regarder les étoiles qui émaillaient paisiblement le ciel.

L'Alster qui brillait au soleil paraissait livré à lui-même sans voiliers ni paquebots de ligne. Seul le Binnenalster* était camouflé par des planches de bois et des filets pour désorienter l'équipage des bombardiers.

Henny prit le pont Krugkoppelbrücke en direction de Rothenbaum. Elle s'arrêta sur le pont et s'imprégna de la vue sur les tours de la ville, les villas du rivage, toute la verdure. Hambourg paraissait intacte. De nombreuses villes avaient subi de lourds dégâts, Louise faisait de terribles rapports sur Cologne, et Lübeck était détruite depuis le dimanche des Rameaux de l'année passée. Les tracts qui étaient tombés du ciel mettaient-ils en garde contre un tapis de bombes comme celui qui avait touché Lübeck ?

Henny essaya de penser à la Johnsallee, à ce petit bonheur en marge des grands événements. La pension de Guste était le lieu idéal pour Ida, Tian et l'enfant. Ils habitaient deux chambres, la grande donnant sur le jardin, pour Ida et la petite, et celle de Tian, où aucune trace de sa famille n'était visible.

Tian voyait la providence dans le fait que le petit visage de Florentine ne trahissait encore aucune parenté chinoise. Ida pouvait aller nourrir les canards de l'Alster avec elle sans qu'aucun des promeneurs ne pût soupçonner que cette petite fille aux cheveux de jais et aux yeux bleus comme sa mère avait un père chinois.

Bunge les accompagnait souvent, le rythme d'une enfant de deux ans et demi lui convenant très bien. Florentine s'arrêtait devant chaque fleur, suivait du regard chaque chien et apportait du calme à leur promenade. Son grand-père arrivait à peine, malgré les restrictions imposées par les cartes de rationnement, à perdre de sa corpulence. Cela était peut-être dû à Guste, grande organisatrice devant l'Éternel. Le tonneau de harengs au sel de Dagebüll qui leur était parvenu par l'intermédiaire de Momme les nourrissait depuis des semaines.

Lorsque Henny arriva dans la Johnsallee, elle eut d'ailleurs droit à un hareng, et même à des pommes de terre en robe des champs. Guste avait maintenant cinquante-six ans, vingt ans de moins que Bunge, et il n'était pas le seul à espérer qu'elle reste vigoureuse.

Henny devait-elle parler des tracts ? Elle ne le fit pas. Elle demanda seulement si la cave de la Johnsallee était sûre.

— C'est une solide cave voûtée, dit Tian, on y est à l'abri.

— Un rempart, dit Ida.

Ida semblait gaie et forte, malgré la clandestinité imposée à sa vie. Malgré la guerre. Elle avait beaucoup changé aux côtés de Tian. Comme elle se réjouissait d'avoir pris la bonne décision.

Guste donna aussi à Henny des groseilles de son jardin, une seule tasse, mais cela représentait beaucoup en ces temps où il fallait faire des heures de queue pour une salade. Henny décida de les apporter à sa mère, qui était un peu perdue sans Klaus ; elle l'avait fait déjeuner tous les jours jusqu'à ce qu'il parte en Bavière avec sa classe.

Henny pénétra dans l'appartement familier où elle avait grandi. Else fut ravie. Elle avait même du sucre pour les groseilles, qu'elle répartit dans deux coupelles. Henny s'approcha de la fenêtre et vit en face les fenêtres ouvertes des Laboe. Une journée très chaude. Et si tout cela n'existait plus ? Non. Elle refusa encore une fois d'aller au bout de cette pensée.

— Laisse-moi m'allonger sur le canapé, Annsche, dit Karl Laboe. J'veux être avec toi.

Il ne tiendrait pas jusqu'au retour de Rudi, c'était clair, mais il gardait cette certitude pour lui. Son cœur s'arrêtait régulièrement plusieurs secondes. Un jour ou l'autre, il allait oublier de recommencer à battre.

Quand le soleil était au zénith et que la chaleur était presque insupportable dans la cuisine, il voyait les images défiler. Les garçons qu'il avait perdus en

1910 à cause de la diphtérie revenaient toujours dans cette galerie d'images. Mais aussi ses parents et ceux d'Annsche. Et ses frères, dont l'un était mort enfant et l'autre en 1914, dans un village français dont il n'avait jamais pu retenir le nom. Si Käthe et Rudi avaient eu des enfants, ils se feraient du souci pour eux avec cette nouvelle guerre. Eux aussi n'auraient été que de la chair à canon.

— J'm'endors, Annsche, dit-il.

Anna s'approcha, lui humecta les lèvres avec de l'eau fraîche et lui caressa le visage.

— Attends un peu, Karl, notre Käthe va arriver.

— Faut qu'elle s'dépêche, dit Karl.

Anna s'assit sur la chaise qui était près du canapé et lui prit la main. Elle était froide malgré la forte chaleur. Anna se retourna en entendant enfin la clef tourner dans la serrure. Käthe apparut dans le couloir.

— Entre, mon enfant, dit Anna. Papa vient de mourir.

— Oh, Maman, dit Käthe.

Elle s'agenouilla devant le canapé et se mit à caresser le visage de Karl. Anna ne lâchait pas sa main.

Une mort douce. Personne ne soupçonnait encore ce qui allait être épargné à Karl Laboe.

La maison était vide, Elisabeth étant partie à Duvenstedt pour récolter des petits pois et des haricots, des blettes et de la chicorée. Qui eût cru cela d'Elisabeth Liebreiz, qui n'avait connu que les roses anglaises du jardin ? *Lady Emma Hamilton* et *The Generous Gardener*. Les deux femmes s'entendaient encore mieux depuis que le père de Theo était mort. Pourtant, il ne les avait jamais gênées.

Il y avait eu ce jour-là à la clinique un exercice de défense passive dans le bunker des opérations et dans les abris pour les parturientes. Jusqu'où cela irait-il ?

La nuit tombait peu à peu. Theo Unger quitta le jardin pour regagner le salon. Sans regarder quel disque était posé sur le gramophone, il déplaça simplement le bras de lecture.

« C'était tellement bien avec toi
Et il me coûte horriblement de partir
Car il n'y a qu'avec toi que je me sentais chez moi
Mais le rêve que j'ai fait est terminé. »

La chanteuse était Lizzi Waldmüller. Elisabeth avait-elle acheté ce disque ?

Peut-être que les destructions qu'avaient subies d'autres villes seraient épargnées à Hambourg, ville anglophile depuis toujours.

Unger cependant ne pensait pas aux Anglais, il pensait à un Italien. Garuti était-il encore à Berlin ? Ils ne s'étaient pas donné de nouvelles depuis longtemps. Comment estimerait-il la situation dans laquelle ils se trouvaient ? Avait-il regagné sa propriété rurale près de Pise ?

Theo Unger entendit la porte d'entrée et attendit qu'Elisabeth entre dans le salon. Elle arrivait avec un panier de légumes.

— Tu es dans le noir, dit-elle.

Allumer la lumière impliquait de baisser les stores noirs. Il n'en avait pas envie. La journée avait été difficile. L'air était chargé d'électricité. Henny reprendrait son service le lendemain. Depuis plusieurs jours, c'était lui qui avait affaire à Dunkhase, et il ne le supportait plus.

— Ta mère t'embrasse, dit Elisabeth.

— Tout va bien à Duvenstedt ?

— Elle est très seule.

Qui ne l'était pas, songea Unger.

— On m'a demandé pourquoi je ne portais pas l'étoile juive.

Elle eut enfin toute l'attention d'Unger.

— Qui ça, on ? demanda-t-il.

— Le successeur de ton père.

Lorenzen, ce suiveur.

— Et tu lui as débité ton couplet sur le « mariage mixte privilégié » ?

— Je lui ai donné une gifle.

Pourvu qu'il n'y ait pas de conséquences. Unger s'enfonça dans le fauteuil en cuir en fermant les yeux.

— Je suis un fardeau pour toi, Theo.

— Mais non, dit-il.

S'il y avait une chose qu'il ne voulait pas voir en face, c'était bien celle-là.

*

Au début de l'année, Lina avait réussi à éviter la Kinderlandverschickung. Il y avait suffisamment de volontaires pour les classes de quatrième, et elle ne voulait pas être séparée de Louise : qui pouvait savoir ce qui lui arriverait à une époque où les Juifs devaient se rendre dans le parc de Moorweide pour être déportés à Łódź, Minsk ou Riga, dans les ghettos que les nazis avaient installés là-bas ?

Elle n'aimait plus enseigner au service des nouveaux dirigeants qui trahissaient tous ses idéaux. Dans l'établissement de l'Ahrensburger Straße, il n'y avait plus d'éducation mixte depuis septembre de l'année passée, les garçons et les filles étaient séparés. Lina aurait bien rendu son tablier, mais de quoi allaient-elles vivre si elle ne reprenait pas son poste après les vacances d'été ?

Lina ne connaissait pas Moritz Jaffe, à qui Lud avait acheté jadis l'améthyste pour son médaillon en bois de tilleul. Jaffe avait rejoint le ghetto de Litzmannstadt, ou Łódź, dès octobre 1941. L'homme qui avait établi les listes de cette première vague de déportation devait ignorer que Jaffe était un ancien combattant de la Première Guerre mondiale et qu'il avait été décoré. Pour cette raison, il aurait d'abord dû transiter par Theresienstadt avant de finir à Auschwitz.

Mais Moritz Jaffe n'avait émis aucune objection.

*

Accompagné par un petit comité, Karl Laboe fut enterré aux côtés de ses fils dans le cimetière d'Ohlsdorf. Käthe et Anna. Henny, Marike et Else. Theo Unger. Son cercueil en bois de pin clair fut déposé dans la terre sèche. Il n'avait pas plu depuis longtemps.

Chacun tenait une rose blanche à la main ; Unger les avait prélevées le matin dans son jardin, sur un buisson de Fées des neiges qui était pratiquement dépourvu d'épines.

Lorsqu'ils revinrent du cimetière, ce 22 juillet, il y avait des tas de sable dans les rues, devant les immeubles.

— C'est du sable pour les greniers, dit le responsable de la défense passive pour l'immeuble du Mundsburger Damm. Une protection contre les incendies. Ordre du comité local.

Que savait donc le comité local ? Henny et Marike montèrent au troisième étage et retirèrent les vêtements noirs dans lesquels elles avaient transpiré.

— Alors je vais chercher la pelle, dit Marike. Comme si le sable servait à quelque chose.

Les greniers étaient vides, mais les poutres sèches brûleraient comme des allumettes.

Henny alla à la clinique. Les oiseaux chantaient dans les arbres.

L'insignifiance d'un jour d'été. Les géraniums à arroser. Les chemisiers à repasser. Une promenade au bord de l'Alster. Un cornet de glace à déguster.

Marike était allée à la bibliothèque universitaire pour préparer les examens de l'automne. Elle avait fini les trois premiers semestres des études de médecine, l'examen du *Physikum* avait lieu après le quatrième semestre.

Henny était fière de sa fille. Marike lui semblait représenter non seulement la nouvelle génération, mais aussi une nouvelle et troisième étape, après qu'elle-même en avait franchi deux en suivant une formation d'infirmière, puis de sage-femme. Sa petite Marike, elle, deviendrait médecin.

Toutes deux se retrouvèrent sur le balcon en ce samedi soir, et Henny lut une lettre de Klaus arrivée à midi. Klaus avait le mal du pays, mais sinon il allait bien au bord du lac Tegern.

L'air s'était à peine rafraîchi, elles étaient en jupon. Le ciel était clair au-dessus des immeubles.

— Irons-nous à la cave s'il y a une alerte ? demanda Marike. J'aimerais bien dormir sans interruption.

Il y avait eu tellement de fausses alertes.

Henny se réveilla en sursaut pendant sa première phase de sommeil profond : ces épouvantables sirènes qui résonnaient dans les murs. Étaient-ce les phares de l'artillerie antiaérienne qui brillaient assez pour éclairer le cadran de l'horloge ? Minuit passé. Qu'est-ce qui était différent ? Les rumeurs l'avaient-elles détraquée ?

Henny réveilla Marike. Il fallut s'habiller à la hâte et prendre la petite valise. Le bagage antiaérien contenant les documents, les tickets de rationnement, les photos et les quelques bijoux.

La cave était plus pleine que d'habitude. Coiffé d'un casque en acier de la dernière guerre et muni d'une batte à feu, le responsable de la défense antiaérienne les poussait à l'intérieur. Ils avaient rarement eu l'occasion d'occuper leurs places attitrées au cours des dernières semaines. La vieille Mme Dusig s'agrippait à la cage de son canari, qui semblait dormir. Le fils cadet des Altmann lisait un album de *Tom Mix* tandis que sa mère tricotait. Günter, le frère de quatorze ans, serrait son gramophone valise contre lui. Seules Henny et Marike avaient les mains vides. Mais elles serrèrent les poings dès que les premières détonations se firent entendre.

— Pas chez nous, dit quelqu'un. C'est plus loin.

Un murmure parcourut l'assemblée lorsque l'éclairage de secours vacilla. Enfin, ce fut le silence dehors jusqu'à ce que les sirènes signalent la fin de l'alerte.

Les rues étaient jonchées de pierres et de tuiles, de crépi tombé des murs. Il y avait une odeur de brûlé dans l'air enfumé, mais les feux semblaient être plus loin.

Quelques dégâts là-haut, dans l'appartement. Les stores occultants étaient arrachés de leur support, les vitres brisées. Marike alla chercher le balai et la pelle pour ramasser les débris. Henny souleva le combiné du téléphone et fut surprise d'entendre la tonalité. Elle composa le numéro d'Else.

— Je viens de remonter de la cave, dit sa mère tout essoufflée. Beaucoup plus violent que d'habitude.

— Tu veux que je vienne ? demanda Henny.

— Ne sors surtout pas. Je trouverai mon lit sans toi.

Après avoir raccroché, Henny essaya chez Käthe et entendit sonner dans le vide.

— Le téléphone arrive encore à sonner, dit Marike. Ne t'inquiète pas.

Elles s'installèrent sur le balcon et regardèrent le ciel nocturne. Puis elles prirent chacune vingt gouttes de valériane, mais pour calmer leurs cœurs il leur aurait fallu s'attacher le flacon autour du cou.

Les géraniums rouges étaient couverts de poussière grise.

— Je ne reste pas là, déclara Louise. Sinon je vais finir sous les ruines d'un immeuble comme ma mère.

— L'église Saint-Nicolas brûle, dit Lina, et tout le quartier de Neustadt. Grindel, Hoheluft et plusieurs parties d'Altona.

— C'est ce que je dis. Partons. À la campagne.

— Mais où ? Dans une pension de vacances ?

— Pourquoi pas, dit Louise. J'ai encore de l'argent de Kurt. Peut-être dans la baie de Hochwart. C'est beau là-bas.

— C'est à Hochwart qu'ils forment les jeunes auxiliaires de l'artillerie antiaérienne. Ça va péter de partout, même si c'est juste pour l'exercice.

— Comment le sais-tu ?

— Parce que certains de mes élèves y sont.

— Ah bon, dit Louise sur un ton de découragement.

Ce dimanche-là, les cloches de Sainte-Gertrude se turent, bien que l'église n'eût subi aucun dommage. Le soleil resta pâle, créant un décor irréel, aussi spectral qu'un tableau de Willink. Mais leur immeuble était intact, et les villas du début du siècle bordaient encore paisiblement le canal. Pour combien de temps ? Peut-être que c'était tout et que les bombardiers ne reviendraient pas.

Lina était allée chez Henny et Marike au petit matin, la situation était différente sur le Mundsburger Damm. Les rues étaient couvertes de décombres, de pots de fleurs brisés et de bandes de papier d'argent jetées par les avions. Elle retourna les voir plus tard pour leur apporter des feuilles de carton épais qu'elle utilisait dans ses cours d'art plastique et que Marike cloua devant les fenêtres vides.

Else était assise dans la cuisine. Elle apportait des nouvelles d'Anna Laboe et Käthe, qui avaient survécu à la nuit dans la cave de la Humboldtstraße.

Lorsque Lina revint chez elle, Louise était en train de faire une valise. Une seconde valise vide était posée sur la table, devant le canapé.

— Prépare une valise pour une semaine, dit Louise. Jusqu'à la fin des vacances. J'ai téléphoné à Guste, et elle m'a donné l'adresse de la mère de Momme. Nous allons à Dagebüll. J'ai encore des bons d'achat pour l'essence, et je n'ai pas envie de mourir sous une pluie de bombes.

— Et quelles sont les nouvelles de Guste ?

— Assez bonnes. Mais au-delà de la Rothenbaumchaussee c'est horrible. Grindel est en feu, et Eimsbüttel aussi.

Lina commença sa valise. La maison serait vide, puisque Mme Frahm était déjà partie chez une cousine, dans la lande.

Avant de partir, Lina alla une troisième fois au Mundsburger Damm pour donner les clefs de chez elle à Henny. Au cas où.

— Dieu vous garde, dit-elle.

Cela servait-il à quelque chose de le dire ?

Tian se tenait devant son immeuble de la rue Grindelhof : une ruine qui se consumait lentement.

— Personne n'a pu sortir, dit un homme noir de suie. Ils ont remonté beaucoup de morts de la cave.

Ling pouvait avoir échappé au feu. Peut-être avait-elle passé la nuit chez une amie. Tian pressentait néanmoins qu'il se mentait à lui-même. Sa petite sœur avait succombé à cette nuit de bombardements.

— Où emmène-t-on les morts ? demanda-t-il.

— Aucune idée. Tout est sens dessus dessous. Il paraît que le Stadthaus aussi est en flammes.

L'immeuble qui faisait le coin avec la Bornstraße était encore debout. Des blocs de fonte provenant des tables du glacier étaient éparpillés devant. Tian avait mal aux yeux, il y voyait à peine car les larmes et la poussière faisaient l'effet d'une poudre d'émeri. Peut-être que Ling n'était même pas descendue à la cave. Elle lui paraissait mélancolique depuis la mort de leurs parents, survenue coup sur coup avant la naissance de Florentine. Il s'était trop peu occupé d'elle, enivré qu'il était par le bonheur d'avoir une fille. Étant devenu étranger à ses propres parents, il avait laissé Ling toute seule avec son deuil.

Une femme le prit par la main pour l'éloigner des décombres, peut-être le prenait-elle pour un aveugle.

— Monsieur Yan, dit-elle, je suis désolée, mais votre sœur était dans la cave. J'étais là quand ils ont dégagé les cadavres.

Tian essayait vainement de garder les yeux ouverts, ses paupières semblaient collées. On lui mit une bouteille entre les mains. Du verre froid. De l'eau. Il renversa la tête en arrière et fit couler l'eau sur ses yeux jusqu'à ce qu'il puisse les ouvrir et que son regard soit plus clair. Une voisine de l'immeuble d'angle se tenait devant lui.

— Où ont-ils emmené les morts ?

— Il paraît qu'ils creusent des fosses communes dans le cimetière d'Ohlsdorf. Il y a des milliers de morts.

— Je vous remercie, dit-il.

— La maison de la Johnsallee a-t-elle survécu à cette nuit ?

Tian la regarda avec surprise.

— Votre sœur m'a raconté. Elle m'a aussi parlé de votre petite fille. Nous parlions de temps en temps.

— Je vous remercie, répéta Tian.

Cette femme était aimable, mais ça l'inquiétait de savoir que des étrangers connaissaient l'existence de Florentine. Il s'inclina et se mit en route pour la Johnsallee, se frayant péniblement un chemin dans la foule.

Cette nuit-là, Unger était de garde à la clinique. Elisabeth avait rejoint sa belle-mère à Duvenstedt, puisque cela semblait plus sûr en dehors de la ville. Et, heureusement, Lorenzen ne vivait pas chez Lotte.

Durant l'avant-dernière nuit, une fois que le ciel était redevenu calme, ils avaient vu le feu se déchaîner de l'autre côté de l'Alster depuis le premier étage de leur villa, Körnerstraße. Seul Harvestehude avait été épargné par cet enfer. Elisabeth et lui n'étaient pas descendus dans la cave, et encore moins dans le bunker antiaérien de la Dorotheenstraße. Ils étaient restés dans leur salon obscur et avaient bu deux bouteilles de Haut-Brion de 1921. Était-ce du fatalisme ? Ils n'avaient pas peur pour leur propre vie, mais s'inquiétaient pour Henny et Käthe.

Henny aussi était de garde cette nuit-là. Il lui avait suggéré d'emmener Marike à la clinique. Sa future collègue serait à l'abri avec eux dans le bunker de la maternité.

Il avait appris à la cantine que Hildegard Dunkhase faisait partie des sinistrés. Son immeuble, situé en face de l'hôpital d'Eppendorf, ne tenait plus debout. Unger ne savait pas qu'elle y habitait encore. Pourquoi n'était-elle pas restée auprès du formidable Heynemann, à l'époque ? Il ne lui était rien arrivé, puisqu'elle était de garde la nuit dernière ; la clinique de Finkenau semblait offrir une garantie de survie.

Une demi-heure avant minuit, Henny vint le trouver dans sa salle de consultation.

— Peut-être que ça va se calmer, dit-elle.

— Et dans la salle d'accouchement ?

— Il ne se passe rien, pour ainsi dire. Les femmes sur le point d'accoucher semblent avoir quitté la ville. Toutes celles qui ont de la famille à la campagne y vont.

— Tu n'en as pas ?

Le tutoiement de Käthe et Henny lui était devenu très naturel. « Vos sages-femmes préférées », avait dit

Aldenhoven en haussant les sourcils la première fois qu'il les avait entendus se tutoyer. De fait, le chef n'était pas favorable à une trop grande familiarité. Mais après tout ce qui s'était passé et se passait encore, Unger ne se laissait pas arrêter par des histoires de hiérarchie.

— Non, dit-elle. On a besoin de moi ici. Pas seulement à la clinique. Marike, Käthe et ma mère ont aussi besoin de moi.

La dernière partie de sa phrase fut recouverte par le hurlement des sirènes. Minuit moins vingt. Les portes de l'enfer s'étaient rouvertes, et cette fois les flammes dévoraient les quartiers est de la ville, au-delà de la Lübecker Straße. Les bombes parvinrent jusqu'à Hohenfelde et Eilbeck. Heureusement que Louise et Lina dormaient sous un toit paisible à Dagebüll, même si leur immeuble serait finalement épargné.

Une jeune femme enceinte jusqu'aux yeux était arrivée à la maternité presque nue. Elle ne portait plus que des lambeaux de tissu brûlé. Elle avait traversé l'incendie depuis Hamm, en passant par Wartenau. Unger la porta dans ses bras jusqu'à la salle d'accouchement. Ils venaient de soigner ses brûlures lorsque l'accouchement se déclencha. Il sembla facile à la jeune femme, en comparaison de tout ce qu'elle avait traversé. Lorsque son garçon vint au monde peu avant 4 heures, l'attaque des quartiers situés à l'est du centre-ville était finie depuis deux heures.

Un cadeau de Dieu, se dit Unger. Il devait s'appeler Donatus. Le docteur tendit l'enfant à Henny tandis que la mère était tombée dans un sommeil exténué, même si ses paupières palpitaient.

Un nombre considérable d'êtres humains avaient trouvé la mort dans cette nuit du 28 juillet, mais Theo Unger et Henny n'en savaient encore rien.

Des cortèges fantomatiques de silhouettes déguenillées, parfois seulement en chemise de nuit et les cheveux brûlés, poussant des voitures d'enfant devant elles, portant des restes de bagages, ou se traînant elles-mêmes dans les rues de banlieue jusqu'à atteindre un village déjà plein à craquer de sinistrés.

Ceux qui étaient restés à Hambourg, même les plus hardis, n'hésitaient plus à descendre à la cave, ou mieux encore dans les bunkers. Ils se chuchotaient à l'oreille les horreurs survenues à Hamm, Hammerbrook et Rothenburgsort, qui avaient été anéantis par des incendies inimaginables.

Quand Anna avait proposé d'aller dormir dans le bunker situé derrière la Beethovenstraße, Käthe n'avait pas voulu y aller. Rudi devait arriver dans la soirée du 29 juillet et elle préférait l'attendre à la maison.

— Promets-moi que tu descendras à la cave s'il y a une alerte, avait dit Anna Laboe.

Heureusement que Karl n'était plus là pour voir la pluie de soufre enflammé tomber du ciel ; il aurait risqué de brûler vif sur son canapé.

Käthe ne descendit pas à la cave quand les sirènes hurlèrent à minuit moins deux, alors que Rudi n'était toujours pas là. Elle courut au bunker et fut une des dernières qu'on laissa entrer avant de refermer les portes en acier. Qui lui avait donc murmuré de rejoindre Anna et Else dans le bunker ?

L'attaque commença à minuit moins vingt, et cette fois elle toucha non seulement Eilbeck, mais aussi Barmbeck et Uhlenhorst.

Unger faisait le piquet d'incendie à la clinique. Deux nuits sans sommeil, mais cela ne lui faisait rien, il était sous tension. Il avait pu passer quelques heures dans son jardin pendant la journée et avait été surpris de constater que l'été était encore là, avec ses bourdons et ses oiseaux.

Il avait prié Henny, en vain, d'emmener Marike dans le bunker de la clinique, inquiet qu'elles ne soient pas à l'abri dans leur cave. À quoi pouvaient servir les étançons en bois qui étaient censés soutenir le plafond des caves si l'immeuble était touché ?

Cette fois, on visait leur quartier, il le comprit quand une bombe atteignit la maison du directeur, à côté de la clinique. D'énormes détonations provenaient de la Hamburger Straße, et le bruit courut que le grand Karstadt avait été touché.

De petits incendies léchaient le toit en croupe de la maternité de Finkenau. On parvint à les éteindre. Mais les flammes qui brûlaient au-dessus de la Hamburger Straße étaient colossales. Unger ne savait pas que le feu pouvait hurler aussi fort.

Il manquait beaucoup de personnes dans la cave du Mundsburger Damm. Mais Mme Dusig était bien là avec son canari, ainsi que Mme Altmann et ses deux fils. Une femme étrangère avec un petit enfant sur les genoux était parmi eux et mâchouillait une cigarette froide.

L'enfer commença peu avant 1 heure. Il n'y avait presque plus aucun répit entre les détonations qui faisaient trembler le sol en ciment. La chaux tombait du plafond, qui commençait à chauffer. L'immeuble brûlait. Le feu se frayait un chemin à travers les étages. Tout allait s'effondrer sur eux dans peu de temps.

Le responsable de la défense antiaérienne suggéra de sortir de la cave. La poignée de la lourde porte était un morceau de fer rougeoyant, mais il parvint tout de même à l'ouvrir et fut aussitôt aspiré par le feu qui glapissait au dehors. C'était sans issue. Étouffer ou brûler vif. Henny et Marike s'agrippèrent les mains.

Quand l'éclairage de secours tomba en panne, l'étrangère sortit un briquet de son sac et essaya de le maintenir allumé. Dehors les flammes se déchaînaient, et dedans les femmes essayaient de sauver une petite flamme qui devait leur indiquer le chemin pour sortir de la cave. Mais la petite flamme s'éteignit.

Günter se leva en sursaut en renversant le gramophone valise qui était devant lui : il s'était souvenu de sa lampe de poche. Un petit point de lumière claire se promenait le long des murs de brique à la recherche de la marque signalant le passage vers l'immeuble voisin.

Ils cassèrent les briques avec les pelles à charbon et un seul marteau. Le trou n'était pas grand. Mais de l'autre côté il n'y avait pas de feu et l'air semblait plus clair. Günter fit passer sa mère et son frère. Il lui donna le gramophone et la cage de Mme Dusig. Puis il poussa la vieille dame par le trou, et la jeune femme avec l'enfant. On les tirait depuis l'autre côté. Puis ce fut le tour de Marike. Henny. Et de leurs petites valises. Günter fut le dernier à passer par le trou.

Lorsqu'ils sortirent de la cave de l'immeuble voisin, ils virent que celui-ci brûlait aussi. Mais le feu n'avait encore atteint que le troisième étage. Leur propre immeuble était en train de s'affaisser.

Les bocaux de cerises. Jocko le singe. Les travaux de menuiserie de Lud. Et aussi une trousse de sage-femme. Tout était parti en fumée.

Le train de Rudi se trouvait devant la gare de Schwerin. Les trains avaient été arrêtés, plus aucun ne roulait jusqu'à Hambourg cette nuit-là. Rudi n'arriva qu'à 9 heures du matin devant l'immeuble dans lequel lui et Käthe avaient vécu et qui n'était plus qu'un tas de ruines.

— Votre femme est vivante ! s'écria une voisine derrière lui.

Peut-être n'était-elle plus capable que de crier. Rudi se retourna. La mère des jumeaux. Les garçons existaient-ils encore ? Il l'espérait.

— Où est-elle ? demanda-t-il.

— Chez sa mère, cria encore la voisine.

N'entendait-elle plus, après tout le bruit de la nuit ? Elle tenait à la main une feuille de papier en partie brûlée. On pouvait encore lire « *Preßburger Nussbeugel* ». Une recette. Les vestiges d'un livre de cuisine autrichienne qu'elle avait sauvé des décombres.

Le regard de Rudi se promena sur les poutres, les pierres, les carreaux de faïence, le béton fendu, les meubles brisés. Le livre rouge pâle des poèmes d'Agnes Miegel resta caché dans l'éboulis.

L'immeuble de la Humboldtstraße était pratiquement intact, comme le bâtiment d'angle en face, dans la Schubertstraße. Anna et Else avaient encore des appartements correspondant à leurs clefs quand elles sortirent du bunker avec Käthe, à l'aube du 30 juillet.

Rudi enfonça pratiquement la porte pour entrer au premier étage. Ne plus jamais être séparés, se dirent-ils tous les trois lorsqu'ils tombèrent dans les bras les uns des autres devant le canapé de Karl. Anna. Käthe. Rudi.

Octobre 1943

Henny et Marike avaient passé les derniers jours de juillet dans l'appartement mansardé de Lina, se lavant obsessionnellement de la poussière de la nuit fatidique dans la salle de bains aux carreaux blancs. Toutes les vitres étaient intactes. Depuis la grande fenêtre du salon, elles avaient observé le canal et les bâtiments en ruine du lycée Lerchenfeld. On devinait la destruction du Mundsburger Damm derrière la station de métro aérien ; seuls deux immeubles étaient encore debout devant le Mundsburger Brücke.

Quand Lina et Louise étaient revenues de Dagebüll, le 2 août, Marike était allée chez les parents de Thies et Henny chez Else, dans l'appartement de son enfance. Elles n'étaient pas sans abri, et pourtant c'était le sentiment qu'elles avaient.

Klaus prolongea son séjour au bord du lac Tegern, et Ernst dans le Mecklembourg jusqu'à fin août, car les élèves y étaient mieux que dans la ville détruite de Hambourg. Klaus manquait à Henny.

Ernst vint brièvement après les journées de terreur et il visita les ruines. Henny avait sauvé son coffret à bijoux en bois de cerisier, un peu roussi. Elle y déposa sa bague ornée de grenats ainsi que son alliance et celle de Lud, trésors conservés dans l'une des petites valises.

Käthe dans la Humboldtstraße, en face, elle ici, dans la Schubertstraße. Presque comme vingt-deux ans plus tôt. Mais il manquait Karl.

Ce fut difficile au retour d'Ernst. Un tel sentiment d'étrangeté pouvait-il s'être installé en quelques semaines ? Était-ce dû à l'infatuation de son mari ? Ernst considérait comme un outrage personnel le fait d'avoir perdu tous ses biens. Ne réalisait-il pas l'immense chance que Marike et Henny soient encore en vie ?

Henny partait toujours très tôt pour prendre son service à la clinique, et avant elle parcourait les rues à la recherche d'objets familiers. Il ne restait du grand magasin Karstadt, sur la terrasse duquel elle avait si souvent écouté l'orchestre de danse, que la façade arrière et quelques vestiges de la cage d'escalier. Le décor d'une étrange pièce de théâtre.

Durant la fameuse nuit, des centaines de gens avaient étouffé dans l'un des deux bunkers du grand magasin, après que le bâtiment, touché par les bombes explosives, se fut effondré par étapes pendant deux atroces heures. Les accès avaient été ensevelis, et le coke incandescent des chaufferies s'était transformé en dioxyde de carbone mortel.

Henny ne passait plus par le Mundsburger Damm. Si elle voulait aller à l'étang de Kuhmühlen, elle faisait un détour par Schwanenwik et l'Armgartstraße, en passant devant l'immeuble des parents de Thies, puis elle prenait la rue Eilenau jusque chez Lina et Louise. Elle se réjouissait de chaque portion de rue intacte et du fait que l'église Sainte-Gertrude était encore debout avec son clocher, et se reflétait dans l'étang.

Elle ressentait la profonde nostalgie d'un monde intact, mais la guerre n'était pas encore finie, Thies et Rudi étaient toujours au front en Russie, Ernst et elle habitaient chez Else et se gênaient.

« Tu es ingrate, avait dit Käthe. Tu as un toit au-dessus de la tête, et ton mari n'est pas parti en mission-suicide. »

Oui, Henny était ingrate. Le matin, elle se lavait à nouveau dans l'évier de la cuisine et non pas dans une salle de bains. La tringle métallique que son père avait installée après son douzième anniversaire était encore là, mais Else avait remplacé depuis longtemps le rideau de coton blanc en broderie anglaise par une toile cirée qui tombait lourdement. Les anneaux ne glissaient plus aussi bien sur la tringle, mais on avait au moins un peu d'intimité.

On était allé chercher le lit pliant à la cave. Les greniers restaient vides, à part le sable qui n'avait pas su retenir l'incendie dans les nuits de juillet. Else dormait sur le lit pliant, installé dans le salon comme autrefois, car elle avait laissé sa chambre à Henny et Ernst. L'année suivante, cela ferait déjà trente ans qu'elle était veuve de guerre. Pendant toutes ces années, elle avait dormi avec une moitié de lit vide à côté d'elle. Elle avait soixante-six ans et resterait une veuve de guerre jusqu'à son dernier jour.

Quand Klaus rentrerait du lac Tegern, il ne lui resterait plus que le canapé de la cuisine. Mais Käthe n'avait-elle pas encore dormi, à vingt et un ans, sur le canapé qui allait devenir la dernière couche de Karl ?

Beaucoup de gens vivaient dans des caves froides et humides, leurs immeubles détruits au-dessus de la tête.

Souvent, Henny parcourait à pied les rues éventrées pour parvenir jusqu'aux immeubles intacts de Harvestehude et dans la Johnsallee, où elle passait du temps dans le jardin de Guste. Ce jardin qu'elle avait découvert pour la première fois un jour de septembre. Lud était mort peu avant, et pourtant la vie alors semblait encore presque complète.

Unger bifurqua dans l'Oberaltenallee, qui était un champ de ruines comme la Hamburger Straße parallèle, avec son magasin Karstadt effondré. Il songea à Faust, que Goethe faisait revenir à la conscience dans une contrée charmante. Quelle chance pour Faust.

Étrangement, la pensée lui venait régulièrement que la guerre était terminée à Hambourg, puisque ça ne saurait être pire. Si seulement on pouvait en avoir bientôt fini avec les nazis et la guerre. Mais les déportations avaient repris depuis que le parc de Moorweide ne servait plus de lieu de rassemblement et de ravitaillement pour les personnes sinistrées. Les cuisines roulantes avaient disparu pour céder la place à l'horreur.

Un ami lui avait raconté que les hordes brunes planifiaient l'extermination des partenaires juifs des mariages mixtes ainsi que des enfants nés de ces unions. On prévoyait de tous les éliminer d'ici à février 1945. Qui pouvait arrêter les nazis, si même les bombes qui anéantissaient des villes entières n'y parvenaient pas ?

La Wehrmacht était en mauvaise posture sur le front russe, comme en témoignaient aussi les lettres de Rudi, même si elles étaient souvent cryptées et faisaient référence à des vers évoquant le déclin et le Jugement dernier.

Le dimanche précédent, Elisabeth et lui avaient fait une promenade au bord de l'Alster et contemplé, au lieu des décombres, le feuillage coloré de l'automne. C'était un sentier de pèlerinage pour les Hambourgeois des quartiers limitrophes, ils se repaissaient de la vue des maisons à peine détruites de Harvestehude, où tout semblait aller bien. Si bien, même, que le gauleiter et gouverneur du Reich, Kaufmann, se sentait encore à l'aise dans sa villa du Harvestehuder Weg, où il résidait depuis les années trente.

Non, les nazis étaient encore bien en selle, et trop de gens les avaient aidés à y monter.

Mais Unger avait-il le droit de se plaindre, avec son luxueux domicile et le cadre idyllique que représentait Duvenstedt ? Lotte se battait vaillamment, partageait fruits et légumes avec une famille sinistrée de Wandsbeck, une femme avec deux filles et un nouveau-né. Elisabeth et lui s'attendaient depuis longtemps à devoir loger des sinistrés.

Elisabeth envisageait d'aller en Angleterre quand la guerre serait finie. Il ne savait pas quoi en penser. Quel âge auraient-ils quand cette guerre serait enfin derrière eux ? Et ne serait-ce pas justement le moment de rester, de mettre des enfants au monde ici, à Finkenau, de faire grandir une nouvelle génération dans une ville à reconstruire ?

Il aurait bien repris contact avec Garuti. Le *dottore* avait fait sa valise dès le 3 septembre, après la rupture avec l'Italie, provoquée par l'armistice de Cassibile*. Pourquoi était-il beaucoup plus difficile de se débarrasser de Hitler que de Mussolini ?

Le jardin de Lotte était resté couvert de suie noire durant plusieurs semaines après les bombardements de fin juillet. Et ce à Duvenstedt, en dehors de la ville. Malgré quelques petits îlots de félicité, Hambourg n'était plus un endroit agréable.

— Je ne peux pas aller chez Maman, dit Fritz.

— Et qu'est-ce que tu attends de moi ? demanda Anna Laboe.

Les larmes lui coulant sur le visage, elle reposa le couteau pour passer ses mains sous l'eau avant de continuer à émincer les oignons. Avec un cube de bouillon et un peu de semoule, cela donnait une soupe que même Campmann mangeait.

— Ce couteau est bien aiguisé, dit Fritz.

— Tu veux que je te le plante dans le ventre ?

Fritz secoua énergiquement la tête.

— Seulement le bout de l'index.

Et il lui tendit la main droite, très sérieusement.

Anna Laboe regarda l'horloge de la cuisine pour voir quand Campmann rentrerait de la banque et mettrait fin à ce cauchemar. Encore deux heures.

— Tu es devenu fou, Fritz, dit-elle. Tu ne veux donc plus servir le Führer ?

Fritz avait été envoyé sur le front yougoslave à l'âge de dix-huit ans, l'année passée. Mais autant il avait apprécié d'être le neveu d'un nazi redouté dans le village et de faire partie des Jeunesses hitlériennes, autant le statut de soldat le mettait en panique. Ses deux cousins étaient tombés, l'un dans la région même où Fritz avait été affecté. Il était mort de trouille.

— Quand j'aurai fini de préparer la soupe, tu auras droit à une assiette, et ensuite tu t'en vas. Comment peux-tu penser que je vais t'aider à te mutiler ? Tu as déjà décampé ou tu es en permission ?

Fritz sortit son certificat de permission de sa poche et le posa sur la table de la cuisine. Anna y jeta un œil.

— Il te reste encore presque toute ta permission. Rentre donc chez Mia.

Fritz secoua la tête en regardant dans le vide.

— Qu'est-ce que tu imagines qu'ils vont te faire et me faire à moi si je te coupe un bout de doigt ? Tu crois que notre Rudi a envie d'être en Russie, peut-être ?

Pourquoi le garçon était-il venu la trouver, elle ? Lui avait-elle montré beaucoup de sympathie ? Anna croyait deviner pourquoi : on savait, à Wischhafen, qu'Anna Laboe n'aimait pas Hitler et cette guerre.

Fritz se mit à pleurer. C'était un spectacle pitoyable. Anna le fit asseoir jusqu'à ce que la soupe soit prête. Il la mangea en silence. Il lui faisait de la peine, ce gros garçon bêta. Elle alla prendre un gros morceau de chocolat à cuire dans le garde-manger.

— Tiens. Tu peux emporter ça. C'est bon pour les nerfs.

Fritz s'essuya la bouche avec le dos de la main et se leva.

— Va donc à Wischhafen et passe mon bonjour à Mia.

— Merci, dit-il, sur le point de se remettre à pleurer.

Anna le raccompagna à la porte et vérifia à la fenêtre que Fritz allait bien à l'arrêt du tramway qui le conduirait à la gare centrale.

*

Son frère aîné n'avait jamais cessé de l'appeler « Angelo », et il continuait aujourd'hui à se moquer du fait que Garuti avait choisi son second prénom quand il avait pris ses fonctions diplomatiques. « Alessandro » lui avait paru plus sérieux qu'« Angelo ».

Il n'avait pas quitté Berlin de gaieté de cœur, juste au moment où il appréciait d'être en relation avec Elisabeth et Theo, et avec son fils, Rudi. Mais il pouvait comprendre Badoglio d'avoir signé l'armistice. Même s'il n'appréciait guère le maréchal, qui avait acquis sa gloire et ses titres lors des conquêtes fascistes, cet accord sicilien avec les Britanniques et les Américains avait été la bonne décision.

Il était donc revenu sur les lieux de son enfance, sur la terre de Terricciola, et n'avait rien à faire. Amadeo gérait la propriété depuis quarante ans, c'était pour lui une passion. *Angelo* et *Amadeo*. Leur mère avait été une femme pieuse.

Étonnamment, la photo lui tomba immédiatement entre les mains quand il s'assit devant le secrétaire de sa chambre de jeune homme. Teresa et lui étaient allés dans un studio de Sankt Pauli, à l'époque. Le photographe avait installé Teresa dans un fauteuil en osier et l'avait placé, lui, derrière. Avaient-ils voulu donner l'impression qu'ils étaient fiancés ? Tenant un bouquet de roses artificielles, Teresa était ravissante dans sa robe de velours sombre au col en dentelle. Le cliché avait dû être pris en hiver, peu avant son départ. Teresa était sans doute déjà enceinte sans le savoir, bien que sa taille fût si fine qu'il pouvait l'entourer des deux mains.

Il glissa la photo dans une enveloppe et aurait bien aimé l'envoyer tout de suite à Rudi, car il avait appris au mois d'août que l'appartement de la Bartholomäusstraße était détruit, ainsi que tout ce qu'il contenait. Y compris la photo de Teresa et Margarita.

Il espérait seulement que Rudi ne disparaîtrait pas dans cette guerre. *Rodolfo.* Aurait-il approuvé ce nom ? Il aurait préféré *Domenico.* Le jour du Seigneur. Garuti sourit. « Domenico » aurait été bien accordé avec Angelo et Amadeo. En l'honneur de sa pieuse grand-mère. Si seulement il y avait un moyen de faire parvenir cette photo à Hambourg. Mais il ne voulait pas la confier à la poste.

Peut-être à partir de San Remo. Il voulait rendre visite là-bas à un vieil ami, d'autant plus que la vie rurale commençait à l'ennuyer.

*

Tian souffrait le martyre. Seule la petite le déridait. Ida commençait à être gênée par son deuil, qui recouvrait leur vie comme la suie des terribles journées de juillet.

« Prends cet appartement, avait dit Ling, autrefois, quand il lui avait confié qu'Ida était enceinte. Il est grand et lumineux. Parfait pour une famille. Moi, je n'ai besoin que d'une pièce. » S'il avait accepté sa proposition, elle serait encore en vie, et peut-être qu'Ida, l'enfant et lui seraient morts. Aurait-il voulu cela ?

Assis dans sa chambre, il regardait le jardin automnal. Le meilleur endroit pour écrire un livre. Mieux que la vue sur la Bornplatz, qui était couverte de nouveaux décombres depuis que ceux de la synagogue avaient été évacués. Il aurait le temps d'écrire, puisque le bureau de la Große Reichenstraße était momentanément fermé. Ce ne serait pas un ouvrage sur les relations commerciales entre la Chine et le Reich, mais plutôt sur l'amour entre un Chinois et une Allemande.

Les agents de la Gestapo n'étaient pas revenus, même après les bombardements ils n'avaient plus touché au registre de Guste. Depuis que leur Stadthaus avait brûlé et qu'ils siégeaient dans la Feldbrunnenstraße, ils semblaient devoir se réorganiser.

Si seulement cette guerre pouvait se terminer et emporter les nazis avec elle. Tant de gens avaient déjà perdu la vie.

Tian se retourna en entendant frapper. Il ne reconnut pas tout de suite Momme, avec sa tête bandée.

— Rien de grave, dit Momme avant que Tian ait le temps d'ouvrir la bouche.

— Je croyais que c'était paisible pour vous au Danemark.

— Ça ne l'est plus depuis que M. von Hanneken a dissous le gouvernement danois et introduit la loi martiale, parce que ça l'irritait que le Danemark ne veuille plus lécher les bottes du Reich.

— Et ta tête ?

— Une simple éraflure, qui ne m'empêchera pas de devoir repartir à la guerre, à moins qu'elle ne soit finie en novembre.

— Assieds-toi, dit Tian.

— Pas longtemps. Guste veut parler de la gestion des stocks avec moi. Je vais à Dagebüll, aujourd'hui.

— Il y a encore à manger à Dagebüll ?

— Du poisson, toujours. Je voulais te dire que j'étais désolé pour Ling.

Il n'en fallut pas plus pour faire remonter les larmes de Tian. Il renversa la tête en arrière pour essayer de les chasser en clignant les yeux.

— J'énerve déjà Ida avec mes pleurnicheries.

— Ida est une dure à cuire, dit Momme.

Tian s'apprêtait à la défendre.

— Ce n'est pas la peine, je l'aime bien, rectifia Momme. Mais c'est toi le plus sensible des deux. J'espère vraiment qu'il n'y aura pas d'autres morts dans notre cercle. J'ai beaucoup de projets pour après, quand on sera débarrassés de cette merde brune. Et j'aurai besoin de vous tous.

— Je suppose qu'il s'agit de livres, dit Tian.

— Exactement.

— Mais moi, je suis commerçant.

— Justement, dit Momme avec un petit sourire. Je crois que la ville aura besoin de nouvelles librairies.

*

La nuit du 30 juillet avait changé le cours de la vie de l'adolescent Günter. Il aimait encore son gramophone, mais ce n'était plus le centre de son existence. Il avait quitté l'école après sa huitième année, sans autre projet que de jouer du gramophone avec virtuosité.

— J'aimerais bien vous parler, dit-il à Henny devant la clinique où il l'avait longuement attendue. C'est professionnel.

— Tu n'as qu'à m'accompagner un peu. Où êtes-vous logés ?

— Chez ma tante, dans la Lübecker Straße. Son immeuble est resté à peu près intact. Bon, je peux difficilement devenir sage-femme, mais infirmier, peut-être.

— Infirmier ? Je pourrais t'aider, en effet.

— Oui, c'est exactement ce que je pensais, répondit Günter d'un air radieux.

Le joueur de gramophone allait donc devenir infirmier. Dans le cratère du volcan se dessinaient des chemins qui menaient loin de l'abîme.

Janvier 1945

Joachim Stein avait peur de ne pas y arriver. Il ne devait surtout pas faiblir et laisser Louise sans protection. Il avait cru en 1933 que le cauchemar ne durerait pas longtemps, or les nazis étaient toujours là, Cologne et Hambourg étaient en ruine comme beaucoup d'autres villes du continent, quantité de gens avaient été déportés ou se faisaient tuer des deux côtés du front.

— Veille à me maintenir en vie, dit-il à un vieil ami qui était son médecin de famille depuis longtemps. Au moins jusqu'à ce que nous soyons débarrassés de Hitler.

— Ton palpitant est en bon état. C'est plutôt l'âme. Tu n'as plus goût à rien. Et pourtant notre époque est encore plus belle que celle du Kaiser.

— Mais je veux vivre. Sans moi, Louise est une proie.

Son ami lui fit une piqûre reconstituante à base de fer. Peut-être qu'un peu de cocaïne aurait été bienvenue. Les maîtres bruns s'en sortaient sans doute grâce à cela, à moins que la morphine et la folie leur suffisent ?

— Aurions-nous cru à tout ça, demanda Stein, au début des années vingt ?

— Nous vivons un siècle intéressant.

— Je m'en passerais bien.

— C'est dommage que Louise préfère les femmes. Un mari aryen aurait pu la prendre sous son aile.

— N'en parlons pas, dit Joachim Stein, qui ne voulait pas entendre exprimer ses propres pensées.

Louise essayait de faire un miracle : organiser une soirée pour cinq femmes à l'occasion du quarante-sixième anniversaire de Lina. Henny, Käthe, Ida, Lina et Louise.

Une neige légère tombait derrière la triple fenêtre, recouvrant les ruines de sucre en poudre. Louise posa le bocal de *bowle* sur la table, devant le canapé rouge corail. Elle avait retrouvé une boîte d'ananas en morceaux datant de l'époque où elle faisait ses courses chez Michelsen. Plus une bouteille de vin du Rhin.

Que pouvaient être devenus Hugh et Tom ? Ils n'avaient échangé aucune nouvelle depuis le début de la guerre. Louise espérait qu'ils ne lâchaient pas de bombes sur Cologne et Hambourg. Et qu'aucune bombe ne les avait touchés à Londres.

Henny, Käthe, Ida, Lina et Louise.

Cette guerre devrait bientôt être finie maintenant. Elles levèrent leurs verres et trinquèrent.

Lina se mit à tousser.

— Qu'est-ce qu'il y a dedans ? demanda-t-elle. De l'alcool pur ?

Louise et Käthe échangèrent un regard. Käthe avait seulement volé une petite bouteille à la clinique. Louise savait très bien pourquoi elle n'avait pas demandé à Henny : il était plus facile de conspirer avec Käthe.

— La femme avec laquelle je vis est si vieille que ça ! dit Louise, qui avait seulement deux ans de moins. Elle ne supporte même pas une petite *bowle* de guerre.

Puis elle alla dans la cuisine pour prendre le clou de la soirée : les œufs à la russe avec un ersatz de caviar. Louise n'avait pas hésité une seconde à glisser sous le comptoir du marchand les cigarettes Guldenring offertes par son père à Noël. On obtenait encore certaines choses quand on tombait sur un gros fumeur qui n'avait jamais assez de tickets de rationnement pour son tabac.

— Comment tu as fait ? demanda Henny.

— Même ma mère n'arrive pas à en avoir pour la cuisine de Campmann, dit Käthe en regardant Ida, qui ne cilla pas.

En octobre 1944, trois familles avaient été logées d'office au premier étage du Hofweg-Palais. Jusque-là, Friedrich Campmann avait fait jouer ses relations, mais il pouvait difficilement préserver plus longtemps de ce *dérangement,* comme il disait, un logement de huit pièces qu'il habitait tout seul. Depuis octobre, il se retranchait donc dans son bureau et dormait sur le divan.

Et Anna Laboe ne régnait plus sur la cuisine, qu'elle partageait désormais avec les trois femmes sinistrées. S'ajoutaient à elles un mutilé de guerre et six enfants. Beaucoup de bouches à nourrir et trop peu à manger. Elle n'avait plus à faire le ménage que dans le bureau de Campmann, dans les deux salles de bains, le couloir et l'entrée. Les familles veillaient elles-mêmes à l'ordre et à la propreté dans les autres pièces. En tout cas, Anna l'espérait.

Le ménage de Campmann lui tenait tellement à cœur que cela lui faisait mal de voir ce qu'il était devenu. Ida n'y accordait plus la moindre importance. Officiellement, elle était encore l'épouse du banquier, qui faisait donc fonction de père pour Florentine. C'était une protection contre les nazis et leur folie raciale. Rien de plus. La vie d'Ida se déroulait dans la Johnsallee, bien organisée par Guste, qui arrivait, même en ces temps difficiles, à créer un foyer dans lequel Ida, Tian, leur petite fille, le vieux Bunge et toute personne ayant besoin d'un toit se sentaient en sécurité.

— Estimez-vous heureuses que je ne sois pas fumeuse, dit Louise.

Elle avait pourtant voulu commencer à fumer dans les années trente, quand les nazis firent coller des affiches recommandant aux femmes de ne pas fumer. *La femme allemande ne fume pas.* Lina et elle s'étaient déjà soustraites à une idéologie qui considérait la procréation et la maternité comme l'apogée de la vie féminine. Les maîtres bruns auraient sûrement aimé avoir des descendants de l'aryenne Lina, avec ses cheveux blonds et ses yeux violets.

— Buvez, mes chères. Il y en a encore.

— Je ne tiendrai pas sur mon vélo, dit Ida.

Deux bicyclettes déglinguées avaient été oubliées tout au fond de la remise du jardin de Guste. Tian les avait trouvées en cherchant des graines et des oignons censés produire quelque chose à manger, une fois plantés dans le jardin. L'une des quatre chambres à air était irrécupérable, mais il avait réussi à en avoir une neuve contre de la porcelaine chinoise.

— Au pire vous le pousserez, dit Lina.

Tian avait insisté pour accompagner Ida et venir la chercher. La ville était sombre et déserte. « Beaucoup trop dangereux pour toi », avait-il dit. Il espérait que cela ne dérangeait plus personne de voir une Allemande aux côtés d'un Chinois. Les gens avaient d'autres soucis.

— Que ferons-nous quand ce sera fini ? dit Henny.

— Vivre enfin, dit Käthe en pensant à Rudi.

— Arrêter d'enseigner, dit Lina.

Depuis les bombardements, il n'y avait plus de cours à Hambourg. Pourrait-on reconstruire un lycée où elle aurait envie d'enseigner, avec des collègues farcis de l'idéologie du Reich millénaire ?

— Peut-être que nous fonderons un théâtre, toutes les deux, dit Louise.

— C'est à mettre sur la liste des idées facilement réalisables, déclara Lina en riant.

Recommencer à zéro à presque cinquante ans ? Elle ne connaissait rien au théâtre. Et l'art ? En aurait-on besoin ?

— Mais ce n'est pas encore fini, dit Käthe.

Lorsque Käthe et Henny repartirent ensemble, la neige éclairait les sombres rues et chemins où il n'était plus nécessaire d'occulter les fenêtres : il n'en restait aucune.

— Comment ça va, chez vous ? demanda Käthe.

Chez eux ? Étaient-ils chez eux ?

— Ernst traîne toute la journée et regarde par la fenêtre.

— Son école lui manque sûrement, commenta Käthe.

L'école de la Bachstraße avait été détruite en juillet 1940. Le lycée Lerchenfeld et celui de Lina avaient subi de lourds dégâts.

— Il espère pouvoir bientôt former des auxiliaires pour l'artillerie antiaérienne.

— Et moi j'espère que nous n'aurons bientôt plus besoin d'artillerie antiaérienne.

Ernst Lühr croyait-il donc encore à la victoire si souvent invoquée ?

Anna et Käthe vivaient très bien ensemble, mais elles étaient contrariées de ne plus avoir de nouvelles de Rudi depuis la fin novembre. La poste militaire était de plus en plus lente. Pourvu qu'elles ne reçoivent jamais la nouvelle qu'il était tombé pour *le Führer, le peuple et la patrie*.

— Quelle chance que la clinique ait continué de tourner normalement, dit Käthe.

Si elle devait se tourner les pouces, elle deviendrait folle.

— As-tu des nouvelles de Rudi ? demanda Henny.

Cependant elles arrivaient déjà devant l'immeuble de Käthe, qui se contenta de secouer la tête avant d'entrer chez elle.

*

Qu'aurait-elle dû faire quand il se présenta devant sa porte, cet enfant ? Est-ce que l'un de ses garçons serait devenu comme lui ? Son père à elle aussi était grand et gros, les cheveux roux. Peut-être que ses fils auraient tenu de leur grand-père, le gabarier, plus que du fluet Karl.

— Bon, allez, entre, dit Anna Laboe.

Elle aurait dû être au Hofweg-Palais depuis longtemps. Un sac de pommes de terre devait y être livré par quelqu'un qui était redevable à Campmann.

— Juste une nuit, supplia Fritz.

— Est-ce que tu as encore le bout de tes doigts ?

Fritz tendit les mains comme un enfant qui voudrait montrer qu'il s'est bien lavé.

— Juste une nuit, répéta-t-il.

— Tu viens d'où ?

— Wischhafen. Permission.

— Elle s'est terminée quand ?

— Hier.

— Tu peux dire que tu as raté ton train.

— Je ne retourne pas à la guerre.

— Ici aussi c'est la guerre.

— Je suis envoyé en Russie, dit Fritz, c'est encore plus horrible là-bas.

— Pourquoi est-ce que tu ne te caches pas chez ta mère ?

— Elle m'a conduit au bac et elle a attendu que mon train soit parti de Glückstadt.

— Alors juste une nuit, dit Anna.

Quitter sa troupe sans autorisation, autrement dit déserter. Elle se rendait parfaitement compte qu'elle se fourrait dans un guêpier. Käthe enchaînait un service de nuit et de jour. Ce n'était pas la peine qu'elle soit au courant.

La première fois qu'il remarqua quelque chose, c'était un après-midi, en baissant les stores occultants alors qu'il commençait à faire sombre. Il y avait un homme à la fenêtre, en face. Ce n'était pas Rudi, certes grand lui aussi, mais brun et très mince. On pouvait difficilement croire qu'il avait grossi en Russie.

Le lendemain matin, il regarda exprès de l'autre côté de la rue et vit Anna Laboe sortir de l'immeuble. Ernst Lühr rejoignit Else dans la cuisine, s'assit à la table, but l'ersatz de café que sa belle-mère lui avait préparé. Klaus était allé chez un ami, il préférait être là-bas que chez Else et ses parents. L'immeuble du Winterhuder Weg où habitait son ami était l'un des rares à être restés intacts.

— Quand a lieu ton entretien ? questionna Else.

— Après-demain, dit-il.

— Mais est-ce qu'ils forment encore des auxiliaires pour l'artillerie antiaérienne ?

— Qu'est-ce que tu veux dire ? Tu crois que la guerre est perdue, c'est ça ?

Il devint plus conciliant en voyant la tête d'Else.

— S'ils n'ont rien pour moi, j'irai dans l'administration. L'inspection académique doit bien réorganiser les cours. On ne peut plus continuer à envoyer les enfants dans la Kinderlandverschickung au lieu de les scolariser.

Après son café, il se posta à nouveau à la fenêtre. Le jeune homme était là. Ernst Lühr se retourna.

— Sais-tu si un homme a emménagé chez Käthe, l'amie de Henny ? demanda-t-il à voix haute.

— Rudi est là ? Il est en permission ?

— Non, pas Rudi, dit Lühr avant de changer de sujet.

La fois suivante, il profita de l'absence d'Else, partie avec ses tickets de rationnement, pour prendre la longue-vue dans le buffet du salon. Oui. Elle permettait de voir un angle de la cuisine d'en face. Là où était la table. Le jeune homme semblait en train de découper quelque chose. Ernst Lühr reposa la longue-vue de Heinrich Godhusen, puis il la reprit. Il aurait pu jurer que le couteau traversait l'épais tissu d'un uniforme.

— Mais tu es complètement fou ! dit Käthe, en se retenant tout juste de crier.

Prendre un risque extrême pour le grand benêt de Mia tandis que son Rudi était en Russie !

— Juste une nuit encore, dit Fritz. Ensuite je pars. Peut-être que je trouverai à la campagne un hangar où je pourrai me cacher.

Mais pourquoi diable n'avait-il pas tout de suite fait ça ? Käthe songeait à la fuite de Rudi vers le Danemark. À Landmann. Aurait-il mis le garçon à la rue ? Par une froide soirée de janvier ?

— Alors juste pour cette nuit, dit-elle. Je suis de service demain matin, quand je reviendrai à midi, il faut que tu sois parti.

Mais à midi il n'était pas parti.

— Nous nous réjouissons de toute personne qui nous aide à déblayer les décombres des établissements fortement endommagés, dit l'homme derrière son bureau, en uniforme d'un colonel de la SS.

— Je pensais plutôt à des tâches d'organisation. Il faut bien reconstruire le système scolaire de Hambourg.

— Ces tâches-là ont déjà été confiées à des collaborateurs éprouvés.

Lühr ne put s'empêcher de lorgner l'insigne du parti qu'il avait mis sur son revers pour l'occasion.

— Je le vois, dit le colonel. Mais je n'ai rien d'autre pour vous.

— Peut-être que moi, j'ai une information pour vous, dit Ernst Lühr.

Käthe fut arrêtée à la clinique. Fritz, lui, était déjà en route pour la prison de Plötzensee à Berlin, et Anna à Fuhlsbüttel. Qui les avait trahies ? Durant l'unique instant où Käthe se retrouva seule dans la salle d'interrogatoire, entre les questions qui s'abattaient comme des coups de fouet et les véritables coups, elle se leva du tabouret et jeta un œil sur le document qui était posé sur la table. Elle lut le nom du dénonciateur. Toute force l'abandonna. Lorsque son tortionnaire revint, la Käthe Odefey qu'il retrouva n'était plus la communiste insolente si prompte à répliquer : celle qui était assise sur le tabouret n'était plus qu'une pauvre petite chose.

Lorsque Fritz arriva à Plötzensee, Käthe et Anna étaient déjà dans le camp de concentration de Neuengamme*, aux portes de Hambourg.

Ce fut Theo Unger qui apprit à Henny que Käthe avait été arrêtée. Unger lui-même avait failli être embarqué en même temps quand il avait voulu retenir les agents de la Gestapo et se placer devant Käthe, tandis que Henny, dans la salle d'accouchement, ne se doutait de rien.

— Où est passé votre sain sentiment populaire ? avaient-ils dit à voix basse, comme une menace.

Aide à l'ennemi. Démoralisation de l'armée. Aide à la désertion.

Ni Henny ni Unger ne comprenaient de quoi il s'agissait. Rudi était-il revenu de Russie ? Käthe l'avait-elle caché au lieu de le renvoyer sur un front meurtrier ?

Dunkhase vit Unger et Henny entrer ensemble dans la salle de consultation du Dr Unger. Elle avait perdu de son aplomb depuis que son immeuble avait été bombardé. Mais ce jour-là, elle souriait.

— Tu crois que Dunkhase y est pour quelque chose ? demanda Henny.

— Je vais à la Gestapo, dit Unger en haussant les épaules. Dans la Feldbrunnenstraße. C'est le seul moyen d'aider Käthe.

— Tu ne peux pas y aller. Pense à Elisabeth. Je suis la seule qu'ils n'aient pas à l'œil. Au contraire. Mon mari est membre du parti.

— Presque tous ceux qui travaillent au service d'une administration y sont.

— Mais pas toi, dit Henny.

— Je suis marié à une Juive.

— Ce n'est pas la seule raison. Ernst croit aux nazis. Est-ce que je peux prendre un congé ? Je veux aller au Hofweg-Palais. Peut-être que la mère de Käthe n'est pas encore au courant.

— Et peut-être qu'elle aura une réponse, dit Theo Unger. Et, s'il te plaît, il faut qu'on parle avant que tu ailles à la Gestapo.

Mais Henny ne trouva au Hofweg-Palais que trois étrangères, six enfants et un mutilé de guerre. Elle s'apprêtait à repartir lorsque Friedrich Campmann ouvrit la porte de son bureau comme une furie.

— Vous pouvez me dire où est la mère Laboe ? demanda-t-il.

— Sa fille a été arrêtée, dit Henny.

Campmann était-il le bon destinataire de cette information ? Ida ne racontait-elle pas qu'il avait ses entrées auprès des pointures du parti nazi à Berlin ?

— Cette communiste ! s'exclama Campmann. Ça ne pouvait pas bien finir. Elle ne peut s'en prendre qu'à elle-même. Si vous voyez la mère Laboe, dites-lui qu'elle est priée de se présenter ici. Sinon tout ira à vau-l'eau. La situation est déjà assez pénible comme ça.

Henny courut jusqu'à la Humboldtstraße et sonna longuement. Un voisin arriva, regarda le nom de la sonnette sur laquelle Henny appuyait à répétition et lui ouvrit.

— La Gestapo l'a embarquée aujourd'hui, dit-il à voix basse. Elle et un jeune homme.

— Mme Laboe ?

L'homme acquiesça.

— Je ne sais pas du tout qui était ce gros gars.

Henny rentra chez elle et, sans prêter la moindre attention à Ernst, elle téléphona à Unger pour lui raconter l'arrestation d'Anna.

— Ne te mêle pas de ça, dit Ernst Lühr. Tu veux qu'on t'embarque, toi aussi ?

Lorsque Henny ressortit précipitamment, il alla à la fenêtre pour la regarder s'éloigner. Et s'il essayait d'obtenir l'appartement d'en face ? Les Laboe n'étaient pas près de revenir. Mais il pouvait difficilement faire part de son idée à Henny et à Klaus. Pourtant, ne faisait-il pas tout ça pour la famille ? Il prit la longue-vue, qu'il n'avait pas encore remise à sa place. La longue-vue de Heinrich Godhusen pour les voyages et le théâtre.

Complètement vide, l'appartement des Laboe. Forcément. Non. Même lui trouvait exagéré d'essayer d'obtenir leur appartement. Ça porterait malheur.

Au moment de ces événements, Rudi était prisonnier de guerre depuis deux mois. Il était détenu dans l'Oural, avait froid, était affamé et travaillait dans une mine. Le soir, il lisait de la poésie dans un recueil laissé par un camarade.

Cette fois, sa volonté de vivre ne faiblissait pas, contrairement à ce qu'il avait ressenti dans le Danziger Werder. Il ne songeait qu'à une chose, c'était que Käthe et lui soient enfin réunis. Pour le temps qu'il leur restait à vivre.

Mai 1945

Il régnait en ce 3 mai une lumière délavée, comme celle d'une aquarelle où l'on aurait mis trop d'eau. Deux jours plus tôt, en fin de soirée, sa mère avait téléphoné pour lui annoncer la mort de Hitler. N'avait-il pas entendu l'émetteur du Reich de Hambourg, les sons de Wagner et de la *Septième Symphonie* de Bruckner, et la voix du grand amiral Dönitz, le successeur de Hitler ?

Non. Theo Unger n'écoutait pas cela. Et de l'autre côté on lui rapportait la mort prétendument héroïque de Hitler, tombé au combat. Il apprit plus tard le suicide du Führer et d'Eva Braun, qui était devenue Mme Hitler in extremis.

— Les Anglais arrivent, dit-il à Elisabeth. La guerre est finie.

Aux portes de Hambourg, dans la lande, le gauleiter Karl Kaufmann et le général de brigade Alwin Wolz avaient signé la veille du 3 mai une déclaration de capitulation, qui épargnait au moins à Hambourg les combats urbains et la destruction totale.

Venant du sud, les troupes britanniques pénétrèrent dans le périmètre de la ville de Hambourg à 18 heures, en trois colonnes de marche. Des policiers étaient postés aux carrefours pour leur indiquer le chemin de l'hôtel de ville.

Vingt-cinq minutes plus tard, Wolz livra la ville au général britannique Spurling. « The entry was completely without incident », allait noter le Britannique. Aucune révolte des incorrigibles, mais pas de drapeaux blancs non plus. Une grande ambivalence.

Theo Unger était infiniment soulagé. Il ouvrit la dernière bouteille de Haut-Brion et la but avec Elisabeth.

Dès le soir du 3 mai, on annonça la levée du couvre-feu pour le lendemain. La vie reprenait.

— Je te remercie de tout ce que tu as fait pour moi, dit Elisabeth.

— Nous sommes un couple, dit Unger. C'est de l'amour.

Elisabeth sourit en levant son verre de bordeaux.

Est-ce que tout le monde était content ? Ernst, en tout cas, semblait aussi se réjouir. Et Dunkhase. La paix. L'éveil du printemps. Plus personne pour vous envoyer au front, vous coller une étoile juive et vous donner une bonne raison de bombarder.

— Qu'est-ce qui s'est passé en janvier ? demanda Henny. Else dit que tu observais l'immeuble de Käthe.

Ernst Lühr garda le silence. Tout le monde gardait le silence.

Personne ne savait où étaient Käthe et Anna. Vivaient-elles encore ?

Les portes des camps de concentration étaient ouvertes, Auschwitz avait été libéré par les Russes dès le mois de janvier. Neuengamme avait été évacué par la SS le 20 avril, sur ordre de Himmler. Aucun prisonnier du camp de Hambourg ne devait tomber vivant entre les mains des vainqueurs. Les détenus scandinaves étaient déjà en liberté, depuis le mois de mars les bus blancs les récupéraient dans les camps de concentration pour les ramener au Danemark et en Norvège. Folke Bernadotte, le vice-président de la Croix-Rouge suédoise, l'avait personnellement négocié avec Heinrich Himmler, le ministre de l'Intérieur.

Mais il n'y avait pas de bus pour Käthe et Anna, ni pour les autres détenus issus de tous les pays occupés. À bout de forces, ils furent envoyés dans les marches de la mort ; sept mille d'entre eux furent bombardés et coulés dans la baie de Lübeck, sur les navires d'évacuation *Cap Arcona* et *Thielbeck*. C'était une tragique erreur des Britanniques, qui les avaient pris pour des troupes allemandes.

Personne ne pouvait être sûr que Käthe et Anna avaient séjourné dans le camp de Neuengamme. Il avait été question, dans la Feldbrunnenstraße, du pénitencier de Celle. Mais les pistes ne menaient nulle part.

Henny écarta le soupçon contre Ernst qui avait germé en elle. C'était ridicule. Non. Ce n'était pas possible.

Tout de suite après la capitulation des Allemands, le 8 mai, Garuti essaya d'obtenir une communication téléphonique avec Hambourg, en vain. Il lui fallut attendre une semaine pour que la *signorina* lui donne de l'espoir.

Il n'osa pas sortir de toute la journée, et en fin d'après-midi le téléphone sonna enfin dans son appartement de San Remo.

— *La sua telefonata, dottore Garuti.*

Il entendit alors la voix d'Elisabeth.

— Elisabetta, je suis ravi de vous entendre, dit Garuti. Comment allez-vous ? Êtes-vous tous en vie ?

Alessandro Garuti sentit son cœur se serrer en entendant que Käthe et la cuisinière Anna avaient disparu et que le dernier courrier militaire de Rudi datait de novembre 1944. Lui aussi était porté disparu. Il avait appris si tard l'existence de son fils, et on le lui reprenait aussitôt ? La vie lui en faisait voir, à lui et à tous les autres.

Debout à la fenêtre du premier étage de la villa Art nouveau qui appartenait à son vieil ami d'études, il se demandait si son Alfa Romeo pouvait encore rouler jusqu'en Allemagne. Il se renseignerait pour savoir comment obtenir les visas nécessaires auprès des Français, des Suisses et des hauts-commissaires allemands. Si quelqu'un pouvait y arriver, c'était bien un diplomate à la retraite.

Dans sa villa de la Körnerstraße, Elisabeth Unger reposa le combiné et regarda le jardin où les premières petites roses claires avaient commencé à fleurir. Elle se leva en voyant passer une Jeep, d'où sortit un soldat britannique qui se dirigea vers la maison. Apportaient-ils personnellement l'autorisation de téléphoner à Bristol ?

Elisabeth ouvrit la porte avant même d'entendre sonner.

Lorsqu'il rentra de la clinique, Theo Unger vit sa femme montrer les roses à un soldat britannique.

— Theo, puis-je te présenter le *captain* Bernard ? Il m'a apporté des nouvelles de Ruth et Betty. Elles vont bien toutes les deux.

Unger salua cordialement le beau capitaine qui devait avoir l'âge d'Elisabeth, et il fut surpris d'entendre que celui-ci parlait couramment allemand.

— Le *captain* Bernard a émigré en Angleterre avec sa famille en 1933, dit Elisabeth.

— Un de mes oncles enseignait à l'université de Bristol depuis les années vingt. Pour notre plus grande chance. C'est ça qui nous a permis de nous implanter en Angleterre.

Alors qu'ils étaient en train de prendre le thé dans le salon, Unger évoqua le destin de Käthe et Anna.

— J'ai participé à la libération du camp de Bergen-Belsen en avril, dit Bernard. Il y a des images que je n'oublierai jamais.

— Est-ce que nous pouvons savoir par les canaux britanniques si les deux femmes sont passées par Neuengamme ? Il y a bien des listes.

— Le camp était vide lorsque nous y sommes arrivés le 4 mai. Mais je vais essayer de consulter les listes de détenus.

— C'est extrêmement important pour nous, *captain*. J'ai longtemps travaillé avec Käthe Odefey. C'était l'une de mes meilleures sages-femmes.

Avait-il dit « était » ?

— Il paraît que vous êtes chef de service d'une maternité ?

— Oui, dit Theo en pensant à Kurt Landmann, qui avait occupé ce poste avant lui.

Ce n'était pas la première fois qu'il pensait à lui ces jours-ci.

— Et que faites-vous, quand vous ne servez pas l'armée britannique ?

— Je suis ingénieur au sein de la British Aircraft Corporation. Mais à mon retour je vais changer pour une nouvelle branche de la BAC, qui est censée fabriquer des petites voitures élégantes et rapides. *Bristol Cars Ltd.*

— Tant de bonnes choses seront à nouveau possibles, dit Elisabeth.

Peut-il y avoir de meilleures choses que la survie de Käthe, Rudi et la mère de Käthe ? songea Unger en donnant au *captain* Bernard les noms de Käthe Odefey et Anna Laboe. Bernard les nota dans un petit carnet en cuir safrané.

*

Momme rentra dès le mois de mai. Il passa les premiers jours chez sa mère à Dagebüll et arriva ensuite à Hambourg sur une vieille DKW trouvée sur le terrain de son grand-père, qui était mort en février. Il avait même déniché un bidon d'essence mélangée à côté de la moto, dans le garage.

Son retour fut accueilli avec joie dans la Johnsallee, Guste étant heureuse pour toute personne qui avait été arrachée à cette folie. Elle donna à Momme la chambre de Tian, qui vivait maintenant avec sa femme et leur fillette de quatre ans dans la grande chambre sur jardin, sans devoir craindre l'irruption de la Gestapo.

— Tu es prêt à t'engager dans le commerce des livres ? demanda Momme à Tian.

Tian répondit en riant. Son intention était de remettre son commerce sur pied. Momme Siemsen, lui, avait effectivement le projet de faire concurrence à son ancien employeur, Kurt Heymann. Il avait trente-deux ans, c'était le moment ou jamais pour fonder sa propre librairie. Il visitait des locaux vides dans des immeubles dont les étages inférieurs étaient restés intacts. Il y en avait beaucoup dans le centre-ville.

— C'est le bon moment quand tout n'est que décombres, dit-il à Louise lors de cette paisible journée de printemps, dans le jardin de Guste.

Guste avait préparé une petite réception en son honneur. Elle espérait pouvoir organiser beaucoup de fêtes de ce genre.

— Tu as besoin de partenaires ? demanda Louise.

Elle avait retrouvé sa vivacité depuis que les nazis avaient perdu le pouvoir et que la guerre était finie.

— Toi et Lina ? dit Momme.

Louise n'avait pas encore pensé à Lina. Ne voudrait-elle réellement plus enseigner quand le lycée rouvrirait ses portes ?

— Vous parlez de moi ? demanda l'intéressée.

— Est-ce que tu veux devenir libraire ? répondit Momme.

Lina rit comme Tian avait ri, mais ensuite elle y réfléchit. Elle n'avait pas de commerce à reconstruire. Peut-être était-ce une chance à saisir pour elle, à quarante-six ans.

*

Joachim Stein se sentait revigoré par la défaite des nazis. Il aurait beaucoup aimé voir sa fille, mais le voyage à Hambourg semblait impossible. Quelques bateaux circulaient certes entre les deux rives du Rhin depuis que le pont Hohenzollern n'était plus accessible au chemin de fer, mais comment ferait-il le reste du trajet ?

Son ami, le vieux médecin de famille, lui déconseilla le voyage.

— N'exagère pas, Jo, même si tu as à peu près retrouvé tes forces. Ta fille, en tout cas, est sauvée. Passer en barque sur la rive droite du Rhin ? Beaucoup trop fatigant, mon vieux.

Il avait au moins réussi à avoir une conversation téléphonique avec Louise. « Libraire, pourquoi pas ? » avait-il commenté. Ce métier n'était pas si loin de celui de conseillère dramatique, il s'agissait bien de mots dans les deux cas.

Joachim Stein considéra sa grande maison du quartier Lindenthal et se dit que, même en ce moment, elle devait avoir une certaine valeur. Pourquoi ne pas vivre tôt ou tard à Hambourg et aider sa fille et ce libraire au prénom étrange à se construire une nouvelle existence ? Était-ce une pensée présomptueuse pour un homme de soixante-dix-huit ans ? C'était certainement de lui que Louise tenait sa spontanéité et son optimisme.

*

En mars, Ernst avait vu des étrangers emménager dans les deux pièces des Laboe. *Hébergement des réfugiés*, disait-on. Sa trahison ne lui avait même pas servi à obtenir des privilèges. Il était surpris que les autorités aient le droit de réattribuer l'appartement. Käthe et sa mère étaient-elles donc mortes ? Il n'avait pas voulu ça. À ce jour, aucune des deux n'était encore rentrée pour réclamer leur ancien appartement. Debout à la fenêtre du salon, Ernst Lühr regardait en face.

Ses nuits étaient mauvaises, il ne dormait pas bien, et quand il dormait il rêvait d'histoires confuses de faute et de péché. Oui. Il avait été avide en janvier, avide de reprendre pied, d'enseigner, de ressusciter d'entre les ruines. Mais il n'avait pas pris en compte la mort d'autres personnes. Henny ne devait jamais apprendre la vérité. Jamais de la vie.

— Ça ne te réussit pas, l'oisiveté, remarqua sa belle-mère. Et le fait que tu lorgnes tout le temps chez les Laboe non plus.

Ce n'étaient plus les Laboe, mais des étrangères, une vieille femme, une jeune femme et trois enfants. Ils étaient arrivés de l'Est dès l'hiver, avait-il entendu dire. Un premier convoi de réfugiés. Pourquoi ne privilégiait-on pas les autochtones dans l'attribution d'un logement ?

— J'ai eu droit à un pot de saindoux contre les tickets de graisse, dit Else.

Le mot « saindoux » l'attira dans la cuisine. C'était un tout petit pot qui était posé sur la table. Else avait aussi coupé une tranche de pain. Heureusement que Henny avait droit à un repas à la clinique pendant chaque service. Klaus n'était plus qu'un paquet d'os.

Ernst avait d'ailleurs l'impression que le garçon ne se développait pas bien. Henny le trouvait fin et sensible, lui le trouvait plutôt efféminé, même si Klaus s'était endurci dans les Jeunesses hitlériennes. Quand les piscines seraient à nouveau en service, il irait nager avec lui. Un homme devait avoir de fortes épaules. Ils pourraient au moins ouvrir à la baignade le lac du parc municipal.

— Est-ce que tu aurais une autre tranche de pain ? demanda-t-il.

Else était la gardienne de la miche de pain, il y avait longtemps qu'il n'était plus le maître de maison.

— Ils cherchent encore des gens pour casser les pierres au lycée Lerchenfeld, dit Else. Ça pourrait te faire du bien. On a des tickets en échange.

— Ne te fatigue pas pour moi, va !

Else et lui s'étaient entendus parfaitement avant d'être sinistrés. Mais maintenant elle lui tapait sur les nerfs. Heureusement que Marike, au moins, n'était plus dans leurs pattes. Elle habitait chez les parents de son fiancé. Personne ne savait encore si Thies était en vie. Marike n'avait plus de nouvelles de lui depuis le mois d'avril. C'était le chaos le plus total.

Il reconnaissait pourtant que Marike lui en imposait. Elle aurait vingt-trois ans en juillet et avait commencé son semestre de clinique à l'hôpital universitaire d'Eppendorf. Et Klaus, ferait-il quelque chose de sa vie ? À treize ans, il n'avait plus été scolarisé depuis l'été des attaques dévastatrices. Ernst proposerait à Klaus de lui faire cours. Quatre heures par jour. Dès le lendemain. Ça, ça leur ferait du bien. Pour l'instant, le garçon traînait pour dénicher quelque chose à manger auprès des paysans des Vierlanden. Ils n'avaient plus aucun objet à échanger au marché noir.

Sinistrés. Quelle défaite ! Si seulement les cours pouvaient reprendre bientôt. Il pourrait ainsi commencer à rebâtir un début de prospérité.

Else entra dans la cuisine et jeta un œil sur le petit pot de saindoux.

— Tu n'en as pas laissé beaucoup, dit-elle. Bon, espérons que Klaus a fait une bonne razzia.

Tout ce qu'il ne fallait pas entendre, en tant qu'homme !

Le Kaiser mort. Hitler mort. Et maintenant lui aussi, bientôt. Bunge voyait sa fin approcher. Il se sentait vieux et usé, même si les premiers jours de paix lui avaient d'abord un peu redonné des ailes. Mais c'était fini. Il pouvait s'estimer heureux de savourer un dernier mois de mai dans le jardin de Guste.

Lorsque le merveilleux mois de mai vira frais et humide, Bunge se mit au lit et y resta. Il n'avait plus envie de mauvais temps. Il fit d'abord venir Guste, qui n'essaya pas de le dissuader de mourir mais alla chercher le docteur dans la Rothenbaumchaussee. Bunge n'en voyait pas l'utilité. Il avait eu la vie belle malgré les hauts et les bas. Maintenant, ça suffisait.

— J'aurais cru que tu voudrais profiter plus longtemps de la paix, dit Guste sur un ton résigné.

Mais elle était pragmatique et le resta jusqu'à la dernière heure de Bunge.

Ida eut plus de mal, bien que la relation entre le père et la fille ait été empoisonnée toutes ces années par le maudit crédit qu'il avait contracté auprès de Campmann. Qu'était d'ailleurs devenu ce dernier depuis que les Anglais étaient là ? Il y avait de quoi dénazifier chez Friedrich Campmann. Comme chez tant d'autres, qui maintenant étaient bien pressés de s'imposer auprès des nouvelles puissances.

— Paps, s'il te plaît, reste avec nous. Florentine n'a que quatre ans.

Depuis la naissance de la fillette, Ida avait retrouvé l'usage de « Paps ». Mais était-ce sa faute à lui si elle avait eu son enfant aussi tard ? Il voulait être honnête avec lui-même en sa dernière heure : oui, c'était aussi sa faute. Qui sait comment se serait déroulée la vie d'Ida s'il ne l'avait pas bradée à Campmann en cette fatale année 1921, où l'Écureuil était morte si prématurément.

— Je suis content de te voir enfin heureuse, dit-il, maintenant que tu as un enfant et ton Chinois.

Sa voix semblait très ténue à Ida, qui s'approcha tout près de lui.

— Je peux donc te laisser, maintenant.

Bunge fit aussi venir Tian et il lui demanda de bien veiller sur Ida et Florentine.

Deux jours plus tard, il mourut paisiblement dans son sommeil. À cet égard aussi, il s'était plutôt facilité la tâche.

*

Le *captain* Bernard vint trouver Unger à la clinique pour l'informer de ses recherches. Il regarda avec curiosité autour de lui et sourit en entendant pleurer un bébé qu'on portait devant lui. Theo Unger le fit entrer dans sa salle de consultation.

— J'ai pu consulter les listes des prisonniers, annonça Bernard quand ils furent seuls. Les deux noms y figurent. Käthe Odefey. Anna Laboe. On dirait qu'elles ont été envoyées dans une de ces marches de la mort que la SS a mises en place à partir du mois d'avril. Mais pourquoi deux Hambourgeoises n'ont pas réussi à fuir et à rentrer chez elles, ça, je ne l'ai pas compris. Sans doute que la SS était lourdement armée en accompagnant ces cortèges de misère. Cela dit, je n'ai pas d'information à ce sujet.

— Mais elles étaient encore vivantes en avril, toutes les deux ?

Le capitaine opina du chef.

— En tout cas, la SS n'a pas inscrit de date de décès sur la liste. Or elle était plutôt minutieuse.

— Est-il possible qu'elles aient sombré dans la baie de Lübeck à bord de l'un de ces malheureux navires ?

— Je ne peux que spéculer, là aussi, dit Bernard. Mais il est peu probable que, en tant qu'autochtones, elles soient arrivées jusqu'à Lübeck et montées sur un bateau.

— Je vous remercie beaucoup, *captain*. Y a-t-il une raison particulière pour que vous veniez me voir à la clinique et non chez nous, dans la Körnerstraße ?

Bernard hésita.

— Peut-être que je voulais voir une maternité, pour changer des camps de la mort, dit-il.

Durant l'avant-dernière soirée du mois de mai, Theo Unger apprit la seconde raison ; du moins crut-il y voir un lien. Elisabeth lui demanda de s'asseoir à le salon, où elle se mit à aller et venir nerveusement en tirant sur les roses qui étaient dans les vases.

— Je vais partir à Bristol, dit-elle enfin. Quand David rentrera en Angleterre en juillet, je l'accompagnerai.

Unger s'enfonça dans le fauteuil en cuir sans rien dire.

— Êtes-vous en couple ? finit-il par demander.

— Pas encore, dit Elisabeth. Theo, je te remercie pour tout.

— Tu l'as déjà dit au début du mois.

— Et c'est vrai. Je sais que ça peut paraître banal, mais je te demande ton amitié.

— Tu veux vivre avec ta mère et Betty ? Tu sais que tu es une femme fortunée, je vais te faire transférer l'argent. Nous devons nous dépêcher. Qui sait ce que va devenir notre monnaie.

Était-ce pour évacuer sa tristesse qu'il était si volubile ?
— Prends-moi dans tes bras, dit Elisabeth.
Il le fit.
C'était fini.

Juin 1948

Le soleil éclatant qui tombait sur ses paupières évinça les images de son rêve, et Henny respira à fond en ouvrant les yeux. Les journées de juillet 1943 ne la lâcheraient pas de toute sa vie, et, même si elle parvenait dans la journée à refouler beaucoup de choses, elles revenaient dans ses rêves. Ce n'étaient pas seulement les images de la guerre qui la torturaient, mais aussi les souvenirs de Käthe, Anna et Rudi.

Aucun d'entre eux n'était revenu. Pas encore. Henny s'y raccrochait, se répétant ces mots « pas encore » comme une formule absolument vitale.

Pendant la première année d'après-guerre, elle était souvent allée au parc de Moorweide, où arrivaient les bus de Theresienstadt, comme si Käthe et Anna pouvaient s'y être égarées au cours de leur marche de la mort, après l'évacuation du camp de concentration de Neuengamme.

« C'est absurde ! » avait dit Ernst. Comment pourraient-elles être arrivées dans les environs de Prague ? Mais Henny n'abandonnait pas son espoir, elle allait aussi à la gare quand on annonçait un train de rapatriés. Elle le faisait à la place de Käthe, cherchant Rudi des yeux et tendant au bout d'une perche qui dépassait toutes les têtes un panneau portant son nom en grand et sa photo. Peut-être que l'un des rapatriés connaîtrait Rudi et saurait raconter son destin, prononcerait les paroles salvatrices : il était en vie et ne tarderait plus à rentrer.

Henny et Unger s'étaient adressés au service de recherches de la Croix-Rouge pour trouver le soldat Rudi, et à celui de la VVN, l'Union des victimes du régime nazi, pour suivre la trace de Käthe et Anna. La guerre était finie depuis trois ans, et les espoirs s'amenuisaient.

Pourtant cet été semblait différent, comme si on avait passé de nouvelles couleurs partout. Le ressentait-elle ainsi parce qu'Ernst était sorti de sa vie, à supposer qu'on puisse sortir de la vie de quelqu'un avec qui on a un enfant ?

Klaus avait été le déclencheur de leur séparation : le jour de son seizième anniversaire, dans la cuisine d'Else, il s'était longuement tordu les mains avant de leur avouer en bégayant qu'il aimait les garçons.

Le mépris dans la voix d'Ernst lorsqu'il avait répondu par le nombre « cent soixante-quinze[1] ». Ni Else ni Henny ne comprirent de quoi il parlait, seul Klaus était devenu blême et s'était précipité hors de la cuisine. Il n'avait pas d'endroit à lui où se retirer, dans cet appartement, donc il était sorti dans la bruine du mois de novembre. Ernst aussi avait quitté l'appartement en colère, et Else et Henny s'étaient retrouvées face au gâteau d'anniversaire, sur lequel une bougie unique attendait d'être soufflée. Peut-être que Klaus n'avait pas eu une idée très heureuse en choisissant ce moment pour faire ses aveux.

Depuis ce jour, Klaus vivait seul avec sa mère et sa grand-mère. Le soir même de l'anniversaire, Ernst avait pris son cartable et quitté l'appartement. Il avait peut-être autant de mal à supporter Henny qu'elle n'en avait à s'accommoder de sa précense. Ou ne voulait-il plus vivre dans un appartement que son propre fils risquait de transformer en « lieu de débauche », comme il disait ?

1. Référence au paragraphe 175 du code pénal instauré en 1871, interdisant les actes homosexuels entre hommes. (NdT)

Il avait passé les premiers jours dans une pension proche de la gare, puis il avait pris une chambre meublée dans la Lübecker Straße, près de l'école primaire dans laquelle il enseignait désormais. Qu'est-ce qui l'avait rendu si dur ? La perte de tous ses biens ? La culpabilité ?

Après son départ, Else et Henny avaient sérieusement parlé, pour la première fois, des journées de janvier 1945 pendant lesquelles Ernst avait eu l'œil sur l'appartement des Laboe. « La longue-vue de Heinrich était tout le temps sur le rebord de la fenêtre », avait révélé Else. Personne ne pouvait dire si Ernst était le traître, mais cela en avait tout l'air.

En cette matinée ensoleillée, Henny se débarrassa des dernières empreintes du sommeil et se leva. L'autre moitié du lit, celle d'Else, était déjà faite, le drap bien lissé, l'oreiller et l'édredon dûment aérés et tapotés. Henny partageait à nouveau le grand lit avec sa mère, alors que trente ans auparavant elle lui avait imposé d'en finir avec ça. Mais le lit pliant du salon était occupé par Klaus, qui avait besoin de cette petite sphère privée.

La porte du salon était encore fermée, Else n'était pas dans la cuisine, ni son grand sac à provisions. Qu'espérait-elle obtenir avec ses tickets ? Il n'y avait presque plus de denrées dans les magasins, le bruit courait que les commerçants cachaient des marchandises pour le jour où il y aurait une nouvelle monnaie.

Henny écarta le rideau de toile cirée et se lava le visage. La balançoire grinçait dans la cour. Pouvait-il s'agir de la même balançoire sur laquelle son père autrefois lui donnait de l'élan ? Non. Le portique en bois était pourri depuis longtemps déjà, la charnière rouillée, seules les chaînes étaient les mêmes, avait dit Else. C'était un miracle que cette balançoire ait survécu aux actes de désespoir des Hambourgeois. Durant les hivers glaciaux des années passées, on avait tout fait pour trouver du bois de chauffage. On avait sacrifié des arbres et des arbustes, ainsi que les bords en bois des bacs à sable dans les aires de jeux.

Autrefois, peu après la Première Guerre mondiale, Gustav Lüder s'était assis sur cette balançoire. Il était tombé en France.

Henny s'écarta de la fenêtre et profita de ce qu'elle était seule dans la cuisine pour se laver des pieds à la tête. Elle prenait son service à 13 heures. Tout était comme avant à la clinique, même s'il y avait de grandes innovations en matière de médicaments, surtout la pénicilline, qui permettait semblait-il de vaincre définitivement la fièvre puerpérale.

Tout était comme avant. Mais sans Käthe.

*

— Tu passes me voir dans ma salle de consultation ? dit Theo Unger lorsqu'il la croisa dans le couloir au début de son service.

— Henny, il semblerait que Rudi soit encore en vie dans un camp de l'Oural. Friedrich Campmann m'a fait remettre une carte postale qui est arrivée chez lui, au Hofweg. « Aux bons soins d'Anna Laboe ». Elle a été écrite par un homme qui était dans le camp avec Rudi et qu'ils ont renvoyé chez lui en avril. Il a malheureusement oublié de préciser où il habite. Il dit seulement que Rudi est en vie, qu'il est prisonnier de guerre et qu'il travaille très dur dans une mine.

— Mais pourquoi il s'est adressé à Anna au Hofweg et non pas à Käthe dans la Humboldtstraße ?

— Peut-être que Rudi lui a demandé, par précaution, d'envoyer une seconde carte au Hofweg ? Dans l'espoir qu'une des deux maisons soit encore debout.

— L'essentiel, c'est qu'il soit en vie, dit-elle tout en osant à peine y croire.

Käthe, songea-t-elle, *s'il te plaît, sois encore vivante. Pour ton Rudi. Pour moi.*

— Nous allons adresser une nouvelle requête auprès de la Croix-Rouge, maintenant que nous pouvons nommer un lieu. Pourquoi as-tu le regard si sombre ?

— Et s'il préférait rester en Oural plutôt que de vivre sans Käthe ?

— Voyons d'abord le côté positif de cette nouvelle. Je vais informer le service de recherches dès aujourd'hui.

— Et le tampon de la poste, sur la carte ? demanda Henny.

— La ville d'Essen, dit-il. Et elle est signée Heinz Hoffmann. C'est du moins ce que je crois déchiffrer.

Ce n'était pas mieux que Hans Hansen. Un nom comme une aiguille dans une botte de foin, avait dit Kurt à l'époque. Unger tendit la carte postale à Henny.

« Je suis chargé par M. Rudi Odefey de vous informer que le susnommé est prisonnier de guerre en Russie, se trouve dans un camp dans l'Oural et travaille dur dans une mine. J'ai moi-même séjourné là-bas jusqu'au mois d'avril. Heinz Hoffmann »

— Heinz Hoffmann ou Haffmann n'aime pas les mots, dit Henny. Il devrait pourtant savoir que nous buvons la moindre syllabe.

— Il a tout de même rempli son devoir, dit Unger. Je vais aussi appeler Alessandro Garuti à San Remo pour lui transmettre la bonne nouvelle. Peut-être sera-t-il de bon conseil.

— Si seulement Rudi pouvait revenir, et aussi Käthe et Anna.

— J'ai une autre nouvelle, annonça Unger. Elisabeth m'a demandé le divorce. Elle veut épouser son *captain*.

— Est-ce que cela t'attriste ?

— Nous sommes séparés depuis trois ans, dit Theo Unger en haussant les épaules. J'ai eu le temps de m'y habituer. Par ailleurs, ma mère aura soixante-seize ans dimanche. J'ai vu sur le planning que nous sommes tous les deux libres ce jour-là.

— Tu veux que je t'accompagne à Duvenstedt ?

— Je te le demande, oui.

Il aurait dû inviter Henny dans le jardin de Duvenstedt dès l'été 1921, lui montrer les poules, les lapins, les pommiers, un monde idéal. Mais il avait raté sa chance à cause de sa beuverie avec Landmann et il n'avait plus réussi à gagner ses faveurs. Ensuite, elle s'était mariée avec Lud Peters, et lui avec Elisabeth Liebreiz. Depuis que Henny était séparée de son deuxième mari, il se disait qu'il avait peut-être une nouvelle chance.

— Je viendrai volontiers, répondit Henny. Je suis bien la seule à ne pas encore connaître Lotte et son jardin.

*

Thies était revenu de Russie à l'automne 1945. Une fièvre contractée en captivité lui avait valu la liberté, elle était assez élevée pour attiser la peur d'une épidémie, et la doctoresse russe du camp lui avait délivré un bulletin de sortie. Lorsqu'il échoua à Erfurt, où il espérait trouver un train pour Bebra, et de là un autre pour Hambourg, il n'avait déjà plus de fièvre.

Le prochain train ne devant quitter Erfurt que dans la soirée, il erra pendant des heures dans cette ville qui avait à peine été détruite par la guerre. Il avait encore un quignon de pain et un peu d'eau dans une gourde, mais il avait surtout peur des soldats soviétiques qui occupaient la Thuringe. Voyait-on qu'il était membre de feu la Wehrmacht ? Il ne portait plus que des haillons.

Une petite place ornée d'une fontaine. Thies avait espéré pouvoir y remplir sa gourde d'eau, mais la fontaine était sèche. Il ressentit un immense épuisement en se laissant tomber sur le rebord de la fontaine.

Qu'est-ce que c'était ? La fenêtre du troisième étage s'était ouverte. Une femme agitait la main. Lui faisait-elle signe ? Thies parcourut la place des yeux, il n'y avait personne d'autre. Il regarda vers la fenêtre, se tapota la poitrine. S'adressait-elle vraiment à lui ?

— Venez, s'écria la femme à sa fenêtre. Montez chez moi.

Un piège ? Sûrement pas. Quel piège cela pourrait-il être ? La femme avait environ l'âge de sa mère. Elle n'avait pas l'air dangereuse. La porte cochère de son immeuble était ouverte. Il monta dans la cage d'escalier aux murs peints en jaune moutarde. La femme l'attendait sur le seuil de sa porte.

— Venez dans la cuisine, derrière.

Sur la table étaient posés deux assiettes, deux cuillers, deux verres.

— Je mange avec vous. Une soupe de petits pois au lard fumé. J'ai gardé ce lard dans le garde-manger pendant un an, mais il est encore bon.

— Pourquoi vous faites ça ? dit Thies.

Mais la femme apporta la marmite de soupe sans répondre. Thies hésita à prendre la cuiller. Cependant, il y avait bien longtemps qu'il n'avait rien senti d'aussi alléchant que cette soupe.

— Vous rentrez de captivité ? dit la femme.

— Oui.

— Mangez lentement et seulement une assiette. Je vous donnerai aussi du pain pour la route.

Thies avala son assiette et se la serait volontiers fait remplir encore une fois. Mais elle avait raison, ça aurait été trop pour son estomac déshabitué.

Il devina ce qui la motivait quand elle l'emmena dans une petite pièce meublée d'une grande armoire et lui demanda de choisir des vêtements.

— Ces affaires appartenaient-elles à votre mari ?

— À mon fils, dit-elle. Il vous ressemblait.

— Il est tombé ?

— Dans les derniers jours de la guerre.

Ainsi Thies avait-il quitté Erfurt en direction de Bebra dans un costume convenable, des chaussures un tout petit peu trop grandes aux pieds et une grande émotion au cœur.

*

Pourquoi Henny pensait-elle maintenant à cet épisode que Thies avait raconté avec insistance après son retour de captivité ? Parce qu'elle savait Rudi lui aussi prisonnier en Russie ? Thies avait écrit à la femme d'Erfurt, mais sa lettre était restée sans réponse. Elle n'avait fait ça que pour son fils.

Si seulement la grande chance qu'avait Thies pouvait sourire un peu aussi à Rudi. Depuis son retour, Thies semblait avoir une force incroyable, à croire qu'il n'avait pas vécu la guerre. Il avait aussitôt postulé auprès de la nouvelle station de radio, la NWDR, tout juste créée par les Britanniques et dirigée par Hugh Greene*, et il avait été embauché comme rédacteur, alors qu'il n'avait que son baccalauréat à faire valoir, étant parti au front juste après l'avoir obtenu.

Marike et lui s'étaient mariés en décembre 1945. Une heure après, il était allé à la NWDR et Marike à l'hôpital universitaire, où elle terminait son stage pratique. Les grands mariages ne semblaient pas le style de la famille. Il avait toujours fallu faire vite. Henny avait rêvé jadis d'un grand mariage, que l'on aurait célébré après l'église dans la Maison du passeur, à Uhlenhorst. Mais c'était il y a longtemps et la Maison du passeur était détruite. Käthe, elle, n'avait pas voulu se marier et son union avait été la plus heureuse. Si seulement Rudi et elle avaient la chance de la poursuivre.

En rentrant chez elle ce jour-là, Henny s'arrêta devant l'immeuble de la Humboldtstraße. La famille de réfugiés vivait toujours dans l'appartement des Laboe. Combien de fois Henny avait-elle appuyé son doigt sur ce bouton de sonnette ? Elle hésita, sonna finalement et monta jusqu'au premier étage les marches couvertes d'un linoléum usé. Une femme lui ouvrit, une cigarette dans une main, un cendrier en verre dans l'autre. Henny connaissait cet objet. Un souvenir de Laboe, sur la mer Baltique. C'était une bonne transition pour sa question : une carte postale était-elle arrivée pour Käthe Odefey ou Anna Laboe ? Mais les nouveaux habitants ne semblaient pas se demander à qui avaient appartenu la vaisselle dans laquelle ils mangeaient et le souvenir dans lequel ils écrasaient leurs cigarettes.

— On a mis la carte dans le seau à cendres, dit la femme. La famille a déménagé sans laisser d'adresse.

Theo avait donc raison. Une seconde carte postale avait été envoyée chez Campmann par précaution.

*

Momme avait dégoté une ruine sur la place de l'hôtel de ville, qui ne s'appellerait plus la place Adolf-Hitler très longtemps. Seul le rez-de-chaussée était encore debout, et il restait juste assez du premier étage pour qu'il ne pleuve pas dans la petite librairie dont les propriétaires s'appelaient Siemsen, Stein et Peters, même si seul le nom *Landmann* figurait sur la devanture. Louise et Lina s'étaient mises d'accord là-dessus avec Momme, qui n'avait pas connu Kurt Landmann mais qui était à l'affût d'un nom accrocheur.

Cette librairie était provisoire ; la reconstruction avancerait bientôt, on allait raser les ruines restées dans l'angle de la place et ériger de nouveaux murs. Momme cherchait déjà d'autres locaux, il visait la place Gänsemarkt, où quelques vieux bâtiments s'étaient si bien maintenus qu'on devait les réaménager.

Felix Jud* allait déménager au Neuer Wall avec sa librairie, ainsi ne se nuiraient-ils pas. Par ailleurs, ils ne se souciaient guère des coûts et du capital, ils considéraient la nouvelle monnaie avec confiance et jugeaient l'époque favorable à la vente de livres. La soif de lire ne serait pas étanchée de sitôt, et l'intérêt pour les auteurs étrangers dont on avait longtemps dû se passer était grand. *L'Adieu aux armes* de Hemingway se vendait comme des petits pains. Et même les livres d'auteurs plus familiers mais interdits pendant douze ans, comme Heinrich Mann, Erich Kästner, Kurt Tucholsky, Jack London, Joseph Roth et Joachim Ringelnatz, étaient très demandés. Une pièce de théâtre sur les prisonniers rapatriés, *Dehors devant la porte*, avait été créée au mois de novembre, le lendemain de la mort de son jeune auteur, des suites tardives de la guerre. La gloire littéraire de Wolfgang Borchert se poursuivit heureusement à titre posthume.

À vrai dire, ils vivaient bien dans les ruines. Tout semblait possible en cette période de renouveau.

— Kurt serait content de nous, dit Louise.

Lina et elle avaient le sentiment que la période la plus heureuse de leur vie était encore à venir.

— Les Russes ne vont pas le libérer plus tôt pour autant, dit Unger. Mais la Croix-Rouge espère pouvoir établir un contact avec Rudi.

— Il apprendra alors que Käthe est portée disparue et peut-être morte, il perdra toute envie de vivre et mourra en Russie, dit Henny.

— Tu proposes donc de ne pas forcer le contact avec son camp dans l'Oural ?

— Oui, dit Henny dans un profond soupir. Même si ça me coûte.

Unger regardait la grand-route sur laquelle il avait si souvent roulé, dans sa vie, avec la vieille Mercedes 170.

— Tu commences à croire que Käthe et sa mère sont mortes, dit-il.

— Où peuvent-elles être, Theo ? Neuengamme a été évacué il y a plus de trois ans. Soit Käthe et Anna sont mortes pendant la marche de la mort, soit elles étaient quand même montées sur un des bateaux.

— Käthe était encore jeune et assez robuste pour survivre à cette marche, dit Unger.

— Alors pourquoi ne vient-elle pas frapper à notre porte ? Ou chez Else, ou ici à la clinique ?

Ces sombres pensées pesaient à nouveau sur la belle journée d'été. Pourrait-on jamais retrouver une forme d'insouciance ? Henny était assise à côté de lui, si jolie dans sa robe bleu clair piquée de petites fleurs blanches, avec ses cheveux ondulés encore blonds. Lui-même n'avait que quelques mèches blanches parmi ses cheveux bruns. Mais leurs âmes semblaient horriblement vieilles après tous les événements passés.

Henny regardait le petit paquet qui était posé sur ses genoux, joliment emballé par Lina. Un recueil de poèmes de Kästner. Theo avait dit que sa mère aimait bien Kästner.

Lotte et elle s'apprécieraient-elles ? Cette visite était-elle plus que la simple occasion de voir enfin le jardin dont les fruits l'avaient si souvent régalée ?

Henny regarda Unger. Elle avait été très amoureuse de lui. Autrefois.

— Il paraît que le successeur de Lorenzen est sympathique, dit Unger, et encore tout jeune. Je suis content qu'on se soit débarrassés de ce nazi.

Mais les nazis étaient encore partout. Où auraient-ils pu aller ? Klaus et elle avaient vu *Les assassins sont parmi nous* au cinéma. Ernst était-il aussi devenu un assassin ? Le meurtrier de Käthe et Anna ?

Henny fut reçue très chaleureusement. Lotte Unger avait dressé la table dans le jardin. Une nappe blanche et des tasses à moka ornées de pâquerettes et de trèfles. Un gâteau aux pommes. Une tarte aux cerises. Henny se rappela les bocaux de cerises dont plus personne n'avait profité parce qu'ils avaient sombré sous les décombres.

Ils étaient quatre à table. Lotte Unger. Son fils Theo. Henny. Le jeune médecin Jens Stevens. Mais, en réalité, Landmann, le père de Theo et le vieux Harms étaient également présents.

Au moment où ils repartirent, Lotte demanda à son fils de prendre enfin les tableaux de Landmann pour les accrocher dans sa maison ou les confier à quelqu'un d'autre. Elle était trop vieille pour les conserver plus longtemps.

— Je vais les donner à Louise et Lina, dit-il. Ce sont les héritières de Kurt, après tout.

Lui n'était que l'exécuteur testamentaire.

— Encore une chose, Henny, ajouta-t-il alors qu'ils étaient en route. Qu'est-ce que tu dirais si je proposais une chambre de ma maison à ton fils ? Je m'étonne toujours de n'avoir eu personne à loger d'office.

— J'imagine qu'il sera ravi.

— Klaus va bientôt passer son bac.

— Il n'a que seize ans et il a perdu deux ans. Ce n'est donc pas pour tout de suite. Tu veux vraiment accueillir un élève pendant tout ce temps ?

Unger aurait bien aimé lui dire que la mère de cet élève était plus que la bienvenue, elle aussi. Mais il ne voulait pas commettre une nouvelle faute en courtisant Henny.

— Il sait déjà ce qu'il veut faire plus tard ?

— Il rêve d'être journaliste comme Thies et son père. Il aime bien écrire. Des nouvelles et aussi des poèmes.

— Tu préfères toujours que nous ne prenions pas contact avec Rudi tant que nous ne savons rien sur Käthe ?

— Oui, dit Henny.

— Cela m'est extrêmement difficile, dit Unger.

*

Il avait vite fait de procéder à sa dénazification ; on avait besoin de gens comme lui pour reconstruire le pays. La situation progressait lentement aussi dans le Hofweg-Palais, dont seules les deux pièces de derrière étaient encore occupées par le manchot, sa femme et leur fille. Mais la tenue du ménage laissait à désirer. Où cette Laboe avait-elle bien pu passer ? Ils s'étaient bien entendus. La personne qui l'aidait actuellement n'était bonne qu'à faire le ménage, sa cuisine était à peine mangeable.

Campmann avait entendu dire que la fille d'Ida était entrée à l'école primaire en avril. Par qui ? Il n'avait aucun contact avec la pension de la Johnsallee. Il avait demandé le divorce tout de suite après la mort de Bunge et il avait officiellement exonéré Ida des dettes de son père à son égard. Il avait d'ailleurs agi avec beaucoup d'égards vis-à-vis d'Ida, évitant de divorcer sous le Troisième Reich pour ne pas la mettre dans l'embarras concernant le père de son enfant. Ce point n'avait été réglé qu'au moment du divorce, et le Chinois était désormais le père officiel de Florentine.

Campmann n'avait rien à se reprocher. Il se sentait bien. Il pouvait encore faire quelque chose de sa vie. Même au sein de la Dresdner Bank, sa carrière n'était pas finie. Le vendredi suivant, la réforme monétaire serait annoncée au peuple par la radio et la presse. En avant l'Allemagne.

La priorité était de chercher une nouvelle employée de maison. Il pourrait déjà la payer en Deutsche Marks. Et bientôt les négociations reprendraient aussi à la Bourse de Francfort.

Ida et Tian vivaient avec Florentine au dernier étage de la maison, dans la Johnsallee. Guste avait repris avec plaisir la chambre du rez-de-chaussée donnant sur le jardin, et elle présentait des excuses posthumes à Bunge pour lui avoir fait monter les étages. Elle avait désormais soixante et un ans et commençait à sentir ses articulations.

Son envie de tenir une pension avait également faibli ; elle voyait plutôt sa villa comme une résidence pour ses amis. N'était-ce pas le cas depuis longtemps, d'ailleurs ? Cette pension, en réalité, avait toujours été pour elle un ersatz de famille.

Seuls Momme et la petite famille d'Ida vivaient encore chez elle, sous les toits. Elle n'avait plus de nouvelles de Jacki et espérait seulement qu'il avait survécu à la guerre.

Dommage que ce dimanche soit tellement pluvieux, juste le jour de la nouvelle monnaie.

— Regarde, Florentine, dit-elle. C'est sur la table.

Deux billets verts. Vingt Deutsche Marks. Qui étaient donc ces deux gros à gauche du billet ? On aurait dit le

Walhalla. Wagner et tous ces vieux Germains n'étaient pourtant plus très en vogue.

— Demain, nous ferons de la monnaie pour t'acheter une glace, dit Guste.

Il y avait même des billets d'une valeur d'un mark et de cinquante pfennigs. On manquait encore de métal pour les pièces.

— Je parie que les magasins seront pleins demain, dit-elle à Momme qui passait à ce moment-là. C'est l'occasion d'organiser un petit festin. Faisons donc une liste des invités.

Guste était égale à elle-même.

Décembre 1948

Cet hiver ne pouvait pas être pire que le précédent, où les températures étaient descendues au-dessous de zéro dès le mois de novembre, et où on avait battu des records de froid jusqu'en mars. Les gens avaient dû supporter tout cela dans leurs villes en ruine, sans manger à leur faim ni pouvoir se chauffer correctement.

Et en ce mois de décembre ? Jusqu'à présent les températures étaient restées supportables, et les magasins étaient bien fournis depuis la réforme monétaire, ce dont Unger ne cessait de s'étonner. Il savait par Elisabeth qu'il n'y avait pas une telle variété de produits à acheter en Angleterre.

Les Berlinois, cela dit, souffraient du blocus soviétique, à cause duquel la ville ne pouvait être approvisionnée que par les airs, grâce aux Américains. Comme les Berlinois n'avaient pas perdu leur humour macabre, ils appelaient ces appareils des « *rosinenbomber*[1] ».

Unger passa par la Mönckebergstraße et s'arrêta devant les vitrines du magasin Karstadt qui avait rouvert en novembre, l'ancien ayant brûlé durant l'été 1943. On avait pu sauver le bâtiment, contrairement à celui de la Hamburger Straße. C'était la première fois depuis la guerre que les courses de Noël lui faisaient plaisir, non

1. « *Rosinen* » désignant les raisins secs, c'est une allusion aux friandises parachutées par les Américains pendant le blocus de Berlin. (NdT)

pas tant à cause de l'abondance de l'offre que grâce à la perspective de pouvoir faire des cadeaux à Henny et à Klaus. Comme il aimerait pouvoir le faire aussi pour Käthe et Rudi. Quand il pensait aux trésors qu'il aurait trouvés pour Rudi dans la librairie Landmann, et à toutes les douceurs qu'il aurait pu présenter à Käthe sur une assiette décorée.

Il ne voulait pas s'habituer à l'idée que Käthe était morte, et il espérait seulement que Rudi rentrerait bientôt, afin qu'il n'ait pas à apprendre l'horrible nouvelle pendant sa captivité dans l'Oural ; il risquerait de désespérer complètement si ses amis ne pouvaient l'accompagner dans son deuil.

Avaient-ils d'ailleurs le droit de se réjouir de Noël, des cadeaux, alors que Käthe et sa mère avaient disparu ainsi que tant d'autres, et que Rudi était encore prisonnier de guerre ? Cette honte de mieux s'en sortir que les personnes dont on a été proche.

Dans la Körnerstraße, le portrait à l'huile de Ruth et Betty n'était plus là pour cacher le coffre-fort qui renfermait toujours la perle d'Orient de Rudi et les vingt-quatre cuillers en argent de Käthe. Elisabeth avait emporté ce tableau en Angleterre, et Unger l'avait remplacé par la *Nature morte à la statuette nègre* d'Emil Maetzel. Lina et Louise avaient déclaré que Kurt aurait sûrement voulu qu'Unger garde un de ses tableaux.

Les deux femmes avaient accroché au-dessus du canapé rouge corail les *Baigneuses sur une plage de l'Elbe* de Hopf, dont le motif leur parlait plus que le tableau de Paul Bollmann.

Kurt aurait été content qu'elles donnent son nom à la librairie. Et il aurait acheté le flacon de *L'Air du temps* sans aucune mauvaise conscience. Unger alla au département parfumerie de Karstadt et acheta pour Henny cette nouvelle eau de toilette française, dont le flacon était décoré d'une colombe en symbole de paix. Et pour Klaus il acheta une cravate en soie. Il n'avait plus qu'à aller dans le restaurant de poissons de Daniel Wischer, où il voulait s'offrir du poisson pané avec une salade de pommes de terre.

C'était une bonne idée d'invoquer Kurt comme alter ego, il devrait le faire plus souvent.

Campmann n'en revenait pas. Voyait-il des fantômes, ou était-ce bien Mia qui parlait à sa nouvelle employée de maison dans la cuisine ? Elle se leva quand il entra et frotta ses mains rouges. Elle était toujours grosse, on pouvait supposer que l'approvisionnement avait été bien meilleur à la campagne après la guerre. Sans quoi la population des villes n'aurait eu aucun intérêt à aller à la campagne pour échanger ses objets les plus précieux.

— Je cherche une place, dit Mia.

— Mais pas chez moi, répliqua Campmann.

— J'peux pas rester chez ma sœur. Elle a un nouveau mari qui veut pas.

Qu'est-ce qu'elle lui racontait là ? Avait-il jamais montré le moindre intérêt pour le sort de cette femme balourde ?

— Et Fritz est mort, en plus.

Ou pour celui de son mioche ?

— Des millions de gens sont morts, dit Campmann.

Bon, il reconnaissait que ce chiffre ne changeait rien à la tragédie individuelle de chacun. Il fit ce qu'il avait fait avec la carte postale du prisonnier de guerre : il envoya Mia à Finkenau. Elle n'avait qu'à travailler dans la cuisine de la clinique.

Henny n'avait plus pensé à Mia depuis des années, mais elle tendit l'oreille en entendant une sage-femme dire que la nouvelle fille de cuisine l'avait interrogée sur Käthe. Elle voulait savoir si Käthe travaillait encore ici.

Après son service, Henny alla dans la grande cuisine et demanda à la directrice à parler quelques minutes à Mia. Celle-ci reposa son couteau et plongea ses mains dans le plat qui contenait les pommes de terre épluchées. Elle ne ferait pas long feu ici si elle gardait ces habitudes rustiques.

Elles sortirent dans le couloir et s'assirent sur un banc.

— Vous vous êtes renseignée sur Käthe ? dit Henny.

— La mère Laboe et moi, on travaillait ensemble chez les Campmann.

— Vous voulez parler d'Anna, la mère de Käthe. Et qu'est-ce que vous lui voulez, à Käthe ?

— Lui raconter ce qu'est arrivé à mon Fritz. C'est sa faute, à cette communiste, s'il est mort.

Henny n'en croyait pas ses oreilles. En tout cas, il fallait que Theo soit là. Peut-être le trouverait-elle dans sa salle de consultation à cette heure.

— Il y en a pour un petit moment, cria-t-elle dans la cuisine.

Puis elle traîna Mia, contre son gré, jusqu'à la salle de consultation d'Unger. Celui-ci était assis à son bureau et eut l'air surpris en voyant Henny tirer Mia dans la pièce.

— Je ne connais même pas votre nom de famille, dit Henny.

— Mia Thöns, dit Mia. C'est pas une manière de m'traiter, ça ! J'ai juste demandé des nouvelles de Käthe.

— Vous connaissez Käthe ? demanda Theo Unger.

— C'est sa faute s'ils ont pendu mon Fritz à Berlin.

Theo et Henny échangèrent un regard. Ils essayaient tous deux de garder une contenance.

— Madame Thöns, asseyez-vous et racontez-nous toute l'histoire, dit Unger.

— Ben, Fritz il voulait déserter, déjà à Wischhafen, il avait une telle frousse du front. Je lui ai interdit, je suis même montée sur le bac avec lui jusqu'à Glückstadt et je l'ai mis dans le train qui devait l'emmener à Hambourg, et ensuite en Russie. Mais il y est pas allé, il voulait se cacher, et il a réussi à le faire chez la mère Laboe et sa fille, c'est pour ça que la Gestapo est venue et l'a emmené à Plötzensee.

Henny ferma les yeux.

— Comment vous savez tout ça ? demanda Unger.

— C'est ce qu'on m'a lu. C'était écrit dans le papier qu'ils m'ont envoyé. « Annexe à l'exécution du jugement », un truc comme ça.

— Je suis désolé pour votre fils, madame Thöns. Je suppose qu'il a harcelé Käthe et sa mère pour qu'elles l'accueillent, et les deux femmes ont aussi payé de leur vie.

— Alors y a une justice, dit Mia.

Unger se leva d'un bond.

— Sortez d'ici ! Hors de ma vue !

Sa voix était rauque de colère. Toute la souffrance causée par la perte de Käthe avait été réactivée par la phrase négligemment lancée par cette Mia Thöns.

Celle-ci semblait surprise par la fureur du médecin, mais elle se tut et se leva pour retourner dans la cuisine. Henny ne rouvrit les yeux qu'une fois la porte refermée.

— Tu crois à cette histoire ? demanda Unger.

— Oui. Quand j'ai sonné chez Anna ce jour-là, un voisin m'a dit qu'un gros jeune homme avait été embarqué en même temps qu'elle.

— Je me souviens en effet que tu l'avais raconté.

— J'aurais compris n'importe quelle extravagance pour l'amour de Rudi, mais pour ce Fritz que Käthe ne connaissait même pas !

— Peut-être qu'elle pensait justement à Rudi, qui avait réussi à se sauver au Danemark grâce à des gens qui l'avaient aidé.

— Mais pas Anna. Elle n'a jamais été aventureuse.

— Je crains que les circonstances de l'arrestation d'Anna et Käthe n'aient été élucidées aujourd'hui. Malheureusement cela ne nous dit toujours pas où elles sont passées.

Et on n'a pas encore demandé de comptes à Ernst, songea Henny. Mais elle se garda bien de révéler cet épouvantable secret.

Au début de son séjour dans la Körnerstraße, Theo Unger avait demandé à Klaus s'il avait envie de parler de sa supposée homosexualité. « Je ne suppose rien, docteur Unger, je le sais », avait dit Klaus.

Il était reconnaissant à Unger de la délicatesse avec laquelle il abordait le sujet, et de son ouverture d'esprit. Peut-être ne s'était-il jamais senti aussi bien que dans cette maison cultivée, dont l'atmosphère semblait lui montrer la voie pour son propre avenir. Le docteur lui donnait des livres, lui faisait écouter des disques et lui proposait régulièrement de parler de tout ce qui le travaillait. Depuis qu'il habitait chez Unger, Klaus était le meilleur élève de sa classe, et les professeurs envisageaient de lui faire sauter une année pour lui permettre de rattraper un peu du temps perdu pendant la guerre.

L'après-midi de son dix-septième anniversaire, il était allé chez Henny et Else pour souffler la bougie, sur son gâteau, qui l'année d'avant brûlait encore quand il était sorti en courant. Il lui était arrivé beaucoup de bonnes choses entre-temps.

Marike lui avait proposé de vivre avec Thies et elle dans le nouvel appartement où ils avaient emménagé près de l'Alster, dans la Hartwicusstraße. Mais il préférait rester chez Theo, à qui cela faisait aussi du bien. « J'ai été un peu seul ces dernières années, avait dit Theo. J'aime bien vivre dans cette maison avec toi. Tu es le fils que je n'ai pas eu. »

Klaus n'avait pas vu son propre père depuis un an, et en même temps cela lui faisait de la peine d'être une déception pour Ernst. Peut-être tenterait-il une réconciliation l'année prochaine.

Lina avait été vexée qu'il ne se soit pas confié à elle ; elle croyait qu'elle aurait pu empêcher le scandale, même si la colère d'Ernst serait retombée sur Louise et elle. Klaus avait souvent entendu son père tenir des propos négatifs sur la relation lesbienne des deux femmes.

Au fil des soirées qu'ils passaient ensemble dans le salon à discuter, il avait compris que Theo était attaché à Henny d'une façon particulière. Et il ne souhaitait rien d'autre que de voir unies les deux personnes qui lui étaient les plus chères.

Lui aussi se réjouissait à la perspective de Noël. Pour le réveillon, il irait d'abord chez Henny et sa grand-mère, et plus tard chez Theo. Il fêterait le 25 décembre chez Marike et Thies tandis que le docteur rendrait visite à sa mère à Duvenstedt. Son père resterait tout seul, ce qui attristait Klaus. À moins qu'Ernst ne se soit déjà consolé avec une autre femme ? C'était déprimant de penser qu'ils n'avaient plus aucune nouvelle l'un de l'autre.

Klaus entendit la clef tourner dans la porte d'entrée et il referma son livre pour descendre dire bonjour à Theo au rez-de-chaussée. Unger se débarrassa de son manteau et de son chapeau avant d'aller dans le salon encore obscur.

— Tu peux tout à fait t'installer ici pour étudier, dit-il en allumant les lampes.

— Il s'est passé quelque chose de grave à la clinique ? demanda Klaus.

— Qu'est-ce qui te fait croire ça ?

— L'impression que tu donnes.

— Est-ce que tu veux un verre de porto, Klaus ? Sers-nous, s'il te plaît.

Klaus prit deux petits verres taillés dans la vitrine et les remplit du porto qui était posé sur un des plateaux en argent.

— Tu es le garçon le plus sensible que j'aie jamais rencontré, dit Theo Unger.

Puis il raconta l'histoire de Käthe et de Fritz Thöns.

Henny avait apporté à Marike et Thies une salade de harengs préparée l'après-midi par Else. Heinrich Godhusen, déjà, aimait manger de la salade de harengs pour la Saint-Sylvestre. À vrai dire, on ne pouvait absolument pas aborder la nouvelle année sans salade de harengs, mais c'était la première fois qu'ils en mangeaient depuis cinq ans.

Marike avait des invités ce soir-là, on fêtait à la fois la pendaison de crémaillère et la Saint-Sylvestre. Leur appartement était beau, même si la façade de l'immeuble était encore un peu carbonisée ; quant au plancher de la grande pièce, il avait été médiocrement rafistolé à l'endroit où une bombe incendiaire était tombée par le toit avant d'être jetée dans la cour par une personne courageuse.

Cela avait dû arriver pendant la nuit où Marike et elle avaient failli mourir asphyxiées dans leur cave. Cette histoire ne semblait-elle pas appartenir à un lointain passé ? Non. Les images resurgissaient immédiatement et elles étaient douloureuses.

Else serait toute seule ce soir-là. Elle n'avait pas accepté l'invitation de Theo Unger, ayant peut-être eu la délicatesse de deviner que sa fille voulait être seule avec le docteur. Klaus, lui, était invité chez Marike et Thies.

La vie continuait, tout simplement. Comment allait Rudi dans les montagnes de l'Oural ? Il faisait trente degrés au-dessous de zéro, là-bas, avait dit Theo. Cela n'avait-il pas été une erreur de ne pas prendre contact avec lui, même si cela ne l'aurait pas fait libérer plus tôt ? Il aurait au moins su qu'ils étaient là à l'attendre. Ils auraient pu lui communiquer leur amour et leur chaleur.

Une averse de neige se déclencha lorsqu'elle sortit de chez Marike. Plus que quelques pas jusqu'à l'arrêt de tramway du Mundsburger Brücke. C'était là que, vingt-deux ans plus tôt, Lud s'était fait faucher par une Opel. Y avait-il un seul coin, à Barmbek et Uhlenhorst, qui ne lui évoquait pas de souvenirs ?

On écrivait désormais Barmbek sans le C, tout comme Eilbek. Quant à la Canalstraße, elle s'écrivait désormais avec un K. Depuis deux ans. Comme si ces petits changements pouvaient les aider dans leur quête d'une nouvelle époque sans nazis.

Henny releva le col de son manteau. Il faisait froid, même si on était bien loin des températures de l'Oural. Le tramway qui allait en direction du centre-ville arriva. Henny devait traverser pour le prendre à l'arrêt d'en face. Mais elle attendit pour ne pas passer sous le tram, comme Lud autrefois.

Ce visage à la fenêtre du wagon de la ligne 18. Ces yeux qui cherchaient son regard. Henny sentit son cœur accélérer. Elle essaya de monter dans le wagon, en vain, c'était trop tard. Le signal de départ sonnait déjà dans ses oreilles depuis plusieurs secondes. « Käthe ! s'écria-t-elle. Käthe, Käthe, Käthe, Käthe ! » Henny courut après le tramway sur le pavé glissant. Mais le wagon où se trouvait Käthe avait déjà tourné au coin de la rue.

Adler
Entreprise automobile allemande siégeant à Francfort. Elle produisait des voitures, des motos, des bicyclettes et des machines à écrire.

Alster : Binnen- et Außenalster
Affluent de l'Elbe qui traverse Hambourg, la rivière Alster alimente aussi un lac artificiel séparé en deux bassins : l'Außenalster (Alster extérieur) et le Binnenalster (Alster intérieur).

Armistice de Cassibile
Accord d'armistice signé le 3 septembre 1943 entre le royaume d'Italie et les deux Alliés de la coalition contre Hitler (les États-Unis et la Grande-Bretagne) dans le village sicilien de Cassibile. Par cet accord, l'Italie se retire de l'alliance avec le Reich allemand.

Association des sages-femmes allemandes
Association professionnelle créée à Berlin en 1885. Après l'arrivée des nazis au pouvoir, elle a changé de nom dans le cadre de la mise au pas des associations professionnelles, puis a été dissoute en 1945.

Atlantic
Hôtel de luxe de Hambourg. Ouvert en 1909 en tant que grand hôtel pour les passagers de la ligne Hamburg-Amerika. Le bâtiment est classé monument historique depuis 2010.

Bauke
Bar et distillerie de Wilhelm Bauke situés à Hambourg. Lieu de rendez-vous de tous les groupuscules de gauche, du leader communiste Ernst Thälmann, mais aussi d'artistes.

Bowle
Boisson alcoolisée à base de vin et de fruits, qui connaît toutes sortes de déclinaisons, notamment la *kalte ente*.

Bürgerbräukeller
Une des brasseries munichoises où se tenaient les réunions du NSDAP*.

Carnaval en Rhénanie : *helau* et *alaaf*
« *Helau* » et « *Alaaf* » sont des cris de reconnaissance par lesquels s'interpellent les carnavaleux en Rhénanie. « *Alaaf* » est le cri de Cologne, « *Helau* » celui de la Westphalie.

Christstollen
Gâteau de Noël traditionnel en Allemagne, à base de pâte d'amande et de fruits confits.

Cölln
Restaurant de poissons situé dans la vieille ville de Hambourg, dont l'histoire remonte à l'année 1760. Constitué de treize salons particuliers, l'établissement est spécialisé dans les fruits de mer.

Colonnaden
Les Colonnaden désignent une rue du centre de Hambourg, près du Binnenalster*. La majeure partie du côté est de la rue est formé par une colonnade.

Curio-Haus
Bâtiment construit à Hambourg, dans la Rothenbaumchaussee, entre 1908 et 1911. Il abritait des salles de réunion, de danse, de jeu et des bureaux.

Danat/Nordwolle
La Darmstädter- und Nationalbank (Danat) désigne une banque, la Norddeutsche Wollkämmerei & Kammgarnspinnerei (Nordwolle), une usine de peignage et de filature de la laine. Outre la Dresdner Bank, c'était le plus grand bailleur de fonds de la société Nordwolle.

Dame Holle
Personnage d'un conte de Grimm, marâtre.

Danziger Werder
Région fertile alors située en Prusse-Occidentale, au sud de Dantzig, entre la Vistule, la Motława et la Radunia.

Ebinger, Blandine
Actrice et chanteuse de variétés allemande (1899-1993), qui s'est surtout produite dans d'importants cabarets berlinois.

Fliegender Hamburger
Premier autorail diesel de la Deutsche Reichsbahn et premier train électrique en usage, reliant Berlin à Hambourg.

Frankfurter kranz
Comme son nom l'indique, il s'agit d'une spécialité de Francfort : un gâteau à basc de biscuit viennois, fourré de crème au beurre parfumée à la vanille et au café.

Franzbrötchen
Spécialité de Hambourg, pâtisserie en pâte feuilletée ou pâte levée, garnie de sucre et de cannelle.

Fromms
Première marque de préservatifs au monde, créée par Julius Fromm en 1912 à Berlin, dans une petite usine. En 1919, il a décidé de sortir un emballage de préservatifs appelé *Fromms Act* : les préservatifs étaient d'une telle qualité qu'il s'en portait nommément garant.

Gängeviertel
Quartiers d'habitation de Hambourg densément construits, essentiellement constitués de maisons à colombages. On y accédait aux logements par des ruelles tortueuses ou des arrière-cours et des galeries labyrinthiques.

Gräfenberg (anneau de)
Outil de contraception, ancêtre du diaphragme, élaboré par le médecin allemand Ernst Gräfenberg. Il s'agissait d'un anneau entouré d'un fil d'argent que l'on posait dans l'utérus.

Greene, Hugh Carleton
Journaliste anglais, frère de l'écrivain Graham Greene, qui a été mandaté par les forces d'occupation britanniques pour organiser la Nordwestdeutsches Rundfunk (NWDR), inspirée de la BBC.

Große Freiheit
Rue très animée du quartier Sankt Pauli.

Heilbuth
Grand magasin situé à l'angle de la Hamburger Straße et de la Rönnhaidstraße, où les frères Heilbuth ont proposé pendant plus de vingt ans un grand choix de marchandises à petit prix.

Herzog, Rudolf
L'un des romanciers les plus lus dans l'Allemagne du début du XXe siècle. Aujourd'hui oublié, c'était un ardent partisan du national-socialisme.

Hofweg-Palais
Construit en 1912 et situé dans le quartier Uhlenhorst, le Hofweg-Palais est considéré comme l'un des plus beaux bâtiments Art nouveau de Hambourg.

Horst-Wessel-Lied
Le chant de Horst Wessel a été de 1930 à 1945 l'hymne officiel de la SA, puis du NSDAP*. Les paroles en avaient été écrites par le jeune SA Horst Wessel, abattu par les communistes en 1930.

Insurrection de Hambourg
Tentative de révolution d'octobre allemande, qui a eu lieu le 23 octobre 1923 dans les quartiers ouvriers de Hambourg. Au sein de cette révolte communiste, Ernst Thälmann a joué pour la première fois un rôle de leader. Son échec a fait que le KPD a été provisoirement interdit et a perdu le soutien de nombreuses entreprises.

Jud, Felix
Libraire hambourgeois (1899-1985) et adversaire déclaré du régime nazi.

KdF
Kraft durch Freude (« la force par la joie ») désigne une organisation nazie qui a vu le jour en novembre 1933. Elle se voulait engagée en faveur des petites gens, en particulier dans le domaine des loisirs. Avec son bureau pour les voyages, les randonnées et les vacances, qui organisait des voyages terrestres et maritimes, la KdF est devenue en même temps le premier organisateur de voyages du Troisième Reich.

Kinderlandverschickung (KLV)
Avant la Seconde Guerre mondiale, ce concept consistait à envoyer les enfants se reposer à la campagne.
D'octobre 1940 à la fin de la guerre, les élèves ainsi que les mères et leurs jeunes enfants des villes allemandes menacées par les bombardements ont été envoyés dans des zones moins dangereuses.

KPD
Kommunistische Partei Deutschlands : Parti communiste d'Allemagne, fondé en 1918.

Lady Curzon
Bouillon clair, essentiellement préparé avec de la chair de tortue. La variante inspirée de Lady Mary Curzon (1870-1906) était épicée au curry et agrémentée d'un peu de crème Chantilly.

Lichtwark, Alfred
Alfred Lichtwark (1852-1914) était un historien d'art allemand et directeur de musée à Hambourg. C'est l'un des fondateurs de la pédagogie muséale et du mouvement d'éducation artistique.

Lübscher Baum
Dancing populaire situé dans la Lübecker Straße, fondé en 1258, et connu pour favoriser les mariages. L'établissement a été détruit en 1943.

Lütt un lütt
Signifie en *plattdeutsch*, le patois du nord de l'Allemagne, « petit et petit ». Cela désigne une boisson alcoolisée que l'on boit dans de petits verres, en mélangeant l'alcool de grains et la bière.

Madame du Barry
Jeanne Bécu (1743-1793), maîtresse de Louis XV, a accédé au titre de Madame du Barry. Sa vie a inspiré le réalisateur Ernst Lubitsch, qui en a fait en 1919 un film muet intitulé *Madame DuBarry.*

Maison du passeur
La Uhlenhorster Fährhaus est un joyau de Hambourg qui offre une vue magnifique sur l'Außenalster*. La maison date de 1873 et comporte beaucoup d'extérieurs : terrasses, vérandas, kiosque à musique. Dans les salles intérieures, on célébrait des mariages et autres événements familiaux et sociaux.

Malakoff
Sorte de charlotte aux amandes, au rhum et à la crème. Ce dessert doit son nom, paraît-il, au général français Pélissier, nommé duc de Malakoff par Napoléon III après la guerre de Crimée.

Michelsen
Épicerie fine de Hambourg, fondée en 1814. L'une des meilleures adresses de la ville pour les mets et les boissons.

Nagel Bodega
L'un des plus anciens établissements de la ville, situé en face de la gare centrale.

Neuengamme
Le camp de Neuengamme, conçu en 1938, d'abord comme camp extérieur du camp de concentration de Sachsenhausen, a été transformé en 1940 en camp de travail indépendant. Les détenus devaient travailler dans l'usine de briqueterie installée sur place. Au moins 50 000 d'entre eux y sont morts à cause des conditions inhumaines. La SS a commencé à évacuer le camp le 20 avril 1945, et un grand nombre de détenus épuisés sont morts lors des marches de la mort, juste avant la fin de la guerre. Le 3 mai, environ 7 000 détenus ont perdu la vie sous les bombardements des navires d'évacuation, dans la baie de Lübeck. Le 4 mai 1945, les troupes britanniques ont trouvé le camp totalement vide.

Norag
La radio Nordische Rundfunk AG a été créée le 16 janvier 1924 à Hambourg par un groupe de marchands. Elle a commencé à diffuser le 2 mai 1924, avec un programme de quatre heures. Après l'arrivée au pouvoir des nazis, l'émetteur a été nationalisé et rebaptisé Reichssender Hamburg. Ce dernier est devenu après la guerre la Nordwestdeutscher Rundfunk (NWDR), puis l'actuelle NDR.

NSDAP
Le Parti national-socialiste des travailleurs allemands était le nom officiel du parti nazi, fondé en 1920 par Adolf Hitler.

Nuremberg (lois de)
Loi adoptée le 15 avril 1935 par Adolf Hitler « pour la protection du sang allemand et de l'honneur allemand ». Décidée à l'unanimité lors du septième congrès annuel du parti nazi, qui s'est tenu à Nuremberg, elle interdisait le mariage et les relations sexuelles extraconjugales entre Juifs et non-Juifs. Toute infraction à la loi était qualifiée de « honte raciale » et passible de prison.

Ortsgruppenleiter
Membre officiel du NSDAP* responsable d'une mission locale.

Otto, Hans
Acteur allemand (1900-1933). L'un des premiers artistes de gauche à avoir été assassinés par les nazis.

Pavillon de l'Alster
Café et restaurant ouvert en août 1799, situé sur le Jungfernstieg. Le 9 juin 1914 a eu lieu la réouverture du cinquième bâtiment. Pendant le Troisième Reich, l'Alsterpavillon était réputé pour ses concerts de swing, alors que le swing était mal vu par les nazis. Le pavillon a été détruit par un bombardement en 1942.

Pfordte
Restaurant de l'hôtel Atlantic*. Franz Pfordte (1840-1917) était un célèbre gastronome allemand.

Pimpfe
Signifiant littéralement « gamins », les *Pimpfe* désignaient les pionniers des Jeunesses hitlériennes, âgés de dix à quatorze ans.

Pochette surprise
Cornet en carton que l'on donne traditionnellement à chaque enfant le jour de sa première rentrée scolaire. Il est rempli de friandises, jouets et fournitures scolaires.

Rath, Ernst vom
Diplomate allemand, qui a notamment été secrétaire d'ambassade à Paris. L'attentat commis contre lui par Herschel Grynszpan le 7 novembre 1938 a servi de prétexte au régime nazi pour les pogroms de novembre.

RFB
Le Rotfrontkämpfer Bund (Union des combattants du Front rouge) est une organisation paramilitaire générée par le Parti communiste d'Allemagne pendant la République de Weimar.

Rote grütze
Spécialité du nord de l'Allemagne, à base de fruits rouges mélangés avec du sucre et du jus de fruits, liés avec de la fécule. Dessert généralement servi avec de la crème à la vanille.

Rote Hilfe
Organisation d'aide aux activistes de gauche, qui existe encore aujourd'hui. D'abord nommée Rote Hilfe Deutschland, elle a été active de 1924 à 1933, date de son interdiction par le régime nazi.

Sécession de Hambourg
Un des derniers groupes artistiques de la Sécession, fondé en 1919. L'association comptait environ cinquante-cinq membres, surtout des peintres, mais aussi des

architectes et hommes de lettres. Elle s'est dissoute en 1933 sous la pression du régime nazi.

Secours d'hiver
Le Winterhilfswerk était une fondation de droit public, à l'époque du national-socialisme, qui récoltait des fonds pour venir en aide à la population la plus démunie.

Section Wasserkante
Section régionale du KPD pendant la République de Weimar et les premières années d'après-guerre. Elle comprenait Hambourg, l'actuel Schleswig-Holstein ainsi qu'une partie de l'actuelle Basse-Saxe.

Stadthaus
Siège de l'administration municipale et de la police de Hambourg, construit en 1814 entre le Neuer Wall et le Bleichenfleet. En décembre 1935, le Stadthaus est devenu le quartier général de la Gestapo. De 1933 à 1943, il a été utilisé comme lieu de torture.

Tellheim
Le major Tellheim est un personnage de la pièce de Lessing *Minna von Barnhelm*. À la suite d'une blessure de guerre, Tellheim a eu le bras droit paralysé et croit donc devoir renoncer à son amour pour la noble Minna.

Théâtre Lessing
Théâtre situé sur la place Gänsemarkt de Hambourg. Le bâtiment appartient à la société Universum Film AG (UFA) depuis 1918.

Trattoria italiana
Restaurant italien fondé en 1905, proposant de la musique toute la soirée. Toujours très populaire, cet établissement fréquenté par les artistes et les journalistes s'appelle aujourd'hui « Cuneo ».

Vampire de Düsseldorf
Le meurtrier en série de Düsseldorf, Peter Kürten (1883-1931), a été qualifié de « vampire » dans les journaux parce qu'il buvait parfois le sang de ses victimes, paraît-il. Il a été arrêté en mai 1930 et exécuté en juillet 1931.

Vierlanden
Nom donné à une région de soixante-dix-sept kilomètres carrés située dans le district de Hambourg et comprenant quatre quartiers : Altengamme, Curslack, Kirchwerder et Neuengamme*.

Vox Haus
Bâtiment situé dans le quartier de Tiergarten, à Berlin, où l'histoire de la radio allemande a commencé en 1923.

Walddörfer
On désigne ainsi plusieurs quartiers situés au nord-est de Hambourg, dont certains faisaient partie depuis la fin du Moyen Âge du territoire de Hambourg hors des remparts de la ville.

Composé et édité par HarperCollins France.

Imprimé en octobre 2023
par CPI Black Print (Barcelone)
en utilisant 100% d'électricité renouvelable.
Dépôt légal : novembre 2023.

FSC
www.fsc.org
MIXTE
Papier issu de
sources responsables
FSC® C159065

Pour limiter l'empreinte environnementale de ses livres, HarperCollins France s'engage à n'utiliser que du papier fabriqué à partir de bois provenant de forêts gérées durablement et de manière responsable.

Imprimé en Espagne.